HEYNE BÜCHER

SCIENCE FICTION

Herausgegeben
von Wolfgang Jeschke

Von Poul Anderson erschienen folgende Titel
in der Reihe HEYNE SCIENCE FICTION & FANTASY:

Kontakt mit Jupiter · 06/3063; auch ↗ 06/3930
Der Sternenhändler · 06/3079
Die Macht des Geistes · 06/3095
Weltraumroboter · 06/3105
Korridore der Zeit · 06/3115
Das letzte Sternenschiff · 06/3169; auch ↗ 06/1002
Das Horn der Zeit · 06/3212
Rebellion auf Alpha Crucis · 06/3253
Siegeszug im All · 06/3281
Universum ohne Ende · 06/3306
Jenseits der Unendlichkeit · 06/3316
Operation Chaos · 06/3329
Der Außenweltler · 06/3338
Höllenzirkus · 06/3350
Die Tänzerin von Atlantis · 06/3404; auch ↗ 06/1007
Zeit des Feuers · 06/3599
Das Erdenbuch von Sturmtor · 06/3966
Conan der Rebell · 06/4037
Das Tor der fliegenden Messer · 06/4326
Zeitpatrouille · 06/4377
Zeitfahrer · 06/4832
Der Schild der Zeit · 06/4961

POUL ANDERSON

DER SCHILD DER ZEIT

Roman

Deutsche Erstausgabe

WILHELM HEYNE VERLAG
MÜNCHEN

HEYNE SCIENCE FICTION & FANTASY
Band 06/4961

Titel der amerikanischen Originalausgabe
THE SHIELD OF TIME
Deutsche Übersetzung von Edda Petri
Das Umschlagbild ist eine Collage
von Jan Heinecke

Redaktion: Wolfgang Jeschke

Erstausgabe by Tor Books, Tom Doherty Associates, Inc., New York

Printed in Germany 1993
Umschlaggestaltung: Atelier Ingrid Schütz, München
Technische Betreuung: Manfred Spinola
Satz: Schaber Satz- und Datentechnik, Wels
Druck und Bindung: Elsnerdruck, Berlin

ISBN 3-453-06203-5

Inhalt

Teil Eins

DER FREMDE INNERHALB DEINER TORE

Seite 7

Teil Zwei

FRAUEN UND PFERDE UND MACHT UND KRIEG

Seite 17

Teil Drei

VOR DEN GÖTTERN, WELCHE DIE GÖTTER SCHUFEN

Seite 155

Teil Vier

BERINGIA

Seite 171

Teil Fünf

RATE MAL

Seite 313

Teil Sechs

DAS STAUNEN DER WELT

Seite 323

Teil Eins

DER FREMDE INNERHALB DEINER TORE

1987 n. Chr.

Vielleicht war es ein Fehler gewesen, schon einen Tag nach seiner Abreise von New York dahin zurückzukehren. Selbst hier und jetzt war das Frühjahr zu schön. In einer solchen Abenddämmerung sollte niemand allein sitzen und sich an alte Zeiten erinnern. Der Regen hatte aufgehört. Durch die offenen Fenster drang ein Hauch von Blüten und frischem Grün herein. Die Lichter und Geräusche von den Straßen unten wurden gedämpft, plätscherten nur wie ein Fluß dahin. Manse Everard wollte hinaus.

Er hätte einen Spaziergang im Central Park machen können, wenn er für alle Fälle seine Betäubungspistole einsteckte. Kein Polizist dieses Jahrhunderts würde das Ding für eine Waffe halten. Aber in letzter Zeit hatte er so viel Gewalt gesehen — jedes bißchen Gewalt war schon zu viel. Da wäre es besser, eine sichere Route durch die Stadt zu wählen und in einer der kleinen Kneipen, die er kannte, ein Bierchen zu trinken und sich nett zu unterhalten. Wenn er ganz weg wollte, konnte er ein Zeitmobil im Patrouillen-Hauptquartier anfordern und damit jedes beliebige Zeitalter an jedem beliebigen Ort der Erde besuchen. Ein Unabhängiger Agent brauchte keine Gründe anzugeben.

Ein Telefonanruf hatte ihn in die Falle gelockt. Jetzt tigerte er in der dunkler werdenden Wohnung hin und her, rauchte Pfeife und verfluchte sich in regelmäßigen Abständen. Diese Stimmung war einfach albern! Klar, nach einem Einsatz war ein gewisses Abschlaffen nur natürlich; aber er hatte schon zwei lockere Wochen in Hiram's Tyre gehabt, um die nach abgeschlossener Mission noch übriggebliebenen Details zu erledigen. Und was Bronwen betraf — für sie hatte er gesorgt. Wenn er sie jetzt wieder besuchte, würde das nur die Zufriedenheit zerstören, die sie gefunden hatte. Laut Kalender lag sie zu Staub geworden schon zweitausendneunhundert Jahre da. Die Sache sollte beendet sein.

Die Türklingel erlöste ihn. Er schaltete das Licht ein. In der plötzlichen Grelle mußte er blinzeln. Dann ließ er seinen Besucher ein. »Guten Abend, Agent Everard«, begrüßte ihn der Mann. Er sprach Englisch mit leichtem Akzent. »Ich bin Guion. Ich hoffe, daß Ihnen diese Zeit nicht allzu ungelegen ist.«

»Nein, nein. Ich war doch damit einverstanden, als Sie mich anriefen, oder?« Sie gaben sich die Hand. Everard bezweifelte, daß diese Geste in Guions heimischem Milieu üblich war, ganz gleich wann oder wo dies war. »Treten Sie ein!«

»Sehen Sie, ich dachte, Sie möchten vielleicht das weltliche Geschäft hinter sich bringen und vielleicht ab morgen Ferien — nein, ihr Amerikaner sagt ja ›Urlaub‹ — an einem ruhigen Plätzchen machen. Ich hätte Sie natürlich auch danach interviewen können; aber Ihre Erinnerungen wären nicht mehr so frisch. Außerdem möchte ich Sie — ehrlich gesagt — gern näher kennenlernen. Darf ich Sie in ein Restaurant Ihrer Wahl zum Abendessen einladen?«

Während Guion sprach, war er eingetreten und hatte sich in einen Lehnsessel gesetzt. Sein Äußeres war unauffällig. Er war nicht sehr groß, schlank und trug einen einfachen grauen Anzug. Sein Kopf aber war groß. Wenn man genau hinschaute, sah man, daß das fein gemeißelte Gesicht nicht das eines dunklen Weißen war. Es gehörte zu keiner Rasse, die gegenwärtig auf dem Planeten lebte. Everard überlegte, welche Mächte hinter seinem Lächeln lagen.

»Danke«, antwortete Everard. Oberflächlich betrachtet bedeutete das Angebot nicht viel. Ein Unabhängiger Agent der Zeit-Patrouille verfügte über unbeschränkte

Mittel. Aber tatsächlich gesehen, bedeutete es sehr viel. Guion wollte eine Lebensspanne für ihn ausgeben. »Was halten Sie davon, wenn wir die prinzipiellen Fragen zuerst klären? Möchten Sie was zu trinken?«

Guion äußerte seinen Wunsch. Everard ging zur Hausbar und mixte für beide Scotch und Soda. Guion störte die Pfeife nicht. Everard setzte sich auch.

»Darf ich Ihnen nochmals für ihre Erfolge in Phönizien meine Glückwünsche aussprechen«, sagte sein Besucher. »Einfach außergewöhnlich.«

»Ich hatte eine gute Mannschaft.«

»Gewiß; aber die Führung war erstklassig. Und Sie machten die Vorarbeiten solo unter erheblichem Risiko.«

»Sind Sie deshalb gekommen?« fragte Everard. »Meine Abschlußbesprechung war verdammt gründlich. Sie haben sicher die Unterlagen gesehen. Ich weiß nicht, was ich Ihnen darüber hinaus sonst noch erzählen könnte.«

Guion starrte in sein erhobenes Glas, als seien die Eiswürfel das Orakel von Delphi. »Möglicherweise ließen Sie einige wenige Details aus, weil Sie sie für unwichtig hielten«, sagte er leise. Ihm war der finstere Ausdruck auf dem Gesicht seines Gegenübers nicht entgangen, auch wenn er gleich wieder verschwand. Er hob die Hand. »Keine Angst! Ich habe nicht die Absicht, in Ihre Privatsphäre einzudringen. Ein Detektiv, der keinerlei Gefühle für die Menschen hätte, mit denen er bei einer Mission zu tun hat, wäre — mangelhaft, wertlos oder geradezu gefährlich. Solange wir nicht zulassen, daß unsere Gefühle unsere Aufgaben gefährden, gehen sie ... äh ... niemanden etwas an.«

Wieviel weiß oder vermutet er? überlegte Everard. Eine traurige, kleine Romanze mit einem keltischen Sklavenmädchen, zum Scheitern verurteilt allein schon durch den zeitlichen Abgrund zwischen den Geburtszeiten. Daß er am Schluß ihre Freilassung und Heirat arrangierte? Lebwohl — *ich werde nicht nachfragen, sonst erfahre ich womöglich mehr, als mir lieb ist.*

Man hatte ihm nicht mitgeteilt, was Guion wollte, auch nicht warum, lediglich, daß diese Person auf alle Fälle seinen Rang hatte, wahrscheinlich aber einen höheren. Die Patrouille führte außer bei den niedrigsten Chargen keine Organisationslisten und hatte auch nichts übrig für offizielle Befehlshierarchien. Das war auch gar nicht möglich. Die Struktur war viel subtiler und stärker. Wahrscheinlich verstanden nur die Danellier sie ganz.

Trotzdem war Everards Ton barscher, als er sagte: »Wir Unabhängigen haben einen großen Ermessensspielraum.« Und damit wiederholte er nicht nur Altbekanntes.

»Selbstverständlich, selbstverständlich«, meinte Guion mit katzenhafter Freundlichkeit. »Ich erhoffe mir ja nur ein paar weitere Tropfen Information aus allem, was Sie erlebten und beobachteten.« Noch butterweicher. »Darf ich fragen, ob Ihre Pläne auch Miss Wanda Tamberly einschließen?«

Everard zuckte zusammen. Beinahe hätte er seinen Drink verschüttet. »Was?« *Reiß dich zusammen! Ergreif die Initiative!* »Sind Sie deshalb gekommen? Um über sie zu sprechen?«

»Nun, Sie empfahlen ihre Einstellung.«

»Und sie hat die Aufnahmeprüfungen bestanden, stimmt's?«

»Gewiß. Aber Sie lernten sie kennen, als sie in dieser peruanischen Episode steckte. Eine kurze, aber anstrengende und aufschlußreiche Bekanntschaft.« Guion lachte leise. »Seitdem kultivierten Sie die Beziehung. Das ist kein Geheimnis.«

»Nicht sehr«, fuhr Everard ihn an. »Sie ist sehr jung. Aber — na ja, ich betrachte sie als eine Freundin.« Er machte eine Pause. »Eine Art Protégée, wenn Sie so wollen.«

Wir hatten ein paar Verabredungen. Dann bin ich nach Phönizien gegangen. Auf meiner Zeitlinie waren es Wochen ... und ich kam in denselben Frühling zurück, als wir beide zum erstenmal zusammen in San Francisco waren.

»Ja, ich werde sie bestimmt wiedersehen«, fügte er hinzu. »Aber sie hat viele andere Dinge, die sie auf Trab halten. Sie muß zurück in den September auf den Galapagos-Inseln, aus dem sie herausgerissen wurde, dann auf dem üblichen Weg wieder nach Hause. Danach hat sie mehrere Monate, um Auftritte im zwanzigsten Jahrhundert so zu arrangieren, daß sie verschwinden kann, ohne in den Köpfen der Leute Fragen auszulösen — Ach! Warum, zum Teufel, wiederhole ich, was Sie doch genau wissen?«

Laut denken, nehme ich an. Wanda ist keine Bronwen, könnte mir aber — natürlich ohne ihr Wissen — helfen, über Bronwen hinwegzukommen, was unbedingt sein muß. Was ich auch schon ab und zu früher tun mußte ... Everard neigte nicht zur Selbstanalyse. Es gab ihm einen Ruck, als ihm klar wurde, daß er, um seinen inneren Frieden zurückzubekommen, keine neue Liebesaffäre brauchte, sondern noch ein paar Aufenthalte unter Unschuldigen. Wie ein Durstiger hoch oben auf dem Berg eine Quelle findet — danach wollte er gern sein Leben weiterführen, wie auch sie ihr neues in der Patrouille.

Eiskalt: *Es sei denn, sie akzeptieren sie nicht, trotz allem.* »Und warum interessieren Sie sich überhaupt für sie? Sind Sie für das Personal zuständig? Hat irgend jemand Zweifel über sie geäußert?«

Guion schüttelte den Kopf. »Im Gegenteil. Die Psychosondierung bescheinigt ihr ein hervorragendes Persönlichkeitsprofil. Die späteren Untersuchungen sind hauptsächlich für die üblichen Zwecke: Hilfreiche Richtlinien für ihr Training und ihre früheren Aufträge.«

»Gut.« Everard spürte ein warmes Gefühl aufsteigen das ihn ruhiger machte. Er hatte zu viel geraucht. Die

Eiseskälte eines kräftigen Schlucks linderte das Brennen der Zunge.

»Ich erwähnte Miss Tamberly lediglich, da die Ereignisse, welche dazu führten, daß Ihre Weltlinie sich mit der von Miss Tamberly kreuzte, Exaltationisten miteinschlossen«, erklärte Guion. Seine Stimme war sehr leise für das, was sie mitteilte. »Sie hatten zu einem früheren Zeitpunkt Ihrer Linie deren Bemühungen, Simón Bolivars Karriere gewaltsam zu ändern, vereitelt. Bei Ihrer Hilfestellung für Miss Tamberly — die sich so hervorragend verteidigte — verhinderten Sie, daß die Exaltationisten Atahuallpas Lösegeld erbeuteten und die Geschichte der spanischen Eroberung veränderten. Und jetzt haben Sie das alte Tyros von ihnen befreit und die meisten erwischt, die noch frei waren, darunter Merau Varagan. Wunderbar gemacht! Doch ist die Arbeit noch nicht beendet.«

»Stimmt«, sagte Everard ebenfalls leise.

»Ich bin hier ... um die Situation zu sondieren«, erklärte Guion. »Ich kann nicht deutlich sagen, wonach ich suche, selbst wenn ich Temporalsätze verwenden würde.« Er sprach ruhig weiter, lächelte aber nicht mehr. Hinter den Schlitzaugen stand etwas Schreckliches. »Worum es dabei geht ist der symbolischen Logik nicht mehr unterworfen als mutable Realität. ›Intuition‹ oder ›Offenbarung‹ sind ebenfalls unzureichende Begriffe. Ich suche ... nach dem größtmöglichen Maß Verständnis.« Schweigen. Der Lärm der Stadt schien durch Entfernung verstummt. »Unterhalten wir uns doch ganz ungezwungen. Ich werde versuchen, etwas von dem zu erspüren, wie *Sie* ihre Erfahrungen *fühlten.* Das ist alles. Plaudern über alte Zeiten. Danach können Sie hingehen, wohin Sie wollen.

Doch überlegen Sie mal! Ist es wirklich purer Zufall, daß Sie, Manson Everard, schon dreimal im Einsatz gegen die Exaltationisten waren? Nur einmal äußerten Sie die Vermutung, daß sie vielleicht für gewisse Störungen verantwortlich seien. Nichtsdestotrotz wurden Sie die Nemesis Merau Varagans, der — das kann ich jetzt zugeben — beim Mittleren Kommando Angst auslöste. Alles nur Zufall? Wurde Wanda Tamberly nur rein zufällig in diesen Strudel gezogen — wo sie doch, ohne daß sie es wußte, einen Verwandten bei der Patrouille hatte?«

»Er war der Grund, daß sie ...« Everards Protest verstummte. Eine eiskalte Stimme in seinem Innern fragte: *Wer ist dieser Mann wirklich? Was ist er?*

»Daher möchten wir gern mehr über Sie wissen«, sagte Guion. »Wir wollen nicht in ihren Privatleben herumschnüffeln. Wir hoffen aber auf einen Fingerzeig auf — ich kann es nur unzureichend so nennen —, auf die Hypermatrix des Kontinuums. Solche Erkenntnisse könnten uns bei der Planung helfen, die letzten Exaltationisten aufzuspüren. Sie sind verzweifelt und rachsüchtig, wie Sie wissen. Wir müssen es tun.«

»Ich verstehe«, sagte Everard.

Ein Impuls traf ihn hart und tobte in ihm. Er hörte kaum noch Guions Coda. »Und über diese Notwendigkeit hinaus, vielleicht eine größere Bedeutung, eine Richtung und ein Ende ...« Er bemerkte nicht, daß Guion nur noch in Satzfetzen sprach, als sei ihm etwas gegen seinen Willen herausgerutscht. Everard lief auf der Fährte zurück, den Blick nach vorn, mit einem Schlag wieder Jagdhund. Ihm war jetzt klar, daß er nicht ein Abblasen, sondern die Beendigung der Jagd brauchte.

Teil Zwei

FRAUEN UND PFERDE UND MACHT UND KRIEG

1985 n. Chr.

Hier, wo die Sterne des Bären sich zu tief drehten, drang die Nacht mit Eiseskälte in Blut und Knochen. Am Tage begrenzten die Berge jeden Horizont mit Fels, Schnee, Gletschern und Wolken. Dem Mann trocknete der Mund aus, als er über den Grat keuchte. Unter seinen Stiefeln lösten sich Steine. Nie konnte er richtig Luft schöpfen. Hinzu kam noch die Angst, daß eine Gewehrkugel oder ein Messer in dunkler Nacht sein bißchen Leben in diesem leeren Land beendete.

Juri Alexejewitsch Garschin erschien der Offizier wie ein Engel aus dem Himmel seiner Großmutter. Es war am dritten Tag nach dem Überfall. Er hatte versucht, sich nach Nordost durchzuschlagen und talwärts, obwohl er die meiste Zeit nach oben zu gehen schien. Das Gewicht der Erde zog seine Füße herab. Irgendwo da drüben lag das Lager. Der Schlafsack gab ihm auch nicht viel Ruhe. Immer wieder riß ihn namenlose Angst zurück in eine ebenso grausame Einsamkeit. Er teilte seine Marschverpflegung sorgsam ein und aß nur ein paar Bissen, um den schlimmsten Hunger zu stillen. Dennoch blieb ihm nicht mehr viel. Wasser gab es reichlich. Er konnte seine Feldflasche in Quellen füllen oder Schnee schmelzen. Aber er hatte nichts, um es zu erwärmen. Der Samowar im kleinen Holzhaus seiner Eltern war ein halbvergessener Traum — ebenso wie die ganze Kolchose, das Lied der Lerchen über den Roggenfeldern, Blumen bis ans Ende der Welt. Er Hand in Hand mit Jelena Borisowna … Hier wuchsen nur Flechten auf dem Fels, ab und zu Dornenbüsche, blasse Grasklumpen. Außer seinen Schritten und seinem Pulsschlag war nur der Wind zu hören. Ein großer Vogel nutzte ihn hoch oben aus. Garschin kannte die Art nicht. Ein Geier, der auf sein Sterben wartete? Nein, die Geier labten sich an seinen Kameraden …

Aus dem Berghang vor ihm ragte ein Fels heraus. Er änderte seine Marschroute, um ihn zu umgehen. Um wieviel mehr würde ihn das vom direkten Weg zu seiner Einheit abbringen? Da sah er plötzlich den Mann unter dem Felsen.

Feind! Er riß die Kalaschnikoff herunter, die ihm über der Schulter hing. Dann: *Nein! Das ist eine sowjetische Uniform!* Wohlige Wärme stieg in ihm auf. Seine Knie wurden weich.

Als er wieder sehen konnte, war der Mann näher gekommen. Seine Uniform war sauber und adrett. Offiziersabzeichen glitzerten im harten Gebirgssonnenlicht, trotzdem trug er einen Tornister und einen Schlafsack auf dem Rücken. Er führte nur eine Seitenwaffe mit sich, ging aber furchtlos und frisch dahin. Offensichtlich war er kein afghanischer Soldat, der in Sachen steckte, die die Verbündeten geliefert hatten. Er war kräftig, muskulös, das Gesicht unter dem Helm hell, aber breit an den Backenknochen, die Augen leicht schräg gestellt — *aus der Gegend um den Ladogasee vielleicht,* dachte Garschin erschöpft.

Und ich? Ich reiße nur meine Dienstzeit ab, halte in diesem elenden Krieg durch, bis ich nach Hause gehen kann, wenn ich noch lebe. Er salutierte.

Der Offizier blieb etwa einen Meter vor ihm stehen. Er war Hauptmann. »Nun«, fragte er. »Was machst du hier, Soldat?« Die finnischen Augen musterten ihn wie ein Wind bei Sonnenuntergang. Aber der Ton war nicht unfreundlich. Er sprach das Russisch Moskaus, das man in der Armee am meisten hörte. Allerdings klang seins gebildeter als üblich.

»B-b-bitte, Genosse …« Garschin zitterte und stammelte plötzlich hilflos. »Jurij A. Garschin, Soldat …« Irgendwie nannte er seine Einheit.

»Und?«

»Wir waren ... Aufklärungstrupp ... oben am Paß ... Gewehrfeuer, Explosionen, Männer fielen rechts und links ...« Sergeijs Schädel war grauenvoller Brei, sein schlaffer Körper flog beiseite, dann ein Knall, Rauch, Staub, flach auf dem Boden, in den Ohren dröhnte es so laut, daß man nichts anderes mehr hörte, im Mund ein medizinischer Geschmack: »Ich sah ... die Guerillas ... nein, ich sah einen Mann, Bart und Turban, er lachte. M-m-mich haben sie nicht gesehen. Ich lag hinter einem Busch, glaube ich ... oder sie waren zu sehr beschäftigt, die verwundeten mit den Bajonetten abzustechen.«

Garschin wurde schlecht. Es kam nur Galle. Sein Hals brannte wie Feuer.

Der Hauptmann stand ruhig neben ihm, bis er fertig war und die anschließenden Kopfschmerzen etwas abgeklungen waren. »Nimm einen Schluck Wasser«, riet der Hauptmann. »Spül damit im Mund. Gurgeln und etwas ausspucken. Nur ganz wenig schlucken.«

»Jawohl.« Garschin gehorchte. Es half. Er versuchte aufzustehen.

»Bleib vorerst sitzen«, sagte der Hauptmann. »Du hast viel durchgemacht. Die *mujahedin* hatten Raketenwerfer und Schnellfeuergewehre. Du bist dann weggekrochen, nachdem sie abgezogen waren?«

»J-j-ja, Genosse Oberst. Aber ich wollte nicht desertieren oder so, nur ...«

»Ich weiß. In dieser Situation konntest du nichts tun. Es war deine Pflicht, zur Einheit zurückzugehen und über das, was geschehen ist, Meldung zu machen. Direkt über den Paß wagtest du nicht zu gehen. Das wäre auch leichtsinnig gewesen. Du hast dich in die Berge geschlagen. Du warst immer noch benommen. Als du wieder klar denken konntest, wurde dir klar, daß du dich verirrt hattest, Korrekt?«

»Ich glaube schon.« Garschin hob den Blick zur Gestalt empor, die wie ein Fels vor ihm aufragte, ebenso fremd. Langsam arbeitete sein Verstand wieder. »Was ist mit Ihnen, Genosse Hauptmann?«

»Ich bin in einer Sondermission unterwegs. Du darfst mich nur in dem Maß erwähnen, wie ich es befehle. Verstanden?«

»Jawohl, Genosse Hauptmann. Aber...« Garschin setzte sich auf. »Sie sprechen, als wüßten Sie eine Menge über meine Truppe.«

Der Hauptmann nickte. »Ich kam kurz danach vorbei und rekonstruierte, was sich da anscheinend abgespielt hatte. Die Rebellen waren weg, aber die Leichen lagen da. Man hatte ihnen alles Nützliche abgenommen. Ich konnte sie nicht begraben.«

Er hielt sich zurück und sprach nicht von hochverdienten Helden. Garschin war nicht sicher, ob er dafür dankbar sein sollte oder nicht. Es war erstaunlich, daß ein Offizier einem einfachen Soldaten überhaupt etwas erklärte.

»Wir können einen Bergungstrupp schicken«, sagte Garschin. »Wenn meine Einheit davon erfährt.«

»Selbstverständlich. Ich werde helfen. Fühlst du dich besser?« Der Hauptmann bot Garschin die Hand und zog ihn hoch. Er stand einigermaßen fest auf den Beinen.

Die fremden Augen musterten ihn durchdringend. Die Worte trafen ihn langsam, wie Hammerschläge eines vorsichtigen Handwerkers. »In der Tat, Soldat Garschin, ist diese Begegnung für uns beide eine glückliche. Ich kann dich zu deinem Lager dirigieren, und du kannst etwas hinbringen, das unbedingt dort hin muß. Das kann ich aber nicht selbst erledigen, da meine Mission mir nicht genügend Zeit läßt.«

Wahrlich ein Engel vom Himmel! Garschin nahm Haltung an. »Jawohl, Genosse Hauptmann!«

»Ausgezeichnet.« Der Hauptmann betrachtete ihn immer noch. In der Ferne schoben sich Wolken über zwei Berggipfel. Jetzt hüllten sie sie ein, jetzt sah man wieder ihre Spitzen. Zweige knackten im Wind. »Erzähl mir mehr über dich, Junge. Wie alt bist du? Wo kommst du her?«

»N-neunzehn, Genosse Hauptmann. Von einer Kolchose in der Nähe von Schazk.« Kühner: »Wenn Ihnen das etwas sagt. Die nächste richtige Stadt ist Ryasan.«

Wieder nickte der Offizier. »Hm. Nun, du scheinst ein intelligenter und gewissenhafter Bursche zu sein. Ich glaube, daß du kapierst, was ich von dir will. Du sollst einen Gegenstand abliefern, den ich entdeckt habe. Es kann sich dabei aber um einen äußerst wichtigen Gegenstand handeln.« Er hakte die Daumen in die Gurte seines Tornisters. »Hier, hilf mir!«

Sie nahmen den Tornister ab und legten ihn auf den Boden. Der Hauptmann öffnete ihn und nahm ein Kästchen heraus. Dabei sprach er ganz unoffiziersmäßig weiter, blickte aber nicht Garschin an, sondern hinaus in eine unermeßliche Ferne.

»Dies ist ein uraltes Land. Die Geschichte hat die Völker schon vergessen, die hier so viele Jahrhunderte lebten, kamen und gingen, kämpften und starben. Wir heute sind nur die letzten. Unser Krieg ist nicht populär, weder zu Hause noch in der Welt. Richtig oder falsch — er schmerzt uns ebenso, wie der Krieg in Vietnam den Amerikanern schadete, da warst du noch ein Kind. Wenn wir ein bißchen Ehre herausziehen können, ein bißchen Ansehen, wäre das nur gut für unser Vaterland, oder? Ist es nicht ein patriotischer Dienst?«

Der Wind strich Garschin über den Rücken. »Sie sprechen wie ein Professor«, flüsterte er.

Der Hauptmann zuckte die Achseln. Mit ausdrucksloser Stimme sprach er weiter. »Was ich im zivilen Leben mache, ist unwichtig. Sagen wir mal: Ich habe ein Auge für gewisse Dinge. Als ich auf den Schauplatz des Überfalls kam, sah ich unter anderem diesen Gegenstand dort liegen. Die Afghanen haben ihn wohl übersehen. Sie waren in Eile und sind einfache Burschen. Es muß schon lange in der Erde vergraben gewesen sein, bis ein Raketeneinschlag es herausschleuderte. Es lagen auch einige Metall- und Knochensplitter dabei; aber ich hatte nicht die Zeit, mich darum zu kümmern. Hier, nimm es!«

Er legte das Kästchen in Garschins Hände. Es war etwa dreißig Zentimeter lang, zehn breit und zehn hoch, mit graugrünem Belag (Grünspan auf Bronze?), aber durch die Trockenheit des Hochlandes durch die Jahrhunderte (wie viele?) gut erhalten. Der Deckel war mit Draht festgebunden und mit einem Klumpen aus Harz verklebt, auf dem früher etwas eingeprägt gewesen war. Man sah auch noch die Spuren von Figuren, die in das Metall eingegossen waren.

»Vorsichtig!« warnte der Hauptmann. »Es ist zerbrechlich. Spiel nicht daran herum. Der Inhalt — ich vermute Dokumente — könnte zerfallen, wenn man es nicht fachmännisch unter scharfer Kontrolle von Wissenschaftlern öffnet. Ist das klar, Soldat Garschin?«

»Ja ... jawohl, Genosse Hauptmann.«

»Sag deinem Feldwebel sofort, wenn du ankommst, daß du den Oberst sprechen mußt, daß es lebenswichtig ist und daß du Informationen hast, die für keine anderen Ohren als die des Oberst bestimmt sind.«

Schreck. »Aber ... ich brauche doch nur zu sagen ...«

»Du mußt dies persönlich übergeben, damit es nicht in der Bürokratie verlorengeht. Oberst Koltuchow ist keine gehirnlose Dienstvorschriftenmaschine, wie so viele andere. Er wird es verstehen und das Richtige tun. Erzähl ihm einfach die Wahrheit und gib ihm das Kästchen. Er wird meinen Namen und noch mehr wissen wollen. Sag ihm, daß ich ihn dir nie nannte, weil meine Mission so geheim ist, daß ich dir nur Lügen aufgetischt hätte. Aber er kann gerne die GRU* oder den

* GRU = militärischer Sicherheitsdienst

KGB verständigen. Sollen sie mir doch nachspüren. Was dich betrifft, Soldat Garschin, du überbringst lediglich ein Kästchen, das von rein archäologischem Interesse ist und über das du ebensogut wie ich hättest stolpern können.« Der Hauptmann lachte, doch seine Augen blieben ernst.

Garschin schluckte. »Verstehe. Ist das ein Befehl, Genosse Hauptmann?«

»Ja. Und jetzt wollen wir uns lieber beeilen.« Der Hauptmann faßte in seine Tasche. »Nimm diesen Kompaß. Ich habe noch einen zweiten. Ich erkläre dir jetzt, wie du deine Einheit findest.« Er zeigte. »Von hier hältst du dich Nord-Nordost — so ...

... und wenn der Gipfel *dort* genau Süd-Südwest ist ...

... und ...

Ist das klar? Ich habe einen Notizblock. Da schreibe ich dir alles auf.

Viel Glück, mein Junge.

Garschin arbeitete sich vorsichtig den Abhang hinab. Das Kästchen hatte er in seinen Schlafsack gerollt. Obwohl es eigentlich nichts wog, hatte er das Gefühl, es drücke auf seinen Rücken so schwer wie die Stiefel. An allem zog die Erde. Hinter ihm stand der Hauptmann auf der Höhe und sah ihm mit verschränkten Armen nach. Als Garschin zum letztenmal zurückblickte, bildeten die Sonnenstrahlen hinter dem Helm eine Art Heiligenschein, als stehe dort ein Engel, der einen geheimnisvollen und verbotenen Ort bewachte.

209 v. Chr.

Die Straße verlief auf dem rechten Ufer des Flusses Baktrus. Darüber waren die Reisenden froh. Eine Brise vom Wasser und Schatten von den Maulbeerbäumen oder Weiden am Wegesrand waren willkommene Erfrischungen, wenn die Sommerhitze über dem Land brütete. Die Weizen- und Gerstenfelder, die dazwischen liegenden Obstgärten und Weinberge, ja sogar die Mohnblumen und purpurfarbenen Disteln schienen von dem Licht aus einem von Wolken leergebrannten Himmel ausgebleicht zu sein. Aber es war ein reiches Land. Überall die nicht sehr großen Steinhäuser in einer Dorfgemeinschaft oder auch als Einzelgebäude. Es herrschte schon lange Friede. Manse Everard wäre es viel lieber gewesen, wenn er nicht gewußt hätte, daß sich dies bald ändern würde.

Die Karawane schleppte sich nach Süden. Staubwolken stiegen unter den Hufen der Kamele auf. Hipponikos hatte seine Waren nach dem Gebirge von Maultieren auf Kamele umgeladen. Auch wenn sie stanken und bösartig waren, konnte jedes Tier mehr tragen. Für die Dürregebiete, die er auf seiner Route durchqueren mußte, war diese aus Zentralasien stammende Rasse besonders geeignet. Sie hatten gerade das Winterfell abgeworfen und sahen daher nicht übermäßig gepflegt aus. Die zweihöckrige Spezies, von der sie ihren Namen hatte, war noch nicht in dieses Land vorgedrungen. Sie zogen mit einem Höcker dahin. Geschirre knarzten, Metall klirrte. Doch klingelten noch keine Glöckchen, sie waren — ebenso wie der Name — noch in ferner Zukunft.

Die Männer waren froh, daß die wochenlange Reise

der Karawane sich dem Ende näherte. Sie plauderten angeregt, lachten, sangen, machten Scherze und winkten den Vorbeikommenden zu. Manchmal riefen oder pfiffen sie auch einem hübschen Mädchen hinterher — manche auch einem niedlichen Jungen. Die meisten waren iranischer Herkunft: dunkel, schlank, bärtig, in weite Pluderhosen, lose Hemden oder lange Mäntel gekleidet, mit hohen Hüten ohne Krempe. Es waren auch einige Levantiner darunter, in Tunika, kurzem Haar und glatt rasiertem Kinn.

Hipponikos war Hellene, wie die meisten heutigen baktrischen Aristokraten und Großbürger. Er war ein stämmiger Mann mittleren Alters, mit Sommersprossengesicht und schütterem, rötlichem Haar und einer flachen Kappe. Seine Vorfahren stammten vom Peloponnes, wo jetzt noch kaum Vertreter der anatolischen Völker lebten, die in Griechenland zu Everards Zeit so beherrschend wurden. Hipponikos ritt auf seinem Pferd an der Spitze, war aber auch nicht weniger schmutzig und verschwitzt als der Rest. »Nein, Meander! Ich bestehe darauf, daß du bei mir wohnst«, sagte er. »Ich habe bereits Klytios vorausgeschickt und ihm unter anderem aufgetragen, meiner Frau zu sagen, daß sie alles für einen Hausgast vorbereitet. Du würdest mich ja zum Lügner machen! Und Nanno hat schon so eine verdammt scharfe Zunge.«

»Du bist zu freundlich«, widersprach Everard. »Wirklich. Du triffst dich mit wichtigen Männern in der Stadt, die reich und gebildet sind. Ich aber bin nur ein rauher, alter Glücksritter. Ich möchte dich auf keinen Fall in eine — nun — peinliche Lage bringen.«

Hipponikos betrachtete seinen Begleiter von der Seite. Es war wirklich schwierig und kostspielig gewesen, für einen solchen Mann ein Reittier aufzutreiben. Ansonsten war Meanders Kleidung rauh und einfach, wenn man von dem Schwert absah, das er an der Hüfte trug. Niemand lief heutzutage noch bewaffnet herum.

Der Kaufmann hatte die gemieteten Wachen sofort entlassen, als er in ein Gebiet kam, das allgemein als sicher galt. Meander war etwas Besonderes.

»Hör mal«, sagte Hipponikos, »in meinem Gewerbe ist es hilfreich, ein guter Menschenkenner zu sein. Du bist viel in der Welt herumgekommen, da mußt du doch auch eine Menge gelernt haben — mehr als du zugibst. Ich erwarte, daß sich meine Geschäftsfreunde auch für dich interessieren. Offen gestanden, wird es nicht mein Schaden sein, wenn es darum geht, einige der Geschäfte abzuschließen, die mir vorschweben.«

Everard lächelte. Dabei erhellten sich seine schweren Züge und die blaßblauen Augen unter den braunen Locken. Seine Nase hatte einen Knick, der von einem früheren Kampf stammte, über den er aber ebensowenig gesprochen hatte wie überhaupt über seine Vergangenheit. »Nun, ich kann ihnen jede Menge Witze erzählen«, meinte er.

Hipponikos wurde ernst »Ich will dich nicht als Tanzbären, Meander! Bitte, glaube mir das. Wir sind doch Freunde, oder? Nachdem, was wir zusammen durchgemacht haben? Ein Mann gewährt seinen Freunden Gastfreundschaft.«

Everard nickte langsam. »In Ordnung. Danke.«

Du bist mir auch ans Herz gewachsen, dachte er. *Wir haben zwar nicht viele wirklich schlimme Abenteuer gemeinsam erlebt. Eine Schlägerei, die Überschwemmung an der Furt, wo wir ganze drei Maultiere retten konnten, und ein paar ähnliche heikle Situationen. Aber es war die Art von Reise, auf der man seine Reisegefährten erst so richtig kennenlernt ...*

... in Alexandria Eschates am Jaxartes*, der letzten und einsamsten der Städte, die der Eroberer gründete und nach sich benannte, hatte Everard angemustert. Es lag im Machtbereich des baktrischen Königs, aber am

* Jaxartes — Syr-Darja

äußersten Rand, so daß die Nomaden jenseits des Flusses in diesem Jahr herübergeritten kamen, da aus den Garnisonen viele Truppen abgezogen waren, um eine bedrohte Grenze im Südwesten zu verstärken. Hipponikos war froh gewesen, noch einen Bewaffneten zu bekommen, auch wenn es ein fahrender Söldner war. In der Tat mußten sie einen Banditenüberfall abwehren. Dann folgte der Weg nach Süden durch Sogdianes* zerklüftete, einsame und wilde Gegenden, in denen es aber auch kultiviertes und bewässertes Land gab. Jetzt hatten sie den Oxos** überquert und waren im eigentlichen Baktrien, in der Heimat ...

... dies hatte auch der Untersuchungsbericht schon ergeben. Heute morgen hatten uns die optischen Geräte an Bord des unbemannten Raumschiffs eine Minute lang im Visier, ehe seine Umlaufbahn es zu einem anderen Rendezvouspunkt trug. Daher war ich auch zur Stelle, um dich in Alexandria zu treffen, Hipponikos. Man hatte mir mitgeteilt, daß deine Karawane an einem Tag Baktra erreichen würde, der für meine Zwecke günstig war. Aber ja, alter Gauner, ich mag dich und hoffe zu Gott, daß du überlebst, was deinem Volk bevorsteht.

»Ausgezeichnet«, sagte der Kaufmann. »Wolltest du etwa unbedingt deinen Sold in einer verlausten Spelunke ausgeben? Nein, bleib bei uns, nimm dir Zeit, schau dich um und amüsiere dich! Wahrscheinlich findest du auf diese Art eine bessere neue Arbeit als durch einen Agenten.« Er seufzte. »Ich wünschte, ich könnte dir einen Dauerposten anbieten; aber mit dieser blöden Kriegssituation weiß nur Hermes, wann ich wieder losziehe.«

Sie hatten in den letzten Tagen Nachrichten gehört,

---

* Sogdiane — Landschaft in Asien zwischen dem Oxos und Jaxartes, das heutige Buchara, Oasenstadt in Usbekistan

** Oxos — Āmū-Darja, entspringt im Pamir und mündet in den Aral-See

die verwirrend und scheußlich waren. Antiochus*, König syrischen Seleukidenreiches, war ins Land gefallen. Euthydemos** von Baktrien hatte seine Armee gegen ihn geführt. Einem Gerücht zufolge befand Euthydemos sich jetzt auf dem Rückzug.

Hipponikos fand zu seiner vorigen Fröhlichkeit zurück. »Ha, ich weiß, warum du dich geziert hast!« rief er. »Du hattest Angst, die baktrischen Fleischtöpfe würden dir entgehen, wenn du bei einer respektablen Familie wohnst, stimmt's? Hat dir die kleine Flötenspielerin vor zwei Nächten nicht für eine Zeitlang gereicht?« Er stieß Everard den Daumen in die Rippen. »Du hast die Kleine so hergenommen, daß sie am nächsten Morgen o-beinig herumlief.«

Everards Haltung wurde starr. »Warum interessiert dich das so?« brauste er auf. »War deine etwa nicht gut?«

»He, nun werde nicht wütend!« Hipponikos blinzelte ihn an. »Dir scheint es ja beinahe leid zu tun. Hättest du lieber einen Knaben gehabt? Ich dachte, das sei nicht dein Stil.«

»Ist es auch nicht!« Das war wahr; aber es paßte auch zu Everards Rolle als halb barbarischer, halb hellenisierter Abenteurer aus dem Balkan, nördlich von Mazedonien. »Ich spreche nur nicht gern über mein Privatleben.«

»Nein, das tust du gewiß nicht«, murmelte Hipponikos. Ein Schatz farbiger Anekdoten; aber nichts Persönliches.

Eigentlich, gab Everard zu, *war es doch idiotisch von mir, mich über diese Bemerkung so zu ärgern. Warum habe ich das getan? Es hatte doch überhaupt nichts zu bedeuten. Nach langer Abstinenz waren wir wieder in zivilisierten Gegenden*

---

* Antiochus III. der Große, aus der Seleukidendynastie, regierte 223—187. Nach Wiedereroberung der ›Oberen Satrapien‹ (212—205) machte er Armenien, das Partherreich, Baktrien und Gandhara (206) zu Vasallen.

** Euthydemos von Baktrien, aus Magnesia gebürtig, gest. 200—190?

und machten in einer Karawanserei halt, wo es Mädchen gab. Ich habe mich mit Atossa wirklich toll amüsiert. Das ist alles.

Vielleicht ist gerade das falsch, überlegte er, *daß es alles war. Sie ist ein süßes Mädchen und verdient ein besseres Leben als das, was sie dort hat.* Große Augen, kleine Brüste, schmale Hüften, wissende Hände. Doch gegen Morgen wurde ihre Stimme nachdenklich, als sie fragte, ob ich je wiederkommen würde. Dabei hatte Everard ihr außer der bescheidenen Gebühr und einem großzügigen Trinkgeld nur die Rücksichtnahme gegeben, die fast jeder Amerikaner des zwanzigsten Jahrhunderts Frauen gegenüber zeigen will. Natürlich war das in dieser Gegend unüblich.

Ich mache mir immer noch Gedanken, was wohl aus ihr werden wird. Sie könnte von einem Haufen Schurken vergewaltigt werden, vielleicht getötet, vielleicht in die Sklaverei verschleppt werden, wenn Antiochus' Truppen diesen Landstrich überrennen. Bestenfalls wird sie mit dreißig dahingewelkt sein, jede niedere Arbeit verrichten, die sie finden kann. Mit vierzig ist sie verbraucht und zahnlos und noch vor fünfzig tot. Ich werde es nie erfahren.

Everard schüttelte sich. *Hör auf mit dieser Gefühlsduselei!* Er war kein zartbesaiteter, frischer Rekrut, dem alles an die Nieren ging. Er war ein Veteran, ein Unabhängiger Detektiv der Zeitpatrouille, der voll und ganz verstand, daß die Menschheit ihre Geschichte nun mal erleiden mußte.

Oder fühle ich mich etwa doch ein bißchen schuldig? Warum? Das ergab noch weniger Sinn. Wer ist verletzt worden? Gewiß nicht er, nicht einmal potentiell. Die künstlichen Viren, die man ihm eingepflanzt hatte, vernichteten jeden Bazillus, der im Laufe der Menschheit Krankheiten erregt hatte. Daher konnte er auch an Atossa — außer Erinnerungen nichts weitergegeben haben. *Und für den Illyrer Meander wäre es nicht natürlich gewesen, eine solche Gelegenheit auszulassen. Ich habe während meiner Lebenslinie schon mehr ausgenutzt, als ich noch weiß — und nicht immer, um meine jeweilige Rolle in einer Mission gut zu spielen.*

Okay, okay! Kurz vor dieser Mission hatte ich eine Verabredung mit Wanda Tamberly. Na und? Sie geht das auch einen Dreck an, oder?

Jetzt erst bemerkte er, daß Hipponikos zu ihm sprach. »Schon gut! Ich wollte dir nicht zu nahe treten. Keine Angst, du kannst die meiste Zeit nach Lust und Laune umherlaufen. Ich werde beschäftigt sein. Ich sage dir, wo die besten Orte sind. Vielleicht kann ich auch das ein oder andere Mal mitkommen; aber die meiste Zeit bist du allein. Und in meinem Haus werden dir keinerlei Fragen gestellt.«

»Danke«, antwortete Everard. »Tut mir leid, daß ich so ekelhaft war. Aber Müdigkeit, Hitze und Durst.«

Gut, dachte er. *Ich scheine Glück zu haben und kann Chandrakumar ohne Probleme aufsuchen. Und wer weiß? Vielleicht erfahre ich von Hipponikos' Bekannten etwas Nützliches.* Zugegeben, er würde etwas mehr auffallen, als er geplant hatte; aber im kosmopolitischen Baktra würde er keine Sensation hervorrufen. Er brauchte sich keine ernstlichen Sorgen zu machen, sein Zielobjekt zu alarmieren.

»Darum werden wir uns bald kümmern«, versprach der Kaufmann.

Wie zur Bestätigung seiner Worte lag die Stadt nach der nächsten scharfen Wegbiegung in voller Schönheit vor ihnen. Massiv ragten die gelbbraunen, mit Türmen bestückten Mauern über den Hafenanlagen am Fluß empor. Ihr Umfang betrug sieben Meilen. Rauch stieg aus den Häusern und Werkstätten. Der Lärm von Karrenrädern und Hufen war zu hören. Durch die großen Stadttore strömte reger Verkehr. Reiter, Fußgänger und Gespanne. Um einen freien Verteidigungsstreifen scharten sich Häuser, Schenken, Gewerbebetriebe und Gärten.

Wie die Karawanenreisenden waren die Bewohner

hauptsächlich iranischer Abstammung. Ihre Vorfahren hatten die Stadt gegründet und sie Sariaspa, Stadt der Pferde, genannt. Für die Griechen war sie Baktra. Je näher man kam, desto mehr Griechen sah man. Einige waren schon in dieses Land gekommen, als es noch unter der Herrschaft des persischen Reiches war. Oft waren die Bewegungen nicht freiwillig erfolgt. Die achaimenidischen Schahs deportierten ihnen lästige Ionier. Nach Alexanders Eroberung wurde die Einwanderung noch stärker, da Baktrien sich in ein vielversprechendes Land gewandelt hatte, das sich schließlich selbst zu einem unabhängigen Königreich machte, regiert von Hellenen. Die meisten von ihnen waren in den Städten, beim Militär oder bereisten die Handelsstraßen, die im Westen ans Mittelmeer, im Süden nach Indien und im Osten nach China führten.

Everard erinnerte sich an elende Hütten, mittelalterliche Ruinen, verarmte Bauern und Hirten, hauptsächlich türkisch-mongolische Usbeken. Aber das war 1970 in Afghanistan gewesen, unterhalb der nahen sowjetischen Grenze. Viele Veränderungen würden noch aus der Steppe in den zukünftigen Jahrtausenden über dies Land hereinbrechen. Verdammt zu viele!

Er schnalzte seinem Pferd zu. Hipponikos trabte schon. Die Kameltreiber feuerten ihre Tiere ebenfalls an. Die Männer zu Fuß hielten fröhlich Schritt. Sie waren beinahe zu Hause.

Zu Hause, um Krieg zu führen, wußte Everard.

Sie betraten die Stadt durchs Skythische Tor. Es stand offen, wurde aber von einer Abteilung Soldaten bewacht. Helme, Schilde, Kürasse, Beinschienen, Piken blitzten im Sonnenlicht. Sie musterten alle, die durchs Tor passierten, aufmerksam. Es herrschte auch nicht das laute Treiben, wie sonst im Orient üblich. Alles war etwas gedämpfter. Die Leute sprachen leise und höflicher. Eine stattliche Anzahl von Ochsen- oder Maultierkarren waren mit der Familienhabe beladen. Die Bauern, die es sich leisten konnten, suchten mit Frau und Kindern Zuflucht hinter den mächtigen Mauern.

Hipponikos bemerkte es. Sein Mund wurde schmal. »Es sind schlimme Nachrichten gekommen«, teilte er Everard mit. »Zwar nur Gerüchte, da bin ich sicher; aber die Wahrheit folgt auf den Fersen. Ich muß Hermes ein Opfer darbringen, daß wir nicht später kommen.«

Aber das tägliche Leben ging weiter. Das tut es irgendwie immer, bis alles im gierigen Schlund verschwindet. Menschen drängten durch die Straßen zwischen den Häusern, die glatten Fassaden waren oft bunt bemalt. Wagen, Lasttiere, Träger, Frauen mit Wasserkrügen oder Marktkörben auf dem Kopf schoben sich durch Handwerker, Arbeiter und Haussklaven. Ein reicher Mann in einer Sänfte, ein Offizier zu Pferd, sogar ein Kriegselefant mit seinem Mahaut drängte sich durchs Gewimmel und hinterließ vor und hinter sich heftig wogende Menschenmassen. Räder knarzten, Hufe klapperten, Sandalen klatschten auf dem Pflaster. Geschwätz, Lachen, Liedfetzen, Flötentöne, Trommeln, Gestank nach Schweiß oder Dung, Rauch, Kochdünste, Räucherstäbchen. Im Schatten von Imbißbuden saßen Männer im Schneidersitz, tranken Wein, vertrieben sich die Zeit mit Brettspielen und betrachteten die vorüberziehende Welt.

Am Heiligen Weg standen Bibliothek, Odeon, ein Gymnasium, alles mit Marmorfassaden, prächtigen Säulen und kunstvollen Friesen. In Abständen ragten die ithyphallischen Steinpfosten auf, mit bärtigen Köpfen als Abschluß, welche man Hermen* nennt. Everard

---

* Herme = Kultmal, das aus einem vierkantigen Steinmal mit seitlichen Armstümpfen, männl. Glied und bärtigen Kopf besteht und an Bezirksgrenzen, Wegkreuzungen, an Eingängen oder auch Gräbern stand (oft als Urkundenträger). Bis in hellenistische Zeit der Darstellung einer ganz bestimmten Seite des Gottes Hermes vorbehalten.

wußte, daß überall verstreut Schulen und öffentliche Bäder waren, ein Stadium, ein Hippodrom und ein Königspalast, der dem der Seleukiden in Antiochia nachgebaut war. Die Hauptstraße hatte an den Seiten erhöhte Gehsteige, um dem Abfall und der Gülle zu entgehen. An den Kreuzungen gab es Trittsteine. So weit hatte sich der Samen griechischer Zivilisation ausgebreitet.

Es spielte dabei keine Rolle, daß die Griechen Anaitis mit Aphrodite Urania gleichsetzten und ihr ein Heiligtum in ihrem Stil erbauten. Sie blieb eine asiatische Gottheit, und ihr Kult der am weitesten verbreitete. Westlich von Baktra war das aufstrebende Königreich der Parther gerade dabei, ein neues persisches Reich zu errichten, auch das war hier noch unwichtig.

Der Anaitis-Tempel ragte neben der Stoa von Nikanor, dem Hauptmarktplatz der Stadt, auf. Überall standen Buden mit Seide, Leinenzeug, Wollstoffen, Wein, Gewürzen, Süßigkeiten, Drogen, Edelsteinen, Messinggeräten, Silber- und Gold- und Eisenschmiedearbeiten, Talismanen ... In das Geschrei der Händler und das Feilschen der Käufer mischten sich Tänzer, Musiker, Wahrsager, Zauberer, Prostituierte, Bettler, Müßiggänger ... Die Gesichter, die bunten und unterschiedlichen Kleidungstücke kamen aus China, Indien, Persien, Arabien, Syrien, Anatolien, Europa, den wilden Hochländern und den Steppen im Norden ...

Everard war die Szene auf unheimliche Art fast vertraut. Er hatte ähnliche schon in vielen anderen Ländern und einer Reihe von Jahrhunderten gesehen. Jede war einzigartig, doch vibrierte in allen eine prähistorische, uralte Verwandtschaft. Everard war hier noch nie zuvor gewesen. Das Balkh zur Zeit seiner Geburt war nicht einmal ein Abklatsch des hellenistischen Baktra. Trotzdem kannte er sich aus. Eine ganz feine Elektronik hatte seinem Gehirn die Karte, die Geschichte, die wichtigsten Sprachen und Informationen eingeprägt, die nie aufgezeichnet worden waren, sondern nur Chandrakumars Geduld zusammengetragen hatte.

So viel Vorbereitung, so lange und riskante Bemühungen, um vier Flüchtige in die Finger zu bekommen!

Aber sie bedrohten die Existenz seiner Welt!

»Hier rüber!« rief Hipponikos und zeigte vom Sattel aus den Weg. Seine Karawane zog weiter in einen weniger bevölkerten Bezirk und hielt vor einem Lagerhaus. Die nächsten Stunden vergingen mit dem Abladen, der Inventur und dem Verstauen der Waren. Hipponikos gab jedem Mann fünf Drachmen Abschlagzahlung und Anweisungen, wie die Tiere unterzubringen und zu versorgen seien. Morgen wollte er sie bei der Bank treffen, wo er den Großteil seines Geldes aufbewahrte, und sie auszahlen. Im Augenblick wollten alle nur so schnell wie möglich heim und hören, was passiert war. Anschließend würde man — je nachdem, wie die Nachrichten ausfielen — mehr oder minder fröhlich feiern.

Everard wartete. Er vermißte seine Pfeife. Und ein kaltes Bier wäre der himmlischste Willkommenstrunk! Aber als Zeitpatrouillenmann hatte er gelernt, Wartezeiten zu überstehen. Er beobachtete die Vorgänge um sich herum, ansonsten träumte er vor sich hin. Nach einiger Zeit führte sein Tagtraum ihn in einen Nachmittag, der mehr als zweitausend Jahre später kam.

1987 n. Chr.

Sonnenschein, eine sanfte Brise und der Lärm der Stadt drangen durchs offene Fenster herein. Everard blickte hinaus und schaute zu, wie Palo Alto ein verlängertes Wochenende verbrachte. Er saß in einem Studentenapartment in Stanford. Die schäbigen Möbel, der mit Büchern und Papieren beladene Schreibtisch, das Regal voll Krimskrams und der mit Reißzwecken an der gegenüberliegenden Wand angebrachte Poster der National Wildlife Föderation verbreiteten Gemütlichkeit. Von der Gewalt des gestrigen Abends war nichts mehr zu sehen. Wanda Tamberly hatte phantastisch sauber gemacht, damit die Wohnungsinhaberin nichts bemerkte, wenn sie vom Familienausflug zurückkam — sie war vier Monate jünger in ihrer Lebenszeit und ein Weltraumzeituniversum jünger an Wissen als Wanda, die jetzt vor ihm saß.

Everard schaute nicht öfter hinaus, als es die gewohnte Vorsicht erforderte. Viel lieber widmete er seine Aufmerksamkeit der hübschen kalifornischen Blondine. Licht schimmerte in ihrem Haar und auf dem blauen Bademantel, der zu ihrer Augenfarbe paßte. Auch wenn man bedachte, daß sie rund um die Uhr geschlafen hatte, war sie nach dem schrecklichen Erlebnis erstaunlich frisch und munter. Ein Mädchen — oder auch ein Junge —, der von Pizarros Conquestadores entführt und durch ein mehr als waghalsiges Manöver gerettet wurde, hatte alle Entschuldigungen der Welt, die nächsten Tage wie betäubt zu verbringen. Wanda hatte mit ihm ein Riesensteak in der Küche geteilt und dabei alle möglichen intelligenten Fragen gestellt. Jetzt fuhr sie damit im Wohnzimmer fort.

»Wie funktioniert Zeitreisen überhaupt? Ich habe gelesen, daß es unmöglich und absurd ist.«

Er nickte. »Gemäß heutiger Physik und Logik ist das richtig. Man wird aber in der Zukunft mehr wissen.«

»Und trotzdem — ich studiere Biologie; aber ich hatte auch ein paar Physikkurse und halte mich auch auf dem laufenden. *Science News, Analog* ...« Sie lächelte. »Ich bin ehrlich, wie du siehst, auch *Scientific American*, wenn ich bei dem Stil nicht einschlafe. Doch, ganz ehrlich!« Ihr Humor verschwand. Sie hatte ihn wohl als Verteidigung benutzt. Die Situation blieb kritisch, vielleicht sogar hoffnungslos. »Du springst da auf so eine Art Buck-Rogers-Motorrad ohne Räder, gibst Gas, erhebst dich in die Luft, fliegst dahin und drückst auf einen anderen Knopf. Dann bist du augenblicklich an einem anderen Ort, irgendwo und irgendwann. Ohne Rücksicht auf Höhenunterschiede oder ... Woher kommt eigentlich die Energie? Und die Erde dreht sich, sie läuft um die Sonne, die Sonne um den Mittelpunkt der Galaxis. Was ist damit?«

Everard lächelte etwas. *»Eppur si muove?«*

»Was? O ja, klar. Galilei hat das gesagt, nachdem man ihn zwang, zuzugeben, daß die Erde stillsteht. ›Und sie bewegt sich doch.‹ Stimmt's?«

»Stimmt. Ich bin überrascht, daß ... eh ... jemand deiner Generation diese Geschichte kennt?«

»Ich verbringe meine Freizeit nicht nur mit Skindiving und Bergsteigen, Mr. Everard.« Das klang leicht gekränkt. »Ich nehme auch ein Buch mit.«

»Aber sicher. Entschuldigung ...«

»Offen gesagt, bin ich überrascht, daß Sie das wissen.«

Na klar, dachte er, *ganz gleich, wie verrückt die Umstände auch sind, ich bleibe unverwechselbar der einfache Kerl aus dem Mittelwesten, der nie so ganz die Erde von den Stiefeln abgestreift hat.*

Ihre Stimme wurde sanfter. »Aber Sie leben natürlich

die Geschichte.« Sie schüttelte das honigfarbene Haar. »Ich kann es noch immer nicht ganz fassen. Zeitreisen. Trotz allem, was passiert ist, kommt es mir nicht real vor. Zu phantastisch. Bin ich beim Höhenflug zu langsam, Mr. Everard?«

»Ich dachte, wir würden Vornamen benutzen und du sagen?« *Das war doch die Norm dieses Zeitabschnitts in Amerika, der mir nicht mal so verdammt fremd ist. Schließlich stamme ich von hier. Ich gehöre auch hierher. Ich bin nicht wirklich alt. Vor dreiundsechzig Jahren wurde ich geboren. Habe aber sehr viel mehr Zeitspannen rumgebracht auf diesen Zeitausflügen. Aber biologisch bin ich Mitte dreißig,* wollte er ihr erklären, durfte aber nicht. *Antialterungsbehandlung, präventive Medizin, die für dieses Jahrhundert noch in ferner Zukunft liegt. Wir Patrouillenagenten haben unsere Muntermacher. Die brauchen wir, um so manches zu verkraften, was wir erleben.* Er zwang sich zu fröhlicheren Gedanken. »Eigentlich hat Galilei dieses Zitat nie gesagt, weder laut noch leise. Es ist frei erfunden.« *Eine von den Geschichten, von denen die Menschen sich mehr als von Fakten leiten lassen.*

»Schade!« Sie lehnte sich auf dem Sofa zurück und lächelte ihn an. »Manse, diese Zeitmobile oder Flitzer oder wie du sie sonst nennst, sind so, wie sie sind. Und wenn du sie erklären wolltest, würden dich heutige Wissenschaftler nicht verstehen, oder?«

»Sie haben einen ganz schwachen Schimmer. Nichtträge Beziehungssysteme. Quantenschwerkraft. Energie aus dem Vakuum. Bells Theorem wurde kürzlich im Laboratorium verletzt, nicht wahr? Oder wird das noch ein oder zwei Jahre nicht passieren? Zeug über Wurmlöcher im Kontinuum, Kerr-Metrik, Tipler-Maschinen — nicht, daß ich das alles selbst verstehe. Physik war beileibe nicht mein bestes Fach auf der Patrouillenakademie. Vielleicht werden die letzten Entdeckungen erst in tausend Jahren gemacht und das erste funktionierende Raumzeitfahrzeug erst dann gebaut.«

Sie runzelte die Stirn und konzentrierte sich. »Und ... Expeditionen beginnen. Wissenschaftliche, historische, kulturelle — kommerzielle, nehme ich an. Militärische auch? Ich hoffe, die nicht. Aber ich verstehe, daß man sehr bald eine Polizei braucht, eine Zeitpatrouille, um zu helfen, zu beraten, zu retten und ... Reisende zu beaufsichtigen, damit sie nicht rauben, betrügen oder ...« — sie verzog das Gesicht — »Menschen in der Vergangenheit ausnützen. Sie müßten dann gegen Wissen und Apparate aus der Zukunft helfen, oder?«

»Nicht immer, wie du selbst bezeugen kannst.«

Sie lachte. Es klang etwas zittrig. »Mann, o Mann! Das kann ich! Gibt es in der Historie viele Typen, die so hart und ausgekocht sind wie Luis Castelar?«

»Genug. Unsere Vorfahren wußten nicht alles, was wir heute wissen; aber dafür andere Dinge, die wir vergessen haben oder die in unseren Bibliotheken verschimmeln. Und sie verfügten im Schnitt über das gleiche Gehirn.« Everard beugte sich vor. »Ja, wir in der Patrouille leisten hauptsächlich Polizeiarbeit und tun das, was du erwähntest. Hinzu kommen aber noch eigene Forschungen. Sieh mal! Wir können den geordneten Ablauf der Ereignisse nicht beschützen, wenn wir ihn nicht genau kennen. Und unsere Hauptaufgabe ist: Schutz. Deshalb begründeten die Darnellier unser Corps.«

Sie hob die Brauen. »Die Darnellier?«

»Das ist die englische Entsprechung ihres Namens in temporal. Temporal ist unsere gemeinsame Sprache. Sie ist künstlich und wurde entwickelt, um mit den Windungen und Drehungen von Zeitreisen fertig zu werden. Die Danellier — einige erschienen, werden erscheinen, als Chronokinese neu entwickelt wurde.«

Er machte eine Pause. Dann sprach er leise und langsam weiter. »Das muß ... ehrfurchteinflößend gewesen sein. Ich traf einen, nur ein einziges Mal und nur für ein paar Minuten; aber ich brauchte Wochen, um darüber hinwegzukommen. Natürlich können sie sich verkleiden, wenn sie wollen, und in menschlicher Gestalt herumlaufen, *falls* sie das je wollten. Ich bin nicht sicher, ob sie wollen. Sie sind das, was in der Evolution nach uns kommt, so in einer Million Jahren oder noch mehr. So wie wir nach dem Menschenaffen gekommen sind. Zumindest ist das bei uns die gängige Meinung. Niemand weiß es genau.«

Mit großen Augen blickte sie an ihm vorbei. »Wieviel konnte der Australopithecus schon genau über uns wissen?« flüsterte sie.

»Ja, so etwa.« Everard zwang sich, eher gelangweilt zu sprechen. »Sie tauchten auf und befahlen die Gründung der Patrouille. Andernfalls war die Welt, ihre und die aller, zum Untergang bestimmt. Sie würde nicht einfach ruiniert werden, nein, sie hätte niemals existiert. Mit Absicht oder durch Zufall würden Zeitreisende die Vergangenheit so verändern, daß alles, was nach ihnen kommen würde, völlig anders gestaltet würde. Und das würde immer wieder geschehen, bis — ich weiß es nicht. Bis zum kompletten Chaos oder der Auslöschung der menschlichen Rasse, es sei denn, etwas Ähnliches würde Halt gebieten, und Zeitreisen wären nie erfolgt.«

Sie war blaß geworden. »Aber das ergibt keinen Sinn.«

»Gemäß normaler Logik nicht. Aber überlege! Wenn du in die Vergangenheit gehen würdest und völlig frei handeln könntest — welche mystischen Mächte besitzt sie, um deine Handlungen zu bändigen, die die Gegenwart nicht besitzt? Keine. Du, Wanda Tamberly, könntest deinen Vater töten, ehe er dich zeugte. Nicht, daß du das willst. Aber nimm einmal an, daß du unschuldig in einem Jahr herumläufst, in dem deine Eltern noch jung waren, und du etwas tätest, wodurch sie einander nie kennenlernen würden?«

»Würde ich ... aufhören zu existieren?«

»Nein. Du wärst in jenem Jahr noch da. Aber du erwähntest doch deine Schwester. *Sie* würde nie geboren.«

»Aber woher bin ich dann gekommen?« Ihre Augen blitzten verschmitzt. »Wohl kaum aus einem Storchennest.« Doch schon war sie wieder ernst.

»Von nirgendwo. Aus dem Nichts. Ursache und Wirkung — das gilt nicht. Es ist ähnlich wie Quantenmechanik und ist auf einer Skala von der subatomaren zur menschlichen Ebene heraufgeklettert.«

Beinahe hörbar knisterte die Spannung. Everard wollte sie lösen. »Aber keine Angst«, sagte er. »In der Praxis sind die Dinge nicht so hauchfein ausbalanciert. Das Kontinuum kann man nur sehr selten verformen. Um beim Beispiel von dir und deinen Eltern zu bleiben: Da wäre dein gesunder Menschenverstand ein Schutzfaktor. Mögliche Zeitreisende werden auf Herz und Nieren geprüft, ehe man sie unbeaufsichtigt losziehen läßt. Außerdem bewirkt das meiste, was die tun, keine weitreichenden Änderungen. Spielt es eine Rolle, ob du oder ich im Globe Theatre eine Aufführung sahen, bei der Shakespeare selbst auf der Bühne stand, oder nicht? Selbst wenn, ja, wenn du die Ehe deiner Eltern oder das Leben deiner Schwester annullieren würdest — bei allem gebührendem Respekt —, ich glaube kaum, daß die Weltgeschichte davon etwas merken würde. Der Wäre-gewesene-Ehemann deiner Mutter hätte eine andere geheiratet, und dieses andere Person würde ... irgendwie eine solche Person sein, daß der Genenpool nach einigen Generationen wieder derselbe sein würde. Derselbe berühmte Nachkomme würde geboren werden — mehrere Jahrhunderte später. Und so weiter. Kannst du mir folgen.«

»Du schmeißt mir da harte Bälle zu, daß mein Kopf sich pausenlos dreht. Aber ... ja, ein bißchen habe ich auch über Relativität gelernt. Weltlinien, unsere Spuren durch die Raumzeit. Sie sind wie ein Netz aus zähen Gummibändern, nicht wahr? Wenn man daran zieht, wollen sie zurück in ihre richtige ... hm ... Anordnung springen.«

Er pfiff anerkennend. »Du kapierst verdammt schnell.«

Sie war nicht im mindesten erleichtert. »Jedoch gibt es Ereignisse, Leute, Situationen, wo das Gleichgewicht ... instabil ist. Die gibt's doch oder? Wenn zum Beispiel irgendein Idiot in guter Absicht, Booth davon abhält, Lincoln zu erschießen. Das würde doch später alles verändern.«

Er nickte.

Sie saß ganz aufrecht da und hielt die Knie umschlungen. Sie zitterte. »Don Luis wollte — er will moderne Waffen in die Finger bekommen — dann ins Peru des sechzehnten Jahrhunderts zurückgehen und ... die Eroberung übernehmen und hinterher die Protestanten in Europa auslöschen und die Moslems aus Palästina vertreiben ...«

»Du hast's erfaßt.«

Everard beugte sich noch weiter vor und nahm ihre Hände. Ihre waren kalt. Sie drückte sie fest. »Hab keine Angst, Wanda«, beschwor er sie. »Ja, es ist erschrekkend. Es könnte passieren, daß du und ich uns heute niemals unterhielten, daß wir und unsere gesamte Welt niemals waren, nicht einmal ein Traum von jemand. Es ist schwieriger vorzustellen und zu akzeptieren als die Vorstellung persönlicher Vernichtung, wenn wir sterben. Das weiß ich nur zu genau! Aber es wird nicht soweit kommen, Wanda! Castelar ist ein schlauer Fuchs. Durch einen unglücklichen Zufall fiel ihm ein Zeitmobil in die Hände, und er lernte, es zu bedienen. Aber er ist nur ein einziger Mann und hat von allem anderen keine Ahnung. Gestern abend ist er von hier nur mit knapper Not entkommen. Die Patrouille ist auf seiner Spur. Wir nageln ihn fest, Wanda, und reparieren den

Schaden, den er vielleicht angerichtet hat. Dazu sind wir da. Unsere Erfolgsbilanz sieht verdammt gut aus, wenn ich das sagen darf. Und ich tue es.«

Sie schluckte. »Okay, ich glaube dir, Manse.« Er spürte, wie die Wärme in ihre Finger zurückfloß.

»So ist's gut! Du hilfst uns wirklich sehr. Dein Bericht über das, was du erlebt hast, war hervorragend, voll mit Hinweisen, auf das, was er als nächstes versucht. Ich erwarte noch mehr Anhaltspunkte zu erfahren, sobald mir neue Fragen einfallen. Aber wahrscheinlich hast du auch ein paar Vorschläge zu machen.«

Weiterer Zuspruch: »Deshalb bin ich auch mit dir so offen. Wie ich schon sagte, ist es normalerweise streng verboten, Außenstehenden zu enthüllen, daß es Zeitreisen gibt. Mehr als verboten. Wir sind dagegen konditioniert. Wir können es gar nicht weitererzählen. Aber dies sind außergewöhnliche Umstände, und ich bin, was man einen Unabhängigen Agenten nennt, mit der Befugnis, mich über die Bestimmungen hinwegzusetzen.«

Sie entzog ihm sanft, aber bestimmt ihre Hände. *Ein kalter Typ,* dachte er. *Ich meine nicht frigide. Unabhängig. Mut, Rückgrat, Verstand. Und das mit einundzwanzig.* Sie schaute ihn wieder ganz klar an. Ihre etwas heisere Stimme klang fest. »Danke. Ich danke dir mehr, als ich ausdrücken kann. Du bist auch etwas Besonderes, weißt du?«

»Nein. Ich bin nur zufällig der Detektiv, der an diesem Fall arbeitet.« Er lächelte. »Zu schade, daß du nicht einen von diesen tollen Burschen gewonnen hast, wie sie zum Beispiel bei den Planetarischen Pionieren vorkommen.«

»Bei den was?« Sie wartete die Antwort nicht ab. »Ich nehme an, die Patrouille nimmt Leute aus allen Perioden.«

»Nun, genau genommen nicht. Vor der wissenschaftlichen Revolution um 1600 gibt es nur ganz wenig Personen, die sich die Idee vorstellen können. Castelar ist eine Ausnahmeerscheinung.«

»Und wie sind sie auf dich gekommen?«

»Ich habe mich auf eine Anzeige gemeldet und einige Tests bestanden. Das war — warte mal — na ja, ist schon einige Zeit her.« *Um nicht zu sagen ›1957‹. Warum nicht? Weil sie nicht den ganzen Hintergrund hat. Sie würde mich für uralt halten ... Und warum würde das eine Rolle spielen, Everard, du alter Bock?* »Man findet Rekruten auf viele verschiedene Arten.« Er streckte sich. »Hör zu, mir ist klar, daß du zehn Millionen Fragen hast. Ich würde sie auch alle gern beantworten. Vielleicht kann ich es später tun; aber im Augenblick sollten wir zur Sache kommen. Ich möchte noch mehr Einzelheiten über das, was passiert, hören. Die Zeit ist kurz.«

»Wirklich«, sagte sie leise. »Ich dachte, du könntest in einem Sekundenbruchteil kurz vor oder nach einem Ereignis landen?«

Gerissen, gerissen. »Sicher können wir das. Aber — na ja, wir im Corps haben nur eine begrenzte Lebensspanne zur Verfügung. Früher oder später holt uns der Alte alle ein. Und die Patrouille hat zu viel Geschichte zu bewachen. Wir haben grauenvollen Personalnotstand. Und — mir fällt es schwer, so ruhig dazusitzen, wenn noch eine Aktion bevorsteht. Ich möchte ... gern zu dem Punkt auf meiner persönlichen Weltlinie vorstoßen, wo ein Fall abgeschlossen ist und ich weiß, daß wir in Sicherheit sind.«

»Verstehe«, sagte sie schnell. Dann: »Es fängt doch nicht mit Don Luis an oder hört mit ihm auf, oder?«

»Nein«, gab Everard zu. »Er erwischte ein Zeitmobil, weil Banditen aus der fernen Zukunft versuchten, eines Nachts Atahuallpas Lösegeld zu stehlen, als er gerade dort war. Diese Banditen sind die wirklich gefährlichen Typen. Aber im Augenblick müssen wir erst mal unseren Conquistador aufspüren.«

209 n. Chr.

Wie die meisten reichen hellenistischen Häuser so weit im Osten, vereinigte auch das von Hipponikos klassische Einfachheit mit orientalischem Prunk. Im Speisezimmer umrahmten vergoldete Stuckleisten farbenfrohe Fresken mit exotischen Vögeln, Tieren und Pflanzen. Räucherstäbchen versüßten die Luft. Jetzt, im Sommer, stand eine Tür zum Fischteich und den Rosenbeeten im Innenhof offen. Doch die Anwesenden saßen bequem nach attischer Sitte zu zweit auf Couchen, neben denen zwei Tischchen standen. Sie trugen weiße, wenig verzierte Tuniken. Sie mischten den Wein mit Wasser und aßen gut, aber nicht üppig: Suppe und weiches Brot, gefolgt von einem Lammgericht, Gerste und Gemüse, alles nur leicht gewürzt. Fleisch war etwas Besonderes. Als Nachspeise gab es frisches Obst.

Normalerweise hätte der Kaufmann das erste Abendessen nach seiner Rückkehr als eine Familienangelegenheit betrachtet und als Gast nur seinen Freund Meander geladen. Am nächsten Abend wäre dann eine reine Männergesellschaft gewesen, für die er Mädchen gemietet hätte, die Musik machten, tanzten und auch sonst die Gäste unterhielten. Doch die Umstände waren jetzt anders. Er brauchte eine möglichst rasche und vollständige Aufklärung über die Lage in der Stadt und im Land. Daher hatte er seiner Frau die Botschaft vorausgeschickt, bestimmte Männer zusammen einzuladen. Sie wurden von Sklaven bedient.

Hipponikos' Stellung in der Stadt war so bedeutend, daß die beiden Männer, die so kurzfristig eingeladen wurden, auch kamen. Außerdem könnte nützlich sein, was er von der Nordgrenze zu berichten hatte. Die Gäste saßen ihm und Everard gegenüber. Nach kurzem Austausch von Höflichkeiten kamen sie direkt auf die gegenwärtigen Zustände zu sprechen. Die waren alles andere als erfreulich.

»... der letzte Kurier«, schimpfte Kreon. »Die Armee sollte übermorgen hier eintreffen.« Er war ein untersetzter, narbengesichtiger Mann. König Euthymedos hatte ihn zum Vizekommandanten der Garnison gemacht, als er auszog.

Hipponikos kniff ein Auge zusammen. »Die gesamte Expeditionsstreitmacht?«

»Minus die Toten«, antwortete Kreon grimmig.

»Aber was ist mit dem Rest des Landes?« fragte Hipponikos erschüttert. Er hatte Landbesitz im Hinterland. »Wenn die meisten unserer Männer in dieser einen Stadt eingepfercht sitzen, können Antiochos' Truppen überall ungehindert plündern und alles niederbrennen.«

»Erst plündern, dann *niederbrennen!«* fiel Everard ein. Dieser Witz aus dem zwanzigsten Jahrhundert war zweifellos schon seit Urzeiten beliebt; aber nicht besonders komisch, wenn die Wirklichkeit näherrückte; aber der Mensch griff immer nach einem Strohhalm Humor.

»Keine Angst«, sagte Zoilos beschwichtigend. Hipponikos hatte Everard erklärt, daß dieser als Schatzminister im ganzen Reich gute Verbindungen hatte. Unter der großen Nase verzog sich der Mund in dem hageren Gesicht zu einem verkniffenen Lächeln. »Unser König weiß genau, was er tut. Wenn er seine Kräfte hier konzentriert, muß der Feind in der Nähe bleiben. Dann können wir Abteilungen hinausschicken und ihn vom Rükken her angreifen, Stück für Stück. Das ist doch richtig, Kreon, oder?«

»Ganz so einfach ist es nicht, vor allem nicht über eine längere Zeitspanne.« Der Blick des Offiziers auf seinen Nachbarn sagte deutlich: *Ihr Zivilisten haltet euch immer für Meisterstrategen!* »Aber es stimmt, daß Antiochos es vorsichtig angeht. Das ist deutlich zu sehen. Und überhaupt ist unsere Armee noch in einsatzbereiter Ordnung, er aber weit entfernt von der Heimat.«

Everard hatte in der Gegenwart der Würdenträger respektvoll geschwiegen. Doch jetzt fand er, daß er eine Frage wagen könnte. »Verzeiht, was ist eigentlich geschehen? Könnt ihr das den eingegangenen Meldungen entnehmen?«

Kreons Antwort war leicht herablassend, aber freundlich, so von einem Soldaten zum anderen. »Die Syrer sind am Südufer des Arius entlangmarschiert.« Auf den Landkarten aus Everards Zeit war das der Hari Rud. »Anderenfalls hätten sie die Wüste durchqueren müssen. Natürlich wußte Euthydemos, daß Antiochos im Anmarsch war. Er erwartete ihn schon seit langem.«

Natürlich, dachte Everard. Dieser Krieg braut sich schon seit sechs Dekaden zusammen, seit der Satrap von Baktra sich gegen die Seleukidenmonarchie auflehnte, seine Provinz für unabhängig erklärte und sich zum König machte.

Die Parther hatten die Idee begeistert aufgenommen und gleichzeitig dasselbe getan. Sie waren beinahe ganz reine Iranier — Arier, in der wahren Bedeutung dieses Wortes — und hielten sich für die Erben des persischen Reiches, das Alexander erobert hatte und seine Generäle später unter sich aufgeteilt hatten. Zusätzlich zu den ewigen Machtkämpfen im Westen hatten die Nachkommen des General Seleukos plötzlich eine zusätzliche Bedrohung im Rücken.

Im Augenblick herrschten sie über Kilikien (in Everards Zeit Südzentraltürkei) und Latakia an der Mittelmeerküste. Von dort aus breitete sich ihr Herrschaftsbereich über den Hauptteil Syriens, Mesopotamiens (Irak) und Persien (Iran) aus, entweder direkt oder mittels Vasallen. Allgemein sprach man daher von ›Syrien‹, obwohl die Herrscher dort griechisch-mazedonisch mit nahöstlichem Einschlag und ihre Untertanen eine wilde Mischung aller möglicher Völker waren. König Antiochos III. hatte alles wieder vereint, nachdem Bürger- und andere Kriege es ziemlich zerrüttet hatten. Er rückte bis nach Parthien vor (Nordosten Irans) und schaffte dort wieder Ruhe — für den Augenblick. Jetzt war er gekommen, um Baktrien und Sogdiane zurückzufordern. Sein Ehrgeiz reichte noch weiter nach Süden, nach Indien ...

»... und hielt seine Spione und Späher auf Trab. Er bezog an der Furt Stellung, die, wie er wußte, die Syrer benutzen würden.« Kreon seufzte. »Aber ich muß zugeben: Dieser Antiochos ist ein gerissener Hund, außerdem ebenso waghalsig wie zäh. Kurz vor Tagesanbruch schickte er eine Vorhut hinüber ...«

Die baktrischen Truppen bestanden, wie die der Parther, hauptsächlich aus Kavallerie. Das entsprach den asiatischen Traditionen und auch an den meisten Orten dem asiatischen Gelände. Doch in der Nacht waren diese Reiterscharen furchtbar im Nachteil, wenn sie sich so weit zurückzogen, bis sie vermeintlich vor dem Feind in Sicherheit waren.

»... und trieben unsere Vorhut zurück zur Hauptstreitmacht. Seine Hauptstreitmacht folgte. Euthydemos hielt es für am weisesten, zurückzuweichen, sich neu zu formieren und hierherzukommen. Auf dem Weg sammelte er noch Nachschub. Antiochos nahm die Verfolgung auf, aber nicht sehr dicht. Die Kämpfe waren nur kleinere Scharmützel.«

Hipponikos runzelte die Stirn. »Das klingt aber gar nicht nach Antiochos, nach dem, was ich gehört habe.«

Kreon zuckte die Achseln, leerte seinen Becher und ließ sich vom Sklaven nachschenken. »Geheimnachrichten zufolge soll er bei der Furt verwundet worden sein. Nicht genug, um ihn kampfunfähig zu machen. Das ist klar, aber vielleicht reicht es aus, daß er langsamer vorrückt.«

»Dennoch war es unklug von ihm, nicht seinen Vorteil auf der Stelle auszunützen«, erklärte Zoilos. »Baktra ist hervorragend versorgt. Diese Mauern sind unüberwindlich. Sobald König Euthydemos mal drin ist...«

»Kann er es aussitzen und Antiochos uns durch eine Belagerung aushungern lassen?« unterbrach ihn Hipponikos. »Das hoffe ich nicht.«

Aufgrund seiner Kenntnis der Zukunft konnte Everard ruhig seine Meinung äußern. »Möglicherweise plant er das gar nicht. Wenn ich euer König wäre, würde ich mir hier einen sicheren Platz schaffen und dann eine offene Feldschlacht wagen, da ich ja im Fall einer Niederlage in die Stadt zurückkehren kann.«

Kreon nickte.

»Eine Wiederholung des Trojanischen Kriegs?« protestierte Hipponikos. »Mögen die Götter uns ein anderes Ende gewähren.« Er neigte seinen Becher und verspritzte einige Tropfen auf den Boden.

»Keine Angst«, erklärte Zoilos. »Unser König hat mehr Verstand als Priamos. Und sein ältester Sohn, Demetrios, ist auf dem besten Weg, ein zweiter Alexander zu werden.« Offensichtlich blieb er überall ein Höfling.

Aber Zoilos war keineswegs nur ein Speichellecker, sonst hätte Hipponikos ihn nicht hier haben wollen. In diesem Punkt sprach er die Wahrheit. Euthydemos hatte sich aus eigener Kraft emporgearbeitet, ein Abenteurer aus Magnesia, bemächtigte er sich der Krone Baktriens; aber er regierte sehr fähig und kämpfte geschickt. In zukünftigen Jahren würde Demetrios den Hindukusch überqueren und einen großen Brocken des Mauryanischen Reiches für sich erobern.

Es sei denn, die Exaltionisten gewannen doch noch, und die gesamte Zukunft, aus der Everard stammte, würde annulliert.

»Na schön, dann kümmere ich mich mal lieber um meine eigenen Waffen«, sagte Hipponikos schweren

Herzens. »Ich habe ... drei Männer in diesem Haushalt, die alt genug zum Kämpfen sind, außer mir. Meine Söhne ...« Er konnte das Stöhnen nicht ganz unterdrücken.

»Gut«, meinte Kreon. »Wir haben die Dinge etwas umorganisiert. Du meldest dich bei Philippos, dem Sohn von Xanthos, beim Orion-Turm.«

Hipponikos blickte Everard an. Ihre Unterarme berührten sich. Der Zeitpatrouillenmann spürte leichtes Zittern.

Zoilos ergriff das Wort und meinte etwas boshaft: »Falls du bei unserem Krieg nicht mitmachen willst, Meander, geh lieber gleich.«

»Nun, so schnell doch nicht, hoffe ich zumindest«, antwortete Everard.

»Dann kämpfst du auf unsrer Seite?« Hipponikos war erleichtert.

»Nun, dies alles kommt sehr überraschend ...« *Ich lüge wie gedruckt.*

Kreon lachte. »Ach, du hast dich auf etwas Spaß gefreut? Dann gib dein Geld ruhig aus! Trinke guten Wein, solange es den noch gibt, und hure herum, ehe die Armee die Preise jeder Straßennutte so hoch wie den für Theonis jetzt hinauftreibt.«

»Für wen?« fragte Everard.

Hipponikos lächelte süßsauer. »Vergiß es! Die ist nicht in deiner oder meiner Preisklasse.«

Zoilos wurde puterrot. »Sie ist nicht für jeden Lümmel, der ihr einen Sack Gold anschleppt«, fuhr er auf. »Sie wählt nur die Liebhaber, die sie begehrt.«

Oha! dachte Everard. *Der große Beamte hat auch 'ne menschliche Seite, was? Aber ich will ihn nicht in Verlegenheit bringen. Es wird so schon schwierig genug, dies Gespräch in die Richtung zu steuern, die ich will, und wenn es nur für eine Minute ist.* Kiplings Verse huschten ihm durch den Kopf:

»Vier Dinge größer als alle anderen sind —
Frauen und Pferde und Macht und Krieg.
Von allen sprachen wir, doch vom letzten am meisten ...«

Er wandte sich an Hipponikos. »Verzeih mir, ich möchte dir gern beistehen, aber bis ich als Fremder in die Armee aufgenommen würde, könnte die entscheidende Siegesschlacht schon vorüber sein. Ich könnte sowieso nicht viel ausrichten. Ich bin nicht ausgebildet, um vom Pferd aus zu kämpfen.«

Der Kaufmann nickte. »Es ist auch nicht dein Kampf«, erklärte er, eher pragmatisch als enttäuscht. »Es tut mir leid, daß dein Willkommen in meiner Stadt so schlecht ist. Es wäre besser, wenn du uns morgen oder übermorgen verläßt.«

»Ich höre mich in der Stadt mal unter den durchreisenden Kaufleuten um«, sagte Everard. »Vielleicht will jemand eine Extra-Wache für die Heimreise mieten. Die halbe Welt kommt doch durch Baktra, stimmt's? Wenn ich jemanden fände, der zu einem Ort zurückkehrt, an dem ich noch nie war, wäre das perfekt.« Er hatte Schwierigkeiten gehabt, bei Hipponikos den Eindruck eines Mannes zu erwecken, der sich in der Welt herumtrieb, weil er einfach neugierig war, und nicht, weil er sich bei seinem Stamm unbeliebt gemacht hatte. In dieser Umgebung waren Abenteurer aber gar nicht so selten.

»Aus dem Fernen Osten wirst du keinen treffen«, meinte Zoilos. »Der Handel ist geschrumpft.«

Ich weiß, erinnerte sich Everard. *China wird von Shi Huang-Ti beherrscht, dem Mao seiner Zeit. Totale Xenophobie! Und nach seinem Tod kommen die Unruhen, bis die Han-Dynastie sich durchsetzt. Inzwischen treiben die Hing-nu und andere Nomadengangster frei ihr Unwesen hinter der Großen Mauer.* Er hob die Schultern. »Und was ist mit Indien, Arabien, Afrika oder in Europa mit Rom, Areconia oder auch Gallien?«

Die anderen schauten ihn überrascht an. »Areconia?« fragte Hipponikos.

Everards Puls hämmerte. Nach außen hin blieb er so gelassen, wie er den Namen erwähnt hatte. »Ach, kennt ihr diesen Namen nicht? Vielleicht kennt ihr die Areconier unter anderer Bezeichnung. Ich hörte ihn auf meinen Weg durch Parthien, aber auch aus zweitem und drittem Mund. Ich hatte den Eindruck, es handelte sich dabei um Kaufleute aus ziemlich weit aus dem Nordwesten, die nur gelegentlich vorbeikamen. Klang interessant.«

»Wie sehen diese Leute denn aus?« fragte Kreon immer noch relativ freundlich.

»Ungewöhnlich, sagte man mir. Groß, schlank, schön wie Götter, schwarzes Haar; aber Haut wie Alabaster und helle Augen. Die Männer sollen keine Bärte tragen, ihre Wangen sollen so weich wie die von Mädchen sein.«

Hipponikos runzelte die Stirn, schüttelte dann aber den Kopf. Zoilos wirkte verkrampft. Kreon rieb sich das Stoppelkinn und murmelte: »Ich glaube, ich habe darüber was gehört in den letzten Monaten — warte!« rief er. »Das klingt wie Theonis! Natürlich hätte sie als Frau nie einen Bart; aber hat sie nicht in ihrer Umgebung Männer, auf die die Beschreibung passen könnte? Weiß eigentlich jemand genau, woher sie stammt?«

Hipponikos versank in Nachdenken. »Wenn ich mich nicht irre, begann sie ihr Geschäft so vor einem Jahr — in aller Stille«, sagte er. »Sie hätte Genehmigungen und so gebraucht; aber es gab keinerlei nennenswerte Aufregung oder Klatsch. Urplötzlich war sie da.« Er lachte. »Ein mächtiger Beschützer, nehme ich an.«

Ein eiskalter Schauer überlief Everards Kopfhaut. *Spitzenkurtisane, ja! So könnte eine Frau in dieser Umgebung sich völlig frei bewegen. Eigentlich hatte ich mit sowas gerechnet.* Er hob den Kopf. »Meint ihr, daß sie mit einem einfachen Vagabunden sprechen würde?« fragte er. »Hat sie Verwandtschaft hier? Vielleicht will sie aber auch in ihre Heimat zurückkehren? Nun, mein Schwert kann gemietet werden.«

Zoilos schlug mit der Faust auf die Couch. »Nein!« brüllte er. Die anderen starrten ihn an. Er riß sich zusammen und fuhr Everard etwas gemäßigter an: »Warum bist du interessiert, wenn du so wenig über diese ... — wie nanntest du sie? — diese Areconier weißt? Ich hätte nie gedacht, daß ein hartgesottener Söldner einem ... Märchentraum hinterherläuft.«

He! Da hab ich aber genau den Nerv getroffen, was? Jetzt aber sachte! Everard hob die Hand. »Aber bitte! Das war nur so eine Idee! Kein Grund zur Aufregung. Ich erkundige mich morgen mal so allgemein in der Stadt, wenn ich darf. Aber inzwischen habt ihr bestimmt wichtigere Dinge zu besprechen.«

Kreons Lippen waren schmal. »Allerdings«, sagte er.

Trotzdem streifte den ganzen Abend lang Zoilos' Blick immer wieder Meander, den Illyrer.

976 v. Chr.

Nach dem Angriff auf die Exaltationisten zog sich die Patrouillenabteilung auf eine unbewohnte Insel in der Ägäis zurück, um sich auszuruhen, die Verwundeten zu versorgen und Bilanz der Operation zu ziehen. Es war so gut gegangen, wie Everard gehofft hatte: Vier Zeitmobile der Banditen abgeschossen, sieben Gefangene von dem sinkenden Schiff geholt, auf dem sie Phönizien verlassen hatten. Allerdings waren drei Schurken in die Raumzeit abgeflitzt, ehe ein Energiestrahl sie erwischen konnte. Everards Herz würde erst wieder ruhig schlagen, wenn auch der letzte dieser Art gefangen oder getötet war. Es konnten aber nicht mehr viele in Freiheit sein, und heute hatte er — endlich, endlich den Anführer geschnappt.

Merau Varagan ging etwas von der Gruppe weg zum Klippenrand. Dort blieb er stehen und schaute aufs Meer hinaus. Der Patrouillenmann auf Wache ließ ihn gewähren. Sie hatten jedem Gefangenen einen Neuroinduktionskragen um den Hals gelegt. Bei der ersten verdächtigen Bewegung aktivierte ein ferngesteuerter Schalter ihn, und der Träger brach gelähmt zusammen. Plötzlich verspürte Everard Lust, mit Varagan zu sprechen. Er ging zu ihm.

Das tiefblaue Meer trug kleine weiße Schaumkronen. Die Sonnenstrahlen weckten den scharfen Geruch des Kretischen Diptam. Eine Brise zauste Varagans glänzendes, obsidianschwarzes Haar. Er hatte das nasse Gewand abgelegt und stand da wie eine Marmorstatue, die Phidias soeben geschaffen hatte. Sein Gesicht hätte ebenso als Ideal eines noch nicht existierenden Hellas dienen können, ausgenommen, daß es zu fein gemeißelt war und in den großen, grünen Augen und dem blutroten Mund nichts Apollinisches war. Eher dionysisch ...

Er nickte Everard zu. »Ein herrlicher Anblick«, sagte er in amerikanischem Englisch, das seine Stimme in Musik verwandelte. Der Ton war ruhig, beinahe nonchalant. »Darf ich ihn genießen, solange wir hier sind?«

»Sicher«, meinte der Patrouillenmann. »Aber wir werden bald aufbrechen.«

»Bietet der Exilplanet Vergleichbares?«

»Das weiß ich nicht. Wir bekommen darüber keine Informationen.«

»Damit man sich mehr davor fürchtet, würde ich sagen. ›Jenes unentdeckte Land, von dessen Born kein Reisender zurückkehrt.‹« Zynisch fuhr er fort: »Du brauchst mich nicht zu überreden, nicht von der Klippe zu springen, um zu fliehen, ganz gleich wie erleichtert manche deiner Gefährten dann auch wären.«

»Tatsache ist, daß wir fluchen würden. Es wäre nicht nett von dir, uns die Mühe aufzuladen, deine Leiche da unten herauszufischen und Wiederbelebungsversuche machen zu müssen.«

»Damit ich ja nicht dem Kyradex entkomme.«

»Stimmt. Du hast einen Kopf voll Informationen, die wir wollen.«

»Ich fürchte, da werdet ihr enttäuscht sein. Wir haben dafür gesorgt, daß keiner von uns viel über Möglichkeiten der anderen weiß, ebensowenig über eventuelle Pläne.«

»Aha. Die geborenen Einzelkämpfer, allesamt.«

»Und die genetischen Ingenieure des einunddreißigsten Jahrtausends arbeiteten daran, eine Rasse von Übermenschen zu schaffen, die für Abenteuer an der kosmischen Frontier gezüchtet wurden«, hatte Shalten einmal gesagt. »Und siehe da! Sie stellten fest, daß sie Luzifer gezeugt hatten.« Manchmal sprach er in diesem vage biblischen Stil. Ansonsten war nichts an ihm vage.

»Nun, ich werde soviel Würde wahren, wie ich kann«, sagte Varagan. »Wenn ich erst einmal auf dem Planeten bin« — er lächelte —, »wer weiß, was vielleicht möglich ist.«

Körperliche Müdigkeit und die Abspannung nach all der Aufregung machte Everard anfällig für Gefühle. »Warum tut ihr das?« platzte er heraus. »Ihr lebtet wie Götter ...«

Varagan nickte. »Ähnlich wie Götter. Hast du dir je überlegt, daß diese Tatsache keinerlei Veränderung bedeutet, Gefangenschaft in einem Mythos, im Grunde Bedeutungslosigkeit? Unsere Zivilisation war für uns älter als die Steinzeit für deine Generation. Das machte es schließlich unerträglich.«

Deshalb versuchtet ihr, sie zu vernichten. Dabei seid ihr gescheitert. Aber einigen von euch war es gelungen, Zeitmobile zu erwischen und zurück in die Vergangenheit zu fliehen. »Ihr hättet doch auch friedlich weggehen können. Die Patrouille wäre zum Beispiel mehr als glücklich gewesen, Leute wie euch aufzunehmen, mit euren Fähigkeiten. Und da wäre es euch nie langweilig geworden. Das kann ich beschwören.«

»Wir hätten unsere innersten Charakteranlagen pervertieren müssen, was noch schlimmer wäre. Die Patrouille existiert, um *eine* Version der Geschichte zu bewahren.«

»Und ihr habt immer wieder versucht, diese zu zerstören! In Gottes Namen — warum?«

»Eine derartig idiotische Frage ist deiner nicht würdig. Du weißt genau, warum. Wir versuchten, die Geschichte zu ändern, um sie zu beherrschen, und wir wollten sie beherrschen, damit unser Wille völlig frei ist. Das reicht.«

Hochmut verschwand, Fröhlichkeit kam wieder. Varagan lachte perlend. »Banalität hat wieder mal gesiegt, wie's aussieht. Glückwunsch! Ihr habt erstaunlich gute Detektivarbeit beim Aufspüren geleistet. Erzählst du mir, wie? Das würde mich doch ungemein interessieren.«

»Ach was! Das würde zu lange dauern«, *und teilweise auch zu sehr schmerzen.*

Die schön geschwungenen Brauen gingen hoch. »Deine Stimmung hat gewechselt, stimmt's? Vor einer Minute schienst du noch recht freundlich zu sein. Ich fühle immer noch so. Du warst ein recht anregender Feind, Everard. Im späteren Kolumbien« (wo Varagan beinahe Simón Bolívars Regierung übernommen hätte), »in Peru« (wo seine Bande versucht hatte, Pizarro Atahuallpas Lösegeld zu stehlen und den Verlauf der spanischen Eroberung zu verändern) »und jetzt in Tyros« (wo sie gedroht hatten, es in die Luft zu jagen, wenn man ihnen nicht die Mittel gäbe, welche sie beinahe allmächtig gemacht hätten) »haben wir unser Spielchen gespielt, du und ich. Wo und wann noch, weniger direkt?«

In Everard war tatsächlich eine dumpfe Wut aufgestiegen. »Für mich war das kein Spiel, Freundchen«, fuhr er hoch. »Und jetzt bist du weg vom Fenster.«

Verärgerung funkelte in den schönen Augen. »Wie du willst! Aber dann sei so freundlich, und überlaß mich meinen Gedanken. Dabei ist auch der, daß du den letzten Exaltationisten noch nicht erwischt hast. In gewisser Weise, hast du nicht einmal mich erwischt.«

Everard ballte die Fäuste. »Was?«

Varagan hatte seine Selbstbeherrschung wiedergefunden und damit seinen Willen zur Grausamkeit. »Ich kann es dir ruhig erklären. Die Befragungsmaschine wird es sowieso herauspressen. Unter unseren Überlebenden ist Roar. Sie war bei dieser Expedition nicht dabei, weil Frauen in der phönizischen Welt unterdrückt werden; aber sie hat an anderen teilgenommen. Meine Klongefährtin, Everard. Sie hat Möglichkeiten herauszufinden, was hier schiefgelaufen ist. Sie wird ebenso rachsüchtig wie ehrgeizig sein. Angenehme Träume.«

Er lächelte, wandte Everard den Rücken zu und schaute wieder hinaus auf das Meer und den Himmel.

Everard verließ ihn. Er wollte auch eine Zeitlang ganz allein sein und ging auf die andere Seite der Insel, wo er sich auf einen Felsen setzte, Pfeife und Tabak herausholte und rauchte.

Treppenhausschlagfertigkeit, dachte er. *Ich hätte ihm sagen sollen: »Angenommen, diese Raor hat Erfolg. Angenommen, sie löscht die Zukunft aus. Du bist da auch drin, erinnerst du dich? Dann hörst du auch auf, je existiert zu haben.«*

Mit Ausnahme natürlich von diesen winzigen Stückchen Weltraumzeit vor diesem Augenblick der Veränderung, in denen er seine Schurkereien beging. Vielleicht hätte er damit noch angegeben, vielleicht aber auch nicht. Ich bezweifle, daß er Vergessensein fürchtet. Er ist der absolute Nihilist.

Ach was, zum Teufel mit ihm! Schlagfertigkeit war noch nie meine Stärke. Laßt mich nur nach Tyros zurückkehren und die losen Enden dort festmachen …

Bronwen. Nein. Ich muß für sie Vorsorge treffen; aber das ist ein Gebot normaler Anständigkeit, nicht mehr. Danach sollten wir beide lernen, nicht mehr Sehnsucht nach einander zu haben. Für mich wird der beste Platz meine alten, vertrauten USA im zwanzigsten Jahrhundert sein, wo ich eine Weile die Füße hochlegen kann.

Er fühlte oft, daß das Privileg eines Unabhängigen Agenten, eigentlich seine oder ihre Aufgaben selbst bestimmen zu können, die Risiken und die Verantwortung dieses Rangs aufwog. *Vielleicht will ich diese Exaltationistensache weiter verfolgen, nachdem ich mich richtig ausgeruht habe. Wer weiß.*

Er rutschte auf dem Fels hin und her. *Ruhe taugt nichts! Ich brauche Aktivität und etwas Spaß!*

Dieses Mädchen, das in die peruanische Affäre mit hineingezogen wurde — Wanda Tamberly — über Monate seiner persönlichen Lebensspanne und dreitausend Jahre Geschichte erhob sich strahlend die Erinnerung. *Na klar! Kein Problem! Sie hat zugestimmt, in die Patrouille einzutre-*

ten. Wenn ich sie zwischen dem Abendessen, zu dem ich sie einlud, und dem Tag, an dem sie zur Akademie abfliegt, vernasche ... Unzucht mit Kindern? — Nein, verdammt noch mal! Ich will nur meinen Spaß haben und sie in fröhlicher Stimmung auf den Weg schicken. Danach werde ich den lasterhaften Teil meines Urlaubs beginnen.

209 v. Chr.

Am Ende würden die Lehren Gautama Buddhas von seinem Heimatland Indien entschwinden, bis sie beinahe vergessen waren. Heute standen sie noch in voller Blüte, und die Flut strömte stark nach draußen. Bis jetzt waren in Baktrien nur wenige bekehrt. Die Stupas, deren Ruinen Everard im Afghanistan des zwanzigsten Jahrhunderts sah, würden erst nach vielen Generationen errichtet werden. Trotzdem gab es in der Stadt Baktra genug Gläubige, um einen Vihara zu unterhalten, den durchziehende Brüder im Glauben besuchten, manchmal auch dort übernachteten. Diese Kaufleute, Kameltreiber, Bettler, Mönche und andere Reisende waren sehr zahlreich und kamen aus vielen verschiedenen Orten. Daher war das Heiligtum ein hervorragender Horchposten, ein Hauptstützpunkt für das Projekt historischer Studien.

Everard suchte es am Morgen nach seiner Ankunft auf. Die Heiligtum-Herberge war ein bescheidenes Gebäude aus luftgetrockneten Lehmziegeln, ein früheres Wohnhaus. Es stand in der Ion-Gasse, die seitlich von der Straße der Weber abging. Es unterschied sich von den dicht aneinandergebauten Nachbarhäusern hauptsächlich durch die Wandmalereien. Auf weißem Grund sah er Lotus, Juwelen und Flamme. Everard klopfte. Ein Mann in gelber Robe öffnete die Tür und begrüßte ihn freundlich. Er fragte nach Chandrakumar aus Pataliputra und erfuhr, daß der hochgeachtete Philosoph in der Tat hier wohnte, aber im Augenblick zu seiner üblichen Sokratischen Diskussion gegangen sei, wenn er nicht an einem anderen Ort meditierte. Gegen Abend würde er zurückkommen.

»Vielen Dank«, sagte Everard laut und *Verflucht!* innerlich. Dabei hätte ihn diese Nachricht nicht überraschen sollen. Er hatte keine Möglichkeit gehabt, sich vorher anzumelden. Chandrakumars Aufgabe war es aufzuzeichnen, was die kümmerlichen übrig gebliebenen Chroniken ausgelassen hatten, nicht nur Einzelheiten aus der Politik, sondern auch aus der Wirtschaft, Sozialstruktur, Kultur und dem bunten, ständig sich verändernden täglichen Leben. Am besten konnte man das, wenn man sich unters Volk mischte.

Everard ging fort. Vielleicht würde er seinen Mann treffen. Vielleicht würde er aber auch allein einige Hinweise bekommen. Er wünschte, daß er nicht so auffiele. Mit seiner Größe überragte er die meisten Menschen dieser Zeit und dieses Landes. Seine Gesichtszüge waren mehr die eines Barbaren aus Gallien als eines Griechen oder Illyrers. (Ein Germane wäre noch besser, aber in Asien hatte niemand von Angeln, Sachsen oder anderen Nordmännern gehört.) Ein Detektiv arbeitete am besten, wenn er mit seiner Umgebung verschmelzen konnte. Anderseits würde er leichter mit Leuten ins Gespräch kommen, wenn er ihre Neugier erregte. Die Exaltationisten dürften keinen Grund zu dem Verdacht haben, daß die Patrouille ihnen auf der Spur war.

Wenn die Exaltationisten hier waren. Durchaus möglich, daß sie den Köder nie angebissen hatten, der für sie ausgelegt war. Oder sie waren einfach zu wachsam, nach ihm zu schnappen.

Aussehen hin, Aussehen her! Es hatte für die Feldarbeit bei dieser Operation keiner mit vergleichbarer Erfahrung und Fähigkeit zur Verfügung gestanden. Unter den englischsprechenden Angehörigen der Patrouille war es ein alter Witz, daß ihr Corps *chronisch* überdehnt sei. Es wurde genommen, wer oder was gerade zur Hand war.

Die Straßen brodelten. Zu den ständigen Gerüchen kam noch der Gestank von Angstschweiß. Herolde liefen umher und verkündeten die unmittelbar bevorstehende Rückkehr des ruhmreichen Königs Euthydemos und seiner Armee. Sie sagten nichts von Niederlage; aber die Bevölkerung wußte schon Bescheid.

Keiner geriet in Panik. Männer und Frauen verrichteten ihre täglichen Arbeiten oder waren mit Vorbereitungen für den Notfall beschäftigt. Sie sprachen wenig oder gar nicht über die Gedanken, die in ihren Köpfen nagten: Belagerung, Hunger, Epidemien, Plünderung. Das wäre, als reiße man sich selbst Stücke aus dem Leib. Außerdem waren die meisten Menschen in der Antike mehr oder weniger Fatalisten. Vielleicht veränderten sich die zukünftigen Ereignisse ja auch zum Guten statt zum Schlimmsten! Zweifellos waren auch viele Gehirne damit beschäftigt, wie man aus der Situation einen Extraprofit schlagen könnte.

Doch an manchen Stellen ging es auch laut zu, fahrige Gesten, schrilles Gelächter. Nahrungsmittel verschwanden aus den Basaren, wenn Menschen noch schnell etwas horten wollten, was nicht in die königlichen Vorratsspeicher gewandert war. Wahrsager, Talismanverkäufer und Heiligtümer machten das Geschäft des Jahrhunderts. Everard hatte keine Schwierigkeiten, Bekanntschaften zu knüpfen. Im Gegenteil — er brauchte nie für sein Getränk zu bezahlen. Die Männer lechzten nach jeder Neuigkeit von draußen.

Auf den Straßen, den Arkaden am Markt, den Weingeschäften, Lebensmittelläden und dem öffentlichen Bad, wo er eine Zeitlang Zuflucht suchte, stellte er ganz unverbindlich und freundlich Fragen. Die Resultate waren allerdings kümmerlich. Niemand wußte etwas über ›Arcanier‹. Das hatte er erwartet; aber nur drei oder vier sagten, sie hätten jemand mit dem beschriebenen Äußeren gesehen, waren aber ziemlich unsicher. Einmal schien die Beschreibung zu stimmen; aber das war ein Mensch dieser Zeit gewesen, ein Hirte aus einer entfernten Gegend. Vielleicht spielte auch die Erinnerung einen Streich oder der Befragte erzählte Meander das, von dem er annahm, daß Meander es hören wollte. Dies war eine orientalische Sitte, die niemals ausstarb.

So sieht's aus mit der tollkühnen Verwegenheit der Zeitpatrouille, erklärte Everard trocken seiner Erinnerung an Wanda. *Neunundneunzig Prozent unserer Arbeit besteht aus mühseligem Sammeln von Informationen, wie auf jedem ordinären Polizeirevier.*

Endlich hatte er Glück und bekam einen Hinweis, der um einen Hauch definitiver als die früheren war. Im Bad lernte er einen gewissen Timotheus kennen: Sklavenhändler, fett, behaart, der schnell seine Sorgen abstreifte und lieber über Ausschweifungen sprach, als Meander ihm dies Thema bot. Sehr bald fiel der Name Theonis'. »Ich habe über sie viel gehört, weiß aber nicht, was ich glauben kann«, legte Everard den Köder aus.

»Ich auch«, antwortete Timotheus. »Die meisten kennen sie auch nur vom Hörensagen. Alles klingt zu gut, um wahr zu sein.« Timotheus wischte sich den Schweiß von der Stirn und starrte vor sich hin, als wolle er ihr Bild mit den Dampfwolken heraufbeschwören. »Die irdische Verkörperung von Anaitis.« Schnell machte er ein Schutzzeichen mit dem Finger. »Ich will die Göttin nicht beleidigen. Ich weiß nur das, was so durch Freunde und Diener in die Welt hinausgesickert ist. Sie hat nur wenige Liebhaber, alles hohe Tiere. Sie sagen nicht viel über sie. Ich nehme an, sie will nicht, daß sie in aller Munde ist, wie Phryne, Aspasia oder Lais. Aber manchmal rutscht den Männern doch ein Wort raus. Das macht natürlich die Runde. Vielleicht wird dabei auch maßlos übertrieben. Das weiß ich nicht.

Antlitz und Gestalt wie Aphrodite, die Stimme Musik, die Haut wie Schnee, der Gang der einer Pantherin. Mitternachtschwarzes Haar. Augen wie grünes Feuer, wie Kupfer kurz vorm Schmelzen. Das erzählt man sich.

Ich habe sie nie gesehen. Nur wenige hatten das Glück. Sie verläßt ihr Haus nur selten, und dann in einer verhängten Sänfte. Ja, ja — aber so wird sie in den Schenken besungen! Leider können wir gewöhnliche Sterbliche nicht mehr tun, als von ihr singen. Wie gesagt, es könnte auch alles übertrieben sein.« Timotheus kicherte. »Vielleicht hatte der Barde nur laute, feuchte Träume.«

Wenn sie Raor ist, ist es keine Übertreibung. Everard fand den Raum plötzlich überhaupt nicht mehr heiß. Er zwang sich zu unbeteiligtem Tonfall. »Woher stammt sie? Irgendwelche Verwandten bei ihr?«

Timotheus schaute den großen Fremden an. »Warum diese Wißbegier? Willst du sie besteigen? Schlag dir das aus dem Kopf. Sie kommt nicht für dich in Frage, mein Freund, auch nicht, wenn du tausend Goldstücke bringst. Da würden schon ihre Gönner eifersüchtig werden. Das könnte ungesund werden.«

Everard hob die Schultern. »Ich bin nur neugierig. Eine Frau aus dem Nichts — und plötzlich, beinahe über Nacht, raubt sie königlichen Ministern den Verstand ...«

Timotheus blickte ihn vorsichtig an. »Man erzählt sich auch, daß sie eine Zauberin sei.« Schnell weiter: »Ich will ihr auf keinen Fall etwas Schlechtes nachsagen. Sie hat vor der Stadt einen kleinen Poseidon-Tempel gestiftet. Ein frommes Werk.« Er konnte dem Zynismus nicht widerstehen. »Der beschert ihrem Verwandten Nikomachos Arbeit. Er ist dort Priester. Aber er war schon vor ihr hier. Ich habe keine Ahnung, was er tat, vielleicht glättete er für sie den Weg.« Wieder schnell: »Aber ich will niemand zu nahe treten! Was mich betrifft: So ist sie eine Göttin unter uns. Aber wechseln wir das Thema.«

Poseidon? überlegte Everard. *So weit im Landesinnern?*

... Aber natürlich! Er ist nicht nur Gott des Meeres, sondern auch der Pferde und Erdbeben. Und die gibt es beide in diesem Land.

Da Chandrukar erst gegen Abend zu Hause sein würde, stillte er noch seinen Hunger bei einem Imbißstand mit Linsen und Zwiebeln in einem zusammengefalteten Fladen. Er hätte gern eine Tasse Kaffee getrunken, mußte sich aber mit verwässertem, saurem Wein begnügen. Sein Bedürfnis erledigte er in einer leeren Gasse. Die Annehmlichkeiten der Zivilisation, das französische Pissoir, waren noch ziemlich weit in der Zukunft.

Die Sonne war schon hinter der Stadtmauer verschwunden, und die Straßen wurden kühler, als er den Vihara erreichte. Diesmal geleitete ihn der Mönch in eine winzige, fensterlose Zelle, die statt einer Tür nur einen dünnen Vorhang hatte. Im Schein der flackernden und stinkenden Tonlampe fand Everard mühsam den Weg zu der dicken Bastmatte, dem einzigen Möbelstück, auf der ein Mann im Schneidersitz saß.

Chandrakumars Augen leuchteten in der düsteren Umgebung. Er war klein, dünn, mit schokoladenfarbener Haut und den vollen Lippen und zarten Zügen eines Hindus — geboren gegen Ende des neunzehnten Jahrhunderts, wie Everard wußte. Er hatte die Universität mit einer Doktorarbeit über die Indo-Baktrische Gesellschaft abgeschlossen, welche die Aufmerksamkeit der Patrouille erregt hatte, so daß sie ihn einlud, seine weiteren Studien vor Ort durchzuführen. Jetzt trug er ein weißes Dhoti, das traditionelle Lendentuch der Hindus. Sein Haar hing lang herab. Er hielt vor den Mund einen Gegenstand, der Everards Wissen nach bestimmt kein Amulett war.

»Welche Freude«, sagte er unsicher.

Everard erwiderte die Begrüßung im selben Griechisch. »Welche Freude.« Die Schritte des Mönchs entfernten sich. Leise fuhr Everard auf temporal fort:

»Können wir sprechen, ohne daß uns jemand belauscht?«

»Sie sind ein Agent?« Chandrakumars Stimme zitterte. Er wollte aufstehen, doch Everard winkte ab und ließ sich auf den Lehmboden nieder.

»Korrekt«, antwortete er. »Die Angelegenheit wird dringend.«

»Das hoffe ich.« Chandrakumar hatte sein seelisches Gleichgewicht wiedererlangt. Auch wenn er Wissenschaftler und kein Agent war, mußte er als Feldforscher auch zäh sein und schnell reagieren können. Seine Stimme klang leicht verärgert. »Ich habe das ganze letzte Jahr schon überlegt, wann wohl jemand auftauchen würde. Wir sind jetzt genau am kritischen Punkt angelangt.« Pause. »Oder nicht?« Eine spektakuläre Episode in der Geschichte war nicht notwendigerweise ein Angelpunkt für die gesamte Zukunft ...

Everard zeigte auf die Scheibe an der Kette. »Schalten Sie das Ding lieber ab. Wir wollen nicht riskieren, daß unsere Unterhaltung in die falschen Hände gerät.« Zweifellos enthielt die Scheibe ein Aufzeichnungsgerät auf Molekular-Ebene, in das Chandrakumar seine täglichen Beobachtungen hineinflüsterte. Seinen Kommunikator und ähnlich getarntes Gerät hatte er irgendwoanders verstaut.

Als das Medaillon lose baumelte, fuhr Everard fort: »Ich gebe mich hier als Meander, einen illyrischen Glücksritter, aus. In Wahrheit bin ich Spezialist Jack Holbrook, geboren 1975 in Toronto.« Auf einer so verdammt kitzligen Mission erzählte man selbst einem Verbündeten nicht mehr, als unbedingt nötig war. Everard und Chandrakumar schüttelten sich die Hand, wie es bei Männern ihrer Herkunft die Höflichkeit erforderte. »Und Sie sind ... Benegal Dass?«

»Zu Hause. Hier benutze ich den Namen Chandrakumar. Ihr habt mich da in eine schwierige Lage gebracht. Vorher war ich ›Rajneesh‹. Es wäre unwahrscheinlich gewesen, daß er so bald schon wieder auftauchte, nachdem er gerade erst in seine Heimat aufgebrochen war. Ich mußte mir da eine ziemlich enge Verwandtschaft ausdenken, um zu erklären, warum ich ihm so ähnlich sehe.«

Unwillkürlich hatten sie ins Englische übergewechselt. Ein Hauch von Gemeinsamkeit in dieser Dunkelheit. Vielleicht aus demselben Grund, weshalb sie nicht sofort auf den Punkt kamen.

»Ich war überrascht zu hören, daß Sie eigentlich nicht hier sein wollten«, sagte Everard. »Eine berühmte Belagerung. Sie könnten alle Lacunae füllen und die Irrtümer bei Polybios verbessern oder in den anderen historischen Fragmenten, die übrigbleiben werden.«

Chandrakumar hob die Hände. »Bei meinen knappen Mitteln und der begrenzten Lebensspanne, wagte ich nicht, alles an einen Krieg zu verschwenden. Blutvergießen, Verwüstung, Elend — und was ist das Ergebnis nach zwei Jahren? Antiochos kann die Stadt nicht einnehmen und will oder wagt es nicht, länger davor zu bleiben. Er schließt einen Frieden, der damit besiegelt wird, daß eine seiner Töchter dem Prinzen Demetrios versprochen wird. Dann zieht er weiter nach Süden, nach Indien. Die Evolution einer Gesellschaft ist wirklich wichtig! Kriege sind nichts anderes als ihre Krankheiten.«

Everard hielt seinen Widerspruch zurück. Nicht weil er Kriege mochte! Nein, dazu hatte er zu viele gesehen. Doch waren sie für ihn eine Norm der Geschichte, wie Blizzards in arktischem Wetter. Und sehr oft machte ihr Ergebnis einen Unterschied.

»Nun, tut mir leid«, sagte er. »Aber wir brauchten einen Experten vor Ort. Und das sind Sie. Hm, als Chandrakumar sind Sie jetzt ein buddhistischer Pilger, richtig?«

»Nicht genau. Der Vihara besitzt einige heilige Objekte, aber nichts Außergewöhnliches. Aber Chandrakumar sucht nach Erleuchtung, und die Briefe, die ihm sein Vetter Rajneesh aus Baktra schrieb, wo er bei einem Seidenhändler arbeitete, bewogen Chandrakumar, neben der Weisheit des Ostens auch die des Westens zu studieren. Heraklit war zum Beispiel ein Zeitgenosse Buddhas, und in einigen seiner Gedanken lassen sich enge Parallelen finden. Hier ist ein guter Ort für einen Inder, die Hellenen zu studieren.«

Everard nickte. In der einen oder anderen Identität, die normalerweise durch Lebensspannen getrennt waren, um ein Wiedererkennen auszuschließen, hatte Benegal Dass hier Jahre verbracht, die bei den Baktrern Jahrzehnten entsprachen. Jede Ankunft, jedes Fortgehen erfolgte durch die langsamen, mühsamen und gefährlichen Fortbewegungsmöglichkeiten dieses Zeitabschnitts. Ein Hopper oder ein anderes Fortbewegungsmittel, das seltsam aussah, hätte seine Nützlichkeit zerstören können und wäre auch ein Verstoß gegen die Grundregeln der Patrouille gewesen. Benegal Dass hatte diese Stadt wachsen und aufblühen sehen. Jetzt würde er zusehen, wie sie starb. Das Ergebnis seiner Mühen war ihre ausführliche und genaue Geschichte, die allerdings nur eine Handvoll interessierter Menschen im Corps oder in ferner Zukunft zu sehen bekommen würden. Als er von seiner Heimat und seinem Jahrhundert Urlaub nahm, mußte er Familie und Freunde über seinen Beruf belügen. Kein Mönch hätte ein härteres, einsameres oder aufopferungsvolleres Leben führen können. *Diese Art innerer Kraft besitze ich nicht,* gab Everard zu.

Chandrakumar lachte nervös. »Verzeihen Sie mir«, sagte er. »Mit meiner Langatmigkeit — der Krankheit aller Gelehrten — halte ich Sie nur auf. Natürlich bin ich auch sehr gespannt. *Was* kommt auf uns zu?« Nach einem Moment: »Nun?«

»Ich fürchte, daß Ihnen das überhaupt nicht gefallen wird«, antwortete Everard schweren Herzens. »Sie mußten einen Haufen Unannehmlichkeiten auf sich nehmen; aber leider nur für eine winzige Nebenrolle. Das Hauptereignis ist so ungemein wichtig, daß jede Information, auch eine negative, zählt.«

Everard konnte nicht erkennen, ob Chandrakumar sich auf die Lippen biß. Seine Stimme klang kalt. »Ach, wirklich? Darf ich fragen, was dieses Hauptereignis ist?«

»Es würde zu lange dauern, wenn ich Ihnen alle Einzelheiten erklärte. Außerdem weiß ich selbst auch nicht viel. Ich bin nur als eine Art Botenjunge zu Ihnen geschickt worden. Was die Patrouille verhindern muß, liegt noch einige Jahre in der Zukunft. So was ähnliches wie … die Sassaniden-Dynastie … Aufstieg und Eroberung von Persien. Bald.«

Der kleine Mann richtete sich kerzengerade auf. »Was? Unmöglich!«

Everard lächelte mühsam. »Das müssen wir erreichen! Wie gesagt, ich weiß auch nicht viel. Bei Geheimaufträgen erfahren wir Leute in der Abwehr auch nichts, was wir nicht unbedingt wissen müssen. Aber so in groben Zügen hat man den Plan aufgedeckt, daß König Arsakes von Parthien durch einen Usurpator, der den Friedensvertrag mit Antiochos bricht, vom Thron verjagt wird, und dieser dann die Streitmacht der Seleukiden angreift, wenn sie aus Indien zurückkommt, vernichtet und eigenhändig Antiochos tötet.«

»Die Konsequenzen …«, flüsterte Chandrakumar.

»Ja. Das Seleukidenreich würde wohl auseinanderbrechen. Es steht immer an der Schwelle zum Bürgerkrieg. Dadurch könnten die Römer im östlichen Mittelmeer Fuß fassen, es sei denn, daß die Parther, um die Schmach Antiochos' zu rächen, ihnen den Bereich nach Osten durch das Machtvakuum überlassen, und das persische Reich dreieinhalb Jahrhunderte früher wiedererrichtet wird, ehe es die Sassaniden tun sollten. Was danach kommt, kann sich jeder selbst ausmalen;

aber es ist bestimmt nicht die Geschichte, die Sie und ich studiert haben.«

»Dieser Usurpator ... ein Zeitreisender?«

Everard nickte. »Das nehmen wir an. Aber — wie gesagt man hat mir kaum etwas erzählt. Meiner Meinung nach hat die Patrouille Hinweise auf eine kleine Gruppe von Fanatikern, die auf irgendeine Art und Weise zwei oder drei Fahrzeuge erwischt haben und nun — ich weiß auch nicht, was — eine Basis errichten, von der aus Mohammed und die Ayatollahs die Welt erobern können? Das ist wahrscheinlich weit hergeholt; aber die Wahrheit ist vielleicht noch weiter hergeholt. Wie dem auch sei — es ist eine Operation im Gange, um diese Gruppe aufzuhalten, ohne aber unser Kontinuum dabei zu zerstören.«

»Ja, Vorsicht ... Natürlich. Ich bin bereit, alles zu tun, was in meinen Kräften steht. Und Ihre Rolle dabei, Sir?«

»Nun, wie ich schon sagte, bin ich auch Feldforscher, allerdings auf militärischem Gebiet, genau genommen: Hellenistische Kriegskunst. Ich hatte auf alle Fälle vor, diese Belagerung zu beobachten. Sie ist interessanter, als Sie zugeben wollen. Die Patrouille befahl mir, meine Pläne etwas zu ändern, ebenso wie Ihnen. Ich sollte in die Stadt gehen, mit Ihnen Verbindung aufnehmen und alle relevanten Informationen aufnehmen, die Sie während des letzten Jahres sammelten. Morgen gehe ich wieder fort, schlage mich zu den Invasoren durch und werde bei ihnen anheuern. Für einen Kavalleristen bin ich für die heutigen Pferde zu groß; aber die Syrer setzen noch viel Infantrie ein — die gute, alte mazedonische Phalanx. Da ist ein Pikenmann von meiner Größe willkommen. Zu gegebener Zeit wird ein Mann der Patrouille mit mir Kontakt aufnehmen, dem gebe ich dann Ihre Daten weiter. Nach dem Frieden mit Euthydemos werde ich die syrische Armee nach Indien begleiten und wieder zurück nach Westen. Ein Agent der Patrouille wird mir eine Energiewaffe zugesteckt haben. Damit werde ich versuchen, Antiochos zu schützen, wenn die Lage verzweifelt aussehen sollte. Natürlich hoffen wir, daß es nicht so weit kommt. Wir hoffen, daß die Usurpation ohne große Mühe vereitelt werden kann und ich lediglich die Details sammeln muß, wie die Syrer eine Kampagne durchführen.«

»Verstehe.« Everard hörte den Widerwillen. Krieg führen gegen Chandrakumars geliebte Baktrier? Doch er konnte das Notwendige akzeptieren. »Aber warum so umständlich?« fragte er. »Dies Königreich scheint doch überhaupt nicht beteiligt zu sein. In jedem Fall könnte doch jemand an einem unauffälligen Ort mit einem Hopper landen und mit mir Verbindung aufnehmen.«

»Vorsichtsmaßnahme. Der Feind hat vielleicht einen Wachposten hier, der eine Landung oder einen Abflug in der Nähe feststellen könnte. Wir wollen nicht riskieren, jemanden zu alarmieren. Wenn sie nicht wissen, daß wir von ihrer Existenz Kenntnis haben, können wir sie um so leichter einsacken. Und Baktrien hat seine Rolle in der Geschichte. Solange es als Militärmacht existiert, trägt es dazu bei, daß die Parther vorsichtiger sind als vielleicht sonst.« *Das zumindest stimmt. Jetzt aber munter weiterlügen!* »Möglich ist aber auch, daß es zum Plan der Bande gehört, Baktrien irgendwie zu unterminieren. Vielleicht aber auch nicht — es kann sich bei ihnen nur um einige wenige Individuen handeln — aber wir müssen auf Nummer Sicher gehen. Ehe Sie die Basis verließen, sagte man Ihnen doch, die Augen nach allen Besuchern offen zu halten, die irgendwie aus dem Rahmen fielen. Genau diese Information möchte ich jetzt einholen.«

»Verstehe«, wiederholte Chandrakumar, jetzt aber freundlich und überaus hilfsbereit. Die Vision, die Everard ihm ausgemalt hatte, hatte ihn tief erschüttert, was Everard ja auch beabsichtigt hatte. Doch blieb er nach außen hin ruhig, strich sich das Kinn und starrte in die Dunkelheit. »Das ist schwer zu sagen. Diese Stadt ist ein solches Potpourri verschiedenster Rassen. Es täte mir leid, wenn ich das Corps dazu verleiten würde, Zeit mit völlig harmlosen Personen zu verschwenden.«

»Schon gut. Sagen Sie mir alles. Die Auswertung erfolgt in der Späterzeit.«

»Wenn Sic mir ein paar Anhaltspunkte nennen könnten ...«

»Als Auftakt: Wer kam in dieses Haus, um seine Verehrung abzustatten, und konnte im Lauf eines Gesprächs herausfinden, was sich so abspielte — ob vielleicht *noch* ein seltsamer Fremder in der Stadt war?«

»Da kamen mehrere. In Abständen. Ein Heiligtum wie dieses ist eine Art mündliche Nachrichtenbörse — und nicht nur für Buddhisten.«

Stimmt. Deshalb hat die Patrouille auch in aller Stille bei der Gründung vor einem halben Jahrhundert geholfen. Im mittelalterlichen Europa tun wir das gleiche für gewisse Klöster. »Sprechen Sie weiter. Bitte, etwas spezifischer.«

»Nun, gemäß den Instruktionen bin ich hier geblieben, und nicht in ein bequemeres Quartier umgezogen, damit ich auf alles achten konnte. Die Leute, die vorbeikamen, waren eigentlich alle unauffällig. Ich wünschte, Sie könnten mir deutlicher erklären, wonach Sie suchen.«

»Individuen, die nirgendwo in diese Zeit zu passen scheinen, sei es rassisch, kulturell oder ... irgendeine Besonderheit, die Ihnen auffiel. Man sagte mir, daß die Bande vielleicht ein sehr bunter Haufen sei.«

Ein Lächeln huschte über Chandrakumars Gesicht. »Sie denken natürlich an arabische Terroristen bei Ihrem Hintergrund, stimmt's? Nein, es waren zwei Araber hier; aber ich habe keinen Grund zur Annahme, daß sie nicht die Gewürzhändler waren, für die sie sich ausgaben. Aber Iren — Ja! möglicherweise Iren!

Schwarzes Haar, marmorweiße Haut, als hätte diese asiatische Sonne sie nie berührt, feine Züge. Wenn sie diese Herkunft haben, können sie keine jetzigen Zeitgenossen sein, oder? Die Iren dieser Tage sind barbarische Kopfjäger.«

Everard mußte sich zusammenreißen, um nicht mehr Interesse zu zeigen, als Holbrook für mögliche Verdächtige gezeigt hätte. Er traute dem Inder; aber wenn man einen solchen Feind verfolgte, durfte man auch nicht das kleinste zusätzliche Risiko eingehen. Die Exaltationisten wußten mit Sicherheit, daß zumindest ein Historiker mit Unterbrechungen in der Stadt war. Falls es ihnen erforderlich scheinen würde, könnten sie ihn ohne weiteres identifizieren. Immer die eigenen Spuren verwischen!

»Wissen Sie, wofür die Leute sich ausgaben?« fragte er nun.

»Ich habe nicht gehört, was sie mit Zenodotos sprachen. Er ist ein griechischer Konvertit, der weltlichste unter diesen Mönchen. Hinterher versuchte ich natürlich, ihn auszuhorchen; aber ich hatte doch Anweisung, keine zu offensichtliche Neugier zu zeigen. Er sagte mir, daß sic ihm erzählt hätten, sie seien Gallier — zivilisierte Gallier, aus der Nähe von Marseille.«

»Möglich. Sie sind zwar weit weg vom heimischen Herd; aber man hat schon von solchen Wanderungen gehört, wie auch bei meiner persona.«

»Richtig. Es war hauptsächlich ihr Aussehen, das mich stutzig machte. Sollten Gallier aus dem Süden nicht in etwa Südfranzosen unserer Zeit ähneln? Nun, vielleicht stammten ihre Familien aus dem Norden. Sie sagten Zenodotos, daß ihnen die Stadt gefalle, und erkundigten sich nach den Möglichkeiten, ein Gestüt im Hinterland zu eröffnen. Aber ich habe nicht erfahren, ob aus der Idee etwas wurde. Danach sah ich noch ein- oder zweimal Leute auf der Straße, die ihnen erstaunlich ähnelten. Wenn man dem Klatsch glaubte, könnte eine Kurtisane, die seit kurzem stadtbekannt ist, unter ihnen gewesen sein. Das ist alles, was ich über sie sagen kann. Können Sie damit etwas anfangen?«

»Weiß nicht«, brummte Everard. »Meine Aufgabe ist nur, alle Informationen von Ihnen an die eigentlich Zuständigen weiterzugeben.« *Vertuschen! Vertuschen!* »Und sonst? Irgendwelche Fremden, die sich Libyer, Ägypter, Juden, Armenier, Skythen oder sonstwie Exoten nannten, aber irgendwie nicht zu diesen Nationalitäten paßten?«

»Ich habe meine Augen offen gehalten, in der gesamten Stadt und auch in diesem Haus. Aber darf ich daran erinnern, daß ich kaum qualifiziert bin, Anomalien bei anderen Menschen zu erkennen. Für mich haben Griechen und Iraner eine große ethnische Vielfalt. Aber da war ein Mann aus Jerusalem — warten Sie — ja, vor etwa drei Monaten. Ich gebe ihnen meine Aufzeichnungen. Palästina wird von Ptölemäus von Ägypten beherrscht. Sie wissen schon, mit dem Antiochos sich in den Haaren liegt. Dieser Mann berichtete nichts über Schwierigkeiten, syrisches Gebiet zu durchqueren ...«

Everard hörte nur halb zu. Er war sicher, daß die ›Gallier‹ und Theonis die Ziele seiner Jagd waren. Aber er wollte nicht, daß Chandrakumar dies merkte.

»... ein halbes Dutzend tocharischer Stammesangehörige aus den Gebieten jenseits des Jaxartes. Sie waren mit Pelzen durch Sogdanie gekommen und wollten sie hier verkaufen. Wie sie die Erlaubnis zum Betreten ...«

Jemand stieß einen Schrei aus. Füße rannten den Korridor hinunter. Dahinter knallten Schuhnägel, Metall klapperte.

»Was, zum Teufel!« Everard sprang auf. Er war ohne Waffen gekommen. Das mußte er als Zivilist. Seine Geheimausrüstung lag auch noch in Hipponikos' Haus, damit sie ihn nicht verraten konnte. *Das gilt dir, Manse!* rief er sich zu. Er wußte, was kommen würde.

Eine Hand riß den Vorhang beiseite. Ein schwacher

Lichtstrahl fiel auf einen Helm, Brustplatte, Beinschienen und ein gezücktes Schwert. Dahinter standen noch zwei weitere kräftige Männer im Schatten. Vielleicht waren noch mehr im Korridor. »Stadtwache«, brüllte der Anführer auf griechisch. »Meander aus Illyrien, du stehst unter Arrest.«

Sie haben am Eingang erfahren, in welchem Zimmer ich bin; aber woher kennen sie meinen Namen? »Großer Herakles!« rief Everard. »Warum? Was habe ich getan?« Chandrakumar verkroch sich in eine Ecke.

»Du bist angeklagt, für die Syrer zu spionieren.« Das Gesetz erforderte es nicht, daß der Anführer der Wache ihm die Anklage nannte; aber die leichte Unsicherheit in seiner Stimme machte ihn redselig. »Komm raus!« Seine Klinge wies den Weg. Er brauchte nur einen Schritt zu machen, um sie im Bauch eines Widersachers zu versenken.

Dahinter stecken die Exaltationisten. Das muß so sein! Aber woher wußten sie? Und wie konnten sie das so blitzschnell organisieren?

Wer zögert, hat verloren! Everard schlug mit dem Arm die Öllampe herunter. Eine halbe Sekunde flammte das Öl auf, dann erlosch es. Doch da hatte Everard sich schon auf die andere Seite geworfen und war in die Hocke gegangen. Der Mazedonier, plötzlich blind, stieß einen Wutschrei aus und sprang vorwärts. Everards Augen waren an die Dunkelheit bereits gewöhnt. Er konnte dunkle Schemen erkennen. Mit einem knallharten Handkantenschlag traf er von unten das Kinn des Gegners. Knochen knackten, der Kopf flog nach hinten. Er ließ das Schwert los. Dann stürzte er auf seine Männer und riß sie mit.

Bei einem Faustschlag hätte Everard sich die Knöchel gebrochen, wenn er die falsche Stelle getroffen hätte. Deshalb hatte er den Handkantenschlag gewählt, zumal er kaum sehen konnte und weder Zeit noch Raum zum Kämpfen hatte. Jetzt hoffte er, daß er nicht einen

Mann getötet hatte, der nur seine Pflicht getan und wahrscheinlich Frau und Kinder hatte. Doch dann schob er diesen Gedanken weg. Die Verwirrung am Eingang nutzend, bahnte er sich mit Händen und Füßen einen Weg durch die Wachen. Da schrie ein vierter Mann vor ihm auf dem Gang auf. Er hielt Everard mit bloßen Händen fest, weil er Angst hatte, mit dem Schwert seine Kameraden in dem Durcheinander zu treffen. Sein kurzer Waffenrock war deutlich zu sehen. Everard rammte ihm das Knie in die Hoden. Der Mann brüllte auf vor Schmerzen. Einer seiner Kameraden stolperte über ihn.

Inzwischen hatte Everard den Aufenthaltsraum der Mönche erreicht. Drei Mönche stoben entsetzt beiseite. Mit wenigen Sätzen hatte der Patrouillenmann schon die Tür erreicht und stürmte ins Freie.

Die Karte in seinem Kopf wies ihm die Richtung: Bei der ersten Ecke links, dann die dritte Seitenstraße nehmen, weil sie in ein Labyrinth von Gassen und Hinterhöfen führte. In der Ferne hörte er Rufe. Neben ihm stand eine Holzbude, wo tagsüber billige Waren feilgeboten wurden. Jetzt war sie verlassen. Die Konstruktion schien einigermaßen stabil zu sein. Ein Klimmzug und dann flach aufs Dach legen, falls die Verfolger vorbeikommen.

Aber es kam niemand. Nach einer Weile sprang Everard wieder herab.

Die Dämmerung wurde langsam zur Nacht. Ein Stern nach dem anderen tauchte am Himmel auf und blitzte über den schwarzen, klippenartigen Mauern. Es herrschte Stille. Ehe es Straßenbeleuchtung gab, waren die meisten Menschen bei Dunkelheit in ihren Häusern. Die Luft war abgekühlt. Everard pumpte die Lungen voll und lief los …

Die Straße der Zwillinge war dunkel und beinahe menschenleer. Einmal begegnete ihm ein Junge mit einer Fackel, dann noch ein Mann mit einer Laterne, deren Seiten aus Horn gefertigt waren. Everard schritt jetzt wie ein achtbarer Bürger dahin, der sich verspätet hatte und beim schwachen Schein der Sterne acht gab, nicht in den Schmutz zu treten. Er hatte eine Taschenlampe bei sich, der einzige Anachronismus. Sie lag zwischen den Münzen im Beutel am Gürtel und war als religiöses Amulett getarnt. Doch war sie nur für absolute Notfälle. Wenn jemand sie leuchten sah, könnte er ihr Licht ebensowenig ableugnen wie den Schweißgeruch seiner Tunika.

Manchmal sah er Fenster, immer in den oberen Stockwerken, die auf die Straße führten. Die Fensterläden waren vorgelegt, aber durch die Ritzen drang Lichtschein. Dahinter saßen die Bewohner der Häuser, verzehrten ein leichtes, kaltes Abendessen, tranken einen Schluck, tauschten Tagesneuigkeiten aus, spielten, erzählten einem Kind eine Gute-Nacht-Geschichte, liebten sich. Eine Harfe erklang. Ein Lied in Moll wehte wie eine Brise dahin. Alles schien ihm weiter entfernt als die Sterne.

Everards Herz schlug mit gewohnter Frequenz. Er hatte mit Willenskraft die Spannung aus den Muskeln genommen. Reaktion würde erst wieder einsetzen, wenn er es gestattete. Er konnte denken.

Warum diese erlogene Anklage und der Versuch, ihn einzulochen? Verwechslung der Person? Das war im höchsten Maß unwahrscheinlich, da die Wachabteilung seinen Namen gekannt hatte. Jemand hatte ihn genannt, als er den Befehl gab, und auch die Personenbeschreibung. Offensichtlich steckte dahinter die Idee, mögliche Pannen zu verhindern, wodurch Everards Aufmerksamkeit oder auch die etwaiger Gefährten erregt würde. Die Exaltationisten waren ebensosehr darauf bedacht, unentdeckt zu bleiben wie er.

Exaltationisten? Ja, wer sonst? Aber sie hatten wohl kaum die geheime Kontrolle über die Regierung... trotzdem. Sie konnten keine Schlägertruppe als Stadtwache verkleidet losschicken. Zu riskant. Sie persönlich konnten aber auch keine legalen Soldaten senden. Nein, sie arbeiteten durch jemandem, der Macht hatte oder zumindest genügend politischen Einfluß, um eine solche Aktion durchzuführen.

Wer? Ja, das führte zur Frage zurück: Wer hatte Everard verpfiffen?

Zoilos! Jetzt sehe ich es mit der blendenden Klarheit der späten Erkenntnis. Ein hohes Tier und ein von Liebe betörter Kunde von Theonis. Bestimmt hat sie ihm ein Riesentheater vorgespielt: Feinde, die ihr auch an diesem abgelegenen Zufluchtsort nachstellen. Er sollte ihr sofort sagen, wenn ein Neuankömmling sich nach ihr oder Fremden, die wie sie aussahen, erkundigte. Da Zoilos viele geschwätzige Leute kannte, würde er mit als erster etwas hören.

Und dann war Zoilos rein zufällig einer der Gäste bei Hipponikos und konnte am vergangenen Abend gleich selbst und aus erster Hand Everards Fragen hören. Everard stieß finstere Verwünschungen über dieses Pech aus.

Ja, natürlich hatte Zoilos ihr heute brühwarm alles erzählt. Obwohl er wahrscheinlich Meander nur für neugierig hielt, hatte Theonis sofort Verdacht geschöpft und ihn dazu überredet, mich durch die Stadtwache festnehmen zu lassen. Dazu brauchte er einige Stunden. Er ist nicht selbst in der Armee, sondern mußte erst einen Offizier auftreiben, den er beherrscht. Vor allem mußte alles ganz diskret abgewickelt werden.

Durch meine Größe und mein Aussehen falle ich auf, so daß die Männer mich ohne große Schwierigkeiten aufspürten.

Everard seufzte. *Sie werden Chandrakumar mitnehmen. Mögliche Beihilfe. Sie müssen ja irgendein Resultat vorweisen, wenn sie keine größere Strafe als fünf oder sechs Schläge mit der Bleikatze bekommen wollen, weil sie mich entkommen ließen. Der arme, kleine Kerl.*

Er verhärtete seine Gefühle. *Sobald die Exaltationisten feststellen, daß er auf Schweigen konditioniert ist, wissen sie, daß es sinnlos ihn, ihn weiterzufoltern, es sei denn aus Spaß.*

Natürlich wird die Tatsache, daß er konditioniert ist, beweisen, daß er aus der Zukunft stammt. Wenn sie einen Kyradex haben, um ihn zu brechen — ja, dann werden die Töne, die er singt, das falsche Lied sein. Ein Glück, daß Shalten mich vor meiner Abreise noch gründlich instruierte und mir einen Vorrat an Ausreden mitgab, um falsche Spuren zu legen.

Everards andere Pluspunkte: Training, Wissen, Kraft, Beweglichkeit, Mutterwitz, eine pralle Geldbörse, standen auch zur Verfügung. Er hatte noch mehr, aber außer der Taschenlampe lag alles in Hipponikos' Haus. Ein Ring mit einem Sender für kurze Meldungen. Die Wattleistung war entsprechend winzig; aber Patrouillenempfänger konnten individuelle Photonen erfassen, und es existierten ja in dieser Zeit keine vom Menschen verursachten atmosphärischen Störungen. Ein Medaillon mit der Eule Athenes war ein stärkerer, ein Zweiwege-Kommunikator. Im Messergriff steckte ein Betäubungsstrahlprojektor mit einem Magazin für zwanzig Schuß. Das Heft seines Schwertes diente auch als Energiekanone.

Everard war auch nicht allein in der Vergangenheit. Historiker wie Chandrakumar und andere Wissenschaftler aus der Zukunft, Unternehmer, Künstler und Esoteriker gab es Hunderte über die Erde verstreut. Wichtiger für Everard war, daß die Patrouille auch Stationen in Rom, Ägypten, Alexandria, dem syrischen Antiochia, Hekatompylos, Patalipshtra, Hien-yang und Cuicuilco unterhielt, mit regionalen Zwischenposten. Sie hatten Kenntnis von dieser Operation. Ein Notruf würde augenblicklich Hilfe bringen.

Wenn er die Sachen wiederbeschaffen konnte, mit denen der Notruf möglich war!

Das wäre aber eine reine Verzweiflungstat. Die Exaltationisten setzten alle verfügbaren Vorsichtsmaßnahmen ein. Everard wußte nicht, was sie auf dem Gebiet der Detektoren hatten; aber auf alle Fälle konnten sie lokale Sender abhören und feststellen, wann ein Zeitmobil in dieser Gegend auftauchte. Sie waren immer aufbruchbereit, um beim ersten Zeichen, daß die Patrouille hinter ihnen her war, sofort spurlos zu verschwinden.

Wahrscheinlich konnte nicht jeder immer in Sekundenschnelle untertauchen. Ihre Aktivitäten mußten zwangsläufig den einen oder anderen von ihren Fahrzeugen wegführen. Aber bestimmt waren nie alle zur selben Zeit weit weg. Wenn auch nur ein einzelner entkam, war das einer zu viel und stellte eine tödliche Gefahr in der Zukunft dar.

Mentale Landkarte, gut und schön! Aber es war nicht leicht, ohne Lampen oder Schilder den Weg zu finden. Everard verirrte sich ein paarmal und fluchte laut. Er hatte es eilig. Wenn die Exaltationisten herausfanden, daß die Festnahme fehlgeschlagen war, würden sie durch Zoilos mit Sicherheit Wachen zu Hipponikos' Haus schicken, um Meanders Sachen zu beschlagnahmen und ihm aufzulauern. Everard mußte ihnen zuvorkommen, dem Kaufmann irgendeine Geschichte erzählen, seine Sachen packen und abhauen.

Er nahm nicht an, daß eine zweite Gruppe separat dorthin gegangen war. Zoilos würde so schon eine Menge Probleme gehabt haben, alte Gefälligkeiten abzukassieren und die Dienste von vier Stadtwachen zu erhalten. Außerdem würden zwei Abteilungen das Risiko erhöhen, daß ein unbestochener Offizier auf sie stieß und wissen wollte, was los sei — damit wäre Theonis kompromittiert.

Ganz gleich, ich muß vorsichtig sein. Ein Glück, daß das Telefon noch nicht erfunden ist.

Er blieb wie angewurzelt stehen. Sein Magen verkrampfte sich. »O nein!« stöhnte er, da kein Fluch angemessen war. *Wo war mein Verstand? Auf Urlaub in Bermuda?*

Wenigstens ist er zurückgekommen, ehe alles zu spät war! Er drückte sich in den Schatten der Mauer, kaute auf der Unterlippe und schlug mit der Faust auf die Handfläche.

In der kalten Nacht funkelten die Sterne am dunklen Himmel. Der Mond war über dem Adler-Turm aufgegangen. Die Straße, in der Hipponikos wohnte, würde ebenso hell erleuchtet sein. Man würde ihn deutlich sehen, wenn er an die Tür klopfte und auf den Diener wartete, den Riegel zurückzuschieben und ihn einzulassen.

Er blickte nach oben. Wega blitzte in der Leier. Alles war still, nur die Sterne funkelten. Ein Zeitmobil konnte ungesehen dort oben hängen und mit seinen optischen Geräten die Erde heraufbringen, so daß man alles taghell erkennen konnte. Ein Druck auf den Knopf — und sofort wäre es hier unten. Kein tödlicher Schuß, nur einen Betäubungsstrahl, den getroffenen Mann über den Sattel und ab zur Befragung mit ihm.

Klar doch! Wenn Raor erfuhr, was sich im Vihara abgespielt hatte, was bald der Fall sein würde, konnte sie einen ihrer Gefährten losschicken, der über dem Haus des Kaufmanns lauerte, bis der Flüchtige auftauchte oder die Soldaten aufmarschierten. Die Patrouille hatte kein Fahrzeug in der Nähe, und Everard hatte auch nicht die Möglichkeit, eines zu rufen. Nicht, daß er das getan hätte! Den einen Kerl zu erwischen war es nicht wert, alle anderen in die Flucht zu schlagen.

Vielleicht denkt sie nicht an diese Möglichkeit. Ich bin ja beinahe auch nicht draufgekommen.

Everard stieß einen Seufzer aus. *Zu riskant. Die Exaltationisten waren vielleicht verrückt, aber keinesfalls dumm. Wenn überhaupt, dann ist ihre Schwäche übertriebener Scharfsinn. Ich muß ihnen meine Ausrüstung in die Hände fallen lassen.*

Was würden sie damit anfangen? Vielleicht haben sie die technischen Möglichkeiten, die Geheimnisse herauszufinden, vielleicht aber auch nicht. Wenn ja, würden sie nichts entdecken, was sie nicht ohnehin schon wußten, bis auf die Tatsache, daß Jack Holbrook kein kompletter Idiot war.

Ein kleiner Trost, wenn Manse Everard völlig ohne Waffen dastand.

Was tun? Die Stadt verlassen, ehe die Syrer einrückten und dann den nächsten Patrouillenstützpunkt aufsuchen? Hunderte von Meilen! Höchstwahrscheinlich würden irgendwo seine Knochen auf der Strecke liegenbleiben, und die wenigen neuen Tatsachen, die er erfahren konnte, mit dem Wüstenwind wegblasen. Falls er den Marsch überlebte, konnte das Corps ihn auch nicht gut zurückbefördern, um weiterzumachen, wo er aufgehört hatte. Es konnte aber auch nicht mehrere Menschenjahre mit dem Einschleusen eines neuen Agenten aufwenden, vor allem konnte man nicht die gleichen krummen Touren benutzen wie bei ihm. Er hatte alle guten Gelegenheiten verbraucht.

Raor wäre das egal, wenn sie vor diesem Dilemma stünde. Sie würde in der Zeit kehrtmachen, ihren ursprünglichen Versuch annullieren und neu anfangen. Zum Teufel mit der Möglichkeit, einen kausalen Strudel zu erzeugen, der unvorhersehbare und unkontrollierbare Konsequenzen für den Ablauf der Ereignisse hatte. Die Exaltationisten wollten Chaos, sonst nichts! Daraus wollten sie ihr Königreich machen.

Wenn ich hier aufgebe und irgendwie die Patrouille verständige, kann sie nur mit einer Abteilung Zeitmobilen insgeheim hier nachts landen. Vielleicht können sie Chandrakumar retten, auf alle Fälle Raors Absichten vereiteln. Aber sie wird samt ihren sauberen Kumpanen entkommen und es wieder versuchen; aber dann kennen wir weder Ort noch Jahr.

Everard zuckte die Achseln. *Mir bleibt keine große Wahl, oder?*

Er änderte die Richtung und ging zum Hafen. Laut seinen neuralen Instruktionen lagen dahinter einige obskure Kaschemmen, in denen man auch übernachten könnte. Auf alle Fälle boten sie Unterschlupf und vielleicht sogar ein paar Neuigkeiten über Theonis. Morgen

— morgen kam der König zurück, mit dem Feind auf den Fersen.

Eigentlich sollte ich nicht zu überrascht sein, wie sich die Dinge entwickelt haben. Shalten und Genossen entwarfen einen feinen Plan. Aber jeder Offizier weiß — oder sollte wissen —, daß bei jedem Gefecht der erste Verlust der eigene Kriegsplan ist.

1987 n. Chr.

Das Haus lag in einer Wohnvorstadt von Oakland, wo man seine Nachbarn nur traf, wenn man wollte. Es war klein, am Ende einer steilen Auffahrt von Pinien und Eichen abgeschirmt. Als Everard eingetreten war, fand er das Innere düster, kalt und anachronistisch. Mahagoni, Marmor, Petit-point-Bezüge, tiefe Teppiche, kastanienbraune Gardinen, in Leder gebundene Bücher, deren französische Titel in Gold geprägt waren, bis in die Moleküle perfekte Kopien von Toulouse-Lautrec und Seurat waren doch wirklich nicht zeitgemäß, oder?

Shalten bemerkte Everards Verwunderung. »Ach ja«, sagte er auf englisch mit einem Akzent, den Everard nicht klar bestimmen konnte. »Mein Lieblings-*pied-à-terre* ist Paris in der *Belle Époche.* Kultiviertheit, die sich zu Abscheu wandelt, Neuerung, die zum Wahnsinn wird. Für einen Betrachter, der die Zukunft kennt, wird Pikantes beißend scharf. Wenn ich nicht dort arbeiten kann, nehme ich immer ein paar Souvenirs mit. Willkommen! Setzen Sie sich. Ich hole Erfrischungen.«

Er streckte Everard die Hand entgegen, die dieser schüttelte. Sie fühlte sich trocken, wie ein Vogelfuß an. Der Unabhängige Agent Shalten war ein schmächtiges Männlein mit großem, kahlem Kopf und weisen Gesichtszügen. Er trug einen Schlafanzug, Pantoffeln und einen verwaschenen Morgenrock. Obwohl er kein Jude war, zierte ein Käppchen seinen Kopf. Als die Vorbereitungen für dies Treffen im Hauptquartier gemacht wurden, hatte Everard gefragt, wann und wo sein zukünftiger Gastgeber das Licht der Welt erblickt hatte. »Das brauchen Sie nicht zu wissen«, hatte die Antwort gelautet.

Shalten gab sich als Gastgeber viel Mühe. Everard nahm Platz im weichen Armsessel, lehnte den Scotch ab, weil er noch ins Hotel zurückfahren mußte, freute sich aber über ein kaltes Nevada Pale-Bier. Shaltens Tee mit Amaretto und Triple Sec paßte nicht zu seiner Vorliebe für Frankreich. Offenbar war er nicht an einer klaren, persönlichen Linie interessiert. »Ich bleibe lieber stehen, wenn Ihnen das nichts ausmacht«, erklärte er mit seiner rostigen Stimme. Auf einer Spiegelkommode lag eine lange Tonpfeife neben einem Luftbefeuchter. Shalten stopfte sie sorgfältig und steckte dann den ziemlich widerlich stinkenden, parfümierten Tabak an. Aus Selbsterhaltungstrieb zündete Everard seine Briar an. Nichtsdestotrotz war die Atmosphäre gemütlich.

Nun, beide Männer frönten dem gemeinsamen Laster, und Shalten, als weiser Mann, vermied jegliche Härte.

Die ersten Minuten plauderten sie über das Wetter, das Verkehrschaos und das Essen bei ›Tadich's‹ in San Francisco. Dann heftete Shalten seine seltsam leuchtenden, gelbgrünen Augen auf seinen Besucher und sagte, ohne den Ton zu ändern: »So! Sie haben also den Exaltationisten in Peru einen Strich durch die Rechnung gemacht und einige beseitigt. Sie haben Ihren entlaufenen spanischen Conquistador gefangen und wieder in die richtige Szene verfrachtet. Dann haben Sie die Pläne der Exaltationisten auch noch in Phönizien vereitelt und abermals mehrere erledigt.« Er hob die Hand. »Nein, nein! Keine falsche Bescheidenheit! Dazu gehörten gut koordinierte Teams. Auch wenn die Zellen eines Körpers zahlreich sind, kann der Körper nichts erreichen, wenn kein Geist die Befehle erteilt. Sie haben nicht nur diese Unternehmen geführt, Sie arbeiteten auch — wenn nötig — solo. Mein Kompliment! Die Frage ist nun einfach die: Hatten Sie seitdem ausreichend freie Zeit — auf Ihrer Weltlinie —, um sich zu erholen?«

Everard nickte.

»Sind Sie sicher?« bohrte Shalten nach. »Wir können Ihnen mehr Urlaub geben. Der Stress war zweifellos beträchtlich. Der nächste Schritt, den wir planen, ist wahrscheinlich noch gefährlicher und kräftezehrender.« Er lächelte. »Oder — wenn ich davon ausgehe, was ich über Ihre politischen Ansichten hörte — sollte ich sagen: ›Gefährlicher und anspruchsvoller‹?«

Everard lachte. »Nein, danke. Aber im Ernst: Ich will unbedingt los. Warum würde ich sonst auf meine Privilegien pochen? Es geht mir gegen den Strich, daß die Exaltationisten immer noch frei herumlaufen.« Auf englisch klang das irgendwie albern, aber Temporal hatte, neben vielen anderen Sprachen, die grammatische Struktur, Chronokinese auszudrücken. Wenn nicht Präzision unbedingt erforderlich war, sprach Everard am liebsten in seiner Muttersprache. Beide Männer wußten, was er meinte. »Lassen Sie uns die Sache erledigen, ehe die uns erledigen.«

»Sie hätten nicht darauf bestehen müssen, die Schlüsselrolle zu übernehmen«, sagte Shalten. »Aufgrund Ihrer besonderen Qualifikationen hoffte das Mittlere-Kommando natürlich, daß Sie sich freiwillig melden würden; aber Sie waren nicht verpflichtet.«

»Ich wollte aber«, erklärte Everard. Er hielt den warmen Pfeifenkopf fest zwischen den Fingern. »Okay, was ist Ihr Plan, und welche Aufgaben soll ich dabei übernehmen?«

Shalten blies eine dicke Rauchwolke in die Luft. »Zuerst der Hintergrund. Wir wissen, daß die Exaltationisten am 13. Juni 1980 in Nordkalifornien waren. Auf alle Fälle stand einer von ihnen mit ihren phönizischen Teufelsbrüdern in Verbindung. Sie trafen ausreichende Vorsichtsmaßnahmen, benutzten legale zeitenüberschreitende Aktivitäten, um ihre zu tarnen usw. Wir haben keine Aussicht, sie zu finden. Nur die Tatsache, daß sie dort anwesend sind, hilft uns vielleicht, einen Trick anzuwenden; aber — das liegt in der Natur des

Falles — sie wissen auch, daß wir wissen. An jenem Tag waren sie wirklich auf dem *Quivive* und vermieden alles, wessen sie nicht absolut sicher waren.«

»Hm, hm. Klar.«

»Als ich nun die Sache studierte, wurde mir klar, daß es noch eine kleine Weltraumzeit-Region gibt, in der einer oder mehrere Exaltationisten lauern könnten. Keine Garantie, und die präzisen Daten sind nicht herauszubringen; aber man sollte darüber nachdenken.« Der lange Pfeifenstiel wies auf Everard. »Na, was vermuten Sie?«

»Nun, hm ... na ja, hier und jetzt, da Sie hier sind.«

»Korrekt.« Shalten verzog das Gesicht. »Aus diesem Grund verbringe ich Wochen in diesem scheußlichen Milieu, bastle an der Entwicklung meiner Falle, Detail nach Detail. Und vielleicht alles umsonst! Wie oft muß der Mensch feststellen, der so stolz auf seinen Verstand ist, daß die Ernte seiner Bemühungen leere Hülsen sind. Ob ich Früchte ernte, müssen Sie herausbringen.« Er stieß wieder langsam ein Rauchwölkchen aus. »Können Sie erraten, warum ich zu dem Schluß kam, daß diese Miniperiode vielleicht für uns Möglichkeiten bietet?«

Everard schaute so entsetzt drein, als hätte sich der Gnom vor ihm in eine Klapperschlange verwandelt. »Mein Gott!« flüsterte er. »Wanda Tamberly.«

»Die junge Zeitgenossin, die in den peruanischen Fall verstrickt wurde — so ist es!« Shalten nickte und fuhr mit einer Bedächtigkeit fort, die Everard dem Wahnsinn nahebrachte. »Lassen Sie mich einige meiner Überlegungen erklären, obwohl Sie, nachdem ich Ihnen diesen Hinweis verraten habe, zweifellos selbst alles rekonstruieren können. Sie werden sich erinnern, daß die Exaltationisten — als ihr Versuch, sich Atahuallpas Lösegeld zu bemächtigen, fehlschlug — die beiden Männer als Gefangene mitnahmen, deren Anwesenheit — vorübergehend, wie sie hofften — ihre Pläne zunichte gemacht hatten. Das waren Don Luis Castelar und unser getarnter Spezialist Stephen Tamberly. Später identifizierten sie letzteren als einen Patrouillenmann und befragten ihn in ihrem Versteck mehr als ausführlich, auch mit Kyradex. Als Castelar sich befreien und zusammen mit Tamberly auf einem Zeitmobil fliehen konnte, hatten die Exaltationisten über unseren Mann und seinen Hintergrund beträchtliche, detaillierte Informationen gewonnen. Ihr Team, mein Freund, schlug gleich danach zu. Es gelang Ihnen, die meisten zu töten oder gefangenzunehmen.«

Natürlich erinnere ich mich daran! Gottverdammt! fluchte Everard stumm in Gedanken.

»Betrachten Sie nun mal die Situation von dem Gesichtspunkt derer aus, die bei Ihrem Überfall nicht dabei waren«, sprach Shalten weiter. »Etwas war furchtbar schiefgelaufen. Sie mußten sich doch verzweifelt gewünscht haben, herauszufinden was. War die Spur, auf der die Patrouille sie erwischt hatte, inzwischen abgekühlt oder könnte sie die Patrouille zum Rest führen?

Die Kerle sind kühn und hochintelligent. Sie würden — soweit es nur möglich wäre — jedem Hinweis nachgehen, den sie zurückließen. Wir haben keinerlei Möglichkeiten, sie daran zu hindern. Wir können nicht jeden Augenblick des restlichen Lebens der Personen überwachen, die beteiligt waren. Die Exaltationisten könnten nach Peru zurückkehren und Jahre nach 1533 verschleierte Nachforschungen anstellen und den weiteren Lebenslauf Castelars erfragen. In geringerem Maß auch beim Agenten Tamberly. Zugegeben, sie könnten nicht an einen vollständigen Bericht über die fröhliche Schnitzeljagd kommen, auf die Castelar uns führte, auch nicht, wie wir Tamberly zurückholten oder wie dessen Nichte von den Ereignissen mitgerissen wurde. Ihre Daten blieben lückenhaft und mehrdeutig. Aber es steht außer Frage; daß sie zum Schluß kamen, die unmittelbare Gefahr sei vorbei — Beweis: die phönizische Eskapade.

Ich bin sicher, daß sie zuerst alle unter die Lupe nahmen, von denen Tamberly während dem fachmännisch durchgeführten und erbarmungslosen Verhör gesprochen hatte. Kollegen, Bekannte, Verwandte. Wenn sie die darauffolgenden Jahre betrachteten, könnten sie Gründe für die Annahme gefunden haben, daß Tamberlys Nichte Wanda beteiligt war und daher eingeladen wurde, in die Patrouille einzutreten. Sie könnten das Datum ihrer Beteiligung irgendwann im Mai 1987 zurückverfolgen ...«

»Und wir sitzen hier rum und tun nichts!« rief Everard.

Shalten hob die Hand. »Beruhigen Sie sich, mein Freund, bitte! Warum sollten die Exaltationisten etwas gegen Wanda oder sonst jemanden unternehmen? Der Schaden ist angerichtet. Sie haben zwar keine Gewissen und sind selten grausam, aber nicht blind rachsüchtig. Die Tamberly-Familie bedeutet für sie keine Bedrohung mehr. Im Gegenteil — sie werden äußerst vorsichtig und behutsam vorgehen, da sie sich ausrechnen können, daß die Patrouille gerade Miss Wanda insgeheim bewacht, in der Hoffnung, sie möge die Exaltationisten anlocken. Selbst hätten sie ja auch nie Skrupel, einen menschlichen Köder auszulegen. Nein, sie werden nichts weiter unternehmen, als an den Rändern der Beobachtung zu knabbern, so viele Daten wie möglich zu sammeln und sich dann an einen anderen Ort zurückziehen.«

»Aber trotzdem ...«

»Selbstverständlich steht Miss Wanda bereits unter Beobachtung für alle Eventualitäten. Ich glaube zwar, daß die Gefahr für sie praktisch vorbei und die Bewachung reine Verschwendung einer kostbaren Lebensspanne ist; aber das Hauptquartier bestand darauf. Habe ich Sie jetzt etwas beruhigt?«

»Schon gut, schon gut«, brummte Everard, obwohl er innerlich froh war. *Warum liegt mir so viel an ihr? Ja, sie ist tapfer, klug und sieht gut aus; aber trotzdem — eine einzige Frau aus einer Million Jahren unserer Spezies auf Erden ...* »Ist die Einführung jetzt vorbei? Können wir zum Punkt kommen?«

Shalten nahm einen Schluck. »Das Ergebnis meiner Überlegungen«, sagte er, »habe ich Ihnen schon zu Anfang mitgeteilt. Höchstwahrscheinlich halten sich einer oder mehrere Exaltationisten an mehreren Tagen dieses Monats, Mai 1987, in der Gegend der San Francisco Bay auf. Sie sind so umsichtig, daß wir keine Chance haben, sie zu finden. Wir können aber statt dessen — und das tun wir auch — unsere richtige Falle mit einem fetten Köder bestücken.«

Everard kippte sein Bier runter und beugte sich vor. »Und wie?«

»Ist Ihnen die Sache mit dem baktrischen Brief aufgefallen?« fragte Shalten.

»Der *was?*« Everard zog an der Pfeife und dachte nach. »Nein, ich ... nein! War das in den Nachrichten? Ich bin erst eine kurze Lebensspanne hier und hatte verdammt viel um die Ohren.«

Shalten nickte. »Verstehe. Sie haben die peruanische Affäre zum Abschluß gebracht und sich mit der charmanten jungen Dame beschäftigt. Ja, wenn man weiß, was die Zukunft bringt, hat man wenig Lust, die Tagesnachrichten zu verfolgen. Ich dachte, Sie hätten es trotzdem aufgeschnappt. Es ist nicht nur eine lokale Sensation. In verhaltener, wissenschaftlicher Darstellung ist es doch auch für die Allgemeinheit ein kleines, internationales Neun-Tage-Wunder.«

»Das Sie so lenken, daß es sich genau nach Ihren Wünschen entwickelt«, schloß Everard. Sein Herz schlug schneller.

»Ich sagte Ihnen, daß ich mich deshalb hier aufhalte.«

Wie macht er es? Ein Netz von Verbindungen, Operationen, sorgfältig konstruierten Geschichten, die an sorgfältig ausgewählte Journalisten weitergegeben werden — und all das überwacht dieser Gartenzwerg vor mir? Selbst mit der Computermacht, die er im Rücken hat, kann man nur voll Ehrfurcht staunen. Aber stell ihm bloß keine weiteren Fragen, Junge, sonst redet er noch bis Mitte nächster Woche weiter.

»Bitte, klären Sie mich auf«, bat Everard.

»Vielleicht hätten wir Juni 1980 gewählt. Wir wissen hundertprozentig, daß die Exaltationisten dann da sind«, erklärte Shalten. »Aber ich fand, daß ihre Anwesenheit dann zu kurz sei, abgesehen davon, daß wir bei ihrer Wachsamkeit nur mittels eines Tricks etwas ausrichten könnten. Die Chancen standen so, daß sie kaum unseren Köder bemerkt hätten. Dieses Jahr ist besser, wenn man davon ausgeht, daß sie auch herkommen. Sie müssen gezwungenermaßen ihre Nachforschungen über die Tamberly-Familie stückweise durchführen. Dazu müssen sie wenigstens ein paar Tage lang auftauchen. Als normale Menschen des zwanzigsten Jahrhunderts verkleidet können sie nicht umhin, mehrere Stunden in einer Unterkunft und auf Omnibussen zu verbringen. Natürlich werden sie die Zeit mit Zeitunglesen, Fernsehen usw. überbrücken. Außerdem verfügen sie über eine höchst wache Intelligenz. Sie werden ihre Umgebung mit Neugier betrachten, die für sie finsterste Urzeit darstellt. Und ... wie gesagt, hoffe ich, daß die Geschichte in den Nachrichten ihre Aufmerksamkeit erregt. Natürlich bleibt das nicht lange eine Sensation. Die Öffentlichkeit vergißt schnell. Aber wenn die Exaltationisten anbeißen, können sie die Geschichte weiterverfolgen, sich wissenschaftliche Arbeiten verschaffen usw.«

Everard seufzte. »Hätten Sie noch ein Bier für mich?«

»Mit Vergnügen.«

Nachdem Shalten ihm das Bier gebracht hatte, stellte er sich wieder mit der langen Pfeife in der Hand vor der

Spiegelkommode in Positur. »Was wissen Sie über das griechische Königreich Baktrien?«

»Hm, lassen Sie mich mal nachdenken ...« Everards historische Kenntnisse waren über die Gesellschaften, in denen er gearbeitet hatte, hervorragend, aber über alles darüber hinaus lückenhaft. »Liegt dort, wo jetzt Nordafghanistan ist. Alexander der Große kam durch und verleibte es seinem Reich ein. Griechische Kolonisten rückten nach, erklärten später ihre Unabhängigkeit und eroberten ... hm ... den größten Teil des restlichen Afghanistan und ein Stück des nordwestlichen Indiens.«

Shalten nickte. »Ziemlich gut, so einfach aus dem Stegreif. Natürlich werden Sie noch viel mehr darüber lernen. Sie sollten auch das Gelände erkunden — ich schlage Ihnen das Jahr 1970 vor, ehe dieser Afghanistankrieg begann und Sie als gewöhnlicher Tourist herumreisen können.«

Er füllte seine Hühnerbrust mit Luft und fuhr fort: »Vor zwei Jahren fand ein russischer Soldat im Hindukuschgebirge ein Kästchen, das aus der hellenistischen Ära datiert und offensichtlich im Guerillakrieg durch Artilleriebeschuß freigelegt wurde. Das allein ist schon eine aufsehenerregende Geschichte. Die vage offizielle Berichterstattung — die übliche sowjetische Geheimniskrämerei — verleiht noch zusätzlich Würze. Kern der Geschichte ist: Dieser Soldat übergab den Fund seinem Vorgesetzten. Nach einiger Zeit erreichte das Kästchen das Institut für Orientalische Studien in Moskau. Jetzt veröffentlichte ein Professor L. P. Solowjew das Ergebnis seiner Studien. Er hegt keinerlei Zweifel, daß das Objekt echt ist und daß es bedeutende Erkenntnisse über eine Periode vermittelt, über die Historiker nicht viel wissen. Bislang stammten die wenigen Informationen darüber aus Münzfunden.«

»Was war in dem Kästchen?«

»Lassen Sie mich, bitte, erst den Zusammenhang

umreißen. Baktrien umfaßt in etwa das Gebiet zwischen Hindukusch und Amu-Darja. Nördlich davon lag Sogdiane, begrenzt vom Syr-Darja — heute in der Sowjetunion —, ebenfalls unter Souveränität der baktrischen Könige.

Sie waren vom Reich der Seleukiden abgefallen. Im Jahr 209 vor der christlichen Zeitrechnung marschierte Antiochos III. durch Asien nach Osten, um dies reiche Territorium zurückzuholen. Er besiegte seinen Rivalen Euthydemos in einer Schlacht und belagerte danach die Hauptstadt Baktra, konnte sie aber nicht einnehmen. Nach zwei Jahren gab er auf, schloß Frieden und zog nach Süden ab, um seine Macht in Indien geltend zu machen — allerdings brachte er es auch nur wieder zu einem Vertrag statt einer Eroberung. Obwohl die Belagerung Baktras damals so berühmt wurde wie die Belagerung Belforts in meinem Frankreich, sind der Nachwelt keine Einzelheiten überliefert.

Nun enthielt dieses Kästchen, das der russische Soldat ablieferte, einen Papyrus, dessen Text zum größten Teil noch leserlich ist. C-14-Methode et cetera bewiesen die Echtheit. Es wurde klar, daß dies ein Brief Antiochos' an jemand im Südwesten war. Kurier samt Eskorte kamen um, vielleicht Opfer von Straßenräubern im Gebirge. Erde wehte über das Kästchen und begrub es, nachdem die Mörder es weggeworfen hatten, da keine Schätze darin waren. Das trockene Klima konservierte das Dokument recht gut.«

Shalten trank seinen Blaubeertee aus und schlurfte in die Küche zur Hausbar, um sich noch einen Drink zu brauen. Everard übte sich in Geduld.

»Was steht in diesem Brief?«

»Sie werden Gelegenheit haben, selbst eine Kopie zu lesen. Nur so viel in Kurzfassung: Es wird beschrieben, wie kurz nach Antiochos' Eintreffen vor den Toren Baktras, Euthydemos und sein schneidiger Sohn Demetrios einen Ausfall machten. Eine tiefe Fronteinbuchtung bei den syrischen Truppen war die Folge. Doch dann wurde Euthydemos zurückgeschlagen und wieder hinter die Stadtmauern getrieben. Hätte er Erfolg gehabt, wäre das vielleicht schon das Kriegsende gewesen, und er hätte gesiegt. Aber es war ein wildes Abenteuer. Der Brief beschreibt, wie Euthydemos und Demetrios in der Vorhut kämpften und beinahe getötet worden wären, als Antiochos zurückschlug. Eine mitreißende Geschichte, die Ihnen bestimmt gefallen wird.«

Everard, der die Schreie der Männer gehört hatte, wenn sie auf dem Boden lagen und Blut und Gedärme aus ihnen strömten, fragte nur: »An wen schrieb Antiochos?«

»Dieser Teil fehlt. Es könnte einer seiner Generäle sein, der als ›Verbündeter‹ in dem Marionettenreich Gedrosia am Persischen Golf stationiert war, oder ein Satrap in seiner eigenen östlichsten Provinz — wie auch immer, er erklärt, weshalb dieser Zusammenstoß ihn überzeugte, daß der Baktrische Krieg nicht schnell zu gewinnen ist und er daher die Pläne, Indien aus dem Westen anzugreifen, fürs erste aufgegeben muß. Später wurden sie ganz verworfen.«

»Verstehe.« Everards Pfeife war ausgegangen. Er stopfte nach und steckte sie mit einem Streichholz wieder an. »Dieser Ausfall und der anschließende Kampf war demnach mehr als ein Zufall.«

»Genau«, sagte Shalten. »Professor Solowjew führt diesen Gedanken in einem Artikel in der *Literaturnaja Gaseta* aus, und dieser löste dann das allgemeine Interesse aus.«

Er paffte, trank einen Schluck und sprach weiter. »Antiochos III. ist in die Geschichte als Antiochos der Große eingegangen. Er erbte ein zusammenbrechendes Reich, nagelte es wieder zusammen und holte das meiste zurück, das abgefallen war. In der Schlacht von Raphia verlor er Phönizien und Palästina an Ptolemäus von Ägypten. Doch gewann er auch diese Gebiete später wieder zurück. Er hielt die Parther auf. Seine Kampagnen führten ihn bis nach Griechenland. Er gewährte Hannibal nach dem Zweiten Punischen Krieg Zuflucht. Letzten Endes besiegten ihn aber die Römer, und er hinterließ seinem Sohn weniger, als er regiert hatte, aber dennoch ein riesiges Reich. Seine kulturellen und gesetzgeberischen Neuerungen waren nicht weniger bedeutend. Eine früchteverheißende Persönlichkeit.«

Everard unterdrückte eine Bemerkung über Antiochos' Liebesleben. »Sie meinen, wäre er bei Baktra getötet worden ...«

»Der Brief gibt keinen Hinweis, daß er je in Gefahr war, wohl aber seine Feinde, Euthydemos und Demetrios. Und obwohl ihr Land später im Dunkel der Geschichte untertauchte, hatte doch ihr Widerstand den Lauf von Antiochos' Karriere verändert.«

Shalten klopfte die Pfeife aus und legte sie beiseite. Dann verschlang er die Hände auf dem Rücken und fuhr mit seiner trockenen Vorlesung fort. Everard lief es eiskalt über den Rücken.

»Professor Solowjew spekuliert in seinem Artikel ausführlich und mit dem Gewicht einer Autorität. Im Augenblick hat er die Phantasie der gesamten Weltöffentlichkeit damit eingefangen. Seine These ist fesselnd. Die Umstände der Entdeckung sind romantisch. Und — um ganz sicher zu gehen — stellt der Professor, obgleich äußerst subtil, den Marxistischen Determinismus in Frage. Er deutet an, daß ein reiner Zufall — ob oder ob nicht ein bestimmter Mann in der Schlacht stirbt — die gesamte Zukunft entscheiden kann. Daß dies veröffentlicht werden konnte und noch dazu an so herausragender Stelle, ist allein schon eine kleine Sensation. Es ist ein frühes Beispiel für M. Gorbatschows *glasnost*. Die weitverbreitete Aufmerksamkeit ist eine natürliche Folge.«

»Ja, ich freue mich schon, den Artikel zu lesen«, sagte Everard beinahe automatisch. Überdeutlich stieg ihm der Geruch des Raubtiers in die Nase ... eines menschenfressenden Tigers. »Hält diese These aber auch stand?«

»Aber stellen Sie sich doch vor: Baktrien fällt schon früh an Antiochos. Damit sind die Ressourcen für ihn vorhanden, um Westindien zu erobern. Das wiederum stärkt ihn gegen Ägypten und — was noch wichtiger ist — gegen Rom. Man kann sich leicht vorstellen, wie er seine Erwerbungen nördlich des Tauros sichert und Karthago so unterstützt, daß es den Dritten Punischen Krieg überlebt. Obwohl er selbst tolerant ist, versuchte einer seiner Nachkommen das Judentum in Palästina auszurotten, wie Sie vielleicht im Ersten und Zweiten Buch Makkabäer* gelesen haben. Mit totaler Macht in Kleinasien könnte dieses Unterfangen Erfolg haben. Wenn ja, dann wird es nie ein Christentum geben. Dann wäre auch die gesamte Welt, die Sie und mich hervorbrachte, nur ein Phantom, ein Hätte-sein-Können, das, durchaus denkbar, eine Ausweich-Zeitpatrouille unterdrückt hält.«

Everard stieß einen Pfiff aus. »Ja! Und die Exaltatio-

---

* In den griechischen Handschriften des Alten Testaments finden sich drei (in einigen auch vier) Bücher der Makkabäer. Von diesen gehören die ersten beiden zu den Apokryphen (nach katholischer Zählung zu den deuterokanonischen Büchern), die beiden anderen zu den *Pseudoepigraphen* (katholisch zu den Apokryphen). Das erste (ursprünglich hebräisch geschriebene) Buch ist etwa 125—100 v. Chr. abgefaßt; es behandelt die Jahre 175—135. Das zweite ist nach 2,23 ein Auszug aus dem historischen Werk des IASON VON KYRENE, bespricht die Ereignisse der Jahre 175—161 v. Chr. und ist ursprünglich griechisch geschrieben. Das dritte (1. Jh. v. Chr.) erzählt in romanhafter Form die Verfolgungen der alexandrinischen Juden unter PTOLEMAIOS IV. PHILOPATOR, nachdem dieser 217 von Gott am Betreten des Jerusalemer Tempels gehindert worden war. Das vierte ermahnt unter Hinweis auf Martyrien der Makkabäerzeit und unter Einfluß der stoischen Philosophie zu frommem Leben. Wahrscheinlich ist es eine alexandrinische Predigt des 1. Jh.s n. Chr. Im 4. Jh. entstand in christlichen Kreisen eine sehr freie Version.

nisten, die sich mit Antiochos ein Plus holten — und danach unter späteren Generationen der Seleukiden wieder auftauchten —, hätten eine ziemlich gute Chance, eine Welt nach ihrem Geschmack zu schaffen, stimmt's?«

»Dieser Gedanke dürfte ihnen gekommen sein«, antwortete Shalten. »Wir wissen, daß sie zuerst ihren phönizischen Versuch durchziehen wollen. Wenn dieser auch fehlschlägt, erinnern sich die übriggebliebenen vielleicht an Baktrien.«

Mit lautem Getöse, Dröhnen und Klirren, das stundenlang anhielt, kehrte König Euthydemos' Streitmacht in die Stadt des Pferdes zurück. Im Süden lag eine dichte Staubwolke über dem Land, aufgewirbelt von Hufen und Füßen, weitergetragen vom Wind und dem Menschengewimmel. Am Horizont konnte man erkennen, wie die Nachhut der Baktrer die syrische Vorhut in Schach hielt. Trompeten erschallten, Trommeln dröhnten, Reit- und Lasttiere wieherten, Menschen schrien.

Everard mischte sich in die Menge. Er hatte einen Umhang mit Kapuze gekauft, um sein Gesicht zu verbergen. In der Hitze war ein derartiges Kleidungsstück ebenso ungewöhnlich wie seine Körpergröße, aber an diesem Tag schenkte ihm niemand Beachtung. Ruhig schob er sich mit der Menge über die Straßen und die Stoa — *den Laden ausbaldowern,* sagte er sich. Er schmiedete aufgrund dessen, was er beobachtete, alle möglichen Pläne für alle Situationen, die er sich ausmalen konnte.

Mit Peitschen bahnten sich Reiter einen Weg vom Tor zu ihren Unterkünften. Danach kamen die Soldaten, grau, voll Staub, vor Erschöpfung ausgelaugt, stumm vor Durst. Dennoch zeigten sie Haltung. Die meisten saßen in leichter Rüstung zu Pferd, Lanzenklingen schimmerten hell über Regimentsstandarten und Bannern. Streitaxt, Bogen und Köcher am Sattel. Sie wurden nur selten als Sturmtruppen eingesetzt, da Steigbügel noch unbekannt waren. Aber sie saßen wie Zentauren oder Komantschen auf den Pferderücken. Ihre Zuschlagen-Wegreiten-Zuschlagen-Technik erinnerte an Angriffe von Wolfsrudeln. Die Infanterie, die sie verstärkte, war ein bunt zusammengewürfelter Haufen, meist Söldner, von denen viele aus Ionien oder Griechenland stammten. Ihre langen, dicht geschlossenen Reihen von Piken wogten wie Wellen im Marschrhythmus. Ihre Offiziere waren mit den Federhelmbüschen und mit Figuren verzierten Kürassen wohl hauptsächlich Griechen oder Mazedonier.

Das Volk drängte sich gegen die Hausmauern, beugte sich über die Dächer, lehnte aus den Fenstern und winkte, weinte und jubelte den Soldaten zu. Frauen hielten Säuglinge hoch und riefen entgegen jeder Hoffnung: »Sieh, sieh, dein Kind!« und einen geliebten Namen. Alte blinzelten, schüttelten, mit den Launen der Götter nicht mehr hadernd, den Kopf. Junge Männer schrien am lautesten. Sie waren sicher, daß der Feind schon bald vernichtet sein würde.

Die Soldaten blieben nirgends stehen. Sie strebten ihren Unterkünften zu, einem Schluck Wasser, neuen Befehlen und für manche sofortige Abkommandierung auf die Wehranlagen. Später — wenn der Feind nicht versuchte, die Tore zu erstürmen, würden sie abwechselnd kurzen Urlaub bekommen. Dann waren die Weinschenken und Freudenhäuser überfüllt.

Aber das würde nicht ewig so weitergehen, dachte Everard. Dessen war er sicher. So konnte die Stadt niemals all diese Tiere auf unbestimmte Zeit füttern. Zoilos und Kreon hatten zwar erklärt, daß ihre Getreidelager gut gefüllt seien, und daß die Belagerung keine vollständige Blockade sei. Unter Bewachung könnten die Bewohner Wasser vom Fluß holen. Antiochos könnte ja den Verkehr auf dem Fluß mit Katapulten sehr erschweren, aber einige Lastkähne mit Nachschub würden durchkommen. Mit starker Bewachung könnte es sogar ab und zu eine Karawane aus anderen Landesteilen über Land schaffen. Trotzdem gab es nur Futter für eine begrenzte Zahl von Pferden, Maultieren und Kamelen. Der Rest mußte geschlachtet werden — es sei denn, Euthydemos setzte sie zu einem frühen Schlag gegen die Syrer ein.

Kleine Rationen für die nächsten paar Jahre. Bin ich froh, daß ich nicht hier festsitze! Aber wie komme ich raus? Hm, da hab ich noch ein kleines Problem.

Sobald diese Operation beendet war, würde die Patrouille unauffällig auftauchen, um Everard zu suchen, wenn er sie bis dahin nicht selbst gerufen hatte! Auch wenn er keine Exaltationisten erwischt hatte, würden sie kommen. Allein schon, um nach Chandrakumar zu sehen und ihren Agenten aus Antiochos' Armee abzuziehen. Es spielte keine Rolle, daß Everard ein Unabhängiger war und daher wertvoller als die anderen beiden, die in diesem Milieu als Wissenschaftler und Schutzpolizist dienten. Everard befand sich jetzt genau deshalb in Baktra, weil er imstande war, mit vielfältigen unvorhersehbaren Situationen fertigzuwerden. Shalten hielt es für am wahrscheinlichsten, daß Raor sich hier niederlassen würde. Normalerweise war der Mann bei Antiochos nur Reserve; aber Rang war jetzt unwichtig. Es zählte nur, die Aufgabe zu erfüllen. Wenn das das Leben eines Unabhängigen Agenten kostete, war der Verlust fürs Corps schwer; aber dafür war eine Zukunft gerettet und jeder, der geboren werden würde, und alles, was sie je täten, lernten, schufen und würden. Kein schlechter Handel. Seine Freunde konnten in Ruhe trauern.

Aber alles nur unter der Voraussetzung, daß wir die Banditen aufhalten und — hoffentlich — festnehmen können.

Die Aufzeichnungen späterer Zeit sagten zwar, daß die Patrouille Erfolg haben würde — zumindest beim ersten Punkt; aber wenn sie es nicht schaffte, hatten jene Aufzeichnungen nie existiert, wurde die Patrouille nie gegründet, hatte Manse Everard nie gelebt ... Er schob diesen Gedanken beiseite, wie immer, wenn er ihn quälte, und konzentrierte sich auf seine Arbeit.

Gerüchte stachelten die Aufregung an, nahöstliches

Temperament brach sich Bahn, von einem Stadttor zum anderen herrschte Durcheinander. Es bot Everard Tarnung, als er herumging, alle Einzelheiten aufnahm und geistig die Karte in seinem Kopf ergänzte.

Mehrmals war er schon an dem Haus vorbeigekommen, das Theonis gehörte. Zweistöckig umschloß es einen Innenhof, wie bei den anderen Wohlhabenden. Es war kleiner als das von Hipponikos. Aber die Fassade war mit poliertem Marmor verkleidet anstelle von Stuck. Unter einem Halbrelieffries prunkte ein kleiner, mit Säulen verzierter Balkon. Von den Nachbarhäusern war es durch schmale Gassen getrennt. Da es keine Bauvorschriften gab, waren Läden in der Straße zwischen Wohnhäusern, doch keiner blieb nach Einbruch der Dunkelheit offen, wenn man von Theonis' Geschäft absah. Und dies kam ohne Reklame aus. Für Theonis' Zwecke war die Nachbarschaft ideal. *Gut, für mich auch!* Everards Plan, wie er vorgehen wollte, nahm langsam Gestalt an.

Die Bevölkerung konnte nicht still sitzenbleiben. Man besuchte Freunde, schlenderte ziellos umher, tröstete sich in Weinschenken und Imbißbuden, wo die Preise ins Unermeßliche gestiegen waren. Prostituierte beiderlei oder keinerlei Geschlechts sowie Taschendiebe hatten Hochkonjunktur. Everard hatte Mühe spät am Nachmittag noch einen Laden zu finden, der offen war, wo er Dinge kaufen konnte, die er benötigte, hauptsächlich ein Messer und ein langes Seil. Er mußte auch mehr bezahlen, als die Sachen wert waren. Die Verkäufer waren nicht bereit zu feilschen. Die Stadt war hysterisch. Im Lauf der Zeit würde alles unter den Mühen und Plagen einer langen Belagerung still werden.

Es sei denn, Euthydemos wagt einen Ausfall und gewinnt. Nein, das kann er unmöglich tun! Aber wenn er beim Versuch stirbt und Antiochos in die Stadt einreitet ... Mit Sicherheit plündern die Syrer Baktra. Armer Hipponikos und Familie. Arme Stadt. Arme Zukunft.

Als Kriegslärm deutlich über die Mauern drang, brach Panik aus. Everard verdrückte sich schnell, sah aber noch, wie Stadtwachen aufmarschierten. Offenbar hatten sie die Störung unterdrückt, ehe es zu offenem Aufruhr kam, denn die Menschen räumten langsam die Straßen. Sie hatten wohl begriffen, daß es besser war, wenn sie heimgingen oder irgendwohin, wo sie Zuflucht fanden, und dort abwarteten.

Der Lärm ebbte ab. Trompetenstöße auf der Mauer verkündeten Triumph. Der war nicht echt, das wußte Everard. Die Syrer hatten lediglich die baktrische Nachhut gekitzelt, und Bogenschützen hatten von den Mauern herab die Feinde so lange in Schach gehalten, bis der letzte Mann durchs Tor gekommen und dies geschlossen war. Danach zogen sich die Angreifer zurück und schlugen ihr Lager auf. Die Sonne war schon beinahe untergegangen, die Straßen lagen im Schatten. Deshalb und auch aus gefühlsmäßiger Erschöpfung wagten sich nur wenige Bewohner wieder hinaus, um zu feiern.

Everard fand einen Imbißstand, der noch nicht geschlossen hatte, und aß und trank sehr bescheiden. Dann setzte er sich auf den Sockel einer Statue und ruhte sich aus. Das war für seinen Körper leichter als für seinen Verstand. Er vermißte schmerzlich seine Pfeife.

Die Dämmerung nahm zu, bis die Stadt in Dunkel gehüllt war. Von den Sternen und der Milchstraße strömte Kälte herab. Everard machte sich auf den Weg. Obwohl er sich Mühe gab, möglichst leise zu sein, kamen ihm seine Schritte in der Stille furchtbar laut vor.

Die Gandarische Straße schien bis auf die Schatten leer zu sein. Er schlich an Theonis' Haus vorbei bis zur nächsten Ecke. Dort vergewisserte er sich, daß niemand unterwegs war, ehe er zurückging. Unterhalb einer Balkonecke blieb er stehen. Jetzt mußte alles schnell gehen.

Er ließ die aufgerollten fünfzehn Meter Seil vom Arm auf den Boden gleiten. Dann machte er an einem Ende eine Laufschlinge. Ein Säulenvorsprung zeichnete sich gegen den Himmel ab. Da seine Augen an die Dunkelheit gewöhnt waren, konnte er deutlich sehen. Allerdings war es schwierig, die Entfernung genau zu berechnen. Die Schlinge erweiterte sich, als er sie um seinen Kopf schwang. Er ließ sie fliegen.

Verdammt! Daneben! Seine Muskeln waren angespannt und auf dem Sprung. Nichts geschah. Niemand hatte den leisen Aufschlag gehört. Er rollte das Lasso wieder auf. Beim dritten Versuch erwischte er den Vorsprung. Er stieß einen stummen Freudenschrei aus und spannte das Seil. *Gar nicht übel, wenn man es genau betrachtete.*

Er war kein Prominentenjäger; aber, nachdem er überlegt hatte, daß Lassowerfen eine nützliche Kunst sein könnte, bemühte er sich um die Bekanntschaft eines Experten aus dem Jahr 1910, der ihn unterrichtete. Die Stunden mit Will Rogers waren mit die angenehmsten seines Lebens.

Hätte er keinen Vorsprung am Haus entdeckt, wäre er auf andere Weise, zum Beispiel mit einer Leiter, hinaufgestiegen. Von oben einzudringen hielt er für am sichersten. War er einmal drin — hing der nächste Schritt davon ab, was er vorfand. Er hoffte sehr, einen Teil oder alles seiner Patrouillenausrüstung wiederzubekommen. Und falls rein zufällig die ganze Exaltationisten-Bande versammelt war, könnte er sie dann allesamt abschießen. Aber so viel Glück? Kaum!

Schnell kletterte er hinauf und zog das Seil hoch. Er zog die Sandalen aus und steckte sie in den Umhang, den er zusammenrollte und mit einem kurzen Strick am Gürtel festband. Die Lassoschlinge ließ er befestigt und nahm das Seil mit, als er übers Dach zum Innenhof kroch.

Dort blieb er liegen. Er hatte einen schwarzen Abgrund erwartet. Statt dessen fielen Lichtstrahlen von der gegenüberliegenden Seite auf die Büsche um einen Zierteich, in dem sich die Sterne spiegelten. *O verdammt! Muß ich hier ausharren, bis alle ins Bett gegangen sind?*

Doch dann: *Nein! Vielleicht ist das die Chance! Wenn ich erwischt werde* — er griff nach dem Messer in der Scheide — *müßte ich es schaffen, daß sie mich nicht lebendig kriegen.* Er wischte alle Bedenken beiseite. *Und wenn ich es schaffe — das wäre eine Meisterleistung!* Toujours l'audace *und zur Hölle mit den Torpedos!*

Trotzdem ließ er zuerst das Seil, dann sich, ganz, ganz langsam zu Boden.

Betäubender Jasminduft hüllte ihn ein. Mit dem Gebüsch als Deckung kroch er weiter. Es schien eine Ewigkeit zu dauern, ehe er einen Platz erreicht hatte, wo er sich etwas aufrichten konnte, um zu lauschen und zu spähen.

Die Hitze des Tages mußte im Innern noch drückend sein, da ein Fenster offenstand, ohne daß eine Gardine vorgezogen war. Aus seinem Blätterversteck konnte er direkt ins Zimmer blicken und die Stimmen deutlich hören. *Glück! Glück! Glück!* Undankbar: *Das wurde aber auch Zeit!* Verschwitzt, mit ausgetrocknetem Mund, ein Knöchel abgeschürft, hockte er da. Überall juckte es, aber er konnte sich nicht kratzen.

Doch dann vergaß er all das.

Allein schon beim Anblick von Raor konnte ein Mann alles andere vergessen.

Das Zimmer war klein, für intime Zusammenkünfte eingerichtet. Extravagant viele Wachskerzen in vergoldeten Leuchtern, die wie Papyrus gearbeitet waren, warfen ihr Licht auf den kostbaren Orientteppich. Möbel aus Ebenholz und Rosenholz, mit Perlmuttintarsien. Die feinen erotischen Wandgemälde hätten Alicia Austin zur Ehre gereicht. Ein Mann saß auf einem Hokker, die Frau auf der Couch. Eine Dienerin stellte ein

Tablett mit Obst und Wein auf ein Tischchen zwischen die beiden.

Everard bemerkte sie kaum. Seine Augen hingen wie gebannt an Theonis. Sie trug wenig Schmuck. Vielleicht barg das, was an ihren Fingern, Handgelenk und Busen blitzte, ein elektronisches Innenleben. Das einfach geschnittene, dünne Gewand betonte ihre Kurven und ihre Schlankheit. Sie war die weibliche Ausgabe Merau Varagans, seine Klongenossin, seine Anima. Genug.

»Du kannst gehen, Cassa.« Ihre tiefe Stimme sang beinahe. »Du und die anderen Sklaven habt eure Quartiere nicht vor morgen früh zu verlassen, es sei denn, ich rufe euch.« Raors Augen verengten sich. Die Farbe schien von Malachit zu Meergrün zu wechseln. »Das ist ein strikter Befehl! Sag es den anderen!«

Everard glaubte zu sehen, wie die Dienerin zitterte. »Jawohl, Herrin.« Sie ging hinaus. Wahrscheinlich befanden sich die Zimmer für die Dienerschaft im oberen Stockwerk.

Raor nahm ein Kelchglas und nippte. Der Mann streckte ebenfalls die Hand aus. Er trug ein weißes, blaugesäumtes Gewand und war ihr ähnlich genug, um seine Rasse preiszugeben. Das Grau in seinem Haar war wohl künstlich. Er sprach kräftig, aber ohne die Varagansche Lebendigkeit. »Ist Sauvo noch nicht zurück?«

Er bediente sich der Sprache aus seiner Geburtszeit, die Everard längst eingeprägt war. Wenn die Jagd vorüber war — falls sie das je war —, würde es ihm beinahe leid tun, wenn dies Trillern und Gurren aus seinem Gehirn wieder entfernt würde. Die Sprache klang nicht nur wunderschön, sie war auch präzise und knapp, als würden die Sprecher einander eigentlich nur mitteilen, was beide schon wußten.

Aber Everard konnte nicht alles speichern, was er im Verlauf seiner Arbeit lernte. Die Kapazität der Erinnerung ist begrenzt, und es würde wieder andere Jagden geben. Das war immer so.

»Jeden Moment«, antwortete Raor leichthin. »Du bist zu ungeduldig, Draganizu.«

»Wir haben schon mehrere Jahre Lebensspanne verbraucht ...«

»Nicht mehr als eins.«

»Für dich und Sauvo. Mich hat es fünf gekostet, diese Identität aufzubauen.«

»Dann wende noch ein paar Tage auf, um die Investition zu schützen.« Raor lächelte. »Wut ziemt sich nicht für einen Poseidonpriester.« Everard blieb bei diesen Worten beinahe das Herz stehen.

Aha! Das ist also sein Alias. Theonis' ›Verwandter‹. Everard mußte seine Begeisterung über dieses Wissen zügeln.

»Und für Buleni war es noch länger und oft in Mühsal und Gefahr«, fuhr Draganizu fort.

»Wie schön für ihn«, spottete Raor.

»Aber wenn Sauvo sich nicht mal die Mühe macht, pünktlich zu sein ...«

Raor hob eine Hand, die Botticelli gemalt haben könnte. Sie neigte den Kopf mit den tiefschwarzen Flechten. »Ja, ich glaube, das ist er.«

Noch ein männlicher Exaltationist trat ein. Seine Schönheit war etwas herber als die Draganizus. Er trug eine gewöhnliche Tunika und Sandalen. Raor beugte sich vor. »Hast du die Tür abgeschlossen?« fragte sie. »Ich habe nichts gehört.«

»Natürlich«, antwortete Sauvo. »Das hab ich doch noch nie vergessen, oder?« Draganizu verzog das Gesicht. Vielleicht war er in dieser Beziehung nachlässig gewesen. Ein einziges Mal. Raor würde dafür sorgen, daß es nie wieder vorkam. »Besonders wenn die Patrouille unterwegs ist«, fügte Sauvo hinzu.

Aha, dachte Everard, *ihre Garage für die Zeitmobile ist in einem Blaubartzimmer auf dieser Etage ... nach hinten, denn da kam Sauvo her ...*

Draganizu erhob sich ein Stück, nahm aber wieder

Platz und fragte aufgeregt: »Wirklich? Hast du eindeutig festgestellt, daß sie jetzt hier ist?«

Sauvo ließ sich auf einem anderen Hocker nieder. In der Antike waren Stühle mit Lehne selten und meist nur für Fürsten und Könige. Dann nahm er sich Wein und eine Feige. »Keine Angst, camarado. Sie haben alle Hinweise falsch ausgelegt. Sie glauben, daß der Krisenherd woanders ist, viel später. Sie haben einen Mann hergeschickt, aber nur aus Gründlichkeit.«

Er berichtete die Geschichte, die Everard im Vihara erzählt hatte. *Er ist zu Chandrakumar ins Gefängnis vorgedrungen und hat einen Kyradex an ihm benutzt.* Das war Everard klar. *Keine Geheimnisse mehr. Aber das meiste, was Sauvo erfahren hatte, war falsch. Danke, Shalten!*

»Wieder eine Wechsel-Intrige!« rief Draganizu.

»Unser Plan wird sie und alle daran Beteiligten nullifizieren«, sagte Raor leise. »Aber vorher wäre es durchaus interessant, mehr über sie zu erfahren ... vielleicht sogar Kontakt mit ihnen aufzunehmen ...« Ihre Worte schlängelten sich in die Stille wie eine Schlange auf Beutezug.

»Erstens«, sagte Draganizu scharf. »Haben wir die Tatsache, daß dieser ... Holbrook ... entkommen ist und frei herumläuft.«

Raor war sofort wieder bei der Sache. »Beruhigt euch! Wir haben seine Waffen und seine Kommunikationsausrüstung.«

»Wenn er sich aber nicht meldet ...«

»Ich bezweifle, daß die Patrouille erwartet, sofort von ihm zu hören. Laßt ihn im Augenblick beseite, ebenso die anderen Verschwörer. Wir müssen uns um Wichtigeres kümmern.«

Draganizu wandte sich an Sauvo. »Wie hast du es geschafft, ihn unter vier Augen zu verhören?«

»Das hast du noch nicht gehört?« fragte leicht überrascht sein Kamerad.

»Ich bin auch erst vor ein paar Minuten gekommen.

Ich hatte etwas in den Angelegenheiten meiner Nikomachos-Persona zu erledigen. Raors Botschaft sagte nur: ›Komm!‹«

Durch einen Sklaven überbracht, schloß Everard, *kein Radio. Vielleicht fühlt sie sich noch sicher; aber diese ›Holbrook‹-Sache hat sie übervorsichtig gemacht.*

»Ich hatte Zoilos überredet, jeden Gefangenen in dieser Sache in eine Einzelzelle zu stecken«, erklärte Raor. »Ich habe ihm erklärt, daß meine Verbindungen mich zu der Annahme berechtigen, daß es sich um gefährliche Spione handele.«

Und wenn die meisten Wachen und Gefangenen im Knast schliefen, nahm Sauvo ein Zeitmobil und tauchte in der Zelle auf. Raor war mit diesem Risiko einverstanden, da sie nicht annahm, daß die Zeitpatrouille außer Chandrakumar und Holbrook noch einen Mann nach Baktra geschickt hatte, und von denen einer hinter Schloß und Riegel saß und der andere ohne Ausrüstung verduftet war. Sauvo versetzte Chandrakumar einen Betäubungsstrahl, knallte ihm den Kyradex auf den Kopf und verhörte ihn, sobald er wieder bei Bewußtsein war — und das mehr als gründlich.

Ich hoffe, daß er den kleinen Kerl leben ließ. Ja, hat er bestimmt. Warum die Wachen stutzig machen? Was konnte Chandrakumar ihnen am nächsten Tag schon erzählen, um sie zu überzeugen, daß er nicht geisteskrank war?

Draganizu schaute Raor an. »Dem hast du aber wirklich die Sinne geraubt«, sagte er.

»Ihm und noch einigen«, erklärte Sauvo lachend, während Raor bescheiden einen Schluck Wein trank. »Als Majordomo Xeniades bekomme ich tödlich eifersüchtige Blicke! Und dabei bin ich doch eigentlich nur ihr Angestellter, nicht ihr Zuhälter!«

Aha! Sauvo ist Xeniades, Aufseher über die Dienerschaft. Muß man sich merken ... aber ich kann Zoilos und Genossen schon verstehen. Mit dieser Lady würde ich auch verdammt gern ins Bett hüpfen. Everards Lächeln verschwand. Aber ich würde nie wagen, in ihren Armen einzuschlafen, aus Angst, sie hat eine Zyankalispritze in diesen rabenschwarzen Locken versteckt.

»Dann halten die Griechen Chandrakumar für uns fest«, sagte Draganizu. »Aber was ist mit der Ausrüstung Holbrooks?«

»Er ließ sie im Haus des Mannes zurück, in dessen Begleitung er kam, und ging aus«, erklärte Raor. »Das ist nur ein hiesiger Kaufmann. Er war entsetzt, als die Wachabteilung kam und erklärte, daß sein Gast ein Spion sei, und das Gepäck konfiszierte. Wir haben keinen Grund, uns um diesen Hipponikos weiter zu kümmern. Ja, das wäre sogar unklug.« *Das ist eine Erleichterung!* »Und sein Gepäck ist jetzt hier.« Sie lächelte katzenhaft. »Dazu war auch ein bißchen Überredung notwendig; aber Zoilos tat mir den Gefallen. Er hat so seine Beziehungen. Ich habe die Sachen mit Instrumenten überprüft. Das meiste stammt aus dieser Ära, einiges sind Patrouillenapparate.«

Wahrscheinlich hat sie die Sachen bei den Zeitmobilen verstaut.

Raor stellte ihr Glas ab und richtete sich auf. In ihrer melodischen Stimme hörte man deutlich Stahlsaiten. »Das zeigt, daß wir sehr viel wachsamer sein müssen. Weltraumzeit zu überspringen, um zum Gefangenen zu kommen, war ein notwendiges Risiko.«

»Aber kein großes.« Wahrscheinlich wollte Sauvo sie erinnern und Draganizu informieren, daß er dies schon vorher behauptet hatte und daß die Ereignisse ihm recht gegeben hatten. »Holbrook war nur ein Kurier, niedriger Rang. Körperlich beeindruckend; aber jetzt sind ihm die Zähne gezogen, und es steht fest, daß seine Intelligenz begrenzt ist.«

Danke, Kumpel!

»Trotzdem müssen wir ihn aufspüren und beseitigen, ehe er mit anderen Verbindung aufnimmt oder die Patrouille alarmiert wird und nach ihm suchen kommt«, erklärte Raol.

»Sie wissen aber nicht, wo sie suchen sollen. Um den ersten Hinweis zu finden, brauchen sie schon einige Tage.«

»Wir müssen ihnen aber nicht helfen«, fuhr Raol ihn an. »Wenn wir den Betrieb von Elektronik, Nukleonik, Gravitronik und Chronokinese aufspüren können, können sie das auch, und auf viel weitere Entfernung. Wir dürfen ihnen keinerlei Grund zu der Annahme liefern, daß außer ihnen noch irgendwelche anderen Zeitreisenden anwesend sind. Zwischen jetzt und der Klimax benutzen wir keine Hochleistungstechnologie mehr, kapiert?«

»Es sei denn im Notfall«, widersprach Sauvo hartnäckig. *Klar, er will sich behaupten und nicht von den Varagas untergebuttert werden.*

»Ein solcher Notfall müßte so extrem sein, daß wir dann dies ganze Unterbrechen abbrechen und abzischen müßten.« Raors Stimme wurde weicher. »Das wäre jammerschade. Bis jetzt ist alles so phantastisch gelaufen.«

Draganizu wollte auch nicht beiseitegeschoben werden und sagte in seiner, eher anklagenden Art: »Phantastisch, ja, du hast es auch genossen.«

Er wurde mit einem Blick gestraft, der Helium gefroren hätte. »Wenn du glaubst, daß mir die Aufmerksamkeiten von Zoilos und Genossen Spaß gemacht haben, kannst du sie gern selbst ausprobieren.«

Die Nerven werden bei allen nach dieser langen Arbeit im Untergrund dünner. Es sind auch nur Menschen. Das machte Mut.

Raor entspannte wieder, trank einen Schluck Wein und gurrte: »Ich muß zugeben, mit ihnen wie mit Marionetten zu spielen, ist interessant.«

Offenbar hielt Draganizu es für klug, wieder zum Praktischen zurückzukehren. »Verbietest du auch Radio? Wie sollen wir die Aktion koordinieren, wenn wir Buleni nicht anrufen können?«

Raor zog die Brauen hoch. »Na, du überbringst unsere Botschaften! Wir haben doch eigens alles so abgesprochen, damit wir eine Kommunikationslinie in Reserve haben, oder? Belagerung oder nicht — die Baktrer lassen den Priester Poseidons zu seinem Tempel hinausgehen, und die Syrer lassen ihn unbehelligt durch. Buleni wird dafür sorgen, daß sie das Heiligtum respektieren, ganz gleich, was sie woanders tun.«

Sauvo strich sich übers Kinn. »Ja, ja«, dachte er laut. Die drei hatten offensichtlich dieselbe Sache während des letzten Jahres unzählige Male durchgesprochen; aber sie waren nicht so unmenschlich, daß es ihnen nicht gut tat, alles immer wieder zu wiederholen. Und in ihrer Sprache dauerte das nicht lange. »Ein Adjutant bei König Antiochos kann so viel Autorität geltend machen.«

Everard zuckte zusammen. *Mein Gott! Buleni hat eine steile Karriere gemacht! Unser Mann bei den Syrern ist im Vergleich zu diesem Rang nur eine kleine Nummer.* Langsam: *Klar, Draganizu erwähnte doch, daß Buleni schon über fünf Jahre daran arbeitet. Die Patrouille hatte so viel Lebensspanne nicht eingeplant.*

»In der Tat«, fuhr Raor fort, »ist es nur natürlich, daß Polydoros persönlich in den Tempel kommt, um zu opfern.«

Buleni spielte die Rolle eines Poseidonanbeters.

»Ja, klar!« Draganizu kicherte ganz menschlich und im Gegensatz zu Nikomachos, dem Priester.

Raors Worte fielen knapp. Endlich kamen sie zur Sache. »Er sollte auf deine mögliche Ankunft vorbereitet sein. Wenn seine Späher melden, daß du die Stadt verlassen hast, wird er auch zum Tempel gehen und mit dir unter vier Augen sprechen. Ich halte morgen vormittag für günstig. Allerdings müssen wir noch sehen, wie sich die Lage dann entwickelt hat.«

Draganizu rutschte unruhig hin und her. »Warum so bald? Zoilos kann dir nicht Euthydemos' Kriegsplan geben, ehe er ihn selbst kennt. Und im Augenblick kennt Euthydemos mit Sicherheit noch keinen.«

»Wir müssen die Verbindung für die Leute hier klarstellen«, erklärte Raor. »Außerdem kannst du Buleni über die Situation hier informieren und er dir die neuesten Details über die Syrer erzählen.« Sie dachte kurz nach und fuhr dann langsam fort: »Ihr beide müßt sicherstellen, daß König Antiochos von eurem Treffen erfährt.«

Sauvo nickte. »Ja, sicher. Um ihm zu bestätigen, daß Polydoros Verbindungen zu Leuten in der Stadt hat, ja, ja.«

In Everard dämmerte die Erkenntnis. *›Polydoros‹ hat Antiochos erzählt, er habe Verwandte in Baktra, die solch einen Haß gegen Euthydemos hegen — vielleicht noch von der unberechtigten Thronbesteigung her —, daß sie mehr als bereit sind, ihren König zu verraten. Antiochos neigt dazu, dies zu glauben, zumal er Polydoros als Geisel hat und Nikomachos aus der Stadt heraufkommt. Wenn alles klappt, wird Nikomachos dann Polydoros die Pläne verraten, laut denen Euthydemos einen Ausfall plant. Gewarnt gelingt Antiochos ein schneller Sieg. Er ist beeindruckt und dankbar und nimmt daher Polydoros' Familie an seinem Hof auf. Ich wage zu behaupten, daß die schöne Theonis mit ihm eigene Absichten hat. Aber wie dem auch sei: Die Exaltationisten haben ihre Basis ... in einer Welt ohne Danellier oder irgend etwas außer Scherben einer Zeitpatrouille ... und sie können weitermachen, diese Welt nach ihrem Belieben zu formen.*

Die Gerüchte, daß Theonis eine Hexe sei, schaden bestimmt nicht. Everard lief es eiskalt über den Rücken.

»Du mußt ihn wenigstens noch ein zweites Mal treffen, um Euthydemos' Pläne zu übermitteln, sobald Zoilos sie mir erzählt hat«, sagte Raor. »Auf keinen Fall wollen wir, daß Antiochos die von uns überbrachten Geheimpläne anzweifelt.

Selbstverständlich benutzen wir im kritischen Moment wieder elektronische Kommunikation und Zeitmobil-Überwachung. Wenn nötig auch Energiewaffen. Ich hoffe aber, daß Antiochos seine Rivalen auf herkömmliche Weise beseitigt.« Gelächter. »Wir wollen doch keinen *zu* zauberkräftigen Ruf.«

»Das würde die Zeitpatrouille alarmieren«, bestätigte Draganizu.

»Nein! Die Patrouille ist ein Nichts von dem Augenblick an, in dem Euthydemos stirbt«, meinte Sauvo.

»Die Überbleibsel in der Zeit nach unten werden nicht verschwinden, denkt daran«, mahnte Draganizu überflüssigerweise; aber er wollte den folgenden Worten damit Nachdruck verleihen. »Sie werden nicht zu vernachlässigen sein. Je weniger Hinweise auf uns wir hinterlassen, desto sicherer sind wir, bis wir so mächtig geworden sind, daß sie nichts mehr gegen uns unternehmen können. Doch dazu ist die Arbeit von Jahrhunderten notwendig.«

»Und was für Jahrhunderte!« rief Raor. »Wir vier, die letzten vier, die übrig sind, werden Schöpfungsgötter!« Nach kurzer Pause fuhr sie leidenschaftlich fort: »Es ist die Herausforderung an sich! Wenn wir versagen und zugrunde gehen, werden wir trotzdem in Exaltation gelebt haben!« Sie sprang auf. »Und wir werden die Welt mit uns in einen Weltenbrand reißen!«

Everard biß die Zähne zusammen, daß die Kiefer schmerzten.

Die Männer erhoben sich ebenfalls. Abrupt wurde Raor zum verführerischen Weibchen. Ihre langen Wimpern senkten sich, die Lippen lächelten einladend. »Ehe morgen ein harter und gefährlicher Tag beginnt«, sie seufzte, »gehört die Nacht jetzt uns. Sollen wir sie nutzen?«

Everard wurde siedend heiß, sein Herz schlug wie verrückt. Er krallte die Finger in die Erde, als wollte er sich verankern, um nicht die Tür einzutreten und sie an sich zu reißen. Als er wieder klar schauen konnte und der Donner aus seinen Ohren gewichen war, ging Raor, die Arme um die Mitte ihrer beiden Kumpane geschlungen, aus der Tür.

Jeder Mann trug eine Kerze. Den Rest hatten sie ausgeblasen. Als Raor den Raum verlassen hatte, herrschte dort tiefe Dunkelheit.

Warte! Warte! Gib ihnen Zeit, sich richtig ins Vergnügen zu stürzen! Diese beiden glücklichen Mistkerle — Nein! So etwas darf ich nicht denken, oder? Everard schaute zu den Sternen auf.

Was tun? Er war auf eine Goldmine wichtiger Informationen gestoßen. Manches hatte er schon gewußt, manches befriedigte lediglich die Neugier; aber manches war unglaublich wertvoll. Wenn er es der Patrouille übermitteln konnte. Aber das konnte er nicht. Es sei denn, er fand seinen Sender. Sollte er den Versuch wagen oder sich augenblicklich zurückziehen?

Er saß zwischen Jasminblüten und überlegte. Er war auf sich gestellt, isoliert. Was auch immer er tat, war riskant. Übergroßer Leichtsinn war gleichbedeutend mit Pflichtverletzung; aber ein oder zwei hohe Jetons konnte er wohl setzen.

Es mußte inzwischen beinahe eine Stunde vergangen sein. Raor und ihre Jungs müßten mittendrin sein, ihre Wachsamkeit für die Außenwelt abgeschaltet. Im ganzen Haus gab es sicher Alarmanlagen; aber nicht gegen unbefugtes Betreten. Diese würden viel zu oft unnötig ausgelöst werden, wenn Sklaven und Besucher ein- und ausgingen. Wie hätte man denen einen solchen Zwischenfall erklären können?

Everard stand auf, dehnte seine verkrampften Muskeln und schlich sich ans immer noch offene Fenster. Dann holte er aus seinem Beutel die Taschenlampe. Sie war zehn Zentimeter lang und sah aus wie eine Elfenbeinstatue Apollos. Viele Leute trugen solche Statuen bei sich. Wenn er die Knöchel zusammendrückte, kam aus dem Kopf ein bleistiftdünner Strahl. Was er an diesem Abend gehört hatte, bestätigte seine Vermutung, daß Detektoren aufgestellt waren, um elektrische Ströme oder andere anachronistische Kräfte in dieser Gegend aufzuspüren. Wahrscheinlich trugen die Exaltationisten Empfänger am Leib, die sie informierten. Aber dieses technische Wunder wurde durch eine Photonenzelle gespeist, deren Betrieb sich im Prinzip nicht von seinem Atmen unterschied.

Mit Hilfe einiger Lichtblitze kletterte er über die Fensterbank ins Zimmer und schlich auf einen Korridor. Wie eine Raubkatze huschte er lautlos an einigen offenen Türen vorbei und warf einen flüchtigen Blick ins Innere. Die Räume waren mit der üblichen Pracht ausgestattet. In zweien gab es innen noch Türen, die aber geschlossen waren. Im ersten waren Holzreliefs. Nymphen und Satyrn schienen zu springen, als der Lichtstrahl auf sie fiel. Schnell schaltete Everard aus. Die gedämpften Geräusche, die er hörte, schienen aus dem Mund der Figuren zu kommen. Aber es war eindeutig Theonis, die auf der anderen Seite ihre Männer unterhielt. Everard mußte stehenbleiben und das starke Zittern seiner Begierde überwinden, ehe er weiterging.

Was, zum Teufel, ist das bei ihr? Aussehen, Benehmen oder verströmt sie Pheromone? Er lächelte gezwungen. *Das wäre ein typischer Trick der Exaltationisten!*

Die andere Tür war einfach und massiv und führte offenbar zu einem Raum im hinteren Teil des Hauses. *Ja! Da müssen ihre Zeitmobile und anderer Schnickschnack und die Waffen sein.* Mit diesem plumpen Schloß brauchte er sich gar nicht abzugeben. Das war Augenwischerei. Das richtige Schloß würde ihn fühlen und losschreien.

Er schlich nach oben, blieb aber auf dem Treppenabsatz stehen. Mit wenigen Lichtblitzen überzeugte er sich, daß hier alles ganz normal aussah. Es war auch nur selbstverständlich, daß Theonis einen Raum verschlossen hielt, wo sie die kostbaren Geschenke aufbewahrte, die eine Hetäre ihrer Klasse empfing. Mehr Geheimniskrämerei hätte nur zu Gerüchten Anlaß gegeben.

Everard kehrte zum Erdgeschoß zurück. *Am besten stehle ich mich wieder hinaus. Schade, daß ich nur ›mich‹ stehlen kann. Aber es war wirklich nicht zu erwarten gewesen, daß irgendwo eine Pistole oder ein Kommunikator herumliegt. Ich kenne jetzt den Lageplan hier, und das ist eine schöne Ausbeute. Man konnte ja nie wissen.*

Er kletterte aus dem Innenhof wieder aufs Dach und zum Vorsprung. Mit Hilfe der Taschenlampe konnte er das Seil bis auf wenige Stränge durchschneiden. Dann warf er es hinab, packte es und glitt nach unten.

Wenn das Seil auf halber Strecke riß, würde er nicht allzu laut landen. Aber es hielt. Er mußte sogar ein paarmal kräftig rucken, ehe auch die letzten Spuren seines nächtlichen Besuchs herabfielen. Schnell lief er zu einer Seitengasse und zog Sandalen und Umhang an. Dann rollte er das Seil wieder zu einem Lasso.

Okay. Jetzt raus aus der Stadt! Das war vielleicht nicht so einfach. Die Tore waren verschlossen und bewacht. Auf Mauern und Türmen standen jede Menge Wachposten.

Während des Tages hatte er sich schon einen möglichen Platz ausgesucht. Natürlich am Fluß. Da diese Seite nicht so leicht überraschend angegriffen werden konnte, war dort die Bewachung leichter. Aber auch diese Männer waren nervös, hellwach, schwer bewaffnet und achteten auf jede verdächtige Bewegung. Für ihn sprachen seine Größe, Stärke und Erfahrung im Nahkampf, von der man hier nicht mal träumte, und seine verzweifelte Entschlossenheit.

Plus Sturheit. Den Coup bei Raor konnte ich nur landen, weil sie auf so ein plumpes Vorgehen nicht gefaßt war.

Everard wählte in der Nähe seines Zielpunktes eine Gasse, die aufs Pomerium, den Maueranger, hinausführte, wo er im Schlamm stehen und auf eine günstige Gelegenheit warten konnte. Das war eine lange Warterei! Der Mond stieg höher und höher. Zweimal wollte er schon los, als jemand vorbeikam, doch dann beschloß er noch zu warten. Es machte ihm nicht allzuviel aus. Die Ruhe des Tigers war in ihm.

Endlich kam seine Chance. Ein Soldat ging ganz allein, offenbar um sich zur Wachablösung zu melden. Vielleicht hatte er sich heimlich fortgestohlen, um ein Mädchen zu treffen, bis eine Klepsydra*, die Sterne oder ein inneres Zeitgefühl, wie es manchmal Menschen ohne Uhr entwickeln, sagte, er müsse aufbrechen. Seine genagelten Stiefel hallten auf den Steinplatten. Helm und Rüstung glänzten im Mondlicht. Everard sprang ihn an.

Ehe der Junge etwas sehen oder hören konnte, schlossen sich von hinten große Hände um seinen Hals und Finger drückten auf die Halsschlagadern. Er strampelte kurz, schreien konnte er nicht. Seine Hacken trommelten. Dann sank er in sich zusammen, und Everard trug ihn zurück in eine dunkle Ecke der Gasse.

Dann wartete der Zeitpatrouillenmann angespannt und sprungbereit. Aber niemand kam angerannt, kein Geschrei. Er hatte es geschafft. Der Junge bewegte sich stöhnend und rang nach Luft.

Am vernünftigsten wäre es, ihm ein Messer hineinzustoßen. Aber das Mondlicht fiel auf sein Gesicht. Er war so jung. Außerdem hatte Everard nichts gegen ihn, ganz gleich, wie alt er war. Er ließ die Klinge vor dem Gesicht des jungen Soldaten aufblitzen. »Benimm dich, dann laß ich dich leben!«

Zu seinem Glück und Everards Erleichterung tat er dies. Am Morgen würde man ihn geknebelt und verschnürt finden. Vielleicht wurde er ausgepeitscht oder durch die Gasse gejagt — egal. Den Diebstahl würden

---

* Klepsydra = gr. ›Wasserdieb‹, ein den modernen Pipetten ähnliches, seit dem 5. Jh. v. Chr. allgemein gebräuchliches Gerät zum Entnehmen von Flüssigkeiten. Nur als Auslaufgefäß in der attischen Gerichtspraxis als Wasseruhr für Begrenzung der Redezeit.

seine Vorgesetzten bestimmt nicht an die große Glocke hängen.

Ohne Haube paßte der Helm, wenn auch knapp. Die Rüstung paßte nie und nimmer; aber Everard hatte auch nicht die Absicht, jemandem so nah zu kommen, daß er es hätte bemerken können. Und sollte es zum schlimmsten kommen, hatte er jetzt wenigstens ein Schwert an der Hüfte.

Er gelangte jedoch unbemerkt die Treppe zum Mauerkranz empor. Dort lief er weiter, bis er eine geeignete Stelle fand. Andere sahen ihn nur schemenhaft. Er marschierte schnell dahin, wie ein Mann mit einem wichtigen Auftrag, den man nicht aufhalten sollte. Der Punkt, an dem er stehenblieb, lag zwischen zwei Wachposten, die so weit entfernt waren, daß er für sie kaum ein Schatten sein würde, falls einer der Posten herüberschaute. Die Patrouille war auf ihrer Runde noch weiter entfernt.

Blitzschnell befestigte er die Lassoschlinge um eine Mauerzacke zwischen zwei Schießscharten und warf das Seil nach unten. Es langte locker bis zu dem schmalen Streifen Land zwischen Mauer und Kaianlage. Er schwang sich über die Mauer und kletterte hinab. Man würde das Seil finden und sich überlegen, ob ein Spion oder ein gesuchter Verbrecher das Weite gesucht hatte; aber davon würde Theonis sicher nichts erfahren.

Everard schaute sich um. Das Land ringsum war schwarz bis auf die Anwesen, die niedergebrannt waren und noch glühten. Die hellen Punkte waren die Lagerfeuer des Feindes. Auf der anderen Seite der Stadt hätte er unzählige gesehen, die Baktra gegen den Fluß einsäumten.

Seine Füße berührten den Boden. Es war eine steile Böschung. Beinahe hätte er das Gleichgewicht verloren. Irgendwo bellte ein Hund. Schnell lief er an der Mauer entlang und dann ins Hinterland.

Als erstes muß ich einen Heuhaufen oder sowas Ähnliches

finden und ein paar Stunden schlafen. Mein Gott, bin ich müde! Morgen früh steht auf der Tagesordnung: Wasser, Essen — wenn möglich und — was immer dann nötig ist. Wir kennen das Lied, aber singen es aus dem Gedächtnis. Eine falsche Note — und wir fliegen von der Bühne. Das Kalifornien gegen Ende des zwanzigsten Jahrhunderts schien weiter entfernt als die Sterne.

Warum, zum Teufel, denke ich jetzt an Kalifornien?

1988 n. Chr.

Als das Telefon in seinem New Yorker Apartment klingelte, fluchte er und war versucht, den Anrufbeantworter eingeschaltet zu lassen. Die Musik trug ihn mit ihren Wogen empor. Aber die Sache könnte wichtig sein. Er gab seine Geheimnummer nicht ohne Grund preis. Seufzend stand er auf, nahm den Hörer und raunzte: »Manse Everard.«

»Hallo«, sagte die tiefe Altstimme. »Hier ist Wanda Tamberly.« Er war froh, abgenommen zu haben. »Ich, ich hoffe … ich störe nicht.«

»Nein, überhaupt nicht«, beruhigte er sie. »Ein ruhiger Abend allein daheim. Was kann ich für dich tun?«

Sie sprach stockend. »Manse, es ist mir furchtbar peinlich, aber — unsere Verabredung — wäre es möglich, daß wir sie verschieben?«

»Na, sicher. Was ist das Problem, wenn ich fragen darf?«

»Es ist wegen meiner Eltern. Sie wollen mit mir und meiner Schwester einen Wochenendausflug machen … eine Familien-Abschiedsparty, ehe ich weggehe zu m-m-meinem neuen Arbeitsplatz. Es ist so schlimm, sie anzulügen«, platzte sie heraus. »Ohne ihnen weh zu tun. Sie würden mir keine Vorwürfe machen; aber, aber es würde so aussehen, als liege mir nichts an ihnen, verstehst du?«

»Aber natürlich. Kein Problem.« Everard lachte. »Im ersten Moment dachte ich, du wolltest mich versetzen.«

»Was? Ich dich versetzen! Nach allem, was du für mich getan hast, und …« — sie versuchte es mit Humor — »eine neue Rekrutin sagt am Abend vor ihrem

Eintritt in die Akademie der Zeitpatrouille die Verabredung mit einem Unabhängigen Agenten ab, der sie fröhlich auf den Weg bringen will! Das bringt mir vielleicht ein gewisses Staunen ein; aber darauf lege ich wirklich keinen Wert.« Ihre aufgesetzte Fröhlichkeit war weg. »Manse, du warst so freundlich. Darf ich dich um noch einen Gefallen bitten? Ich will ja nicht zimperlich oder ein Jammerlappen sein, aber — könnten wir uns noch ein paar Stunden unterhalten? Statt zum Abendessen zu gehen ... wenn du wenig Zeit hast oder ... ich dir auf die Nerven gehe. Das würde ich sofort verstehen. Du bist nur zu nett, um es zu sagen. Aber ich ... ah ... ich ... brauche Rat. Kannst du herkommen? Ich werde mir auch Mühe geben, nicht an deiner Schulter loszuheulen.«

»Das kannst du ruhig. Tut mir leid, wenn du Probleme hast. Ich bringe ein extragroßes Taschentuch. Und ich versichere dir, daß du mir nicht auf die Nerven gehst. Im Gegenteil. Ich bestehe darauf, daß wir hinterher Essen gehen.«

»O Manse, du bist ... Aber es muß ja kein Vier-Sterne-Restaurant sein. Du hast mich zwar schon in mehrere phantastische Lokale geführt, aber ich *muß* keinen Dom Perignon zum Beluga-Kaviar trinken.«

Er lachte. »Ich sag dir was: Du suchst das Restaurant aus. Schließlich bist du aus San Francisco. Überrasche mich.«

»Aber ich ...«

»Mir ist alles recht«, beruhigte er sie. »Ich nehme an, dir schwebt ein ruhiges, gemütliches Lokal vor. Weißt du, ich kann mir schon denken, was dein Problem ist. Außerdem bin ich eigentlich auch ein Bier-und-Muschelsuppen-Typ. Aber such aus, wonach dir zumute ist.«

»Manse, die Wahrheit ist, daß ...«

»Nein, bitte, nicht am Telefon, nicht für das, was dir — glaube ich — auf der Seele liegt und was normal und harmlos ist und dir zur Ehre gereicht. Ich kann dich zu jedem beliebigen Zeitpunkt treffen. Das ist der Vorteil, wenn man Zeitreisender ist, kapiert? Wann? Gut! Bis dann! — Kopf hoch!«

»Danke. Danke dir vielmals.« Er schätzte die Würde ihrer Antwort und wie sie gleich auf das Nötige fürs Treffen zu sprechen kam. *Ein prima Mädchen! Ein wirklich prima Mädchen, und auf dem Weg, ein Superweib zu werden!* Als sie Gute Nacht gesagt hatten, stellte er fest, daß die Unterbrechung seinen Musikgenuß keineswegs getrübt hatte, obwohl gerade diese Passage mit dem Kontrapunkt sehr schwierig war. Im Gegenteil, die Musik zog ihn mit ihrer Majestät in den Bann wie nie zuvor. Seine Träume danach waren glücklich.

Am nächsten Tag holte er sich ungeduldig ein Fahrzeug und flitzte direkt nach San Francisco, allerdings ein paar Stunden zu früh. »Ich nehme an, daß ich heute nacht zurückkomme; aber spät, könnte in den mittleren Stunden sein«, teilte er dem Agenten mit. »Machen Sie sich keine Sorgen, falls mein Flitzer nicht mehr da ist, wenn Sie morgen kommen.« Er ließ sich einen Alarm aufhebenden Schlüssel geben, den er in einer bestimmten Schublade ließ, und nahm den öffentlichen Bus zur nächsten Autovermietung, die vierundzwanzig Stunden geöffnet war. Danach fuhr er zum Golden Gate Park und lief sich etwas Ruhelosigkeit aus dem Leib.

Die frühe Januar-Abenddämmerung senkte sich schon herab, als er Wanda bei ihren Eltern abholte. Sie öffnete ihm die Tür, rief »Wiedersehen« über die Schulter und kam heraus. Das Straßenlicht ließ ihr Blondhaar aufleuchten. Sie trug einen Tweedrock, Pullover, Jacke und flache Schuhe. Offenbar hatte er richtig vermutet, welche Art Restaurant sie heute abend vorzog. Sie lächelte. Ihr Händedruck war fest; aber was er in ihren Augen sah, ließ ihn schnell zum Auto gehen. Schön, dich zu sehen, sagte er.

Er konnte kaum verstehen, was sie sagte: »Ach, du weißt ja gar nicht, wie ich mich freue, dich zu sehen.«

Beim Einsteigen sagte er: »Ich komme mir unhöflich vor, weil ich deine Eltern nicht begrüßt habe.«

Sie biß sich auf die Lippe. »Ich bin ja gleich losgelaufen. Es ist in Ordnung. Sie sind froh, daß ich vor meinem Abschied noch bei ihnen wohne, aber sie würden mich nicht aufhalten, wenn ich eine wichtige Verabredung habe.«

Er ließ den Motor an. »Ich hätte ja nur ein paar Worte mit ihnen gewechselt — so auf meine altmodische Art.«

»Ich weiß, aber ... aber ich weiß nicht, ob ich es ausgehalten hätte. Sie schnüffeln nicht, aber sie sind natürlich interessiert, wer dieser — na ja, etwas geheimnisvolle Mann ist, mit dem ich ausgehe, obwohl ich ihn nur zweimal vorher getroffen habe. Ich mußte ... so tun ...«

»Schon gut! Du hast zur Lügnerin weder Talent, Erfahrung noch den Wunsch.«

»Stimmt.« Sie berührte seinen Arm. »Und ich lüge *sie* an.«

»Das ist der Preis, den wir zahlen müssen. Ich hätte dich mit deinem Onkel Steve zusammenbringen sollen. Mit ihm würdest du dich bestimmt wohler fühlen.«

»Daran habe ich auch schon gedacht, aber du ... na ja ...«

Er lächelte wehmütig. »Vaterfigur?«

»Ich weiß nicht. Ehrlich. Ich meine, na ja, du bist in der Patrouille weit oben und du hast mich gerettet und für mich gebürgt und alles, aber ich ... es ist schwer, mit meinen Gefühlen klarzukommen ... Psychogeschwätz! Ich glaube, ich möchte an dich als an einen Freund denken, traue mich aber nicht ganz.«

»Mal sehen, was wir da machen können«, schlug er vor nach außen hin ruhiger als innen. *Verdammt! Sie ist aber attraktiv!*

Sie blickte umher. »Wohin fährst du?«

»Ich dachte, wir könnten auf Twin Peaks parken und reden. Der Himmel ist klar, die Aussicht phantastisch, und niemand, der zufällig auch dort ist, wird sich um uns kümmern.«

Sie zögerte eine Sekunde. »Okay.«

Könnte das Vorspiel zu einer Verführung sein. Was ja unter anderen Umständen in Ordnung wäre. Aber so ... »Wenn wir fertig sind, freue ich mich schon auf die Kneipe, die du ausgesucht hast. Und falls du danach nicht zu müde bist, kenne ich noch ein Irish Pub an der unteren Clement Street, mit Gesang und Tanz. Zwei oder drei ältere Herren, so Mumien der alten Schule, fordern dich bestimmt zum Tanzen auf.«

Er hörte aus ihren Worten, daß sie verstanden hatte, was er sagen wollte. »Klingt großartig. Von dem Laden habe ich noch nie gehört. Du kommst wirklich herum, was?«

»Zufallstreffer.« Beim Fahren plauderte er einfach dahin. Er spürte, daß ihre trüben Gedanken sich aufhellten.

Die Aussicht vom Berg war atemberaubend. Die Stadt lag wie eine Galaxis mit Millionen farbiger Sterne da. Brücken wölbten sich über glitzerndes Wasser, die Hügel, auf denen unzählige Häuser blinkten. Der Wind brauste und roch nach Meer. Es war zu kalt, um lange draußen zu stehen. Ihre Hand suchte die seine. Als sie im Auto Zuflucht suchten, lehnte sie sich bald an ihn. Er legte den Arm um ihre Schultern. Und schließlich küßten sie sich ganz behutsam.

Was Wanda ihm sagen wollte, hatte er erwartet. Dämonen müssen ausgetrieben werden. Ihre Schuldgefühle der Familie gegenüber waren echt, aber auch die Maske für hundert Ängste. Die erste Begeisterung, daß sie — *sie!* — in die Zeitpatrouille eintreten durfte, hatte sich zwangsläufig abgeschwächt. Niemand konnte solche Freude ewig halten. Es folgten die Befragungen,

Tests, Aufnahmeprüfungen und Denken, Denken, Denken.

Alles ist im Fluß. Realität wirbelt wechselvoll aufs Quantenchaos zu. Nicht nur dein Leben ist ständig in Gefahr, sondern auch die Tatsache, daß du es gelebt hast, ebenso wie die gesamte Welt und ihre dir bekannte Geschichte.

Man gestattet dir nicht, deine Triumphe im voraus zu kennen, weil das eher zu Katastrophen führen würde. So eng wie möglich, sollst du von Ursache zu Wirkung arbeiten, ohne drehen und wenden, wie jeder andere Sterbliche. Das Paradoxon ist der Feind.

Du wirst die Fähigkeit haben, zurückzugehen und deine toten Lieben wiederzusehen; aber das solltest du nicht tun, denn du könntest in Versuchung geraten, den Tod von ihnen abzuwehren. Mit Sicherheit würde es dir das Herz zerreißen.

Immer und immer wieder mußt du Hilflosen helfen und inmitten von Leid und Schrecken sein.

Wir bewachen, was ist. Wir dürfen nicht fragen, ob es sein sollte. Am besten fragen wir nie, was ›ist‹ bedeutet.

»Ich weiß nicht, Manse, ich weiß einfach nicht. Habe ich die Kraft? Die Weisheit, die Disziplin, die ... die Härte? Sollte ich aufhören, solange ich noch kann? Die Schweigekonditionierung wählen, zurückgehen in das Leben ... das meine Eltern sich für mich erhofften?«

»Ach was! So schlimm ist es nicht. Es sieht nur so aus. Und das ist auch in diesem Stadium richtig. Wenn du nicht die Intelligenz und Sensibilität hättest, dir darüber Gedanken zu machen und — ja — auch Angst zu haben — würdest du nicht ins Corps gehören.

... wissenschaftlich arbeiten, prähistorisches Leben studieren. Ich beneide dich richtig. Die Erde war ein Planet für Götter, unglaublich schön, ehe Zivilisation alles versaut hat.

... deinen ... Eltern nicht weh tun, niemand. Nur ein Geheimnis, das du vor ihnen hütest. Erzähl mir nicht, daß du zu Hause immer alles gesagt hast! Und überhaupt kannst du sie verdeckt auf eine Art unterstützen, die sonst unmöglich wäre.

... Jahrhunderte an Lebensspanne und keinen einzigen Tag krank.

... Freundschaft. Einige wirklich hervorragende Leute in unserem Haufen.

... Spaß. Erfahrungen. Das Leben auskosten. Hast du Urlaub, kannst du dir den Parthenon ansehen, als er neu war, oder Chrysopolis auf dem Mars, wie es neu aussehen wird. Camping in Yellowstone, ehe Kolumbus lossegelte, und dann am Dock von Huelva stehen und ihm zuwinken. Du kannst Nijnski tanzen sehen oder Garrick, wenn er Lear spielt, oder Michelangelo beim Malen. Was dir auch einfällt — natürlich in einigermaßen vernünftigem Rahmen. Die Chancen stehen gut, daß es arrangiert wird. Von den Parties, die wir unter uns feiern, will ich gar nicht reden. Stell dir nur mal vor, was für ein bunter Haufen!

... du weiß verdammt gut, daß du nicht kneifst. Das ist nicht deine Art. Also — setz alles auf eine Karte!«

— bis sie ihm schließlich um den Hals fiel und zwischen Weinen und Lachen hervorstieß: »Ja, du hast recht. Ach, danke, Manse, danke! Du hast mir den Kopf zurechtgerückt und in ... in ... nicht mal zwei Stunden, stimmt doch?«

»Ach was! Ich hab dich doch nur ein bißchen an die Entscheidung hingeschoben, die du sowieso gefällt hättest.« Everard streckte ein Bein, das ihm eingeschlafen war. »Aber ich habe davon Hunger bekommen. Was ist jetzt mit dem Abendessen?«

»Aber logisch!« rief sie, ebenso froh wie er, in ein fröhlicheres Thema zu fliehen. »Du hast am Telefon etwas von Muschelsuppe gesagt und ...«

»Muß nicht sein«, unterbrach er sie, obwohl er sich freute, daß sie sich erinnerte. »Such dir aus, was immer dein Herz begehrt.«

»Na ja, wir hatten an ein kleines, einfaches Lokal mit

hervorragendem Essen gedacht, oder. Wie wär's mit Ernie's Neptune Fish Grotto in der Irving Street?«

»Nichts wie hin!« Er startete den Wagen.

Als sie den Berg hinabfuhren, die Galaxis und den Wind oben zurückließen, wurde sie nachdenklich. »Manse?«

»Ja?«

»Als ich dich in New York anrief, spielte Musik im Hintergrund. Ich nehme an, du hattest ein Privatkonzert.« Sie lächelte. »Ich kann dich vor mir sehen: Schuhe ausgezogen Pfeife in der einen, den Bierkrug in der anderen Hand. Was hast du gehört? Es klang wie Barockmusik. Ich dachte, ich kenne mich im Barock ziemlich gut aus, aber das Stück ist mir unbekannt ... es klang wunderbar. Ich hätte gern eine Kopie der Kassette.«

»Es war eigentlich keine Kassette. Ich benutze Sachen aus späterer Zeit, wenn ich allein bin. Aber ich werde dir gern eine Kopie machen. Es ist Bach. Die *Markus-Passion.*«

»*Was?* Moment mal!«

Everard nickte. »Ja. Heute existieren von ihr nur ein paar Fragmente, die nie veröffentlicht wurden. Aber am Karfreitag des Jahres 1731 brachte ein Zeitreisender ein verstecktes Aufnahmegerät in der Thomaskirche von Leipzig an.«

Sie schüttelte sich. »Da bekommt man ja eine Gänsehaut.«

»Hm. Noch ein Vorteil der Chronokinese und noch ein Pluspunkt für den Dienst in der Patrouille.«

Sie schaute ihn nachdenklich an. »Du bist nicht der einfache Farmjunge Garrison Keillor, für den du dich ausgibst«, murmelte sie. »Nein, überhaupt nicht.«

Er zuckte die Achseln. »Weshalb kann ein Farmjunge nicht Bach zu Fleisch und Kartoffeln genießen?«

209 v. Chr.

Etwa vier Meilen nordöstlich von Baktra entsprang in einem Pappelwäldchen auf halber Höhe eines Hügels eine Quelle. Seit Urzeiten war sie dem Gott der unterirdischen Gewässer heilig. Die Menschen brachten dort Opfer dar, in der Hoffnung Schutz vor Erdbeben, Dürre und Viehseuchen zu erflehen. Als Theonis das Heiligtum auffrischen und Poseidon weihen ließ, hatte niemand etwas dagegen, auch nicht, daß ein Priester von Zeit zu Zeit aus der Stadt kam, um Gottesdienste abzuhalten. Man identifizierte die neue Gottheit einfach mit der alten, benutzte auch den althergebrachten Namen, wenn man wollte, und fühlte, daß man vielleicht zusätzlichen Schutz für die Pferde gewonnen hatte.

Beim Näherkommen sah Everard zuerst die Bäume. Ihre silbrigen Blätter zitterten in der Morgenluft. Sie umstanden einen niedrigen Erdwall, der kein Tor, nur eine Öffnung aufwies und lediglich den Temenos, den geheiligten Grund, abtrennte. Unzählige Generationen hatten den Pfad dorthin festgetrampelt.

Ringsum erstreckten sich niedergetrampelte Felder. Einige Bauernhäuser standen noch intakt da, waren aber verlassen; andere waren nur noch rauchende Ruinen. Die Invasoren hatten noch nicht mit systematischer Plünderung begonnen, auch die Ansiedlungen in Stadtnähe noch nicht angegriffen. Das würde bald kommen.

Das Lager stand zwei Meilen südlich. Hinter Graben und Wall standen die Zelte in Reih und Glied. Das königliche, bunte Prachtzelt erhob sich über die schmucklosen Lederzelte der niederen Ränge. Wimpel flatterten, Standarten leuchteten. Bei den Wachposten blitzten

Rüstungen. Von den Lagerfeuern stieg Rauch auf. Der Lärm der Stimmen, Wiehern, Klappern drang nur gedämpft an Everards Ohren. In der Ferne wirbelten einige berittene Abteilungen Staub auf.

Niemand hatte ihn belästigt; aber er hatte sich Zeit gelassen und gewartet, bis niemand auf seiner Route war. Wahrscheinlich hätten die Syrer ihn einfach umgebracht, da sie, seiner Meinung nach, noch nicht so weit waren, Gefangene für den Sklavenmarkt zu nehmen. Sie waren aber auch nicht bereit, sich Poseidons Zorn zuzuziehen — zumal der Adjutant des Königs, Polydoros, Befehle in dieser Richtung ausgegeben hatte. Es war herrlich, endlich das Wäldchen zu betreten. Der Schatten war allein schon ein Geschenk der Götter.

Doch konnte diese Wohltat die Wut in Everards Bauch nicht lindern.

Der Tempel füllte beinahe den gesamten Raum des lehmgestampften Hofs, obwohl er nicht viel größer war als das ehemalige Heiligtum. Drei Stufen führten zu einem Portikus mit vier korinthischen Säulen vor einem fensterlosen Gebäude. Die Säulen waren aus Stein, vielleicht mit einer dünnen Schicht überzogen, das Dach einfache Ziegel. Alles andere war weiß gekalkt. Von solch einem minderen Heiligtum wurde auch nicht mehr erwartet. Und für Raors Zwecke reichte es allemal, wenn sich hier Draganizu und Buleni zwei oder drei Mal ungestört treffen konnten.

In einer Ecke des Temenos kauerten zwei Frauen. Die jüngere hielt einen Säugling an die Brust. Die Alte kaute an einem Stück Fladenbrot. Mit dem Wasserkrug neben ihr war dies wohl ihr einziger Proviant. Die einfachen, bäuerlichen Kleider der Frauen war zerrissen und schmutzig. Als Everard auftauchte, drückten sie sich noch enger an die Mauer. Angst überschattete die Erschöpfung auf ihren Gesichtern.

Ein Mann erschien im einzigen Eingang des Tempels. Er trug eine einfache, weiße Tunika. Schlurfend, mit krummem Rücken, beinahe zahnlos, kam er blinzelnd auf Everard zu. Er konnte sechzig, aber auch vierzig sein. Ehe es die moderne Medizin gab, brauchte man schon viel Glück, ein mittleres Alter zu erreichen, wenn überhaupt — es sei denn, man gehörte der Oberschicht an: *Intellektuelle des zwanzigsten Jahrhunderts nennen Gerätemedizin menschenverachtend,* erinnerte sich Everard.

Der Mann war aber nicht senil. »Sei gegrüßt, Fremder, wenn du mit friedlichen Absichten kommst!« sagte er auf griechisch. »Wisse, daß dieser Bezirk heilig ist, und, obwohl die Könige Antiochos und Euthydemos Krieg führen, haben sie ihn für heilig erklärt.«

Everard hob zum Gruß die Hand. »Ich bin ein Pilger, ehrwürdiger Vater.«

»Hä? Ich nicht! Ich bin kein Priester, nur der Aufseher Dolon, Sklave des Priesters Nikomachos«, antwortete der Mann. Offenbar wohnte er in einer Hütte in der Nähe und war tagsüber hier. »Wirklich ein Pilger? Wie hast du von unserem kleinen Heiligtum erfahren? Bist du sicher, daß du dich nicht geirrt hast?« Er kam näher und musterte Everard mißtrauisch. »Bist du wirklich ein Pilger? Wir können niemandem mit kriegerischen Absichten Zugang gestatten.«

»Ich bin kein Soldat.« Everards Umhang verhüllte das Schwert, obwohl man einem Reisenden keinen Vorwurf machen konnte, wenn er bewaffnet war. »Ich komme von weit her, um den Tempel Poseidons zu finden, der außerhalb der Stadt des Pferdes steht.«

Dolon schüttelte den Kopf. »Hast du zu essen? Ich kann dir nichts anbieten. Der Nachschub ist abgeschnitten. Ich habe keine Ahnung, wann wieder etwas durchkommt, um mich zu ernähren, ganz zu schweigen von Fremden.« Er warf einen Blick auf die Frauen. »Ich befürchtete schon, ganze Horden von Flüchtlingen würden kommen, aber mir scheint, die meisten Bauern haben es noch in die Stadt geschafft.«

Everard knurrte der Magen. Er ignorierte es. Ein

Mann in guter Verfassung und durchtrainiert konnte mehrere Tage ohne zu essen auskommen, ehe er entscheidend geschwächt war. »Ich bitte nur um Wasser.«

»Heiliges Wasser, direkt von der Quelle des Gottes, denk dran. Was führt dich her?« Das Mißtrauen wuchs. »Wie kannst du von diesem Tempel etwas wissen, wo er doch erst seit ein paar Monaten Poseidon geweiht ist?«

Everard hatte seine Geschichte parat. »Ich bin Androkles aus Thrazien«, erklärte er. Das Innere dieser halbbarbarischen Region war den Griechen ziemlich unbekannt. Da konnte ein Mann seiner Größe schon herstammen. »Dort verkündete mir letztes Jahr ein Orakel, daß ich in Baktrien einen Tempel des Gottes Poseidon außerhalb der königlichen Stadt finden würde, der mir bei meinen Schwierigkeiten helfen kann. Über diese Schwierigkeiten darf ich nicht sprechen. Ich kann dir aber so viel sagen: Ich habe nicht gesündigt und bin nicht unrein.«

»Also eine Prophezeiung, ein Blick in die Zukunft.« Dolon war aber noch nicht so beeindruckt, daß er ihm völlig glaubte. »Bist du den ganzen Weg allein gekommen? Das waren doch Hunderte von Parasangs*?«

»Nicht allein! Ich bezahlte, um mich Karawanen anschließen zu dürfen. Die letzte wollte nach Baktra; als aber die Berichte über das Nahen einer feindlichen Armee kam, drehte der Herr der Karawane um. Ich konnte aber nicht so nah vor dem Ziel umkehren. So ritt ich allein weiter und vertraute darauf, daß der Gott, nach dem ich suchte, mich schützen würde. Gestern überfiel mich eine Räuberbande — ich glaube, Bauern, heimatlos und verzweifelt. Sie nahmen mein Pferd und mein Packmaultier; aber durch die Gnade der Götter konnte ich entkommen und ging zu Fuß weiter. Und nun bin ich hier.«

---

* Parasang = altes, persisches Längenmaß: ca. 3 1/4 Meile = 5,2 km.

»Dann hast du wirklich viel erduldet«, sagte Dolon, jetzt mitfühlend. »Und was mußt du nun tun?«

»Warten, bis der Gott mir neue Anweisungen erteilt. Ich nehme an, es wird in einem Traum geschehen.«

»Ja, ja ... ich weiß auch nicht. Das ist ... sehr ungewöhnlich. Du mußt den Priester fragen. Er ist in der Stadt; aber sie lassen ihn bestimmt herauskommen ... um sich zu kümmern.«

»Nein, bitte! Ich sagte dir doch, daß ich absolutes Schweigen geloben mußte. Wenn der Priester Fragen stellt und ich mich weigere zu antworten und er aber darauf besteht — würde dann der Erderschütterer nicht zornig?«

»Nun ja, aber ...«

»Schau her«, schlug Everard vor und hoffte, nachdrücklich und zugleich freundlich zu klingen. »Ich habe noch einen Beutel mit Geld übrig. Sobald ich mein Zeichen vom Gott empfangen habe, möchte ich damit eine beträchtliche Schenkung machen. Einen Goldstater*.« Das entsprach etwa 1980 tausend US-Dollar, wenn man überhaupt die Kaufkraft zwischen verschiedenen Zeiten vergleichen kann. »Ich glaube daß du — der Tempel — damit von den Syrern kaufen kann, was nötig ist, und das für lange Zeit.«

Dolon zögerte.

»Es wird nur der Wille des Gottes ausgeführt«, bohrte Everard nach. »Du würdest doch bestimmt nichts dagegen tun wollen, oder? Er hilft mir, ich helfe dir. Ich möchte nur in Frieden hier warten, bis das Wunder geschieht. Sieh in mir einfach einen Flüchtling. Hier.« Er öffnete den Beutel und nahm einige Drachmen heraus. »Geld habe ich genug. Nimm diese für dich. Du verdienst sie. Für mich ist es eine fromme Tat.«

---

* Stater = griechische Bezeichnung für das Doppelte der Einheit in vielen griechischen Münzfüßen, das auf beide Seiten der Waage zu legende identische Gewicht, das sie im Gleichgewicht hält. Vor allem = Gewicht einer doppelten Drachme = 8,1—8,6 g.

Dolon zögerte kurz, dann faßte er einen Entschluß und streckte die Hand aus. »Gut, Pilger. Die Götter weisen uns oft geheimnisvolle Wege.«

Everard gab ihm die Münzen. »Laß mich hineingehen, um zu beten und von der Gabe des Gottes zu trinken und wahrhaft sein Gast zu werden. Danach werde ich still hier draußen sitzen und niemand belästigen.«

Die Kühle war eine Wohltat für seine verschwitzte, staubige Haut und die ausgetrockneten Lippen. Die Quelle sprudelte im Zentrum aus einem Fels hervor, auf dem die Grundmauern ruhten. Sie füllte ein Loch im Boden und floß dann wahrscheinlich unter dem Temenos in einen Bach. Hinter der Quelle war ein antiker Altar, ein Steinblock. Auf die hintere Wand war der Gott Poseidon gemalt, der aber im dämmerigen Licht nur schlecht zu erkennen war. Überall lagen Opfergaben auf dem Boden: meist primitive Tonmodelle von Häusern, Tieren oder menschlichen Organen. Votivgaben als Dank für die göttliche Hilfe. Zweifellos nahm der Priester Nikomachos alles Verderbliche oder Wertvolle bei seinen Besuchen mit zurück in die Stadt.

Euer einfacher Glaube hat euch nicht viel geholfen, was Leute? dachte Everard traurig.

Dolon verneigte sich. Everard ahmte ihn nach und benahm sich, wie man es von einem Thraker erwarten durfte. Kniend schöpfte Dolon mit einer Schale Wasser und reichte sie dem Pilger. In Everards gegenwärtigem Zustand schmeckte ihm das eiskalte Wasser besser als jedes Bier. Sein Dankgebet war beinahe ernst gemeint.

»Ich werde dich jetzt mit dem Gott eine Zeitlang allein lassen«, sagte Dolon. »Du darfst dir noch diesen Krug dort drüben füllen und mit der gebührenden Dankbarkeit mit hinausnehmen.« Noch eine tiefe Verneigung vor dem heiligen Bild, dann ging er hinaus.

Lange sollte ich nicht bleiben; aber einen Augenblick Ruhe und Gelegenheit, nachzudenken.

Sein Plan war vage. Ziel war: Ins syrische Lager gelangen und den Chirurgen Kaletor aus Oinoparas finden, zu Hause als Hyman Birnbaum bekannt und — wie Everard — mit einem regenerativen Prozeß behandelt, um unter Heiden leben zu können, ohne zu viel Aufmerksamkeit zu erregen. Vielleicht fiel ihnen irgendein Vorwand ein, unter dem sie sich entfernen konnten. Vielleicht konnte Birnbaum für Everards reibungslosen Abschied sorgen? Wichtig war, einen Sender so viele Meilen weit weg zu schaffen, daß die Instrumente der Exaltationisten den Ruf unter der schwachen Kommunikation, die unter anderen sorglosen Zeitreisenden in der Welt stattfand, nicht auffingen. Dann konnte er der Patrouille mitteilen, was er herausgefunden hatte, damit sie eine Falle vorbereiten konnte.

Wenn ich allerdings an die Sicherheitsvorkehrungen denke, die ich entdeckt habe, ist die Wahrscheinlichkeit, alle vier einzusacken, sehr gering. Verdammt! Gottverdammt!

Was soll's! Im Augenblick war es am wichtigsten, Birnbaum zu erreichen, trotz der feindlichen Truppen, die jeden Fremden auf Anhieb aufspießten. Vielleicht konnte er sie daran hindern, wenn er brüllte, daß er eine lebenswichtige Meldung brächte; aber dann würden sie ihn vor Offiziere schleppen, die natürlich wissen wollten, was er hätte. Wenn er Kaletor nannte, würden sie den Chirurgen mit Sicherheit auch befragen — notfalls foltern, wenn keiner von ihnen etwas Wichtiges vorbringen konnte.

Everard hatte gehofft, beim Tempel jemanden zu finden, der mehr zu sagen hatte als der Sklave — einen Unterpriester oder Akolyten. Von ihm hätte er vielleicht ein religiöses Pfand oder eine Eskorte bekommen, um morgen durch die syrischen Reihen zu gelangen. Wenn er die Taschenlampe hervorholte und erklärte, Poseidon habe sie ihm persönlich in der Nacht gegeben? Aber das konnte er erst nach dem Treffen von Nikomachos-Draganizu und Polydoros-Buleni machen. Nachdem beide wieder weg waren. Everard hatte erwogen, erst nach ihnen herzukommen; aber inzwischen durchs Land zu marschieren war mindestens so gefährlich wie hier unauffällig herumzusitzen. Und vielleicht beobachtete er noch etwas Nützliches.

Sein Plan hatte gewisse Schwächen gehabt; aber jetzt sah er einfach lächerlich aus. *Nun, vielleicht kommt mir noch ein zündender Gedanke.* Er lächelte hinterhältig. *Vielleicht wieder eine Aktion, die für sie viel zu subtil ist, wie gestern, nur mehr.*

Er trat ins Sonnenlicht hinaus, das ihn blendete. »Ich glaube, ich spürte schon die Nähe des Gottes. Sie gab mir Stärke«, erklärte er ernst. »Ich glaube, ich tue, was er verlangt, und du auch Dolon. Laß uns nicht abirren.«

»Nein, nein.« Der Aufseher wies ihn noch vorsichtig darauf hin, nicht den heiligen Bezirk zu verunreinigen, falls ihn ein menschliches Bedürfnis überkam. Dafür gab es einen Abtritt auf der anderen Seite des Wäldchens. Dann watschelte er zurück in den Schatten.

Everard ging in die Ecke, wo die Frauen saßen. Sie blickten ihn nicht mehr so verängstigt an. Statt dessen sah er Erschöpfung und Trauer auf den Gesichtern. Er konnte sie nicht mit dem landesüblichen »Welche Freude, dich zu sehen« begrüßen.

»Darf ich mich zu euch setzen?« fragte er nur.

»Das können wir dir nicht verbieten«, antwortete die Ältere (mehr als vierzig Jahre auf dem Buckel?).

Er ließ sich neben der jungen Frau auf dem Boden nieder. Vor ein oder zwei Tagen hatte sie gut ausgesehen, ehe ihr Geist zerrüttet wurde. »Auch ich warte hier auf den Willen des Gottes«, sagte er.

»Wir warten nur«, erklärte sie tonlos.

»Ich bin Androkles, ein Pilger. Ihr lebt hier in der Gegend?«

»Ja, bis jetzt.«

Die Alte richtete sich auf. Eine Minute lang flackerte eine verbitterte Vitalität auf. »Unser Heim lag flußabwärts, so weit entfernt, daß wir die Warnung erst im letzten Augenblick erhielten«, sagte sie. »Mein Sohn sagte, wir müßten einen Ochsenkarren so voll wie möglich laden, alles, was wir vom Hof mitnehmen konnten, damit wir in der Stadt nicht wie Bettler seien. Reiter überfielen uns auf der Straße. Sie vergewaltigten seine Frau. Dann töteten sie ihn und die Knaben. Wenigstens brachten sie uns nicht auch um. Dann standen wir vor verschlossenen Stadttoren: Wir dachten, der Erderschütterer gewähre uns Zuflucht.«

»Ich wünschte, sie hätten uns getötet«, erklärte die junge Frau mit toter Stimme. Der Säugling schrie. Automatisch entblößte sie die Brust und ließ ihn trinken. Mit der freien Hand hielt sie das Gewand als Schutz gegen Sonne und Fliegen über ihn. Es war zerrissen und blutbefleckt.

»Das tut mir leid.« Mehr fiel Everard nicht ein. *Vergewaltigen. Quälen. Töten. So ist der Krieg. Darin sind die Herrschenden immer am besten.* »Ich werde euch in meine Gebete einschließen.«

Sie antworteten nicht. Nun, auch Betäubung war eine Art Wohltat. Er zog die Kapuze hoch und lehnte sich zurück. Die Pappeln gaben wenig Schatten. Durch den Stoff seines Umhangs spürte er die Wärme der Mauer.

Die Stunden vergingen. Wie schon früher oft zog er sich bei langem Warten — aber am häufigsten in zukünftigen Jahrhunderten — in seine Erinnerungen zurück. Ab und zu trank er einen Schluck lauwarmes Wasser, dann nickte er kurz ein. Die Sonne hatte den Höhepunkt schon überschritten.

... Wolken, vom Wind getrieben, Lichtstrahlen lassen die Schaumkronen der Wellen aufblitzen, geblähte Segel, knarzende Takelage, kalte, salzige Gischt, wenn das Schiff in ein Wellental stürzt, grüne Wassermassen mit weißen Mähnen donnern herab. »Ha!« schreit Bjarni Herjulfsson am Steuerruder. »Eine Möwe« verheißt Land voraus ...

Das Ende kam erst langsam, dann immer schneller. Everard hörte Hufschlag, Stimmen, Klirren. Seine Haut kribbelte. Schlagartig hellwach zog er die Kapuze noch weiter übers Gesicht, ließ die Schultern sinken, um ebenso apathisch wie die Frauen auszusehen.

Aus Achtung vor dem Heiligtum stiegen die Syrer außerhalb des Wäldchens ab. Sechs, in Rüstung und bewaffnet, folgten einem Mann in den Temenos. Wie sie trug auch er Rüstung und Beinschienen, ein Schwert hing an seiner Seite. Doch auf seinem Helm ragte ein Pferdeschweif auf. Ein roter Mantel hing von seinen Schultern. Er hielt einen Elfenbeinstab in der Hand. Er überragte die anderen um Kopfhöhe. Sein Gesicht sah aus, als habe Praxiteles es aus Alabaster gemeißelt.

Dolon eilte die Stufen herab und warf sich vor ihm zu Boden. Mit der Herrschaft Alexanders des Großen übernahm der Orient Hellas. Rom würde es ebenso ergehen, es sei denn, die Exaltationisten beseitigten sein Schicksal. *Das werden sie nicht! Wir werden sie auf die eine oder andere Weise aufhalten.* Energie entströmte Buleni-Polydoros. *Aber, mein Gott, wenn sie uns wieder entschlüpfen, mit dieser Erfahrung als Lektion ...*

»Du darfst aufstehen«, sagte der Adjutant König Antiochos'. Er musterte die Gruppe in der Mauerecke. »Wer ist das?«

»Flüchtlinge, Herr«, stammelte Dolon. »Sie baten um Asyl.«

Der hohe Herr zuckte die Achseln. »Na schön, soll der Priester entscheiden, was mit ihnen geschieht. Er ist auf dem Weg. Wir brauchen den Tempel für eine private Konferenz.«

»Gewiß, Herr, gewiß.«

Die Soldaten stellten sich in einiger Entfernung vom Eingang des Tempels zu beiden Seiten der Stufen auf. Buleni ging hinein. Dolon kam zu Everard und den Frauen. Er war nervös und suchte offenbar Trost, selbst in so armseliger Gesellschaft.

Ja, klar! Nikomachos sprach mit der Obrigkeit in Baktra. Vielleicht brauchte er dazu etwas Hilfe von Zoilos. Theonis half ihm auf alle Fälle. Der Priester mußte die Stadt verlassen und nach seinem Tempel sehen. Am besten wäre es, wenn ein hoher Offizier ihn dort treffen könnte, damit sie die Bedingungen genauer besprechen konnten. Keine Seite in diesem Krieg wollte den Erderschütterer beleidigen. Gesandte führten die Verhandlungen. Alles ging leicht. Neben anderen Überlegungen weiß König Antiochos, daß sein Adjutant Polydoros mit einem unzufriedenen Element in der Stadt in Verbindung steht und dadurch eine Spionageverbindung aufbaut.

Wieder Lärm, weniger arrogant. Wieder fiel Dolon aufs Gesicht. Würdevoll, in weißer Robe, die seinen Ritt auf dem Maultier von der Stadt erschwert hatte, schritt Nikomachos durch den Eingang. Ein Sklavenjunge lief neben ihm her und hielt einen Sonnenschirm. Ein Soldat folgte, offensichtlich ein Syrer, der ihm als Eskorte beigegeben worden war. Er und der Junge blieben stehen, während der Priester in den Tempel ging. Danach setzten sie sich auch.

Everard hatte ihnen kaum einen Blick gewidmet. Seine Augen hingen wie geblendet an dem Ding, das er auf Draganizus Brust gesehen hatte. Es war nur ein Medaillon an einer Kette; aber er wußte, was sich auf der Rückseite befand. Er hätte es blind in einem Kohlenkasten erkannt, wenn er es fühlte. Athenes Eule! Sein eigener Gegensprechkommunikator.

Die Welt beruhigte sich um ihn herum. *Warum nicht?* dachte er. *Warum überrascht mich das? Im Augenblick wahren sie Funkstille; aber sie wollen in einem Notfall in der Lage sein, sofort Kontakt aufzunehmen. Buleni hat mit Sicherheit auch so ein Ding dabei. Die Geräte der Patrouille sind viel besser als alles, was sie mitbrachten. Außerdem ist es ein typischer Scherz der Exaltationisten, mein Amulett zu tragen. Es gibt ja auch keinerlei Grund, warum ein Poseidonpriester nicht auch Athene verehren sollte. Eigentlich ist es sogar eine taktvolle Geste, wenn man daran denkt, wie oft sich die beiden in der* Odyssee *in den Haaren liegen. Ökumene —* Er mußte ein Lachen unterdrücken. *Warum bin ich so erschrocken, als ich es sah?*

Dann kam ihm die Erklärung: Er hatte gesehen, was vielleicht seinen Tod bedeutete.

Und dennoch — und dennoch! Bei Gott, ja!

Er hatte eine Chance, die Sache durchzuziehen. Schließlich konnte er kämpfen. Und seine Überlebenschancen waren in jedem Fall nicht besonders gut. Auf diese Weise konnte er etwas gegen diese Mistkerle tun und vielleicht, vielleicht ...

Ich muß mich nicht jetzt in dieser Minute festlegen. Ich muß nachdenken. Irgendwie meine Erinnerungen ordnen, aber nicht hier in diesem Glutofen.

Everard stand auf. Er war steif. Alles tat ihm weh. Langsam ging er auf den Eingang zu.

Ein Soldat zückte die Klinge. »Halt!« brüllte er. »Wo willst du hin?«

Everard blieb stehen. »Bitte, zum Abtritt außerhalb des Temenos«, antwortete er.

»Moment mal ...«

Everard richtete sich zu voller Größe auf. »Du willst mich doch nicht etwa zwingen, den heiligen Boden zu beflecken? Ich hasse es, daran zu denken, was der Gott mit uns tun würde.«

Dolon kam herbei. »Er ist ein Opfer von Räubern. Der Erderschütterer gewährte ihm Zuflucht, er ist Poseidons Gast«, erklärte er.

Der Soldat wechselte mit seinem Kameraden einen Blick und steckte das Schwert zurück in die Scheide. »In Ordnung«, sagte er. Dann trat er zum Eingang und rief den beiden Soldaten, die die Pferde bewachten, zu, daß dieser Kerl hinausdürfe: Die Blicke der Frauen folgten dem großen Mann nachdenklich. Er hatte ihnen ein freundliches Wort geschenkt.

Everard schlenderte unter den Bäumen dahin und genoß den Schatten. *Nicht zu langsam,* ermahnte er sich. *Buleni und Draganizu werden nicht länger drin bleiben, als nötig ist, um sich gegenseitig aufs laufende zu bringen.* Er mußte eigentlich den Bretterverschlag nicht aufsuchen; aber dort war er gegen alle Blicke abgeschirmt und konnte seine Muskeln in Schwung bringen und das Schwert herausholen. Er nahm es in die Hand, den Umhang darüber. Auf dem Rückweg ließ er die Füße schleifen. Das wirkte ganz natürlich. Bei seiner Größe konnte er über die Mauer des Temenos hinwegsehen.

Er kam gerade um die Ecke, als die beiden Hauptpersonen wieder auftauchten. Everard ging schneller. Die Exaltationisten waren die Stufen herabgestiegen, als er durch den Eingang schritt. »Aus dem Weg, du!« fuhr ihn der nächste Soldat an.

»Jawohl, Herr.« Übertrieben tolpatschig überquerte er den Hof, um näher an seine Opfer zu kommen. Die beiden gingen Seite an Seite. Buleni bemerkte die seltsame Gestalt und runzelte die Stirn.

Der Hof war nicht sehr groß. Als Everard loshechtete, mußte er keine zwei Meter überwinden.

Draganizu konnte einen Punkt des Medaillons berühren, während er es an den Mund führte, und damit Alarm geben. Er mußte zuerst sterben. Everards Sprung war ein Ausfall. Seine Klinge drang bei der Kehle ein und trat im Nacken aus. Blut spritzte. Die Leiche stürzte nach hinten.

Everard drehte auf der Ferse eine Pirouette, holte dabei aus und versetzte Buleni einen Kinnhaken. Es war der einzige Schlag, den er gegen einen Mann in Rüstung und mit Helm führen konnte. Der Exaltationist hatte seine Waffe schon halb gezückt. Er taumelte, gewann das Gleichgewicht wieder, und schon hatte er das Schwert in der Hand. Ein Supermann. Aber ein bißchen verwirrt, eine Spur zu langsam. Everard griff an. Mit der Linken ein Handkantenschlag gegen das Gelenk am Schwertgriff, mit der rechten Hand ein Kantenschlag gegen Bulenis Kehlkopf. Er spürte die Knorpel brechen. Buleni ging auf alle viere und spuckte Blut.

Dolon wartete. Die Soldaten stürmten mit blitzenden Rüstungen vorwärts. Everard warf sich neben Draganizu auf die Erde. Er packte das blutbeschmierte Medaillon, drückte drauf und rief in temporal: »Unabhängiger Everard. Sofort kommen! Kampf!«

Mehr Zeit hatte er nicht. Der erste Syrer war schon über ihm. Er rollte beiseite und versetzte dem Mann von unten einen kräftigen Tritt mit beiden Füßen. Der Mann wurde nach hinten geschleudert. Die anderen kamen. Sie verdunkelten den Himmel.

Einer fiel direkt auf Everard. »Pfff!« Ein lebloser Körper in Metallrüstung, der von oben auf ihn fiel, preßte ihm die Luft aus der Brust.

Als Everard wieder atmen konnte und sich aufsetzte, lagen die Soldaten in ungeordnetem Haufen übereinander da, so wie sie gefallen waren. Ihre Atmung rasselte und pfiff. Er wußte, daß die außerhalb des Walles ebenfalls von den Betäubungsstrahlen etwas abbekommen hatten und für die nächste Viertelstunde bewußtlos sein würden. Ansonsten blieben sie unverletzt. Ein Zeitmobil war in der Nähe gelandet. Ein chinesisch aussehender Mann und eine drahtige, knackige Negerin in hautengen Anzügen halfen ihm beim Aufstehen. Vier weitere Fahrzeuge schwebten über dem Tempel. Er sah die Energieprojektoren in den Händen. »Overkill«, krächzte er.

»Wie bitte, Sir?« fragte der Mann.

»Schon gut. Lassen Sie uns schnell die Lage peilen.« Noch konnte Everard sich nicht gestatten, darüber nachzudenken, wie knapp er dem Tod entronnen war. Keine Gefühle! Mit ihnen kamen Schwächen, die er sich nicht leisten konnte. Patrouillentraining verlangte volle Reserven von Kopf und Körper. Später, in Ruhe, konnte er der Natur nachgeben.

Als die Patrouille seinen Ruf empfing, hatte sie eine Abteilung in sicherer Entfernung von hier mobilisiert und genau zum richtigen Moment, als er sie brauchte, hergeschickt. Jetzt mußte er diese Hilfe mit genau der gleichen Präzision einsetzen. Aber er konnte ein paar Minuten darauf verwenden, den nächsten Schritt zu planen.

Buleni lebte noch, wenn auch kaum. Everard zeigte auf ihn. »Bringt ihn und den getöteten Exaltationisten ins Hauptquartier der Operation«, befahl er durch einen nicht beschmutzten Sender. »Die wissen, was sie mit ihnen machen sollen.« Er ging umher. Der arme, alte Dolon lag im Staub zu seinen Füßen. »Tragt diesen Mann aus der Sonne in den Tempel! Untersucht ihn und gebt ihm an medizinischer Hilfe, was ihr gerade da habt. Ich schätze, eine Aufbauspritze würde ihm gut tun. Der Rest kann bis zum Aufwachen liegen bleiben.«

Die beiden Frauen waren in ihrer schützenden Ecke nicht betäubt worden. Sie kauerten eng aneinandergepreßt. Der Schrecken hatte sie wieder zum Leben erweckt. Die Großmutter hielt die Mutter umschlungen, die Mutter ihr Kind. Everard ging hinüber. Er wußte, daß er so blutbesudelt, schweißüberströmt und staubig schlimm aussah. Aber er brachte ein Lächeln zustande.

»Hört zu«, sagte er so freundlich wie es bei seiner heiseren Stimme möglich war. »Hört genau zu! Ihr habt die Rache Poseidons gesehen. Aber sie war nicht gegen euch gerichtet. Ich wiederhole: Der Erderschütterer ist mit euch nicht zornig! Die Männer hier haben sich gegen ihn vergangen. Sie werden in den Hades geschafft. Ihr seid unschuldig. Der Gott segnet euch. Als Zeichen dafür gebe ich euch dies.« Er legte seinen Beutel Münzen vor ihnen auf die Erde. »Das gehört euch. Poseidon warf einen Schlaf über diese Soldaten, damit sie nicht sehen, was ihren Blicken nicht zusteht; aber der Gott wird ihnen kein weiteres Leid zufügen, nachdem sie erwacht sind — allerdings nur, wenn sie sich um euch, seine Schützlinge, kümmern. Sagt ihnen das! Habt ihr mich verstanden?«

Der Säugling weinte, die Mutter schluchzte. Die

Großmutter sah Everard in die Augen und antwortete mit großer Festigkeit, die wohl vom Schock herrührte: »Ich, die ich alt bin, verstehe dich und werde daran denken.«

»Gut.« Er verließ sie und widmete sich wieder seinen Patrouillenaufgaben. Er hatte für sie so gut gesorgt, wie es ihm möglich war — dabei alle Vorschriften gebeugt, aber schließlich war er ein Unabhängiger Agent.

Seine Retter wurden ungeduldig. »Sir«, sprach ihn die junge Frau an. »Verzeihen Sie, wenn ich frage, aber diese Sache hier ...«

Sie mußte ziemlich neu sein, hatte aber ihre Arbeit prima erledigt. Everard fand, daß sie und ihre Kameraden eine Minute praktischen Unterrichts verdienten. »Keine Angst. Wir haben die Geschichte nicht aus den Angeln gehoben. Aus welchen Geburtsmilieu kommen Sie?«

»Jamaika, 1950, Sir.«

»Okay, dann werde ich es für euch zeitgemäß erklären. Stellt euch vor, ihr seht eine Straßenschlägerei ausbrechen. Plötzlich kommen mehrere Hubschrauber angeflogen und werfen Tränengasbomben ab, die die Menge außer Gefecht setzen, ohne jemandem ernsthaft zu schaden. Männer klettern heraus und tragen Masken. Sie transportieren zwei der Schläger in einen Hubschrauber. Ein Mann erzählt den Augenzeugen, daß die beiden gefährliche Kommunisten seien und sie selbst zur CIA gehörten, die auf Bitte der örtlichen Regierung die beiden Burschen festnahmen. Dann zischt die Abteilung ab. Angenommen, all dies geschah in einem abgelegenen Tal, die Telefonleitungen sind durchgeschnitten, es gibt keinen direkten Kontakt nach außen.

Nun, vor Ort ist das vielleicht ein Neunzig-Tage-Wunder. Wenn die Geschichte zum Rest der Welt vordringt, ist sie schal und verwässert, so daß die Presse — wenn überhaupt — nur eine Kurzmeldung bringt. Die meisten Leute, die sie hören, halten alles für wild übertrieben und vergessen es bald. Selbst ihr, die ihr dabei wart, würdet nach gewisser Zeit nicht mehr davon sprechen. Der Vorfall verblaßt in eurer Erinnerung. Euch ist ja auch nichts passiert. Eure Leben müssen weitergehen. Außerdem ist ja im Prinzip nichts Unmögliches geschehen. Ihr wißt, daß Hubschrauber, Tränengas und CIA existieren. Es war ein seltsamer Vorfall, aber nicht mehr. Ihr erzählt euren Kindern davon; aber diese ihren wahrscheinlich nicht mehr.

So ist es auch bei den Menschen hier, wenn die Götter kurz eingreifen. Natürlich bringen wir einen solchen Auftritt nur, wenn es absolut nötig ist, und je schneller wir verschwinden, desto besser.«

Everard setzte mit seinem Kommunikator auch den Rest von seinen Anweisungen in Kenntnis. Der tote und der lebende Exaltationist wurden auf Zeitmobile geschnallt, die sofort abzischten. Ein Patrouillenmann war zusätzlich mit ihnen abgeflogen und ließ Sattel und Waffen für den Unabhängigen zurück. Everards Kollege war ein zäher, kräftig gebauter Mann aus Europa und ein Zeitgenosse. Imre Ruszek saß hinter ihm, Everard war Pilot. Er warf noch einen Blick auf die Frauen, während er sich auf den Antigrav schwang, und sah in ihren Augen Verwirrung mit Hoffnung kämpfen.

Die drei Zeitmobile stiegen so weit auf, daß sie für menschliche Augen höchstens noch Punkte waren, und nahmen Kurs auf Baktra. Unter ihnen erstreckte sich das weite Land von den Bergen im Süden dahin: grüne und braune Felder und Äcker, verstreute Bäume und winzige Häuser, der Fluß wie Quecksilber glänzend, die Stadt und das Lager wie Spielzeug. Kein Hauch von Haß und Elend erreichte diesen kalten Wind hier oben, abgesehen von dem, was die Zeitfahrer in sich trugen.

»Alle mal herhören!« sagte Everard. »Es sind noch zwei Banditen übrig, und wenn wir die Sache richtig anfangen, können wir sie meiner Meinung nach beide erwischen. Die operative Losung lautet: ›Alles richtig machen!‹ Wir haben nur einen Versuch. Kein Herumschwirren in der Zeit, um Fehler auszubügeln, wenn etwas schiefgeht. Es ist gut und schön, den Einheimischen mal ein Wunder vorzuführen; aber wir werden *nicht* mit der Kausalität spielen und riskieren, einen Zeitstrudel auszulösen, auch wenn das Risiko gering erscheint. Ist das klar? Ich weiß, daß euch diese Doktrin eingebläut wurde; aber wenn Ruszek und ich jetzt runtergehen und uns etwas zustoßen sollte, wäre es möglich, daß jemand zu überstürzten Handlungen neigen könnte. Das darf auf keinen Fall sein, verstanden?«

Er beschrieb Raors Haus und den Grundriß. Im Radius von mehreren Meilen würden Alarmanlagen losgehen, sobald ein Fahrzeug einen Raumzeitsprung machte — kommend oder gehend. Raor und Sauvo würden dann zu ihrer eigenen Maschine oder Maschinen laufen und auf Nimmerwiedersehen abtauchen. Zum Teufel mit den beiden anderen! Loyalität war eine Sache von Zweckmäßigkeit bei diesen Über-Egoisten.

Das würde natürlich nur eintreffen, *wenn* die Alarmanlagen ausgelöst wurden, als Everard um Hilfe gerufen hatte. Die Computer der Zeitmobile wußten auf die Mikrosekunde genau, wann das war. Everard stellte das Gerät auf einen Zeitpunkt ein, der sechzig Sekunden vor seinem Angriff auf Draganizu und Buleni lag. Auf diese Weise konnten Raor und Sauvo nicht von einer Warnung profitieren, die erst eine Minute später ausgestrahlt wurde. »Nennen wir es Zeit Zero.«

Beim Schweben benutzte Everard optische Vergrößerungsinstrumente und elektronische Entfernungsmesser, um zentimetergenau die Stelle festzulegen, auf der er im Haus landen wollte. Er stellte die Instrumente auf diesen Punkt und Zeit Zero. Die übrigen Fahrzeuge würden ebenfalls zu dieser Zeit zurückkehren, aber in der Luft bleiben, bis klar war, was sich am Boden abspielte.

»Los!« Sein Finger drückte auf den Hauptkontrollschalter.

Er, sein Partner und sein Zeitmobil waren in einem Korridor. Rechts stand ein Fenster offen und ließ Licht und Duft aus dem Innenhof ein. Die Tür links war massiv und geschlossen. Sie hatten den Feinden den Zugang zu den Fluchtfahrzeugen abgeschnitten.

Sauvo preschte um die Ecke des Gangs. Er griff nach einer Energiepistole. Ruszek schoß zuerst. Eine dünne, blaue Flamme zischte an Everard vorbei und durchbohrte Sauvos Brust. Die Tunika ging in Rauch auf. Für diesen Sekundenbruchteil verwandelte sich die Wut auf seinem Gesicht in die Überraschung eines Kindes, das unversehens eine Ohrfeige bekommt. Er fiel. Nur wenig Blut floß, das meiste war gekocht und gestockt; aber sein Darm entleerte sich in einem stinkenden Schwall.

»Ein Betäubungsschuß wäre womöglich zu langsam gewesen«, erklärte Ruszek.

Everard nickte. »Okay«, sagte er. »Rühr dich nicht von der Stelle. Ich suche den letzten.« In den Kommunikator: »Der dritte weg, einer noch übrig.« Die Abteilung müßte das kapieren. »Wir halten Depot. Paßt auf die Türen auf. Wenn eine Frau rauskommt, ergreift sie!« Wie aus weiter Ferne hörte er das Schluchzen einer Sklavin. Er hoffte, daß diesen unschuldigen Menschen kein Leid zustieße.

»Das ist nicht nötig«, erklang es eiskalt. »Ich lasse mich doch nicht von deinen Kötern jagen!«

Raor kam auf die Männer zu. Bei jedem Schritt legte sich ihr hauchdünnes Gewand eng an ihren schönen Körper. Ihr ebenholzfarbenes Haar umrahmte offen das Gesicht voll Schönheit und Wut. Everard wurde an die Artemis, die Göttin der Jagd, erinnert. Und sein Herz stockte.

Sie blieb dicht vor ihm stehen. Er stieg ab und ging auf sie zu. *Mein Gott*, dachte er, *ich komme mir wie ein unartiger Schuljunge vor, den die Lehrerin aufgerufen hat.* Er richtete sich auf und blieb stehen. Sein Puls schlug schneller; aber er ertrug den Blick der meergrünen Augen.

Sie fuhr auf griechisch fort: »Dies ist erstaunlich: Ich nehme an, du bist derselbe Agent, von dem mein Klongefährte sprach, der ihn in Kolumbien beinahe gefangennahm.«

»Und beinahe in Peru, und der in Phönizien schließlich Erfolg hatte«, sagte Everard. Er wollte nicht prahlen, sondern hatte das Gefühl, sie habe das Recht einer Herrscherin informiert zu werden.

»Dann bist du also kein gewöhnliches Tier.« Gift mischte sich in den Wohlklang. »Aber trotzdem bleibst du ein Stück Vieh. Die Affen haben triumphiert. Das Universum hat jegliche Bedeutung verloren, die es je hatte.«

»Was ... hättet ihr ... damit getan?«

Der stolze Kopf hob sich. Stolz erklärte sie: »Wir hätten die Welt nach unseren Wünschen gestaltet, dann verändert und umgewandelt. Dann hätten wir Krieg geführt und die Sterne erobert, aus jedem einen Scheiterhaufen gemacht, ganze Historien bei den Bestattungsfeiern verheizt, bis der letzte Gott allein regierte.«

Everard überfiel Eiseskälte und vertrieb auch den letzten Funken Begierde. Plötzlich wollte er zu Hause sein, unter alten Freunden in gemütlicher Umgebung. »Nimm sie fest, Ruszek!« befahl er. Durch den Sender: »Kommt her damit wir die Sache zu Ende bringen können!«

1902 n. Chr.

Shaltens Wohnung in Paris war groß und luxuriös; aber auf dem Linken Ufer, mit Blick auf den Boulevard St. Germain. Hatte er diese Straße absichtlich gewählt? Er hatte einen abwegigen Sinn für Humor. Everard gegenüber bemerkte er, daß er das Bohème-Leben ringsum genoß und seine Nachbarn an Exzentriker gewöhnt seien, ihm also keine besondere Aufmerksamkeit schenkten.

Es war ein warmer Herbstnachmittag. Die Fenster ließen Luft herein, die leicht nach Rauch und kräftig nach Pferdemist roch. Ab und zu knatterte ein Automobil zwischen den Kutschen. Die Menschen promenierten zwischen grauen Hauswänden unter Bäumen, deren Laub sich schon gelb und braun zu färben begann. Die Trottoirs waren belebt. Die Geschäfte in Cafés, Boutiquen, Boulangerien und Patisserien liefen gut. Der Lärm klang fröhlich. Everard versuchte zu verdrängen, daß diese Welt in einem Dutzend Jahre zusammenbrechen würde.

Die Wohnung war vollgestopft mit Möbeln, Gobelins, Gemälden, Büchern, Büsten und Nippes. Sie strahlte eine Gediegenheit aus, die seit dem Wiener Kongreß bestanden hatte. Aber er erkannte auch ein paar der Objekte aus Kalifornien aus dem Jahr 1987 wieder. Das war eine völlig andere Welt, so entfernt wie ein Traum — ein Alptraum?

Er lehnte sich im Sessel zurück. Leder knirschte, Roßhaar raschelte. Er zog an seiner Pfeife. »Wir hatten etwas Mühe, Chandrakumar zu finden«, beendete er seinen Bericht. »Da wir nicht wußten, wo er im Gefängnis war. Einige Gefangene in anderen Zellen hatten erstaunliche Visionen. Aber wir fanden ihn und holten ihn raus. Man hatte ihm nichts getan. Ich gebe zu, daß diese Befreiungsaktion noch einiges zu dem heillosen Durcheinander von Auftauchen und Verschwinden, das wir schon angerichtet hatten, beitrug. In Friedenszeiten hätte das eine richtige Sensation gegeben. Aber dort hatten die Menschen den Kopf voll anderer Sachen, und in Krisen fliegen immer hysterische Geschichten herum, die bald vergessen sind. Dem Stabsbericht nach, den ich las, ist die Geschichte intakt. Aber den haben Sie sicher auch gelesen.«

Geschichte. Der Strom der großen und kleinen Ereignisse fließt von den Höhlenmenschen zu den Danelliern. Aber was ist mit den Wirbeln, den Luftblasen, den unbedeutenden kleinen Individuen und Ereignissen, die schnell vergessen werden, deren Sein oder Nichtsein für den Lauf des Stroms keine Rolle spielt? Ich würde gern zurückgehen und herausfinden, was aus meinem Reisegefährten Hipponikos wurde, aus den beiden Frauen und dem Säugling ... Nein! Ich habe nur eine begrenzte Lebensspanne, ganz gleich wie lang diese auch sein mag, und darin gibt es genug Herzeleid. Vielleicht haben sie alles gut überstanden.

Shalten saß ihm gegenüber und nickte. »Natürlich«, sagte er und zog an seiner langen Pfeife. »Allerdings hatte ich auch keine Angst. Ob Sie nun die Exaltationisten bei den Hammelbeinen erwischten oder nicht — ich gratuliere Ihnen sehr zu dem Erfolg —, hätten Sie mit Sicherheit klug und verantwortungsvoll gehandelt. Außerdem ist das ein ziemlich stabiler Abschnitt der Raumzeit.«

»Wie bitte?«

»Das hellenistische Syrien war wichtig, aber Baktrien lag am Rande dieser Zivilisation. Sein Einfluß war immer geringfügig. Nachdem Antiochos und Euthydemos Frieden geschlossen hatten ...«

Ja, eine hübsche Einigung: Der Prinz heiratet die Prinzessin, alles wieder Friede-Freude-Eierkuchen. Und wen küm-

mert schon das viele Töten, Verstümmeln, Vergewaltigen, Plündern, Brennen, Hungersnot, Seuchen, Verarmung, Versklavung, die vernichteten Hoffnungen und die zerbrochenen Leben? Das gehört zum Alltag, wenn man herrscht.

»... Antiochos zog nach Indien weiter, erreichte aber nichts, wie Sie wissen. Seine wahren Interessen lagen im Westen. Als Demetrios den baktrischen Thron bestieg, fiel er auch in Indien ein; aber hinter seinem Rükken erhob sich schon ein neuer Usurpator und nahm ihm Baktrien weg. Bürgerkrieg war die Folge.« Er schüttelte den großen, kahlen Kopf. »Ich muß zugeben, daß das Genie der Griechen sich nie auf die Staatskunst erstreckte.«

»Stimmt«, murmelte Everard. »1981, glaube ich, holen sie sich als Premierminister einen Professor aus Berkeley.«

Shalten blinzelte und wischte den Einwurf weg. »Im Jahr 135 vor Christus war Baktrien an die Nomaden gefallen. Sie waren nicht unmenschlich, aber die Zivilisation schwand unter ihnen dahin«, dozierte er weiter. »Die hellenistische Dynastie im westlichen Indien war inzwischen kulturell von den Untertanen absorbiert worden und überlebte die Vettern im Norden nicht lang. Sie hatte keine nennenswerte Nachwirkung und die Erinnerung daran verblaßte schnell.«

»Ich weiß«, sagte Everard gelangweilt.

»Ich wollte Sie nicht schulmeisterlich belehren«, sagte Shalten. »Ich wollte nur meinen Standpunkt erklären. Das griechische Baktrien war mit das sicherste Stück Historie, in das wir die Exaltationisten locken konnten. Es war für den Rest der Welt praktisch bedeutungslos. Es hätte schon einer außergewöhnlichen Verkettung phantastisch unwahrscheinlicher Ereignisse bedurft — nicht allein dort, sondern in der gesamten hellenistischen Welt —, um dies zu ändern. Dem Gesetz von Aktion und Reaktion nach ist das Netz der Weltlinien dort besonders stabil und kaum zu verwirren.

Selbstverständlich gaben wir uns alle Mühe, den Exaltationisten einen gegenteiligen Eindruck zu vermitteln.«

Everard sank in den Sessel zurück. »Hol ... mich ... der Teufel!« *Durchaus möglich,* schwirrte es ihm durch den Kopf.

Shalten lächelte ihn an. »Und nun«, sagte er, »ist es Zeit, den kleinen Betrug zu beenden. Wenn ich mich recht entsinne, ist der richtige Ausdruck in Ihrer Geburtszeit ›die losen Enden verknüpfen‹. Bei Ihrer Stellung müssen Sie die ganze Wahrheit erfahren. Würden Sie sie später in diesem Jahrhundert herausfinden, könnte das ein Risiko bedeuten. Kausalprinzipschlingen können sehr subtil sein. Ihre Erfahrungen und Erfolge in Baktrien müssen weiterhin geschehen sein. Daher müssen Sie über unsere Vorbereitungen dafür schon weit davor informiert werden. Ich dachte, ein Besuch in meiner *Belle Époche* würde Ihnen Spaß machen.«

»Hm, wollen Sie damit sagen, daß ... hm ... dieser Brief, den der russische Soldat in Afghanistan fand, der zum Köder für unsere Falle wurde, eine Fälschung war?«

»Ganz genau. Ist Ihnen dieser Gedanke nicht auch schon mal gekommen?«

»Aber — Sie hatten doch eine Million Jahre oder noch mehr Zeit, um einen geeigneten Vorfall zu finden ...«

»Es war besser, einen genau nach den Spezifikationen zu schaffen. Oder? Nun, er hat seinen Zweck erfüllt. Klugheit gebietet es, daß er jetzt entfernt, annulliert wird. Es soll nie einen Brief in einem Kästchen geben, den jemand finden kann.«

Everard richtete sich auf. Der Pfeifenstiel zerbrach in seiner Faust. Er ignorierte, daß die Glut auf den kostbaren Teppich fiel. »Moment mal!« schrie er. »Sie haben selbst an der Realität herumgepfuscht!«

»Mit höchster Erlaubnis«, hörte er. Er biß die Zähne zusammen und schwieg.

1958 n. Chr.

Hier, wo die Sterne des Bären so niedrig standen, drang die Eiseskälte der Nacht in Blut und Knochen. Tagsüber begrenzten Berge mit Fels, Gletscher, Schnee und Wolken den Horizont. Der Mund des Mannes trocknete aus, während er über die Abhänge keuchte. Steine rollten unter seinen Stiefeln weg. Niemals konnte er einen richtigen Atemzug tun. Hinzu kam die schreckliche Angst, daß eine Kugel oder ein Messer nach Einbruch der Dunkelheit sein bißchen Leben auf dies leere Land vergießen könnte.

Juri Alexejewitsch Garschin taumelte allein und verirrt dahin.

Teil Drei

VOR DEN GÖTTERN, WELCHE DIE GÖTTER SCHUFEN

31 275 389 v. Chr.

»Oh«, rief Wanda. »Oh, schau!«

Ihr Pferd schnaubte und scheute. Nur mit Händen und Knien beruhigte sie das Tier, während sie sich im Sattel vorbeugte, um so viel wie möglich von dem herrlichen Anblick einzufangen. Durch das Nahen der großen Tiere war ein Rudel aufgeschreckt worden und brach von links aus dem Gebüsch heraus. Licht fiel auf geflecktes Fell. Die Tiere waren ungefähr so groß wie ein Wolfshund, hatten dreigeteilte Hufe und Köpfe, die unheimlich an Pferde erinnerten. Im Nu waren sie über den Pfad hinweggelaufen und in der Wildnis: verschwunden.

Tu Sequeira lachte. »Vorfahren?« Er berührte sein Reittier, als wolle er demonstrieren, daß er wußte, wie Ahnen der Menschen im afrikanischen Dschungel herumschnüffelten. Er streichelte auch ihr Tier. Dabei fuhren seine Finger auch über ihren Schenkel.

Wanda bemerkte es kaum. Sie war vor Glück und Fröhlichkeit ganz aus dem Häuschen. Die Erde im Oligozän war das Paradies eines jeden Paläontologen. »Mesohippus?« überlegte sie laut. »Ich glaube nicht, noch nicht. Auch kein Miohippus, dafür ist es noch zu früh, oder? Aber man weiß ja so wenig. Selbst mit Zeitmaschinen hat man nicht allzuviel gelernt. Eine Zwischenspezies? Hätte ich nur meinen Photoapparat mitgenommen!«

»Einen was?« fragte er. Ohne zu denken hatte sie ein englisches Wort ins Temporal gemischt, das bis jetzt ihre einzige gemeinsame Sprache war.

»Ein optischer Aufzeichnungsapparat.« Durch diese Erklärung hatte sie viel von ihrer Begeisterung verloren. Heute hatte sie schon eine Reihe seltsamer Tiere erspäht. Die Mitglieder der Patrouille konnten nicht vermeiden, daß ihre Anwesenheit eine Wirkung auf die Umgebung ihrer Akademie hatte, eine Ausdünnung der Natur. So waren der löwenähnliche Nimravus und der säbelzahnige Eusmilus schon lange von Urlaubern erschossen worden, als sie angriffen. Das beeinflußte natürlich die gesamte Ökologie der Gegend. Allerdings flitzten die meisten Kadetten, wenn sie mehr als einen Tag frei hatten, in weiter entfernte Punkte, um in den Bergen zu klettern oder eine Wanderung zu machen oder den Strand einer idyllischen Insel zu genießen. Im großen und ganzen ließ die Menschheit die Zeitalter ziemlich ungeschoren, ehe sie sich als Menschheit entwickelt hatte. Für Wanda Tamberly sah diese Region beinahe jungfräulich aus, wenn sie es mit der Sierra oder Yellowstone ihrer Geburtszeit verglich.

»Du mußt noch viel über Photoapparate und jede Menge anderer technischer Errungenschaften lernen«, sagte sie. »O Mann! Jetzt kommt mir plötzlich, wieviel du lernen mußt!«

»Das müssen wir alle«, antwortete er. »Es wird mir nicht leichtfallen; aber was sein muß, muß sein.«

Bescheidenheit war normalerweise nicht seine Art. Vielleicht weil er erkannt hatte, daß ihr seine Großspurigkeit zwar Spaß machte, er sie aber damit nicht lange halten konnte. Oder, dachte sie, er hatte beschlossen, ab sofort bescheidener aufzutreten. Das brauchte er auch für seine zukünftige Karriere.

Wie auch immer — er hatte die Wahrheit gesagt. Die Patrouille nahm Ausbildungstechniken aus der fernen Zukunft ihrer beider Epochen. In wenigen Stunden konnte man erreichen, jede Sprache fließend zu sprechen, da sie direkt ins Gedächtnis eingeprägt wurde. Das war aber nur ein kleines Beispiel. Aber die Intensität des Trainings und der Ausbildung ging bis an die Grenzen menschlicher Ausdauer. Jede Atempause kam und ging wie ein Sonnenstrahl, der ins Auge eines Hurrikans fällt. Sie war mit Sequeira auf diesen Ausflug geritten, weil ihr das lieber war als zu schlafen.

»Ja, aber ich werde mich hauptsächlich mit Viechern befassen«, sagte sie. Der umgangssprachliche Ausdruck war ihr rausgerutscht, ohne es zu wollen. »Menschen sind komplizierter, und sie sind dein Problem.«

Da Sequeira auf dem Mars im Solar Commonwealth geboren war, würde er nach der Graduierung in die Gruppe kommen, die die Anfänge der Raumfahrt studierten und überwachten. Es war nicht nur ein großes persönliches Risiko, sich einen Platz in Peenemünde, White Sands oder Tyuratam zu erarbeiten; es erforderte jedes Opfer, das notwendig war, um den Ablauf von Ereignissen zu bewahren, die von größter historischer Tragweite waren.

Sequeiras Mundwinkel gingen nach oben. »Da wir gerade von Menschen und Komplikationen reden — wir müssen uns erst morgen früh um 08.00 zum Unterricht melden.«

Wanda spürte, wie ihr das Blut ins Gesicht stieg, und schlug sich auf die Wange. Was Kadetten in ihrer spärlich bemessenen Freizeit machten, war ihre Sache, vorausgesetzt es beeinträchtigte nicht ihre Fitness. *Welch teuflische Versuchung! Noch mal schnell über die Stränge schlagen, ehe das endlose Büffeln wieder losgeht — aber will ich mich wirklich auf irgendeine neue Beziehung einlassen?* »Im Augenblick meldet sich mein Magen. Auf in die Messe!« sagte sie schnell. Dort aßen sie gut, oft sogar hervorragend. Den Mitarbeitern standen die Cuisines aller Epochen zur Verfügung.

Er lachte. »Nie würde ich mich erdreisten, dir den Weg zur Futterkrippe zu versperren. Ich könnte mir ein Wandagroßes Loch holen, stimmt's? Aber hinterher — Los!« Der Pfad war gerade breit genug, daß sie nebeneinander reiten konnten. Ihre Knie berührten sich ab und zu. Er gab seinem Pferd die Fersen und galoppierte voraus. Als Wanda ihm so nachblickte, dachte sie, daß sein geschmeidiger Körper nicht in diesem Uniformoverall stecken sollte. Ein scharlachrotes Cape sollte von seinen Schultern flattern. *He, Mädchen, halt dich zurück!*

Sie verließen den Wald und ritten den steilen Abhang hinab. Man konnte weit nach Osten blicken. Wanda vergaß einen Moment lang alles vor Staunen und Freude, tatsächlich hier zu sein, dreißig Millionen Jahre vor ihrer Geburt.

Das Licht floß golden über die endlose Prärie. Welch eine Blütenpracht! Das hohe Gras wiegte sich im Wind. Wäldchen oder Büsche unterbrachen die Weite. In der Ferne säumten Bäume einen großen, braunen Fluß. Wanda wußte auch, wieviel Leben in seinem Wasser und Schlamm herrschte: Larven, Insekten, Fische, Frösche, Schlangen, Wasservögel, Herden von Merycoidons wühlten wie riesige Schweine oder kleine, schlanke Flußpferde dort herum. Vögel schwirrten durch die Lüfte.

Die Akademie stand auf einer Anhöhe, welche die Erbauer verstärkt hatten, um vor gelegentlichem Hochwasser besser geschützt zu sein. Jahrtausend um Jahrtausend blieben Gärten, Rasen, Lauben und die tiefer liegenden, geschwungenen Gebäude in sanften Farben unangetastet. Als der letzte Kadett die Akademie verließ, brachen die Erbauer alles ab und hinterließen auch nicht die geringste Spur ihrer Existenz. Aber das würde erst in fünfzigtausend Jahren geschehen.

Beim Reiten sog Wanda Tamberly tief die milde Luft ein, die nach Wachstum, Scholle und schweflig-süßen Kräutern duftete. Dabei hatte die Sonne kaum das Frühlingsäquinoktium durchschritten. Was einmal Süd-Dakota werden sollte, umgab sie wie ein Traum vom zukünftigen Kalifornien. Erst viele geologische Epochen später würde das Eis vom Norden herabkommen.

Der Pfad wurde breiter und gabelte sich. Auf der einen Seite ging es nach hinten zu den Ställen. Sequeira und Wanda brachten ihre Pferde selbst in die Boxen und versorgten sie. Bei der Patrouille wurden diese Fähigkeiten nur selten gebraucht; aber die Akademie legte Wert darauf für Notfälle und, wie Wanda vermutete, um auch praktische Arbeit und Verantwortung einzuimpfen. Sie neckten sich bei der Arbeit. *Er* ist *ein anziehender Schuft*, dachte sie.

Hand in Hand tauchten sie wieder auf. Die Strahlen des Sonnenunterganges fielen auf den Mann, der draußen wartete, und warfen einen riesigen Schatten. »Guten Abend«, grüßte er. Die Stimme war ausdruckslos. Er trug die gleiche Kleidung wie sie; trotzdem hatte sie ein Gefühl totaler Kontrolle. »Kadett Tamberly?« Das war eigentlich keine Frage. »Ich heiße Guion und würde gern mit Ihnen sprechen.«

Sequeira richtete sich steif auf. Ihr Herz hämmerte. »Stimmt etwas nicht?« fragte sie.

»Nichts, worüber Sie sich Sorgen machen müßten.« Guion lächelte. Sie konnte nicht sehen, wie tief dies Lächeln ging. Sie konnte auch seine Rasse nicht identifizieren. Die feinen Züge deuteten auf — Aristokrat hin? Aber aus welchem Jahrhundert nach ihrem? »Würden Sie mir die Ehre erweisen und mit mir zu Abend essen? Sie entschuldigen uns, Kadett Sequeira.«

Woher wußte er, daß ich hier bin? Da gibt es natürlich zahllose Möglichkeiten, wenn man zu den oberen Rängen gehört. Aber warum? »Ach du meine Güte!« stieß sie hervor. »Ich bin ganz staubig und verschwitzt und überhaupt ...«

»Sie müßten sich in jedem Fall säubern und umziehen«, entgegnete Guion ungerührt. »Ist es Ihnen in einer Stunde recht? Nummer 207, Fakultätsquartier. Ganz zwanglos. Danke, ich freue mich.« Er salutierte höflich. Ganz benommen erwiderte sie den Gruß. Dann ging er hinüber ins Offiziersland. Sein Gang war, als würde er schweben.

»Was ist los?« flüsterte Sequeira.

»Ich ... ich habe nicht die leiseste Ahnung. Aber ich gehe wohl lieber. Tut mir leid, Tu. Ein andermal.« Vielleicht. Sie eilte davon und hatte ihn schon bald vergessen.

Das Zurechtmachen half ihr, die Verwirrung etwas zu klären. Ein Kadett hatte ein eigenes Zimmer, dazu noch eine Naßzelle, die so exotisch und praktisch ausgestattet war, wie Manse Everard ihr versprochen hatte. Wie die meisten Klassenkameraden hatte sie auch ein paar Kleidungsstücke von daheim mitgebracht. Die verschiedenen Kostüme brachten Farbe in gesellschaftliche Anlässe. Allerdings waren nicht alle bei diesen unterschiedlichen Ursprungsländern übermäßig romantisch. (Die Auswahl war allerdings begrenzt, wie man ihr erklärt hatte, da Leute von wirklich gegensätzlichen Zivilisationen einander zu störend — unverständlich, ja abstoßend finden würden. Die meisten ihrer Kadettenkameraden stammten aus den Jahren zwischen 1850 und 2000. Manche, wie Sequeira, kamen aus noch späterer Zeit. Ihre Kulturen waren mit ihrer vergleichbar und der Kontakt mit ihrer für diese Leute ein wertvoller Teil ihrer Spezialausbildung.) Nach kurzem Überlegen wählte Wanda ein glattes, schwarzes Kleid, dazu den silbernen Navaho-Halsschmuck mit Türkisen, niedrige Schuhe und einen Hauch Make-up.

Neutral, hoffte sie, weder einladend noch zu abweisend. Was auch immer auf Guions Tagesordnung stand, sie konnte sich kaum vorstellen, daß Verführung dabei war. *Auf meiner ebensowenig. Gott, nein!* Aber irgendwie mußte sie für ihn interessant sein. Dabei war sie nur eine kleine Rekrutin und er — ein hohes Tier. Bestimmt ungebunden. Oder war da noch mehr? Man hatte ihr bis jetzt sehr wenig — eigentlich fast gar nichts, wie ihr jetzt klar wurde — über die obere Hierarchie der Patrouille beigebracht.

Vielleicht existierte keine. Vielleicht hatte die

Menschheit nach Guions Ära diese Notwendigkeit überwunden? Vielleicht würde sie heute abend mehr darüber erfahren. Erwartung vertrieb die Ängstlichkeit.

Wanda ging über den Campus der Akademie. Die Wege leuchteten in der Abenddämmerung. Sie grüßte ihre Kommilitonen weniger herzlich, als diese sie. Es entwickelten sich enge Freundschaften; aber ihre Gedanken waren woanders. So, wie sie angezogen war, hielt sie auch niemand auf. Natürlich würden morgen in den Kadettenwohnheimen wilde Spekulationen herumschwirren. Da mußte sie sich mit den richtigen Antworten wappnen: Am besten: »Ich fürchte, darüber kann ich nichts sagen. Vertraulich. Entschuldigung, ich muß zum Unterricht.«

Sie überlegte kurz, ob jede neue Rekrutenmannschaft in der gleichen Collegemanier wie sie ausgebildet wurde. Wahrscheinlich nicht. Gesellschaften, die Art und Weise zu leben und zu denken, mußten sich im Laufe von Millionen Jahren Geschichte stark verändern. Tatsächlich wurde eine Menge von dem, was sie hier tat, in den Augen ihrer Professoren an der Stanford University verrückt sein. Die würden aus dem Staunen nicht mehr rauskommen. Sie unterdrückte ein Kichern.

Wanda war noch nie im Fakultätsquartier gewesen oder hatte Bilder davon gesehen. Durch den Seiteneingang gelangte sie in einen kleinen, kahlen Raum, von dem aus ein Gravitationsschacht sie nach oben brachte. Die demokratische Atmosphäre an der Akademie war tatsächlich nur Atmosphäre, die nützlich war, die Arbeit zu leisten. Sie trat auf einen Korridor, der ohne Teppichboden, aber warm und weich wie ein menschlicher Körper war. Fluoreszierendes Licht kam von überall. Tür 207 verschwand, als sie darauf zuging, und erschien wieder, nachdem sie durchgegangen war. Die Zimmer dahinter waren hübsch eingerichtet. Der Wohnstil war ihr beinahe vertraut. Es gab keine Fenster; aber durch die Decke sah man den Himmel. Die

Sterne waren vergrößert, so daß man sie in der sauberen Luft wunderschön funkeln sah.

Guion begrüßte sie mit Handschlag und führte sie — ganz Gentleman — zu einem Sessel. In Rahmen an der Wand waren bewegliche, dreidimensionale Landschaften: Klippen über Meeresbrandung und eine Bergsilhouette in der Morgendämmerung. Wanda wußte nicht, ob sie live oder aufgezeichnet waren. Die Hintergrundmusik war ihr auch nicht bekannt; aber sie konnte japanisch sein. Sie wurde das Gefühl nicht los, daß alles sorgfältig für sie ausgesucht war.

»Darf ich Ihnen einen Apéritif anbieten?« fragte Guion. Er sprach fließend und fast akzentfrei Englisch.

»Ja, einen kleinen, trockenen Sherry vielleicht, Sir«, antwortete sie in derselben Sprache.

Er lächelte und nahm gegenüber von ihr Platz. »Ja, Sie müssen für morgen früh einen klaren Kopf behalten. Das Abendessen, das ich geplant habe, wird aber Ihre spartanische Routine nicht zu sehr stören. Wie gefällt Ihnen denn unsere Organisation bisher?«

Sie nahm sich mehrere Sekunden Zeit, um die Antwort sorgfältig zu überlegen. »Sehr gut, Sir. Hart, aber faszinierend. Aber das wußten Sie doch schon.«

Er nickte. »Die Aufnahmetests sind zuverlässig.«

»Und dann haben Sie noch die Berichte über meine Leistungen bisher — und die künftigen. Nein, lassen Sie mich das auf temporal sagen.«

Er schaute ihr fest in die Augen. »Nein! Das müßten Sie doch wissen, Kadett Tamberly.«

Eine Maschine glitt herein und brachte ihren Sherry und einen Cognacschwenker mit irgend etwas für ihn. Das gab ihr Gelegenheit, sich wieder zu fangen. »Tut mir leid, wenn ich etwas Falsches gesagt habe, Sir. Die Zeitreisen-Paradoxa ...« Sie nahm all ihren Mut zusammen. »Aber, ehrlich, Sir, ich kann es nicht glauben, daß Sie nicht nachgesehen haben.«

Er nickte. »Ja. Das kann man in dieser gesicherten

Umgebung riskieren. Es ist für niemanden eine Überraschung, daß Sie rühmlich abschneiden werden.«

»Aber deshalb könnte ich nicht schon früher abschließen, oder?«

»Selbstverständlich nicht! Sie müssen Ihre Arbeit machen und die Fähigkeiten erwerben. Mancher würde — sobald er hört, daß er Erfolg haben wird — mit seinen Bemühungen nachlassen; aber Sie haben mehr Verstand.«

»Ich weiß. Erfolg ist nicht wirklich garantiert. Ich könnte das bißchen Geschichte verändern, wenn ich Fehler mache. Und das will ich auf keinen Fall.« Trotz seiner zurückhaltenden Art ballte sich in ihr wieder Spannung zusammen. Sie nahm einen Schluck und versuchte, die Muskeln zu lockern, wie sie es in der Gymnastik gelernt hatte. »Sir, warum bin ich hier? Ich finde nicht, daß ich was Besonderes bin.«

»Jeder Agent der Zeitpatrouille ist etwas Besonderes«, antwortete Guion.

»Na ja, aber ich ... ich werde doch nur ein Wissenschaftler für die praktische Feldarbeit sein. Und das in Vor- und Frühgeschichte, nicht einmal Anthropologie. Das ist doch so weit von jedem kausalen Knoten entfernt, wie man nur sein kann. Was habe ich, daß Sie sich für mich interessieren?«

»Die Umstände, die Sie zu uns führten, sind ungewöhnlich.«

»Ist denn nicht alles ungewöhnlich?« rief sie. »Wie wahrscheinlich war es denn, daß ausgerechnet ich, dieses Ich mit eben dieser Genkombination geboren würde? Meine Schwester ist mir doch überhaupt nicht ähnlich.«

»Vernünftig ausgedrückt.« Guion lehnte sich zurück und nahm einen Schluck. »Wahrscheinlichkeit ist relativ. Zugegeben, die Umstände, in die Sie verwickelt wurden, waren melodramatisch; aber in gewisser Weise ist Melodrama die Norm der Realität. Was könnte sensationeller sein als die heftige Schöpfung des Universums, der Galaxis, der Sterne? Was ist wahrscheinlicher als das Leben, das zwischen ihnen auftrat? Höchste Not, Konflikt auf Leben und Tod, Verzweiflung ließ es entstehen. Wir überleben, indem wir unablässig gegen mikroskopisch kleine Eindringlinge und inneren Verrat Krieg führen. Daneben sind doch alle menschlichen Zusammenstöße einfach albern zufällig. Dennoch bestimmen sie unser Schicksal.«

Sein ruhiger Ton und die gestelzte Ausdrucksweise beruhigten sie mehr als ein Schluck Alkohol oder Entspannungstechniken. »Nun, Sir, was kann ich Ihnen erzählen?« fragte sie. »Ich werde mir alle Mühe geben.«

Er seufzte. »Wenn ich bestimmte Fragen hätte, wäre diese Sitzung zweifellos unnötig.« Er lächelte. »Das wäre allerdings ein Verlust, wirklich. Ich bin von Ihnen nicht so verschieden, daß es mir nicht Freude machen würde, mich die nächsten Stunden mit Ihnen zu unterhalten.« Unterschwellig verstand sie, daß seine Höflichkeit keine Hintergedanken enthielt — außer, sie zu beruhigen, damit sie ihm sagen konnte, was er wissen wollte — und daß sie ehrlich gemeint war.

»Ich suche nach Hinweisen auf eine bestimmte Sache«, fuhr er fort. »Sie sind analog zu einer Augenzeugin, eine zufällig anwesende Person, der vielleicht bei einem Unfall oder Verbrechen etwas aufgefallen ist — oder auch nicht —, das dem Polizisten, der den Fall untersucht, weiterhelfen könnte. Deshalb benütze ich auch Ihre Muttersprache. In jeder anderen — selbst in temporal — wäre Ihre Ausdruckskraft zu begrenzt. Ihre Körpersprache wäre mit dem, was Sie sagen, nur schlecht koordiniert.«

Ein Verbrechen? Ihr lief es eiskalt über den Rücken. »Ich werde alles sagen, was ich weiß, Sir.«

»Hauptsache ist, Sie sprechen frei und offen, erst einmal über sich. Dagegen haben die Leute selten etwas einzuwenden, stimmt's?« Er wurde ernst. »Ich wiederhole, Sie haben nichts verbrochen. Es ist durchaus möglich, daß Sie mit der ganzen Sache nichts zu tun haben. Aber das muß ich herausfinden. Verstehen Sie das?«

»Ja, aber wie? Was ist denn das für eine … Sache?«

»Das kann ich nicht sagen.« Sie überlegte, ob das hieß, daß es ihm verboten worden war. »Aber stellen Sie sich mal die unzähligen Weltlinien wie ein Spinnennetz im Kontinuum vor. Berührt man einen Faden, geraten viele in Schwingungen. Ein Riß irgendwo verändert die Gestalt des Ganzen. Sie haben gelernt, daß Kausalität nicht ausschließlich von der Vergangenheit in die Zukunft wirkt. Sie kann sich umkehren, sich sogar annullieren. Es gibt Gelegenheiten, wo wir nur wissen, daß das Netz gestört ist, nicht aber wo oder wann diese Störung liegt, da es möglich ist, daß der Ursprung noch nicht in unserer jetzigen Realität existiert. Wir können nur versuchen, die Fäden zurückzuverfolgen …« Er brach ab. »Das reicht. Ich möchte Ihnen auf keinen Fall Angst machen.«

»So schnell fürchte ich mich nicht, Sir.« *Aber das könnte reichen!*

»Betrachten Sie meine Mission als Vorsichtsmaßnahme«, sagte er. »Sie, wie auch Agent Everard, wurden aufs engste« — er lächelte leicht —, »wenn auch gegen Ihren Willen mit den Exaltationisten verknüpft, einer größeren zerstörerischen Macht.«

»Aber die sind doch alle … oder werden erwischt und getötet«, protestierte sie. »Oder etwa nicht?«

»Doch. Aber sie könnten mit etwas Größerem verbunden sein.« Er hob die Hand. »Keine größere Organisation oder Verschwörung. Nein, zu diesem Verdacht haben wir keinen Anlaß. Aber das Chaos hat in sich eine gewisse Grundkohäsion. Manche Dinge treten immer wieder auf. Menschen auch.

Daher ist es klug, die Menschen zu studieren, die an großen Ereignissen teilnahmen. Vielleicht tun sie dies wieder, auch wenn unsere jetzigen Aufzeichnungen nichts davon bringen.«

»Aber ich wurde doch bloß mitgeschleppt«, stammelte sie. »Manse — Agent Everard, er spielte eine wichtige Rolle.«

»Darüber wollen wir uns vergewissern«, sagte Guion.

Er ließ sie eine Zeitlang ruhig dasitzen, während die Sterne über ihnen heller wurden und sich zu Konstellationen zusammenfügten, die Galilei unbekannt waren. Als Guion weitersprach, hatte Wanda die Situation im Griff.

Sie war nicht wichtig, fand sie. Unmöglich. Das war nicht Bescheidenheit — sie erwartete, eine Spitzenposition in ihrem zukünftigen Beruf einzunehmen —, sondern gesunder Menschenverstand. Auch wenn dieser Mann sich so geheimnisvoll gab, benahm er sich im Grunde nur wie ein verantwortungsbewußter Polizist, der jeder möglichen Spur nachging, auch wenn ihm klar war, daß die meisten nirgendwohin führten.

Sicher genoß er auch ein Abendessen und nette Unterhaltung mit einer jungen Frau, die nicht schlecht aussah. Warum sollte sie es also nicht auch genießen? Vielleicht könnte *sie* etwas über *ihn* erfahren und die Welt, aus der er kam?

Doch daraus wurde nichts, wie sich herausstellte.

Guion war freundlich, beinahe charmant mit seiner distanzierten Art eines typischen Gelehrten. Er pochte nicht auf seine Autorität, ließ sie diese aber nie vergessen, ähnlich wie ihr Vater, als sie noch ein Kind war. *(O Paps, wer wird das je wissen!)* Er holte sie aus sich heraus, so daß sie ihr Leben ausbreitete. Sie sprach auch frei über Everard. Er drang nicht in sie, ihm Vertrauliches zu erzählen. Erst später erkannte sie, daß sie ihm viel, viel mehr erzählt hatte, als es ihre Absicht gewesen war. Als sie sich verabschiedet hatte, fand sie nur, daß es ein interessanter Abend gewesen war. Guion hatte nicht angedeutet, daß sie sich noch mal treffen würden.

Als sie auf den inzwischen leeren Wegen zurück zu ihrem Zimmer ging, umgeben von den Nachtdüften der uralten Erde, dachte sie seltsamerweise weniger an ihn — ganz zu schweigen von Sequeira — als an den großen, freundlichen und — sie glaubte — ziemlich einsamen Manse Everard.

TEIL VIER

BERINGIA

13 212 v. Chr.

I

Sie blieb stehen, als sie das schützende Dach erreichte, und schaute umher und zurück auf den Weg, den sie gekommen war. *Warum?* überlegte sie. *Als wenn dies das letzte Mal wäre!* Schmerzhaft durchzuckte es sie: *Vielleicht ist es das wirklich bald.*

Im Südwesten hing die Sonne tief über dem Meer. Sie würde aber erst in einigen Stunden untergehen, und dann nur für kurze Zeit. Ihre Strahlen warfen eisiges Gold auf die Kumuluswolken, die sich im Osten auftürmten und ließen die Wellen, die eine halbe Meile entfernt waren, aufblitzen. Dahinter stieg das Land steil zum Gebirge im Norden an. Es war bedeckt von bleichem Sommergras, das ab und zu von leuchtend grünen und braunen Moospolstern unterbrochen wurde. Blasse Blätter zitterten an Sträuchern und verkrüppelten Espen. Dichte Zwergweidengebüsche erreichten selten Kniehöhe. Riedgras wogte und rauschte am Ufer eines Baches. Er floß in einen kleinen Fluß, der ihren Augen durch eine Schlucht entzogen war. Sie konnte die Wipfel von Zwergerlen sehen, die darin wuchsen. Aus den Hütten Arjuks und seiner Familie stieg Rauch auf.

Vom Meer war Wind aufgekommen. Ihr Gesicht brannte. Die Brise kühlte ihre erhitzte Haut und nahm etwas von der Erschöpfung weg. Dafür meldete sich der Hunger. Sie war eine ziemliche Strecke marschiert. Vogelschreie drangen durch die Luft. Hunderte von Möwen, Wildenten, Gänsen, Kranichen, Schwänen, Regenpfeifern, Schnepfen, Brachvögel und ein einsamer Adler flogen über ihrem Kopf dahin. Auch nach zwei

Jahren staunte sie immer noch über diesen Reichtum an Leben direkt vor der Haustür des Eises. Erst nachdem sie ihre heimatliche Welt verlassen hatte, wurde ihr klar, wie armselig diese war.

»Tut mir leid, Freunde«, murmelte sie. »Mein Teetopf und die Crackerschachtel rufen.« *Und danach muß ich meinen Bericht schreiben. Essen kann warten.* Sie verzog das Gesicht. *Bericht schreiben ist auch nicht mehr so lustig wie früher.*

Sie hielt inne. *Also, warum bist du so verstört über das, was passiert ist?* fragte sie sich. *Ein großes Ereignis, sicher, aber nicht unbedingt ein schlimmes. Vorahnungen? Ach was! Jetzt reiß dich am Riemen, Mädchen. Es ist ganz natürlich, wenn man ab und zu Selbstgespräche führt, manchmal kann man auch mit der Fauna reden; aber wenn deine Hirngespinste laut antworten, warst du lang genug auf Außenstation.*

Sie entsiegelte die Kuppel, trat ein und machte wieder zu. Im Innern war es schummrig, bis sie eine Transparenz einschaltete. (Es war niemand da, der bei ihr hereinschauen könnte. Die guten, lieben Wir würden das nie ohne ihre Erlaubnis tun.) Es war warm. Sie legte den Parka ab, setzte sich und wackelte mit den Zehen, nachdem sie Stiefel und Socken ausgezogen hatte.

Sehr viel mehr konnte sie nicht bewegen, weil es so eng war. Ihr Zeitmobil beanspruchte einen Großteil des Bodens. Unter einem Regal bewahrte sie Matratze und Schlafsack auf. Ein einziger Stuhl stand vor dem einzigen Tisch, dessen Platte über die Hälfte von Computer und Hilfsapparaten beansprucht wurde. Daneben war eine Kochgelegenheit und Platz zum Waschen. Diverse Schachteln und Kisten vervollständigten den Kreis. In zwei Kisten waren Kleidung und persönliche Sachen. Im Rest, was sie sonst noch für ihre Mission brauchte. Die Richtlinien forderten, daß die Kuppel möglichst klein und für Land und Leute möglichst unauffällig war. Draußen gab es jede Menge Platz, nur wenige und weit auseinander befindliche Ellbogen.

Wanda hatte Wasser aufgesetzt, löste den Waffengürtel und legte die Pistolen, zum Betäuben und zum Töten, mit den großen Waffen weg. Zum erstenmal fühlten sie sich in ihren Händen unangenehm an. Sie hatte selten getötet, nur für Fleisch oder wenn sie es für nötig hielt, ein Exemplar einer Spezies zu nehmen — und einmal einen Schneelöwen, weil die Ulunga-Familie in Bubbling Springs erzählt hatte, daß er zum Menschenfresser geworden war. *Menschen? Unsinn! Heiliger Strohsack, bist du auf einmal nervös!*

Sie lächelte, als ihr der Ausruf bewußt wurde. Den hatte sie bei Manse Everard aufgeschnappt. Er gab sich Mühe, in Gegenwart von Frauen seine Sprache zu zügeln, wie man es ihm beigebracht hatte. Ihr war auch aufgefallen, daß es ihm sichtlich lieber war, wenn sie auch auf Kraftausdrücke verzichtete. Meist tat sie ihm den Gefallen, nur manchmal vergaß sie sich.

Etwas Musik müßte beruhigen. Sie berührte den Computer. »Mozart«, befahl sie. »Hm. *Eine kleine Nachtmusik.*« Die ersten Töne erklangen. Erst jetzt stellte sie überrascht fest, was Sie bestellt hatte. Es war nicht so, daß sie Mozart nicht mochte; aber jetzt hatte die Erinnerung an Manse ihre Wahl bestimmt. Er haßte Rockmusik. *Wahrscheinlich hilft Mozart sowieso besser.*

Eine Tasse Darjeeling und ein Haferflockenplätzchen wirkten Wunder. Jetzt konnte sie ihren Bericht sprechen. Trotzdem ließ sie die Einleitung noch mal zurücklaufen und abspielen, um festzustellen, ob es wirklich so ungewohnt hölzern klang, wie es ihr beim Aufnehmen vorgekommen war.

Vom Bildschirm blickten ihr blaue Augen und blonde Brauen entgegen, eine Stupsnase, stark ausgeprägte Wangenknochen und ein kräftiges Kinn. Das von der Sonne unregelmäßig ausgebleichte Haar fiel bis übers Kinn. Ihre Haut war gebräunter, als sie es je an einem Strand in Kalifornien geschafft hätte. *O Mann, sehe ich wirklich so aus? Man könnte mich glatt für dreißig halten, und ich bin erst — ich bin noch gar nicht geboren.* Der alte Witz half ein bißchen. *Sobald ich zurück bin, geht's ab zum Friseur!*

Eine leicht heisere Altstimme sagte: »Wanda Tamberly, Spezialist Zweiter Klasse, wissenschaftlicher Agent im Außendienst, in ...« Es folgte die chronologische und die geographische Identifikation, mit den Koordinaten, welche die Zeitpatrouille verwendete. Die Sprache war Temporal. »Ich vermute, daß eine Krise im Entstehen ist. Wie ... äh ... ein Vergleich mit meinen früheren Berichten zeigt, während der gesamten Zeit meiner Besuche ...«

»Verschwinde!« sagte sie zum Bild und löschte es. *Seit wann will die Patrouille Wissenschaftschinesisch? Du bist überarbeitet, meine Liebe. Benimmst dich und redest wie im Klassenzimmer. Es ist über vier Jahre her, seit du ein Erstsemester warst. Lebenslinienjahre voll Erfahrung und Geschichte. Vor- und Frühgeschichte.* Sie holte mehrmals tief Luft und entspannte ganz bewußt Muskel für Muskel, wobei sie an einen bestimmten Koan dachte. Obwohl sie kein großer Anhänger von Zen war, halfen einige dieser Tricks. Dann begann sie von vorn:

»Ich glaube, auf die Leute hier kommen einige Probleme zu. Wie schon gesagt, halten diese Menschen hier sich für die einzigen auf der Welt. Ich bin der erste Außenseiter, den sie getroffen haben.« Die Forscher, welche lernten, sich mit ihnen zu unterhalten und einiges ihrer Lebensart erkundeten, waren vor drei Jahrhunderten gelandet und vollkommen vergessen, es sei denn, ein Stückchen der Erinnerungen des Volkes war in die Mythen gerutscht. »Ja, und heute fanden Arjuk und ich ein paar Neuankömmlinge.

Ich berichte von Anfang an. Gestern kehrte sein Sohn Dzurjan von seiner Junggesellenwanderung zurück. Das war nur eine Probe und gehört zum Erwachsenwerden. Der Junge ist höchstens zwölf oder dreizehn. Ich glaube nicht, daß er sich ernstlich eine Lebensgefährtin suchte. Wie auch immer. Dzurjan kam zurück und erzählte unter anderem, daß er eine Mammutherde in Bison Swale gesehen habe.«

Die Ortsangabe reichte. Sie hatte schon Karten in die Späterzeit geschickt, die sie bei ihrem Herumstromern gezeichnet hatte. Die Ortsnamen stammten von ihr. Die Namen, welche die Wir benutzten, änderten sich je nachdem, wer sprach. Sie erzählten die gleichen Geschichten immer wieder. (»In dieser Mulde sah Khongan im Frühling nach dem Großen Harten Winter ein Wolfsrudel, das einen Bison riß. Er holte Männer aus zwei Lagern. Mit Steinen und Fackeln vertrieben sie die Wölfe. Dann trugen sie das Fleisch heim, und alle aßen nach Herzenslust. Den Kopf ließen sie für die Geister.«)

»Ich geriet in Begeisterung.« *O Mann, und wie!* »Mammuts kommen selten bis auf zwanzig Meilen an die Küste. Noch nie waren sie so nah. Warum? Als ich sagte, ich wolle nachsehen, bestand Arjuk darauf, mich persönlich zu begleiten.« *Er ist ein ganz lieber Mensch, so besorgt um seinen Gast, gibt sich solche Mühe, Wunder zu wirken, Geschichten zu erzählen.* »Nun, ich hatte wirklich nichts gegen einen Begleiter. Ich kenne mich in dieser Gegend nicht besonders gut aus. Wir gingen bei Sonnenaufgang los.«

Wanda nahm ihr Stirnband ab. Sie holte das daumennagelgroße Instrument heraus, das alles, was sie gesehen oder gehört hatte, aufgezeichnet hatte, und steckte es in die Datenbox. Dann drückte sie auf die Tastatur. Der gesamte Inhalt würde aufgezeichnet werden; aber für diesen Bericht wollte sie nur das eingeben, was unmittelbar wichtig war. Doch als die Stunden in Minuten vorbeispulten, konnte sie der Versuchung nicht widerstehen, die eine oder andere Szene langsam abzuspielen.

Ein südlicher Berghang bot Schutz vor dem Wind. Dort hatte sie mit Arjuk aus einer Quelle getrunken. Als sie das Bild sah, erinnerte sie sich, wie kalt das

Wasser gewesen war und wie es nach Erde und Gestein geschmeckt hatte. Sie spürte direkt die Sonne auf dem Rücken und roch die kleinen Kräuter. Die Erde war noch naß von der Schneeschmelze des Frühjahrs und weich. Unzählige Moskitos schwirrten umher.

Arjuk trank aus der hohlen Hand. Tropfen funkelten auf seinem schwarzen Bart, der bis auf die Brust fiel. »Möchtest du eine Rast machen?« fragte er.

»Nein, gehen wir weiter. Ich bin so gespannt.« So ähnlich hatte Wanda geantwortet. Die Tula-Sprache hatte noch weniger Entsprechungen im Englischen als Temporal — das für die Zwecke der Zeitreisenden geschaffen, doch aus einer hochtechnologischen Zivilisation stammt. Tula war eine Sprache mit Trillern und Schnalzen, agglutiniert, mit Begriffsschattierungen, die sie kaum erahnen konnte. Es gab zum Beispiel sieben Geschlechter: Vier für gewisse Pflanzen, Wetterphänomene, Gestirne und die Toten.

Arjuk lachte und zeigte dabei die vielen Zahnlücken. »Deine Kraft ist grenzenlos. Du bringst einen alten Mann zur Strecke.«

Das Tula-Wort, das Wanda als ›Wir‹ übersetzte, zählte weder Tage noch Jahre. Sie schätzte ihn auf Mitte oder Ende dreißig. In seinem Volk wurden nur wenige älter als vierzig. Jetzt schon hatte er zwei Enkel, die lebten. Er war dünn, aber zäh wie eine Reitgerte und körperlich in guter Verfassung, wenn man von den Narben absah, die von Wunden stammten, die sich entzündet hatten. Er war fast einen Kopf kleiner als sie; aber sie war eine ziemlich große Frau im Amerika des zwanzigsten Jahrhunderts. Man konnte bei ihm alles sehen, da er ganz nackt herumlief. Normalerweise hätte er in dieser Jahreszeit einen Grasponcho getragen, als Schutz gegen die Moskitos. Aber nun ging er mit Sie-die-Seltsames-weiß. Sie kamen ihr nie nahe. Wanda hatte nicht versucht zu erklären, wie das kleine Instrument an ihrem Gürtel funktionierte. Sie wußte es selbst nicht so ganz genau. Es stammte aus der Zukunft nach ihrer Geburtszeit. Supersonic?

Arjuk legte den Kopf schief und blickte sie unter seinen dichten Brauen verschmitzt an. »Du könntest mich auch auf andre Art müde machen, die mehr Spaß macht als marschieren.«

Als sie abwinkte, verzog sich sein wettergegerbtes, faltiges Gesicht mit der großen Nase zu breitem Grinsen. Er lachte und zeigte, daß er sie mit seinem Vorschlag nur necken wollte. Die Wir hatten schnell erkannt, daß die Fremde ihnen nicht schaden wollte, sondern mit ihren Möglichkeiten eher in schwierigen Situationen half. Daher waren sie in ihrer Gegenwart bald fröhlich und trieben Schabernack. Sie war geheimnisvoll, aber das war so vieles in ihrer Welt.

»Gehen wir weiter«, sagte Wanda.

Arjuk war sofort wieder ernst und stimmte ihr zu. »Das ist am klügsten. Wenn wir uns beeilen, können wir noch vor Sonnenuntergang zu Hause sein.« Leise fuhr er fort: »Dort drüben — das ist nicht unser Gebiet. Vielleicht weißt du, was für Geister dort nach Dunkelheit ihr Unwesen treiben, ich nicht.« Doch auch diese Stimmung verging schnell. »Ich hoffe, ich erwische ein Kaninchen. Tseshu« — seine Frau — »liebt Kaninchen.«

Er nahm den roh behauenen, mandelförmigen Stein, den er immer bei sich trug, auf. Er diente als Geschoß, Messer und Knochenknacker. Die anderen Werkzeuge waren ebenso primitiv und kaum mehr spezialisiert. Die Formen wiesen auf das Moustérien* oder eine ähnliche Kulturstufe wie die des Neandertalers hin. Arjuk war ein richtiger Homo sapiens, ein archaischer Wei-

---

* Moustérien = Kulturstufe der Altsteinzeit, nach dem Fundort Le Moustier, Dép. Dordogne. Als Träger des Moustérien wurden bisher nur Menschen des Präneandertal- und Neandertaltypus nachgewiesen. Gräber als älteste menschliche Bestattungen kultur- und religionsgeschichtliche Bedeutung.

ßer*. Seine Vorfahren stammten aus dem westlichen Asien. Wanda dachte manchmal über die Ironie des Schicksals nach, daß die allerersten Amerikaner den Weißen näher standen als andere Rassen.

Mit Energie sparendem, gleichmäßig schnellem Tempo waren sie nach Nordwesten marschiert. Im Kuppelzelt ließ sie die Szene schneller laufen. *Warum habe ich mir die langsam angesehen? Nichts von Bedeutung. Es sei denn, daß es für mich der letzte Marsch dieser Art war.*

Sie beschwor noch zwei andere Märsche herauf. Einmal sah sie eine Herde wilder, zottiger Kleinpferde mit großen Langschädeln auf einer Anhöhe am Horizont dahingaloppieren. Ein anderes Mal sah sie weit in der Ferne eine Herde Pleistozän-Bisons. Der Führungsbulle war am Buckel fast zwei Meter groß. Arjuk sang ein Lied voll Ehrfurcht für diese mächtigen Tiere.

Seine Stammesgenossen waren keine richtigen Jäger. Sie fingen in Flüssen und Seen Fische mit der bloßen Hand oder mit groben Reusen. Sie sammelten Schalentiere, Eier, Nestlinge, Maden, Wurzeln und Beeren — je nach Jahreszeit. Sie fingen Vögel, Nagetiere und andere kleine Tiere mit Schlingen. Ab und zu erwischten sie ein Kitz oder einen Welpen, manchmal stießen sie auch auf Aas, das noch eßbar war. Dann nahmen sie auch die Haut mit. Es war kein Wunder, daß sie nicht zahlreich waren und kaum eine Spur ihrer Existenz in den Ländern südlich des Gletschers hinterließen.

Ein Flackern auf dem Bildschirm fiel Wanda ins Au-

---

* Das ist unwahrscheinlich. Weißhäutige Menschen tauchten erst um ca. 8000 v. Chr. auf, als der Bevölkerungsdruck in den mittleren Breiten groß genug geworden war, daß zunehmend Menschen in unwirtliche Gegenden (nördliche Breiten) ausweichen mußten. Albinotische Mutanten, die vor allem in den Tropen wenig Überlebenschancen haben (Hautkrebs), gereicht ihre Weißhäutigkeit in den höheren Breiten zum Vorteil (Vitamin D-Produktion der Haut [zur Kalziumaufnahme des Körpers] trotz verminderter Sonneneinstrahlung). — Siehe u. a. Marvin Harris, *Menschen. Wie wir wurden, was wir sind*, Stuttgart: Klett-Cotta, 1991, S. 109 ff. — *Anm. d. Hrsg.*

ge. Sie hielt an, erkannte die Szene und nickte. Sie feuchtete die plötzlich trocken gewordenen Lippen an, drückte auf ›Aufnahme‹ und sagte: »Gegen Mittag erreichten wir unser Ziel.« Verzerrte Moleküle gaben die genaue Ortszeit an. »Ich werde dies unbearbeitet eingeben.« Sie hätte das in einem Sekundenbruchteil tun können, lehnte sich aber zurück und sah sich die Aufnahmen noch mal an. Vielleicht waren ihr Einzelheiten entgangen, die sie jetzt entdeckte und die zu neuen Interpretationen führten. Auf alle Fälle war es sinnvoll, die Erinnerung aufzufrischen. Im Hauptquartier der Mission würde sie bis auf Herz und Nieren in der Schlußbesprechung ausgequetscht werden.

Wieder sah sie, wo sie gewesen war. Die schütteren Wälder an der Küste lagen hinter ihr. Obwohl auch hier noch viel Wasser war, nannte man dies weite, offene Gebiet besser Steppe als Tundra. Die dichten Kräuter waren wie ein Teppich. Das stumpfe Grün wurde von den wenigen Weiden oder silbrigen Rentiermoosflecken unterbrochen. Ab und zu standen Birken, die nicht viel höher als die Weiden waren. Ihre Baumgruppen bildeten die Vorhut einer Invasion. Tümpel und offene Wasserflächen im Schilf glitzerten überall. Zwei Habichte ließen sich vom Wind tragen. Ihre Flügel waren die einzigen am Himmel. Moorhühner, Schneehühner und die anderen blieben ebenso auf dem Boden wie Moschusratten und Lemminge. Die Mammute ästen langsam im Abstand von einer Meile dahin. Ihr Magenknurren war deutlich zu hören.

Arjuk hörte Wandas Schrei. »Was ist los?« fragte er.

Auf dem Bildschirm sah man, wie sie mit ausgestrecktem Arm auf die winzigen Figuren zeigte. »Dort! Kannst du sie sehen?«

Arjuk spähte mit der Hand über den Augen als Schirm hinaus. »Nein, alles verschwimmt.« Daß Wilde außerordentlich weit sehen können, ist ebenso einem Aberglauben zuzuschreiben wie ihre robuste Gesundheit.

»*Menschen!* Und ... und ... oh, komm!« Jetzt lief Wanda. Arjuk hielt die Axt fest in der Hand und rannte neben ihr. Auf seinem Gesicht stand nackte Angst.

Die Fremden hatten sie auch erblickt. Sie blieben stehen, besprachen sich und liefen dann ebenfalls auf sie zu. Wanda zählte sieben Figuren. Das entsprach der Anzahl von Erwachsenen, die bei Arjuk wohnten, wenn man die Halbwüchsigen mitzählte. Aber diese hier waren alles Männer.

Sie liefen nicht direkt auf Wanda und Arjuk zu, sondern aus einem Winkel. Schon bald konnte sie den Anführer winken sehen und änderte entsprechend die Richtung. Sie erinnerte sich, wie sie gedacht hatte: *Na klar, die wollen die Mammuts nicht aufscheuchen. Sie sind wohl schon seit Tagen hinter ihnen her und treiben sie geschickt in Gegenden, wohin die Mammuts nie ziehen würden, wo es nur wenig Futter gab, dafür aber um so mehr Schlammlöcher, wo Jäger sie leicht fangen und töten können.*

Die Männer waren untersetzt, mit schwarzen Haaren, trugen Lederjacken, Lederhosen und Stiefel. Jeder schwang in der Hand einen Speer, dessen Knochenspitze gespalten war. Darin steckte eine Reihe Feuersteinklingen, die eine lange und gefährliche Schneide bildeten. Im Gürtel hing ein Beil. Ein Fell über den Schultern diente als Decke. Darin waren noch zwei oder drei weitere Lanzen eingewickelt. In der Verschnürung steckte auch noch griffbereit eine Speerschleuder vom geriffelten Typ. Stein, Holz, Geweih, Knochen und Fell waren bildschön bearbeitet. Als Wanda und Arjuk näher kamen, blieben die Männer stehen. Sie gingen in Kampfstellung.

Niemals hätte eine Gruppe Tulats sich so verhalten. Persönliche Gewalt, auch Mord, waren ihnen zwar nicht fremd, kamen aber nur selten vor. Kollektive Konflikte gab es nicht, weder ausgetragen noch in der Vorstellung.

»Was sind das für Männer?« fragte Arjuk erschrokken. Auf seiner sonnengebräunten Haut standen Schweißperlen. Er atmete schwer, was aber nicht vom Laufen kam. Für ihn war das Unbekannte immer übernatürlich und voll Schrecken, bis er es begriff. Dabei hatte Wanda erlebt, wie er in einem Unwetter sich auf Eisschollen wagte, um einen jungen Seehund zu erschlagen, damit seine Familie etwas zu essen hatte.

»Ich werde versuchen, das herauszufinden«, antwortete sie mit leicht unsicherer Stimme. Sie hob die Handflächen hoch und ging langsam auf die Fremden zu. Doch zuvor hatte sie die Pistolen in den Holstern gelokkert.

Die friedvolle Annäherung beruhigte die Männer etwas. Wanda ließ die Blicke über sie schweifen. Sie suchte hinter der Individualität nach gemeinsamen Rassemerkmalen. Zwei Zöpfe umrahmten breite Gesichter mit von Natur aus bronzefarbener Haut, Mandelaugen, kräftigen Nasen und spärlichem Bartwuchs. Stirn und Wangen waren mit Farbstreifen geziert. *Ich bin keine Anthropologin,* hatte sie klopfenden Herzens gedacht; *aber ich würde sie als archaische oder Proto-Mongolen einstufen. Mit Sicherheit kommen sie aus dem Westen.*

»Möge Eure Beute reich sein«, rief sie als Grußworte. In der Tula-Sprache gab es kein Wort für ›Willkommen‹, da dies als selbstverständlich angenommen wurde. »Was würdet Ihr mir als Glück wünschen?« Gewisse Enthüllungen könnten bösen Geistern oder feindlicher Magie eine Öffnung bieten.

Der größte der Männer, beinahe so groß wie sie, trat vor. Er war jung, aber mit harten Zügen und anmaßendem Auftreten. Das Knurren und Schnarren, das über seine Lippen kam, war ihr unverständlich. Sie machte ihm das durch Lächeln, Achselzucken und Kopfschütteln klar.

Er starrte sie an. Wanda war sich bewußt, daß sie ihm mit ihrer Größe, Kleidung, Haarfarbe und Ausrüstung mehr als seltsam vorkam. Er zeigte aber nicht die anfängliche Angst der Wir. Behutsam und langsam streckte er die Hand aus, bis seine Fingerspitzen ihre Kehle berührten. Dann bewegten sie sich abwärts.

Wanda war wie erstarrt. Sie mußte den verrückten Lachanfall unterdrücken. *Grapschen macht Spaß, was?* Die Finger glitten über ihre Brüste, den Bauch, zwischen die Beine. Dabei blieb die Berührung sacht und unpersönlich. Er wollte sich lediglich davon überzeugen, daß sie weiblich war, wie ihr Aussehen vorgab. *Was würdest du tun, wenn ich dir einen Tritt du-weißt-schon-wohin versetze?* Auch das hatte sie unterdrückt. Keine falschen Vorstellungen heraufbeschwören. Als er fertig war, trat sie einen Schritt zurück.

Er grunzte seinen Kameraden etwas zu. Sie warfen finstere Blicke auf Wanda, dann auf Arjuk. Wahrscheinlich gingen die Frauen in ihrem Stamm nicht auf die Jagd. Wahrscheinlich hielten sie sie für Arjuks Lebensgefährtin. Na und? Warum versteckte er sich hinter ihr?

Der Anführer rief Arjuk etwas zu. Es klang verächtlich. Der Tula schrak zusammen. Dann hob der Anführer den Speer, als wolle er ihn werfen. Da warf Arjuk sich zu Boden. Die Fremdlinge brüllten vor Lachen.

»Jetzt reicht's aber, Junge!« rief Wanda auf englisch.

Jetzt hatte sie vor dem Bildschirm die Lust verloren, noch mehr zu sehen. Sie gab der Kapsel die Befehle, alle restlichen Informationen direkt zu übertragen. Nach einem schweren Seufzer sagte sie: »Wie Sie gesehen haben, sind wir nicht lange geblieben. Das waren verwegene Burschen und keineswegs dämlich.« Als sie ihrem Ärger lautstark Ausdruck verlieh und dazu das blanke Messer aus Stahl zückte, hatte sie die Männer verblüfft. Sie waren sich nicht sicher, was sie von ihr halten sollten, waren aber still stehen geblieben, als sie sich mit Arjuk zurückzog. Sie hatten ihnen nachgesehen, bis sie am Horizont verschwunden waren. »Bin ich froh, daß ich nicht in die Luft schießen oder eine ähnliche Demonstration aufführen mußte. Weiß der Himmel, zu welchen Folgen das geführt hätte.«

Eine Sekunde später: »Weiß der Himmel, welche Konsequenzen das überhaupt haben wird. Mit Sicherheit sind es Paläo-Indianer aus Sibirien gewesen. Jetzt rühre ich mich nicht von der Stelle und warte auf neue Befehle.«

Wanda nahm ihre Aufnahme heraus, trug sie zu einer Nachrichtenkapsel am Zeitmobil, steckte sie hinein, stellte alles ein und drückte auf den Knopf. Der Zylinder verschwand mit einem *Plopp* von der Bildfläche. Sie schickte ihn nicht ins Hauptquartier dieser Zeit, da es keines so weit in der Vergangenheit gab. Ihre Nachricht sauste durch die Raumzeit direkt ins Projektbüro, das sich in ihrer Heimatstadt und ihrem Heimatjahrhundert befand. Urplötzlich fühlte sie sich sehr einsam und sehr müde.

Die Antwort kam nicht sofort. Man glaubte wohl, sie brauche dringend eine Nacht Schlaf und eine ordentliche Mahlzeit. Kochen, essen und abwaschen entspannten sie. Aber sie war nicht müde. Nach einer Katzenwäsche zog sie ihren Schlafanzug an und streckte sich auf der Pritsche aus. Als Kopfstütze legte sie ein Kissen an die Zeltwand. Die Sonne ging unter. Es wurde dunkel. Da schaltete sie das Licht ein. Sie war sich noch nicht schlüssig, ob sie etwas auf dem Bildschirm ansehen oder ein Buch lesen sollte. Sie hatte *Krieg und Frieden* mitgebracht, weil sie dachte, auf dieser Expedition endlich mal zum Lesen zu kommen; aber sie hatte es noch nicht geschafft. Und nach einem Tag wie heute, hatte sie wirklich keine Lust damit anzufangen. Wie wäre es mit einer der Geschichten von Travis McGee, die sie noch aus ihrem letzten Urlaub aufgespart hatte? Nein, MacDonald ging zu sehr an die Nieren.

Ach ja, der gute, alte Dick Francis.

II

Roter Wolf und seine Männer konnten die Mammuts nicht viel weiter in ein Gelände treiben, wo es leichter war, ein Tier zu erlegen. Die Giganten der Vorzeit gehorchten ihnen nicht mehr. Ja, sie kümmerten sich kaum noch um die winzigen Plagegeister. Immer öfter blieben sie stehen, stampften und bewegten sich erst weiter, nachdem sie alles in Reichweite kahlgefressen hatten. Gestern hatte ein Bulle angegriffen. Die Jäger mußten sich blitzschnell zerstreuen und bis zum Morgengrauen warten, ehe sie zurückkehren konnten. Diese Herde war eindeutig so weit von ihren gewohnten Weideplätzen gegangen, wie sie ertrug.

»Inzwischen herrscht Hunger im Lager«, erklärte Pferdefänger. »Ich glaube, unser Unternehmen war zum Scheitern verurteilt. Wenn die einheimischen Wichte wütend auf uns sind, sollten wir sie nicht noch mehr verärgern, sondern etwas anderes jagen und ihnen unser erstes Beutetier schenken.«

»Noch nicht«, entgegnete Roter Wolf. »Du weißt doch, daß wir unbedingt ein Mammut erlegen müssen. Und das werden wir auch.« Mehr als Fleisch und Fett waren die großen Knochen, die Stoßzähne, die anderen Zähne und das langhaarige Fell für die Wolkenleute wichtig, um Sachen zu fertigen, die knapp geworden waren. Doch noch wichtiger war der Sieg an sich, Wiedergeburt des Jagdglücks. Der Treck war lang und hart gewesen.

Angst flackerte in den Augen von Karibu-Geweih. »Hat die Hexe, deren Haar wie Stroh ist, es verboten?« fragte er leise. »Der Wind bringt zu viele Einflüsterungen.«

»Warum glaubst du, daß sie so viel Macht hat?« fragte Roter Wolf herausfordernd. »Sie und der struppige Mann sind weggegangen. Das war vor drei Tagen. Warte und höre, welche Neuigkeiten Laufender Fuchs bringt.«

Mit solchen Worten hielt er die Bande bei der Stange, bis der Späher zurückkam. Laufender Fuchs berichtete von einem großen Sumpf nicht weit entfernt. Roter Wolf lockte sie damit weiter. Sie willigten ein, es zu versuchen.

Zuerst sammelten alle Zweige und abgestorbenes Schilf. Das bündelten sie. Dann leitete Roter Wolf die Feuerübung. Dabei sang er das Rabenlied. Seine Kameraden tanzten langsam im Liedrhythmus um ihn herum. Zweige knackten, beigefügte Kräuter raschelten, der matschige Boden gluckste unter den Füßen. Eine Brise trug den Geruch weiter. Ihm wurde leicht schwindlig. Er hatte in letzter Zeit wenig gegessen. Er glaubte, schon die Wärme der riesigen Tiere zu fühlen. Die Laute aus den Kehlen und Rüsseln, das Stampfen der mächtigen Beine ließen sein Herz schneller schlagen und klärten seinen Kopf. Die Tiere waren unruhig und drohten durchzugehen.

Als er den richtigen Zeitpunkt für gekommen hielt, pfiff er. Sofort rannten die Männer zu ihm. Sie steckten ihre Fackeln an seinem Brand an. Er übernahm jetzt die Führung. In einem weiten Bogen liefen sie vorwärts. Dabei wirbelten sie ihre Fackeln hoch über den Köpfen. Funken sprühten. Sie stießen ein Wolfsgeheul aus, dann ein Löwenbrüllen, brummten wie wütende Bären und schließlich den grauenvollen, schrillen Schrei eines Menschen, der allein ist.

Ein Mammut quiekte. Ein anderes trompetete. Die Herde floh. Die Erde bebte unter ihnen. »Ja-a-a-a! Ja-a-a-!« schrie Roter Wolf. »Mir nach! Den dort drüben — jagt ihn! Zu mir, Brüder, zu mir. Jagt ihn von rechts und links. Ja-a!«

Das Beutetier war ein junger Bulle, der direkt auf den Sumpf zulief. Obwohl sich seine Kameraden nicht weit entfernten, liefen sie doch auseinander und rannten kopflos durch die Dunkelheit. Menschen sahen besser als sie. Dann hatten die Jäger seine Flanken erreicht.

Als die Fackeln niedergebrannt waren, schleuderten sie diese auf ihn. Der junge Bulle schrie seine Angst heraus. Roter Wolf sprang auf ihn zu. Der Schwanz peitschte ihm gegen die Schultern. Er stieß den Speer tief hinein. Dann brachte er sich in Sicherheit. Mehr Waffen surrten von den Speerschleudern und gruben sich ins Fleisch. Das Mammut stampfte schneller voran. Es keuchte vor Anstrengung.

Schlammwasser spritzte, Erdbrocken flogen durch die Luft. Das Tier sank bis zum Bauch ein und saß fest. Seine Artgenossen donnerten an ihm vorbei, hinaus in die Nacht.

Hätte man das Tier in Ruhe gelassen, hätte es sich befreien können. Aber die Jäger kannten kein Erbarmen. Sie liefen schreiend um das Sumpfloch herum und warfen ihre Speere. Dann wateten sie näher und stießen ihm die Klingen in den Körper. Blut verdunkelte das im Sternenlicht glitzernde Wasser. Der Bulle schrie seine Todesangst heraus. Sein Rüssel peitschte, blind und sinnlos hob und senkte er die Stoßzähne. Schweigend zogen die Sterne über ihm dahin.

Sein Todeskampf wurde schwächer. Er röchelte nur noch. Die Männer drängten sich näher. Da sie leichter waren als er, sanken sie nicht so tief ein. Messer stießen zu, Äxte schlugen auf ihn ein. Schneeschreiter trieb ihm den Speer ins Auge. Mit dem verbliebenen Auge konnte das Mammut noch den Sonnenaufgang sehen, der durch den Nebel getrübt war, der bei seiner Hinrichtung aufgezogen war.

»Genug«, erklärte Roter Wolf. Die Männer zogen sich auf den festen Boden zurück.

Jetzt stimmte Roter Wolf das Geisterlied an. Im Namen von allen Anwesenden erklärte er laut nach Norden hin, dem Vater aller Mammuts, warum diese Tat notwendig war. Dann sagte er: »Geh, Laufender Fuchs, und hole die Leute. Wir wollen so viel Speere wie möglich zurückholen.« Obwohl es nicht schwierig war, einen Stein zuzuspitzen, kannten sie in dieser Gegend nicht die richtigen Steine. Außerdem waren Holzschäfte immer wertvoll.

Danach ruhten sich die Männer aus. Sie aßen das letzte getrocknete Fleisch und Beeren aus ihren Proviantbeuteln. Manche breiteten Decken aus und schliefen darauf, ohne sich einzuwickeln, da es wärmer geworden war. Manche unterhielten sich und beobachteten die Todeszuckungen des jungen Mammuts. Diese dauerten bis zum späten Vormittag. Nach einem letzten Zittern quoll noch ein großer Haufen Dung aus dem After. Dann lag es still.

Die Männer zogen sich aus und machten sich mit den Messern ans Werk. Sie saugten das Blut heraus und schnitten Stücke der Zunge und des Fettbuckels heraus, wie es das Recht der Jäger war. Danach wuschen sie sich in einem sauberen Teich, in den sie den unversehrten Augapfel als Dankopfer warfen. Sie zogen sich schnell wieder an, da die Moskitos die Umgebung verdunkelten. Dann speisten sie ausgiebig. Mit Schreien und Steinen verjagten sie die Aasvögel vom Kadaver. Ein Wolfsrudel wurde durch den Gestank angelockt. Es lauerte in der Nähe, wagte sich aber nicht heran.

»Meine Namensbrüder kennen die Menschen«, sagte Roter Wolf.

Der Stamm traf am nächsten Tag gegen Abend ein. Ihr letztes Lager war nicht weit entfernt gewesen, da die Mammutjagd langsam und im Zickzack gegangen war. Aber sie mußten Häute, Zeltstangen und anderes Gerät schleppen. Alte und kleine Kinder waren auch dabei. Ihre Freudenschreie wurden durch Müdigkeit gedämpft. Trotzdem war das Lager schnell aufgeschlagen. An diesem Abend ging Roter Wolf zu seiner Frau, Kleine Weide.

Am Morgen wurde mit dem Zerlegen der Beute begonnen. Diese Arbeit würde Tage in Anspruch nehmen. Roter Wolf suchte Antworter im Schamanenzelt auf. Sie saßen eine Zeitlang schweigend da und sogen den Rauch des heiligen Torffeuers ein, in welches Kraftkräuter geworfen waren. Schemen huschten in dem dämmrigen Zelt umher. Der Lärm draußen drang wie vom anderen Ende der Welt zu ihnen. Roter Wolfs Gedanken waren klar.

»Wir sind lange und weit gewandert«, sagte er schließlich. »Ist es jetzt genug?«

»Die Gehörnten Männer gehen in meinen Träumen nicht mehr«, antwortete der Schamane vorsichtig.

Roter Wolf hob die Hand und senkte sie wieder, als Zeichen, daß er verstanden hatte. Das Volk, das die Wolkenleute aus ihrer angestammten Heimat vertrieben hatte, verfolgte sie nicht; aber auf der Flucht nach Osten waren sie durch Länder gekommen, die von Menschen bewohnt wurden, die ihren Feinden ähnlich waren. Diese Bedrohung hatte sie bald weiter getrieben. »Heimatlosigkeit ist schlimm«, sagte er.

Antworters Gesicht zog sich zusammen, bis Runzeln und aufgemalte Linien verschmolzen. Er befingerte seine Halskette aus Klauen. »Oft höre ich nachts diejenigen, welche wir auf dem Weg begruben. Sie klagen im Wind. Wenn wir unsere Toten so bestatten könnten, wie wir sollten, würden sie die Kraft haben, uns zu helfen oder sogar sich zu den Winterjägern zu gesellen.«

»Wir scheinen endlich ein Gebiet erreicht zu haben, wo niemand lebt, von ein paar Schwächlingen abgesehen.«

»Bist du sicher, daß ihnen Stärke fehlt? Außerdem beschweren sich deine Anhänger, daß die Mammutjagd sehr anstrengend war.«

»Werden wir je einen Ort finden, wo es leichter sein wird? Vielleicht ist das Himmelheim in unserer Erinnerung besser, als es in Wirklichkeit war. Überall werden die Mammuts rar. Aber hier stieß ich auf viele Spuren von Bisons, Pferden, Karibus und anderen Tieren. Außerdem begegnete uns auf dieser Jagd etwas Wunderbares. Darüber wollte ich dich befragen. Bedeutete es Willkommen oder Gefahr?«

Roter Wolf berichtete über die Begegnung mit dem seltsamen Paar. Er sprach auch über andere Dinge, die ihm und seinen Männern aufgefallen waren: Steinsplitter, Feuerstellen, Kaninchenknochen, die geknackt waren, um das Mark zu essen — alles Zeichen von Menschen. Diese mußten schwächlich sein, ganz anders als die Stämme im Westen, da die großen Tiere hier keine besondere Angst vor Menschen zeigten. Und der Begleiter der Frau war nackt gewesen und hatte lediglich einen roh behauenen Stein als Waffe getragen. Sie war anders: sehr groß, mit ganz hellen Augen und Haaren und sonderbarer Ausrüstung. Sie war deutlich wütend geworden, als die Jäger ihren Begleiter verspotteten. Aber sie tat nichts, ging nur weg. Würde ihre Rasse mit den Wolkenleuten verhandeln, mit wahren Männern?

»Es sei denn, sie war eine Art Troll. Dann müssen wir weiterziehen«, schloß Roter Wolf.

Wie erwartet gab ihm der Schamane keine klare Antwort auf seine Fragen, sondern sagte nur: »Willst du das herausfinden?«

»Ich und ein paar kühne Freunde«, erklärte Roter Wolf. »Sind wir nicht zurück, wenn ihr mit dem Mammut fertig seid, wißt ihr, daß dies Land nicht für euch bestimmt ist. Aber wir sind schon so lange heimatlos.«

»Ich werde die Knochen werfen.« Sie fielen in einem Muster, das der Schamane befahl. »Laß mich allein bis zur Morgendämmerung.«

Während der Nacht hörten Roter Wolf und Kleine Weide ihn singen. Seine Trommel dröhnte. Ihre Kinder krochen zu ihnen. Eng umschlungen warteten alle auf den Morgen.

Zur ersten Morgenröte ging Roter Wolf zu Antworters Zelt. Der Schamane trat heraus. Er war hohlwangig und zitterte. »Mein Geist ist weit umhergeschweift«, sagte er leise. »Ich ging über eine Wiese mit wunderschönen Blumen; aber sie verboten mir, von ihnen zu essen. Ich, eine Eule, vom Mond ausgebrütet, fing mit meinen Klauen den Morgenstern. Schnee fiel im Sommer. Geh, wenn du es wagst!«

Roter Wolf holte tief Luft und straffte die Schultern.

Fünf Männer gingen mit ihm. Laufender Fuchs war keine Überraschung, auch nicht Schneeschreiter und Zerbrochene Klinge. Pferdefänger und Karibugeweih hatten bestimmt ihre Angst besiegen müssen. Sie marschierten nach Süden. In diese Richtung war auch die gelbhaarige Frau gegangen. Es gab hier auch mehr Zeichen für die Anwesenheit von Menschen als anderswo.

Das Land wurde trockener. Gras und Wäldchen überwogen. Schließlich kamen sie dorthin, wo das Große Wasser unter einem rauchigen, windigen Himmel dahinrollte. Brandung ergoß sich auf den Sandstrand und zischte zurück, Möwen schossen durch den scharfen, salzigen Wind. Überall lagen Muscheln, Pflanzen und Treibholz herum. Die Wolkenleute kannten so etwas kaum. Normalerweise hatten sie sich im Landesinnern aufgehalten. Roter Wolf und seine Männer nahmen ihren Mut zusammen und folgten der Küste nach Osten. Sie hielten es für am wahrscheinlichsten, dort auf Menschen zu stoßen.

Beim Weitergehen staunten sie über die Reichtümer. Gestrandete Fische bedeutete, daß im Wasser welche lebten. In den Muscheln war auch Fleisch gewesen. Seehunde heulten und Kormorane breiteten ihre Flügel über den Schären aus. Otter und Seekühe wiegten sich in den Wellen. »Aber wir wissen nicht, wie wir diese Tiere erbeuten können«, sagte Zerbrochene Klinge bedauernd.

»Vielleicht lernen wir das«, meinte Laufender Fuchs.

Roter Wolf behielt seine Gedanken für sich. In ihm reifte eine Idee, wie ein Kind im Mutterschoß.

Wo der Fluß eine Schlucht hinabfloß, erspähten sie plötzlich zwei Personen. Diese sahen sie auch und zogen sich flußaufwärts zurück. »Vorsichtig weitergehen«, ermahnte Roter Wolf seine Gefährten. »Es wäre unklug, ihnen Angst einzujagen.«

Er ging mit dem Speer in der rechten Hand weiter. Die linke hielt er mit der Handfläche nach oben ausgestreckt. Die Fremden wichen langsam zurück. Sie waren jung, eher Knaben als Männer. Die tierähnlichen Barthaare ihrer Rasse waren noch Flaum. Als Schutz gegen die Kälte hatten sie Felle übergeworfen, die ungegerbt waren, nur weichgekaut. Mit Riemen waren sie am Hals zusammengehalten. Die Felle stammten von verendeten Tieren, nicht auf der Jagd erlegten. Über den Lenden hingen Beutel, die zusammengebunden, nicht genäht waren. Auch das Schuhwerk war ähnlich primitiv. Jeder trug einen behauenen Stein und eine Haut mit den eingesammelten Muscheln.

Schneeschreiter krähte höhnisch: »Nein, so was! Die sind so tapfer wie Wühlmäuse!«

Hoffnung regte sich bei Roter Wolf. »Vielleicht sind sie mehr wert als Mammuts«, sagte er. »Leise, leise.«

Auf den Hängen wuchsen Erlen, die, kaum mannshoch, die Sicht nicht versperrten. Ein Junge rief etwas. Seine Stimme zitterte. Der Wind trug sie nach oben. Die Wolkenleute rückten vor. Über der Schlucht tauchten andere Menschen auf und liefen zu den Jungen. Dort blieben sie wie angewurzelt stehen. Die beiden Jungen liefen schnell zu ihnen.

Anführer der verängstigten Gruppe war ein Mann, den Roter Wolf wiedererkannte. Neben ihm stand ein jüngerer Mann, dahinter zwei Frauen und ein halbwüchsiges Mädchen, sowie mehrere kleine nackte Kinder. Die Frauen waren nicht besser als die Männer gekleidet. »Sind das alle?« fragte Karibugeweih verwundert.

»Vielleicht sind einige auf der Nahrungssuche«, antwortete Roter Wolf. »Aber es können nicht viele sein, sonst hätten wir sie schon früher bemerkt.«

»Wo ist ... sie, die Große mit den Haaren wie Sonnenschein?«

»Ist doch unwichtig. Oder hast du vor einer Frau Angst? Kommt!« Roter Wolf ging vorwärts. Seine Jäger gingen rechts und links von ihm. So hatten sich die Wolkenleute gegen die Gehörnten verteidigt, bis diese zu zahlreich waren und sie besiegten. Damals war diese Gruppe noch Knirpse; aber ihre Väter hatten sie später trainiert. Eines Tages würden sie vielleicht wieder kämpfen müssen.

Drei Schritte vor dem Anführer blieb Roter Wolf stehen. Augen starrten in Augen. Das Schweigen wurden nur vom Wind unterbrochen. »Sei gegrüßt«, sagte Roter Wolf schließlich. »Wer bist du?«

Die Lippen zwischen dem Bart bewegten sich. Was herauskam, klang wie Vogelgezwitscher. »Können sie nicht sprechen?« fragte Pferdefänger. »Sind das überhaupt Menschen?«

»Auf alle Fälle sehen sie grauenvoll aus«, erklärte Karibugeweih.

»Die Frauen weniger«, meinte Zerbrochene Klinge.

Roter Wolf musterte das junge Mädchen. Dicke Flechten umrahmten ihr zartes Gesicht. Es zitterte und zog den Fellumhang dichter um die schlanke Gestalt. Dann richtete er seine Aufmerksamkeit wieder auf den Mann, den er für ihren Vater hielt. Er tippte sich auf die Brust und nannte seinen Namen. Beim drittenmal schien der andere zu verstehen, denn er schlug sich auch auf die Brust und sagte: »Arjuk.« Dann machte er eine umfassende Handbewegung. »Tulat.«

»Na, jetzt wissen wir wenigstens, wie wir sie nennen«, sagte Roter Wolf.

»Echte Namen?« Laufender Fuchs war erstaunt. Bei seinem Volk war das ein Geheimnis zwischen einem Menschen und seinem Traumgeist.

»Spielt doch keine Rolle«, fuhr Roter Wolf ihn an. Er konnte die Spannung seiner Gefährten direkt riechen. Auch seine Nerven waren zum Zerreißen gespannt. *Wo war diese geheimnisvolle Frau? Was hatte es mit ihr auf sich?* Sie durften nicht zulassen, daß die Angst ihre Tapferkeit auffraß. »Kommt, wir sehen uns mal um!«

Er schritt vorwärts. Arjuk und der älteste Junge stellten sich nebeneinander, um ihm den Weg zu versperren. Roter Wolf grinste und schwang seinen Speer durch die Luft. Erschreckt wichen sie beiseite und flüsterten mit den anderen. »Wo ist denn eure Beschützerin heute?« höhnte Roter Wolf. Nur der Wind antwortete. Seine Männer drängten sich forsch hinter seinem Rücken. So marschierten sie weiter. Die Siedler folgten ihnen halb verängstigt, halb verdrossen. Einige schnatterten miteinander.

Nach kurzer Zeit stießen die Wolkenleute auf die Behausungen. Die Schlucht verbreiterte sich. Ein Vorsprung ragte über der Hochwassermarke in den Fluß hinein. Auf dem mit Büschen bewachsenen Abhang dahinter entsprang eine Quelle mit frischem Trinkwasser. Das Wasser des Flusses war zum Trinken zu salzig. Drei winzige Hütten drängten sich aneinander. Sie bestanden aus einer kreisrunden Mauer aus aufgetürmten Steinen, die ungefähr bis zur Schulterhöhe eines kleinen Mannes reichte. Die Ritzen waren notdürftig verstopft. Als Eingang diente eine Lücke. Äste und eine Torfschicht darauf bildeten das Dach. Aus mit Därmen zusammengebundenen Stöcken hatten die Erbauer eine Art Windschutz gebaut, den sie vor den Eingang stellten. In einer Behausung glomm ein Feuer in einer eingedämmten Feuerstelle, das wohl nie ausging. Nicht weit entfernt war eine Abfallgrube, die von dichten Fliegenschwärmen umlagert wurde.

»Puh, stinkt das!« sagte Zerbrochene Klinge. »Und jedes Karnickel gräbt eine bessere Grube als die hier.« In den Erdhütten mit Rasendach, die seine Leute gegen die Unbill des Winters errichteten, ehe sie richtige Häuser hochziehen konnten, war mehr Platz und herrschte größere Sauberkeit. Bis dahin waren die Lederzelte gemütlich und luftig.

»Mal sehen, wie's drinnen aussieht«, sagte Roter Wolf. »Schneeschreiter, komm mit als Wache!«

Die Tulats waren über die Inspektion ihrer Wohnungen alles andere als glücklich; aber nur Arjuk und der älteste Sohn wagten, giftige Blicke abzufeuern. Bei der Durchsuchung fand Roter Wolf jede Menge an getrocknetem oder geräuchertem Fleisch und Fisch, dazu noch feine Felle und Vogelbälge. »Wenigstens sind sie geschickte Fallensteller«, meinte Roter Wolf lachend. »Tulats, wir nehmen eure Gastfreundschaft gern in Anspruch.«

Seine Männer schleppten alles heraus, was ihnen in die Augen stach, und schlugen sich die Bäuche voll. Arjuk gesellte sich zu ihnen. Er hockte, während sie im Schneidersitz saßen. Er knabberte an einem Stück Lachs und lächelte sie immer wieder einschmeichelnd an.

Danach erforschte Roter Wolfs Bande die Nachbarschaft über dem Flußbett. Als erfahrene Spurensucher fanden sie Abdrücke, die sie in einiger Entfernung zu einem Bach führten. Ein festgetretener, leerer Fleck auf dem Boden wies darauf hin, daß hier etwas Rundes, sehr viel Größeres als die Behausungen der Tulats gestanden haben mußte. Was war das gewesen? Wer hatte es gemacht und warum? Wer hatte es entfernt und wie? Keiner wollte dem anderen eingestehen, daß er eine Gänsehaut hatte.

Roter Wolf überwand seine Scheu als erster. »Ich glaube, daß hier die Hexe gewohnt hat«, sagte er. »Aber sie ist weg. Hat sie vor uns Angst gehabt oder den Geistern, die uns helfen?«

»Das können uns die Siedler sagen«, meinte Laufender Fuchs, »sobald wir mit ihnen sprechen können.«

»Die Siedler können noch viel mehr für uns tun«, erklärte Roter Wolf langsam. Begeisterung wurde in ihm wach. »Meiner Meinung nach haben wir nichts zu befürchten. Überhaupt nichts! Die Geister führten uns zu einer besseren Heimstatt, als wir uns je träumen ließen.«

Seine Männer blickten ihn verwundert an. Er erklärte aber nicht mehr. Als sie wieder in die Siedlung kamen, sagte er nachdenklich: »Wir müssen ihre Sprache lernen und ihnen beibringen ... was wir wollen, daß sie es wissen.« Sein Blick ging zu Arjuks Familie. Sie stand verhuscht da und wartete ergeben Hand in Hand ab. »Wir werden damit anfangen, daß wir jemand mit in unser Lager nehmen.« Er lächelte das junge Mädchen an. Blankes Entsetzen stand in ihren Augen.

1965 n. Chr.

An diesem herrlichen Aprilnachmittag wurde in San Francisco Wanda Tamberly geboren. Zeitpatrouillenagentin oder nicht, sie mußte eine gewisse Furchtsamkeit abschütteln. *Alles Gute zum Geburtstag wünsche ich mir.*

So ein Zufall! Ralph Corwin hatte um ihren Besuch gebeten, da dies der erste Nachmittag sein würde, wo sein Haus in Berkeley einigermaßen ruhig war. Da das Unternehmen unter Personalknappheit litt, konnte es nur eine Handvoll Leute erübrigen, um die Wanderungen des Menschen in die Neue Welt zu erforschen, ganz gleich wie wichtig diese auch für die Zukunft sein mochten. Aufgrund der Arbeitsüberlastung gingen die Agenten auf seiner Verwaltungsbasis pausenlos ein und aus.

Wie viele Spezialbüros lag auch dies in einer Wohngegend in einem Haus, das Leute, die tatsächlich hier lebten, für einige Jahre gemietet hatten. Amerika im zwanzigsten Jahrhundert war ein logischer Ort. Die meisten Angestellten waren dort geboren und fielen nicht auf. Sie konnten das regionale Hauptquartier in San Francisco nicht benutzen, da dort zu viel Aktivität aufgefallen wäre. Berkeley in den sechziger Jahren war beinahe ideal. Hier kümmerte sich niemand um persönliche Marotten, da jeder nonkonform war. Später führte zwar die Hysterie über Drogenmißbrauch zu schärferer polizeilicher Überwachung; aber bis dahin hatte die Patrouillengruppe ihre Arbeit längst abgeschlossen und war ausgezogen.

Der einzige Nachteil war, daß im Haus kein verborgener Raum war, wo Zeitmobile auftauchen konnten.

Wanda kam daher mit öffentlichen Verkehrsmitteln. Sie stieg an der Telegraph Avenue aus, ging auf ihr nach Norden und dann über den Campus. Es war ein herrlicher Tag, und sie war neugierig auf dieses Jahrzehnt. Als sie aufwuchs, hatten sich schon unzählige Legenden darum gebildet.

Was für eine Enttäuschung! Alles schmuddlig, voll Angabe und Selbstgerechtigkeit! Als ein Student in vor Schmutz starrenden Jeans und einem Fetzen, den er wohl für eine Indianerdecke hielt, ihr ein Flugblatt mit schwülstigen, verlogenen Friedensparolen in die Hand drücken wollte, dachte sie an die Zukunft — Kambodscha, Boatpeople — und sagte mit süßem Lächeln: »Tut mir leid, aber ich bin ein Faschistenschwein und Kriegshetzer.« Manse hatte ihr von der Jugendrevolution erzählt. Es hatte wie eine Warnung geklungen. Warum sollte sie sich jetzt den Kopf darüber zerbrechen, wo die Kirschbäume wie Schneestürme im Sonnenschein dastanden?

Die gesuchte Adresse war ein paar Häuserblocks westlich von der Universität in der Grove Street (die später feierlich in Martin Luther King Jr. Street umbenannt und von ihrer Generation als ›Milchstraße‹ bezeichnet wurde.) Das Haus war bescheiden, aber gepflegt. Ein zufriedener Vermieter hatte keinen Grund zur Neugier. Sie ging die Eingangsstufen hinauf und klingelte.

Die Tür öffnete sich. »Miss Tamberly?« Sie nickte. »Guten Tag. Bitte, treten Sie ein.« Sie sah einen großen schlanken Mann mit römischem Profil und Zahnbürstenschnurrbart und graumelierten Schläfen. Sein bräunliches Hemd hatte Schulterklappen und mehrere Taschen. Die Bügelfalten der ebenfalls bräunlichen Hosen rasierklingenscharf. Dazu trug er Birkenstock-Sandalen. Er sah wie etwa vierzig aus; aber Lebenslinienalter sagte wenig, wenn man die Langlebigkeitsbehandlung der Patrouille hinter sich hatte.

Er schloß die Tür und begrüßte sie mit einem kräftigen Händedruck. »Ich bin Corwin.« Er lächelte. »Verzeihen Sie, daß ich Sie mit ›Miss‹ ansprach; aber ich konnte kaum ›Agent Tamberly‹ sagen, falls Sie Spendensammlerin für eine gute Sache gewesen wären. Ist Ihnen ›Ms.‹ lieber?«

»Mir egal«, antwortete sie vorsichtig. »Manse Everard hat mir erklärt, wie sich Ehrentitel verändern.« *Soll er nur wissen, daß ich mit einem Unabhängigen befreundet bin. Nur für den Fall, daß er den Überlegenen spielen will.* »Noch kürzlich — ich nehme an ›kürzlich‹ ist korrekt, da ich Berengia vor nicht ganz einer Woche Lebensspanne verließ — war ich Khara-tse-tuntyn-bajuk, Sie-die-Seltsames-weiß.« *Zeig dem großen Anthropologen, daß eine einfache Naturforscherin nicht völlig unbeleckt auf seinem Gebiet ist.*

Wanda überlegte, ob sie sein britischer Akzent auf die Palme brachte. Sie hatte sich im Hauptquartier erkundigt. Er war 1895 in Detroit geboren und hatte dann in den Zwanziger- und Dreißigerjahren hervorragende Arbeiten über die Indianer geschrieben, ehe er in die Patrouille eintrat.

»Tatsächlich?« Sein Lächeln wurde strahlender. *Eigentlich ist er irgendwie charmant,* mußte sie zugeben. »Wappnen Sie sich! Ich möchte bis zum letzten Tropfen alles aus Ihnen herauspressen, was Sie an Informationen über dieses Land haben. Aber machen wir es uns zuerst gemütlich. Welche Erfrischung darf ich Ihnen anbieten? Kaffee, Tee, Bier, Wein oder etwas Stärkeres?«

»Kaffee, danke. Es ist noch früh.« Er führte sie ins Wohnzimmer und zu einem bequemen Sessel. Die Möbel waren schon lange im Gebrauch. In den Bücherregalen an den Wänden standen hauptsächlich Fachbücher. Er entschuldigte sich und verschwand in Richtung Küche. Kurz darauf kam er mit einem Tablett zurück, auf dem Geschirr und Häppchen waren. Letztere schmeckten köstlich, wie Wanda feststellte. Er stellte alles auf den Couchtisch, schenkte ein und nahm ihr gegenüber Platz. Dann fragte er, ob es ihr etwas ausmachte, wenn er rauche. Für jemand aus seiner Geburtszeit war das sehr höflich. Er steckte sich eine Zigarette an, keine Pfeife wie Manse.

»Sind wir hier allein?« fragte Wanda.

»Für den Augenblick. Ich habe mit Mühe dafür gesorgt.« Corwin lachte. »Keine Angst. Ich dachte nur, daß wir uns ohne Ablenkung kennenlernen sollten. Ich kann mich in Berichte besser hineinversetzen, wenn ich etwas über die Person weiß. Was macht eine so reizende junge Dame wie Sie in einer Organisation wie dieser?«

»Na ja, das wissen Sie doch«, antwortete sie überrascht. »Zoologie, Ökologie — was man so Naturgeschichte nannte, als Sie jung waren.«

Hoppla, das war taktlos! Zu ihrer Erleichterung schien er nicht beleidigt zu sein. »Aber selbstverständlich hat man mich darüber informiert. Sie sind reine Wissenschaftlerin, alles nur um des Wissens wegen. Ich gestehe, daß ich ein bißchen neidisch bin.«

Sie schüttelte den Kopf. »Nein, nicht nur! Sonst würde ich nicht bei der Patrouille sein. Die reinen Wissenschaftler gehören doch zu zivilen Institutionen in späterer Zeit, oder? Meine Aufgabe — na ja — wir, die Patrouille, kann nicht verstehen, was sich unter den Menschen abspielt, besonders Menschen, die so naturverbunden sind, wenn wir nichts über ihre Umwelt wissen. Deshalb habe ich Jane Goodall gerade in dieser Zeit an diesem Ort gespielt und nirgendwo anders oder früher. Die Ankunft der Paläo-Indianer wurde in dieser Epoche *erwartet.* Es war nicht klar, ob ich sie persönlich kennenlernen würde — das war Zufall —; aber ich hätte über die Lebensbedingungen berichten können, die Ressourcen, die sie vorfanden.«

Gleichzeitig dachte sie ärgerlich: *Was rede ich nur für*

Blödsinn? Das weiß er alles haarklein. Nervosität. Reiß dich zusammen, dusselige Kuh!

Corwin fragte: »Verzeihung? Sie spielten wen? Jane Goodall?«

Wanda entspannte sich etwas. »Tut mir leid, ich vergaß. Sie ist ja noch nicht berühmt. Eine bahnbrechende Verhaltensforscherin in der Wildnis.«

»Ein Modell für Sie, ja? Offenbar ein hervorragendes, wenn ich das Resultat betrachte.« Er trank einen Schluck Kaffee. »Ich habe mich wohl falsch ausgedrückt. Selbstverständlich weiß ich, warum Sie wo und wann waren. Mich würde etwas viel Grundsätzlicheres interessieren. Warum Sie bei uns eintraten und wann Sie zum erstenmal von uns erfuhren.«

Darüber mit einem interessierten, interessanten und gut aussehenden Mann zu sprechen, war mehr als angenehm — eine wahre Wohltat. Wie es schmerzte, daß sie später 1987 ihre Eltern, die Schwester und gute Freunde über ihre Arbeit belügen mußte. Warum sie nicht weiter die Universität besuchte, sondern ins Ausland ging. Während des Trainings an der Patrouillen-Akademie hatte sie mehr als einmal eine mitfühlende Schulter gebraucht, um sich auszuheulen. Das war nun für sie erledigt. Wirklich ganz erledigt?

»Ja, das ist eine lange Geschichte. Zu lang für Einzelheiten. Mein Onkel war bereits in der Patrouille. Das wußten aber weder meine Familie noch ich, als ich in Stanford Evolutionsbiologie studierte. Er war ... *ist* — verdammt —, könnten wir nicht Temporal sprechen? Englisch ist so furchtbar kompliziert, wenn man Zeitreisen darin beschreibt.«

»Nein, ich würde es lieber in Ihrer Muttersprache hören. Dabei offenbaren Sie mehr über sich selbst. Und das ist hinreißend, wenn ich so kühn sein darf, das zu sagen. Bitte, fahren Sie fort.«

Du lieber Gott, ich werde rot! Schnell sprach Wanda weiter: »Onkel Steve war im Peru des sechzehnten

Jahrhunderts. Als Mönch war er bei Pizarro, um alle Ereignisse zu verfolgen.«

(Diese Eroberung war eine der entscheidendsten Episoden in der Geschichte. Wäre sie anders verlaufen, hätte sich die gesamte Zukunft immer mehr im Laufe der Zeit verändert, bis ins zwanzigste Jahrhundert hinein. Alles auf der Erde wäre anders, darunter auch die Vereinigten Staaten von Amerika oder Eltern für eine gewisse Wanda Tamberly. Unter der Realität liegt ein Höchstquantum an Undeterminiertheit. Auf der Ebene beobachtbarer Ereignisse zeigt sich dies als Chaos im physikalischen Sinn des Wortes, als die Tatsache, daß oft unmeßbar winzige Kräfte unermeßlich große Konsequenzen bewirken. Geht man in die Vergangenheit zurück, kann *man dies ändern, man* kann *die Zukunft, die einen hervorbrachte, annullieren. Dann existiert man trotzdem, ohne Eltern, ohne Aufgabe, wie die Verkörperung universaler Bedeutungslosigkeit. Aber die Welt, aus der du stammtest, wird existieren — wird existiert haben —, jedoch nur in deiner Erinnerung.*

Rief Uneigennützigkeit die Danellier, diese Übermenschen, aus der fernen Zukunft, um die Patrouille zu gründen, als Zeitreisen möglich wurde? Die Patrouille hilft, berät, entscheidet über die Aufgaben, welche meist von einer ordentlichen Polizei durchgeführt werden. Aber sie bemüht sich auch, die Toren, die Kriminellen und die Verrückten davon abzuhalten, die Geschichte zu vernichten, welche letztendlich ins Zeitalter der Danellier mündet. Vielleicht ist es für sie einfach eine Frage des Überlebens. Sie haben es uns nie gesagt. Wir sehen sie kaum und wissen dies nicht.)

»Banditen aus ferner Zukunft versuchten Atahuallpas Lösegeld zu entführen — nein, das ist *zu* kompliziert. Wir müßten stundenlang darüber sprechen. Der Punkt war, daß einer von Pizarros Männern ein Zeitmobil in die Finger bekam und herausfand, wie es funktionierte und was man damit machen konnte. Außerdem erfuhr er noch, wo ich zu einer bestimmten Zeit war. Er entführte mich mit dem Plan, daß ich ihn im zwanzigsten Jahrhundert herumführen und helfen sollte, moderne Waffen zu erwerben. Er hatte grandiose Pläne.«

Corwin pfiff. »Das kann ich mir gut vorstellen. Erfolgreich oder nicht — allein der Versuch hätte verheerend sein können! Und ich hätte davon nie etwas erfahren, weil ich niemals geboren worden wäre. Ich bin zwar nicht so wichtig; aber irgendwie geht einem dieser Gedanke schon an die Nieren. Was passierte?«

»Der Unabhängige Agent Everard hatte bereits mit mir Verbindung aufgenommen. Er untersuchte Onkel Steves Verschwinden. Natürlich weihte er mich nicht ins Geheimnis ein, gab mir aber seine Telefonnummer, und ich ... ich schaffte es, ihn anzurufen. Er befreite mich.« Wanda mußte grinsen. »Im besten Ledernackenstil. Damit war seine Deckung aufgeflogen.«

»Danach versicherte er sich pflichtgemäß, daß ich den Mund hielt. Ich konnte mich konditionieren lassen, daß ich das Thema keinem Unbefugten gegenüber je erwähnen würde, und dann mein Leben dort fortführen könnte, wo ich es abgebrochen hatte. Aber er bot mir noch eine andere Wahl: Ich könnte mich für die Patrouille melden. Er glaubte zwar nicht, daß ich eine gute Polizistin würde, aber die Patrouille brauchte auch Wissenschaftler vor Ort.

Nun, als ich eine Chance bekam, Paläontologie an lebenden Tieren zu studieren — na, was denken Sie? Ist der Papst katholisch?«

»Und so durchliefen Sie die Akademie«, meinte Corwin. »Diese Umgebung war für Sie doch einfach phantastisch. Gehe ich recht in der Annahme, daß Sie danach mit einem Team gemeinsam arbeiteten, ehe man entschied, daß Sie wohl die geeignetste Person für eigenständige Forschungen in Beringia seien?«

Wanda nickte.

»Ich muß aber unbedingt die ganze Geschichte Ihres spanischen Abenteuers hören«, sagte Corwin. »Außergewöhnlich. Aber Sie haben recht. Zuerst die Pflicht.

Hoffen wir, daß uns später noch etwas freie Zeit bleibt.«

»Aber jetzt wollen wir nicht mehr über mich sprechen«, schlug sie vor. »Wie sind Sie dazu gekommen, in die Patrouille einzutreten?«

»Das war nicht so sensationell wie bei Ihnen. Eigentlich auf die übliche Art. Ein Rekrutierungsoffizier meinte, ich hätte das Potential und kultivierte unsere Bekanntschaft. Er brachte mich dazu, bestimmte Tests zu machen. Als diese seine Hoffnungen bestätigten, sagte er mir die Wahrheit und lud mich ein, beizutreten. Er wußte, daß ich annehmen würde. Die ungeschriebene Urgeschichte der Neuen Welt zu erforschen — zu helfen, sie aufzuschreiben —, Sie verstehen, meine Liebe.«

»Ist es Ihnen schwer gefallen, Ihre Bindungen abzuschneiden?« *Ich glaube nicht, daß ich das schaffe, nicht wirklich, bis ... bis Paps, Mama und Susie gestorben sind. Nein, daran darf ich jetzt nicht denken. Die Welt hinter dem Fenster ist so voll Sonnenschein.*

»Nicht besonders«, antwortete Corwin. »Ich befand mich gerade in meiner zweiten Scheidung, keine Kinder. Die widerliche Wadenbeißerei an den Universitäten ekelte mich an. Ich war eigentlich immer ein einsamer Wolf. Sicher habe ich auch Gruppen geführt; aber die Feldforschung und ja, auch die Leute in der Patrouille passen besser zu mir.«

Sehr viel intimer darf das Gespräch aber nicht mehr werden! dachte Wanda. »Okay, Sir, Sie baten mich, herzukommen und Ihnen über Beringia zu berichten. Ich will's versuchen; aber ich fürchte, meine Informationen sind sehr begrenzt. Im allgemeinen blieb ich in derselben Gegend. Das Territorium, das ich nicht sah, ist riesig. Ich war auch nur zwei persönliche Jahre dort, Heimaturlaub und Ausflüge in andere, für mich interessante Epochen, eingeschlossen. Meine Anwesenheit dort entspricht etwa fünf Jahren, da ich meine Besuche natürlich so weit auseinanderlegte, daß ich in den entsprechenden Monaten meine Beobachtungen anstellen konnte. Es ist aber eine schrecklich kleine Probe.« *Das Beste, was zu erreichen war,* erinnerte sie sich.

»Trotz der Urlaube muß das Leben für Sie dort sehr hart gewesen sein. Sie sind eine tapfere junge Dame.«

»Nein, nein. Es war absolut faszinierend!« Wandas Herz schlug schneller. *Das ist meine Chance!* »Überhaupt und weil es für die Patrouille wichtiger ist, als man auf den ersten Blick meinen könnte. Dr. Corwin, es ist falsch, jetzt abzubrechen. Ich hinterlasse einige wissenschaftliche Probleme nur halb gelöst. Können Sie das denen nicht klar machen, daß sie mich zurückkehren lassen?«

»Hm.« Er strich seinen Schnurrbart. »Ich fürchte, andere Überlegungen haben Vorrang. Ich kann mich erkundigen; aber machen Sie sich keine zu großen Hoffnungen. Tut mir leid.« Er lachte. »Ich nehme an, daß es Ihnen — von der Wissenschaft mal abgesehen — gut gefallen hat.«

Sie nickte heftig, obwohl sich das Gefühl des Verlusts schmerzlich bemerkbar machte. »Im großen und ganzen — ja! Ein kahles Land, aber *lebendig!* Und die Wir sind einfach liebenswert.«

»Die Wir? Ach ja. So nennen die Ureinwohner sich selbst, nehme ich an. Das ist die Übersetzung von ›Tulat‹. Sie haben die frühere Expedition zu ihren Vorfahren vergessen und hatten kein klares Konzept von Mitbewohnern auf der Welt, bis Sie auftauchten.«

»Stimmt. Ich verstehe nicht, warum man sich nicht mehr für sie interessiert. Sie waren doch schon Tausende von Jahren da. Menschen wie sie erreichten doch sogar Südamerika. Aber die Patrouille schickte nur diese eine Gruppe, die nur ihre Sprache erlernte und sich einige vage Kenntnisse über die Lebensgewohnheiten aneignete. Nachdem der Apparat dieses Wissen in meinen Kopf übertragen hatte, war ich — ehrlich gesagt —

entsetzt, wie wenig das war. Weshalb kümmert sich keiner um sie?«

Seine Antwort war gemessen und ernst. »Das hat man Ihnen mit Sicherheit erklärt. Uns fehlt Personal und die Mittel, um tiefschürfend zu studieren, was ... keinen signifikanten Unterschied macht. Diese ersten Einwanderer zogen während eines Interstadials* vor über zwanzigtausend Jahren über die Landbrücke. Ihre Nachkommen blieben unverändert primitiv. Tatsache ist, daß noch bis Ende des zwanzigsten Jahrhunderts die meisten Archäologen bezweifelten, daß Menschen so früh die Neue Welt erreichten. Die wenigen Werkzeuge und Feuerstätten, die sie hinterließen, hätten ebensogut durch natürliche Ursachen entstehen können. Erst die Menschen der Hochsteinzeit, die Großwildjäger, die zwischen den Cary- und Mankatounterperioden der Wisconsin-Eiszeit auftauchen, als die Eiszeit sich langsam dem Ende näherte, waren diejenigen, die beide Kontinente richtig besiedelten. Ihre Vorläufer wurden umgebracht oder in Gebiete verjagt, wo sie umkamen. Falls es Mischehen gab — vielleicht mit gefangenen Frauen —, dann bestimmt nur selten, und ihr Blut wurde überlagert, ging verloren.«

»Das weiß ich alles!« Wandas Augen brannten. Am liebsten hätte sie gebrüllt: *Du brauchst mir keinen Vortrag darüber zu halten. Ich bin kein Erstsemester in deinem Kurs. Der Schulmeister kommt immer wieder hoch, was?* »Ich wollte nur sagen: Warum ist das allen so scheißegal?«

»Ein Patrouillenagent muß, wie ein Polizist oder Chirurg, eine dicke Haut entwickeln, sonst zerbricht er irgendwann an dem, was er sieht.« Corwin beugte sich vor. Er legte seine Hand auf die geballte Faust in ihrem Schoß. »*Ich* bin mehr als interessiert. Die Sache liegt mir wirklich am Herzen. Meine Aufgabe sind die Paläo-Indianer. Auf ihnen ruht die Zukunft. Aber deshalb

---

* Interstadial = kurze Wärmephase innerhalb einer Eiszeit.

möchte ich trotzdem alles, was Sie über die Alten wissen, erfahren und selbst möglichst viel entdecken. Ich möchte sie auch lieben.«

Wanda schluckte und richtete sich auf. Sie zog die Hand weg. Dann sagte sie schnell, um nicht den Eindruck zu erwecken, sie verachtete seinen Trost: »Danke, danke. Das, was mit den Menschen, die ich kennengelernt habe ... mit den einzelnen ... muß doch nicht ... jedenfalls am Anfang ... nicht zu schrecklich sein ... oder?«

»Aber, nein! Wahrscheinlich gehören diese Neuankömmlinge, die Sie sahen, zu einem sehr kleinen Stamm. Ich nehme an, daß sie dem Rest weit vorausgeeilt waren und während ein oder zwei Generationen keine mehr gekommen sind. Außerdem sagten Sie doch, daß Ihre Tulats an oder nahe der Küste lebten und keine großen Tiere jagten. Daher gibt es keine Rivalität.«

»Hoffentlich haben Sie recht. Aber wenn es zum K-konflikt kommen sollte — können Sie nicht helfen?«

»Tut mir leid. Die Patrouille darf nicht intervenieren.«

»Schauen Sie«, fuhr Wanda mit neu erwachter Energie fort, »Zeitreisende intervenieren zwangsläufig. Sie mischen sich ein. Ich habe doch auch die Menschen auf alle mögliche Art und Weise beeinflußt, oder? Unter anderem rettete ich Leben mit Antibiotika, erschoß ein gefährliches Tier — und einfach durch meine Anwesenheit, die Fragen, die ich stellte und beantwortete. Alles, was ich tat, hatte irgendeine Wirkung. Niemand hatte etwas dagegen. Ich habe völlig offen jeden Vorfall prompt gemeldet. Niemand hatte Einwände.«

»Sie wissen doch warum.« Vielleicht war ihm klar geworden, daß es ein Fehler gewesen war, den Professor herauszukehren; denn jetzt sprach er weder herablassend oder verärgert, sondern voll Verständnis für einen jungen Menschen voll Schmerz. »Das Kontinuum hat die Tendenz, seine Struktur zu bewahren. Eine radikale Veränderung ist nur an bestimmten, kritischen Punkten der Geschichte möglich. Zu anderen Zeiten kommt es zu Kompensationen. Von diesem Standpunkt aus betrachtet, war das, was Sie taten, unwichtig, in dem Sinne, daß es ›immer‹ Teil der Vergangenheit war.«

»Ja, ja!« Wanda unterdrückte ihren Ärger, den sie trotz seiner Bemühungen, empfand. »Es tut mir leid, Sir. Ich weiß, ich klinge dumm und ignorant.«

»Nein. Sie stehen unter Druck. Sie geben sich so große Mühe, Ihre Absicht zu erklären.« Corwin lächelte. »Das brauchen Sie nicht. Entspannen Sie sich.«

»Aber ich will doch nur fragen«, bohrte sie nach, »warum Sie nicht doch etwas machen können. Ich will ja keine gewaltigen Veränderungen, die ewig beim Volk in Erinnerung bleiben. Es ist nur so, daß diese Jäger so ... arrogant waren. Wenn sie zu starken Druck auf die Wir ausüben, könnten Sie ihnen doch klarmachen, dies zu lassen. Vielleicht mit Hilfe von einem kleinen Feuerwerk oder einer anderen harmlosen Darbietung. Warum soll das nicht gehen?«

»Weil diese Situation ganz anders ist als Ihre«, antwortete er. »Beringia ist — war — nicht mehr nur von einer statischen Gesellschaft bevölkert, die kaum über das eolithische Zeitalter hinaus war — falls man die paar Menschen eine Gesellschaft nennen kann. Eine fortgeschrittene, dynamische, progressive Kultur — oder eine Reihe von Kulturen — drangen vor: Darf ich Sie daran erinnern, daß diese im Lauf von wenigen Generationen den Korridor zwischen der Laurentide und dem Kordillereneis auf die Ebenen vorpreschten, wo die Taiga fruchtbares Grasland wurde, nachdem die Gletscher schmolzen? Ihre Bevölkerungszahl explodierte. Zweitausend Jahre, nachdem Sie sie sahen, stellten sie die feinsten, blattförmigen Speerspitzen aus Feuerstein her, wie die Funde aus Clovis, New Mexico, beweisen. Mit diesen, für die späteiszeitlichen Jägerkulturen der nordamerikanischen Great Plains typischen Waffen rotteten sie bald danach Mammut, Pferd, Kamel und die meisten amerikanischen Großtiere aus. Sie entwickelten sich in die charakteristischen Indianerrassen — aber Sie kennen diese Geschichte bestimmt.

Das bedeutet eine unstabile Situation. Natürlich liegt diese Zeit weit zurück. Es wird keine schriftlichen Aufzeichnungen geben, durch welche die Toten zu den Lebenden sprechen können. Dennoch ist die Möglichkeit, einen kausalen Strudel auszulösen, nicht von der Hand zu weisen. Als Feldforscher müssen wir daher unseren Einfluß auf ein absolutes Minimum beschränken. Niemand unterhalb eines Unabhängigen Agenten ist bevollmächtigt, entscheidend einzugreifen. Und auch er würde dies nur in einem extremen Notfall tun.«

Oder sie, dachte Wanda, *Aber ich sollte daran denken, wann er geboren und groß wurde, und Zugeständnisse machen. Er meint es gut. Allerdings hört er sich zu gern reden!*

Trotzdem war sie jetzt ruhiger. Als er hinzufügte: »Bitte, denken Sie daran, daß Sie wahrscheinlich nur Ärger stiften würden und daß Ihren Freunden ja in der Tat nichts Schreckliches zustieß«, konnte sie das akzeptieren. Warum hatte ihre Stimmung überhaupt so geschwankt? Na ja, sie kam frisch aus der Wildnis und war plötzlich in einer Zeit, die beunruhigend ähnlich wie ihr Zuhause war, aber auch ebenso unähnlich. Alles in ihr rebellierte, weil sie ihre Arbeit hatte unfertig abbrechen müssen, weil sie sich Sorgen um die Wir machte und traurig war, weil sie diese lieben Menschen vielleicht nie wiedersah. Hinzu kam noch, daß sie vor der Begegnung mit diesem Mann Lampenfieber hatte. Schließlich hatte er jahrzehntelange Erfahrung in der Patrouille auf dem Buckel, sie kümmerliche vier. *Höchste Zeit, ruhig zu werden, Mädchen!*

»Ihr Kaffee ist kalt geworden«, sagte Corwin. »Ich kümmere mich darum.« Er trug ihre Tasse hinaus und brachte eine frische zurück. Dann schenkte er ihr ein und hielt die Karaffe mit Brandy hoch. »Ich verschreibe uns jetzt uns beiden einen kräftigen Schuß.«

»M-m ... einen Mikroschuß«, willigte sie ein.

Die Geste half mehr als das bißchen Alkohol. Corwin drängte ihr auch nicht mehr auf. Statt dessen kam er nun zum eigentlichen Grund ihres Besuchs. Intelligente Fragen und Bemerkungen waren die beste Medizin für strapazierte Nerven.

Er holte Bücher, schlug Landkarten auf und zeigte ihr die geologischen Altersstufen des Landes, in dem sie kampiert hatte. Wanda hatte die Geschichte früher schon studiert; aber er brachte alles sehr lebendig und mit vielen Einzelheiten in einen größeren Zusammenhang.

Wanda wußte, daß Beringia flächenmäßig geschrumpft war. Dennoch blieb es ein riesiges Territorium, das Alaska mit Sibirien verband. Sein Verschwinden würde sehr lange dauern, wenn man nach menschlichem Lebensalter rechnete. Schließlich würde das Meer steigen, wenn das Eis schmolz, und es überfluten. Aber dann würde Amerika von der Arktis bis Feuerland schon besiedelt sein.

Sie konnte ihm viel über das Leben in der Wildnis erzählen, weniger über die Menschen dort. Selbstverständlich hatte sie auch diese bis zu einem gewissen Maße kennengelernt. In Corwins Kopf waren bereits die Ergebnisse der ersten Expedition eingepflanzt: Die Tula-Sprache und einiges über Sitten und Glauben. Sie stellte fest, daß er darüber schon viel nachgedacht und es mit dem verglichen hatte, was er über Wilde in anderen Regionen und Zeiten aufgrund eigener Erfahrungen wußte.

Er war bei den Paläo-Indianern gewesen, als sie nach Süden durch Kanada zogen. Sein Ziel war, ihre Wanderungen zum Ursprung zurückzuverfolgen. Nur, wenn die Patrouille wußte, was geschehen war, konnte sie über die nächsten Knoten Vermutungen anstellen, die besondere Beobachtung verdienten. Auch wenn die Daten bestenfalls nur skelettartig waren, waren sie besser als nichts. Außerdem waren noch viele andere Wissenschaftler der späteren Zeit höchst interessiert: Anthropologen, Folklore-Forscher und Künstler aller Gattungen suchten nach neuen Inspirationen.

Unter Corwins Führung spürte Wanda, wie ihre Erinnerungen gehaltvoller als vorher wurden: Familiengruppen, die getrennt lebten, versammelten sich in gewissen Abständen immer wieder. Einzelne Reisende stellten immer häufiger Verbindungen her, darunter waren junge Männer auf der Suche nach einer Lebensgefährtin die am meisten verbreitetsten. Einfache Riten, oft gruslige Legenden, überall verbreitete Angst vor Dämonen und Geistern, vor Unwettern und Raubtieren, vor Krankheit und Hunger. Daneben aber auch Fröhlichkeit, liebevolle Güte, kindliches Vergnügen, wenn das Leben Anlaß zum Freuen bot. Eine besondere Verehrung des Bären, der vielleicht älter als die Rasse selbst war.

»Du meine Güte!« rief Wanda. Draußen fielen schon Schatten über die Straße. »Ich hatte keine Ahnung, daß es schon so spät ist!«

»Ich auch nicht«, sagte Corwin. »Die Zeit vergeht in so angenehmer Gesellschaft wie Ihrer wie im Flug. Es ist wohl besser, wenn wir abbrechen, oder?«

»Aber mit Sicherheit! Ich könnte mich wie ein wildes Tier auf einen Hamburger und ein Bier stürzen.«

»Sie bleiben in San Francisco?«

»Ja, ich wohne in einem kleinen Hotel in der Nähe vom Hauptquartier, bis ich die Schlußbesprechung überstanden habe. Es wäre doch Blödsinn, zwischen jetzt und 1990 hin- und herzugondeln.«

»Hören Sie! Sie verdienen etwas Besseres als einen Schnellimbiß. Darf ich Sie zum Abendessen einladen? Ich kenne die wirklich guten Restaurants in diesen Jahren.«

»Hm, m-m ...«

»Sie sind absolut passend gekleidet. Ich möchte mich nur schnell etwas zivilisieren. Bin sofort zurück.« Er war schon aufgestanden und hatte das Zimmer verlassen, ehe sie antworten konnte.

Olala! ... Aber warum nicht? Überhaupt — hm, halt dich zurück, Mädchen! Es ist zwar schon eine Ewigkeit her, aber ...

Corwin kam fast so schnell zurück, wie er versprochen hatte. Er trug ein Tweedjacket und eine Bolo-Krawatte. Dann fuhren sie über die Brücke zu einem japanischen Restaurant in der Nähe von Fisherman's Wharf. Bei den Cocktails meinte er, daß er möglicherweise etwas arrangieren könnte, wenn sie wirklich unbedingt in Beringia weitermachen wolle, und zwar als seine Partnerin. Wanda hielt das für einen Scherz. Als der Koch kam, um ihr Sukiyaki am Tisch zuzubereiten, bat Corwin ihn, beiseite zu treten. Dann machte er es selbst, nach ›Hokkaido-Manier‹, wie er erklärte. Er beschrieb lang und breit seine Erfahrungen bei den Paläo-Indianern in Kanada, wobei er bei den gefährlichen Augenblicken besonders verweilte. »Bewundernswerte Kerle, aber wild, äußerst empfindlich, keine Hemmungen gegen Gewalt.« Wegen der Wirkung auf Wanda schien er sich keine Gedanken zu machen.

Nach dem Essen schlug er vor, noch etwas trinken zu gehen; aber Wanda gab vor, zu müde zu sein. Sie verabschiedete sich vor ihrem Hotel mit einem Handschlag. »Wir sollten morgen abschließen«, sagte sie. »Dann muß ich wirklich so schnell wie möglich in die Zukunft und meine Familie besuchen.«

13 212 v. Chr.

Jeden Herbst trafen sich die Wir an den Sprudelnden Quellen. Wenn das Wetter täglich kälter wurde, war es herrlich, im warmen Schlamm zu waten und sich in den heißen Quellen zu waschen, die überall hervorsprangen. Starke Gerüche waren eine Schutzmaßnahme gegen Krankheit. Die Dampfgeister hielten unfreundliche Geister auf Distanz. Die Wir kamen aus ihren Behausungen an der ganzen Küste entlang, so weit die bekannte Welt sich erstreckte, um hier das fröhlichste Fest des Jahres zu feiern. Sie brachten jede Menge zu essen mit, da eine einzelne Familie so viele Menschen nie verköstigen konnte. Unter den besonderen Köstlichkeiten waren die schmackhaften Austern der Walrus Bay, die lebend in wassergefüllten Häuten transportiert wurden. Dazu kam noch Fisch, Geflügel, frisch gefangene, mit Kräutern gestopfte Tiere, getrocknete Beeren und Blumen, die man auf sonnigen Abhängen gepflückt hatte. Falls jemand einen Seehund am Ufer getötet hatte oder — Wunder über Wunder — ein Wal gestrandet war, gab es auch Walfischspeck. Sie brachten auch allerlei Tauschwaren: feine Felle, hübsche Federn und Steine. Sie stopften sich voll, sangen, tanzten, scherzten und liebten sich ungeniert. Sie tauschten Neuigkeiten aus, feilschten, schmiedeten Pläne, betrauerten die guten, alten Zeiten und lächelten froh, wenn die Kleinen herumtollten. Ab und zu gab es auch Streit; aber immer waren Freunde da, die schlichteten. Wenn alles aufgegessen war, dankten sie Ulungu für die Bewirtung und gingen wieder heim, mit vielen Erinnerungen, die ihnen die dunklen Wintermonate erhellten.

So war es immer gewesen. So hätte es immer sein sollen. Aber es kam die Zeit, als Trauer und Furcht sich über die Wir legte. Man sprach von Fremden, die in diesem Sommer gekommen waren und sich irgendwo im Landesinnern niedergelassen hatten. Obwohl nur wenige Familien sie gesehen hatten, verbreitete sich die Neuigkeit über die Lippen der herumziehenden Jugendlichen und Väter, die die nächsten Nachbarn aufsuchten. Die Eindringlinge waren scheußlich anzusehen, sprachen mit Wolfszungen, waren in Leder gewikkelt und angsteinflößend bewaffnet. Sie zogen in kleinen Banden je nach Belieben überallhin. Kamen sie zu einer Ansiedlung, nahmen sie sich, was sie begehrten: Essen, Waren, Frauen — nicht wie Gäste, sondern wie Adler, die Neste plündern. Die Männer, die sich ihnen entgegenstellten, waren schlimm verletzt worden. Die Fremden hatten sie durchbohrt oder tiefe Wunden geschlagen. Oraks Wunde entzündete sich, und er starb.

Du-die-du-das-Seltsame-kennst — warum hast du uns verlassen?

Die Festivität an den Sprudelnden Quellen war etwas zu überschäumend, das Lachen oft zu laut. Vielleicht würden die Bösen wieder weggehen — wie die schlechten Jahre, wenn Schnee noch weit in den Sommer hinein lag. Auch er schmolz eines Tages. Auch diese hinterließen viele Tote. Was würde dies neue Böse bringen? Die Wir gingen in Grüppchen beiseite und sprachen leise miteinander.

Plötzlich kam ein Junge angerannt und schrie laut. Angst ging wie eine Woge durch die Menge. Arjuk vom Erlenfluß packte den Jungen und schüttelte ihn, um ihn aus der Panik zu reißen. Dann rief er die Männer zu sich. Schließlich waren alle bis auf die Säuglinge still, zitterten nur innerlich weiter. Arjuk war im letzten Jahr verschlossen und kurz angebunden geworden. Jetzt stand er vor den Männern außerhalb der Siedlung. Jeder hielt eine Axt oder einen Prügel. Ihre Frauen und die Jungen saßen zwischen den Hütten.

Im Hintergrund rauschte die Brandung, Vögel stießen gellende Schreie hoch über ihnen aus, der Wind pfiff winselnd. Es war ein klarer Tag, nur wenige Wolken zogen eilends dahin. Nach Westen zu warf die Sonne ihre nicht wärmenden Strahlen über die Hügel und Berge, die schon die gelbgraue Herbstfärbung zeigten. Ein Teich brodelte in der Nähe. Sein Braun war die auffallendste Farbe weit und breit. Der Wind trieb seine Wärme, Dämpfe und magischen Gerüche ins Nichts.

Da tauchten Männer auf und gingen auf die Wir zu. Die spitzen Speere, die sie trugen, bewegten sich im Rhythmus ihrer Schritte.

Arjuk legte eine Hand über die Augen. »Ja, die Fremden«, erklärte er mit wuterstickter Stimme. »Sie sind weniger als Wir, glaube ich. Bleibt zusammen und standhaft.«

Als die Eindringlinge noch näher kamen, sagte er: »Aber wer ist da bei ihnen? Eine Frau? Ebenso gekleidet, aber — das Haar und — Daraku!« schrie er. »Daraku! Sie haben meine Tochter mitgebracht!«

Er wollte losrennen, blieb aber nach wenigen Schritten stehen und kehrte um. Zitternd stand er da und wartete, bis seine Tochter vor ihm stand. Ihr Gesicht war schmal. Hinter diesen hohlen Augen war etwas fortgegangen. Ein Jäger ging neben ihr, die anderen ausgeschwärmt dahinter. Sie waren alle erregt.

»Daraku«, sagte Arjuk tränenüberströmt. »Was ist das? Bist du zu deiner Mutter und mir zurückgekehrt?«

»Ich gehöre denen«, antwortete sie dumpf. Dann zeigte sie auf den Mann neben ihr. »Er, Roter Wolf, will, daß ich ihm helfe zu sprechen. Sie haben nicht viel von unserer Sprache gelernt. Ich kenne etwas von ihrer.«

»Wie ... wie ist es dir ergangen, mein Liebstes, o mein Liebling?«

»Die Männer benutzen mich. Sie kommen jede

Nacht. Zu zweit, zu dritt. Tagsüber arbeite ich. Zwei von den Frauen sind freundlich zu mir.«

Arjuk wischte sich die Augen mit dem Handrücken. Er schluckte schwer, um sich nicht vor den Augen aller zu erbrechen. Dann sagte er zu Roter Wolf: »Ich kenne dich. Wir sind uns begegnet, als du zum erstenmal kamst und meine mächtige Freundin bei mir war. Nachdem sie fortgegangen war, bist du zu mir gekommen und hast meine Tochter mitgenommen. Welch böser Geist wohnt in dir?«

Der Jäger tat, als wische er eine Fliege fort. Hatte er verstanden? War es ihm gleichgültig? »*Wanayimo* ... Wolkenleute«, sagte er. Arjuk konnte das dumpfe Gestammel kaum verstehen. »Wollen Holz, Fisch, *omulaiyeh* ...« Er blickte zu Daraku und stieß eine Reihe von knurrenden Lauten aus.

Sie antwortete tonlos und starrte an ihrem Vater und den Brüdern vorbei ins Nichts. »Ich sagte ihnen, daß ihr euch hier versammelt. Ich mußte. Sie sagten, es sei ein guter Zeitpunkt, herzukommen und dir zu sagen, was sie wollen. Sie wollen — daß ihr ihnen Sachen bringt. Immer. Sie werden dir sagen, was und wieviel. Du mußt es tun.«

»Was soll das heißen?« schrie Hujok vom Otternstrand. »Sind sie hungrig? Wir haben wenig übrig, aber ... aber ...«

Roter Wolf stieß wieder wilde Laute aus. Daraku leckte sich die trockenen Lippen. »Tut, was sie euch befehlen, dann werden sie euch kein Leid zufügen. Ich bin heute ihr Mund.«

»Wir können tauschen ...«, setzte Hujok an.

Gebrüll unterbrach ihn. Khongan vom Brachvogelmarsch war der kühnste der Wir. Er hatte getobt, als er gehört hatte, wie die Eindringlinge sich aufführten. »Die tauschen nicht! Die nehmen einfach! Tauscht der Nerz sein Fell für den Köder in der Falle? Sagt ihnen: Nein! Verjagt sie!«

Die Jäger runzelten die Stirnen und hoben die Waffen. Arjuk wußte, daß er Ruhe gebieten sollte; aber seine Hände waren zu schwer, seine Kehle zu eng. Die Männer griffen einer nach dem anderen den Schrei Khongans auf: »Nein! Nein!«

Jemand warf einen Stein. Ein anderer sprang vor und versetzte einem Jäger einen Axthieb. Jedenfalls glaubte Arjuk später, daß es so war. Er war nie sicher, was wirklich geschehen war. Geschrei, Kampf, Brutalität, Alptraum. Dann waren die Wir geflohen. Als er zurückschaute, sah er die Eindringlinge unversehrt dastehen. Blut tropfte von scharfen Steinklingen.

Zwei Männer der Wir lagen tot da. Gedärm quoll aus einem aufgeschlitzten Bauch, Hirnmasse aus einem gespaltenen Schädel. Die weniger schwer Verwundeten waren geflohen, nur Khongan nicht. Immer wieder durchbohrt lag er stöhnend noch eine Zeitlang auf der Erde, ehe er starb. Daraku kniete vor Roter Wolfs Füßen und weinte bitterlich.

1990 n. Chr.

»Hallo«, sagte Manse Everards Anrufbeantworter. »Hier ist Wanda Tamberly in San Francisco. Erinnerst du dich?« Dann verschwand die Fröhlichkeit. Sie mußte aufgesetzt gewesen sein. »Natürlich erinnerst du dich! Auch wenn es, ja, an die drei Jahre her ist, oder? Laut meiner Lebenslinie jedenfalls. Tut mir leid. Die Zeit ist einfach so davongelaufen und du … Ach was, schon gut.« *Du hast dich bei mir nie wieder gemeldet. Aber warum auch? Ein Unabhängiger Agent hat Wichtigeres zu tun.* »Manse … äh … Sir, es ist mir peinlich, Sie nach so langer Zeit einfach anzurufen. Ich sollte auch nicht um Privilegien bitten; aber ich weiß nicht, an wen ich mich sonst wenden könnte. Könnten Sie mich wenigstens zurückrufen? Lassen Sie mich das erklären. Wenn Sie mir dann sagen, daß ich mir zu viel herausgenommen habe, halte ich den Mund und werde Sie nie wieder belästigen. Bitte! Für mich ist es ganz, ganz wichtig. Vielleicht finden Sie das auch. Bitte! Sie können mich unter dieser Nummer erreichen …« Es folgte eine Telefonnummer und eine Aufzählung von Zeiten und Tagen für diesen Februar. »Vielen Dank fürs Zuhören. Das ist jetzt alles. Danke.« Schweigen.

Nachdem Manse das Band gehört hatte, blieb er einige Minuten schweigend stehen. Es war, als habe sich sein Appartement von New York getrennt und sei zu einem eigenen Raum geworden. Endlich lächelte er bedauernd und nickte vor sich hin. Die übrigen Nachrichten waren nicht so dringend, als daß er sie nicht mit ein bißchen Zeithopsen erledigen könnte. Eigentlich war Wandas auch nicht so eilig. Aber …

Er ging zur Hausbar hinüber. Der Boden fühlte sich

kahl an. Es lag nur der Teppich drauf. Das Eisbärenfell hatte er weggenommen. Zu viele Besucher hatten ihm deshalb Vorwürfe gemacht. Er konnte ihnen schlecht erklären, daß es aus dem Grönland ums Jahr 1000 stammte, als Eisbären alles andere als eine gefährdete Tierart war, sondern sie eine Bedrohung darstellten. Um die Wahrheit zu sagen, das Fell war ziemlich schäbig geworden. Den Helm und die gekreuzten Speere hatte er an der Wand hängen lassen. Niemand konnte sehen, daß sie keine Repliken von Waffen aus der Bronzezeit waren.

Er mixte sich einen steifen Scotch und Soda, stopfte seine Pfeife, steckte sie an und zog sich ins Arbeitszimmer zurück. Der Sessel empfing ihn so bequem wie ein alter, ausgelatschter Schuh. Er ließ hier nur wenige zeitgenössische Besucher hinein. Wenn es passierte, sagten sie ihm unweigerlich, daß er sich ihren persönlichen Computertyp unbedingt zulegen müsse. Seine Antwort lautete: »Ich werd's mir überlegen.« Dann wechselte er das Thema. Das meiste was sie auf seinem Schreibtisch sahen, war Attrappe.

»Die Akte Spezialist Wanda May Tamberly. Alles bis zum heutigen Datum«, befahl er und gab noch die nötigen zusätzlichen Informationen zur Identifizierung ein. Nachdem er alles auf dem Bildschirm genau studiert hatte, dachte er nach. Dann fing er mit der Suche durch verwandte Sachverhalte an. Endlich hatte er den Eindruck, auf der richtigen Spur zu sein. Er ließ Details kommen. Im Zimmer wurde es langsam dunkel. Überrascht stellte er fest, daß er schon mehrere Stunden gearbeitet hatte und hungrig war. Er hatte noch nicht mal nach seiner letzten Fahrt ausgepackt.

Da er zu ruhelos war, um auszugehen, taute er Hackfleisch in der Mikrowelle auf, briet es und machte sich ein riesiges Sandwich. Zur Unterhaltung knackte er noch eine Bierdose auf. Er hatte keine Ahnung, wie beides schmeckte. Ein kreativer Synthesizer hätte ihm ein Cordon Bleu mit allen Schikanen herbeigezaubert; aber wenn man seine Basis in einem Milieu einrichtete, wo es die Technologie, Raumzeit zu überspringen, noch nicht gab, stellte man sich keine Zukunftsapparate hin, die man nicht unbedingt brauchte, und versteckte oder tarnte die wenigen, die man hatte. Als Manse fertig war, zeigte die Uhr die dritte Zeitmöglichkeit in Kalifornien, die Wanda ihm genannt hatte. Er ging ins Wohnzimmer und griff zum Telefon. Einfach albern, wie sein Herz schneller schlug!

Eine Frau antwortete. Er erkannte die Stimme. »Mrs. Tamberly? Guten Abend. Hier ist Manson Everard. Könnte ich bitte mit Wanda sprechen?« Er hätte sich an die Nummer ihrer Eltern erinnern müssen. Auf seiner Lebensspanne war es nicht lange her, seit er sie zuletzt gewählt hatte — allerdings waren die Ereignisse mehr als turbulent gewesen. *Braves Kind, besucht ihre Eltern zu jeder möglichen Gelegenheit. Eine glückliche Familie, es gibt verdammt wenige wie die heutzutage.* Der Mittelwesten seiner Kindheit, ehe er 1942 in den Krieg ging, war wie ein Traum, eine Welt, auf immer verloren, schon verschmolzen mit Troja und Karthago und der Unschuldigkeit der Inuit. Erfahrung hatte ihn gelehrt, nie zurückzukehren.

»Hallo!« rief eine atemlose junge Stimme. »Ich bin ja so froh! Das ist sehr nett von Ihnen!«

»Schon gut«, wehrte Everard ab. »Ich hab so eine Ahnung, was dir durch den Kopf geht, und darüber müssen wir uns allerdings unterhalten. Können wir uns morgen nachmittag treffen?«

»Jederzeit und überall. Ich habe Urlaub.« Sie brach ab. Jemand könnte mithören. »Ferien meine ich. Wie es Ihnen am besten paßt, Sir.«

»Gut, im Buchladen. Sagen wir um drei?« Auch wenn ihre Eltern keine Ahnung hatten, daß er im Augenblick nicht in der Gegend von San Francisco war, sollte man doch die Sache nicht überstürzen, damit sie nicht mißtrauisch würden. »Kannst du auch den Abend für mich freihalten?« platzte er heraus.

»Aber, ja ... ja, natürlich.« Beide waren urplötzlich verlegen. Sie wechselten noch einige belanglose Worte und legten dann auf.

Er brauchte keine Nacht zu schlafen. Es hatte sich eine Menge Arbeit angesammelt, die unbedingt erledigt werden mußte.

Es herrschte ein seltsames Zwielicht — grelle Lichter und blasses Grau — als er das Hauptquartier der Stadt betrat. In einem geheimen Kellerraum ließ er sich ein Zeitmobil geben, schwang sich auf den Sattel, stellte das Ziel ein und drückte auf die Knöpfe. Die Kellergarage, in der er auftauchte, war kleiner. Er ging durch die getarnte Tür und die Treppe hinauf. Tageslicht fiel durch die Fenster.

Nach außen hin war das Gebäude ein exklusives Antiquariat. Everard sah Wanda. Sie blätterte in einem Buch, da sie offenbar zu früh gekommen war. Zwischen den Regalen mit den angestaubten Büchern glänzte ihr Haar wie die Sonne. Das Kleid hatte die Farbe ihrer Augen und saß eng. Manse ging zu ihr. »Hallo«, sagte er.

Sie rang beinahe nach Luft. »G-guten T-tag, Agent ... Everard.« Ihre Stimme klang gepreßt.

»Pst«, warnte er sie. »Komm nach hinten, wo wir ungestört reden können.« Die drei Kunden sahen ihnen nach; aber nur aus Neid. Es waren Männer. »Tag, Nick«, begrüßte Everard den Besitzer. »Okay?« Der kleine Mann lächelte und nickte. Die Augen hinter den dicken Brillengläsern blieben aber ernst. Everard hatte eine Nachricht vorausgeschickt, daß er sein Büro brauchen würde.

Darin stand nichts, was einem unbefangenen Beobachter als ungewöhnlich aufgefallen wäre. An den Wänden standen Bücherregale, dazwischen einige Aktenschränke. Auf dem Boden standen Kartons herum, auf dem Tisch, der als Schreibtisch diente, lagen Papierstöße und dicke Wälzer. Nick war in der Tat ein Bücherliebhaber. Vielleicht diente er deshalb in der Patrouille, weil er dadurch die Möglichkeit hatte, in dieser kleinen, aber ungemein wichtigen Funktion andere Milieustudien durchführen zu können. Einige Neuzugänge, dem Aussehen nach aus victorianischer Zeit, lagen neben dem Computer. Everard warf einen Blick auf die Titel. Er spielte nie den Intellektuellen, mochte aber Bücher. *The Origin of Tree Worship, British Birds* — zweifellos würde irgendein Sammler diese Bücher erwerben, falls der Besitzer des Antiquariats nicht beschloß, sie selbst zu behalten.

»Setz dich!« Er zog für Wanda einen Stuhl vor.

»Danke.« Wenn sie lächelte, schien sie sofort entspannt zu sein, mehr sie selbst. *Obwohl das niemand je wieder sein kann. Wir können in der Zeit herumsausen, so viel wir wollen; trotzdem entkommen wir nicht der Dauer.* »Sie sind immer noch so altmodisch höflich, wie ich sehe.«

»Ich bin eben ein Junge vom Land. Aber ich gebe mir Mühe, das abzulegen. Die Damen heutzutage haben mir fast den Kopf abgebissen, weil sie mich für herablassend hielten, dabei dachte ich, daß ich nur höflich sei.« Everard ging um den Tisch herum und setzte sich ihr gegenüber.

»Ja«, seufzte sie. »Ich nehme an, daß es oft schwieriger ist, in dem Jahrhundert, in dem man geboren wurde, Schritt zu halten, als Land und Leute in einer gesamten Zivilisation der Vergangenheit kennenzulernen. Mir geht es auch ein bißchen so.«

»Wie ist es dir ergangen? Gefällt dir deine Arbeit?«

Enthusiasmus erwachte. »Meistens super. Großartig. Phantastisch. Pyramidal. Nein, Worte reichen nicht aus.« Ein Schatten fiel auf ihr Gesicht. Sie schaute ihn nicht an. »Die Nachteile — na ja, Sie verstehen. Ich war ja schon ganz schön abgehärtet. Bis jetzt.«

Er schob es auf, direkt zum Punkt zu kommen. Erst die schlimmste Verspannung abbauen, wenn möglich. »Ist schon viel Zeit vergangen. Ich sah dich zum letztenmal ganz kurz nach deiner Abschlußzeremonie« — von der Akademie. Das war auf ihrer persönlichen Lebenslinie gewesen. Sie waren im Paris von 1925 Abendessen gegangen, danach an der Seine entlangspaziert, Rive Gauche ... ein lauer Frühlingsabend war es gewesen ... Als sie im ›Deux Magots‹ noch ein Glas getrunken hatten, hatten dort einige ihrer literarischen Idole zwei Tische weiter gesessen. Als er ihr vor der Tür ihres Elternhauses Gute Nacht und Auf Wiedersehen sagte, hatte sie ihn geküßt. Das war 1988 gewesen. »Ja, beinahe drei Jahre seit damals, für dich, oder?«

Sie nickte. »Arbeitsreiche Jahre. Ich nehme an, für uns beide.«

»Nun, für mich war die Zeit nicht so lang. Ich hatte nur zwei Missionen, die der Rede wert sind.«

»Wirklich?« fragte sie überrascht. »Sind Sie 1988 nicht zurück in ihre Wohnung nach New York gegangen, als alles vorbei war? Ich meine, Sie haben das Appartement doch nicht monatelang unbewohnt gelassen, oder?«

»Ich lieh — offiziell natürlich untervermietet — es einer Mitarbeiterin, die für ihre Aufgabe genau so eine Basis brauchte. In New York gibt es eine strenge Verordnung gegen leerstehenden Wohnraum. Slums sind überall, aber eine anständige Wohnung ist so schwer zu haben, daß man mehr Geld zeigen muß, als es für einen Patrouillenagenten sinnvoll ist.«

»Verstehe.«

Wanda hatte leicht das Gesicht verzogen. *›Mitarbeiterin‹*, dachte sie. *Es ist ebenfalls unklug für einen Patrouillenagenten, zuviel zu erklären. Besonders in diesem Fall.* »Nachrichten für mich von Kollegen wurden per Roboter abgewimmelt. Wenn du vorgestern angerufen hättest ...«

Wenn sie eine leichte Verärgerung gespürt hatte, war diese jetzt verflogen. Sie ließ den Blick auf die Hände in ihrem Schoß sinken. »Ich hatte keinen Grund, Sir«, sagte sie leise. »Sie waren sehr, sehr freundlich und großzügig, aber ... ich wollte nicht aufdringlich sein.«

»Ich auch nicht.« *Der Große Unabhängige, der eine junge Rekrutin tief beeindruckte. Unfair. Könnte übelgenommen werden.* »Wenn ich allerdings gewußt hätte, daß für dich so viel Zeit vorbeiging ...«

Viel Zeit in der Tat, weniger, wenn man die Lebensspanne nach Pulsschlägen berechnete, als nach tatsächlich gelebtem Leben mit neuen Erlebnissen, seltsamen Begegnungen; Problemen, Triumphen, Fröhlichkeit und Trauer. Und Lieben? Ihre Figur war voller geworden, nicht dicker, aber muskulöser. Die Knochen formten stärker das Gesicht, das oft den Einwirkungen der Witterung ausgesetzt gewesen war. Die wahre Veränderung war subtiler: Sie war ein Mädchen, eine junge Frau gewesen, auf alle Fälle sehr jung. Das Mädchen in ihr war nicht gestorben. Er bezweifelte, daß dies je passieren würde. Die Person ihm gegenüber war immer noch jugendlich, aber eine voll herangereifte Frau. Sein Puls stockte.

Er brachte ein Lachen zustande. »Okay, laß uns mit dem Alphonse-Gastonette-Spielen aufhören«, sagte er. »Und bitte, erinnere dich, daß ich nicht ›Sir‹ heiße. Hier können wir doch ganz ungezwungen sprechen, Wanda.«

Sie kapierte schnell. »Danke, Manse. Eigentlich hatte ich das erwartet.«

Er holte Pfeife und Tabaksbeutel aus der Tasche. »Und das? Stört's dich?«

»Nein, nur zu!« Sie lächelte. »Da wir nicht in der Öffentlichkeit sind.« Unausgesprochen: *Ein schlechtes Beispiel unter Menschen, für die Rauchen tödlich ist. Bei der Patrouille wurde alles, was einen nicht sofort tötete, geheilt. Manse, du wurdest 1924 geboren, siehst etwa wie vierzig aus; aber wie viele Strapazen hast du schon durchgestanden? Wie alt bist du wirklich?*

Er wollte ihr das nicht sagen. Nicht heute. »Ich habe mir gestern deine Akte angesehen«, sagte er. »Du hast wirklich prima Arbeit geleistet.«

Wanda wurde sofort ernst. Sie blickte ihm prüfend in die Augen. »Werde ich das auch in meiner Zukunft tun?«

»Diese Information habe ich nicht abgefragt«, antwortete er schnell. »Das wäre unhöflich und unehrenhaft. Man hätte sie mir auch nicht ohne wirklich triftige Begründung gegeben. Wir blicken nicht in unsere Zukunft, auch nicht in die unserer Freunde.«

»Trotzdem ist die Information da«, sagte sie leise. »Alles, was du oder ich je tun werden — alles, was ich über das Leben in der Vergangenheit entdecken werde, ist denen in der Spätzeit bekannt.«

»Heh, wir sprechen Englisch, nicht Temporal! Die Paradoxa ...«

Sie nickte. »O ja. Die Arbeit *muß* gemacht werden. *Hatte gemacht werden müssen* — irgendwann. Wenn ich schon alles wüßte, wäre meine Arbeit sinnlos und die Gefahr, einen Ursache-Wirkung-Strudel in Gang zu setzen ...«

»Außerdem sind weder Vergangenheit noch Zukunft in Beton gegossen. Deshalb existiert ja die Patrouille. Haben wir für heute genug Einführungsvorträge wiederholt?«

»Tut mir leid. Es fällt mir manchmal immer noch schwer — zu verstehen. Meine Arbeit ist ... nach vorn ausgerichtet, als ginge ich zu einem unerforschten Kontinent. Dort erinnert mich nichts an die Probleme, mit denen du dich herumschlagen mußt.«

»Ich versteh dich schon.« Everard stopfte seine Pfeife nach. »Meiner Meinung nach wirst du auch weiterhin hervorragende Arbeit leisten. Deine Vorgesetzten sind mehr als zufrieden mit dem, was du in Beringia erreicht hast. Nicht nur die gesprochenen und audiovisuellen Berichte und so. Na ja, ist eigentlich nicht mein Fachgebiet; aber sie sagen, daß du die fundamentalen Muster dieser Naturgeschichte findest. Du würdest alles so begründen und erklären, daß du damit eine Menge für das Gesamtbild beiträgst.«

Sie verkrampfte sich. Die Frage hallte: »Und warum haben sie mich dann abgezogen?«

Everard entzündete umständlich die Pfeife. »Hm, wie ich es verstand — hast du in Beringia alles Nötige erledigt. Wenn du deinen wohlverdienten Urlaub genossen hast, wird man dich auf irgendeinen anderen Aspekt des Pleistozäns ansetzen.«

»Ich habe *nicht* genug getan! Selbst hundert richtige Menschenjahre wären zu wenig.«

»Ja, sicher. Aber du weißt — oder solltest wissen —, daß unsere Firma die nicht aufwenden kann. Wir, die Wissenschaftler aus der Zukunft und die Patrouille, müssen uns mit den groben Umrissen zufriedengeben und die Nistgewohnheiten der Filzläuse vergessen.«

Wanda wurde rot. »Du weißt — oder solltest wissen —, daß ich das nicht meine«, protestierte sie. »Ich spreche über die gesamte Wanderung um den Pol einer Spezies, den Verkehr in beide Richtungen zwischen Asien und Amerika. Das ist ein einzigartiges Phänomen, eine Ökologie in der Zeit und im Raum. Allein, wenn ich nur herausfinden kann, warum der Mammutbestand Beringias so früh zurückgeht, zurückging, während er auf der anderen Seite ständig größer wurde — aber mein Projekt wurde einfach beendet! Und überall werde ich abgewimmelt. Du auch! Dabei hatte ich gehofft, du würdest das nicht tun.«

Temperamentvoll, dachte Everard. *Bei einem Unabhängigen einschmeicheln — will sie nicht; aber ihm gehörig die Meinung sagen, wenn sie findet, daß er es verdient!* »Tut mir leid, Wanda«, sagte er. »Das war nicht meine Absicht.« Nach einem beruhigenden Zug aus der Pfeife. »Tatsache ist, daß diese menschlichen Neuankömmlinge alles verändern. Hat man dir das nicht erklärt?«

»Ja, so ungefähr.« Sie sprach wieder leise. »Aber würden meine Untersuchungen wirklich alles versauen? Eine Person, die da in der Steppe, in den Bergen und Wäldern und am Strand herumläuft? Als ich bei den Tulats wohnte, den Ureinwohnern, machte sich niemand darüber Sorgen.«

Everard runzelte die Stirn. »Ich kenne nicht alle Einzelheiten«, gab er zu. »Gestern habe ich nur so viel wie möglich in der kurzen Zeit angesehen; aber das war nicht übermäßig viel. Trotzdem scheint es klar zu sein, daß die Tulats für den Langzeitablauf der Ereignisse nicht wichtig sind. Sie verschwinden bald sang- und klanglos und hinterlassen keine so deutlichen Spuren wie die Kolonien in Vinland oder Roanoke. Die Paläo-Indianer werden die wahren präkolumbianischen Amerikaner. Und jetzt, bei ihrem frühesten Erscheinen, weiß man nicht, was einen kritischen Unterschied machen und die gesamte Zukunft durcheinanderbringen könnte.« Er hob die Hand. »Ja, ja, sicher. Es ist höchst unwahrscheinlich. Kleinere Wellen und Runzeln im Kontinuum können bestimmt ausgebügelt werden und die Geschichte wieder richtigstellen. Das trifft auch auf deine ... Tulats zu. Aber wer kann garantieren, daß die Situation für die Paläo-Indianer im jetzigen Stadium stabil ist. Außerdem wünscht das Büro für Amerikanische Frühgeschichte, daß ihre Geschichte beobachtet wird, während sich ihre Kulturen unverseucht — ich meine: frei — entwickeln.«

Wanda ballte die Fäuste. »Ralph Corwin wird unter ihnen *leben!*«

»Ja, aber er ist ein Profi auf diesem Gebiet, ein hochkarätiger Anthropologe. Ich habe mir seine Akte ebenfalls angesehen. Er hat einen hervorragenden Hintergrund durch seine Arbeiten mit späteren Generationen. Er wird seine Wirkung auf diese Menschen auf das

Mindestmaß beschränken, während er herausfindet, was wirklich geschah — so wie du herausgefunden hast, was sich bei Tieren und Pflanzen abspielte.«

Everard stieß langsam Rauchwölkchen aus. »Das ist das Grundproblem, Wanda. Die Neuen müssen zwangsläufig mit den Ureinwohnern wechselseitig agieren. Dies kann leicht oder heftig sein; aber es wird so kommen und könnte sehr kompliziert werden. Da können wir unmöglich noch einen Anachronismus auf dem Schauplatz gestatten. Das könnte die Ereignisse so verwirren, daß sie nicht mehr zu reparieren sind. Vor allem, weil du auch nicht Corwins Fähigkeiten besitzt. Verstehst du das?

Der Punkt ist: Deine ökologischen Studien sind sehr wertvoll; aber jetzt haben die menschlichen Studien absolute Priorität. Das ist keineswegs gegen dich gerichtet. Aber dein Projekt müßte beendet werden. Du bekommst ein neues. Und man wird dafür sorgen, daß du dies bis zur Fertigstellung machen kannst.«

»Ja, verstehe. Das hat man mir alles schon erklärt.« Sie saß schweigend da. Dann schaute sie ihm wieder fest in die Augen und sagte ganz ruhig:

»Es geht um mehr als meine Wissenschaft, Manse. Ich habe Angst um die Wir — um meine Tulats. Es sind so liebenswerte Menschen. Primitiv, oft wie Kinder; aber gut. Grenzenlos freundlich und gastfreundlich zu mir. Nicht, weil ich ein Wunder war und Macht hatte, sondern weil das ihre Natur ist. Was wird aus ihnen? Oder wurde? Ihre Gattung war verloren, vergessen. Wieso? Ich habe vor der Antwort Angst, Manse.«

Er nickte. »Corwin gab seine Meinung dazu ab — vertraulich natürlich. Nach dem Gespräch mit dir war er auch dafür, daß dein Projekt in Beringia beendet würde, weil er befürchtete, du könntest ... der Versuchung erliegen, dich einzumischen. Vielleicht auch unbewußt, da du dafür nicht ausgebildet bist und dort ohne Kontrolle seist. Halte ihn aber nicht für einen miesen Kerl. Er tat nur seine Pflicht. Er schlug auch vor, dich in eine frühere Periode zu versetzen.«

Wanda schüttelte den Kopf. »Das bringt nichts. Die Bedingungen änderten sich in der kurzen Wärmeperiode so schnell, daß ich wieder bei Null anfangen müßte. Und alles, was ich herausfinden würde, wäre für die Periode der menschlichen Wanderungen, die die Patrouille interessiert.«

»Ja, sein Vorschlag wurde auch mit dieser Begründung abgelehnt. Aber du mußt ihn Corwin hoch anrechnen.«

»Tu ich auch.« Die Worte kamen schneller. »Ich habe nachgedacht, Manse. Und das ist das Ergebnis: Meine Arbeit ist es wert, beendet zu werden. Auch wenn es nur eine rohe Skizze wird, ist sie ungemein nützlich. Und vielleicht könnte ich den Tulats ein ganz klein bißchen helfen — unter Corwins Aufsicht. Ich will ja nicht ihr Schicksal verändern oder etwas ähnlich Weltbewegendes tun — nur diesen wenigen unbedeutenden Menschen ein bißchen den Schmerz lindern. Dr. Corwin hat da so eine Andeutung gemacht — wir sind einmal zum Essen gegangen. Damals habe ich die Idee sofort abgelehnt; aber inzwischen habe ich darüber nachgedacht. Wie wäre es, wenn ich nicht zu Arjuk, zu den Tulats, zurückginge, sondern mit ihm bei den Neuankömmlingen bleibe?«

In Everard Kopf dröhnte es. Er legte die Pfeife weg und machte sein Pokergesicht. »Unkonventionell«, sagte er.

Wanda lachte. »Um eines bitte ich dich aber: Kläre den guten Doktor darüber auf, daß er nicht mein Typ ist. Ich möchte nicht, daß er enttäuscht wird. Außerdem haben wir beide solche Unmengen von Arbeit in kurzer Zeit zu erledigen, um die Leute nicht zu sehr zu beeinflussen.«

Jetzt war sie ernst. Glitzerten da Tränen in den Wimpern? »Manse, ich brauche deine Hilfe! Erst deinen Rat, und dann, wenn du mich nicht für völlig übergeschnappt hältst — deinen Einfluß. Ich habe meinen direkten Vorgesetzten gefragt, was er denkt; aber der hat mir nur gesagt, ich solle abschwirren. Wie du sagst — es ist unkonventionell. Er ist nicht prüde, geht aber genau nach dem Buchstaben. Die Regeln stehen fest, und niemand soll ihn deshalb belästigen. Ralph Corwin ist auch so. Wahrscheinlich würde er Zeter und Mordio schreien, wenn man ihn an etwas erinnert, das er beim zweiten Cocktail vorschlug. Aber du, Manse, du hast Autorität, Prestige, Beziehungen in dieser Firma. Bitte, denk doch zumindest darüber nach!«

Everard dachte nach. Erst war er stürmisch dagegen. Sie redeten und redeten. Als er zustimmte, ging die Sonne schon unter. Als er sie eingeladen hatte, in die Patrouille einzutreten, hatte sie vor Freude laut gejuchzt. Jetzt war sie so erschöpft, daß sie nur noch flüsterte: »Danke, ich danke dir.«

Die Lebensgeister wurden wieder wach, als sie zum Abendessen in die ›Empress of China‹ gingen. Danach machten sie noch einen kleinen Kneipenbummel. Sie redeten und redeten. Als er ihr vor der Tür ihrer Eltern Gute Nacht wünschte, küßte sie ihn.

13 211 v. Chr.

I

Die Tage wurden immer kürzer. Winter setzte ein. Blizzards legten dicke Schneedecken über die beinhart gefrorene Erde. Der braune Bär teilte seine Träume mit den Toten, während der weiße Bär auf den Eisschollen im Meer herumlief. Die Wir verbrachten die meiste Zeit dieser unendlich langen Nächte in ihren Hütten.

Doch allmählich kehrte die Sonne zurück, erst mit ganz kleinen, dann mit größeren, schnelleren Schritten. Die Winde wurden milder, Schneewehen schmolzen, die Flüsse brausten, die Eisschollen rieben einander auf. Die tapsigen Jungen der geweihtragenden Tiere und der Mammuts trabten über die Steppe, die ein einziges Blütenmeer war. Auch die Zugvögel kehrten heim. Für die Wir war dies immer die glücklichste Jahreszeit gewesen — bis jetzt.

Sie fürchteten das unwegsame Landesinnere, mit Wölfen und Geistern; aber sie mußten es durchqueren. Im Herbst hatten die Jäger ihnen den Weg gezeigt und mit Steinhaufen markiert. Danach gingen sie allein und brachten die geforderten Geschenke. Sobald Schnee den Boden bedeckte, waren sie frei bis zum Frühjahr. Aber in der wärmeren Jahreszeit mußten die Männer jeder Familie zwischen zwei Vollmonden den Marsch machen. Dies hatten die Jäger befohlen.

Arjuk und seine Söhne brauchten mit den schweren Lasten drei Tage. Zurück würde es weniger als zwei Tage dauern.

Einige Familien wohnten weiter weg als er, einige näher. Aber für alle waren diese Märsche eine große Belastung, da die Männer während ihrer Abwesenheit nicht jagen, sammeln oder andere Arbeiten für den Haushalt erledigen konnten. Nach der Rückkehr mußten sie sich bald wieder an das Zusammenstellen der nächsten Ladung machen. Da blieb nicht viel Zeit oder Kraft, für die Familie zu sorgen.

Man hatte überlegt, ob man sich sammeln und gemeinsam hinmarschieren sollte. Das wäre zwar Schutz und Trost gewesen, hätte aber die meisten noch mehr Zeit gekostet. So beschlossen die Wir, daß die Gruppen einzeln gingen. Vielleicht würden sie es später anders machen, wenn sie mehr über diese neue Ordnung wußten.

So ging also Arjuk mit seinem Söhnen Barakyn, Oltas und Dzurjan auf den ersten Frühlingsmarsch. Arjuks und Barakyns Frauen blieben mit den kleinen Kindern zurück. Sie schleppten lange, kräftige Holzstücke, wie man ihnen befohlen hatte, dazu noch etwas Proviant für unterwegs. Wind und Regenschauer setzten ihnen zu. Oft blieben sie im Schlamm stecken, immer drückten die schweren Lasten auf den Rücken. Nachts erschreckten sie Gebrüll und Geheul wilder Tiere. Endlich erreichten sie das Lager der Jäger.

Von einer Anhöhe aus konnten sie es sehen. Die Jäger hatten eine weite, ebene Fläche gewählt, wo der Boden gut entwässert wurde. Aus den höheren Bergen im Norden floß ein klarer Bach hindurch.

Die Wir waren vor Staunen stumm. Bei ihrem letzten Besuch im Herbst waren es schon mehr lederne Steilzelte gewesen als sämtliche Tulat-Behausungen zusammen. Arjuk hatte überlegt, ob diese Zelte im Winter warm genug sein würden. Jetzt sah er, daß die Fremden große Hütten aus Steinen, Rasen und Häuten gebaut hatten. Rauch stieg von den Feuerstellen an diesem sonnigen, ruhigen Nachmittag auf. Menschen liefen um die Hütten herum.

»Wie haben sie das gemacht?« fragte Oltas ehrfurchtsvoll. »Welche Mächte haben sie?«

Arjuk erinnerte sich an eine Bemerkung von Ihr-die-Seltsames-weiß. »Ich glaube, daß sie Werkzeuge haben, die wir nicht haben«, antwortete er langsam.

»Aber trotzdem ist es eine Riesenarbeit!« sagte Barakyn. »Woher nahmen sie nur die Zeit?«

»Sie töten große Tiere«, erinnerte Arjuk ihn. »Von einem können sie viele Tage essen.«

Tränen der Müdigkeit und des Schmerzes liefen über Dzurjans Wangen. »Aber, w-warum nehmen sie Uns so viel weg?« stammelte er. Darauf wußte sein Vater keine Antwort.

Arjuk führte sie hinab. Auf dem Weg kamen sie an einem langgestreckten Kieshügel vorbei. Dahinter stand — vor den Blicken aus dem Lager und auch vor den ihren geschützt — etwas, so daß sie wie angenagelt stehen blieben. Arjuk wurde es einen Augenblick schwarz vor Augen.

»*Sie!*« rief Barakyn.

»Nein, nein!« schluchzte Oltas. »Sie ist unser Freund, sie würde nie hierher ziehen.«

Arjuk riß sich zusammen. Am liebsten hätte er auch losgeschluchzt; aber dazu war er zu müde. Er starrte die runde, graue Kuppel an und sagte: »Wir wissen nicht, warum. Aber vielleicht werden wir es bald erfahren. Kommt!«

Sie marschierten weiter. Als die Leute sie erspähten, liefen die Kinder schreiend und furchtlos auf sie zu. Mehrere Männer folgten. Sie trugen Speere und Beile — Arjuk hatte diese Namen schon gelernt —, aber sie lächelten. Er nahm an, die übrigen waren auf der Jagd. Frauen und Kinder liefen aufgeregt herbei, als die Wir die Hütten erreichten. Arjuk sah Menschen mit Runzeln, ohne Zähne, blind oder gebeugt. Hier mußten die Schwachen nicht weggehen, um zu sterben. Die Jungen und Starken konnten sie ernähren.

Man führte die Wir zu einer etwas größeren Hütte. Davor wartete ein Mann in pelzbesetzter Lederkleidung und einem Stirnband mit drei Adlerfedern auf sie. Er war der Sprecher dieser Menschen. Arjuk kannte ihn als Roter Wolf. Das bedeutete der Name in seiner Sprache. Er konnte ihn während des Lebens mehrmals ändern. Daher mußte der Name etwas bedeuten. Für Arjuk war sein Name nur ein Laut, der ihn von den anderen unterschied. Hätte er über die Bedeutung nachgedacht, wüßte er, daß er ›Nordwest-Brise‹ hieß, wenn man den Akzent etwas anders sprach. Aber Arjuk hatte nie über seinen Namen nachgedacht.

Er vergaß Roter Wolf. Er vergaß alles. Ein Mann kam durch die Menge. Er überragte alle, sogar den Anführer. Sie machten ihm mit viel Respekt Platz, aber auch lächelnd und grüßend. Daraus konnte man sehen, daß er schon längere Zeit unter den Jägern weilte. Sein Gesicht war dünn und bartlos, bis auf den mächtigen Schnurrbart unter der Adlernase. Er trug das Haar kurz. Haut und Benehmen erinnerten an Sie-die-Seltsames-weiß. Kleidung und Dinge an seinem Gürtel waren genauso wie bei ihr.

Dzutjan stöhnte laut.

»Lasten hinlegen!« befahl Roter Wolf. Er hatte die Tulatsprache ein bißchen erlernt. »Gut. Ihr essen, dann hier schlafen.«

Der Mann aus der anderen Welt blieb neben ihm stehen. Ohne die schwere Last fühlte Arjuk sich so leicht, als könnte er sofort mit dem Wind davonfliegen. Oder drehte sich nur alles in seinem Kopf? »Möget ihr beim Sammeln viel finden«, rief er in der Sprache der Wir. »Habt keine Angst. Erinnert ihr euch an Khara-tse-tuntyn-bajuk?«

»Sie … sie lebte nahe unserer Hütte«, antwortete Arjuk.

»Ach, ihr seid diese Familie?« Der Mann war offensichtlich entzückt. »Dann bist du Arjuk? Ich habe schon auf unsere Begegnung gewartet.«

»Ist sie bei dir?«

»Nein. Aber sie gehört zu meiner Familie und bat mich, euch ganz herzlich von ihr zu grüßen und zu sagen, daß sie immer freundlich an euch denkt. Ich heiße ... die Wolkenleute nennen mich Großer Mann. Ich bin gekommen, um ein paar Jahre unter ihnen zu verbringen und etwas über ihre Sitten und Gebräuche zu erfahren. Ich möchte aber euch auch besser kennenlernen.«

Roter Wolf wurde ungeduldig und stieß etwas in seiner Sprache aus. Großer Mann antwortete ihm. Sie wechselten noch einige Worte, dann machte Roter Wolf eine Handbewegung, als wollte er sagen: »So sei es!« Großer Mann schaute zu Arjuk und seinen Söhnen, die stumm im Kreise der Jäger dastanden.

»Die Gespräche sind am leichtesten, wenn ich helfe«, erklärte Großer Mann. »Aber ich habe sie aufgefordert, sich die Mühe zu machen und eure Sprache besser zu lernen. Irgendwann werde auch ich dies Land verlassen, außerdem bin ich nicht immer im Lager. Roter Wolf will mit euch reden, nachdem ihr euch ausgeruht habt. Dann wird er euch sagen, was, ihr, du und dein Volk, später bringen sollt.«

»Was können wir außer Holz noch bringen?« fragte Arjuk. Seine Stimme war so dumpf wie sein Herz.

»Sie wollen davon mehr. Aber auch gute Steine für ihre Werkzeuge und Waffen. Sie wollen getrockneten Torf und Dung als Brennmaterial. Dann wollen sie Felle, getrockneten Fisch, Walfischspeck und alles, was das Meer liefert.«

»Das können wir nicht!« rief Arjuk. »Sie wollen jetzt schon so viel, daß wir uns kaum noch ernähren können.«

Großer Mann schaute bekümmert drein. »Das ist hart für euch«, sagte er. »Ich kann euch davon nicht befreien. Aber ich kann es erträglicher machen, wenn ihr auf mich hört. Ich werde den Wolkenleuten sagen, daß sie von euch nichts bekommen, wenn sie euch sterben lassen. Ich werde sie dazu bringen, daß sie euch Geräte geben und zeigen, wie man sie macht, damit Fischen und Jagen leichter für euch wird. Sie stellen Spitzen her mit einem Haken. Wenn ein Fisch ihn verschlingt, kann er nicht entkommen. Ebenso Speerspitzen, die fest im Körper des Tieres steckenbleiben. Kleidung wie ihre wird euch trocken und warm halten ...« Er brach ab. »Es tut mir leid, daß ich nicht mehr für euch tun kann. Aber wir werden versuchen ...«

Arjuk hörte ihm nicht mehr zu.

Roter Wolf war vor dem Eingang beiseite getreten. Eine Frau kroch heraus. Sie war wie die anderen gekleidet, aber ihre Sachen waren schmutzig und stanken. Ihr Bauch wölbte sich vor. Das stumpfe Haar hing in ein abgehärmtes Gesicht. Als sie aufstand, schwankte sie. Ihr Arme hingen kraftlos herab.

»Daraku«, flüsterte Arjuk. »Bist du das?« Er hatte sie vorher nicht gesehen und auch nicht fragen können, was aus ihr geworden war. Er wußte nicht, ob Roter Wolf ihr befohlen hatte, außer Sicht zu bleiben, damit sie keinen Ärger verursache, oder ob sie sich aus Angst und Scham versteckt hatte oder ob sie tot war.

Sie taumelte ihm entgegen. Er fing sie auf, schlang die Arme um sie und weinte.

Roter Wolf rief ihr einen Befehl zu. Sie klammerte sich an Arjuk. Großer Mann runzelte die Stirn. Er sprach unwirsch. Roter Wolf und die Jäger in Hörweite fuhren hoch. Großer Mann senkte die Stimme. Nach und nach beruhigte Roter Wolf sich wieder. Schließlich breitete er die Hände aus und drehte sich um. Das Zeichen, daß die Angelegenheit für ihn erledigt war.

Arjuk blickte über Darakus Schulter. Wie scharf die Knochen unter dem Hirschledergewand hervorstanden. Hoffnung flackerte in ihm auf. Wie durch einen Schleier sah und hörte er Großer Mann:

»Dies Mädchen, das sie mitnahmen, ist deine Tochter, stimmt's? Ich habe mit ihr ein wenig gesprochen;

aber sie antwortet kaum. Sie wollten eure Sprache von ihr lernen. Das haben sie erreicht, so viel sie ihnen sagen konnte, ehe die Trauer sich zu schwer auf sie legte. Sie wollen immer noch das Kind, das sie unterm Herzen trägt, damit es für sie ein weiterer Jäger oder eine weitere Mutter wird. Aber ich habe sie überredet, sie gehen zu lassen. Sie kann mit dir zurückkehren.«

Arjuk ließ sich und Daraku vor dem Großen Mann auf den Boden sinken. Ihre Brüder ebenfalls.

Danach wurde gegessen — die Wolkenfrauen waren sehr gastfreundlich; aber die Speisen waren so anders, daß die Wir nicht viel essen konnten. Anschließend schliefen sie zusammen in dem Zelt, das eigens für sie aufgestellt worden war. Es folgten lange Unterredungen, in denen Großer Mann zwischen Arjuk und Roter Wolf dolmetschte. Es wurde viel darüber gesprochen, was die Wir von nun an tun mußten und was sie dafür bekämen. Arjuk war nicht sicher, wie lange er brauchen würde, um die volle Tragweite von allem zu erkennen. Eins stand fest: Das Leben hatte sich mehr verändert, als sein Verstand fassen konnte.

An einem stürmischen Regenmorgen brach er mit seinen Kindern auf. Sie gingen langsam und rasteten oft, da Daraku nur mühsam gehen konnte. Sie starrte vor sich hin und antwortete nur selten, wenn man sie etwas fragte, und dann höchstens mit zwei oder drei Worten. Aber wenn Arjuk ihre Wange streichelte oder ihre Hand nahm, lächelte sie ein bißchen.

In der Nacht bekam sie die Wehen. Der Regen peitschte, Sturmwind brauste. Arjuk, Barakyn, Oltas und Dzurjan drängten sich an sie, um ihr ein bißchen Schutz und Wärme zu geben. Sie fing an zu schreien und hörte nicht mehr auf. Sie war noch so jung und ihr Becken eng. Als der Morgen graute, sah Arjuk, daß sie stark blutete. Der Regen spülte das Blut ins Moos. Ihr Gesicht war wie Pergament über den Schädel gespannt, ihre Augen erloschen. Sie hatte nur noch die Kraft zu winseln. Dann verstummten auch diese Laute.

»Das Kind ist auch tot«, sagte Barakyn.

»Das ist gut so«, murmelte Arjuk. »Ich weiß nicht, was ich mit ihm gemacht hätte.«

In der Ferne trompetete ein Mammut. Der Wind wehte schärfer. Es würde ein kalter Sommer werden.

II

Das Patrouillenteam kam spät in einer mondlosen Nacht, um seine Arbeit so schnell und still wie möglich zu erledigen und dann wieder zu verschwinden. Die Einheimischen würden bald feststellen, daß sich noch ein Wunder ereignet hatte; aber es war besser, wenn sie dabei nicht Augenzeugen wurden. Immer den Schlag so klein wie möglich halten.

Wanda Tamberly konnte nach Sonnenaufgang eintreffen. Ihr Zeitmobil brachte sie direkt in die Unterkunft, die für sie gebaut worden war. Mit fürchterlichem Herzklopfen stieg sie ab und schaute sich um. Alles war auf Transparenz geschaltet und strahlend hell. Vertraute Dinge standen da. Sie würde allerdings eine Zeitlang brauchen, bis sie alles so aufgestellt hatte, wie es ihr gefiel. *Erst einen Blick in die Nachbarschaft.* Sie hatte sich wohlweislich warm angezogen, warf aber noch den Regenmantel über, entsiegelte den Eingang und trat hinaus.

Es war jetzt der Herbst des Jahres, in dem sie Beringia verlassen hatte (und sie hatte nur wenige Wochen im zwanzigsten Jahrhundert verbracht). Astronomisch gesehen war es noch nicht lange Herbst; aber es konnten schon bei diesem subarktischen Längengrad und in der Eiszeit jeden Tag die ersten Schneeflocken kommen. Das Morgenlicht war hell. Wind pfiff über das vertrocknete Gras. Hügel begrenzten im Norden und Süden den Horizont. Ein Geröllhaufen, vom Gletscher zurückgelassen, überragte ihr und Dr. Corwins Kuppelzelte. Eine Quelle plätscherte heraus. Sie vermißte das Meer und die Zwergbäume ihres vorigen Lagers. Hier gab es auch weniger Vögel, und es waren Arten des Binnenlandes.

Die Kuppeln berührten sich beinahe. Corwin erschien. Er war makellos gekleidet: Khaki, Strickjacke und hohe Stiefel. Er strahlte. »Willkommen«, begrüßte er Wanda und kam mit ausgestreckter Hand auf sie zu. »Wie geht's?«

»Danke, gut«, antwortete sie. »Und wie ist es Ihnen ergangen?«

Er hob die Brauen. »Was? Haben Sie sich nicht meine Berichte angesehen?« fragte er fröhlich. »Ich bin schokkiert und am Boden zerstört. Schließlich habe ich mir solche Mühe beim Abfassen gemacht. Wahre Kompositionen.«

›Kompositionen‹ ist genau das richtige Wort, dachte sie. *Selbstverständlich sind es wissenschaftliche Berichte, und elegante Ausdrucksweise schadet dabei nicht. Aber ich hatte so ein komisches Gefühl ... als hätte er mal hier mal da etwas bemäntelt oder schöngefärbt. Vielleicht bin ich aber nur voreingenommen.* »Aber selbstverständlich habe ich das getan«, antwortete sie. Dann lächelte sie. »Inklusive aller Ihrer Einwände dagegen, daß ich wieder hierher geschickt wurde.«

Er blieb freundlich. »Das ging doch nicht gegen Sie persönlich, Agent Tamberly, wie Sie hoffentlich wissen. Ich dachte lediglich, es würde zu unnötigen Komplikationen und Risiken führen, auch für Sie. Aber ich wurde überstimmt. Möglicherweise habe ich mich geirrt. Auf alle Fälle bin ich sicher, daß wir hervorragend zusammenarbeiten werden. Von meinem persönlichen Standpunkt aus kann ich mich doch nur glücklich schätzen, so angenehme Gesellschaft wie Ihre zu haben.«

Wandy überging diesen Punkt schnell. »Ich will Ihre Gefühle keineswegs verletzen, Sir; aber wir werden nicht im eigentlichen Sinn zusammenarbeiten. Sie studieren die ... äh ... Wolkenleute. Ich muß noch einen Winter lang Tiere beobachten, um ein halbwegs vollständiges Bild von bestimmten Lebenszyklen zu gewinnen, die für die Ökologie kritisch zu sein scheinen.«

Sie hatte damit den Standpunkt klar, aber so liebenswürdig wie möglich ausgedrückt. »Lassen Sie mich in Ruhe meine Arbeit machen. Ich habe auch die Absicht, Ihnen nicht in die Quere zu kommen oder lästig zu fallen. Das gilt natürlich für uns beide.«

Er nahm diese klare Warnung wohlwollend auf. »Gewiß doch. Wir arbeiten die praktischen Details aus: Keine Einmischung in die Projekte des anderen, Zusammenarbeit und gegenseitige Unterstützung, wenn nötig. Darf ich Sie aber erst einmal zum Frühstück einladen? Da Sie sich zweifellos mit der Ortszeit synchronisiert haben, dürften Sie vor Ihrer Abreise nichts mehr gegessen haben.«

»Na ja, ich dachte ...«

»Aber, bitte, nehmen Sie an! Wir müssen uns ernsthaft unterhalten. Warum nicht in angenehmer Atmosphäre? Ich versichere Ihnen, daß ich kein übler Koch bin.«

Wanda gab nach. Corwin hatte alles in seiner Unterkunft so adrett und praktisch eingerichtet, wie sie es nie schaffen würde. Er bestand darauf, daß sie sich auf den Stuhl setzte. Dann goß er ihr Kaffee ein, der bereits fertig war. »Dies ist ein besonderer Anlaß«, erklärte er. »Sonst nimmt man ja auf einer Expedition lediglich Nahrung zu sich. Meinen Sie nicht auch? Was halten Sie von Speck, in Milch und Ei getränktem und gebratenem Toast, dazu Ahornsirup?«

»Ich würde sagen: Lassen Sie mich an die Krippe, ehe ich den Zaun niedertrample.«

»Großartig.« Er machte sich am winzigen elektrischen Herd zu schaffen. Eine Atom-Minianlage speiste ihn und wärmte auch die Kuppel. Wanda zog den Mantel aus, lehnte sich zurück und trank den ausgezeichneten Kaffee. Dann ließ sie die Blicke schweifen. Bücher — sein Geschmack war anspruchsvoller als ihrer. Vielleicht hatte er diese Werke auch erst eigens ausgesucht, als er erfuhr, daß sie zu ihm stoßen sollte. Sie sahen alle wenig benutzt aus. Es waren auch zwei Bücher dabei, die er veröffentlicht hatte, als er noch auf der Akademie war. Dann lagen noch einige Gegenstände auf den Regalen — wahrscheinlich Geschenke, die er als Souvenirs mit heimnehmen wollte. Darunter war auch eine Lanze mit einer kunstvollen Spitze, die ebenso wie die Steinklinge eines Beils aus Geweihteilen durch Riemen und Leim verbunden war. Auch die Kratzer, Schneiden, Burins* und andere Werkzeuge waren alle sehr fein gearbeitet. Wanda mußte an die groben Arbeiten der Wir denken. Tränen brannten in ihren Augen.

»Ich nehme an, daß Sie sich darüber im klaren sind«, sagte er und hielt den Blick auf die Pfanne gerichtet, »daß die Wanayimo Sie für meine Frau halten. Als ich Sie ankündigte, nahmen sie das als selbstverständlich an. Sie haben nicht die freie Sexualmoral der Tulats.«

»Wanayimo? Ach ja, die Wolkenleute. Na ja ...«

»Keine Angst. Sie akzeptieren, daß Sie ihr eigenes Haus haben, um Ihre eigene Magie zu wirken. Sie sind unter ihnen sicher, vor allem, da man Sie als meine Frau betrachtet. Ansonsten ... vielleicht würde die Angst vor Ihren Zauberkräften sie zurückhalten, Skrupel jedenfalls nicht. Einige der jungen Krieger könnten leicht auf den Gedanken kommen, es für eine Mutprobe ihrer Männlichkeit zu halten. Schließlich mußte ich ihnen ja sagen, was sie früher oder später herausgefunden hätten, daß Sie früher mit den Tulats Umgang hatten. Sie halten diese nicht wirklich für Menschen.«

---

* Burin = Grabstichel des Kupferstechers

Wütend preßte Wanda die Lippen zusammen. »Das habe ich schon aus Ihren Berichten ersehen. Ehrlich gesagt, wünschte ich, daß Sie der Beziehung zwischen den beiden Stämmen mehr Aufmerksamkeit geschenkt hätten.«

»Aber, Teuerste. Ich kann nicht alles abdecken. Nicht mal einen Bruchteil von dem, was nötig wäre, wenn dies eine richtige anthropologische Expedition wäre. Ich bin erst sieben Monate, oder etwas weniger nach ihrer Chronologie, hier.« Er war ein paarmal in die spätere Zeit gegangen, um sich zu besprechen oder auszuruhen; aber er war — im Gegensatz zu ihr — immer am nächsten Morgen wieder aufgetaucht. Kontinuität war bei menschlichen Angelegenheiten wichtiger als beim Studium von Fauna und Flora in der freien Natur.

Ich muß zugeben, daß er in dieser kurzen Zeit erstaunlich gute Arbeit geleistet hat, zumal er ja auch mit vielen Schwierigkeiten zu kämpfen hatte, dachte sie. *Er hatte natürlich den Vorteil, daß er die Sprache kannte. Sie ist ähnlich wie die der Stämme im östlichen Sibirien, die schon besucht wurden, und auch nicht sehr verschieden von der späterer Generationen, die durch Kanada wanderten, mit denen er selbst schon gearbeitet hat. Aber das war am Anfang sein einziger Vorsprung. Es war auch eine gehörige Portion Mut nötig. Sie hätten ihn leicht umbringen können. Es sind Hitzköpfe und furchtbar empfindlich ... hat er berichtet.*

»Und mir bleibt kaum mehr Zeit«, fuhr Corwin fort. »Im nächsten Jahr zieht der Stamm weiter nach Osten. Ich weiß noch nicht, ob es die Mühe wert ist oder nicht, mit ihnen zu ziehen oder später wieder zu ihnen zu gehen, wenn sie sich niedergelassen haben. Auf alle Fälle ist die Unterbrechung eine Störung.«

»Was?« rief Wanda. »Das haben Sie aber noch nicht eingegeben.«

»Nein, noch nicht. Es ist für mich eine ganz neue Entdeckung. Im Augenblick erwarten sie, hier zu bleiben. Sie glauben, sie hätten ihr Verheißenes Land erreicht. Um herauszufinden, wie sie sich hier entwickeln und um die Interaktion mit den nächsten Immigranten besser zu verstehen, bin ich ein paar Jährchen in die Zukunft geflitzt. Die Region hier ist verlassen. Ich fand heraus, daß dies im nächsten Frühjahr passieren wird. Nein, ich weiß nicht, warum. Sind bestimmte Ressourcen für sie nicht ausreichend? Vielleicht können Sie das Rätsel lösen. Ich bezweifle, daß sie einer Bedrohung vom Westen her ausgesetzt werden. Ich konnte bestimmen, daß keine neuen Paläo-Indianer in den nächsten fünfzig Jahren hier ankommen werden, da ihre Wanderungen so schleppend und zickzackartig sind.«

Dann haben meine Wir so lange Frieden. Die Erleichterung Wandas hielt keine Sekunde an. Sie erinnerte sich an das, was bereits geschehen war und was solange weitergehen würde, solange die Wolkenleute blieben. Wie viele Wir würden noch am Leben sein, wenn sie abzogen?

Sie zwang sich, der Sache auf den Grund zu gehen. »Sie sagten doch gerade, daß die Wolkenleute die Tulats für Untermenschen halten«, sagte sie. »Aber in Ihren Berichten steht nichts darüber, wie sie sie tatsächlich behandeln. Sie erwähnen lediglich ›Tribut‹. Was ist die Wahrheit?«

»Ich sagte Ihnen doch, daß ich unmöglich jedes Detail erforschen konnte«, antwortete er leicht unwirsch. »Dazu werde ich auch in Zukunft nicht kommen.« Er zerbrach die Eier am Schüsselrand, als seien es Kritikerköpfe, die einen seiner Artikel verrissen hatten. »Ich erwarb die Tulat-Sprache schon im voraus und sprach mit einigen, die herkamen, um ihre Abgaben zu bringen. Das begann kurz nach meiner Ankunft. Ich konnte für zwei oder drei Individuen das Los etwas mildern. Dann besuchte ich noch eine ihrer elenden, kleinen Behausungen an der Küste. Was soll ich denn noch tun? Ob es Ihnen gefällt oder nicht — meine Sorge und meine Aufgabe gilt den Menschen, die die Zukunft schaffen werden. Sollten *Sie* sich nicht auf die Dinge in der Natur konzentrieren, die Ihnen wichtig sind?«

Seine Gereiztheit verflog. Er lächelte. »Ich möchte nicht abgebrüht erscheinen«, fügte er hinzu. »Sie sind neu in der Patrouille und stammen aus einem Land mit erstaunlich glücklicher Geschichte. Ich möchte auch nicht herablassend klingen; aber es ist nun mal eine Tatsache, daß in der gesamten Geschichte der Menschheit, bis in eine unendlich weite Zukunft nach unserer Geburt, Stämme, Clans, Nationen die übrigen Menschen als mögliche oder tatsächliche Beute betrachten — es sei denn, jemand anderer ist ausreichend stark, um ein möglicher oder tatsächlicher Feind zu sein.

Sie werden sehen, daß die Wanayimos nicht so übel sind. Keine Nazis oder Azteken. Krieg wurde ihnen aufgedrängt, weil Sibiriens Ressourcen für die paläolithische Technologie bei der Überbevölkerung nicht ausreichten. An diese Niederlage erinnern sie sich noch; aber man kann sie nicht als Krieger bezeichnen, wenn niemand da ist, den sie bekriegen können. Sie sind kühn, tapfer — ja, Machos. Das ist für das Leben, das sie führen, in dem sie große, gefährliche Tiere jagen, eine notwendige Voraussetzung. Für sie ist es ebenso natürlich, die Tulats auszubeuten wie die Karibus abzuschlachten. Sie sind nicht absichtlich grausam. In Wahrheit haben sie eine gewisse Ehrfurcht vor jeglichem Leben. Aber sie nehmen von der Welt, was sie für Frauen, Kinder, Alte und sich brauchen. Das müssen sie.«

Wanda nickte widerstrebend. Corwin hatte berichtet, welch ein Glücksfall es für die Wolkenleute gewesen war, auf die Wir zu stoßen. Das wäre natürlich nicht so gewesen, wenn sie die Gelegenheit ausgenützt hätten. Corwin hatte das nicht vorausgesehen. Bis dahin war solch ein glücklicher Zufall in ihrer Erfahrung noch nicht aufgetaucht. Irgendein Genie bei ihnen hatte die Erfindung — Besteuerung — gemacht. Daraus hatte das Volk, dem dieser Mann Loyalität schuldete, ungeheuren Vorteil gezogen. Diese Besteuerung würde in zukünftigen Jahrtausenden immer wieder angewendet werden, auf der ganzen Welt und meist weniger berechtigt.

Die Wanderschaft der Wolkenleute war ebenso lang und viel schlimmer gewesen als die sagenhaften vierzig Jahre der Juden durch die Wüste. Kein Manna fiel vom Himmel — nur Schnee, Graupel und eiskalter Regen. Andere hatten bereits die guten Jagdgründe besetzt und verjagten die fremden Eindringlinge nach kurzer Zeit. So mußten sie immer weiterziehen. Als sie endlich diese Gegend erreicht hatten — weiter entfernt vom Mutterland Asien, als je einer ihrer Rasse sich vorgewagt hatte. Ihr erster Winter war beinahe so grauenvoll, wie der der ›Pilgerväter‹ in Massachusetts sein würde.

Jetzt ging es ihnen gut. Mit dem Holz, das die Wir heranschleppten, konnten sie statt der improvisierten Zelte Häuser bauen. Es war nicht länger ein Unglück, wenn ein Speerschaft zerbrach. Geeignete Steine, Brennstoff, Fisch, Fleisch, Fett, Häute konnten sie sich selbst besorgen und taten dies auch. Allerdings war das, was die Wir brachten, mehr als kostbar. Dadurch hatten die Wolkenleute Energien frei, um kühnere Konstruktionen zu bauen, sorgfältiger handwerklich zu arbeiten und — was am schönsten war — sich Gesängen, Tänzen, Gedanken und Träumen hinzugeben.

Corwin hatte darauf hingewiesen, daß sie aus pragmatischen Gründen seinen Vorschlägen folgten und ihren Vasallen als Wiedergutmachung Angelhaken, Harpunen, Nadeln, Messer, Techniken zur Steinbearbeitung und Ideen gaben. Das sei Fortschritt, sagte er. »Ja, und ich wette, daß die Wir abends fröhlich in der Runde sitzen und Spirituals singen«, murmelte Wanda.

Dennoch wußte sie genau, daß die Ureinwohner Amerikas zum Untergang verdammt waren. Obwohl die Neuankömmlinge von Anfang an ein hartes Leben führten, wurden sie zumindest nicht abgeschlachtet wie die Tasmanier von den Weißen im neunzehnten Jahrhundert oder von Regierungen unter die Überlebensgrenze gedrückt, wie Ukrainer oder Äthiopier im zwanzigsten Jahrhundert. Sie wurden auch nicht von fremdländischen Krankheiten dahingerafft. Die bakteriologische Isolation der Neuen von der Alten Welt würde erst anfangen, nachdem Beringia untergegangen war. Solange die Wir ihren Tribut herbeischafften und keinen Ärger machten, konnten sie ihr eigenes Leben weiterführen. Wenn gelegentlich ein Wanayimo-Krieger sich mit Gewalt ein Tula-Mädchen nahm, war das bei ihrem Volk nicht die entsetzliche Schande wie bei seinem Volk: Und war es nicht besser, wenn die Gene sich vermischten, als daß ein Strang völlig ausstarb? War es so?

Wanda bemerkte Corwins forschenden Blick. Die Zeit war schnell vergangen. Sie schüttelte sich. »Tut mir leid«, sagte sie. »War in Gedanken.«

»Keine übermäßig angenehmen, fürchte ich.« Seine Stimme klang mitfühlend. »Wirklich, es könnte alles viel schlimmer sein. In den meisten Zeiten der Geschichte ist alles auch viel schlimmer. Hier können wir die Dinge ein bißchen erleichtern. Nur ein bißchen und ganz vorsichtig. Ich fand zum Beispiel schon ziemlich zu Anfang heraus, daß die Wanayimo eine Tochter Ihres Freunds Arjuk verschleppt hatten. Sie heißt Daraku. Wahrscheinlich kennen Sie das Mädchen. Man hatte sie nicht absichtlich schlecht behandelt, sondern nur mitgenommen, um ihre Sprache etwas zu erlernen. Aber sie verfiel in eine tiefe Depression — Heimweh, Kulturschock, keine Freunde oder Familie. Ich überredete die Wanyimo, sie ihren Leuten zurückzugeben.«

Wanda sprang auf. »Was?« Dann ließ die Wirkung der Schreckensnachricht nach. Ihr wurde warm ums Herz. »Also das war wirklich wunderbar von Ihnen. Danke.« Sie schluckte.

Er lächelte. »Schon gut. Das war doch logisch. Die Gelegenheit war eben günstig. Nun fassen Sie sich mal wieder — vor allem vorm Frühstück, das sofort fertig ist.«

Der Geruch des gebratenen Specks versetzte Wanda schneller in gute Laune, als es moralisch gerechtfertigt war. Beim Essen plauderte Corwin dahin, machte auch ein paar Scherze. Er konnte noch über andere Sachen als sich reden und gab ihr auch Gelegenheit zu sprechen. »San Francisco ist eine hinreißende Stadt; aber Sie müssen sie mal Mitte der Dreißigerjahre besuchen, ehe sie ihren Charme kommerzialisierte. Sagen Sie mir, dieses Exploratorium, das Sie erwähnten, das klingt wie eine phantastische Neuerung, ganz im alten und wahren Geist ...«

Als sie fertig waren und er die jungfräuliche Zigarette des Tages — wie er es nannte — angezündet hatte, wurde er ernst. »Wenn ich abgewaschen habe — nein, an Ihrem ersten Morgen dürfen Sie nicht helfen! —, bringe ich Sie am besten gleich zu Worika-kuno.« Das war der Rote Wolf. Sie kannte den Namen aus seinen Berichten, wo er oft erwähnt wurde. »Mehr eine Höflichkeit als Notwendigkeit; aber die Wanayimo schätzen Höflichkeit untereinander ebenso, wie die Japaner es tun werden.«

»Er ist der Häuptling, nicht wahr?« fragte Wanda. Sie hatte aus den Berichten den genauen Status nicht erkennen können.

»Nun, ihm wurde nicht formal irgendeine Autorität verliehen. Stammesentscheidungen werden von den Männern und den älteren Frauen, die das gebärfähige Alter überlebt haben, durch Mehrheitsbeschluß gefällt. Jüngere Frauen haben zwar im Rat nichts zu sagen; aber es wird stillschweigend geduldet, daß sie in Alltagsfragen mitbestimmen. Es ist natürlich so, daß immer einer — aufgrund seiner Fähigkeiten und kraftvollen Persönlichkeit — dominiert und von allen respektiert wird. Sein Wort entscheidet für gewöhnlich. Dieser Mann ist Worika-kuno. Wenn Sie sich mit ihm gut verstehen, erleichtert das Ihre Arbeit ungemein.«

»Und was ist mit dem ... hm ... Medizinmann?«

»Der Schamane hat eine einzigartige und mächtige Position. Meine Beziehung zu ihm ist etwas kitzlig. Ich muß immer und immer wieder alles tun, um ihm zu zeigen, daß ich nicht sein Rivale sein oder ihm von seinem Prestige etwas wegnehmen will. Das müssen Sie auch tun. Offengestanden wurden Sie auf meine Empfehlung hin gerade jetzt hergeschickt, nachdem feststand, daß Sie zurückkehren würden, weil er die nächsten Tage beschäftigt ist und sich dazu zurückgezogen hat. Dadurch können Sie Ihre Fühler ausstrecken, ehe Sie mit ihm in Kontakt kommen.«

»Womit beschäftigt er sich denn?«

»Einem Todesfall. Gestern brachte eine Jagdpartie die Leiche eines Kameraden zurück. Ein Bison hatte ihn aufgespießt. Das war nicht nur ein großer Verlust, sondern auch ein schlechtes Omen. Der Mann war ein hervorragender Jäger und ein guter Ernährer. Jetzt muß der Schamane die bösen Mächte wegzaubern. Zum Glück für die allgemeine Stimmung konnte Worika-kuno das Biest beschäftigen, bis seine Leute es töteten.«

Wanda pfiff leise. Sie kannte den Bison im Pleistozän.

Später begleitete sie Corwin ins Dorf. Als sie um den Hügel bogen, der sie verbarg, verschlug es Wanda fast den Atem. Sie hatte zwar schon Abbildungen gesehen; aber diese hatten nicht übermitteln können, wieviel menschliche Energie in diese Arbeit geflossen war. Ein Dutzend rechteckiger Häuser, so groß wie Bungalows standen am Ufer des seichten Baches. Es waren Holzkonstruktionen auf solidem Lehmfundament, mit Rasen bedeckt. Aus den meisten Rasendächern stieg Rauch auf. Etwas abseits befand sich der Zeremonienplatz: Ein Ring aus Steinen, im Zentrum eine Feuerstelle und ein Steinmal, das mit den Schädeln großer Tiere bedeckt war. Einige stammten aus der Steppe, einige aus den Wäldern und Tälern südlich davon: Karibu, Elch, Bison, Pferd, Bär, Löwe und Mammut auf der Spitze. Auf der anderen Seite der Ansiedlung lag ein Arbeitsplatz. Hier loderte ein großes Feuer. Frauen und Kinder in Ledergewändern oder in dünnen, gewebten Sommertuniken zerlegten die letzte Jagdbeute. Trotz des Todes von Schneeschreiter trug der Wind Lachen und Gesprächsfetzen herüber. Lange Trauer war ein Luxus, den diese Menschen sich nicht leisten konnten.

Als sie Wanda und Corwin erblickten, verstummten sie. Einige Männer, die im Moment nichts zu tun hatten, kamen aus den Häusern. Ihnen oblagen Jagd und schwere körperliche Arbeiten, während die Frauen die Hausarbeit erledigten. Die Kinder hielten sich zurück. Corwin hatte berichtet, daß sie zwar sehr geliebt wurden und auch recht frech waren, aber man ihnen auch beigebracht hatte, rücksichtsvoll und ehrerbietig zu sein, wenn die Gelegenheit es erforderte.

Die beiden Forscher wurden von allen Seiten lautstark und mit rituellen Gesten begrüßt, die Corwin erwiderte. Niemand folgte ihnen. Roter Wolf war verständigt, denn er wartete vor seiner Behausung. Zwei Mammutstoßzähne flankierten den Eingang. Er war besser als die anderen gekleidet. Vor allem aber ragte er durch seine Persönlichkeit heraus. Er besaß die Selbstsicherheit eines Panthers. Roter Wolf hob die Hand. »Immer bist du willkommen, Großer Mann«, sagte er feierlich. »Immer möge deine Jagd gut sein und in deinem Heim Zufriedenheit herrschen.«

»Mögen gutes Wetter und freundliche Geister dich stets umgeben, Roter Wolf«, antwortete Corwin. »Hier bringe ich dir jene, von der ich dir berichtete, damit wir dir unsere Aufwartung machen.«

Wanda verstand die Worte. Corwin hatte, sobald er die Sprache einigermaßen beherrschte, sein Wissen in ein mnemotechnisches Aggregat geladen und an die Patrouille geschickt. Dort hatte man den Inhalt Wanda ins Gehirn eingepflanzt. Ebenso schmerzlos hatte er den zusätzlichen Wortschatz des Tula, den sie selbst entdeckt hatte, erworben. (Er ›hatte‹! Nein, er ›würde erwerben‹ — etwa fünfzehntausend Jahre später in der Zukunft.) Wenn sie dies Wissen einmal nicht mehr brauchten, würde es gelöscht werden, um Platz für etwas anderes zu schaffen. Das war ein ziemlich trauriger Gedanke.

Wanda lenkte ihre Gedanken wieder auf die Eiszeit. Roter Wolf musterte sie scharf. »Wir sind uns schon begegnet, Sonnenhaar«, sagte er.

»Stimmt.« Sie mußte jetzt ihren Verstand benutzen. »Ich gehöre nicht zu irgendeinem Volk hier. Ich bewege mich unter den Tieren. Ich möchte mit den Wolkenleuten in Freundschaft leben.«

»Von Zeit zu Zeit wünschst du dir vielleicht einen Führer«, antwortete er listig.

»Ja«, stimmte sie zu. »Ich werde ihm dankbar sein.«

Das kam in dieser Sprache der Zusage am nächsten, daß sie den Führer gut belohnen wollte. *Eins steht fest: Mit der hier zur Verfügung stehenden Hilfe kann ich zehnmal so viel schaffen wie früher.*

Roter Wolf breitete die Arme aus. »Tretet ein und seid gesegnet. Wir wollen ungestört sprechen.«

Das Innere bestand aus einem einzigen Raum. In der Mitte war aus flachen Steinen eine Feuerstelle gebaut, auf der Glut lag. Ein Feuer neu anzuzünden war mühsam und mußte daher möglichst vermieden werden. An den Wänden waren niedrige Plattformen, auf denen viele Felle lagen. Hier konnten etwa zwanzig Erwachsene und Kinder schlafen. Jetzt waren die meisten draußen, da das Wetter schön war. Roter Wolf stellte ihnen seine hübsche Frau Kleine Weide vor. Dann ging er zu einer anderen Frau. Ihre Augen waren vom Weinen gerötet, ihre Wangen zerschnitten, das Haar hing offen herab — alles Zeichen der Trauer. Sie war Mondschein auf dem Wasser, Schneeschreiters Witwe.

»Wir überlegen, wie wir für sie und die Kleinen sorgen können«, erklärte Roter Wolf. »Sie möchte nicht sofort einen neuen Mann nehmen. Nun, sie kann hier bei uns bleiben, bis sie dazu bereit ist.«

Er lud seine Gäste ein, auf den Fellen beim Feuer Platz zu nehmen. Kleine Weide brachte eine Lederflasche, ähnlich der spanischen Bota, mit vergorenem Kranichbeerensaft. Wanda spritzte sich etwas in den Mund, um nicht unhöflich zu sein. Das Zeug schmeckte gut. Sie war sich bewußt, daß man sie mehr oder weniger als Mann behandelte; aber schließlich war ihr Status auch außergewöhnlich. Doch auch Kleine Weide und Mondschein auf dem Wasser wurden nicht weggeschickt, sondern konnten zuhören. Wenn eine von ihnen etwas Wichtiges zu sagen hatte, konnte sie ruhig den Mund aufmachen.

»Ich hörte, wie du den schrecklichen Bison getötet hast«, sagte Wanda zu Roter Wolf. »Das war eine tapfere Tat.« Um so mehr, da das Tier seiner Meinung nach von einem bösen Geist besessen war.

»Ich hatte Hilfe«, erklärte er nicht aus Bescheidenheit, sondern weil es den Tatsachen entsprach. Dann lächelte er. »Ich allein gewinne nicht immer. Vielleicht kannst du mir beibringen, wie man eine Fuchsfalle macht, die funktioniert. Meine versagen immer. Ich überlege oft, ob ich den Vater der Füchse irgendwie beleidigt habe. Vielleicht hinterließ ich als kleines Kind meine Markierung über seiner.« Jetzt grinste er breit.

Er kann über das Unbekannte scherzen. Verdammt, ich glaube, daß ich ihn mögen werde. Das sollte ich zwar nicht, aber es wird bestimmt so kommen.

III

Wanda bestieg ihr Zeitmobil, projizierte eine Karte mit Koordinatensystem, stellte ihr Ziel ein und drückte auf den Aktivator. Sofort war die Kuppel um sie herum verschwunden, und sie befand sich wieder an ihrem alten Lagerplatz. Dann verriegelte sie die Schalter, obwohl in den nächsten Stunden weder ein Mensch noch ein Tier sich diesem außerirdischen Gegenstand nähern würde. Dann marschierte sie los.

Himmel und Meer waren stahlgrau, ohne Sonne. Selbst auf die Entfernung und durch den Wind konnte sie hören, wie die Brandung gegen Beringia schlug und zerrte. Der Wind brauste über abgestorbenes Gras, dunkles Moos, kahle Bäume und Sträucher und Felsbrocken. Er kam von Norden, wo Dunkelheit den Horizont verdeckte. Die Kälte sprang sie an und suchte nach Öffnungen in ihrer Kleidung. Der erste Blizzard war auf dem Weg nach Süden.

Generationen hatten den Pfad ausgetreten, auf dem sie jetzt dahinging. Er führte sie in die Schlucht. Die Wände hielten den schlimmsten Wind ab; aber der Fluß führte Hochwasser und schäumte schmutzigweiß. Sie erreichte den Vorsprung, der nur noch ein Stückchen über den brodelnden Wassermassen lag. Drei Steinhütten umgaben eine Quelle.

Jemand mußte sie durch die Zwergerlen entdeckt haben; denn Arjuk schob die zusammengebundenen Äste, die ihm als Tür dienten, beiseite und kroch heraus. Dann stand er auf. In der Hand hielt er eine Axt. Seine Schultern waren unter dem Fellüberwurf gebeugt. Wanda war erschüttert, als sie ihn sah. Sein Gesicht war eingefallen.

»Ar-arjuk, mein Freund«, stammelte sie.

Er blickte sie lange an, als müsse er sich erinnern oder begreifen, wer sie war. Als er sprach, konnte sie sein Murmeln beim Tosen des Flusses kaum verstehen.

»Wir haben gehört, daß du zurückgekommen bist. Aber nicht zu uns.«

»Nein, ich ...« Sie streckte ihm die Arme entgegen. Er zuckte zurück. Da ließ sie die Arme sinken. »Arjuk, ja, ich muß bei den Mammuttötern wohnen, weil das nötig ist. Aber ich gehöre nicht zu ihnen. Ich will euch helfen.«

Er entspannte sich etwas — allerdings weniger aus Erleichterung als aus Erschöpfung, dachte sie. »Ja, Ulugu sagte, daß du zu ihm und seinen Söhnen freundlich warst, als sie dort waren. Du gabst ihnen Gute Süße.« Er meinte Schokolade. Früher hatte Wanda sie gezwungenermaßen nur sehr selten verteilt; denn sonst hätte auch ein Lastwagen voll nicht gereicht.

Sie mußte an die dumpfe Dankbarkeit derer denken, die jede Hoffnung verloren hatten. *Verdammt noch mal! Ich werde* nicht *weinen!* »Ich habe für dich und alle hier Gute Süße.« Arjuk hatte sie bis jetzt noch nicht eingeladen, in seine Hütte zu kommen — nicht daß sie das unbedingt wollte. »Doch sage mir zuerst: Warum bist du nicht in diesem Mond gekommen?«

Es war wahrscheinlich der letzte Frühlingsmonat gewesen, in dem die Wir Tribut bringen sollten. Nachdem sie die Leute der Sprudelnden Quellen getroffen hatte, war sie froh, wenn sie draußen forschen konnte, wenn eine Delegation kam. Sie konnte so wenig Trost spenden. Trotzdem hatte sie Corwin gebeten, ihr zu sagen, wenn Arjuk käme. Vor dieser Begegnung konnte sie sich nicht drücken. Wenn nötig, würde sie ein paar Tage zeitlich zurückgehen. Aber er kam nie.

»Die Mammuttöter sind wütend«, sagte sie. »Ich sagte ihnen, daß ich herausfinden würde, wo das Problem liegt. Hast du die Absicht, bald aufzubrechen? Ich fürchte, ein Sturm kommt.«

Der zottige Kopf senkte sich. »Wir können nicht gehen. Wir haben nichts zu bringen.«

»Warum?« fragte sie entsetzt.

»Bei der Herbstversammlung sagte ich schon allen, daß ich nicht glaubte, wir hätten etwas«, erklärte Arjuk mit melodischem Tula, doch ohne die gewohnte Lebendigkeit der Sprache. »Ulungu ist ein wahrer Freund. Nachdem er mit seinen Söhnen den letzten Marsch gemacht hatte, kamen sie hierher, um uns zu helfen. Da hörte ich auch, daß du jetzt bei Großer Mann bist.«

O mein Gott! Wie verraten mußt du dich gefühlt haben!

»Sie konnten nichts tun, da wir selbst auch nichts getan hatten«, fuhr Arjuk fort. »Ich sagte ihnen, sie sollten heimgehen und für ihre Frauen und Kinder sorgen. Es war ein schlimmer Sommer. Fisch, Schalentiere und Wild waren rar. Wir hungerten oft, weil wir für die Mammuttöter Dinge sammeln mußten. Andere litten auch Hunger; aber die neuen Haken und Speere halfen. Hier sind sie nicht sehr brauchbar, weil Fischschwärme und Seehunde, die man damit fangen kann, nur selten vorbeikommen.« *Vielleicht Versandung durch die Gezeiten, Strömungen?* »Wir müssen uns auf den Winter vorbereiten. Wenn wir noch mehr für die Mammuttöter arbeiten, verhungern wir.«

Arjuk hob den Kopf und blickte ihr tief in die Augen. Voll Würde sagte er: »Vielleicht können wir ihnen im nächsten Sommer mehr als in diesem geben. Sag ihnen, daß ich allein dies entschieden habe.«

»Das werde ich.« Sie feuchtete die Lippen an. »Nein! Das werde ich nicht sagen. Ich will mehr für euch tun. Keine Angst! Sie sind nicht so … so …« Im Tula gab es kein Wort für ›grausam‹ oder ›erbarmungslos‹. Außerdem wäre das den Wolkenleuten gegenüber nicht fair gewesen. »Sie sind nicht so grimmig, wie du denkst.«

Die Handknöchel am Axtstiel wurden weiß. »Sie nehmen, was sie wollen. Sie töten jeden, der sich gegen sie auflehnt.«

»Es gab einen Kampf. Stimmt. Aber töten die Wir einander nie?«

Sein Blick wurde düster. »Seitdem starben noch zwei

von uns durch ihre Hände.« *Das wußte ich nicht! Corwin hat sich nicht die Mühe gemacht, nachzufragen.* »Und du sprichst für die Mammuttöter. Nun, jetzt hast du gehört, was ich zu sagen habe.«

»Nein, ich ... ich versuche doch nur ... ich will euch glücklicher machen.« *Ihr müßt irgendwie den Winter durchstehen! Im Frühjahr werden die Eindringlinge — aus irgendwelchen unbekannten Gründen — abziehen. Aber das darf ich euch nicht voraussagen. Außerdem würdet ihr mir bestimmt nicht glauben.* »Arjuk, ich werde dafür sorgen, daß die Wolkenleute sich zufrieden geben. Sie werden vom Erlenfluß nichts mehr verlangen, ehe der Schnee wieder geschmolzen ist.«

Er blieb mißtrauisch. »Wie kannst du sicher sein?«

»Kann ich. Sie werden auf mich hören. Hat Großer Mann sie nicht auch dazu gebracht, Daraku zurückzugeben?«

Schlagartig war Arjuk zum Greis geworden. »Das hat nichts geholfen. Sie starb auf dem Heimweg. Das Kind, das so viele Männer in sie gelegt hatten, nahm sie mit fort.«

»Was? O nein, *nein!*« Wanda merkte, daß sie auf englisch geklagt hatte. »Warum hast du Großer Mann das nicht wissen lassen?«

»Er war nie da, wenn ich später wiederkam«, antwortete er tonlos. »Ich sah ihn zweimal, aber in der Ferne, und er suchte meine Nähe auch nicht. Warum sollte ich zu ihm gehen? Kann er die Toten zurückrufen? Kannst du das?«

Wanda dachte an ihren Vater, dem sie mit einem Telefonanruf oder einem kurzen Besuch eine Riesenfreude machen konnte. »Ich glaube, du möchtest, daß ich weggehe«, sagte sie traurig.

»Nein, komm herein.« Dort hockten die anderen in Schmutz, Angst und unterdrückter Wut. »Ich bin beschämt, daß wir dir nur so wenig zu essen anbieten können; aber komm herein.«

Was kann ich tun? Was kann ich sagen? Wäre ich mit Manse zusammen groß geworden oder hätte ich in einer früheren Epoche gelebt, wüßte ich das vielleicht. Aber ich bin noch so jung. Aber in dem Zeitalter, aus dem ich stamme, schickt man gedruckte Beileidskarten und spricht über Trauerverarbeitung. »Ich ... ich sollte nicht. Heute nicht. Du mußt ... über mich nachdenken, bis du verstehst, daß ich dein Freund *bin* ... immer. Dann können wir zusammen sein. Denk erst über mich nach. Ich werde über euch wachen und auch für euch sorgen.«

Bin ich weise oder schwach?

»Ich liebe euch«, platzte sie heraus. »Euch alle hier.« Sie holte die Schokoladentafeln aus einer Tasche. Sie fielen vor seine Füße. Irgendwie schaffte sie es zu lächeln, ehe sie sich umdrehte und wegging. Er protestierte nicht, sondern stand nur da und schaute ihr nach. *Ich glaube, daß ich das richtig mache.*

Ein Windstoß wirbelte die dürren Zweige auf. Sie ging schneller. Arjuk sollte sie nicht weinen sehen.

IV

Die Ratsversammlung, die erwachsenen Männer und älteren Frauen, drängten sich in dem Haus dicht zusammen. Draußen konnten sie nicht zusammensitzen, da ein schwerer Sturm tobte. Sein Rauschen und Tosen drang selbst durch die dicken Wände. Die Flammen auf der Feuerstelle brannten niedrig. Man konnte in der Dunkelheit kaum die Alte erkennen, die sich darum zu kümmern hatte. Der Raum war voll Rauch und dem Geruch der eng aneinander gedrängten Menschen in Lederkleidung. Es war nicht nur dunkel, sondern auch heiß. Wenn die Flammen hochschlugen, konnte man Schweißperlen auf den Gesichtern von Roter Wolf, Sonnenhaar, Antworter und den anderen im engsten Kreis sehen.

In diesem Licht glänzte auch der Stahl, den Wanda hochhielt. »Ihr habt es gehört, ihr habt es verstanden, ihr wißt es jetzt«, sagte sie. Bei feierlichen Gelegenheiten benutzten die Wolkenleute einen Wiederholungsstil, der für sie biblisch klang. »Für das, worum ich euch bitte, gebe ich euch dies Messer, wenn ihr meine Bitte erfüllt. Nimm es, Roter Wolf! Probiere es aus! Sag, ob es gut ist!«

Roter Wolf nahm das Messer. Die Strenge in seinem Gesicht war verschwunden. Er sah wie ein Kind unterm Weihnachtsbaum aus. Schweigen breitete sich in der Versammlung aus, bis das Atmen beinahe so laut wie der Wind war. Er untersuchte den Griff und probierte die Ausgewogenheit aus, die er als erfahrener Jäger beurteilen konnte. Dann hob er ein Holzstück auf. Sein erster Versuch, es zu spalten, war unbeholfen. Feuerstein und Obsidian können zwar ebenso scharfe Schneiden wie Metall haben, schneiden aber gut gelagertes Holz nicht, weil sie zu spröde sind. Man kann mit ihnen auch nicht richtig schnitzen. Roter Wolf war mit der Form, dem Griff nicht vertraut. Doch kapierte er schnell.

»Dies Ding wird unter meinen Fingern lebendig«, stieß er erstaunt hervor.

»Man kann damit viel machen«, erklärte Wanda. »Ich werde es dir zeigen, auch wie man die Klinge behandelt.« Wenn ein Stein stumpf wurde, schlug man ein Stück ab, bis er zu klein wurde. Stahl zu schärfen, war eine eigene Kunst; aber sie war sicher, daß sie es konnte. »Aber nur wenn ihr mir meinen Wunsch erfüllt.«

Roter Wolf blickte in die Runde. »Ist das euer Wille?« fragte er laut. »Daß ich das Messer stellvertretend für euch alle annehme und dafür der Familie des Wühlmausmannes Arjuk den Tribut erlasse, den er uns hätte bringen müssen?«

Zustimmung wurde laut. Doch dann ertönte Antworters rauhe Stimme. »Nein, hier ist etwas Böses.«

Verdammt! dachte Wanda wütend. *Ich hatte erwartet, daß die Sache reibungslos über die Bühne gehen würde. Was stört den Kerl?*

Ein Raunen erhob sich und verstummte wieder. Roter Wolf funkelte den Schamanen an. »Wir haben gesehen, was der Glänzende Stein tun kann«, sagte er langsam. »Ihr alle habt es gesehen. Ist er nicht viele Ladungen Holz oder Fisch, viele Felle von Ottern und Hasen wert?«

Der schrumplige Schamane fuhr hoch. »Warum lieben die Großen Fremdlinge die Wühlmausleute? Welche Geheimnisse gibt es zwischen ihnen?«

Wanda wurde wütend. »Ich habe nur bei ihnen gewohnt, bevor ich in dies Land kam«, erklärte sie. »Sie sind meine Freunde. Steht ihr euren Freunden nicht bei, Wolkenleute?«

»Bist du dann auch unser Freund?« schrie Antworter.

»Wenn ihr mich laßt, ja!«

Roter Wolf senkte den Arm zwischen die beiden. »Genug«, sagte er. »Sollen wir über die Last eines einzigen Monats einer einzigen Familie wie Möwen über Aas streiten? Hast du Angst vor den Wühlmausleuten, Antworter?«

Verdammt listig! Wanda freute sich. Der Schamane konnte nur wütend schauen. »Wir wissen nicht, über welche Hexenkunst sie verfügen und welche hinterlistigen Tricks sie kennen.« Wanda erinnerte sich, wie Manse Everard ihr erklärt hatte, daß oft Völker den Unterdrückten übernatürliche Kräfte zusprechen — die frühen Skandinavier den Finnen, die Christen des Mittelalters den Juden, weiße Amerikaner den Schwarzen ...

Roter Wolfs Stimme wurde hart. »Ich habe nichts dergleichen gehört. Weiß irgend jemand hier etwas?« Er hielt das Messer hoch über dem Kopf. *Der geborene Führer — so wie er dasteht. Mein Gott, sieht der Kerl gut aus!*

Es folgte weder eine Diskussion noch eine Abstimmung. Das entsprach nicht der Sitte der Wanayimo, und wäre auch in jedem Fall unnötig gewesen. Sie verließen sich zwar auf ihren Schamanen für die Fürsprache bei dem Übernatürlichen und für Zaubersprüche bei Krankheiten, gaben ihm aber nicht mehr Ehre, als vernünftig war, beäugten ihn sogar eher mißtrauisch: ein eheloser Mann, seßhaft und seltsam. Wanda wurde an einige ihrer katholischen Bekannten erinnert, die ihre Priester auch nicht sklavisch verehrten, sondern sich öfters heftig mit ihnen stritten.

Die Annahme ihres Vorschlags geschah wie eine sanfte Welle, die man mehr spürt als hört. Antworter saß mit gekreuzten Beinen da, hatte den Hirschlederumhang über den Kopf gezogen und schmollte. Die Männer umringten Roter Wolf, um das neue Ding zu bestaunen. Wanda konnte einfach fortgehen.

Corwin trat beim Ausgang zu ihr. Er hatte schweigend im Hintergrund gestanden, da er mit der Sache nichts zu tun hatte. Obwohl es nicht sehr hell war, sah Wanda, daß er verärgert war. »Kommen Sie mit in meine Kuppel«, befahl er. Erst wollte sie aufbegehren, gab dann aber nach. Eigentlich hatte sie eine solche Reaktion erwartet.

Die Tür war ohne Angeln, paßte aber genau in die Öffnung. Sie war aus Ästen, Weidenruten, Häuten und Moos gefertigt. Als Corwin sie löste, hätte der Wind sie ihm fast weggerissen. Sobald er und Wanda draußen waren, drückte er sie wieder zurück. Sie zogen die Kapuzen über, knöpften die Jacken zu und marschierten zu ihrem Lager. Die Luft peitschte, kratzte und biß. Das Schneetreiben war so dicht, daß sie kaum sehen konnten. Er brauchte einen kompaßähnlichen Richtungsanzeiger.

Im Warmen waren beide noch einige Minuten wie betäubt. Der Sturm tobte, das Gewebe des Kuppelzelts rauschte. Die Gegenstände im Innern schienen klein und zerbrechlich zu sein.

Keiner setzte sich. Als Corwin sprach, standen sie sich wie Kampfhähne gegenüber. »Offensichtlich hatte ich recht«, sagte er. »Die Patrouille hätte Sie zu Hause lassen sollen, wo Sie hingehören.«

Wanda hatte sich auch vorbereitet. *Nicht unverschämt oder aufsässig werden, aber fest bleiben. Er ist ranghöher als ich, aber er ist nicht mein Chef. Und Manse hat mir gesagt, daß die Patrouille Eigeninitiative zu schätzen weiß, solange sie mit Kompetenz verbunden ist.* »Was habe ich denn falsch gemacht — Sir?« fragte sie freundlich.

»Das wissen Sie genau«, fuhr er sie an. »Ungerechtfertigte Einmischung.«

»Das finde ich nicht, Sir. Ich habe nichts getan, das die Ereignisse noch mehr als unsere Anwesenheit beeinflussen könnte.« *Und das ist erledigt. Wir waren ›immer‹ ein so kleiner Teil der Prähistorie.*

»Und warum haben Sie nicht vorher mit mir darüber gesprochen?«

Weil du es natürlich verboten hättest, und da hätte ich nicht mitgemacht. »Es tut mir leid, wenn ich Sie verärgert habe. Das hatte ich nie vor, ehrlich.« *Ha!* »Ich hielt es für selbstverständlich — es schadet doch nicht. Wir interagieren mit diesen Menschen. Wir sprechen mit ihnen, begleiten sie, nehmen sie von Zeit zu Zeit als Führer in Anspruch und belohnen sie dafür mit kleinen Gegenständen aus der Zukunft. Stimmt doch, oder? Ich habe bei den Tulats sehr viel mehr als heute hier getan, und das Hauptquartier hatte nie Einwände. Was ist ein einziges Messer? Sie können es nicht nachmachen. Es wird zerbrechen oder stumpf werden oder verrosten. In höchstens ein paar Generationen wird es verloren sein, und niemand wird sich mehr daran erinnern.«

»Sie, als neuer und Junior Agent... « Corwin mußte Luft holen. Dann fuhr er einen Hauch weniger eisig fort: »Ja, man hat Ihnen größte Rücksicht entgegengebracht. Das kann man nicht mehr ändern. Aber Ihre Motive! Sie hatten keinen vernünftigen Grund für Ihre

Handlung, nur kindische Gefühlsduselei. Diese Einstellung können wir nicht gestatten, Tamberly. Das können wir nicht wagen.«

Ich konnte einfach nicht dastehen und zusehen, wie Arjuk, Tseshu samt Kindern und Enkeln mißhandelt oder getötet werden. Ich ... wollte nicht, daß Roter Wolf in eine Greueltat verwickelt wird. »Ich kenne keine Dienstanweisung, die uns verbietet, eine Freundlichkeit zu erweisen, wenn wir das ungefährdet tun können.« Sie lächelte. »Ich kann einfach nicht glauben, daß Sie noch nie zu jemand freundlich waren, der Ihnen am Herzen lag.«

Er stand einen Augenblick sprachlos da. Dann lächelte er auch. »*Touché!* Das muß ich zugeben.« Dann wieder ernst: »Aber Sie haben sich mehr aufgeladen, als Sie sollten. Ich will die Sache nicht aufbauschen; aber betrachten Sie es als Lektion, als Warnung.«

Dann lächelte er wieder. »Und jetzt, da die Sache erledigt ist, wollen wir die diplomatischen Beziehungen wieder aufnehmen. Setzen Sie sich doch. Ich koche uns Kaffee. Ein Schluck Brandy wird uns auch gut tun. Es ist schon viel zu lange her, daß wir gemeinsam gegessen haben.«

»Ich war meist draußen«, erinnerte sie ihn.

»Ja, ja. Doch jetzt sind wir für die nächste Zeit durchs Wetter ans Haus gefesselt.«

»Ich flitze vielleicht mal in die Zukunft.«

»Also, wirklich, Teuerste. Ihr Eifer ist bewundernswert, aber glauben Sie der Stimme der Erfahrung. Gelegentliche Ruhe, Erholung oder einfach Nichtstun ist höchst empfehlenswert. Nur Arbeit, kein Spaß — das bringt nichts.«

Schon klar, welche Art Erholung und Entspannung dir vorschwebt, dachte sie. Sie nahm ihm das nicht übel. Es war unter diesen Umständen eine natürliche Regung. Wahrscheinlich hielt er es sogar für ein Kompliment. *Nein, danke! Wie komme ich am elegantesten hier raus?*

V

Das kleinste Haus, kaum mehr als eine Hütte, gehörte Antworter. Schließlich wohnte der Schamane allein, abgesehen von irgendwelchen dienstbaren Dämonen. Er wurde von den Frauen und Männern des Stammes oft aufgesucht.

Jetzt saß er mit Laufender Fuchs am Feuer. Durch die Öffnung im Dach fiel Licht herein. Gleichzeitig zog der Rauch ab. Klares, beinahe warmes Wetter war auf den Sturm gefolgt. Magische Gegenstände schienen sich in der dämmrigen Hütte zu bewegen. Da stand eine Trommel, eine Pfeife, Knochen mit Ritzungen, getrocknete Kräuter. Seine weltlichen Besitztümer waren ebenfalls nicht reichlich. Die Stärke und das Leben des Schamanen war die Geisterwelt.

Antworter musterte seinen Besucher scharf. Die Männer hatten schon einige sorgfältig gewählte Worte gewechselt. »Du hast also auch Grund zur Beunruhigung«, sagte er.

Laufender Fuchs verzog das scharf geschnittene Gesicht. »Habe ich«, antwortete er. »An wen pirschen sich die beiden Fremden bei uns heran?«

»Wer weiß das?« meinte Antworter. »Ich habe Visionen über sie heraufbeschworen; aber es kamen keine.«

»Haben sie Zauber gegen uns gewirkt?«

»Ich fürchte, das könnte sein.«

»Wie konnten sie?«

»Wir sind von den Gräbern unserer Vorfahren weit entfernt. Wir ließen später auch unsere Toten zurück und zogen weiter. Jetzt gibt es hier nur wenige, die uns helfen.«

»Schneeschreiters Geist ist sicher sehr stark.«

»Der Geist eines Mannes gegen wie viele von den Wühlmausleuten?«

Laufender Fuchs biß sich auf die Lippe. »Stimmt. Ein Moschusochse oder Bison ist stärker als jeder Wolf;

aber ein Rudel Wölfe kann jeden Bullen erledigen.« Er dachte nach, ehe er fragte: »Kümmern sich die Wühlmausleute um die Gräber und bleiben mit ihren Toten befreundet wie wir? Bleiben ihre Geister überhaupt in der Gegend?«

»Das wissen wir nicht«, sagte Antworter.

Beiden Männern lief es kalt über den Rücken. Ein Geheimnis kann größeren Schrecken verbreiten als die härteste Wahrheit.

»Großer Mann und Sonnenhaar verfügen über mächtige Zaubersprüche und Kräfte«, sagte Laufender Fuchs. »Sie nennen sich unsere Freunde.«

»Wieviel länger werden sie hier bleiben?« gab Antworter zu bedenken. »Und würden sie uns in einem Notfall wirklich helfen? Vielleicht lullen sie uns nur ein und betreiben schon unsere Vernichtung.«

Laufender Fuchs lächelte boshaft. »Allein durch ihre Gegenwart gefährden sie deine Stellung.«

»Das reicht!« fuhr ihn der Schamane an. »Du fühlst dich doch selbst bedroht.«

Der Jäger schlug die Augen nieder. »Na ja ... Roter Wolf und die meisten ... ehren sie mehr, als ich es für klug halte.«

»Und Roter-Wolf hört nicht mehr so auf dich wie früher.«

»Genug!« Laufender Fuchs lachte gezwungen. »Was würdest du tun, wenn du könntest?«

»Wenn wir nur mehr über sie wüßten und sie bei einer Schwachstelle packen könnten ...«

Laufender Fuchs hob warnend die Hand. »Es wäre verrückt, direkt gegen sie etwas zu unternehmen. Aber die Wühlmausleute liegen ihnen am Herzen, jedenfalls Sonnenhaar.«

»Daran habe ich auch schon gedacht. Und welche Geheimnisse, welche Mächte verbindet sie mit diesem Stamm?«

»Allein sind diese haarigen Biester harmlos. Sie sind

wirklich wie Wühlmäuse, die ein Fuchs mit einem Biß tötet. Wenn wir sie überraschen würden, ohne daß Großer Mann und Sonnenhaar davon wissen ...«

»Kann eine solche Tat den beiden verborgen bleiben?«

»Ich habe gesehen, wie die beiden überrascht waren, wenn etwas Unerwartetes geschah: ein Schneehuhn, das plötzlich hochfliegt oder wenn die Eisdecke auf dem Fluß kracht — ganz normale Ereignisse. Sie wissen auch nicht alles auf der Welt, genausowenig wie du.«

»Aber du bist ein verwegener Mann.«

»Aber kein Idiot«, sagte Laufender Fuchs unwirsch. »Wie viele Tage reden wir jetzt schon um den heißen Brei!«

»Ja, es ist an der Zeit, offen zu sprechen«, stimmte ihm Antworter zu. »Du bist der Meinung, direkt zu diesem Arjuk zu gehen, den sie besonders schätzt, und die Wahrheit aus ihm herauszupressen.«

»Ich brauche einen Begleiter.«

»Ich bin kein Mann der Waffen.«

»Den Teil kann ich erledigen. Dafür verstehst du dich auf Zaubersprüche, Dämonen und Geister.« Laufender Fuchs musterte den Schamanen abschätzend. »Aber schaffst du den Weg?«

Voll Würde entgegnete Antworter: »Ich bin kein Schwächling.« Er war in der Tat drahtig. Auch wenn ihm schon ein paar Zähne fehlten, konnte er noch sehr lange marschieren, auch schnell laufen.

»Ich hätte fragen sollen, ob du die Reise machen möchtest«, sagte Laufender Fuchs nachgebend.

Besänftigt nickte Antworter. »Wir werden morgen oder übermorgen Frost bekommen«, prophezeite er. »Der weiche Schnee wird steinhart werden, so daß man auf ihm gut laufen kann.«

Hinter Laufender Fuchsens Augen flammte Begeisterung auf; aber er bewahrte ein gleichgültiges Gesicht und sagte nachdenklich: »Am besten brechen wir im Dunkeln auf. Ich werde sagen, daß ich allein hinausgehe, um das Gebiet besser kennenzulernen und nachzudenken.« Die Leute würden ihm das glauben.

»Ich werde sagen, daß ich in meinem Haus Geister beschwören will, und deshalb auf keinen Fall gestört werden darf — weder bei Tag noch bei Nacht —, bis ich wieder erscheine«, beschloß Antworter.

»Vielleicht hast du zu dieser Zeit in der Tat wichtige Aufgaben und Neuigkeiten.«

»Und du könntest dir große Ehre erwerben.«

»Ich tue es für die Wolkenleute.«

»Für alle Wolkenleute«, sagte Antworter. »Jetzt und immerdar.«

VI

Wie der Habicht sich auf den Lemming stürzt, so blitzschnell schlugen die Feinde zu. Ein Schrei riß Arjuk aus dem Winterschlaf. Benommen fuhr er hoch. Der nächste Schrei machte ihn hellwach. Eine Frau und Kinder hatten voll Angst geschrien.

Seine Frau Tseshu klammerte sich an ihn. »Warte hier!« sagte er. Dann tastete er in der Dunkelheit herum, bis er seine Steinwaffe fand. Voll Furcht kroch er aus dem Lager aus Fellen, Gras und Ästen heraus, in dem sie Wärme beim Schlafen gesucht hatten. Angst zerrte an ihm, doch seine Wut überwand sie. Griff ein wildes Tier seine Familie an? Auf Händen und Knien schob er den Windschutz beiseite und schob sich durch den Ausgang. Draußen ging er in die Hocke, bereit sich der Gefahr zu stellen.

Der Mut verließ ihn so schnell, wie Wasser aus der hohlen Hand läuft, wenn man sie aufmacht.

Die Kälte fiel bissig über seine Nacktheit her. Die Sonne stand tief im Süden. Es war ein Tag, an dem der Himmel und die Schatten ein hartes Blau trugen, die

Erde gleißend weiß war. Auf dem Fluß war das Eis etwas dunkler gefärbt, weil der Wind den Schnee weggefegt hatte. Die Felsbrocken am Ende der Schlucht waren bereift. Auch das Meer war ein gutes Stück gefroren. In der Ferne donnerte die Brandung, als spräche der Bären-Geist mit großer Wut.

Vor ihm standen zwei Männer. Leder und Pelze hüllten sie ein. Einer hielt in der rechten Hand einen Speer, in der linken ein Beil. Arjuk war ihnen schon früher begegnet. Ja, er wußte, daß der mit dem schmalen Gesicht und den funkelnden Augen in seiner Sprache ›Laufender Fuchs‹ genannt wurde. Der andere war alt, runzlig, hager, schien aber vom langen Marsch nicht erschöpft zu sein. Er hielt einen Knochen, auf dem Zeichen eingeritzt waren. Beide hatten Stirn und Wangen bemalt. Sicher waren das auch mächtige Zeichen. Er sah ihre Spur. Sie waren den Abhang herabgekommen — ganz still und lautlos, bis sie hier ihre Aufforderung herausgeschrien hatten.

Barakyn und Oltas waren hinausgegangen, um nach den Fallen zu sehen. Sie würden erst morgen zurückkommen. *Haben die beiden mich beobachtet und gewartet, bis meine starken Helfer weggingen?* schoß es durch Arjuks Kopf. Barakyns Frau Seset kauerte beim Eingang ihrer Hütte. Arjuks dritter Sohn, Dzurjan, fast noch ein Junge, zitterte vor der Hütte, die er mit Oltas teilte, wo er sich ums Feuer gekümmert und ansonsten geschlafen hatte.

»Was … was wollt ihr?« stammelte Arjuk. Obwohl die Angst ihm die Kehle zuschnürte, konnte er sich nicht dazu bringen, diesen Fremden den sonst bei Besuchern üblichen Willkommensgruß zu entbieten.

Laufender Fuchs antwortete kälter als die Wölkchen, die zwischen seinen Lippen hervordrangen. Er hatte Tula von allen Wolkenleuten am besten gelernt — wie oft war er mit Daraku zusammengewesen und hatte sie …? »Ich spreche zu dir, und du sprichst zu mir.«

Ja, natürlich, dachte Arjuk. *Reden. Sie wollen reden. Was haben sie uns sonst noch gelassen? Es sei denn, sie wollen Seset besteigen. Sie ist jung und hat noch alle Zähne. Nein, ich darf nicht wütend werden. Außerdem schauen sie sie gar nicht an.* »Kommt herein!« sagte er widerstrebend.

»Nein!« lehnte Laufender Fuchs unwirsch ab — halb aus Verachtung, halb aus Vorsicht, mutmaßte Arjuk. In der Enge einer Tulat-Behausung hatte er keinen Platz, diese schönen, tödlichen Waffen einzusetzen. »Wir reden hier.«

»Dann muß ich mich bedecken«, sagte Arjuk. Füße und Finger wurden schon gefühllos.

Laufender Fuchs zeigte ihm mit einer Handbewegung seine Erlaubnis dazu. Tseshu kroch vorwärts. Sie hatte Schuhe angezogen und einen Fellumhang übergeworfen, den sie eng um sich hielt, als habe sie Angst, daß die Fremden ihre Hängebrüste und den schlaffen Bauch sehen könnten. Sie brachte Arjuks Sachen. Dzurjan und Seset waren auch in die Hütten gekrochen und hatten sich angezogen. Dann bezogen sie wieder stumm neben dem Eingang Posten.

Arjuk fühlte sich angezogen schon viel besser, auch wenn es ihm nicht viel nützte. Laufender Fuchs schleuderte ihm die Fragen entgegen. »Was geht ... zwischen dir ... und Sonnenhaar?«

Arjuk stand mit offenem Mund da. »Sonnenhaar? Wer?«

»Frau. Groß. Haare wie Sonne. Augen wie ...« Laufender Fuchs zeigte zum Himmel.

»Aha, Sie-die-Seltsames-weiß ... wir waren Freunde.« *Sind wir das noch? Sie wohnt jetzt bei euch.*

»Was noch? Rede!«

»Nichts! Nichts!«

»Ha! Nichts? Warum gibt sie Tribut für dich?«

Arjuk war erstaunt. »Sie hat? Was?« Freude stieg in ihm hoch. »Ja, sie versprach, uns zu retten.«

Tseshu hatte ihm die Moossäcke zugebunden, die er

als Schuhe trug. Jetzt stand sie auf und trat neben ihn. So war sie immer gewesen.

Das kurze Glücksgefühl blies über das Eis davon. »Was *kujok* in Messer?« fuhr Laufender Fuchs ihn an.

»*Kujok?* Messer? Ich verstehe nicht.« Sprach der Mann einen Zauberspruch? Arjuk hob eine Hand und machte eine Abwehrgeste.

Die Fremden zuckten zusammen. Laufender Fuchs sprach schnell mit seinem Gefährten. Der Alte zeigte mit dem Knochen auf Arjuk und stieß eine schrillen Singsang aus.

»Keine Tricks!« schnarrte Laufender Fuchs. Er deutete mit dem Beil auf den Alten. »Hier steht Aakinninen — du sagst ›Antworter‹. Er *kujokolaia*. Hat *kujok* mehr stark als dein.«

Das Wort mußte Magie bedeuten. Arjuks Herz klopfte wie verrückt. Die Eiseskälte drang bis auf die Haut vor. »Ich wollte nichts Böses tun«, flüsterte er.

Laufender Fuchs brachte die Speerspitze dicht vor Arjuks Kehle. »Mein Stärke viel mehr als dein.«

»Ja, ist sie, ist sie.«

»Du sehen Wanayimo Stärke in Sprudelnden Quellen.«

Arjuk packte sein Steinbeil so fest, als könnte ihn sein Gewicht davon abhalten, von einem verbotenen Wutanfall in die Luft gewirbelt zu werden. *Soll ich mich flach auf den Schnee werfen?*

»Du tun, was ich sage!« brüllte Laufender Fuchs ihn an.

Arjuk warf einen Blick auf Dzurjan und Seset. Die beiden zitterten vor Angst. Er blieb stehen, Tseshu neben ihm. »Was müssen wir tun?« fragte er.

»Du sagen, was mit du und den Großen. Was sie wollen? Was sie tun?«

»Nichts, ich weiß nichts.«

Laufender Fuchs nahm seinen Speer herunter. Die Steinklinge ritzte dabei Arjuks Wade. Ein schmaler roter Spalt zeichnete sich ab. »Reden!«

Der Schmerz war gering, die Bedrohung unermeßlich groß. Wenn ein Mensch schließlich vor dem Löwen steht, hört er auf, Angst zu haben. Arjuk straffte die Schultern. »Du kannst mich töten«, sagte er leise. »Aber dann kann dieser Mund nicht mehr reden. An seiner Stelle wird mein Geist sprechen.«

Die Augen von Laufender Fuchs wurden groß. Entweder kannte er das Wort für ›Geist‹ oder ahnte die Bedeutung. Er besprach sich schnell mit Antworter. Dabei ließ aber Laufender Fuchs keinen der Wir aus dem Auge. Arjuk faßte Tseshu bei der Hand.

Antworters runzliges Gesicht wurde hart. Er bellte etwas. Sein Gefährte stimmte ihm offensichtlich zu. Arjuk wartete auf das Schicksal seiner Familie.

»Du nicht machen *kujok* gegen uns«, sagte Laufender Fuchs. »Wir nehmen mit. Sie reden.«

Er steckte den Speer aufrecht in den Schnee. Mit einem langen Schritt war er vor Tseshu und packte ihren Arm. Dann entriß er sie ihrem Mann. Sie schrie und weinte.

Daraku!

Ein Windstoß heulte über Arjuk. Mit einem wilden Schrei sprang er vor.

Laufender Fuchs schlug mit dem Beil zu, verlor aber etwas das Gleichgewicht, verfehlte Arjuks Kopf und erwischte ihn nur an der linken Schulter. Arjuk spürte den Schlag nicht. Er holte mit dem rechten Arm aus. Das Handbeil donnerte gegen Laufender Fuchses Schläfe. Der Wolkenmann brach zusammen.

Arjuk stand über ihm. Jetzt traf ihn der Schmerz. Er ließ das Beil sinken, ging auf die Knie und faßte sich an die verletzte Schulter. Dzurjan lief zu ihm. Eine Steinwaffe verfehlte Antworter nur knapp. Der Alte drehte um und rannte den Abhang hinauf in die Bäume. Dzurjan beäugte sich neben Tseshu über Arjuk. Seset beruhigte die Kinder.

Arjuks Seele kehrte zurück, als die Dunkelheit von

ihm wich. Mit Hilfe kam er auf die Füße. Blut lief wie eine rote Flamme von seiner Schulter in den Schnee. Der Arm baumelte nutzlos herab. Als er versuchte, ihn zu bewegen, war der Schmerz so groß, daß ihm wieder schwarz vor Augen wurde. Tseshu zog seinen Umhang beiseite, um nach der Wunde zu sehen. Sie war nicht tief. Die Klinge hatte den Knochen getroffen; aber der Knochen war gebrochen.

»Vater, soll ich dem anderen Mann nachlaufen und ihn töten?« fragte Dzurjan. Bebte die Jungenstimme oder kam es Arjuk nur so vor?

»Nein«, erklärte Tseshu. »Er hat schon zu viel Vorsprung. Du bist zu jung.«

»Aber, er ... er wird Roter Wolf erzählen, was passiert ist.«

Zu Arjuks Überraschung merkte er, daß er einigermaßen klar denken konnte. »Das ist in Ordnung«, sagte er leise. »Wir dürfen die Sache nicht noch schlimmer machen ... für uns alle.«

Er blickte nach unten. Laufender Fuchs lag da. Das Blut, das dem Mann aus der Nase gequollen war, floß nicht mehr, sondern erstarrte schon in der Kälte. Der offene Mund war trocken, die offenen Augen von einem Film überzogen. Auch seine Gedärme hatten sich entleert. Der eingeschlagene Schädelteil lag in einem Schneehaufen.

»Ich vergaß mich«, flüsterte Arjuk ihm zu. »Du hättest an meine Frau nicht Hand legen dürfen. Nicht nach meiner Tochter. Wir waren beide nicht klug, du nicht und ich nicht.«

»Komm ans Feuer«, drängte ihn Tseshe.

Gehorsam setzte er sich in Bewegung: Dann verbanden die Frauen die Wunde mit Moos und legten den Arm durch einen Strick seitlich still. Dzurjan schürte das Feuer nach und holte ein gefrorenes Kaninchen aus einer kleinen Vorratskammer aus Steinen in der Nähe. Tseshu legte den Braten auf die Glut.

Fleisch gab Kraft; aber Arjuk sog mehr Kraft aus den Körpern, die sich an ihn preßten. Schließlich erklärte er: »Am Morgen muß ich euch verlassen!«

»Nein!« stöhnte Tseshe auf. Sie wußte, was er vorhatte. Trotzdem protestierte sie. »Wohin kannst du denn gehen?«

»Weg«, antwortete er. »Sie werden kommen und den Toten holen, wenn sie davon hören, und mich auch. Es wäre schlecht, wenn sie uns zusammen fänden. Das wäre für euch gefährlich. Wenn Barakyn und Oltas zurückkommen, muß jeder sofort woanders hingehen und bei Freunden Zuflucht suchen. Die Wolkenleute werden erfahren, daß ich — und nur ich allein — den Mann getötet habe. Ich glaube, wenn sie euch nicht sehen, wo er liegt, werden sie mit meinem Tod zufrieden sein. Bei meiner Verfolgung werden sie die größte Wut schon aufbrauchen.«

Seset schlang die Arme um sich und wippte laut schluchzend nach vorn und hinten. Tseshu saß reglos da, hielt nur die Hand ihres guten Mannes fest.

»Sagt nichts mehr«, befahl Arjuk. »Ich bin müde und brauche Ruhe.«

Er ging mit Tseshu in seine Hütte. Als er neben ihr lag, konnte er sogar schlafen — leicht, über den Schmerzen schwimmend, Träume huschten wie Teile eines Regenbogens vorbei. *Ich habe länger als viele andere gelebt,* dachte er einmal, halb wach. *Es ist Zeit für mich, unsere Kinder zu finden, die schon gestorben sind. Sie sind einsam und brauchen mich.*

Bei Tagesanbruch aß er noch etwas, ließ sich von Tseshe beim Anziehen helfen und ging hinaus. Die Schlucht lag in tiefem Schatten, die Erlen hatten sich in ihre Träume zurückgezogen. Ein paar Sterne schimmerten noch über ihm. Sein Atem formte Wolken bei der Kälte. Vom Meer her hörte er die Wellen und das Knirschen der Eisschollen, wenn sie gegeneinander prallten. Die Wunde pochte und war heiß; aber wenn er sich vorsichtig bewegte, konnte er den Schmerz aushalten.

Seine Frau, sein Sohn und die Frau des ältesten Sohnes standen bei ihm. Er deutete auf den Leichnam. »Schafft ihn hinein und schließt den Eingang, ehe ihr fortgeht«, trug er ihnen auf. »Die Mammuttöter sind vielleicht milder gestimmt, wenn Möwen und Füchse ihren Freund nicht angefressen haben. Aber vorher ...« Er wollte sich bücken, doch die Wunde verhinderte dies. »Dzurjan, du bist jetzt der Mann, bis deine Brüder heimkommen. Grab die Augäpfel heraus. Wenn ich sie mitnehme, werden seine Geister mir folgen und euch in Ruhe lassen.« Der Junge zuckte zurück. Er war blaß geworden. »Tu's!«

Als die Augäpfel des Toten sicher im Beutel lagen, zog Arjuk mit dem unversehrten Arm Tseshu an sich. »Wäre ich alt und hinfällig geworden, hätte ich auch in die Wälder gehen müssen«, sagte er. »Ich gehe jetzt eben ein bißchen früher, nur ein bißchen früher.«

Dann nahm er noch ein Handbeil mit. Er wußte eigentlich nicht, warum. Proviant hatte er abgelehnt, und er war nicht in der Verfassung, ein Tier zu erschlagen oder eine Falle aufzustellen. Aber der Stein war ein gewisser Halt. Er nickte den Seinen zu, drehte sich um und marschierte los.

Mit Sicherheit hast du das nicht für mich gewollt, Du-die-Seltsames-weiß. Wenn du davon erfährst, wirst du dann zu Hilfe kommen? Es wäre gut, wenn du meinen Kindern und Enkeln hilfst. Ich bin nicht mehr wichtig. Er schob die Erinnerung an sie fort und konzentrierte sich ganz auf seine Schritte.

VII

Den ganzen Winter über waren die Tulat so wenig aktiv wie möglich, um die Kräfte fürs Überleben zu schonen. Sie sammelten nur die Nahrung, die sie eben fanden. Tagsüber erledigten sie die nötigsten Arbeiten; aber hauptsächlich blieben sie auf ihren Lagerstätten, schliefen oder saßen in selbstgeschaffener Trance. Es war kein Wunder, daß so viele, vor allem Säuglinge, tödlich erkrankten. Aber welche Wahl hatten sie denn?

Die Paläo-Indianer waren anders. Sie waren das ganze Jahr über geschäftig, auch während der langen Nächte. Sie verfügten über die Kenntnisse und Möglichkeiten, in allen Jahreszeiten gut zu essen. Einige Tiere, wie Karibus, wanderten zwar fort; aber andere, wie die Mammuts, nicht. Das war der Grund, weshalb sie sich in der Steppe niederließen, auch wenn ihre Jäger in die Hochländer im Norden und in die Wälder im Süden vorstießen. Nur das Meer jagte ihnen Angst ein. Erst ihre Nachkommen würden dies Element meistern. Inzwischen hatten die Wolkenleute die Tulats, um die Strände für sie abzugrasen.

Ralph Corwin war inzwischen an die Geräusche nach Einbruch der Dunkelheit gewöhnt. Durch ein optisches Gerät, das er heimlich eingegraben hatte, konnte er alles nach Lust und Laune auf dem Bildschirm in seiner Kuppel beobachten, sogar jederzeit vergrößern. Wenn etwas interessant war oder ihm danach war, ging er hinunter und mischte sich unters Volk. Sie hatten ihn schon längst als Mensch akzeptiert — rätselhaft, potentiell gefährlich, aber faszinierend und — anscheinend — gutmütig. Das Zusammensein mit ihm machte Spaß, das Rätselhafte war das Salz in der Suppe des Vergnügens. Die Mädchen lächelten ihn an. Manche waren recht hübsch. Schade, daß jede Einlassung mit ihnen eine zu große Einmischung gewesen wäre, wodurch die ganze Mission gefährdet wurde. Die Tulats waren auch freundlich, aber schmuddelig. Außerdem hatte er keine Zeit, sich auch noch mit ihnen zu befassen. Die Patrouille wollte nicht, daß die wenigen Agenten bei einer Aufgabe mehr als unbedingt nötig von ihrer Lebensspanne verbrauchten.

Wie großartig wäre es, wenn Wanda Tamberly — die genau so war, wie man ihm die sportlichen kalifornischen Mädchen aus dem Ende des zwanzigsten Jahrhunderts beschrieben hatte — entgegenkommender wäre. *Aber spielt doch keine Rolle!* rief er sich oft selbst wieder zur Ordnung.

An diesem Abend vergaß er Wanda Tamberly. Im Dorf erhob sich Tumult. Er zog sich schnell an und lief hinab.

Die Luft war so still, als sei der Wind in der Kälte erstarrt. Beim Einatmen fühlte sie sich flüssig an. Der Mond war beinahe noch voll. Schnee glitzerte auf den Hügeln und knirschte unter seinen Schritten. Er brauchte keine Taschenlampe. Vor den Häusern brannten auch keine Fackeln, obwohl die Wanayimo sie sich dank ihrer Vasallen hätten leisten können. Bei der Steinpyramide mit den Tierschädeln errichteten sie einen Holzstoß. Die Bewohner liefen gestikulierend umher. Manche schrien. Wenn die Flammen hoch aufloderten, würden sie Trommeln bringen und tanzen.

Es würde ein Tanz der Trauer und des Sühneopfers werden, vermutete Corwin. Das bedeutete auch, daß es um Pläne und Vorbereitungen ging. Er ging zum Haus der großen Familie von Roter Wolf.

Seine Vermutung war richtig. Die Tür lehnte lose vor dem Eingang zwischen den Stoßzähnen. Licht drang heraus. Er rief leise durch den Spalt: »Aho. Großer Mann spricht. Darf er eintreten?« Normalerweise wäre es eine Beleidigung gewesen, anzunehmen, daß die Bewohner so wenig gastfreundlich waren; aber die Spielregeln änderten sich, wenn dämonische Kräfte umherschweiften. Corwin vermutete auch, daß Antworter bei

Roter Wolf sei. In den letzten Tagen hatte sich Unruhe verbreitet, weil der Schamane sich zurückgezogen hatte. Und jetzt diese plötzliche Aufregung …

Nach einer Minute verdeckte eine Gestalt den Lichtstrahl. »Sei willkommen«, sagte Roter Wolf und schob die Tür beiseite. Corwin trat ein. Roter Wolf begleitete ihn in die Mitte, wo das Feuer brannte. Es gab ungefähr ebensoviel Licht wie die vier Lampen aus Speckstein. Corwin konnte aber einen Wandschirm erkennen. Auf einen Rahmen aus Treibholz waren Häute gespannt. Dahinter waren wohl die Familienmitglieder, die bei der Besprechung nichts zu suchen hatten und auch draußen nicht herumliefen.

Es hatten sich nicht viele Männer hier versammelt. Corwin erkannte die Jäger Zerbrochene Klinge, Speerspitze und den älteren Feuerstein. Sie standen. Auf dem Boden saß, mit den Armen um die hochgezogenen Beine geschlungen, Antworter. Seine Falten und Augen schienen doppelt so tief zu sein wie sonst. Rücken und Kopf waren gebeugt. *Völlig erschöpft,* stellte Corwin fest. *Er war weg; aber wohl kaum auf einer Geisterreise.*

»Ja, es ist gut, daß Großer Mann an unserer Beratung teilnimmt«, erklärte Roter Wolf. »Hast du ihn gerufen, Antworter?«

Der Schamane stieß einen undefinierbaren Laut aus.

»Ich sah, daß irgend etwas nicht stimmt und kam, um zu fragen, ob ich helfen kann«, sagte Corwin ehrlich.

»In der Tat haben wir Probleme«, sagte Roter Wolf. »Laufender Fuchs ist tot, einer unserer besten Jäger.«

»Das ist schlimm.« Corwin hatte den Mann auch für wertvoll gehalten. Er begriff schnell, konnte gut erklären — seine Schläue und Unabhängigkeit im Denken war für den Stamm ein großer Verlust. »Wie ist es geschehen?« *Offenbar auf ungewöhnliche Art und Weise.*

Alle Blicke waren auf Corwin, den Außenstehenden, gerichtet. »Der Wühlmausmann Arjuk tötete ihn«, antwortete Roter Wolf. »Der Arjuk, für den Sonnenhaar ihr Messer hergab.«

»Was? Nein, das kann nicht sein!« *Die Tulats sind doch völlig eingeschüchtert. Man hat ihnen eingebläut, daß sie hilflos sind.*

»Doch, es ist so, Großer Mann. Antworter ist eben gekommen und hat es uns berichtet. Er ist um Haaresbreite entkommen. Er, dessen Person unverletzlich sein sollte.«

»Aber …« Corwin holte tief Luft. *Bleib ruhig! Die Situation könnte blitzschnell unangenehm werden.* »Ich bin überrascht und tief traurig. Ich bitte dich, mir zu sagen, wie dies Leid geschah.«

Antworter schaute auf. Seine Augen glitzerten. Voll Haß zischte er: »Es war wegen dir und deiner Frau. Laufender Fuchs und ich wollten herausfinden, warum die Wühlmausleute euch so am Herzen liegen.«

»Aber sie sind Freunde, nichts weiter. Sonnenhaar kennt sie von früher. Es sind ihre Freunde, nicht meine. Ich kenne sie kaum.«

»Arjuk sagte dasselbe.«

»Es stimmt.«

»Vielleicht hat Arjuk einen Zauber über sie geworfen«, meinte Feuerstein.

»Antworter mußte es herausfinden«, sagte Roter Wolf. »Laufender Fuchs ging mit ihm. Sie sprachen mit Arjuk eine Weile, dann griff er an und schlug den ahnungslosen Laufender Fuchs mit dem Beil nieder. Jemand warf noch einen Stein nach Antworter. Er floh.«

Kein Wunder, daß er kaputt ist, dachte Corwin. *Ein alter Mann, vielleicht schon fünfzig, läuft Tag und Nacht über den Schnee und hat dabei Angst um sein Leben.* Der Schamane war wieder zusammengesunken. »Aber was hat Arjuk zu einer solchen Tat gebracht?«

»Das ist nicht klar«, antwortete Roter Wolf. »Vielleicht hat ihn ein Dämon gepackt oder das Böse hat schon lange in seinem Herzen gewohnt ... Du weißt wirklich nichts davon?«

»Nein! Was habt ihr jetzt vor?«

Sie blickten sich an. Das Schweigen zog sich in die Länge, bis Roter Wolf eine Entscheidung fällte. *Er traut mir immer noch nicht,* dachte Corwin, *aber er will Wanda und mich für ehrlich halten. Er will seinen guten Willen zeigen, indem er freundlich bleibt.*

»Ich werde heute nacht nicht für Laufender Fuchs tanzen«, sagte Roter Wolf. »Ich werde mit einigen Jägern ans Meer gehen. Wir müssen unseren toten Freund heimbringen.«

»Ja, das müßt ihr«, stimmte Corwin ihm bei.

Es war mehr als Gefühlsduselei. »Wir brauchen ihn hier. Er hat einen starken Geist, wie Schneeschreiter, und wird uns gegen böse Geister und feindliche Mächte beistehen.«

»Feindliche ... Tulats?«

»Wer sonst? Aber ich werde dafür sorgen, daß Arjuks Leiche weit weg liegt und sein Geist fest daran gebunden ist. Antworter wird mir Werkzeuge und Worte dazu geben.«

»Du willst ihn töten?«

»Was sonst?« fragte Roter Wolf überrascht. »Wir können doch nicht zulassen, daß ein Wühlmausmann einen unserer Männer tötet und ungestraft davonkommt.«

»Wir sollten viele von ihnen töten«, erklärte Zerbrochene Klinge.

»Nein, nein«, widersprach Roter Wolf. »Dann könnten sie uns doch keinen Tribut mehr bringen. Man muß sie unterdrücken; aber ich glaube, es ist genug, wenn wir Arjuk töten.«

»Und wenn uns das nicht gelingt?«

»Ja, dann müssen wir Laufender Fuchs an den anderen rächen. Mal sehen, was passiert.«

»Ich wünschte, ihr würdet die Hände von ihm lassen«, rief Corwin. Sofort erkannte er, welche Dummheit er gemacht hatte. Aber er hatte daran gedacht, was Wanda fühlen würde, wenn sie von ihrer Exkursion zurückkäme.

Die Gesichter vor ihm verhärteten sich. Antworter schaute wieder auf und krächzte beinahe triumphierend: »Dann bist du doch auf der Seite der Wühlmausleute! Was *ist* zwischen denen und euch? Das wollten Laufender Fuchs und ich herausfinden. Er ist dabei gestorben.«

»Nichts«, beteuerte Corwin. »Ihr seid völlig umsonst hingegangen. Was Sonnenhaar und ich euch sagten, ist die Wahrheit. Wir sind nur Besucher auf Zeit hier und werden schon bald für immer weggehen. Wir wollen nur Freundschaft mit ... mit allen.«

»Du, vielleicht. Aber sie?«

»Ich bürge für sie.« Corwin hielt es für besser, jetzt tapfer aufzutreten. Sein Ton wurde rauher. »Hört mich an! Denkt nach! Wenn wir den Wolkenleuten Böses wollten, müßten wir diese Absicht verbergen? Ihr habt bis jetzt nur einen Bruchteil von dem gesehen, was wir tun können. Nur einen winzigen Teil.«

Roter Wolf hob beschwichtigend die Hände. »Das waren gute Worte, Großer Mann«, sagte er ernst. »Aber ich halte es für das beste, wenn du dafür sorgst, daß deine Frau Sonnenhaar sich aus dieser Angelegenheit raushält.«

»Das werde ich«, versprach Corwin. »Sie darf sich auf keinen Fall einmischen. Das ist auch ein Gesetz unseres Stammes.«

VIII

Junge Jäger konnten sich schnell bewegen. Mit nur kurzen Pausen, um getrocknetes Fleisch zu essen und etwas auszuruhen, erreichten Roter Wolf und seine drei

Gefährten den Erlenbach schon in der folgenden Nacht. Der Mond stand hoch am Himmel. Zwar nagte der Dunkle Hase schon an der vollen Scheibe, aber er warf trotzdem Helligkeit und Schatten auf Schnee und Eis. Vor ihnen lagen die drei armseligen Hütten. Roter Wolf holte tief Luft und nahm einen Zauberknochen zwischen die Zähne, ehe er in die kroch, deren Eingang verschlossen war. Innen war es dunkel. Er tastete umher. Seine Hand berührte etwas, das kälter als die Luft war. Obwohl ihm der Tod keineswegs fremd war, riß er die Hand zurück.

Dann überwand er seinen Schrecken und streckte die Hand nochmals aus. Ja, das war ein Gesicht. »Laufender Fuchs, ich bin's — Roter Wolf. Wir sind gekommen, um dir deine Ehre zu geben«, murmelte er, wegen des Knochens etwas undeutlich. Dann packte er den Umhang und zerrte den Toten ins Freie.

Das Mondlicht färbte die Haut grau. Laufender Fuchs war so hart gefroren wie das Wasser des Bachs oder des Meeres. An der linken Schläfe und dem Kinn hingen Blutklumpen. Schwarz gähnte der offene Mund und die grauenvollen leeren Höhlen darüber.

Die Jäger hockten sich hin. »Sie haben ihm die Augen genommen«, flüsterte Zerbrochene Klinge. »*Warum?*«

»Um seinen Geist zu blenden, damit er sie nicht verfolgen kann?« überlegte Speerspitze.

»Ihre Geister werden schlimmer leiden müssen«, erklärte Weißes Wasser.

»Schluß damit!« sagte Roter Wolf. »Es bringt Unglück, über solche Dinge zu sprechen, besonders in der Dunkelheit. Morgen früh werden wir mehr wissen. Schaffen wir ihn erst einmal von diesem bösen Ort fort, damit er unter Kameraden schlafen kann.«

Sie trugen den Leichnam an den Rand der Schlucht, steckten ihn in einen Sack, den sie mitgebracht hatten, und krochen dann in ihre eigenen Fellsäcke. Der Wind frischte auf. Die Wolken flogen über den Mond. In der Ferne heulten Wölfe. Das Meer rauschte jenseits des Eises. Roter Wolf schlief ein, aber seine Träume waren schwer.

Am Morgen sahen die Männer sich um. Die Spuren im Schnee waren zwar einige Tage alt, erzählten aber noch viel. »Einige sind nach Osten gegangen, einige nach Westen«, sagte Roter Wolf. »Bei beiden sind kleine Abdrücke dabei. Es sind bestimmt Arjuks Verwandte, die irgendwo Unterschlupf suchen, bis sich unser Zorn gelegt hat. Eine Spur führt ins Landesinnere. Sie gehört einem erwachsenen Mann — Arjuk.«

»Oder einem anderen, vielleicht seinem Sohn«, meinte Speerspitze. »Diese verfluchten Kerle sind schlau.«

Roter Wolf schüttelte den Kopf. »Warum sollte ein Sohn uns auf die falsche Fährte locken, wenn wir den Vater ja doch töten würden? Wenn sie ihn beschützen wollten, wären sie an seiner Seite gegangen, um für ihn zu kämpfen. Aber sie wissen, daß sie verlieren würden. Da ist es besser, wenn er allein stirbt und so für seine Untat bezahlt.«

»Wenn er stirbt, ehe wir ihn fangen, ist Laufender Fuchs um seine Rache betrogen«, sagte Zerbrochene Klinge besorgt.

»Dann werden wir sie ihm zehnfach an den anderen Wühlmäusen verschaffen«, gelobte Weißes Wasser.

Roter Wolf blickte finster drein. Bestrafung war eine Sache, nicht anders, als die Tötung eines gefährlichen Tieres; aber Unschuldige umzubringen, war etwas anderes. Das wäre wie die Tötung von Tieren, ohne daß man ihr Fleisch, ihre Haut, Knochen oder Därme brauchte. Daraus kam nichts Gutes. »Wir werden sehen«, sagte er. »Weißes Wasser und Speerspitze, ihr bringt Laufender Fuchs zu seiner Beerdigung. Zerbrochene Klinge und ich werden Arjuk erledigen.« Er ließ ihnen keine Zeit, darüber zu diskutieren, sondern marschierte sofort los. Sein Opfer hatte einen gewaltigen Vorsprung.

Gefahr bestand eigentlich keine, höchstens böse Geister und unheimliche Kräfte, über die Arjuk möglicherweise verfügte; doch bezweifelte Roter Wolf letzteres. Die Jäger gingen nur aus dem Grund paarweise, weil das Gelände tückisch werden könnte und weil es selten ratsam war, allein zu marschieren.

Die Spur führte nach Norden. Als die Küste nicht mehr zu sehen war, erkannte Roter Wolf, daß sie einem Mann folgten, der schwächer wurde. Antworters Geschichte war leicht verwirrt gewesen; aber der Schamane glaubte, daß Arjuk einen Schlag erhalten hatte, ehe er den Feind tötete. Roter Wolf lachte das Herz in der Brust.

Der kurze Tag war vorbei. Eine Zeitlang hatte er mit Zerbrochener Klinge die Spur noch beim Licht der Sterne und des Mondes verfolgt. Sie waren zwar langsamer vorwärtsgekommen, aber das spielte keine Rolle, da sie erkennen konnten, daß Arjuk auch langsamer geworden war und öfters eine Pause einlegen mußte.

Dann zogen sich die Wolken zusammen und nahmen die Sicht. Notgedrungen mußten die Jäger anhalten. Ohne ein Feuer zu machen, aßen sie vom getrockneten Fleisch und rollten sich dann in ihre Fellsäcke. Eine hauchzarte Berührung im Gesicht weckte Roter Wolf. Schnee. *Vater der Wölfe, laß es aufhören,* betete er.

Doch der Schnee fiel weiter. Am Morgen war alles still und grau. Die Flocken fielen so dicht, daß die Männer kaum eine Speerlänge weit sehen konnten. Sie bahnten sich noch eine Zeitlang einen Weg. Doch dann mußten sie abbrechen. »Wir haben ihn verloren«, klagte Zerbrochene Klinge. »Jetzt muß sein Stamm büßen.«

»Vielleicht nicht«, sagte Roter Wolf, der nachgedacht hatte. »Weit hinter ihm können wir nicht sein. Vielleicht ist er schon hinter dem nächsten Hügel. Warten wir's ab.«

Die Luft war wärmer geworden, so daß sie beinahe gemütlich dasitzen konnten. Mit der Geduld eines Luchses warteten sie.

Gegen Mittag hörte der Schneefall auf. Sie gingen weiter nach Norden. Sie kamen nur schwer vorwärts, da der Schnee bis über die Knöchel, manchmal kniehoch lag. *Ich wünschte, ich hätte Zauberschuhe, um darüberzugleiten,* dachte Roter Wolf. *Ob Großer Mann und Sonnenhaar solche besitzen? Sie haben so viele phantastische Sachen ... aber Arjuk kommt auch nicht schneller vorwärts. Ihm geht's noch schlechter als uns.*

Von einer Anhöhe konnten sie weit auf die Steppe hinausblicken. Die Wolken hatten sich zerteilt, lange, blaue Schatten fielen auf den Neuschnee. Jeder Busch und jeder Fels war deutlich auszumachen. Die Männer blickten nach vorn, nach rechts und links. Da deutete Zerbrochene Klinge hinaus und rief. »Dort drüben!«

Roter Wolf hüpfte das Herz. »Möglich. Komm!« Sie kämpften sich den Abhang hinunter. Als sie die Stelle erreicht hatten, wo sie etwas gesehen hatten, war die Sonne schon untergegangen; aber sie konnten noch etwas erkennen.

»Ja, ein Mann«, erklärte Roter Wolf. »Weit kann er mit Sicherheit nicht sein. Sieh, hier ist er gestürzt und nur mit Mühe wieder hochgekommen.« Er packte den Speerschaft fester. »Jetzt gehört er uns.«

Sie marschierten jetzt etwas geruhsamer weiter, um die Kräfte zu schonen, weniger wegen Arjuk, sondern wegen des Heimwegs. Nacht hatte sich auf die Welt gesenkt. Der Himmel war weitgehend klar, der Mond noch nicht aufgegangen. Die Sterne funkelten in der Kälte. Die Spur zeichnete sich deutlich ab.

Plötzlich blieb Zerbrochene Klinge stehen. Roter Wolf blickte auf. Über dem nördlichen Horizont hatten die Winter-Jäger ihre Feuer entzündet.

Lichtstrahlen und -bogen erstrahlten in allen Farben, wurden größer und größer, bis die Flammen am Himmelsdach leckten. Die Kälte hatte zugenommen. Alles lag erstarrt da. Nur die Lichter auf dem Schnee lebten. Voll tiefstem ehrfürchtigen Staunen standen die Männer da und schauten zum Himmel. Dort tanzten die mächtigsten ihrer Vorfahren, Geister, die zu stark waren, als daß die Erde sie hätte halten können.

»Ihr da oben *gehört* zu *uns*«, sprach Roter Wolf schließlich. »Ihr erinnerte euch doch, oder? Wacht über uns! Schützt uns! Haltet Schrecken und rachsüchtige Geister von uns, euren Söhnen, fern! In eurem Namen, für euch, werden wir heute nacht töten.«

»Ich glaube, deshalb sind sie gekommen«, meinte Zerbrochene Klinge leise.

»Wir sollten sie nicht warten lassen.« Roter Wolf marschierte weiter.

Gleich darauf sah er einen dunklen Fleck. Er ging schneller. Der andere mußte ihn ebenfalls gesehen haben, denn ein schriller, gellender Gesang drang an sein Ohr. Was? Sangen die Wühlmausleute auch ein Sterbelied?

Sie gingen weiter. Arjuk saß mit gekreuzten Beinen in einer Kuhle, die er sich gegraben hatte. »Das erledige ich, Zerbrochene Klinge«, sagte Roter Wolf. »Laufender Fuchs stand meinem Geist sehr nahe.« Er lief weiter, als hindere kein Neuschnee seine Schritte.

Arjuk stand auf. Er bewegte sich langsam, ungeschickt. Seine Kräfte waren aufgezehrt. Trotzdem sang er sein Sterbelied zu Ende. Ungebeugt stand er da, den linken Arm unter dem Fellumhang an den Körper gebunden. Sein Bart war weiß vom Frost. Als Roter Wolf näher kam, lächelte er.

Lächelte.

Roter Wolf blieb stehen. Was sollte das? War es ein böses Omen?

Die stummen Feuer loderten weiter am Himmel und gaben ihm Befehle. Er machte einen Schritt, dann noch einen.

Hier muß ich kein wildes Tier in die Enge treiben. Das wußte er. *Arjuk war bereit zu sterben. Nun, dann werde ich ihm den Tod so leicht wie möglich machen. Das hat er verdient.*

Mit beiden Händen schleuderte er den Speer. Die Steinspitze drang unter der Brust ein und fand den Weg ins Herz dieses ausgemergelten Körpers. Arjuk fiel auf den Rücken. Er stieß noch einmal mit den Beinen zu. Dann ein Röcheln und Rasseln, dann Stille.

Roter Wolf zog den Speer heraus und betrachtete den Toten. Zerbrochene Klinge trat neben ihn. Die Flammen am Himmel loderten auf und tanzten.

»Es ist erledigt«, sagte Zerbrochene Klinge tonlos.

»Noch nicht ganz«, widersprach Roter Wolf.

Er nahm den geritzten Knochen aus seinem Beutel und steckte ihn zwischen die Zähne. Dann kniete er nieder und öffnete Arjuks Beutel. Nichts. Doch da — ja, da waren die Augen von Laufender Fuchs. »Ihr werdet zu ihm zurückkehren«, versprach er. Dann gab er sie Zerbrochener Klinge. »Wickle sie sorgfältig ein, und sing ihnen den Geistergesang. Ich muß mich um anderes kümmern.«

Selbst für jemand, der wußte, daß er keine Chance mehr hatte und der völlig entkräftet war, war Arjuk ruhig gestorben. Beinahe glücklich hat er ausgesehen, soweit ich es bei diesem Hexenlicht erkennen konnte. Was wußte er? Was wollte er tun ... später?

Nun, jetzt tut er es nicht mehr. Antworter hat mir erklärt, wie man einen Geist bindet.

Roter Wolf tat mit dem Leichnam Arjuks das gleiche, was auch Laufender Fuchs widerfahren war. Er holte die Augäpfel heraus, zerquetschte sie aber zwischen zwei Steinen, die er aus dem Schnee gegraben hatte. Dann schlitzte er ihm den Bauch auf und legte Steine zwischen die Gedärme. Handgelenke und Knöchel band er mit Riemen aus Vielfraßleder zusammen. Dann trieb er einen Speer durch Brust und Rücken und tief in den Schnee. Um den aufgespießten Leichnam tanzte er herum und rief seinen Namensvetter, den Vater der Wölfe, damit dieser Wölfe, Füchse, Wiesel, Eulen, Raben und alle Arten von Aasfressern schicke, um Arjuks Leiche zu verschlingen.

»Jetzt ist alles erledigt«, erklärte er. »Gehen wir!«

Obwohl er jetzt auch erschöpft war, wollte er noch so weit wie möglich weitergehen, ehe er schlief. Morgen früh würden sie einen Punkt im Gelände, einen Berg in der Ferne, erspähen und den Weg nach Hause finden.

So marschierten die beiden Männer unter den Geisterfeuern über die verschneite Steppe dahin.

IX

Für Wanda Tamberly war der alte Mammuthalunke während der letzten Monate ein Freund geworden. Sie nahm nur ungern von ihm Abschied. Aber jetzt hatte er ihr alle Informationen gegeben, die er zu geben hatte und die vielleicht den Schlüssel für die gesamte Geschichte Beringias enthielten. Wenn sie noch mehr über andere Aspekte herausbringen wollte, mußte sie sich beeilen. Ihr Vorgesetzten wollten sie ›schon‹ anderswohin und in eine andere Zeit versetzen. Nur mit großen Schwierigkeiten konnte Wanda sie mit Nachrichten durch die Weltraumzeit, hin und her, überzeugen, noch ein bißchen ihrer Lebensspanne hier verbringen zu dürfen, um noch einen letzten Frühling in der Wärmeperiode der Eiszeit zu beobachten. Sie vermutete, daß man in der Patrouille sehr wohl argwöhnte, daß sie nur bleiben wollte, um genau zu sehen, wie es ihren geliebten Tulats ergehen würde.

Das hieß nicht, daß keine echten Forschungsaufgaben zu bewältigen waren, die einige Jahrhunderte nach menschlichem Maß wert waren. Sie hatte gehört, daß zivile Forscher auf eigene Faust diese Periode erforschten, sowohl zeitlich vorwärts als auch rückwärts. Aber sie stammten aus Zivilisationen, die Wandas Zeit weit voraus und viel zu fremd waren, als daß sie je mit ihnen hätte zusammenarbeiten können. Wanda gehörte zur Patrouille, deren Hauptaufgabe die Dinge waren, welche direkt auf die Belange der Menschen einwirkten.

Das hatte auch viele Vorteile, fand sie oft. Das wahre Verständnis einer Ökologie lag in den Grundsteinen dafür: Geologie, Meteorologie, Chemie, Mikroben, Pflanzen, Würmer, Insekten und niedere, kleine Wirbeltiere. Sie durfte sich mit dem herrlichen Geschöpf befassen, das fast die Krone der Nahrungskette darstellte. Selbstverständlich mußte auch sie dabei jede Menge langweiliger, aber notwendiger Daten sammeln. Dazu beaufsichtigte sie die vielen winzigen Roboter; die wie Käfer umherhuschten, beobachteten, Proben nahmen und die Informationen an ihren Computer in der Kuppel weitergaben. Aber sie verfolgte auch eine Spur, untersuchte Kot, beobachtete die Tiere aus der Distanz, saß aber auch in einer getarnten Attrappe oder mischte sich unter die Herde. Und das machte ihr Spaß, ja, richtig Spaß!

Es wird mir leid tun, für ganz wegzugehen. Obwohl — es prickelte überall — *die nächste Aufgabe war vielleicht Cro-Magnon* in Europa.*

Wanda machte diese Exkursion allein. Wanayimo-Führer waren oft unbezahlbar wertvoll, viel besser als

---

* Cro-Magnon = Halbhöhle im Vézèretal bei Les Eyzies im französischen Dép. Dordogne, wo altsteinzeitliche Siedlungsreste gefunden wurden mit eiszeitlicher Fauna (Mammut, Wildpferd) und fünf menschlichen Skeletten (3 Männer, 1 Frau, 1 Fötus) von neanthopinem Typus (Sapiens-Gruppe).

Der ›Alte‹ von Cro-Magnon wurde Prototyp der *Cro-Magnon*-Rasse des oberen Pleistozäns (langschädelig, mit großer Schädelbreite, niedrigem Gesicht, gedrückt-rechteckigen Augenhöhlen, schmaler Nase und steiler Stirn).

die Tulats; aber man durfte sie nicht wirklich hochentwickelter Technologie aussetzen. Mit all dem Campingzeug beladen, stieg ihr Zeitmobil auf der Antischwerkraft in die Höhe. Als es schwebte, ermöglichten ihr die Instrumente noch einen letzten Blick. Die Empfindlichkeit und Vielseitigkeit dieser Instrumente machten es möglich, daß sie ganz allein über eine ganze Region nach mehreren Arbeitsjahren berichten konnte. Sie übersprangen Meilen, drangen durch Nebel, verstärkten das Licht und erfaßten einzelne Tiere. Auf Abruf wurden diese Bilder beliebig vergrößert. Moschusochsen mit dem Rücken zum Wind, ein Hase im Schneetreiben, ein flatterndes Schneehuhn und dort drüben zog brummend und schnaubend das alte Mammut dahin ...

Auf dem großen, weißen Land hob sich sein zotteliger Körper so dunkel wie die Klippen im Norden ab. Sein einer Stoßzahn warf Moosklumpen und Schnee auf, sein Rüssel suchte nach Futter. Es gab nur wenig hier, aber es war das Beste für einen Einzelgänger, der im Kampf besiegt und von den anderen aus der Herde vertrieben worden war. Manchmal hatte Wanda gedacht, daß man ihn aus Mitleid erschießen sollte. Aber nein, er gab entscheidende Hinweise. Jetzt, wo sie diese hatte, sollte er als Hagestolz ruhig weiterleben. Wer weiß, vielleicht überlebte er bis zum Sommer und konnte dann seinen Bauch wieder füllen.

»Danke, Jumbo«, rief sie hinüber. Sie glaubte, entdeckt zu haben, warum seine Art in Beringia seltener wurde, während sie sowohl in Sibirien wie auch in Nordamerika gedieh. Obwohl die Landbrücke immer noch Hunderte von Meilen breit war, hatte der steigende Meeresspiegel sie schrumpfen lassen, gerade als die Zwergbirken die Steppe zu erobern begannen. Sie hatte nicht gewußt, daß die Ordnung der Rüsseltiere so von spezifischen Bedingungen abhing. Woanders lebten verwandte Arten an allen möglichen Standorten. Aber dieser alte Halunke war nicht nach Süden in die Wälder an der Küste gewandert, sondern nach Norden, um eine karge Existenz in den Bergen zu führen.

Dies führte zu Konsequenzen, die wiederum Ralph Corwin begeisterten. Obwohl die Paläo-Indianer alle Arten von Tieren jagten, war das Mammut doch der Königspreis. In Beringia würden sie die bereits dezimierten Herden in wenigen Generationen ausrotten. Es ist ein Ammenmärchen, daß Primitive in harmonischem Gleichgewicht mit dem Leben um sie herum existierten. Die Anwesenheit des Mammuts weiter im Osten würde Abenteurer nur früher anlocken, als sie sonst gekommen wären, obwohl das heutige Alaska größtenteils ziemlich verlassen ist.

Wahrscheinlich erfolgte die Wanderung nach Amerika schneller, als er angenommen hatte, und die späteren Einwanderungswellen waren von ganz anderer Natur als die der Vorgänger... Aber das erklärte noch nicht, warum die Wolkenleute schon im nächsten Jahr weiterzogen ...

Der Wind pfiff beißend. Graue Nebelfetzen umgaben Wanda. *Nichts wie zurück und dann die Füße hoch mit einer schönen, heißen Tasse.* Sie stellte die Kontrollen ein und aktivierte sie.

Sie stieg in ihrer Kuppel aus und schob das Zeitmobil in seine Nische. Dann schaltete sie die Antischwerkraft aus. *Mann, war der Sattel kalt gewesen.* Sie rieb sich den Po. Wenn der nächste Auftrag wieder in die Eiszeit geht, beantrage ich als erstes Heizspiralen.

Während sie sich auszog, wusch und bequeme Sachen überstreifte, überlegte sie, was sie mit Corwin machen sollte. Wahrscheinlich war er unterwegs. Wäre er in seinem Zelt gewesen, hätte sein Zeitmobil ihre Ankunft gemeldet, und er wäre mit Sicherheit sofort herübergestürzt, um sie zum Essen und auf einen Drink einzuladen. Sie hätte nach einer Abwesenheit von zehn Tagen schlecht ablehnen können. Bis jetzt hatte sie es geschafft, daß er über sich sprach. Dadurch war er abgelenkt, und es war, das gab sie offen zu, auch keineswegs uninteressant gewesen. Aber früher oder später würde er ihr einen eindeutigen Antrag machen, an dem sie überhaupt nicht interessiert war. Wie konnte sie eine unangenehme Szene vermeiden?

Zu schade, daß Manse kein Anthropologe ist. Mit ihm bin ich gern zusammen. Da fühle ich mich so wohl, wie in einem alten Schuh — ein Schuh, der schon viele sehr seltsame Wege zurückgelegt hat und trotzdem stabil geblieben ist. Bei ihm brauchte ich keine Angst zu haben. Falls er einen Antrag machen würde — he, ich werde doch nicht etwa rot?

Sie kochte Tee und machte es sich im Sessel bequem. Da ertönte eine Stimme vom Eingang: »Hallo, Wanda. Wie ist es Ihnen ergangen?«

Er war wohl nur unten im Dorf. Verdammt! »Gut«, rief sie zurück. »Hören Sie, ich bin furchtbar müde und nicht sehr gesprächig. Ich würde mich gern bis morgen ausruhen, geht das?«

»Ich fürchte, nein.« Das klang ehrlich ernst. »Schlechte Nachrichten.«

Ein Eiszapfen stach sie. Sie stand auf. »Ich komme.«

»Kommen Sie lieber raus. Ich warte hier.« Dann brauste nur der Wind.

Wanda zog Wollsocken und daunengefütterte Hosen über, dazu Stiefel und Parka. Als sie hinaustrat, fiel der Wind sie an. Er trieb Eisstaub über den Boden. Die untergehende Sonne entzündete eine Unzahl glitzernder Funken. Neben Corwin stand Roter Wolf. Ihre Mienen waren ernst.

»Gutes Gelingen bei allem wünsche ich dir«, begrüßte sie ihn.

»Mögen die guten Geister mit dir gehen«, antwortete der Wolkenmann formell und kühl.

»Diese Geschichte muß Roter Wolf Ihnen erzählen«, erklärte Corwin. »Er hält es für richtig. Als ich wußte, daß Sie zurück waren, habe ich ihn geholt.«

Wanda blickte Roter Wolf in die Augen. Sie zuckten nicht. »Dein Freund Arjuk ist tot«, sagte er. »Ich tötete ihn. Es war nötig.«

Einen Augenblick lang verdunkelte sich die Welt. *Dann: Reiß dich zusammen. Dies ist eine stoische Kultur. Verlier nicht dein Gesicht.* »Und warum?«

Der Bericht war knapp und würdevoll.

»Hättest du ihn wirklich nicht verschonen können?« fragte sie. »Ich hätte gezahlt ... genug, um Laufender Fuchs die Ehre zu geben.«

»Du hast gesagt, daß du uns in wenigen Monden verlassen wirst, und Großer Mann bleibt auch nicht viel länger«, antwortete Roter Wolf. »Und was ist danach? Andere Wühlmausmänner könnten denken, daß sie uns jederzeit Leid zufügen können und ungestraft davonkommen. Außerdem hatte Arjuk über Laufender Fuchses Geist Macht gewonnen. Hätten wir nicht zurückgeholt, was er genommen hatte, wäre nach seinem Tod sein Geist doppelt so stark und sicher voll Haß gewesen. Ich mußte sicherstellen, daß er nie wieder bei uns auftaucht.«

»Ich habe das Versprechen, daß es keine weitere Rache an den Tulats geben wird, wenn sie sich gut benehmen«, warf Corwin ein.

»So soll es sein«, bekräftigte Roter Wolf. »Wir wollen dir nicht noch mehr Leid antun, Sonnenhaar.« Er machte eine Pause. »Es tut mir leid. Ich wollte dir nie Leid zufügen.«

Dann drehte er sich um und stapfte davon.

Ich kann ihn nicht hassen, dachte Wanda. *Er tat, was er für seine Pflicht hielt. Ich kann ihn einfach nicht hassen.*

O Arjuk, Tseshu und alle, die dich liebten, Arjuk!

»Tragisch«, murmelte Corwin. »Aber nun beruhigen Sie sich wieder.«

Wanda explodierte. »Wie kann ich das, wenn er ... wenn seine Familie, ich muß mich doch jetzt um sie kümmern.«

»Das tun ihre eigenen Leute.« Corwin legte ihr die Hand auf die Schulter. »Meine Liebe, Sie müssen diese großzügigen Anwandlungen kontrollieren. Wir dürfen auf keinen Fall noch mehr eingreifen! Was könnten Sie tun, das nicht verboten ist? Außerdem wird dieser Stamm sowieso bald weg sein.«

»Und wie viele der Tulats werden dann noch übrig sein? Verdammt noch mal, wir können doch nicht einfach herumstehen und nichts tun!«

Jetzt wurde Corwin streng. »Beruhigen Sie sich endlich! Sie können die Wanayimo nicht einschüchtern. Wenn Sie das versuchen, kompliziert das nur meine Arbeit. Offen gesagt, haben Sie mich schon eine Menge Prestige gekostet, da Sie durch die Nachricht so überrascht waren.«

Wanda ballte die Fäuste und kämpfte gegen die Tränen.

Er lächelte. »Aber, aber. Ich wollte Ihnen doch keine Standpauke halten. Sie müssen lernen zu akzeptieren. ›Der Finger bewegt sich und schreibt und dann‹, Sie wissen schon.« Behutsam schloß er sie in die Arme. »Kommen Sie, gehen wir rein und trinken einen Schluck, oder zwei. Wir können anstoßen in Erinnerung an ...«

Sie riß sich los. »Lassen Sie mich in Ruhe!« schrie sie.

»Wie bitte?« Er zog die Brauen hoch. »Also, wirklich, Teuerste. Sie sind völlig überreizt. Beruhigen Sie sich. Hören Sie auf einen alten Kämpfer.«

»Wissen Sie, was der Finger tun sollte? Lassen Sie mich in Ruhe, habe ich gesagt!« Damit griff sie nach dem Öffner für ihre Kuppel. Durch den Wind hörte sie ein leises »Nein, diese Weiber!«

Drinnen warf sie sich auf ihr Lager und ließ alles aus sich heraus. Es dauerte ziemlich lange.

Als sie sich wieder aufsetzte, war es dunkel. Sie hatte Schluckauf und zitterte. Ihr war hier so kalt, als sei sie noch im Freien. Ihr Mund war voll Salzgeschmack. *Ich muß grauenvoll aussehen,* dachte sie.

Dann klärte sich ihr Verstand. *Warum hat mich das so tief getroffen? Ich mochte Arjuk, er war ein lieber Kerl, und es ist für seine Leute ein schwerer Schlag, jedenfalls, bis sie ihr Leben wieder ordnen können. Und das wird nicht leicht sein, wenn die Wolkenleute auf alle Druck ausüben, aber ... aber, ich bin keine Tulat. Ich bin nur auf der Durchreise durch diese alten, traurigen, weit entfernten Dinge, die Tausende von Jahren vor meiner Geburt stattfanden.*

Corwin, dieser Mistkerl, hat recht. Wir in der Patrouille müssen uns eine möglichst dicke seelische Hornhaut zulegen. Jetzt verstehe ich, warum Manse manchmal plötzlich verstummt, ins Leere starrt und dann den Kopf schüttelt, als wolle er etwas abschütteln, und danach ein paar Minuten lang zu fröhlich ist.

Sie schlug die Faust aufs Knie. *Ich bin zu neu in diesem Spiel. Ich habe noch zu viel Wut und Trauer in mir. Besonders Wut, glaube ich. Was kann ich machen? Wenn ich noch länger hierbleiben will, muß ich mich mit Corwin so gut es geht versöhnen. Ja, ich bin ausgeflippt. Bin ich auch jetzt noch. Vielleicht. Auf alle Fälle muß ich erst mit mir ins reine kommen, ehe ich die Sache mit Corwin ausbügeln kann. Ich muß das, was in mir ist und wie eine Krankheit schmeckt, loswerden.*

Wie? Ja, ein langer, langer Spaziergang. Aber es ist Nacht. Kein Problem, ich flitze zeitlich voraus in den Morgen. Aber ich will nicht, daß mich jemand sieht, wenn ich losmarschiere. Unangebrachtes Zeigen von Gefühlen. Das könnte falsch verstanden werden. Okay, ich flitze woanders hin und in eine andere Zeit, weit weg an den Strand oder auf die Steppe hinaus oder ...

Oder.

Wanda blieb fast das Herz stehen.

X

Das Morgengrauen schob sich langsam durch den fallenden Schnee. Alles lag weiß und stumm da. Die Luft hatte sich leicht erwärmt. Arjuk saß in seinen Umhang vergraben da. Der Schnee hatte ihn teilweise begraben. Vielleicht sollte er sich aufraffen und weitergehen; aber nicht gleich — vielleicht niemals. Hunger spürte er nicht mehr; aber seine Wunde brannte wie feurige Glut, und die Beine hatten ihm während der Nacht den Dienst versagt. Als die Frau vom unsichtbaren Himmel herabkam, starrte er sie nur mit stumpfsinnigem Staunen an.

Sie stieg von dem toten Ding herab und stand vor ihm. Schnee legte sich auf ihren Kopf. Wo er das Gesicht berührte und schmolz, lief er wie Tränen herab. »Arjuk«, flüsterte sie.

Zweimal konnte er nur krächzen, ehe er fragte: »Bist du gekommen, um mich zu holen?« Er hob den schweren Kopf. »Nun, hier bin ich.«

»Ach, Arjuk.«

»Aber — du weinst ja«, sagte er erstaunt.

»Um dich.« Sie schluckte und wischte sich die Augen, die so blau wie ein Sommerhimmel waren. Dann straffte sie die Schultern und blickte ihn an.

»Dann bist du immer noch eine Freundin der Wir?«

»Ich, ich war das immer.« Sie kniete nieder und schlang die Arme um ihn. »Und ich werde es immer sein.« Sein Atem pfiff. Sie ließ ihn los. »Hat das weh getan? Das tut mir leid.« Dann sah sie den hochgebundenen Arm und die blutverkrustete Schulter. »Ja, du bist verletzt. Schrecklich. Laß mich dir helfen.«

Freude und Dankbarkeit flackerte in seinen Augen auf. »Hilfst du Tseshu und den Kleinen?«

»Wenn ich kann — ja, ich werde ihnen helfen. Aber erst mal zu dir. Hier.« Sie holte aus ihrer Kleidung einen Gegenstand, den er kannte. »Hier ist Gute Süße.«

Mit der heilen Hand und den Zähnen riß Arjuk das Papier ab. Er aß gierig. Inzwischen hatte Wanda eine Schachtel von dem Ding geholt, auf dem sie fuhr. Er kannte Schachteln. Er hatte schon früher gesehen, daß sie sie benutzte. Dann kniete sie sich wieder hin und zog die Handschuhe aus. »Hab keine Angst«, sagte sie.

»Ich habe keine Angst mehr. Du bist ja bei mir.« Er leckte sich die Lippen und dann die Finger, damit nichts von dem braunen Zeug übrig blieb. Das Eis in seinem Bart knisterte bei jeder Berührung.

Wanda drückte einen kleinen Gegenstand an die Haut neben der Wunde. »Dies wird die Schmerzen wegnehmen«, erklärte sie. Er spürte einen leichten Druck. Gleich darauf breitete sich eine Welle von Frieden, Wärme und Schmerzlosigkeit aus.

»A-a-ah«, stöhnte er. »Du tust wunderbare Dinge.«

Sie ging dann daran, die Wunde zu säubern und zu verbinden. »Wie ist das passiert?«

Er wollte sich nicht erinnern; aber da *sie* fragte, antwortete er: »Zwei Mammuttöter kamen zu uns ...«

»Ja, ich hörte, was der Alte erzählte, der entkommen ist. Warum hast du den anderen angegriffen?«

»Er legte Hand an Tseshu. Er sagte, er würde sie mitnehmen. Ich vergaß mich.« Arjuk konnte nicht so tun, als bereue er seine Tat, trotz der schlimmen Folgen. »Es war töricht; aber ich war wieder ein Mann.«

»Verstehe.« Ihr Lächeln war traurig. »Und jetzt verfolgen dich die Wolkenleute.«

»Das habe ich mir schon gedacht.«

»Sie werden dich töten.«

»Bei diesem Schneefall verlieren sie vielleicht meine Spur.«

Wanda biß sich auf die Lippe. Er merkte, daß es ihr ungemein schwerfiel, weiterzusprechen. »Sie *werden* dich töten. Dagegen kann ich nichts machen.«

Er schüttelte den Kopf. »Weißt du das genau? Ich verstehe nicht, wie das so sicher sein soll.«

»Ich verstehe es auch nicht; aber es ist so«, flüsterte sie und hielt den Blick auf die Hände gesenkt.

»Ich hoffte, daß ich allein sterben würde, und sie nur meine Leiche finden.«

»Das würde sie nicht zufriedenstellen. Sie glauben, daß sie töten müssen, weil einer ihrer Männer getötet wurde. Wenn sie dich nicht erwischen, töten sie womöglich deine Familie.«

Arjuk holte tief Luft und blickte eine Zeitlang in die Schneeflocken, ehe er sagte: »Dann ist es gut, wenn sie mich töten. Ich bin bereit. Du hast mir die Schmerzen genommen, du hast meinen Mund mit Gute Süße gefüllt, du hast deine Arme um mich gelegt.«

Ihre Stimme klang heiser. »Es wird schnell gehen und nicht sehr weh tun.«

»Und es wird nicht umsonst sein. Danke.« Das sagten die Tulats ganz selten, da bei ihnen Freundlichkeit und Hilfsbereitschaft als selbstverständlich galt. »Wanda«, fuhr er scheu fort. »Sagtest du nicht, daß dein richtiger Name ›Wanda‹ ist? Danke, Wanda.«

Sie setzte sich auf die Fersen und zwang sich, ihm in die Augen zu schauen. »Arjuk«, sagte sie leise. »Ich kann ... noch etwas für euch tun. Ich kann machen, daß dein Tod mehr ist als nur eine Bezahlung für das, was geschehen ist.«

Erstaunt fragte er: »Wie? Sag's mir!«

Sie ballte eine Faust. »Es wird nicht leicht für dich sein. Einfach zu sterben wäre leichter, glaube ich. Aber wie soll ich das wissen?«

»Du weißt doch über alle Dinge Bescheid.«

»O Gott, nein!« Sie hob den Kopf. »Hör mir gut zu. Wenn du dann noch glaubst, es ertragen zu können, werde ich dir etwas zu essen und zu trinken geben, damit du gestärkt bist und — und meine Hilfe ...« Die Worte blieben ihr im Hals stecken.

Sein Erstaunen wuchs. »Du scheinst Angst zu haben Wanda.«

»Ja«, schluchzte sie. »Ich habe grauenvolle Angst. Hilf mir, Arjuk.«

XI

Roter Wolf wachte auf. Etwas Schweres hatte sich bewegt.

Er dreht den Kopf nach rechts und nach links. Wieder war der Mond voll, klein und so kalt wie die Luft. Vom Himmelsdach ergoß sich sein Licht und glitzerte auf dem Schnee. So weit er sehen konnte, lag die Steppe verlassen und leer da, abgesehen von einigen Felsbrocken und kahlen Büschen. Wahrscheinlich war das Geräusch — ein Zischen, ein Schlag, ein Krachen wie ein leichtes Gewitter — hinter dem großen Felsbrocken gewesen, in dessen Schutz er mit Pferdefänger, Karibugeweih und Speerspitze das Lager aufgeschlagen hatten. Sie waren auf der Jagd.

»Auf, auf, Männer!« rief er und schlüpfte aus seinem Schlafsack. Gleichzeitig griff er nach seinen Waffen. Die anderen ebenso. Auch sie hatten in dieser hellen Nacht nur halb geschlafen.

»So etwas habe ich noch nie gehört.« Roter Wolf gab ihnen ein Zeichen, sich seitlich von ihm aufzustellen.

Da zeichnete sich schwarz im Mondschein die Gestalt eines Mannes ab, der schweren Schrittes um den Felsen bog und auf sie zuging.

Pferdefänger machte große Augen. »Aber, das ist ja nur eine Wühlmaus!« rief er erleichtert und lachte.

»So weit im Landesinnern?« wunderte sich Karibugeweih.

Die Gestalt schritt unbeirrt weiter. Ein schlecht gearbeiteter Fellumhang verhüllte den Mann größtenteils. Doch sahen die Jäger, daß er etwas trug, das aber kein Handbeil war. Dann sahen sie den Bart und das ausgezehrte Gesicht.

Speerspitze machte einen Satz. »Aber das ist doch

der, den wir mit Laufender Fuchs verfolgten«, schrie er.

»Aber ich habe dich doch getötet, Arjuk!« rief Roter Wolf.

Pferdefänger machte mit einem lauten Schrei kehrt und lief davon.

»Halt!« rief Roter Wolf. »Bleib stehen!«

Karibugeweih und Speerspitze schossen ebenfalls los.

Beinahe wäre Roter Wolf ihnen gefolgt. Grauen packte ihn, wie der Habicht einen Lemming.

Doch irgendwie überwand er es. Wenn er fortlief, war er hilflos und kein Mann mehr. Das wußte er. Mit der linken Hand hob er das Beil, die rechte schwang den Speer. »Ich werde nicht fliehen«, krächzte er, da sein Mund plötzlich ausgetrocknet war. »Ich habe dich schon einmal getötet.«

Arjuk blieb kurz vor ihm stehen. Mondlicht drang in die Augen, die Roter Wolf herausgerissen und zerquetscht hatte. Er sprach plötzlich Wanayimo, von dem er nur ein paar Brocken gekonnt hatte, als er noch am Leben gewesen war. Seine Stimme war hoch und hallte unheimlich nach. »Du kannst einen toten Mann nicht töten.«

»Es war aber doch weit von hier entfernt«, stammelte Roter Wolf. »Ich band deinen Geist mit Zauberworten.«

»Sie waren nicht stark genug. Kein Zauberwort wird je stark genug sein.«

Durch den Schleier des Grauens sah Roter Wolf, daß Arjuks Füße im Schnee Spuren hinterließen, wie von einem Lebenden. Das machte es noch grauenvoller. Am liebsten wäre er auch schreiend davongelaufen, wie seine Gefährten; aber irgendwie war er sicher, daß er diesem Wesen nicht entrinnen konnte, und die Vorstellung, es im Rücken zu haben, war noch schrecklicher.

»Hier stehe ich«, würgte er heraus. »Tu, was du willst.«

»Was ich tue, ist auf ewig.«

Ich schlafe nicht. Mein Geist kann nicht ins Wachsein entfliehen. Ich kann nie entfliehen.

»Die Geister dieses Landes sind voll Winterwut«, ertönte Arjuks unirdische Stimme. »Sie bewegen sich voll Unruhe in der Erde. Sie gehen mit dem Wind. Geh von hier fort, ehe sie dich eingeholt haben und mitnehmen. Verlasse ihr Land. Du und dein Volk, geht fort!«

Roter Wolf mußte an Kleine Weide, ihre Kinder und den Stamm denken. »Das können wir nicht. Wir würden sterben.«

»Wir werden euch Zeit geben, bis der Schnee schmilzt und ihr in Zelten leben könnt«, sagte Arjuk. »Bis dahin lebt in Furcht. Laßt meine Leute in Ruhe. Im Frühling müßt ihr fortgehen, und ihr werdet niemals zurückkehren. Ich habe einen langen, kalten Weg auf mich genommen, um dir dies zu sagen. Ein zweites Mal werde ich es dir nicht sagen. Geht fort, so wie ich jetzt fortgehe.«

Damit drehte er um und ging auf seiner Spur zurück. Roter Wolf warf sich mit dem Bauch in den Schnee. So sah er auch nicht, wie Arjuk hinter dem Felsen verschwand. Er hörte nur den unnatürlichen Lärm, als er sich von der Welt der Menschen verabschiedete.

XII

Der Mond war untergegangen, die Sonne noch weit weg. Sterne und Geisterpfad warfen ein schwaches Licht über die weiße Erde. Im Dorf schliefen alle.

Der Schamane erwachte, als jemand seinen Windschutz beiseite schob. Erst war er verwirrt, gestört, die alten Knochen taten ihm weh. Langsam kroch er aus seinen Fellen zur Feuerstelle hin. Dort war nur Asche. Jemand brachte ihm jeden Morgen frische Glut. »Wer ist da?« fragte er die schwarze Gestalt, die im Eingang die Sterne verdeckte. »Was brauchst du?« Eine plötzliche Krankheit oder Geburt, ein Alptraum ...

Die Gestalt trat ein und sprach. Einen solchen Ton hatte Antworter noch nie gehört, weder im Leben, noch im Traum oder in einer Vision. »Du kennst mich. Sieh her!«

Eisig, strahlendes Licht, wie das, was Großer Mann und Sonnenhaar mit einem Stock aufleuchten lassen konnten. Der Strahl fiel über einen dichten Bart und versank in einem ausgezehrten Gesicht. Antworter schrie laut auf.

»Deine Männer konnten mich töten«, sagte Arjuk. »Sie konnten mich aber nicht binden. Ich bin zurückgekommen, um dir zu sagen, daß du fortgehen mußt.«

Antworter versuchte, seinen Verstand wiederzugewinnen. Er tastete umher und fand den eingeritzten Knochen. Schnell packte er ihn und richtete ihn auf Arjuk. Dann rief er: »Nein, du gehst fort! Ja eija eija illa jaa!« Obwohl seine Kehle wie zugeschnürt war, brachte er mit Mühe den Gesang heraus.

Arjuk unterbrach ihn. »Zu lange schon hat dein Volk meins ausgebeutet. Unser Blut auf diesem Boden stört die Geister darunter. Geht fort, all ihr Wolkenleute, geht fort! Sage ihnen dies, Schamane, oder komm mit mir.«

»Von wo bist du auferstanden?« flüsterte Antworter.

»Ha! Ich könnte dir eine Geschichte erzählen, deren Worte dir die Seele zerfetzen, dein Blut gefrieren lassen und deine Augen wie Sternschnuppen herausreißen würden. Dein Haar würde sich lösen und hochstellen wie die Stacheln eines Stachelschweins. Doch ich gehe statt dessen. Wenn ihr Wolkenleute bleibt, werde ich wiederkommen. Erinnere dich stets an mich.«

Das Licht erlosch. Wieder verdunkelte sich der Eingang. Dann blinkten die Sterne unbarmherzig hindurch.

Antworters schrille Schreie weckten die Familien in

der Nähe. Drei Männer sahen die Gestalt, die fortging. Sie hielten es aber für besser, nach dem Schamanen zu sehen, als den Mann zu verfolgen. Antworter lag stöhnend und murmelnd da. Später erklärte er, daß eine gräßliche Vision ihn heimgesucht habe. Nach Sonnenaufgang nahm Speerspitze all seinen Mut zusammen und verfolgte die Spur des Fremden. In einiger Entfernung vom Dorf hörten die Fußabdrücke auf. Hier war der Schnee hochgewirbelt. Es war, als sei etwas vom Geisterpfad herabgeschwirrt.

XIII

Weit entfernt im Südosten, hinter dem Eis und dem offenen Meer, wurde der Himmel langsam heller. Die Sterne verblaßten. Einer nach dem anderen erlosch. Im Norden und Westen verweilte die Nacht noch. Über dem Schnee wirbelte die weiße Pracht neben den heißen Quellen. Nichts unterbrach die Stille, nur ein leises Rauschen von Wellen.

Eine Männergestalt betrat Ulungus Siedlung. Sie bewegte sich schwerfällig. Als sie zwischen den Hütten stehenblieb, hingen die Schultern herab. Ein leiser Ruf: »Tseshu, Tseshu.«

Es regte sich etwas. Männer riskierten einen Blick am Windschutz vorbei. Mit lauten Schreien wichen sie zurück. »Arjuk! Der tote Arjuk!«

»Tseshu«, flehte die Gestalt. »Ich bin's doch nur Arjuk, dein Mann. Ich bin gekommen, um von dir Abschied zu nehmen.«

»Wartet hier«, sagte Tseshu voll von Angst in die Dunkelheit hinein. »Ich werde zu ihm gehen.«

»Nein, das wäre dein Tod.« Ulungu wollte sie zurückhalten.

Doch sie machte sich frei. »Er will mich«, sagte sie

und kroch hinaus. Dann erhob sie sich und trat vor die Gestalt im Umhang. »Hier bin ich.«

»Hab keine Angst«, sagte Arjuk — wie zärtlich, wie müde seine Stimme klang. »Ich bringe kein Leid.«

Die Frau starrte ihn verwundert an. »Du bist doch tot«, flüsterte sie. »Sie haben dich getötet. Das haben wir gehört. Männer von denen kamen bei Uns an der Küste vorbei und brachten die Neuigkeit.«

»Ja. Dadurch erfuhr Wan ... erfuhr ich, wo ihr euch aufhaltet.«

»Sie sagten, Roter Wolf habe dich getötet wegen dem, was du getan hast, und daß alle Wir vorsichtig sein sollten.«

Arjuk nickte. »Ja, ich starb.«

Sorge ließ ihre Stimme zittern. »Du bist so dünn und müde.«

»Es war eine lange Reise.« Er seufzte.

Sie streckte die Hand nach ihm aus. »Dein Arm ...«

Er lächelte. »Bald werde ich ruhen. Es wird schön sein, liegen zu können.«

»Warum bist du zurückgekommen?«

»Ich bin noch nicht tot.«

»Das hast du aber gesagt.«

»Ja, ich starb vor über einem Mond unter den Geistervögeln.«

»Wie kann das sein?« fragte sie verwirrt.

»Ich verstehe es auch nicht, und was ich weiß, darf ich dir nicht sagen. Aber als ich um Erlaubnis bat, fortzugehen, erfüllte man meinen Wunsch, daß ich dich dieses letzte Mal wiedersehen darf.«

»Arjuk, Arjuk.« Sie ging zu ihm und schmiegte den Kopf gegen seinen Bart. Er legte den heilen Arm um sie.

»Du zitterst ja, Tseshu«, sagte er. »Es ist kalt und du hast nichts an. Geh wieder hinein, wo es warm ist. Ich muß jetzt fort.«

»Nimm mich mit, Arjuk«, flehte sie. Tränen strömten über ihre Wangen. »Wir waren so lange zusammen.«

»Das kann ich nicht«, antwortete er. »Bleib hier und sorge für die Kleinen und alle Wir. Geht zurück zu unserem Fluß. Ihr werdet Frieden haben. Die Mammuttöter werden euch in Ruhe lassen. Sie werden im Frühjahr, wenn der Schnee schmilzt, fortziehen.«

Sie hob das Gesicht. »Das ... ist ... wunderbar.«

»Das schenke ich dir und Uns.« Er blickte an ihr vorbei zu den sterbenden Sternen empor. »Ich bin froh darüber.«

Sie klammerte sich an ihn und schluchzte.

»Weine nicht«, bat er. »Laß mich dich froh in Erinnerung behalten.«

Das Tageslicht wurde stärker. »Ich muß gehen«, sagte er. »Laß mich los, laß mich los.« Er mußte ihre Arme wegziehen, ehe er fortgehen konnte. Sie stand da und schaute ihm nach, bis er ihren Blicken entschwunden war.

XIV

Wanda Tamberly fuhr ihren Flitzer durch Zeit und dichten Schneefall zurück auf den Boden. Dann stieg sie ab. Arjuk hatte auf dem Rücksitz gesessen und sich um ihre Taille geklammert. Jetzt kletterte er auch herunter. Sie standen einen Moment schweigend zwischen den Flocken im Morgengrauen.

»Ist alles geschafft?« fragte er schließlich.

Sie nickte. Ihr Hals war steif. »Es ist alles geschafft, so gut ich es konnte.«

»Das ist gut.« Er fummelte an seinen Sachen. »Hier, ich gebe dir deine Schätze zurück.« Stück für Stück legte er alles ab: Taschenlampe, das audiovisuelle Abhörgerät, mit dem sie alles, was er tat, hatte sehen und hören können, den Empfängerknopf fürs Ohr, durch den sie ihm Anweisungen gegeben hatte, Lautsprecher, über die sie an seiner Stelle Wanayimo gesprochen hatte, natürlich mit tieferer Tonhöhe und ein bißchen Geistergeräusche im Hintergrund. Sie verstaute alles im Zeitmobil.

»Was soll ich als nächstes tun?« fragte Arjuk.

»Warten. Ach, wenn ich nur mit dir warten könnte!«

Er überlegte. »Du bist sehr lieb, aber ich wäre doch lieber allein. Ich muß mich an viele Dinge erinnern.«

»Ja.«

»Außerdem«, fuhr er fort. »würde ich lieber gehen als stillsitzen. Dein Zauber hat mir etwas Kraft verliehen. Sie schwindet, aber ich möchte sie noch ausnutzen.«

Dich lebendig fühlen, solange du kannst. »Ja, mach, was du möchtest. Geh immer weiter, bis ... ach, Arjuk!« Er stand so geduldig und ergeben da. Der Schnee hatte seinen Kopf schon weiß gemacht.

»Weine nicht!« sagte er besorgt. »Du, die du über Leben und Tod gebietest, solltest niemals schwach oder traurig sein.«

Sie bedeckte die Augen. »Ich kann nicht anders.«

»Aber ich bin froh.« Er lachte. »Ich habe meinen Leuten Gutes tun können. Du hast mir dabei geholfen. Sei froh darüber! Laß mich dich froh in Erinnerung behalten.«

Lächelnd küßte sie ihn, und sie lächelte immer noch, als sie das Zeitmobil wieder bestieg.

XV

Der Wind brauste. Die Kuppel bebte. Wanda landete, stieg ab und machte Licht an, weil es so düster war.

Nach wenigen Minuten hörte sie: »Lassen Sie mich hinein.«

Sie hing ihre Schutzkleidung auf. »Kommen Sie nur«, antwortete sie.

Corwin trat ein. Der Wind zerrte an der Eingangsklappe. Es war nicht leicht, sie wieder zu verschließen. Wanda postierte sich neben dem Tisch. Sie fühlte sich so ruhig, als sei sie gefroren.

Corwin riß seinen Parka auf, als wolle er einem Feind die Gedärme rausreißen. Dann funkelte er sie an. Sein Mund war nur ein Strich. »So, endlich heimgekehrt!«

»Nun, den Eindruck hatte ich.«

»Ich verbitte mir Ihre Unverschämtheiten!«

»Tut mir leid, wollte ich nicht.« Sie zeigte ebenso gleichgültig auf den Sessel, wie sie sprach. »Wollen Sie sich nicht setzen? Ich mache Tee.«

»Nein! Warum sind sie tagelang weg gewesen?«

»Arbeit. Draußen.« *Ich brauchte die schreckliche Unschuld der Eiszeit und ihrer Tiere.* »Ich wollte sichergehen, daß ich meine Forschungsarbeiten, jedenfalls die wichtigsten, abgeschlossen hatte. Schließlich nähert sich diese Jahreszeit dem Ende.«

Er bebte. »Und was halten Sie davon, gefeuert zu werden oder Gehirnblockierung oder den Exilplaneten ...«

Sie hob die Hand. »Moment! Das ist Sache einer höheren Stelle, nicht Ihre, mein Freund.«

»*Freund?* Nachdem Sie alles verraten — ruiniert haben? Glaubten Sie vielleicht, ich würde nicht wissen, was hinter all diesen ... Geistererscheinungen steckte? Der einzige Zweck war doch, meine Arbeit zu vernichten ...«

Wanda schüttelte energisch den Kopf. »Aber, nein! Sie können unter den Wanayimo weiterarbeiten, solange Sie wollen. Außerdem warten noch viele Generationen.«

»Gefährdung ... Kausalstrudel ...«

»Bitte!« unterbrach sie ihn. »Sie selbst sagten mir, daß die Wolkenleute im Frühjahr fortziehen. So steht's geschrieben. ›Der bewegliche Finger‹, stimmt's? Ich habe nur ein bißchen angeschoben. Und das stand doch auch geschrieben, oder?«

»Nein! Sie haben gewagt ... Sie haben Gott gespielt!« Sein Zeigefinger stieß wie ein Speer auf sie zu. »Deshalb sind Sie ja auch nicht sofort nach Ihrem hirnverbrannten Ausflug hierher zurückgekehrt. Sie wagten nicht, mir unter die Augen zu treten.«

»Ich wußte, daß ich das auf Dauer nicht umgehen konnte. Aber ich hielt es für besser, wenn die Eingeborenen mich eine Zeitlang nicht sehen würden. Sie haben die Köpfe mit anderen Dingen voll. Ich hoffte, daß Sie auch im Hintergrund blieben.«

»Zwangsläufig. Der Schaden, den Sie angerichtet haben, war irreparabel. *Ich* wollte die Sache nicht *noch* schlimmer machen.«

»Aber Tatsache ist doch, daß die Wolkenleute beschlossen haben, diese Gegend zu verlassen.«

»Weil Sie ...«

»Etwas mußte doch der Grund sein, oder? Ja, ja, ich kenne die Regeln. Ich bin in der Zeit vorausgeflitzt, habe mir einen Bericht angesehen und werde deshalb vor den Kadi bestellt. Morgen packe ich meine Sachen.« *Und verabschiede mich von diesem Land und — ja — auch von den Wolkenleuten, von Roter Wolf. Ich wünsche ihm alles Gute.*

»Bei dieser Anhörung werde ich anwesend sein«, versprach Corwin. »Es wird mir ein Vergnügen sein, die Anklagen gegen Sie vorzubringen.«

»Das ist kaum Ihre Abteilung, oder?«

Er starrte sie mit offenem Mund an. »Sie haben sich verändert«, sagte er leise. »Sie waren ... eine vielversprechende junge Frau. Jetzt sind Sie ein hinterlistiges, eiskaltes Miststück.«

»Wenn Sie so von mir denken, Gute Nacht, Dr. Corwin.«

Sein Gesicht verzerrte sich. Er schlug ihr mit der flachen Hand ins Gesicht.

Sie stolperte, fing sich aber wieder. Trotz der Schmerzen sagte sie ruhig. »Ich sagte: Gute Nacht, Dr. Corwin.«

Er stieß einen undefinierbaren Laut aus, machte kehrt, riß den Eingang auf und stürmte davon.

Ja, ich glaube, ich habe mich verändert, dachte sie. *Etwas mehr erwachsen geworden — hoffe ich jedenfalls. Alles wird sich vorm ... Kriegsgericht? — nein, bei der Anhörung klären. Vielleicht geben sie mir eine Gehirnwäsche und schmeißen mich dann raus. Ich weiß nur, daß ich tat, was ich tun mußte — und der Teufel soll mich holen: Ich bereue es nicht.*

Der Wind wurde stärker. Die vereinzelten Schneeflocken waren die Nachzügler des letzten Blizzards in diesem Winter.

13 210 v. Chr.

Die Wolken waren noch weißer als die Schneereste, die vereinzelt auf Moos und Büschen lagen. Die Sonne, die mit jedem Tag länger schien, blendete. Ihr Licht ließ Tümpel und Seen erglänzen, über denen sich die frühesten Zugvögel der Erde emporschwangen. Überall blühten Blumen. Trat man auf sie, schickten sie einen frischen, grünen Duft in die Luft.

Nur ein einziges Mal schaute Kleine Weide zurück, entlang an der Kolonne. Dort hinten lagen ihre Häuser, das Werk ihrer Hände. Roter Wolf spürte, was sie fühlte. Er legte den Arm um sie. »Wir werden neues und besseres Land finden, und das werden wir behalten und nach uns unsere Kinder und wiederum deren Kinder«, sagte er.

Das hatte Sonnenhaar versprochen, ehe sie und Großer Mann mit ihren Zelten ebenso geheimnisvoll verschwanden, wie sie aufgetaucht waren. »Eine neue Welt.« Er verstand es nicht, glaubte ihr aber und gab diesen Glauben an sein Volk weiter.

Kleine Weide schaute ihren Mann an. »Nein, wir konnten nicht bleiben.« Ihre Stimme zitterte. »Die Monde voll Angst, weil der Geist jede Nacht wiederkommen könnte ... Aber heute muß ich daran denken, was wir hatten und was wir uns erhofften.«

»Das liegt hinter uns.«

Ein Kind hatte sich losgerissen und lief davon. Kleine Weide rannte los, um den Schlingel einzufangen. Roter Wolf lächelte.

Dann wurde sein Gesicht wieder ernst. Auch er dachte zurück — an eine Frau, deren Haar und Augen Sommer waren. Nie würde er sie vergessen. Und sie?

1990 n. Chr.

Das Zeitmobil erschien an dem geheimen unterirdischen Platz. Everard stieg ab, gab Wanda die Hand und half ihr vom Rücksitz. Sie gingen nach oben in ein winziges Zimmer. Die Tür war verschlossen; aber das Schloß kannte ihn und ließ sie ein. Durch einen Korridor voll Umzugskartons, die als Behelfsbücherregale dienten, kamen sie ins Geschäft. Everard sagte dem Besitzer: »Nick, wir brauchen eine Zeitlang Ihr Büro.«

Der kleine Mann nickte. »Klar. Ich habe Sie schon erwartet und alles hingestellt, was Sie haben wollten.«

»Danke. Sie sind ein prima Kerl. Komm, Wanda!«

Everard und Wanda betraten das vollgestopfte Zimmer. Er schloß die Tür. Sie ließ sich in den Sessel hinter dem Tisch sinken und starrte in den Garten hinter dem Haus hinaus. Bienen summten über Ringelblumen und Petunien. Nur die Mauer und der leise Verkehrslärm erinnerte daran, daß sie am Ende des zwanzigsten Jahrhunderts in San Francisco waren. Der Inhalt der Kaffeemaschine war heiß und relativ frisch. Keiner der beiden nahm Milch oder Zucker. Der gute Nick hatte aber noch eine Flasche Calvados und zwei Gläser hingestellt. Everard schenkte ein.

»Wie geht's dir denn inzwischen?« fragte er.

»Ich bin kaputt«, antwortete sie und schaute weiter durchs Fenster.

»Ja, es war hart. Aber das mußte sein.«

»Ich weiß.« Wanda nahm den Kaffee und trank. Ihre Stimme bekam etwas mehr Leben. »Ich habe Schlimmeres verdient, viel Schlimmeres.«

»Na, jetzt ist alles vorbei«, sagte er betont munter. »Du genießt erst mal deinen Urlaub, ruhst dich richtig aus und schüttelst den Alptraum ab. Das ist ein Befehl.« Er hielt ihr das Glas mit Calvados hin. »Prost.«

Sie stieß mit ihm an. *»Salud.«* Er saß ihr gegenüber. Sie tranken einen Schluck. Sie ließ den Geschmack genüßlich auf der Zunge zergehen.

Dann blickte sie ihm in die Augen und sagte leise: »*Du* hast meinen Hals aus der Schlinge geholt, stimmt's? Ich meine nicht nur, daß du für mich bei der Anhörung ein gutes Wort eingelegt hast — obwohl ich da — weiß Gott — einen Freund bitter nötig hatte. Das war doch im Grunde nur pro forma, oder?«

»Kluges Mädchen.« Er nahm noch einen Schluck. Dann stellte er das Glas ab und holte Pfeife und Tabaksbeutel heraus. »Ja, natürlich. Ich hatte hinter der Szene an einigen Fäden gezogen. Da gab es einige Leute, die dich die volle Härte des Gesetzes spüren lassen wollten. Aber sie konnten überredet werden, daß eine Rüge ausreichen würde.«

»Nein, das reicht nicht.« Sie schüttelte sich. »Was sie mir zeigten ... diese Berichte ...«

Er nickte. »Konsequenzen einer Zeit, die schiefgelaufen ist. Schlimm.« Umständlich stopfte er die Pfeife. »Und, ganz ehrlich, du brauchtest eine Lektion«, sagte er, ohne sie anzublicken.

Sie holte tief Luft. »Manse, ich habe dir so viel Ärger und Mühe gemacht und ...«

»Nein, fühl dich bloß nicht verpflichtet. Bitte. Es war meine Pflicht, nachdem ich hörte, wie die Situation aussah.« Er schaute auf. »Weißt du, irgendwie war die Patrouille auch schuldig. Du warst zur Naturforscherin bestimmt. Deine Indoktrination war minimal. Dann ließ die Firma zu, daß du in etwas verwickelt wurdest, für das du nicht vorbereitet, nicht ausgebildet, nicht trainiert warst. Aber die Patrouille sind auch nur Menschen, und die machen auch Fehler. Aber die sollen sie auch, verdammt noch mal, hinterher zugeben.«

»Ich will keine Entschuldigungen für mein Verhalten

hören. Ich wußte genau, daß ich gegen die Vorschriften verstieß.« Wanda straffte die Schultern. »Und ich bereue nichts — nicht einmal jetzt!« Dann trank sie noch einen Schluck.

»Und du hattest den Mut, dies auch der Kommission zu sagen.« Everard steckte die Pfeife an und zog, bis die ersten blauen Rauchwölkchen aufstiegen. »Das hat sich zu deinem Vorteil ausgewirkt. Wir brauchen Mut, Initiative und Übernahme von Verantwortung mehr als routinierte, reibungslose, sichere Erledigung der Aufgaben. Außerdem wolltest du ja eigentlich nicht die Geschichte ändern. Das wäre unverzeihlich gewesen. Du hast nur ein bißchen nachgeholfen. Vielleicht war der Ablauf von Anfang an so. Vielleicht auch nicht. Das wissen nur die Danellier.«

Ehrfürchtig fragte Wanda: »Sorgen sie sich so weit in die Zukunft hinein?«

Er nickte. »Ich glaube, sie müssen. Ich vermute, daß deine Sache bis an sie weitergeleitet wurde.«

»Aber nur wegen dir, Manse. Weil du ein Unabhängiger Agent bist.«

Er zuckte die Achseln. »Möglich. Aber vielleicht haben sie auch ... zugesehen. Wie dem auch sei — ich habe so ein Gefühl, daß die Entscheidung, bei dir Gnade vor Recht ergehen zu lassen, von ihnen kam. In diesem Fall bist du irgendwie, irgendwo wichtiger, als wir beide heute wissen.«

»Ich?« rief sie erstaunt.

»Möglich wär's.« Er richtete den Pfeifenstiel auf sie. »Hör zu, Wanda. Ich habe das Gesetz auch mal gebrochen, ziemlich zu Anfang meines Dienstes, weil es mir als die einzige anständige Möglichkeit vorkam. Ich war bereit, die Strafe auf mich zu nehmen. Die Patrouille kann Selbstherrlichkeit *nicht* dulden. Aber dann kam ich auf einen Speziallehrgang und wurde schließlich Unabhängiger Agent.«

Sie schüttelte den Kopf. »Ja *du!* So gut bin ich nicht.«

»Du meinst, du bist in diesem Gebiet nicht so gut. Nun, ich bezweifle auch jetzt noch, daß du als Polizistin geeignet bist. Aber etwas anderes — auf alle Fälle, bist du goldrichtig!« Er hob das Glas. »Und darauf trinken wir einen!«

Schweigend trank sie.

Dann sagte sie — mit Tränen in den Wimpern. »Ich kann dir nie genug danken, Manse.«

»Hmmm.« Er grinste. »Du könntest es aber versuchen. Wie wär's zum Auftakt mit Essen heute abend?«

Sie zuckte zurück. »Ach ...«

Er musterte sie. »Du hast keine Lust, was?«

»Manse, du hast so viel für mich getan; aber ...«

Er nickte. »Schlicht und ergreifend: Du bist kaputt. Das ist absolut verständlich.«

Sie schlang die Arme um sich, als hätte der Eishauch eines Gletschers sie berührt. »Und verfolgt, gequält.«

»Auch das verstehe ich.«

»Wenn ich nur eine Zeitlang allein sein kann, wo es friedlich ist.«

»Damit du alles verarbeiten kannst, was geschehen ist.« Er blies Rauch gegen die Decke. »Natürlich. Es tut mir leid. Ich hätte es wissen müssen.«

»Später ...«

Er lächelte, diesmal liebevoll. »Später bist du wieder ganz die alte Wanda. Das steht fest. Du bist viel zu gesund, als daß es nicht so wäre.«

»Und dann ...« Sie konnte den Satz nicht beenden.

»Darüber sprechen wir, wenn die Zeit gekommen ist.« Everard legte die Pfeife beiseite. »Wanda, du kippst jeden Moment um. Entspann dich! Genieß den Apfelschnaps. Mach die Augen zu, wenn du willst. Ich rufe ein Taxi und bringe dich nach Hause.«

Teil Fünf

RATE MAL

1990 n. Chr.

Ein Blitz zuckte durch die Dunkelheit, der so hell war, daß er trotz der Lichter New Yorks deutlich zu sehen war. Der Donner war noch zu weit weg, um durch den Straßenlärm zu dringen. Wind und Regen würden folgen.

Everard zwang sich, das Rätsel, das ihm gegenübersaß, anzusehen. »Ich dachte, die Angelegenheit sei erledigt«, sagte er.

»Es bleibt noch beträchtliche Unzufriedenheit«, antwortete Guion in seinem täuschend pedantischen Englisch. »Na ja. Ich ließ meine Beziehungen spielen und erinnerte einige Leute daran, daß sie mir noch einen Gefallen schuldeten. Aber schließlich *bin* ich ein Unabhängiger, und ich war der Meinung, daß eine Bestrafung Tamberlys wegen etwas, das sie zwar getan hatte, aber das moralisch richtig war, nichts brächte. Wir hätten nur eine gute Mitarbeiterin verloren.«

Guions Tonfall blieb gleichmütig. »Über die moralische Berechtigung, in ausländischen Konflikten Partei zu ergreifen, kann man sich streiten. Und Sie sollten doch wirklich wissen, daß wir die Realität nicht berichtigen oder ergänzen, sondern sie verteidigen.«

Everard ballte die Faust. »Und *Sie* sollten doch wirklich wissen, daß das nicht immer stimmt«, fuhr er ihn an. Doch dann entschied er sich, die Sache lieber friedvoll auszutragen. »Ich sagte ihr, daß ich es nicht geschafft hätte, wenn nicht von höchster Stelle eingegriffen worden wäre. Hatte ich recht?«

Guion wich der Frage aus. Lächelnd sagte er: »Ich kam her, um Ihnen persönlich zu versichern, daß der Fall in der Tat abgeschlossen ist. Sie werden keinerlei

Ressentiments bei Ihren Kollegen mehr finden, keine wortlosen Vorwürfe von Begünstigung. Alle sind jetzt der Meinung, daß Sie korrekt handelten.«

Everard blickte ihn verblüfft an. »Wie bitte?« Mehrere Herzschläge vergingen. »Wie, zum Teufel, ist das geschehen? Ein derart unabhängiger Haufen ...«

»Benügen Sie sich damit, *daß* es so ist — und ohne die Unabhängigkeit zu kompromittieren. Machen Sie sich keine Sorgen mehr! Schenken Sie Ihrem Gewissen aus dem Mittelwesten Ruhe.«

»Ja, hm, ja. Das ist überaus freundlich von Ihnen. He — ich war schrecklich ungastlich. Wie wär's mit einem Drink?«

»Zu einem leichten Scotch und Soda würde ich nicht Nein sagen.«

Everard ging zur Bar. »Ich bin wirklich dankbar. Das dürfen Sie mir glauben.«

»Nicht nötig. Ich bin hier mehr geschäftlich unterwegs, nicht nur als Engel der Barmherzigkeit. Sie haben sich ein gewisses Maß an besonderer Aufmerksamkeit erworben. Sie haben sich als Agent für die Patrouille als zu wertvoll erwiesen, als daß man will, daß Ihnen durch unwillige oder unvollständige Zusammenarbeit Steine in den Weg gelegt werden.«

Everard beschäftigte sich mit seinem Glas. »Ich? Keine falsche Bescheidenheit — aber die Firma muß in der Million Jahre, in der sie Rekruten aufnimmt, mit Sicherheit schon eine Menge Burschen gefunden haben, die fähiger waren als ich.«

»Oder ich. Doch manchmal hat ein einzelner Mensch weit mehr Bedeutung, als es den Anschein hat. Nehmen Sie zum Beispiel Alfred Dreyfus*. Er war ein fähi-

---

* Alfred Dreyfus (1859—1935). Die Dreyfus-Affäre führte zu tiefgreifenden Verwicklungen und Konsequenzen in Frankreich, die aus dem militärgerichtlichen Verfahren gegen Hauptmann Dreyfus entstanden. Mit zum Teil gefälschten Beweisen wurde er des Landesverrats in regelwidrigem Verfahren angeklagt und verurteilt. Zuerst

ger, verantwortungsbewußter Offizier, ein Gewinn für Frankreich. Aber aufgrund dessen, was ihm zustieß, kam es zu bedeutenden Ereignissen.«

Everard runzelte die Stirn. »Wollen Sie damit sagen, daß er ... ein Werkzeug des Schicksals war?«

»Sie wissen doch genau, daß es so etwas wie Schicksal nicht gibt. Es gibt die Struktur des Plenums, welches wir zu erhalten versuchen.«

Ich nehme an, dachte Everard, *auch wenn diese Struktur in Zeit und Raum nicht einfach veränderbar ist, scheint sie doch komplizierter zu sein, als man uns darüber auf der Akademie wissen lassen wollte. Ein Zusammentreffen kann mehr sein als bloßer Zufall. Vielleicht erhaschte Jung in seinen Ideen über Synchronie ein Zipfelchen der Wahrheit — ich weiß es nicht! Das Universum ist nicht so, daß jemand wie ich es kapiere. Ich arbeite nur hier.* Er holte sich eine Büchse Heineken, fügte noch einen kurzen Aquavit hinzu und brachte es zum Tisch zurück.

Beim Hinsetzen murmelte er: »Ich vermute, daß der Weg auch für Spezialistin Tamberly geräumt wurde.«

»Wie kommen Sie auf diese Idee?« fragte Guion unverbindlich.

»Bei Ihrem letzten Besuch erkundigten Sie sich nach ihr. Außerdem erwähnte sie einen Abend mit Ihnen, als sie noch Kadett war. Ich bezweifle, daß der ... — wer immer Sie auch geschickt hat — an einem x-beliebigen Kadetten so interessiert wäre.«

Guion nickte. »Tamberlys Weltlinie, wie Ihre, scheint mit vielen anderen in Berührung zu stehen.« Er machte eine Pause. »Scheint — sagte ich.«

Everard bekam wieder ein leicht mulmiges Gefühl. Er griff nach Pfeife und Tabaksbeutel. »Was, zum Teu-

---

lebenslänglich auf der Teufelsinsel, dann nach einer Revision zu 10 Jahren, aber begnadigt. Dieser Streitfall zwischen der klerikal und antisemitisch eingestellten Rechten und den Liberalen führte u. a. zur Gründung der Liga der Menschenrechte.

fel, ist eigentlich los?« fragte er unwirsch. »Worum geht es überhaupt?«

»Wir hoffen, daß es sich nicht um etwas Außergewöhnliches handelt.«

»Worauf stützen sich diese Hoffnungen oder wogegen?«

Guion blickte Everard in die Augen. »Genau kann ich das nicht sagen. Durchaus möglich, daß man es nicht wissen kann.«

»Mann, sagen Sie mir wenigstens *irgend etwas!*«

Guion seufzte. »Monitore haben anomale Variationen in der Realität beobachtet.«

»Sind das nicht alle?« fragte Everard. *Und ein paar davon spielen eine große Rolle. Man könnte sagen, der Lauf der Welt hat eine enorme Trägheit. Die Wirkungen der meisten Veränderungen, von Zeitreisenden verursacht, lösen sich bald auf, wie kleine Wirbel in einem Fluß. Andere Dinge geschehen und kompensieren. Negatives Feedback. Wie viele kleine Fluktuationen gehen hin und her, vorwärts und zurück? Wie konstant ist Realität wirklich? Das ist eine Frage, auf die es keine feste Antwort gibt, vielleicht nicht mal eine Bedeutung.*

Aber ab und zu gibt es einen Knotenpunkt, wo einige Schlüsselereignisse die gesamte Zukunft auf lange Sicht entscheiden — zum Besseren oder zum Schlechteren.

Die ruhige Stimme jagte ihm einen kalten Schauder über den Rücken. »Die Ursache ist nicht bekannt. Das heißt, es ist uns bisher nicht gelungen, irgendwelche chronokinetischen Ursprünge zu identifizieren. So wurde die *Asinaria* von Plautus im Jahre 213 v. Chr. uraufgeführt, und 1196 n. Chr. dankte Stefan Nemanja, Großfürst Serbiens, zugunsten seines Sohnes ab und zog sich in ein Kloster zurück. Ich könnte eine Reihe von anderen Ereignissen für diese Zeiten auflisten, manche so weit von Europa entfernt wie China.«

Everard kippte den Aquavit runter und spülte mit einem kräftigen Schluck Bier nach. »Danke, es reicht«, wehrte er barsch ab. »Ich kann schon die beiden nicht unterbringen. Was ist so seltsam an denen und dem Rest?«

»Die genauen Daten ihres Auftretens stimmen nicht mit dem überein, was die Gelehrten aus der Zukunft aufgezeichnet haben. Ebensowenig eine Menge anderer, kleiner Details — wie zum Beispiel der genaue Text dieses Stücks oder die genauen Gegenstände auf einer Schriftrolle von Ma Yuan.« Guion nippte an seinem Glas. »Unwichtig, verstehen Sie. Nichts, was das allgemeine Muster der Ereignisse später oder auch nur das tägliche Leben bemerkbar ändert. Aber dennoch sind dies Hinweise, daß diese Abschnitte der Geschichte instabil waren.«

Everard mußte gegen einen Schauder kämpfen. »Zweihundertdreizehn vor Christus, sagten Sie?« *Mein Gott! Der Zweite Punische Krieg.* Er stopfte seine Pfeife mit unnötigem Eifer.

Guion nickte wieder. »Es ist vor allem Ihnen zu verdanken, daß diese Katastrophe abgewendet werden konnte.«

»Wie viele waren noch da?« fragte Everard.

Die Frage klang auf englisch absurd. Ehe er auf Temporal umschalten konnte, sagte Guion: »Das ist ein inhärent unlösbares Problem. Denken Sie darüber nach.«

Dies tat Everard.

»Die Patrouille, die existierende Menschheit, die Danellier verdanken Ihnen wegen der Episode in Karthago viel«, fuhr Guion nach einer Weile fort. »Wenn Sie wünschen, können Sie die Schritte, die in letzter Zeit für Sie unternommen wurden, als kleinen Dank dafür ansehen.«

»Danke.« Everard zog energisch an der Pfeife. »Allerdings war ich nicht absolut selbstlos. Das ist Ihnen doch klar. Ich wollte meine Heimatwelt zurückhaben.« Dann musterte er Guion scharf. »Was haben diese Anomalien, von denen Sie sprachen, mit mir zu tun?«

»Möglicherweise gar nichts.«

»Oder mit Wanda — Spezialist Tamberly? Welche Absichten haben Sie mit uns beiden?«

Guion hob die Hand. »Aber, bitte, entwickeln Sie doch keine Ressentiments! Ich kenne Ihren Wunsch, die emotionale Sphäre absolut privat zu halten. Sie haben ein Recht auf Ihre Gefühle.«

»Da, wo ich herkomme, bestimmt. Da können Sie Gift drauf nehmen.« Everards Wangen brannten.

»Aber wenn die Patrouille die Evolution der Zeitalter überwachen und bewachen soll, muß sie doch auch sich selbst überwachen, oder? Sie sind einer der wichtigsten Agenten der letzten dreitausend Jahre geworden. Daher strahlt Ihr Einfluß — ob Sie es wissen oder nicht — weiter als der der meisten. Zwangsläufig geschieht auch einiges durch Ihre Freunde. Tamberly hatte einen katalytischen Effekt auf eine Umwelt, die sie lediglich studieren sollte. Als Sie sie vor den Konsequenzen ihrer Handlungen schützten, wurde Sie mit hineingezogen. In beiden Fällen wurde kein Schaden angerichtet. Wir erwarten auch nicht, daß einer von Ihnen absichtlich oder unabsichtlich Schaden anrichten wird; aber Sie müssen verstehen, daß wir über Sie Bescheid wissen wollen.«

Die Haare auf Everards Armen standen hoch. »›Wir‹ sagten Sie?« flüsterte er. »Wer sind Sie, Guion? *Was* sind Sie?«

»Ein Agent wie Sie, der denselben Zielen wie Sie dient. Nur ist meine Arbeit innerhalb der Patrouille.«

Everard ließ nicht locker. »Woher kommen Sie? Aus der Danellischen Ära?«

Die Verteidigung brach zusammen. »Nein!« Guion machte eine heftige Abwehrgeste. »Ich bin niemals einem Danellier begegnet!« Er schaute weg. Das aristokratische Gesicht zuckte. »Sie schon. Einmal. Aber ich — nein, ich bin niemand.«

Du willst sagen, daß du ein Mensch bist, wie ich, dachte Everard. *Wir sind beide für die Danellier, was ein Homo erectus — oder Australopithecus — für uns ist. Aber du wurdest in einer späteren und höheren Zivilisation als ich geboren und mußt daher mehr über sie wissen, als es mir je möglich sein wird. So viel mehr, daß du fürchterliche Angst hast?*

Guion faßte sich und trank einen Schluck. Dann sagte er ruhig: »Ich tue, was man mir befiehlt. Das ist alles.«

Everard verspürte plötzlich den irrationalen Wunsch, den anderen zu trösten. »Und im Augenblick sind Sie damit beschäftigt, lose Enden festzumachen, rein Schiff zu machen — nichts Exorbitantes.«

»Ich hoffe so. Darum bete ich.« Guion holte tief Luft. Dann lächelte er. »Ihre Art, es so allgemein verständlich auszudrücken, gibt Stärke.«

Auch in Everard verebbte die Anspannung. »Okay. Einen Augenblick lang sind wir in eine üble Straße eingebogen, was? Eigentlich sollte ich mir weder wegen mir noch wegen Wanda Sorgen machen.«

Unter seiner wiedergewonnenen Fassung klang Guion ebenfalls sehr erleichtert. »Deshalb kam ich. Um Ihnen dies zuzusichern. Ihre Konfrontation mit Agent Corwin und anderen ist bereinigt und vergessen. Sie können die ganze Sache aus Ihrem Gedächtnis streichen und wieder zur Tagesordnung übergehen.«

»Danke. Auf Ihr Wohl.« Sie hoben die Gläser.

Die beiden brauchten noch etwas normale Unterhaltung, Klatsch und Fachsimpelei, um sich richtig entspannen zu können. »Ich höre, daß Sie eine neue Mission vorbereiten«, sagte Guion.

Everard hob die Schultern. »Nichts Großes. Den Altamont-Fall sichern. Das dürfte Sie kaum interessieren.«

»Nein, bitte, Sie haben mich neugierig gemacht.«

»Na ja, warum nicht?« Everard lehnte sich zurück, paffte die Pfeife und genoß das Bier. »Es ist 1912. Der Erste Weltkrieg braut sich zusammen. Die Deutschen denken, sie hätten einen Spion gefunden, der die Gegenseite infiltrieren kann: Einen Amerikaner irischer

Herkunft, Altamont. Tatsächlich ist er aber ein englischer Agent und dreht schließlich den Spieß bildschön gegen sie. Das Problem von unserem Standpunkt aus ist, daß er zu gescheit ist und zu gut beobachtet. Er entdeckte gewisse seltsame Vorgänge, die ihn zu unserer Gruppe für Militärstudien hätte führen können, die wir damals dort unterhielten. Ein Mitglied der Gruppe kennt mich und bat, ich solle mir etwas ausdenken, um die Aufmerksamkeit des Mannes abzulenken. Nichts Großes. Wir müssen es nur so bringen, daß er nicht etwa auf den Gedanken kommt, es könnten sich noch viel seltsamere Dinge abspielen. Es müßte eigentlich Spaß machen.«

»Verstehe. Dann besteht Ihr Leben also nicht nur aus Abenteuern, bei denen Sie nur um Haaresbreite dem Tod entrinnen.«

»Nein, das wäre ja scheußlich!«

Sie plauderten noch eine Stunde über alles mögliche. Dann verabschiedete sich Guion. Als Everard allein war, fühlte er sich eingesperrt. Die Luft aus der Klimaanlage stand reglos im Zimmer. Er öffnete ein Fenster und sog die Luft tief ein. Es roch nach Gewitter. Da kamen auch schon die ersten Böen.

Wieder berührte ihn eine Ahnung. *Offensichtlich ist er ein hohes Tier. Würde die noch weit in der Ferne liegende Zukunft ihn für einen so unwichtigen Auftrag losschicken, wie er erzählt hatte? Wäre es nicht eher möglich, daß man vor dem Chaos Angst hatte, das Guion kaum erwähnt hatte, dessen Koordinaten sie nicht bestimmen und es somit nicht abwenden können? Treffen sie nur krampfhaft Vorsichtsmaßnahmen?*

Blitze flammten wie Banner über den Wolkenkratzern. Everards innere Stimme antwortete. *Laß den Scheiß! Ihr habt doch gehört, daß alles in Ordnung ist, oder?* Jetzt wollte er den nächsten Auftrag ruhigen Gewissens und fröhlich durchführen und danach sich alle nur vorstellbaren Vergnügungen leisten.

Teil Sechs

Das Staunen der Welt

1137_{α} n. Chr.

Die Tür öffnete sich. Sonnenschein drang hell in den Laden des Seidenkaufmanns. Kühle Herbstluft und Straßenlärm folgte. Dann stolperte der Lehrling herein. Gegen das Tageslicht wirkte er wie ein Schatten. Er schluchzte laut: »Meister Geoffrey, o Meister Geoffrey!«

Emil Volstrup verließ sein Stehpult, an dem er mit Rechnungen beschäftigt gewesen war. Die beiden anderen Jungen, ein Italiener und ein Grieche, ließen die Hände auf die Ballen sinken und rissen die Augen auf. »Was ist denn, Odo?« fragte er. Das normannische Französisch, das er hier benutzte, klang rauh in seinen Ohren. »Hattest du Ärger auf deinem Botengang?«

Die dünne Gestalt fiel ihm in die Arme. Der Junge preßte sein Gesicht ins Gewand des Meisters. Der spürte das Zittern. »Meister«, schluchzte Odo. »Der König ist tot. Ich hab's gehört. Sie rufen es in der ganzen Stadt.«

Volstrups Arme fielen herab. Er blickte nach draußen. Viel konnte er durch die Gitter über dem Bogenfenster nicht sehen. Nur die Tür stand noch offen. Kopfsteinpflaster, ein Gebäude mit Bogengängen gegenüber, ein Sarazene in weißem Burnus und Turban ging vorbei. Spatzen flatterten von einem ergatterten Brocken Brot hoch. Nichts schien mehr wirklich zu sein. Warum auch? Alles, was er sah, konnte im nächsten Augenblick aufhören zu existieren. Alles um ihn. Auch er selbst.

»Unser König Roger? Nein«, widersprach er. »Unmöglich. Ein falsches Gerücht.«

Odo wich zurück und streckte beteuernd die Hände

hoch. »Es ist wahr!« Seine Stimme brach. Die Scham darüber beruhigte ihn etwas. Er schluckte, wischte die Tränen ab und versuchte sich zu fassen. »Boten aus Italien. Er fiel in der Schlacht. Seine Armee ist besiegt. Sie sagen, daß der Prinz auch tot sei.«

»Aber ich *weiß* ...« Volstrup brach ab. Entsetzt war ihm klar, daß er beinahe die Zukunft beschrieben hätte, bis sein Konditionierungsprogramm ihn aufhielt. Hatte ihn diese Geschichte so schwer erschüttert? »Wie können die Leute auf der Straße das wissen? Solche Nachrichten gehen nur direkt in den Palast.«

»Die B-b-boten ... sie haben es gerufen, wie sie vorbeigekommen sind ...«

Ein Laut drang durch den Lärm von Palermo, übertönte ihn und drang weit hinaus aus den Mauern bis in den Hafen und auf die Bucht. Volstrup kannte diese Stimmen. Alle kannten sie. Es waren die Glocken der Kathedrale. Sie läuteten.

Einen Augenblick lang stand er reglos da. Aus dem Augenwinkel sah er, wie die Lehrlinge sich bekreuzigten: Der Katholik von links nach rechts, der Orthodoxe von rechts nach links. Da kam es ihm, daß er dies auch tun sollte. Das brach die Lähmung. Er wandte sich an den griechischen Jungen, der am meisten Verstand hatte. »Michael«, befahl er. »Lauf los und finde heraus, was wirklich passiert ist! Versuch so viel wie möglich, in kurzer Zeit zu erfahren und komm dann schnell zurück und sag es mir.«

»Ja, Meister«, antwortete der Lehrling. »Wahrscheinlich wird man es gleich öffentlich verkünden.« Er ging.

»Zurück an die Arbeit, Cosimo!« fuhr Volstrup fort.

»Hilf ihm, Odo! Vergiß, worum ich dich schickte! Ich werde es heute nicht brauchen.«

Als er in den hinteren Teil des Ladens ging, hörte er neuen Lärm. Das waren nicht Reden, Singen, Schritte, Hufschlag, Räderknarzen — die Pulsschläge der Stadt. Das waren Schreie und Gebete — lateinisch, griechisch, arabisch, hebräisch, alle möglichen Volkssprachen — verzweifeltes Klagegeschrei, das in der Nachbarschaft und überall in der Stadt laut wurde. *Ja, det er nok sandt.* Er bemerkte, daß sein Verstand zum Dänischen zurückgekehrt war. Wenn die Geschichte wahr war — und so sah es aus —, dann verstand nur er allein, wie schrecklich dies Ereignis war.

Es sei denn, der Urheber dafür wußte es auch.

Er ging hinaus in einen kleine Innenhof mit Garten um ein Wasserbecken, alles nach maurischem Stil. Dieses Haus war erbaut worden, als die Sarazenen über Sizilien herrschten. Nachdem er es gekauft hatte, ließ er es zu seinem Geschäft umbauen. Er hielt keinen Harem, im Gegensatz zu den meisten Normannen, die es sich leisten konnten. Jetzt dienten die den Innenhof umschließenden Teile des Hauses als Warenlager, Küche, Schlafräume für Lehrlinge und Diener. Eine Treppe führte ins obere Stockwerk, wo er mit seiner Frau und drei Kindern wohnte. Er stieg hinauf.

Seine Frau war auf dem Balkon. Sie war klein, dunkelhäutig, und etwas füllig geworden. Ihr schwarzes Haar unter dem Kopftuch wies schon einige graue Strähnen auf. Trotzdem war sie immer noch attraktiv. Er hatte sie sich in mittleren Jahren angesehen, ehe er in ihre Jugend zurückkehrte und um ihre Hand anhielt. Das verstieß zwar gegen die Gesetze der Zeitpatrouille; aber er würde eine lange Zeit mit ihr verbringen. Er brauchte eine Frau, die gut aussah, deren Familie Einfluß hatte, die seinen Haushalt gut führte und — ja — sein Bett wärmte. Dem Temperament nach war er eher zurückhaltend und absolut kein Schürzenjäger.

»Was ist, mein Gebieter?« fragte sie auf griechisch. Wie die meisten auf Sizilien geborenen Menschen sprach sie mehrere Sprachen; aber nun fiel sie in die Sprache ihrer Kindheit zurück. *Ich auch,* dachte er. »Was ist los?«

»Schlechte Nachrichten, fürchte ich«, antwortete er.

»Sorge dafür, daß die Diener und die Kinder ruhig bleiben.«

Obwohl sie Katholikin geworden war, um ihn heiraten zu können, vergaß sie sich und schlug das Kreuz gemäß dem östlichen Ritus. Er bewunderte, welche Ruhe über sie kam. »Wie mein Gebieter wünscht.«

Er lächelte, drückte ihren Arm und sagte: »Hab keine Angst um uns, Zoe. Ich werde schon aufpassen.«

»Das weiß ich.« Sie eilte fort. Er blickte ihr nach und dachte: *Wenn doch die Jahrhunderte muslimischer Herrschaft die Frauen jeden Glaubens nicht so unterwürfig gemacht hätten — was für eine Partnerin könnte sie sein!* Zoe kam ihren Pflichten aufs beste nach, ihre Familie half ihm nach wie vor bei Geschäften, und — er hätte mit niemandem leben können, der seine Geheimnisse wissen wollte.

Er durchquerte einige Räume, die im strengen, luftigen islamischen Stil eingerichtet waren, und betrat das Zimmer, das ihm allein gehörte. Es war nie verschlossen. Das hätte Verdacht auf Hexerei oder Schlimmeres erregt. Aber jeder Geschäftsmann brauchte schließlich einen Ort, wo er vertrauliche Unterlagen und Geld aufbewahrte und sich gelegentlich zurückziehen konnte. Er schob den Riegel vor die Tür, stellte einen Hocker vor einen großen Wandschrank und setzte sich. Dann drückte er in bestimmter Reihenfolge auf die ins Holz geschnitzten Blätter.

Ein leuchtendes Rechteck tat sich vor ihm auf. Er flüsterte auf temporal: »Die Synopsis von König Rogers Feldzug in Italien, von ... hm ... Anfang letzten Monats bis heute.«

Text erschien auf dem Monitor. Aus der Erinnerung ergänzte er, was sich vorher ereignet hatte. Vor einem Jahr hatte Lothar III., Kaiser des Heiligen Römischen Reiches, die Alpen überquert, um Papst Innozenz II. gegen Roger II., König von Sizilien, Kalabrien und Apulien, zu unterstützen. Bei den Verbündeten war auch Rogers Schwager Rainulf, Graf von Avellino. Sie kämpften sich bis Süditalien durch, bis sie sich Ende August Anno Domini 1137 siegreich wähnten. Rainulf wurde Herzog von Apulien und sollte den Süden gegen Sizilien verteidigen. Lothar ließ ihm achthundert Ritter zurück und machte sich auf den Heimweg, da er sich dem Tod nahe fühlte. Innozenz ging nach Rom, obwohl sein Rivale auf den Stuhl Petri, Anaklet II., die Engelsburg besetzt hielt.

Zu Anfang dieses Oktobers kehrte Roger zurück. Er landete in Salerno und verwüstete die Länder, die sich einem Bündnis mit ihm widersetzt hatten. Seine Rache war selbst für dies an Greuel gewohnte Zeitalter ein Schock. Ende Oktober traf er auf Rainulfs Armee in Rignano im nördlichen Apulien.

Dort wurde er geschlagen. Die erste Attacke, unter der Führung seines ältesten Sohnes, der ebenfalls Roger hieß, war erfolgreich und trieb den Feind zurück. Doch der zweite Angriff, den er selbst leitete, schlug fehl. Rainulf, ein tapferer und geliebter Führer, warf seine gesamte Streitmacht der Armee des Königs entgegen. Panik brach aus. Sie flohen. Dreitausend wurden getötet. Den Rest führte Roger zurück nach Salerno.

Doch brachte der Sieg nicht viel ein. Roger hatte andere Truppen in der Hinterhand. Sie belagerten Neapel, gewannen Benevento und das mächtige Kloster Monte Cassino zurück. Innozenz und sein berühmter Parteigänger Bernhard von Clairvaux mußten notgedrungen einwilligen, daß Roger im Streit mit Anaklet schlichtete. Obwohl der Gegenpapst auf Rogers Seite stand, erklärte der König listig, daß der Fall für eine schnelle Entscheidung zu wichtig sei. Er beraumte eine zweite Konferenz in Palermo an.

Diese fand niemals statt. Kaiser Lothar starb im Dezember auf dem Heimweg. Im Januar 1138 verschied auch Anaklet. Roger ließ einen neuen Papst wählen, doch dieser beendete das Schisma bald, indem er seine

Tiara ablegte. Innozenz triumphierte in Rom und ging daran, den König zu vernichten, den er bereits exkommuniziert hatte. Doch es gelang ihm nicht. Sein stärkster Verbündeter, Rainulf, starb am Fieber im Frühling 1139. Kurz danach überfielen der ältere und der jüngere Roger die päpstliche Armee und nahmen Innozenz gefangen. Im Vertrag von Mignano 1139 mußte er Roger alle die von seinem Konkurrenten gewährten Rechte bestätigen. Die wunderbare Schloßkapelle, die ›Capella Palatina‹ in Palermo, erinnert an diesen Triumph des Normannen.

So viel fürs Mittelalter, wo alle Menschen fromme Kinder der Mutter Kirche waren, empörte sich der Lutheraner aus Volstrups Vergangenheit. Entsetzt erinnerte er sich: *Aber ich habe die Aufzeichnung in die Zukunft laufen lassen. Ich sitze hier Anfang November 1137.*

Das paßt. So viel Zeit reicht, um die Botschaft in Rogers Hauptstadt zu bringen, daß er bei Rignano nicht nur vernichtend geschlagen wurde, sondern daß er fiel.

Aber was wird aus dem Morgen, in dem er eine so wichtige Rolle spielen sollte?

Er ließ den Text anhalten. Einige Minuten lang saß er reglos da. Ihm lief es eiskalt über den Rücken, kalter Schweiß stand ihm auf der Stirn. Dann faßte er einen Entschluß. Er war — seiner Meinung nach — im Augenblick der einzige Zeitreisende auf der Insel; aber er war nicht der einzige auf dem Planeten.

Hier hatte er keine richtige Patrouillenbasis. Er war ein Beobachter, der, falls Zeitreisende vorbeikommen würden, ihnen helfen und sie führen sollte. Aber es kamen nicht viele. Die glorreichen Tage der Normannen auf Sizilien kamen erst noch. Danach würden die Ereignisse auf dem Festland die Insel auffressen. Hauptquartier für dieses gesamte Milieu war Rom. Angefangen wurde 1198, als Innozenz III. Papst wurde. Doch ganz Europa war im Aufruhr und außerhalb von Europa die gesamte Welt. Ganz gleich, wie dünn gestreut die Patrouillen-Agenten auch waren, sie bemühten sich, die Geschichte zu erfassen.

Volstrup ließ seine Gedanken über den Globus schweifen. Gelegentlich holte er sich bei der Datenbank Unterstützung. In diesem Augenblick war Lothar noch auf dem Weg zurück nach Deutschland. Der Streit über seine Nachfolge würde zu heftigen Kriegen führen. Ludwig VII. hatte gerade den Thron Frankreichs geerbt und heiratete Eleonore von Poitou, die Erbin Aquitaniens. Er machte während seiner Regierungszeit einen grauenvollen Fehler nach dem anderen. In England wurde der Machtkampf zwischen Stephan und Mathilde heftiger. In Iberien war ein Ex-Mönch gegen seinen Willen zum König von Aragon gemacht worden; doch das würde zu einer Union mit Katalonien führen. Alfons VII. von Kastilien ließ sich zum Herrscher über alle Spanier ausrufen und setzte die *Reconquista* fort. Das arme Dänemark litt unter einem Schwächling als Herrscher unter den Raubzügen der Heiden aus den Gebieten jenseits der Ostsee ...

Johannes II. Komnenos regierte sehr fähig das oströmische Reich. Er führt in Kleinasien einen Feldzug und hofft, Antiocheia den Kreuzrittern wieder zu entreißen. Das fränkische Königreich Jerusalem mußte gegen die sich wieder empörenden Moslems kämpfen. Dabei war das Kalifat in Ägypten selbst uneins. Arabien hatte sich in zahllose kleine Reiche aufgespalten. Persien lag im Todeskampf eines dynastischen Krieges.

Die Fürstentümer im russischen Kiew lagen ebenfalls in heftigem Streit. Im Osten war die muslimische Eroberung Indiens aufgehalten worden, während Mahmuds Familie die afghanischen Prinzen bekämpfte. Die Kin-Tataren waren in Nordchina eingefallen und hatten dort ihr eigenes Reich errichtet, währen die Sun-Herrscher sich noch im Süden hielten. Die Fehde zwischen Taira- und Minamoto-Clans zerriß Japan. In den Amerikas ...

Es klopfte. Volstrup sprang auf und entriegelte die Tür. Michael stand zitternd davor. »Es ist wahr, Meister Geoffrey«, sagte der Lehrling. »König Roger und sein Sohn fielen an einem Ort in Apulien, der Rignano heißt. Die Leichen wurden noch nicht gefunden. Kuriere kamen mit dem Rest der Armee. Sie sagen, daß alle Teile Italiens, durch die sie ritten, abfallen und zu Herzog Rainulf überlaufen wollen. Meister, fühlt Ihr Euch nicht wohl?«

»Ich bin natürlich tief betrübt«, sagte Volstrup leise. »Geh zurück an die Arbeit. Ich werde gleich nachkommen. Wir müssen wie gewohnt weiterleben.«

Können wir?

Wieder allein, öffnete er eine verschlossene Kassette. Darin lagen zwei Metallzylinder, etwa so lang wie ein Unterarm, nach vorn spitz zulaufend. Er kniete nieder und berührte die Kontrollschalter des einen. Sein Zeitmobil befand sich versteckt außerhalb der Stadt; aber diese Zylinder überbrachten Nachrichten wohin auch immer und in welche Zeit auch immer er befahl.

Wenn dieses Ziel noch existiert.

Schnell sprach er seine Nachricht in das Aufnahmegerät. »Erbitte Informationen über die tatsächliche Situation und Anweisungen für mich«, schloß er. Dann stellte er als Ziel das Hauptquartier in Rom ein und als Zeit das gleiche Datum des Jahres 1200. Bis dahin müßte die Dienststelle einigermaßen laufen und auch schon mit der Umgebung vertraut sein. Und sie war noch nicht mit der Eroberung Konstantinopels durch die Lateiner und ähnliche Katastrophen beschäftigt.

Dann berührte er einen Punkt der Hülse. Der Zylinder war verschwunden. Ein Luftzug. *Bitte, komm schnell zurück,* flehte er. *Bitte, bring Trost!*

Schon war die Hülse wieder da. Seine Hände zitterten zu sehr, um den Bildschirm zu aktivieren. »V-v-verbaler B-bericht«, stammelte er.

Die synthetische Stimme brachte den Alptraum. »Da

war keine Dienststelle, die mich empfangen konnte. Auf dem Patrouillen-Kommunikationskanal kam nichts. Da bin ich weisungsgemäß zurückgekehrt.«

»Verstehe.« Volstrups Stimme war leise. Er stand auf. *Die Zeitpatrouille bewacht die Zukunft nicht mehr.* Das wußte er jetzt. *Sie hat es nie getan. Meine Eltern, Brüder, Schwestern, Freunde, Jugendlieben, Heimat — nichts von allem, was mich formte, wird es je geben. Ich bin ein Robinson Crusoe in der Zeit.*

Und dann: *Nein. Alle von uns, die vor dieser fatalen Stunde waren, sind noch da — genauso wie ich. Wir müssen uns finden, zusammentun und nach einer Möglichkeit suchen, wiederaufzubauen, was zerstört wurde.*

Wie?

Ein wenig Entschlußkraft drang in seine Betäubung. Er hatte doch seine Kommunikationsgeräte. Er konnte in der jetzigen Welt herumrufen. Danach — weiter konnte er nicht denken, nicht gleich. Das war keine Aufgabe für einen gewöhnlichen Mitarbeiter des Corps wie ihn. Niemand unter einem Danellier würde wissen, was zu tun sei. Falls aber die Danellier auch weg waren, annulliert, dann vielleicht ein Unabhängiger Agent — falls es solche noch gab ...

Emil Volstrup schüttelte sich wie ein Mann, der beinahe ertrunken wäre und jetzt aus der Brandung steigt, und machte sich an die Arbeit.

1 765 v. Chr. –
15 926 v. Chr. –
1 765 v. Chr.

Ein Hauch von Herbst wehte über die Hügelkette. Die Flüsse und Bäche, die von den Bergen kamen, brachten schon Kälte. Vor Sonnenaufgang lag Frost auf dem Gras. Im Mischwald standen die Tannen dunkel da, aber die Eschen wurden gelb, und die Eichen färbten sich bräunlich. Zugvögel flogen in riesigen Scharen dahin: Schwäne, Gänse und kleinere Vögel. Hirsch kämpfte gegen Hirsch. Im Süden stand der Kaukasus mit seinen weißen Gipfeln wie eine Wand.

Das Lager der Bakhri brodelte. Die Menschen brachen Zelte ab, beluden Wagen, spannten Ochsen davor und Pferde vor die zweirädrigen Streitwagen, während die Kinder mit Hunden die Herden zusammentrieben. Sie waren auf dem Weg ins Winterquartier im Tiefland. Trotzdem begleitete König Thuliash den Wanderer Denesh ein kleines Stück, damit sie in Ruhe voneinander Abschied nehmen konnten.

»Es ist nicht nur, daß dich irgendein Geheimnis umgibt und du über größere Kräfte verfügst, als den meisten verliehen sind«, sagte er ernst. Der König war ein großgewachsener Mann, mit kastanienbraunem Haar und Bart. Er hatte hellere Haut als seine Leute. Gekleidet war er einfach: pelzbesetzte Tunika, Hosen, lederne Beinschützer. Auf der Schulter trug er eine Streitaxt mit Bronzeklinge und goldenen Bandornamenten. »Ich habe dich inzwischen wirklich schätzen gelernt und wünschte, du würdest länger bei uns bleiben.«

Denesh lächelte. Er war hager, mit schmalem Gesicht, grauen Haaren, hellblauen Augen und zwei Handbreit größer als Thuliash. Trotzdem war er eindeutig kein Arier, die sich vor Generationen schon die Stämme dieser Region untertan gemacht hatten. Das hatte er auch nie vorgetäuscht. Er erzählte von sich überhaupt nichts, nur daß er auf der Suche nach Weisheit sei. »Es waren gute Monate, und ich danke dir«, antwortete er. »Aber ich sagte dir und den Ältesten, daß mein Gott mich wieder einmal ruft.«

Thuliash machte ein Zeichen des Respekts. »Dann werde ich Indra den Donnerer bitten, seinen Krieger Maruts über dich wachen zu lassen, so weit sein Einfluß reicht. Und ich werde die Geschenke, die du uns brachtest, deine Geschichten und Lieder immer hoch in Ehren halten.«

Denesh senkte seine Axt. »Möge es dir immer wohl ergehen, o König, und allen, die deinen Lenden entspringen.«

Er stieg auf seinen Streitwagen, der etwas abseits gewartet hatte. Sein Fahrer war schon bereit. Er war ein junger Mann, der offenbar zu den Einheimischen gehörte, untersetzt, mit großer Nase und viel Haar. Schweigend hatte er die Pferde gehalten, solange sein Herr mit den Bakhri sprach. Jetzt rief er den Pferden etwas zu, worauf sie schräg über den Abhang lospreschten, in Richtung aufs Gebirge.

Thuliash blickte ihnen noch nach, bis der Streitwagen seinen Blicken entschwunden war. Er hatte keine Angst um die beiden. Es gab jede Menge Wild, die Hochländer waren gastfreundlich, und Wilde würden kaum zwei Männer angreifen, die wie die Eroberer aus dem Norden ausgerüstet waren. Außerdem war er sicher, daß Denesh ein Zauberer war, auch wenn er seine Kräfte nie vorgeführt hatte. Wenn er doch nur geblieben wäre ... bestimmt hätten die Bakhri ihre Meinung geändert und wären übers Gebirge gezogen ... Thuliash seufzte, schulterte seine Waffe und ging zurück ins

Lager. Dort würde es in den nächsten Jahren noch zu heftigen Kämpfen kommen. Die Stämme, die ihm Tribut schuldeten, waren für das Weideland zu groß geworden. Daher würde er die Hälfte von ihnen jetzt um das Binnenmeer herumführen und dann nach Osten, damit sie sich neues Land nehmen konnten.

Keiner auf dem Streitwagen sagte viel. Ganz automatisch hielten sie bei dem Schwanken und Rütteln das Gleichgewicht; aber beide Männer waren plötzlich von Erinnerungen, Gedanken, Hoffnungen überwältigt, in die sich auch ein klein wenig Bedauern mischte. Nach einer Stunde kamen sie zu einer Anhöhe. Nur Wind und Einsamkeit herrschten hier. »Das reicht«, erklärte Keith Denison auf englisch.

Agop Mikeljan zügelte die Pferde. Das Gespann schnaubte erschöpft. Obwohl das Fahrzeug leicht war, ermüdete das Ziehen in diesem Gelände sehr, zumal die Erfindungen von Kummet, Steigbügel und Hufeisen noch in weiter Zukunft lagen. »Die armen Tiere«, sagte er. »Wir hätten früher anhalten sollen.«

»Wir mußten sichergehen, daß uns niemand beobachtet«, hielt Denison entgegen. Er sprang zu Boden. »Ah, das fühlt sich beinahe so gut an wie das Heimkommen.« Er sah den Blick Mikeljans. »Tut mir leid. Ich vergaß.«

»Schon gut, Sir.« Sein Assistent sprang ebenfalls herab. »Es gibt schon ein paar Orte, wo ich hin kann.« Die Patrouille hatte ihn 1908 als Rekrut genommen, nach dem Massaker in Van. Es half ihm, mit der armenischen Geschichte zu leben, wenn er den spärlichen Spuren der Ursprünge seines Volkes nachgehen konnte. Er lächelte tapfer. »Wie Kalifornien in den dreißiger Jahren, als man aus William Saroyans Ruhm Kapital schlug.«

Denison nickte. »Ich erinnere mich. Du hast mir davon erzählt.« Sie hatten nicht viel Gelegenheit gehabt, sich näher kennenzulernen, da ihre Arbeit sie sehr in

Trab hielt. Personal — alle verfügbaren Lebensspannen — war knapp. Daher konnte die Patrouille nur wenige einsetzen, um ein so riesiges Feld wie die Wanderungen der frühen Indoeuropäer zu erfassen. Aber diese Aufgabe war lebenswichtig. Wie hätte die Patrouille ohne diese Kenntnisse Ereignisse bewachen können, die die Welt erschüttert und die Zukunft geformt hatten?

Denison fand, daß Mikeljan sich als verläßlich und intelligent erwiesen hatte. Nachdem er jetzt Erfahrung gewonnen hatte, könnte er bei der nächsten Expedition einen aktiveren Teil übernehmen.

»Wo wollten Sie gleich wieder hin, Sir?« fragte Mikeljan.

»Paris, 1980. Habe eine heiße Verabredung mit meiner Frau dort.«

»Warum gerade dann? Ich meine, Sie sagten doch, daß sie als Agentin in ihrer Geburtszeit arbeitet, mehr um die Mitte des zwanzigsten Jahrhunderts.«

Denison lachte. »Sie vergessen, welche Probleme Langlebigkeit bringt. Jemand, der während mehrerer Jahrzehnte nicht sichtbar älter wird, würde bei Freunden und Nachbarn Anlaß zu beträchtlicher Verwunderung sein. Als ich wegging, wickelte Cynthia gerade ihre Angelegenheiten ab, um auch wegzuziehen. Sie fängt auch eine neue Identität an — vielleicht unter demselben Namen, aber an einem anderen Ort —, und zwar im Jahr 1981. Ich natürlich — in meiner Person als ihr Mann, der ständig umherziehende Anthropologe. Wie könnten wir uns besser in Sitten und Gebräuche einer späteren Generation einstimmen, als durch einen zwölfmonatigen Urlaub mitten unter ihr? Und was ist als Ausgangspunkt geeigneter als Paris?«

Und — bei Gott — ich hab mir den Urlaub verdient, dachte er. *Cynthia natürlich auch. Die Zeit zwischen meiner Abreise und Rückkehr wird für sie viel kürzer gewesen sein als für mich, und sie hatte ihre Büroarbeiten in der Patrouille. Da hatte sie den Kopf voll, außerdem mußte sie unseren Be-*

kannten dort plausibel machen, warum wir nach New York umziehen müßten. Trotzdem hat sie sich Sorgen gemacht und die Dienstvorschrift verflucht, daß sie nicht die paar Wochen vorausflitzen durfte, um zu sehen, ob ich heil und gesund zurückkehre. (Selbst eine so leichte Schlinge in der Kausalität konnte Probleme hervorrufen. Nicht sehr wahrscheinlich, aber es könnte sein. Wir müssen sowieso schon oft große Risiken eingehen, da darf man keine zusätzliche Gefährdung ins Spiel bringen. Mein Gott, das weiß ich nun wirklich aus eigener Erfahrung! Verdammt genau weiß ich das!) Aber ich habe mich über ein Vierteljahr zwischen diesen Hirtenvölkern herumgetrieben.

Sonne, Sterne, Rauch vom Lagerfeuer, Regen, Gewitter, ein Fluß bei Hochwasser, Wölfe, eine durchgehende Herde, Viehdiebstahl, Gesänge, Sagas, das Epos der Vorfahren, Geburt, Tod, Blutopfer, Kameradschaft, Wettkämpfe und Liebe — Cynthia war mit dem zufrieden, was er ihr erzählte, und stellte keine bohrenden Fragen. Er wußte, sie vermutete trotz ihres Schweigens, daß es im alten Persien jemand gegeben hatte, dessen Geschichte leicht verändert worden war. Seit damals gab er sich die größte Mühe, Cassandane zu vergessen. Doch die Monate fern von daheim wurden lang. Außerdem hätte er nie Thuliashs Vertrauen erworben, was unbedingt nötig war, hätte er das freundliche Angebot des Königs abgelehnt, und ... Und er wünschte der kleinen Ferja alles, alles Gute in ihrer Nomadenwelt. Und seine zweiten Flitterwochen in Paris würden ihn wieder enger mit Cynthia verbinden, die — weiß Gott — eine liebe und tapfere Lady war.

Seine überschwengliche Begeisterung war abgeklungen. Er hob die Axt, die ihn als Angehörigen der Kriegerklasse auswies, der würdig war, mit Häuptlingen zu sprechen. Sie diente ihm auch als Kommunikationsgerät. »Spezialist Keith Denison ruft Milieu-Hauptquartier Babylon«, sagte er auf temporal. »Hallo, hallo. Sprechen Sie ganz offen. Mein Kollege und ich sind allein.«

Es knisterte. »Grüße, Agent. Froh, von Ihnen zu hören. Wir machten uns schon langsam Sorgen.«

»Ja, ich hatte vor, etwas früher aufzubrechen, aber sie wollten mich bei den Riten zur Tag-und-Nacht-Gleiche dabeihaben. Das konnte ich schlecht ablehnen.«

»Tag-und-Nacht-Gleiche? Eine Hirtengesellschaft richtet sich nach einem Sonnenkalender?«

»Nun, dieser Stamm hier teilt in Vierteltage ein, was unter Umständen eine nützliche Information ist. Könnt ihr uns holen? Wir haben einen Streitwagen und zwei Pferde, aus Patrouillenbestand.«

»Sofort, Agent. Lassen Sie mich nur ihre Position festlegen.«

Mikeljan tanzte im Gras. »Nach Hause!« jubelte er.

Ein Träger erschien. Kein Zeitmobil, sondern ein großer Zylinder, der einige Zoll über dem Boden durch Antischwerkraft schwebte. Er war nicht durch Zeit, lediglich durch Raum geglitten. Vier Männer in der zeitgenössischen Tracht Mesopotamiens, mit gelockten Bärten, stiegen aus. Schnell schafften sie Pferde und Wagen an Bord. Dann stiegen alle ein, der Pilot nahm seinen Sitz ein, der Kaukasus verschwand vor ihren Augen.

An seiner Stelle erschien auf dem Bildschirm eine Ebene, wo bis zum Horizont Gras wogte. Im Schatten von Bäumen standen einige Holzhäuser und eine Koppel. Zwei Frauen in Arbeitskleidung eilten herbei, um die Ankömmlinge zu begrüßen. Sie übernahmen Denisons Beförderung. Die Patrouille konnte gefahrlos eine Ranch in Nordamerika betreiben, ehe die ersten Menschen dort eintrafen. Mikeljan klopfte den Pferden liebevoll zum Abschied den Hals. Vielleicht würde er bei seinem nächsten Auftrag dasselbe Gespann bekommen.

Der Träger machte noch einen Satz. Diesmal tauchte er in einem geheimen unterirdischen Raum in Babylon auf, als Hammurabi noch regierte.

Der Direktor der Basis grüßte die Anthropologen und lud sie zum Abendessen ein. Sie würden hier ein paar Tage verbringen und die Informationen abladen, die sie gesammelt hatten. Das meiste war von rein wissenschaftlichem Interesse; aber wozu gab es die Patrouille, wenn nicht, um der Zivilisation auf alle erdenkliche Weise zu dienen? Es war wirklich schade, daß die Informationen noch Tausende von Jahren nicht veröffentlicht werden konnten, erst wenn Zeitreisen entwickelt würden, dachte Denison. Bis dahin würden die Gelehrten ihr Leben damit verbringen, nur archäologischen Hinweisen zu folgen, oft auf völlig falschen Fährten ... Es war nicht umsonst. Ihre Arbeit diente als Brückenkopf, von dem aus die Patrouillenspezialisten die richtigen Einsätze starten konnten.

Bei Tisch erzählte Denison von Ergebnissen, die für die Operation wichtig waren. »Thuliash und sein Bund werden das Gebirge nicht überqueren. Sie werden stattdessen nach Osten ziehen. Daher wird er Gandashs Kräfte auf dieser Seite nicht verstärken. Ich glaube, daß dies der Grund ist, weshalb die Kassiter in neunzehn Jahren nicht mehr Erfolge gegen die Babylonier erzielen, als die Geschichte aufzeichnet.«

»Das heißt, daß wir eine etwas weniger komplizierte militärisch-politische Situation verfolgen müssen, als ich befürchtete«, sagte der Direktor. »Großartig. Hervorragende Arbeit.« Offenbar dachte er an Lebensspannen, die dadurch für andere mögliche Krisenherde frei wurden.

Er arrangierte, daß seine Gäste die Stadt besichtigen konnten — natürlich entsprechend verkleidet und mit einem Führer. Für Mikeljan war es das erste Mal, und Denison fand solche Besuche immer interessant. Trotzdem war er innerlich rastlos und froh, als alles vorbei war.

Auf der Base ließen sie sich die Haare schneiden und rasieren. Kleidung des zwanzigsten Jahrhunderts war nicht auf Lager; aber ihr Arbeitszeug war sportlich und sauber und barg viele Erinnerungen. »Ich würde meine Sachen gern als Souvenir behalten«, sagte Mikeljan.

»Du wirst sie wahrscheinlich wieder benutzen«, meinte Denison. »Es sei denn, unser nächster Auftrag führt uns in eine völlig andere Gegend; aber damit rechne ich nicht. Du möchtest doch wieder mit mir zusammenarbeiten, oder?«

»Aber natürlich, Sir!« Tränen standen in den braunen Augen. Mikeljan schüttelte ihm die Hand, sprang auf einen Flitzer und war verschwunden.

Denison suchte sich in der hell erleuchteten Garage auch einen aus. »Gott sei mit Ihnen, Agent«, sagte der Wachmann. Er war ein Iraker aus dem einundzwanzigsten Jahrhundert. Die Patrouille bemühte sich, für die einzelnen Epochen passende Somatotypen zu wählen. Rassen verändern sich ja viel langsamer als Sprache oder Glaube.

»Danke, Hassan. Er sei auch mit dir.«

Nachdem Denison aufgestiegen war, saß er noch für einen Augenblick wie im Traum. In nächsten Augenblick würde er in einer Höhle sein, die sich von dieser kaum unterschied. Dort würde er sich eintragen, Kleidung, Geld, Paß und alles, was er sonst noch brauchte, bekommen, von dem Bürogebäude, das der Patrouille als Deckmantel diente, hinaus auf den Boulevard Voltaire gehen. Sonntagmorgen, Ende Mai, im schönsten aller Pariser Monate ... Der Verkehr würde hektisch sein; aber 1980 litt die Stadt noch nicht so unter der kolossalen Überbelastung ... Das Hotel, in dem Cynthia Zimmer reservieren sollte, stand am Linken Ufer. Es war ein entzückender, leicht verzögerter Anachronismus, wo die Croissants zum Frühstück im Haus selbst frisch gebacken wurden und das Personal Gäste mochte, die Liebende waren ...

Er stellte das Ziel ein und drückte auf den Hauptschalter.

1980_{α} n. Chr.

Tageslicht umgab ihn.

Tageslicht?

Vor Schreck erstarrten seine Hände auf den Schaltern. Als husche ein Bild während eines Blitzes vorbei, sah er eine enge Straße, spitzgiebelige Häuser, eine Menschenmenge, die schrie und vor ihm in Panik zurückwich. Die Frauen trugen alle dunkle, knöchellange Gewänder und den Kopf bedeckt. Die Männer waren in lange dunkle Mäntel und Pluderhosen gekleidet. Die Luft war rauchgeschwängert, und es stank nach Stall und Mist ... Mit einem Schlag war ihm klar, daß keine unterirdische Garage existierte und seine Maschine ihn, da sie nicht in fester Materie ankommen konnte, auf der Oberfläche abgesetzt hatte, irgendwo in Paris, aber nicht seinem ...

Nichts wie weg!

Da er für Nahkampf nicht ausgebildet war, reagierte er eine halbe Sekunde zu spät. Ein Mann in Blau sprang ihn an, packte ihn um die Mitte und riß ihn vom Sattel. Denison hatte kaum Zeit, den Notfallknopf zu drücken. Ein Fahrzeug durfte nie, unter keinen Umständen, in die Hände eines Außenstehenden fallen! Das Zeitmobil verschwand. Er stürzte mit seinem Angreifer aufs Pflaster.

»Gottverdammt, hör auf!« Denison hatte von Selbstverteidigung schon etwas Ahnung. Der blaugekleidete Kerl packte ihn mit den Fingern um den Hals. Blitzschnell schlug Denison ihm mit der Handkante ins Genick, dann unters Kinn. Der Angreifer riß den Mund auf und sackte zusammen. Denison konnte wieder atmen. Die dunklen Schleier verzogen sich langsam von seinen Augen. Er machte sich frei und stand mühsam auf.

Wieder zu spät. Schreiend flohen die Menschen vor ihm. Er konnte im Gebrüll Rufe wie *»Sorcier!«* und *»Juif vengeur!«** ausmachen. Doch da ritt noch ein Mann in Blau auf einem Pferd durch die Menge. Denison sah Stiefel, ein kurzes Cape, einen flachen Helm — ja, eine Art Soldat oder Polizist. Am deutlichsten sah er die Mündung der Waffe, die direkt auf ihn gerichtet war. In dem glattrasierten Gesicht dahinter sah er die Angst, die töten kann.

Er hob die Hände.

Der Uniformierte setzte eine Pfeife an und stieß drei gellende Pfiffe aus. Danach brüllte er nach Ruhe und Ordnung. Denison hatte Mühe ihn zu verstehen. Das war nicht das Französisch, das er kannte. Ein völlig anderer Akzent und einige Brocken dabei, die Englisch sein konnten. Es handelte sich aber auch nicht ums typische *franglais,* dachte er benommen. »Ruhe! — Zurück! — Ich lasse ihn festnehmen ... die Heiligen ... Allmächtiger Gott ... Seine Majestät ...«

Ich sitze in der Falle, war Denison klar. *Schlimmer noch als damals in Persien. Das war wenigstens richtige Geschichte. Hier ...*

Überraschend schnell legte sich die Panik. Die Leute standen wie angewurzelt und starrten ihn an. Viele bekreuzigten sich immer wieder und murmelten Gebete. Der Mann, den Denison niedergeschlagen hatte, stöhnte und kam langsam wieder zu sich. Weitere Berittene trafen ein. Zwei trugen Karabiner, aber der Gefangene kannte dieses Modell nicht. Sie umzingelten ihn. *»Declarezz vos nomm!«* brüllte der eine, mit einem silbernen Adler auf der Brust. *»Quhat e vo? Faite quick!«*

Denison wurde übel. Es schnürte ihm die Kehle zu. *Ich bin verloren, Cynthia auch und diese Welt auch.* Er

---

* sorcier — Zauberer; juif vengeur — Judenrächer

konnte nur murmeln. Ein Uniformierter löste den Gummiknüppel vom Gürtel und schlug ihn mit eiskalter Präzision über den Rücken. Er traf genau die Wirbelsäule. Denison taumelte. Dann hatte der Uniformierte einen Entschluß gefaßt und brüllte einen Befehl.

Schweigend führten sie ihn ab. Der Marsch dauerte etwa eine Meile. Anfangs war er noch benommen, doch dann klärten sich langsam die Gedanken, und er konnte seine Umgebung betrachten. Sein Blickfeld war allerdings durch die Pferde auf beiden Seiten eingeschränkt. Die Straßen waren eng und gewunden, aber glatt gepflastert. Kein Gebäude war höher als fünf oder sechs Stockwerke. Die meisten schienen schon seit Jahrhunderten dazustehen. Viele waren zur Hälfte aus Holz gebaut und hatten bleigefaßte Butzenscheiben. Bei den vielen Fußgängern fiel ihm auf, daß die Männer forsch und flott wirkten, wie er sie aus ›seinem‹ Frankreich in Erinnerung hatte. Die Frauen waren eher zurückhaltend, aber schön. Kinder sah er kaum. Waren sie in der Schule? Nachdem sie ein Stück weg waren vom Schauplatz seiner Landung, zogen sie kaum noch Blicke auf sich, und nur gelegentlich schlug jemand ein Kreuz. Waren Gefangene ein so alltäglicher Anblick? Pferde zogen Wagen und auch prächtige Kutschen. Als er ans Seineufer kam, sah er Barken, die von Booten mit zwanzig Ruderern gezogen wurden.

Von hier aus sah er Notre Dame. Aber das war nicht die Kathedrale, die er kannte. Dieser graue Berg aus Steinen bedeckte fast die gesamte Insel. Mächtige, rußgeschwärzte Mauern, unzählige Türmchen, wie ein babylonischer Stufenturm. Die obersten Türme kratzten dreihundert Meter hoch an den Wolken. Welcher Ehrgeiz hatte den wunderschönen gotischen Bau damit ausgetauscht?

Denison vergaß dieses Problem, als die Wachabteilung ihn zu einem anderen riesigen, massiven Gebäude brachte, das wie eine Festung über dem Fluß emporragte. Über der Haupttür war ein lebensgroßes Kruzifix eingemeißelt. Innen war alles düster und kalt. Wachsoldaten und Männer in schwarzen Kutten mit Rosenkränzen und Brustkreuzen liefen umher. Mönche oder Laienbrüder irgendeines Ordens? Ihm war das Herz so schwer, daß er kaum noch denken konnte. Erst als er allein in der Zelle war, arbeitete sein Verstand wieder klar.

Der Raum war winzig und dunkel. Die Betonwände mit Schimmel überzogen. Nur durch eine Klappe in der verschlossenen und mit Eisenriegeln gesicherten Tür drang ein schwacher Lichtschein vom Korridor herein. Die Einrichtung bestand aus einer Pritsche mit dünner Decke und einem Nachttopf, der zu seiner Überraschung aus Gummi war. Schade, einen aus Metall hätte er als Waffe benutzen können. Ein Kreuz war oben in die Decke eingemeißelt.

Mann, hab' ich Durst. Bekomme ich hier nicht mal einen Becher Wasser? Er klammerte sich an die Eisenstangen und rief seine Bitte hinaus. Als Antwort hörte er aus einer anderen Zelle, weiter unten: »Gib die Hoffnung auf! Ruhe!« Englisch, bei Gott! Aber mit seltsamer Aussprache. Als Denison in derselben Sprache noch etwas rief, erhielt er nur wütendes Knurren zur Antwort.

Er ließ sich auf die Pritsche fallen. Was er soeben gehört hatte, verhieß nichts Gutes. Nun, noch hatte er Zeit, sich auf eine Vernehmung einzustellen. Aber wie lange? Am besten, gleich anfangen. Der Entschluß gab ihm Kraft. Schnell stand er auf und lief in der Zelle auf und ab.

Nach ungefähr zwei Stunden drehte sich der Schlüssel. Zwei Wachen traten ein, die Hand an der Pistole, und ein Kleriker. Die Schwarzkutte war ein alter Mann, etwas blinzelnd, aber gescheit. »*Loquerisne latine?*« fragte er.

Ob ich lateinisch spreche? Klar, das mußte in dieser Welt die universale Zweitsprache sein. Ich wünschte, ich könnte

Latein; aber ich hätte nie gedacht, daß bei meiner Arbeit das wichtig werden könnte. Und jetzt ist aus der Schulzeit nur noch ›amo, amas, amat‹ geläufig. Das Bild der kleinen, alten Miss Walsh stieg vor ihm auf. »Ich hab's dir gesagt!« Er mußte einen beinahe hysterischen Lachanfall unterdrücken und schüttelte den Kopf. *»Non, monsieur, je le regrette«*, versuchte er es mit Französisch.

»Ah, vo parlezz alorss fransay?«

Denison sprach langsam und deutlich: »Ich spreche offenbar ein anderes Französisch als Ihr, Ehrwürdiger Vater. Ich komme von weit her.« Er mußte noch zweimal wiederholen und alle möglichen Synonyme ausprobieren, ehe sein Gegenüber ihn verstand.

Die welken Lippen zuckten humorlos. »Das ist klar, wenn du nicht mal einen Bruder erkennst. Ich bin Bruder Matiou vom Orden der Dominikaner und der Heiligen Inquisition.«

Als Denison dies verstand, überfiel ihn eiskaltes Grauen. Er mußte sich zusammenreißen und sprach mühsam weiter. »Ich versichere Ihnen, daß es ein unglücklicher Zufall ist. Ich bin auf einer friedlichen Mission von allergrößter Wichtigkeit. Ich bin irgendwie in die falsche Zeit und an den falschen Ort gelangt. Es ist verständlich, wenn ich damit Angst verursachte, die zu entsprechenden Sicherheitsmaßnahmen führte. Aber wenn Sie mich zu Ihrer höchsten Obrigkeit bringen würden ...« — König, Papst, oder wer sonst, zum Teufel, zuständig ist —, »werde ich dort die Situation erklären.«

Wieder war es mühsam und langwierig, bis Matiou ihn anfuhr: »Du wirst jetzt und hier alles erklären! Glaub ja nicht, daß dir deine dämonischen Künste in dieser christlichen Festung etwas nützen. Wie lautet dein Name?«

Der Patrouillenmann verstand. »Keith Denison, Ehrw ... äh ... Bruder.« Warum nicht? Spielte es eine Rolle? Spielte überhaupt noch etwas eine Rolle?

Matiou verstand ihn auch immer besser und interpretierte ihm fehlende Worte aus dem Zusammenhang. »Aha, aus England?« Er benutzte dies Wort, nicht *›Angleterre‹*. Dann fuhr er fort. »Wir können jemand holen, der dieses Kauderwelsch spricht, wenn deine Antworten dann prompter kommen.«

»Nein, meine Heimat ist ... — Bruder, ich kann meine Geheimnisse nur der höchsten Obrigkeit anvertrauen.«

Matiou funkelte ihn empört an. »Du wirst mit mir reden und die Wahrheit sagen, sonst ordne ich die strengste Befragung unter Folter an. Danach — das kannst du mir glauben — wirst du den segnen, der den Scheiterhaufen anzündet.«

Er brauchte drei Versuche, bis seine Drohung verstanden war. *Die strengste Befragung? Ich nehme an, gewöhnliche Folter ist reine Routinesache. Das jetzt ist nur ein einleitender Quiz.* Angst schnürte ihm die Kehle zu. Er war erstaunt, daß er überhaupt so fest weitersprechen konnte. »Mit Verlaub, Bruder, meine Pflicht, geschworen vor Gott, verbietet es mir, gewisse Dinge einem anderen als dem Souverän zu enthüllen. Es wäre eine Katastrophe, wenn dieses Wissen an die Öffentlichkeit gelangte. Das wäre so gefährlich, als würde man kleine Kinder mit Feuer spielen lassen.« Er warf einen sprechenden Blick auf die Wachposten. Die Wirkung seiner Worte verpuffte allerdings etwas durch die Wiederholung.

Die Antwort kam klar: »Die Inquisition versteht es, zu schweigen.«

»Das bezweifle ich nicht; aber ich befürchte, daß der Meister sehr ungehalten sein wird, wenn ich Dinge, die nur für ihn bestimmt sind, anderen gegenüber ausplaudere.«

Matiou runzelte die Stirn. Denison sah, daß er schwankend wurde und nützte sein Französisch schon besser. Der Trick war, es so ähnlich wie ein Amerikaner zu sprechen, der mit der Sprache nur sehr unzulänglich vertraut war.

In dieser ungewöhnlichen Situation wäre der Mönch kein Mensch gewesen, wenn er nicht die Gelegenheit wahrgenommen hätte, die Verantwortung weiterzuschieben. Schließlich hatte Denison ihm klargemacht, daß der Souverän den Gefangenen wieder zum Verhör zurückschicken könnte.

»Wen meinst du mit ›Souverän‹?« fragte Matiou. »Den Heiligen Vater? Warum bist du dann nicht nach Rom gefahren?«

»Nun, den König ...«

»Den *König?*«

Denison erkannte, daß er einen Fehler gemacht hatte. Offenbar stand kein Monarch an der Spitze — falls sie einen hatten. Schnell fuhr er fort: »Ja, der König wäre die logische Person in anderen Ländern.«

»Ja, bei den russischen Barbaren oder in den Ländern des schwarzen Mahound, wo man keinen Kalifen anerkennt.« Er zeigte mit dem gichtverkrümmten Zeigefinger auf Denison. »Keith Denison, welches war in Wahrheit dein Ziel?«

»Paris in Frankreich. Dies ist doch Paris, oder? Bitte, laß mich ausreden. Ich möchte zur höchsten kirchlichen Autorität in ... diesen Landen. Habe ich mich geirrt? Ist er nicht in der Stadt?«

»Der Erzkardinal?« fragte Matiou erstaunt. Der Ausdruck auf den Gesichtern der Wachen wechselte von nervös zu tief beeindruckt.

Denison nickte kräftig. »Natürlich der Erzkardinal!« Was für ein Rang war das?

Matiou blickte weg. Die Rosenkranzperlen klapperten zwischen den Fingern. Nach einer Zeit, die Denison wie eine Ewigkeit vorkam, sagte er schroff: »Wir werden sehen. Sei vorsichtig, du wirst ständig beobachtet.« Dann verschwand er mit wehender Kutte.

Denison sank erschöpft auf die Pritsche. *Uff,* dachte

er. *Ein bißchen Zeit geschunden, ehe sie mir Daumenschrauben anlegen oder mich strecken oder was sie seit dem Mittelalter an noch schlimmeren Folterinstrumenten erfunden haben. Es sei denn, ich bin irgendwo anders gelandet. Nein, das kann nicht sein!*

Als ein Aufseher mit zwei Wachen ihm Brot, Wasser und eklig fettigen Eintopf brachte, erkundigte er sich nach dem Datum. »Der Tag des heiligen Antonius im Jahre unseres Herrn eintausendneunhundertachtzig.« Das war der letzte Nagel zu seinem Sarg.

Verzweifelt überlegte er, ob nicht doch ein Hoffnungsschimmer möglich sei. Rettung oder? Nein, Amnestie war ausgeschlossen. Der Gedanke daran würde ihn nur lähmen. Besser, ständig auf dem Sprung zu bleiben, um jeden möglichen Glücksfall auszunützen.

Während der Nacht lag er frierend auf der Pritsche und versuchte, Pläne zu fassen. Alles natürlich nur vorläufig und notgedrungen theoretisch. Er mußte den Schutz des höchsten Chefs bekommen, des Diktators — oder was eben ein Erzkardinal war. Er mußte den Mann überzeugen, daß er nicht gefährlich war, sondern möglicherweise wertvoll, auf alle Fälle interessant. Als Zeitreisender konnte er sich nicht zu erkennen geben. Die Sperre der Patrouille würde ihm den Kehlkopf zuschnüren. Wahrscheinlich könnte aber niemand in dieser Welt die Wahrheit verstehen. Allerdings konnte er auch nicht abstreiten, aus heiterem Himmel gelandet zu sein. Möglich, daß er vortragen konnte, die Zeugen seien über einige Einzelheiten verwirrt. Aufgrund einiger Bemerkungen Matious schienen selbst gebildete Leute an Zauberei zu glauben. Aber bei Erklärungen in dieser Richtung mußte er übervorsichtig sein. Man verfügte über ausreichende Technologie, um kleinere Schußwaffen zu produzieren, die recht effektiv aussahen, wahrscheinlich auch Artillerie. Der Nachttopf aus Gummi wies deutlich auf Kontakt mit der Neuen Welt hin, also auf ausreichendes Wissen in Astronomie für Navigation. *Würde man ihm abnehmen, ein Besucher vom Mars zu sein?*

Denison mußte lachen. Aber diese Geschichte klang weniger kompromittierend als andere. Er mußte sich vortasten. »Darf ich mich ehrerbietig erkundigen, was die Gelehrten in der Gemeinde Eurer Heiligkeit (?) darüber denken? Vielleicht hat meine Nation Entdeckungen gemacht, die die Eurer Heiligkeit (?) nicht besitzen?« Mühsame Konversation, viele Pausen, um herauszufinden, was ein Satz bedeutete — das würde eine große Hilfe sein und ihm Gelegenheit verschaffen nachzudenken und einen *faux pas* auszubügeln ...

Er verfiel in einen unruhigen Schlaf mit wilden Träumen.

Am nächsten Morgen brachte man ihm eine Schüssel Haferschleim. Danach wurde er in Begleitung eines Priesters fortgeführt. Was er in der Nebenzelle sah, ließ ihm den Angstschweiß ausbrechen. Doch ihn führte man in eine gekachelte Zelle, in der eine Wanne heißes Wasser dampfte. Dann erhielt er den Befehl, sich gründlich zu waschen. Anschließend gab man ihm die ortsübliche dunkle Männerkleidung. Mit Handfesseln erschien er danach in einer Amtsstube, wo Bruder Matiou hinter einem Schreibtisch unterm Kruzifix saß.

»Danke Gott und deinem heiligen Namenspatron — falls du einen hast —, daß seine Hochehrwürden Albin Erzkardinal Fil-Johan, Großherzog der Nördlichen Provinzen, gnädig zustimmt, dich zu empfangen«, teilte ihm der Mönch mit.

»Tue ich, tue ich.« Denison bekreuzigte sich beidhändig. »Ich werde mein Dankesopfer so bald ich kann abstatten.«

»Da du ein Fremder bist, noch fremder als ein Heide aus der Tartarei oder Mexiko, gebe ich dir ein paar Instruktionen, damit du Hochehrwürdens Zeit nicht zu sehr verschwendest.«

Hallo, ein Glück! Denison paßte genauestens auf. Er

merkte, wie Matiou listig in der nächsten Stunde ein paar Informationen aus ihm herausholte; aber das war in Ordnung. Es war die Chance, seine Geschichte zu proben und auszubauen.

Endlich wurde er in einer geschlossenen Kutsche zu einem Palast gebracht, der auf dem Hügel lag, den man in der verlorenen Welt ›Montmartre‹ genannt hatte. Dort geleitete man ihn durch zahllose prächtig ausgestattete Korridore und ein riesiges Treppenhaus, an einer vergoldeten Bronzetür vorbei, auf der im Halbrelief Bibelszenen abgebildet waren. Schließlich stand er in einem hohen weißen Raum, wo Sonnenlicht durch bunte Glasfenster auf einen kostbaren Orientteppich hereinströmte. Vor ihm saß ein Mann in einer Robe aus Scharlachrot und Gold auf einem Thron.

Wie befohlen, warf Denison sich vor ihm zu Boden. »Setz dich«, sagte eine tiefe Stimme. Der Erzkardinal war in mittleren Jahren, aber kraftvoll. Das Bewußtsein der Macht hatte sich ihm sichtbar aufgeprägt. Die Brille nahm ihm nichts von seiner Würde. Offenbar war er vorbereitet und interessiert, Fragen zu stellen und zuzuhören.

»Ich danke Eurer Hochehrwürdigkeit«, sagte Denison und nahm auf dem Stuhl etwa sieben Meter vom Thron entfernt Platz. Man wollte kein Risiko bei dieser Privataudienz eingehen. Ein Glockenzug hing neben der rechten Hand des Würdenträgers.

»Nenne mich einfach ›Lord‹« — Albin verwendete das englische Wort. »Wir müssen über vieles sprechen.« Dann streng: »Hüte dich vor irgendwelchen Tricks oder Arglist. Es sind bereits mehr als genug Gründe für einen Verdacht vorhanden. Wisse, daß der Großinquisitor, der Oberste des Bruders, den du kennengelernt hast, mich drängte, dich auf der Stelle den Flammen zu übergeben, damit du keinen Schaden anrichten kannst. Er findet, daß ein Zauberer wie du nur ein jüdischer Rächer sein kann.«

Denison verschlug es fast die Luft. »Ein ... ein *was*, Lord?«

Albin zog die Brauen in die Höhe. »Das weißt du nicht?«

»Nein, Lord. Glaubt mir, ich komme aus einem so fernen Land, daß ...«

»Dennoch weißt du etwas über unsere Sprache und behauptest mir eine Botschaft bringen zu wollen.«

Ja, da habe ich es mit einem Intelligenten Erster Klasse zu tun. »Eine Botschaft des guten Willens, Lord, und die Hoffnung engere Beziehungen anknüpfen zu können. Unser Wissen über Euch ist gering und stammt aus Visionen zuverlässiger Propheten aus uralter und moderner Zeit. Unglücklicherweise erlitt ich Schiffbruch. Nein, ich bin gewiß kein jüdischer Rächer, ganz gleich, was immer das auch sein mag.«

Albin hatte vielleicht nicht jedes Wort verstanden, aber den wichtigsten Inhalt. Seine Lippen wurden schmal. »Die Juden sind überaus geschickte Handwerker und Ingenieure. Es ist durchaus denkbar, daß sie sich auch auf Schwarze Künste verstehen. Sie sind Nachkommen der Leute, die entkamen, als unsere Vorfahren Europa von ihnen säuberten. Dann ließen sie sich bei den Anbetern Mahounds nieder und helfen ihnen jetzt. Hast du nicht gehört, daß Österreich an diese mohammedanischen Heiden fiel? Daß die ketzerischen Legionen des russischen Herrschers vor den Toren Berlins stehen?«

Und die Inquisition ist in der westlichen Christenheit schwer beschäftigt. O Gott! Und ich dachte mein *zwanzigstes Jahrhundert sei ziemlich grimmig.*

18 244 v. Chr.

I

Später dachte Manse Everard, die Tatsache, daß er ausgewählt wurde und wo und wie dies passierte, ironisch sei, wäre das Zusammentreffen nicht so absurd. Noch später erinnerte er sich an seine Gespräche mit Guion und wunderte sich kolossal.

Aber sie waren aus seinen Gedanken weiter entfernt als die Sterne, als der Ruf an ihn erging. Er hatte mit Wanda Tamberly ein paar Tage Urlaub in dem Hotel gemacht, das die Patrouille in den Pyrenäen im Pleistozän unterhielt. Dies war ihr letzter Tag. Sie hatten keine Lust, Ski zu fahren oder eine Klettertour zu unternehmen. Sie flitzten auch nicht nach Norden, um die phantastische Tier- und Pflanzenwelt einer Gletscherzone zu besichtigen, wollten auch nicht eine der in der Nähe liegenden Cro-Magnon-Siedlungen besuchen, um die sagenhafte Gastfreundschaft zu genießen. Sie wanderten einfach auf bequemen Wegen dahin, bewunderten das Gebirgspanorama, sagten wenig, nahmen aber viel in sich auf.

Der Sonnenuntergang vergoldete die weißen Gipfel und Kämme. Das Hotel stand nicht auf großer Höhe, aber die Schneegrenze war niedriger als in der Geburtszeit dieser beiden, die Baumgrenze ebenfalls. Sie waren umgeben von satten, intensiv grünen Almen mit kleinen Sommerblumen. Nicht weit über ihnen hoben Steinböcke ihr mächtiges Gehörn und musterten sie aufmerksam, doch ohne Angst. Der Himmel färbte sich im Westen grün, war oben azurblau und nach Osten hin immer dunkler werdend purpurn. Zugvögel auf dem Heimweg zogen in dichten Schwärmen ihre Bahnen. Ihre Rufe drangen durch die Stille und zunehmende Kühle. Bis jetzt hatten menschliche Jäger noch kaum Spuren hinterlassen. Sie waren beinahe mit der Natur im Gleichgewicht, wie Wolf und Höhlenlöwe. Die Luft roch rein.

Das Hauptgebäude des Hotelkomplexes kam in Sicht. Die Fenster leuchteten. »Es war herrlich«, sagte Everard in amerikanischem Englisch. »Jedenfalls für mich.«

»Für mich auch«, antwortete Wanda. »Es war so lieb von dir, mich Anfänger an der Hand zu nehmen und mir alles zu zeigen, so daß ich mich wohl fühlte.«

»Es war mir ein Vergnügen! Außerdem bist du Naturforscherin. Du hast mir Sachen in freier Wildbahn gezeigt, von denen ich nie gehört oder geträumt hatte.« Einschließlich der Jagd auf Mammut, Rentier und Wildpferd mit der Kamera statt des Gewehrs. Aufgrund ihrer Geburtszeit und Datum mißbilligte Wanda blutigen Sport. Sein Hintergrund war in der Hinsicht ganz anders.

Solche Details spielten eigentlich keine große Rolle, wenn man in der Patrouille war. Außer — *Wanda hatte zu den einundzwanzig Jahren bei unserer ersten Begegnung vier oder fünf Jahre hinzugefügt. Wie viele ich?* Langlebigkeitsbehandlung oder nicht — in diesem Augenblick hatte Everard keine Lust nachzurechnen.

»Ich wünschte …« Wanda schluckte und schaute beiseite. Dann überstürzt. »Ich wünschte, ich müßte nicht weg.«

Everards Puls stockte. »Du mußt nicht, das weißt du.«

»Doch, ich muß. Ich habe eine so begrenzte Lebensspanne, meinen Eltern, meiner Schwester zu geben …« — *die niemals wissen wird, daß ich durch die Zeitalter rase, während meine Familie höchstens hundert wird. Ihre Lieben, die nie wissen werden, daß sie alle auf Weltlinien laufen, die direkt von der Zeugung zur Auflösung führten.* »Und dann sollte ich, will ich Steve besuchen«, — *meinen Onkel, der auch Patrouillenagent im viktorianischen England war.* — »Ehe ich wieder zu arbeiten anfange.«

Sie hätte Jahre erlebter Zeit im Urlaub verbringen können und sich dann im Basislager innerhalb von Minuten nach ihrem Verlassen zurückmelden können. Aber so etwas taten Agenten nicht. Man schuldete der Firma einen fairen Anteil der Existenz. Außerdem rostete man ein, wenn man zu lange der Arbeit fernblieb, und das konnte tödliche Folgen haben — für sich selbst oder noch schlimmer für einen Kameraden.

»Okay, ich verstehe.« Everard seufzte. Dann stellte er die Frage, die er schon die ganze Zeit auf den Lippen gehabt hatte. »Können wir eine nächste Verabredung treffen?«

Sie lachte und griff nach seiner Hand. Wie warm ihre war! »Aber, klar.« Sie schaute ihn an. Im schwindenden Licht konnte er ihre blauen Augen sehen. Die Wangenknochen ragten heraus, das zum Pagenschnitt verkürzte Blondhaar leuchtete wie Bernstein. Sie war um eine Handbreit kleiner als er, und er war ein großer Mann. »Um die Wahrheit zu sagen — ich hatte gehofft, daß du das vorschlägst; aber ich wollte nicht aufdringlich sein. Sag bloß nicht, du hast dich auch nicht so recht getraut?«

»Hm, na ja ...« Schlagfertigkeit war nie seine Stärke gewesen. Wie sollte er es ihr erklären? Es war ihm selbst ja nicht so ganz klar. *Der Rangunterschied, nehme ich an. Ich habe Angst, herablassend zu wirken oder die Situation als Vorgesetzter auszunutzen. Wandas Generation von Frauen wuchs mit einem empfindlichen Stolz auf.* »Das ist der alte Junggeselle in mir. Und du hattest ja wirklich jede Menge Auswahl.« Sie hatte ganz offen die Aufmerksamkeit der anderen männlichen Gäste genossen. Für sie waren sie exotisch. Manche sahen auch hervorragend aus und waren lebhaft. Er dagegen war nur ein gewöhnlicher Amerikaner aus dem zwanzigsten Jahrhundert, der langsam redete, keinen außergewöhnlichen Geschmack hatte und dem man die kriegerischen Missionen im Gesicht ablesen konnte.

»Blödsinn«, wies sie ihn zurecht. »Du hast mehr Gelegenheiten gehabt, als ich sie je haben werde. Das kannst du nicht abstreiten. Du wärst nicht normal, hättest du nicht so einige Chancen ausgenützt.«

Und du? — Geht mich nichts an.

»Ich will damit nicht sagen, daß du je die Chancen unfair ausgenutzt hättest«, fügte sie schnell hinzu. »Ich weiß, daß du das nie tun würdest. Ehrlich, ich war überrascht und sehr froh, daß du nach Beringia die Verbindung nicht hast abreißen lassen. Du lieber Himmel, hast du etwa gedacht, mir läge nichts daran?«

Beinahe hätte er sie in die Arme genommen. *Möchte sie jetzt? Bei Gott, ich glaube ja.* Aber nein. Es wäre falsch. Sie war so rückhaltlos offen. Erst muß sie sich wirklich klar werden. Und erst mußte auch er entscheiden, was er sich wirklich wünschte und brauchte.

Sei dankbar für das, was du die letzten Wochen hattest, Junge. Er ballte die Hand zur Faust, die sie nicht hielt und murmelte: »Fein, prima. Und wo möchtest du beim nächsten Mal hin?« *Damit wir uns besser kennenlernen.*

Sie flüchtete sich auch in Banalitäten. »Na, da muß ich aber wirklich nachdenken. Irgendwelche Vorschläge?«

Sie waren am Hotel, gingen zur Terrasse hinauf und dann in den Aufenthaltsraum. Flammen knisterten in einem riesigen offenen Kamin aus Natursteinen. Darüber hing ein gewaltiges Hirschgeweih. Auf der gegenüberliegenden Wand hing auf einem Wappenschild aus Messing eine stilisierte Sanduhr. Das war das Abzeichen der Patrouille, die Insignien auf den Uniformen, die selten getragen wurden. Die Leute saßen herum, tranken etwas und warteten in Gespräche vertieft aufs Abendessen. Einige spielten Schach oder Go. Eine andere Gruppe hatte sich um den Flügel in der Ecke geschart, aus dem ein Chopin-Scherzo erklang.

Agenten mit ähnlichem Hintergrund besuchten gern dieselben Jahrzehnte in der langen Geschichte des Hotels. Die Pianistin heute war allerdings im zweiunddreißigsten Jahrhundert im Orbit um Saturn geboren. Mitglieder der Patrouille waren oft auf andere Epochen als ihre eigenen neugierig. Manchmal ließen sie sich von einem bestimmten Aspekt bezaubern.

Everard und Wanda legten die Anoraks über den Arm und machten die Runde, um sich zu verabschieden. Everard blieb bei der Pianistin. »Bleibst du noch länger?« fragte sie ihn auf temporal.

»Ein paar Tage, glaube ich«, antwortete er.

»Gut, ich auch.« Die Pianistin senkte die Topasaugen. Der haarlose, alabasterweiße Kopf — kein Albino, sondern ein gesundes Produkt der Gentechnologie — beugte sich wieder über die Tasten. »Falls du dein Herz entlasten möchtest — ich habe die ›Gabe der Ruhe‹.«

»Ich weiß, danke.« Er glaubte nicht, daß er mehr als nur ein paar einsame Spaziergänge wollte; aber das Angebot war großzügig.

Wanda kam zu ihm zurück. Er begleitete sie zum Zimmer. Während er auf dem Gang wartete, zog sie sich um. Sie hatte Kleidung mitgebracht, die für San Francisco im Sommer 1989 passend war. Dann packte sie ihre Sachen zusammen. Beide gingen in die unterirdische Garage, wo reihenweise die Flitzer, wie futuristische Motorräder ohne Räder, im grellen weißen Licht parkten. Sie verstaute in dem ihr zugeteilten Zeitmobil das Gepäck.

»Nun, *au revoir,* Manse«, sagte sie und schaute ihn an. »New York Hauptquartier, punkt zwölf Uhr, Donnerstag, den zehnten April 1987, einverstanden?« Darauf hatten sie sich in wenigen, verkrampften Worten geeinigt.

»Einverstanden. Ich ... äh ... ich werde Karten für

Das Phantom in der Oper besorgen. Paß gut auf dich auf.«

»Du auch, mein Lieber.« Sie kam zu ihm. Der Kuß dauerte lang und wurde fordernd.

Schnell trat er zurück. Sie bestieg etwas schneller atmend ihren Flitzer, lächelte, winkte und drückte auf die Schalter. Dann war sie samt Zeitmobil verschwunden. Er schenkte dem üblichen kurzen Aufrauschen an der Stelle, wo sie gestartet war, keine Beachtung.

Zwei Minuten lang blieb er noch stehen. Wanda hatte von einer dreimonatigen Mission nach ihrem Besuch in San Francisco gesprochen. Danach wollten sie den nächsten gemeinsamen Urlaub machen. Er wußte nicht, wie lange es für ihn dauern würde. Das hing von seiner nächsten Aufgabe ab. Noch hatte er keine Anforderung erhalten. Aber bei der Personalknappheit in der Patrouille und der Aufgabe, den Verkehr über eine Million Jahre zu regeln, würde man ihn bestimmt bald rufen.

Plötzlich mußte er laut auflachen. War er nach — weiß der Teufel, wieviel — all den Jahren, die er durchs Kontinuum gegurkt war, endlich über dem Berg? Zweite Kindheit — nein! Eher zweiter Vorfrühling. Er fühlte sich wieder wie ein Sechzehnjähriger, und das ergab keinen Sinn. Er hatte sich früher schon oft verliebt. Ein paarmal hatte er nichts unternommen, weil eine Liebesbeziehung mehr Schaden angerichtet als genützt hätte. Dies könnte auch hier der Fall sein. Wahrscheinlich war es so. Gottverdammt! Aber vielleicht auch nicht. Er würde es herausfinden. Beide würden sie es herausfinden. So nach und nach würden sie entweder eine ernsthafte Beziehung eingehen und dafür alle notwendigen Opfer auf sich nehmen — oder als Freunde auseinandergehen. Bis dahin ... Er ging los.

Hinter ihm wurde wieder ein leises Geräusch hörbar. Da er den Unterschied kannte, drehte er sich um und sah, daß wieder ein Fahrzeug eingetroffen war. Der

Fahrer war über zwei Meter groß, seine Gliedmaßen lang wie Spinnenbeine, auch ebenso dünn; aber der eng anliegende, lederartige Overall zeigte, daß es sich eindeutig um eine weibliche Person handelte. Das Haar war wie ein Federbusch auf einem Helm hochgekämmt und blauschwarz, wie bei Asiatinnen; aber keine Mongolin hatte eine so tiefgelbe Haut. Die Augen waren riesig und ebenso hellblau wie seine. Das schmale Gesicht hatte eine Adlernase. Diese Rasse kannte er nicht. Sie mußte aus ganz ferner Zukunft stammen.

Das Temporal kam hart von den unglaublich vollen Lippen. »Unabhängige Agentin Komozino«, identifizierte sie sich. »Schnell. Sagen Sie mir, gibt es in diesen Koordinaten jemand mit meinem Rang.«

Schlagartig wurde Everard klar: *Ärger.* Wahrscheinlich hatte sie ein besseres Gehirn und wußte mehr als er. Armeegewohnheit aus dem Zweiten Weltkrieg — beinahe vergessen — ließen ihn schneidig salutieren. »Jawohl, ich«, meldete er. »Manson Emmert Everard.«

»Gut.« Sie kam auf ihn zu. Aus ihrer knappen Redeweise hörte er deutlich Anspannung und Furcht heraus. »Aus den mir zugänglichen Daten konnte ich entnehmen, daß Sie möglicherweise hier sind. Hören Sie, Manson Emmert Everard! Es hat eine Katastrophe gegeben, irgendeine zeitliche Umwälzung. Soweit ich feststellen konnte, ereignete sie sich etwa am Julianischen Tag Zwei 2 137 000. Danach divergieren die Ereignisse. Es scheinen keine Patrouillenstationen mehr zu existieren. Wir müssen alle verfügbaren Kräfte zusammentrommeln.«

Sie machte eine Pause und wartete. *Sie weiß, welchen Hammerschlag sie mir versetzte. Ich brauche einen Augenblick, um das zu verdauen und mein Gleichgewicht wiederzufinden.*

Die astronomische Zahl, die sie erwähnte — irgendwann im Europäischen Mittelalter? Er rechnete nach. Nein! Er mußte sie fragen. *Wanda war nach Kalifornien im zwanzigsten Jahrhundert unterwegs. ›Jetzt‹ wird sie im Nichts landen. Für eine solche Situation ist sie nicht ausgebildet. Keiner von uns ist — unser Job ist es, so etwas zu verhindern. Aber für Wanda ist das kaum noch Schultheorie. Sie wird noch schlimmer als ich geschockt sein. Mein Gott, was wird sie tun?*

II

Alle Gäste und Angestellten fanden im Speisesaal des Hotels Platz, wenn es auch an den Tischen etwas eng war. Durch die Fenster drang silbergraues, beunruhigendes Licht herein. Wolken fegten niedrig dahin. Der Wind brauste mit einem Geheul — der Klang des Herbstes auf dem Weg nach Süden. Everard wußte, daß er es sich nur einbildete; aber ihm war, als krieche ein Eishauch herein.

Alle Blicke waren auf ihn gerichtet. Er stand unter dem Wandbild eines kraftvollen Bisons, das ein Künstler aus der Gegend vor fünfzig Jahren gemalt hatte. Teilnahmslos saß Komozino an seiner Seite. Sie hatte ihn gebeten, die Führung zu übernehmen. Er war laut Geburtszeit, Erinnerungen, Denkweise den anderen hier näher. Außerdem hatte er als einziger eine relevante Erfahrung hinter sich.

»Wir verbrachten den Großteil der Nacht mit Gesprächen, schossen dabei Nachrichtenzylinder hinaus, in der Hoffnung auf weitere Kontakte und Informationen«, erklärte er in das entsetzte Schweigen, das seiner Ankündigung folgte.

»Bis jetzt wissen wir nur wenig. Es gibt Grund zur Annahme, daß das Schlüsselereignis in Italien, Mitte des zwölften Jahrhunderts stattfand. Die Patrouille hat in dieser Zeit einen Mann in Palermo, auf der Insel Sizilien. Er erhielt die Nachricht, daß der König dort in einer Schlacht auf dem Festland getötet wurde. Dies hätte aber nicht passieren dürfen. Seine Datenbasis sagt, daß dieser König noch mindestens zwanzig Jahre lebte und berühmt wurde. Als vernünftiger Mann schickte der Agent sofort einen Zylinder eine kleine Strecke in die Zukunft an das zuständige Hauptquartier. Die Nachricht kam zurück mit der Information, daß das Büro verschwunden war — spurlos versenkt — nie eingerichtet worden war. Sofort rief er andere mit ihm zeitgleiche Stationen. Diese prüften ihre eigene Zukunft — selbstverständlich äußerst vorsichtig und nur ein paar Jahrzehnte nach vorn. Nirgends neue Patrouillendienststellen. Wie erwartet, waren auch die Schauplätze in anderer Hinsicht nicht sehr verändert — abgesehen vielleicht in Südeuropa. Die Auswirkungen einer Veränderung pflanzen sich auf der Welt mit unterschiedlicher Geschwindigkeit fort. Dies hängt von Faktoren wie Entfernung, Reisemöglichkeiten und der Enge der Beziehungen zwischen einzelnen Ländern ab. Der Ferne Osten könnte schon bald leicht beeinflußt sein; aber die beiden Amerika können noch jahrhundertelang unberührt bleiben, Australien und Polynesien noch länger. In Europa dürften die ersten Unterschiede politisch sein. Und ... dies führt zu einer völlig neuen politischen Geschichte, von der wir hier absolut nichts wissen.

Natürlich begannen unsere Stützpunkte im zwölften Jahrhundert Kontakt mit denen aus früherer Zeit aufzunehmen. Dies führte zur Verbindung mit der Unabhängigen Agentin Komozino.« Everard deutete auf sie. »Sie war damals gerade in Ägypten — äh ... achtzehnte Dynastie sagten Sie —, um eine Expedition aus ihrem Heimatjahrtausend aufzuspüren, die zurückgegangen war, um kulturelle Inspiration zu suchen und anscheinend verlorenging ... Nein, es liegt auf der Hand, daß dies keinerlei bemerkbare Wirkung auf die Geschichte hatte ... Sie leitete die gesamte Bergungsoperation, die davon abhing, noch mehr verfügbare Leute mit dem gleichen Rang zu finden. Beim Überprüfen der Daten stieß sie auf mich. Daher kam sie hierher, um mich zu informieren.« Everard mußte tief durchatmen, ehe er weitersprechen konnte. »In diesem Augenblick, Ladies und Gentlemen, sind *wir* aufgerufen, den Versuch zu unternehmen, die Zukunft zu retten — falls kein Danellier auftaucht.«

»Wir?« schrie ein junger Mann. Everard wußte von ihm nicht viel, nur so viel: Franzose aus der Zeit Ludwigs XIV. und in dieser Epoche eingesetzt, wie die meisten Agenten in ihr eigenes Zeitalter abkommandiert waren. Das bedeutete, daß der Junge intelligent sein mußte. Die Patrouille holte sich nur wenige Rekruten aus der Zeit vor der Industriellen Revolution und noch weniger aus den vorwissenschaftlichen Gesellschaften. Eine Person, die nicht in dieser Denkweise aufgewachsen war, konnte kaum die Konzepte der Patrouille begreifen. Dabei hatte auch dieser Junge Schwierigkeiten. »Aber, Sir, es muß doch Hunderte, Tausende unserer Art geben, die vor diesem kritischen Datum aktiv sind. Sollten wir sie nicht alle zusammenrufen?«

Everard schüttelte den Kopf. »Nein. Wir stecken bereits viel zu tief im Dreck. Die Strudel, die wir auslösen könnten ...«

»Vielleicht könnte ich die Situation klarer darstellen«, unterbrach ihn Komozino steif. »Es ist durchaus richtig, daß wahrscheinlich die meisten Angehörigen der Patrouille in die Vergangenheit vor dem Mittelalter gehen — und sei es nur auf Urlaub wie Sie. Agent Everard war zum Beispiel aktiv im frühen Phönizien, aber auch im Persien der Achämeniden, im nachrömischen Britannien und in Skandinavien unter den Wikingern. Er hat dieses Hotel zu den verschiedensten Zeiten — seit es existiert — aufgesucht, um sich zu erholen. Warum sollten wir also nicht diese Everards rufen? Zwei Unabhängige sind mit Sicherheit eine ungenügende Führungsmannschaft.

Wir haben das aber nicht getan! Wir werden es auch nicht tun! Denn sonst würden wir die Realität immer wieder so hoffnungslos verändern, daß keiner sie mehr verstehen könnte, von Kontrolle ganz zu schweigen. Nein, wenn wir überleben, was uns bevorsteht, und dieses Unglück beseitigen, werden wir nicht unsere Weltlinien zurücklaufen, um uns selbst zu warnen. Niemals! Sollten Sie es versuchen, werden Sie feststellen, daß Sie gegen solche Torheit konditioniert sind. Dieselbe Sperre, die es Ihnen unmöglich macht, einem Unbefugten zu enthüllen, daß Zeitreisen existieren, würde dann auch in Kraft treten.

Die Mission der Patrouille lautet eindeutig: Bewahrung des geordneten Ablaufs der Geschichte, Ursachen und Wirkungen, menschlichen Willen und menschliches Handeln. Dies ist oft tragisch, und die Versuchung, sich einzumischen, beinahe überwältigend. Doch müssen wir widerstehen, weil wir sonst aufs Chaos zusteuern.

Und wenn wir unsere Pflicht erfüllen wollen, müssen wir uns darauf beschränken, so linear wie möglich zu arbeiten. Wir müssen immer daran denken, daß jedes Paradoxon mehr als tödliche Gefahr birgt.

Aus diesem Grund bin ich herumgefahren und habe dafür gesorgt, daß die schreckliche Neuigkeit unser restliches Personal *nicht* erreicht. Dieses Wissen muß auf einige Unentbehrliche beschränkt bleiben und auf ausgewählte Leute, die sich nicht im Einsatz befinden, wie Sie hier. Eine weitere Störung des normalen Ablaufs der Ereignisse könnte Auslöschung und Vergessen bedeuten.«

Komozinos Kraft schien erschöpft. »Es war hart«, sagte sie leise. Wie viele Jahre ihrer Lebensspanne hatte sie wohl mit dieser aufreibenden Aufgabe zugebracht? überlegte Everard. Es war nicht nur eine Sache, von hier nach da zu flitzen und Bescheid zu sagen. Sie mußte auch vorher Berichte, Datenspeicher, Beurteilungen von Menschen und Epochen durcharbeiten. Oft mußten die Entscheidungen grauenvoll schmerzlich gewesen sein. War sie Wochen, Monate, Jahre bei der Arbeit? Beeindruckt war ihm klar, daß er zu einer solchen Leistung des Intellekts nie fähig sein würde.

Er hatte seine Stärken, gewiß. Jetzt ergriff er wieder das Wort. »Denkt daran, Freunde, daß die Patrouille mehr tut, als nur die Integrität der Zeit zu bewachen. Das ist Aufgabe für Spezialisten. So unabdinglich diese Arbeit ist, erfordert sie nicht den größten Teil unserer Aktivitäten. Die meisten von uns sind Polizisten mit den traditionellen Aufgaben der Polizei.« *Wir beraten, wir regeln den Verkehr, nehmen Bösewichte fest, helfen Reisenden in Schwierigkeiten und reichen auch ab und zu eine Schulter, damit sich jemand daran ausweinen kann.* »Unsere Kollegen sind beschäftigt. Würden wir sie alle von ihren Aufgabenbereichen abziehen, würde die Hölle losbrechen.« Im Temporal gab es natürlich nicht die genaue Entsprechung dieses für ihn heimischen Ausdrucks. »Daher lassen wir sie in Ruhe, Okay?«

»Und was machen wir?« fragte ein Nubier aus dem einundzwanzigsten Jahrhundert.

»Wir brauchen ein Hauptquartier«, antwortete Everard. »Das wird hier sein. Wir können es für einen begrenzten Zeitabschnitt ohne große Wirkung auf irgend etwas anderes dichtmachen. Das wäre zum Beispiel bei der Akademie unmöglich. Wir bringen Leute und Ausrüstung her und operieren hauptsächlich von diesem Stützpunkt aus. Was wir unternehmen? — Nun, dazu müssen wir erst einmal feststellen, wie die Situation ist und danach unsere Strategie ausrichten. Bleiben Sie einfach die nächsten Tage hier.«

Ein Lächeln — wenn es ein Lächeln war? — bewegte Komozinos Lippen. »Es ist entweder grotesk oder angemessen, daß Agent Everard beteiligt ist und daß er von hier beginnt«, sagte sie.

»Darf ich fragen, was die Bemerkung der Memsahib

bedeuten soll«, erkundigte sich ein Babu aus dem Britischen Raj.

Komozino blickte Everard an. Er verzog das Gesicht, zuckte mit den Achseln und sagte ernst: »Vielleicht hilft es Ihnen, wenn Sie es wissen. Ich war auf meiner Weltlinie schon früher einmal in einer solchen Situation. Das war einige Jahre später als heute. Ich verbrachte ein paar freie Tage mit einer Freundin in diesem Hotel. Sie wissen selbst, wie schwierig Reservationen in diesem beliebten Erholungsort sind. Als wir nicht länger bleiben konnten, beschlossen wir, unseren Urlaub in meiner Wohnung — New York, zwanzigstes Jahrhundert — fortzusetzen und fuhren hin. Alles war völlig fremd. Schließlich fanden wir heraus, daß Karthago Rom in den Punischen Kriegen besiegt hatte.«

Erstaunen machte sich breit. Einige standen halb auf und sanken dann wieder auf ihre Sitze zurück. »Was ist denn passiert?« lautete die von allen Seiten gestellte Frage.

Everard überging Gefahren und Taten. Die ganze Sache schmerzte noch zu sehr. »Wir gingen weit zurück in die Vergangenheit, organisierten eine Truppe und führten eine Expedition an den kritischen Punkt: Eine bestimmte Schlacht. Dort stießen wir auf zeitreisende Banditen, die mit Energiewaffen auf karthagischer Seite kämpften. Sie hatten die Vorstellung, in der antiken Welt für sich eine göttergleiche Position zu schaffen. Wir packten sie, ehe sie die entscheidende Aktion ausführen konnten und ... die Geschichte nahm wieder den Lauf, den sie sollte. So, wie wir sie kennen, weil wir in ihr geboren wurden.« *Ich verdammte eine Welt, ungezählte Milliarden absolut anständiger Menschen zur Nullität. Es gab sie nie. Nichts, was ich erfahren hatte, war je geschehen. Die Narben auf meiner Seele sind da, aber nichts verursachte sie.*

»Aber davon habe ich nie gehört«, protestierte der Franzose.

»Natürlich nicht«, antwortete Everard. »Mit solchen Sachen machen wir auch keine Reklame.«

»Sie haben mein Leben gerettet, Sir, meine Existenz.«

»Dankbarkeit ist nicht angebracht. Ich tat nur, was ich tun mußte.«

Ein Chinese, einstiger Kosmonaut, verengte seine Augen noch mehr und fragte langsam: »Waren Sie und Ihre Freundin die einzigen Reisenden, die in dies unerwünschte Universum vordrangen?«

»Keineswegs«, antwortete Everard. »Die meisten flitzten sofort zurück. Nur manche nicht. Sie meldeten sich nirgendwo wieder. Wir können nur vermuten, daß sie festsaßen oder getötet wurden. Meine Freundin und ich sind auch nur um Haaresbreite entkommen. Es war Zufall, daß von denen, die zurückkamen, wir in der Lage waren, die Rettungsaktion zu organisieren — die im Grunde sehr einfach war, sonst wären wir damit nicht fertig geworden, jedenfalls nicht ohne mehr Hilfe zu rufen. Als alles vorbei war — nun, da hatte diese Post-Karthago-Welt nie existiert. Die Menschen, die aus der Vergangenheit in die Zukunft zurückkehrten, fanden alles wie ›wie immer‹.«

»Aber Sie haben sie anders erlebt.«

»So wie die anderen, die die veränderte Welt gesehen hatten oder mit denen wir zusammenarbeiteten. Was unser Haufen erlebte, was wir getan hatten, konnte in uns nicht ausradiert werden, sonst hätten wir es ja nie getan.«

»Sie erwähnten Personen, welche in die alternative Zukunft vorgedrungen waren, aber es nicht schafften, sie wieder zu verlassen. Was wurde aus denen, als diese Zukunft ... ausgelöscht wurde?«

Everards Nägel gruben sich in die Handflächen. »Sie existierten ebenfalls nicht mehr«, erklärte er wie ein Automat.

»Offenbar sind nur wenige vorgedrungen, darunter

auch Sie. Warum nicht viele? Im Laufe der Zeitalter konnten doch ...«

»Es handelte sich nur um Leute, die zufällig im entscheidenden kritischen Augenblick auf dem Weg in die Zukunft waren, während des größeren Zeitabschnitts, als die Rettungsaktion der Patrouille und ein paar andere Ereignisse, die damit in Zusammenhang standen, stattfanden. Jetzt haben wir es mit einem weit größeren Zeitabschnitt zu tun, mit sehr viel mehr Verkehr darin. Daher ist unser Problem entsprechend größer. Ich hoffe, Sie verstehen, was ich sage. Ich nicht.«

»Dazu braucht man eine Metasprache und eine Metalogik, die nur wenigen Intelligenzen zugänglich ist«, erklärte Komozino. Ihr Ton wurde schärfer. »Wir haben nicht die Zeit, um über Theorien zu streiten. Die Zeitspanne, in der wir diesen Stützpunkt benutzen können, ohne die Ereignisse ernsthaft durcheinanderzubringen, ist sehr begrenzt. Ebenso die Zahl der Beteiligten und daher auch die totale Lebensspanne. Wir müssen unsere Ressourcen optimal nützen.«

»Wie?« rief die Frau vom Saturnorbit.

»Als erstes gehe ich in die Epoche dieses Königs und finde so viel wie möglich heraus«, erklärte Everard. »Es ist genau die richtige Aufgabe für einen Unabhängigen Agenten.«

Und in der Zwischenzeit — nur ›Zwischenzeit‹ hat jetzt keine Bedeutung mehr — ist Wanda in jener alternativen Zukunft gefangen. Sie muß dort sein. Warum wäre sie sonst nicht sofort zu mir zurückgekommen? Wohin würde sie sonst fliehen, wenn sie dazu Gelegenheit hätte?

»Aber diese Karthagowelt war doch mit Sicherheit nicht die einzige Invasionsrealität«, sagte der indische Babu.

»Vermutlich nicht. Aber ich habe keine Informationen über weitere — allerdings auch keinerlei Bedürfnis, noch mehr zu kennen. Warum eine zusätzliche Veränderung riskieren? Vielleicht kann sie nicht ausgebügelt werden und führt zu einem neuen temporalen Strudel. Und überhaupt ...« — jetzt wurde Everard unwirsch — »haben wir es im Augenblick mit einer anderen Realität zu tun!«

Wieder durch absichtliche Einmischung? Die Neldorier, die Exaltationisten, kleinere Organisationen, verrückte oder machtgierige Einzelgänger, oder — wer auch immer. Die Patrouille ist mit ihnen fertig geworden. Manchmal nur verdammt knapp. Wie konnten wir gegen diesen Feind versagen? Wer ist er? Wie können wir ihn kriegen?

In Everard erwachte der Jäger. Es kribbelte ihn bis in die Haar- und Fingerspitzen. Einen Augenblick lang konnte er den Schmerz vergessen und an Verfolgung, Festnahme und Rache denken.

1989_{α} n. Chr.

Die Nebelbank im Westen fing das frühe Morgenlicht auf und leuchtete weiß gegen den blauen Himmel. Es lösten sich schon einzelne Fetzen daraus, die eine kalte Brise hinaus auf den unsichtbaren Ozean trieb. Laub raschelte. Nicht weit entfernt ragten dunkelgrüne Zypressen auf. Zwei Raben flogen krächzend aus einer einzelstehenden großen Eiche.

Wanda Tamberlys erste Reaktion war völliges Staunen. *Was ist passiert? Wo bin ich herausgekommen? Wie?* Sie schaute umher. Nirgends auch nur die Spur von Menschen. Sie war erleichtert. Eine Sekunde lang hatte sie Angst gehabt, daß irgendwie Don Luis ... Aber nein, das war absurd! Die Patrouille hatte den Conquistador zurück in das Land geschickt, wohin er gehörte. Außerdem war hier nicht Peru. Unter dem Zeitmobil erkannte sie *Yerba buena,* erhaschte sogar einen Hauch des Duftes, als das Gewicht die Pflanze niederdrückte. Dieses Kraut gab der Siedlung den Namen, die später San Francisco genannt wurde.

Ihr Puls wechselte von schnell zu rasend. »Ganz ruhig bleiben, Mädchen«, flüsterte sie. Dann schaute sie auf die Instrumente zwischen den Lenkstangengriffen. Dort konnte sie Datum, Ortszeit, Längen- und Breitengrad ablesen. Ja, genau bis auf Sekundenbruchteil, was sie eingestellt hatte ... Ein simuliertes Fadenkreuz auf einer simulierten Landkarte gab ebenfalls ihre Position an. Mit zitterndem Finger rief sie eine maßstabsgetreue Karte der Umgebung ab. Genau im Zentrum des Straßenplans lag das Antiquariat im Cow Hollow District, das als Versteck der Patrouillenstation diente. Ja, alles stimmte.

Und drüber erhoben sich der Nob Hill und der Russian Hill. Waren es wirklich die Hügel? Wanda kannte sie nur von Häusern bedeckt, nicht von Gebüsch. In der Gegenrichtung war der Blick auf die Twin Peaks irgendwie vertraut; aber was war aus dem Fernsehturm geworden? Wo war überhaupt alles? Sie war nicht in einer unterirdischen Garage aufgetaucht, sondern an der Oberfläche, umgeben von absoluter Einsamkeit.

Ihre Instinkte gaben Alarm. Sie drückte aufs Pedal und schwang sich auf in die Luft. Dort konnte sie sich aufgrund des Kraftschildes halten. Es wurde ihr klar, daß sie in Panik geraten war. Sie rang nach Selbstkontrolle und blieb auf Antischwerkraft in sechshundertsechzig Metern Höhe schweben. Ihre Ohren hatten geknackt. Jetzt taten sie weh. Das half, die Dinge real zu machen. Es war kein Fiebertraum, sondern eine kritische Situation, die sie jetzt meistern mußte.

Ist das nicht idiotisch in Sicht von Gott und Radar zu hängen? Nun, keiner kann mich sehen, oder? Nein, hier ist niemand, überhaupt niemand.

Kein San Francisco, kein Treasure Island, keine Golden Gate- der Bay-Brücke, keine Städte auf der Eastbay, keine Schiffe oder Flugzeuge — nichts außer Wind und Welt. Über der Bucht erhoben sich die Hügel von Marin County. Sie waren braun, wie immer im Sommer. Auch die Hügelkette hinter einem Oakland, Berkeley, Albany, Richmond — die alle nicht existierten — war braun. Jenseits der Nebelfetzen konnte sie im Westen und Norden silberne Streifen des Ozeans erkennen. An der Nebelkante landeinwärts sah sie Sanddünen. Dort hätte der Golden Gate Park sein müssen.

So muß es ausgesehen haben, ehe der weiße Mann kam. Ein paar Indianersiedlungen da und dort, nehme ich an. Könnte die Temporalvorrichtung des Zeitmobils durchgedreht und mich weit vor dem zwanzigsten Jahrhundert abgesetzt haben? Von so einer Panne habe ich noch nie gehört. Aber ich habe gehört, daß jedes technisch hoch entwickelte Gerät sehr pannenanfällig war. Wie eine beruhigende Hand auf der Schulter war das Wissen, daß die Zeitpatrouille irgendwo zu jedem Augenblick von einer Million oder mehr Jahren Mechaniker stationiert hatte.

Sie aktivierte den Kommunikator. Die Frequenzen schwiegen. Der Wind heulte in dieser Höhe stärker als am Boden. Ihr war schrecklich kalt. Sie trug nur eine leichte Hose, eine Bluse und Sandalen. Dies Fahrzeug war für kompliziertere Sendungen — wie Neutrino-Modulation — nicht ausgerüstet. Aber die Patrouille benutzte in Epochen vor Marconi häufig Radiosender — oder war das vor Hertz oder Clerk Maxwell oder wem sonst? Vielleicht sendete gerade niemand. »Hallo, hallo, Spezialistin Wanda Tamberly hier ... bitte, melden, bitte, melden ...« Gab es da nicht eine Reihe von Signalfeuern, die sie heimleiteten? Konnte es sein, daß sie zu weit entfernt war, um sie zu empfangen? Das ergab doch keinen Sinn, wenn sogar die Wissenschaftler ihrer Epoche Signale von einigen Watt quer durchs Sonnensystem auffingen. Aber sie war kein Transistor-Raser.

Jim Erskine war einer. Er konnte Elektronen Fandango tanzen lassen. Sie waren eine Zeitlang miteinander gegangen, als sie Studenten in Stanford waren. Wenn Jim jetzt hier wäre ... Aber sie hatte Leute wie ihn für immer abgeschrieben, als sie in die Patrouille eintrat. Auch alle Verwandten, ausgenommen Onkel Steve. Sicher, sie besuchte sie und erzählte dicke Lügen über ihren phantastischen Job, der sie so lang und oft ins Ausland führte. Und trotzdem — Einsamkeit schmerzte wie der Eiswind.

»Du solltest lieber ein warmes Plätzchen suchen und alles genau überdenken«, murmelte sie vor sich hin. »Besonders wenn es an diesem Plätzchen heißen Grog gab.« Dieser komische Gedanke richtete sie ein bißchen auf. Sie flog nach unten über die Bucht.

Pelikane und Kormorane flatterten dort zu Tausenden. Seelöwen sonnten sich auf den Inselstränden. Auf der Ostseite fand sie in einem Redwood-Wald Zuflucht. Das Sonnenlicht zauberte goldene Punkte durch diese majestätischen Bäume auf den Boden. Ein Bach plätscherte dahin, voll mit Fischen. *Einsamkeit ist relativ,* dachte sie.

Sie stieg ab, streifte die Sandalen ab und lief ein paar Minuten auf der Stelle, um warm zu werden. Dann öffnete sie das Gepäckfach, um nachzusehen, welche Mittel ihr zur Verfügung standen.

Verdammt mager! Standardnotausrüstung, Helm, Betäubungswaffe, Isotopenbatterie, Taschenlampe, Glimmlampe, Wasserflasche, Essensriegel, ein kleiner Werkzeugkasten und ein kleines medizinisches Paket. In einem Beutel steckten ein paar Kleidungsstücke zum Wechseln, Zahnbürste, Kamm und der Kleinkram, den sie mit in den Urlaub genommen hatte. Dort hatte sie meist die Sachen getragen, die für Gäste vorrätig waren. Dann hatte sie noch eine Handtasche mit den üblichen Utensilien einer Frau im Ende des zwanzigsten Jahrhunderts. Ein paar Bücher, die sie manchmal las. Wie die meisten Agenten, die außerhalb ihres Geburtsmilieus arbeiteten und dort keine feste Wohnung unterhielten, hatte sie einen Spind in der örtlichen Station, wo alles Notwendige war, Geld eingeschlossen. Wanda hatte geplant, sich dort die notwendigen Sachen herauszuholen und dann mit dem Taxi zu den Eltern zu fahren, da diese sie kaum am Flughafen abholen konnten, weil dies sonst ein noch aufwendigeres Täuschungsmanöver erfordert hätte.

Ach, Dad, Mami, Susie. Ja, und auch die Katzen.

Langsam bewirkte die heitere Ruhe der Umgebung, daß ihre Verzweiflung abflaute. Sie beschloß, daß es vernünftiger sei, nicht Knall und Fall wieder zurück ins Pleistozän zu flitzen — obwohl es verdammt schön sein würde, Manse wiederzusehen, diesen großen, verläßlichen und fähigen Kerl ... Sie hielt es auch für unsinnig, in dieser Nachbarschaft blind durch die Zeit zu rasen. Wenn sie dem temporalen Antrieb nicht trauen konnte, war ihre beste Chance, räumlich nach Osten zu gehen. Vielleicht würde sie dort europäische Kolonien finden. Vielleicht müßte sie bis Übersee weiter; aber irgendwann mußte sie mit der Patrouille Verbindung aufnehmen.

Wanda zog ihre alte Jacke aus Wanderzeiten an, die plötzlich unendlich weit zurücklagen, Socken und kräftige Schnürschuhe. Helm sicher auf dem Kopf, Pistole an der Hüfte — mehr konnte sie nicht tun, um sich gegen unangenehme Begegnungen zu schützen. Sie stieg auf und steuerte das Zeitmobil zwischen den mächtigen Baumstämmen zum Himmel hinauf.

Grün gesäumt lagen unten die Flüsse Sacramento und San Joaquin. Ansonsten war alles bräunlich. Nirgends eine Spur von Bewässerungsanlagen, Ackerbau, Schnellstraßen oder Städten. Sie wurde ungeduldig. Die Düsenjägergeschwindigkeit war zu verdammt langsam. Sie konnte auf Überschall schalten; aber das war auch nur ein besseres Kriechen und wäre eine Verschwendung der Energie, die sie vielleicht später dringender brauchte. Einige Sekunden später faßte sie sich ein Herz, stellte die Raumkontrollen ein und drückte auf den Knopf.

Die Gipfel der Sierra lagen unter ihr, dann die Wüste. Die Sonne stand höher, als sie gedacht hatte. So konnte sie sicher die Entfernung überspringen. »Jippie!«

Sprunghaft fortbewegen! Eine unendliche Grasebene wiegte sich im Wind. Im Süden ballten sich düstere Gewitterwolken zusammen. Das Radio blieb beharrlich stumm.

Wanda biß sich auf die Lippe. Irgend etwas stimmte nicht. Sie flog eine Zeitlang über die Prärie dahin. Die Vogelwelt war üppig, aber das Land ansonsten seltsam leer. Endlich sah sie eine Herde Wildpferde und kurz danach ein paar Büffel. Diese Tiere hätten alles meilenweit verdunkeln müssen ...

Am rechten Ufer des Missouri stieg Rauch auf. Sie schwebte hoch darüber und aktivierte das optische Gerät. Dann ließ sie alles vergrößern. Ja, da waren Menschen und sie hielten Pferde; aber dies war ein Dorf mit Erdhütten und Grasdächern und umgepflügten Feldern außerhalb der Palisade ...

Das sollte aber nicht so sein! Sobald die Indianer der Prärie das Reiten entdeckten, wurden sie praktisch über Nacht zu Kriegern und nomadischen Jägern, die sich vom Büffel ernährten, bis der weiße Mann diese abschlachtete, auch praktisch über Nacht. War sie durch Zufall auf so einen Übergangsmoment gestoßen — sagen wir wie 1880? Nein, denn dann hätte sie überall Spuren der Weißen entdecken müssen: Eisenbahnen, Städte, Ranches, Farmen in den üblichen Viertelsektionen der Siedler ...

Da traf sie die Erkenntnis wie ein Schlag: *Diese Pferdebarbaren lebten auch nicht im Gleichgewicht mit der Natur. Hätte man sie völlig in Ruhe gelassen, hätten sie die Büffel selbst ausgerottet — langsamer, aber ebenso sicher.*

Nein, bitte nicht! Bitte, laß es nicht wahr sein!

Wanda floh weiter nach Osten.

1137 n. Chr.

Von der Eiszeit in Frankreich ins mittelalterliche Sizilien über Deutschland früher im selben Jahr zu reisen, fand Everard überhaupt nicht merkwürdig, bis er zufällig noch mal daran dachte. Er konnte kaum darüber lachen, wie komisch es eigentlich war. Zeitreisen war so; und was sie mit dem Verstand der Menschen taten, daß dieser es verkraftete, ja es als selbstverständlich betrachtete, war eine Kunst der Indoktrination.

Tatsache war, daß der Stützpunkt in Palermo in dieser Zeit eine Ein-Mann-Operation war. Nach außen hin betrieb er einen Laden, in dem Familie, Angestellte und Diener wohnten. Damit war das Haus voll. Es gab keine unterirdische Garage. Das Risiko war zu groß, einfach samt Fahrzeug aus heiterem Himmel zu landen. Das hätte mit Sicherheit zu einem größeren Menschenauflauf geführt und zu großer Aufregung. Ab 1140 wurde der Patrouillenstützpunkt ausgebaut, als die Normannen in Sizilien wirkliche Bedeutung erlangten. Aber dies geschah ja nicht, weil König Roger II. in der Schlacht gefallen war und so die Zukunft, die zur Patrouille geführt hätte, vernichtet war.

Mainz war längst eine bedeutende Stadt im Heiligen Römischen Reich. Daher befand sich das Hauptquartier der Epoche dort. Im Augenblick war das Reich keineswegs eine Einheit, sondern bestand aus einer losen Konföderation, in der es oft sehr turbulent zuging. Ein Mensch des zwanzigsten Jahrhunderts hätte es als die Länder Deutschland, Niederlande, die Schweiz, Österreich, die Tschechoslowakei, Teile Norditaliens und den Balkan bezeichnet. Everard mußte an Voltaires boshafte Bemerkung denken, daß es weder ›Heilig‹ noch ›Römisch‹ noch ein ›Reich‹ gewesen sei. Im zwölften Jahrhundert verdiente es den Namen vielleicht noch weniger.

Am Tag von Everards Ankunft war Lothar mit einer Armee in Italien, um seine und des Papstes Innozenz Ansprüche mit Gewalt gegen Roger II. und Papst Anaklet durchzusetzen. Seinem Tod würden heftige Revolten folgen, bis Friedrich Barbarossa endlich alles unter Kontrolle bringen würde. Inzwischen würde Hauptschauplatz der Ereignisse Rom sein, wohin das Hauptquartier 1198 verlegt werden sollte — nur, daß dies nicht geschehen würde, weil keine Patrouille je existieren würde, um diese Verlegung durchzuführen.

Doch heute konnte Mainz bieten, was Everard brauchte.

Oberhalb der Garage fand er den Direktor. Sie zogen sich in sein Privatbüro zurück. Der Raum hatte eine schön geschnitzte Täfelung und war — am Standard der Zeit gemessen sehr bequem eingerichtet. Es gab zwei richtige Stühle außer den Hockern und einem kleinen Tisch. Die bleigefaßten Butzenscheiben ließen etwas Licht herein. Die meiste Helligkeit kam durch ein anderes, das nicht verglast war und dessen Fensterläden zurückgeschlagen waren, weil es Sommer war. Man hörte den Lärm der Stadt: Rumpeln, Stöhnen, Quietschen, Klappern, Stimmen, Pfiffe. Außerdem drangen die Düfte der Feuerstellen, Aborte, Pferdeäpfel und Friedhöfe herein. Auf der anderen Seite der engen, schmutzigen Straße sah Everard ein wunderschönes Fachwerkhaus. Über dem Dach erhoben sich die Türme des majestätischen Doms.

»Willkommen, Herr Agent, willkommen.« Otto Koch schwenkte eine Karaffe und stellte Gläser auf den Tisch. »Möchten Sie ein Glas Wein? Guter Jahrgang.« Er war Deutscher, geboren 1891, und hatte mittelalterliche Geschichte studiert. 1914 war er eingezogen worden. Nach dem Krieg hatte die Patrouille ihn geholt.

Damals war er verbittert und bestürzt über diesen Krieg gewesen. Die Jahre an allen möglichen Orten hatten ihm das Aussehen eines Mannes in mittleren Jahren verliehen, der in seinem pelzbesetzten Gewand und dem Bäuchlein gemütlich wirkte. Doch der Schein trog. Einen Posten wie diesen behielt man nicht, wenn man nicht wirklich fähig war.

»Danke, aber nicht sofort«, antwortete Everard. »Kann ich heimlich rauchen?«

»Tabak? Aber natürlich. Hier stört uns keiner.« Koch lachte und zeigte. »Die Schüssel ist mein Aschenbecher. Die Leute wissen, daß ich seltene orientalische Hölzer darin verbrenne, wenn ich den Gestank der Stadt nicht mehr ertrage. Ein reicher Kaufmann kann sich solchen Luxus leisten.« Eine Heiligenstatue barg ein Geheimfach. Daraus holte Koch eine Zigarre und ein Feuerzeug.

Everard lehnte ab, als er ihm auch eine anbot. »Ich bleibe meinem alten Freund treu, wenn es Ihnen nichts ausmacht.« Er holte Pfeife und Tabaksbeutel heraus. »Hm, ich nehme an, Sie können sich diesem Laster nicht allzu oft hingeben.«

»Nein, leider. Es ist schwer genug, meine offizielle Arbeit zu erfüllen. Meine hiesige Persona nimmt fast die ganze Zeit in Anspruch. Das ist Ihnen sicher klar. Als Kaufmann habe ich mich außer dem Handel noch um die Zunft zu kümmern, die Kirche ... — ach, was soll's.« Koch zündete die Zigarre an und ließ sich glücklich und zufrieden auf dem Stuhl nieder. Über schädliche Wirkungen brauchte er sich keine Sorgen zu machen. Die Immunisierung der Patrouille, die nicht durch Impfung erfolgte, verhinderte Krebs, Arteriosklerose und alle anderen ansteckenden Krankheiten, die im Laufe der Zeit kamen und verschwanden. »Was kann ich für Sie tun?«

Everard wurde ernst und erklärte die Situation.

Koch starrte ihn entsetzt an. »Was? In diesem Jahr eine Annullierung? Aber das ist ... — davon weiß ich nichts.«

»Konnten Sie auch nicht. Und Sie müssen das absolut geheimhalten, verstanden?«

Die Gewohnheit seiner Tarnung übermannte ihn. Koch bekreuzigte sich mehrmals. Aber vielleicht war er auch ein aufrechter Katholik.

»Sie brauchen keine Angst zu haben«, sagte Everard ganz ruhig.

Der Ärger, den seine Art hervorrief, verdrängte die Furcht. »Es ist ja wohl nur natürlich, daß man um seine Arbeiter, Kollegen, ja und auch die Familie, die ich in dieser Epoche habe, Angst hat!«

»Keinem wird im kritischen Moment etwas zustoßen. Sie werden lediglich keinerlei Besucher aus der Zukunft mehr haben. Nach diesem Jahr wird es keine neuen Stützpunkte mehr geben.«

Das Ungeheure türmte sich vor Koch auf. Er sank in sich zusammen. »Die Zukunft«, flüsterte er. »Meine Kindheit, Eltern, Brüder, alle, die ich in der Heimat liebte — ich kann sie nie wieder besuchen? Ich erzählte ihnen, daß ich nach Amerika gehe. Ehe Hitler an die Macht kam, besuchte ich sie ein paarmal. Sie glaubten mir.« Er war ins Deutsch des zwanzigsten Jahrhunderts verfallen, obwohl nur Temporal die Grammatik besaß, um korrekt über Zeitreisen sprechen zu können.

»Sie können mir helfen, alles, was wir verloren haben, zurückzubringen«, erklärte Everard.

Koch faßte sich sofort. »Sehr gut. Das machen wir. Verzeihen Sie mir meine Ignoranz. Es ist in meiner Lebensspanne schon eine Weile her, seit ich auf der Akademie die Theorie studierte. Außerdem wurde dieses Thema nur am Rande behandelt, da dieser Fall ja nie eintreffen sollte, stimmt's? Darüber wacht doch die Patrouille. Was ist schiefgegangen?«

»Das hoffe ich herauszufinden.«

Everard wurde mit entsprechender Kleidung ausgestattet und als Kaufmann aus England vorgestellt. Damit konnten eventuelle gesellschaftliche Pannen erklärt werden. Niemand hatte ihn durch die Tür kommen sehen; aber dies war ein großer Haushalt mit vielen Personen, allerdings ohne Butler, denn der war für den Adel reserviert. Während seines dreitägigen Aufenthalts bekamen ihn nur wenige zu sehen, und diese glaubten, er habe mit dem Hausherrn vertrauliche Gespräche zu führen, wenn die beiden sich ins Privatbüro zurückzogen. Die aufblühenden Städte, mit wachsender Bevölkerung, Reichtum und Macht boten unzählige Handelsmöglichkeiten.

Im geheimen Hauptquartier Mainz gab es eine große Datenbasis und Apparate, die Informationen direkt ins Gehirn übertragen konnten. Everard erwarb sich so eine genaue Kenntnis der letzten Ereignisse. Keine menschliche Erinnerung wäre fähig, die Einzelheiten der Gesetze und Gebräuche zu behalten, da diese von Ort zu Ort sehr verschieden waren. Er lernte in kurzer Zeit so viel, um katastrophale Fehler zu vermeiden. Außerdem hatte er noch seine Sprachkenntnisse erweitert. Mittellatein und Griechisch konnte er schon. Deutsch, Französisch und Italienisch waren damals noch keine einheitlichen Sprachen, sondern bestanden aus einer Vielzahl von Mundarten, so daß sich Leute teilweise im eigenen Land nicht ohne Schwierigkeiten verständigen konnten. Er lernte so viel, daß er durchkommen würde. Arabisch lehnte er ab. Wenn er mit Sarazenen verhandeln müßte, würden diese mit Sicherheit zumindest die *lingua franca* verstehen.

Everard machte nun genaue Pläne und traf entsprechende Vorbereitungen. Als erstes wollte er den Patrouillenmann in Palermo aufsuchen, in der Zeit kurz nach Rogers Tod, um sich mit ihm zu beraten und ein Gefühl für dies Milieu zu bekommen. Es gab keinen Ersatz für direkte Erfahrung. Das Problem war nur, daß er die Stadt so unauffällig wie möglich betreten mußte.

Da brauchte er auf alle Fälle noch einen Trumpf in der Hinterhand.

Dieser Trumpf war — außer seiner eigenen Stärke und Fähigkeiten — ein Mann der regulären Truppe: Karel Novak. Dieser war 1950 aus der Tschechoslowakei geflüchtet. Er war froh, als ein Bekannter ihn versteckte und überredete, einige seltsame Tests zu machen. Wie sich herausstellte, war dieser Bekannte ein Patrouillenagent auf der Suche nach Rekruten. Ihm gefiel dieser junge Bursche. Novak diente an verschiedenen Orten, ›ehe‹ man ihn nach Mainz versetzte. Er war der geradlinige Polizistentyp, der sich direkt mit Zeitreisenden als Berater und Helfer befaßte, manchmal auch jemanden von einer verbotenen Handlung zurückhielt oder aus der Klemme holte. Seine Persona hier war Allzweckdiener beim Kaufmann Koch. Er war Plissierer, Dekorateur und Leibwächter auf Reisen.

Selbstverständlich kannte er sich in der Gegend gut aus, auch in Sitten und Gebräuchen. Er konnte sich gelegentliche Schnitzer leisten, da er ja aus dem hintersten Böhmen stammte. Seine haarsträubende Geschichte, wie er von dort nach Mainz gekommen war, als der gemeine Mann nicht ohne weiteres freizügig herumreisen konnte, brachte ihm in den Schenken immer wieder mal ein Glas ein. Er war dunkelhaarig, untersetzt, sehr kräftig, mit eng beieinander stehenden Augen in einem breiten Gesicht.

»Sind Sie sicher, daß wir nicht noch anderen außer Novak Bescheid sagen sollten?« fragte Koch, als Everard sich unter vier Augen von ihm verabschiedete.

Der schüttelte den Kopf. »Nein! Es sei denn, daß wir unbedingt jemand brauchen. Ich sagen Ihnen, wir haben ohnehin einen gewaltigen Haufen Ärger am Hals. Da brauchen wir nicht noch unnötige Nebenwirkungen. Diese könnten ihre eigenen Konsequenzen entwikkeln, die vielleicht nicht mehr zu steuern sind. Unterlassen Sie daher jede Andeutung bei Ihren Partnern oder Reisenden, die ganz normal vorbeikommen.«

»Aber Sie sagten, daß keiner mehr kommen wird.«

»Aus der Zukunft wahrscheinlich nicht. Einige könnten aber Grund haben, von irgendwo aus der Gegenwart oder Vergangenheit herzuflitzen.«

»Aber wenn die Besucher abnehmen und schließlich ganz ausbleiben — wie Sie sagten —, werden sich meine Leute wundern.«

»Halten Sie sie hin. Hören Sie, wenn wir es schaffen und den korrekten Lauf der Geschichte wiederherstellen, wird der Hiatus nie geschehen sein, und für die Patrouillenleute wird alles immer ganz normal gewesen sein.« *Oder was man so normal nennt bei sich verschlingenden Zeitströmen.*

»Aber ich werde eine ganz andere Erfahrung gehabt haben.«

»Bis zum Moment der Umkehrung, irgendwann später in diesem Jahr. Wenn wir Glück haben, wird danach ein Agent zu Ihnen kommen und Ihnen sagen, daß alles in Ordnung ist. Sie werden sich an nichts erinnern, das Sie seitdem getan haben, da Sie ›jetzt‹ diese Dinge nicht tun werden. Statt dessen werden Sie einfach Ihr Leben und Ihre Arbeit wie bisher fortführen.«

»Sie meinen, daß ich, solange ich in der falschen Welt bin, weiß, daß alles, was ich tue und denke, zu einem Nichts werden wird?«

»Wenn wir Erfolg haben. Ich weiß, daß diese Aussicht für Sie nicht angenehm ist; aber es ist nicht wirklich wie der Tod. Wir rechnen mit Ihrem Pflichtbewußtsein.«

»Aber selbstverständlich werde ich alles tun, was in meiner Macht ist; aber — *brr!*«

»Es ist möglich, daß wir versagen«, warnte Everard. »In diesem Fall werden Sie sich mit den anderen Überlebenden der Patrouille treffen und gemeinsam beschließen, was zu tun ist.« *Werde ich dann auch dabei sein? Höchstwahrscheinlich nicht. Annulliert in Ausübung des Dienstes. Beinahe hoffe ich das. Für Leute wie uns würde es eine Alptraumwelt werden.*

Dann scheuchte er alle Erinnerungen und Gedanken, die sich nicht auf etwas Reales bezogen, beiseite. Nein, er durfte auch an Wanda nicht mehr denken! »Ich mache mich dann auf den Weg«, sagte er. »Viel Glück für uns beide.«

»Gott sei mit uns«, antwortete Koch leise. Die Männer gaben sich die Hand.

Ich verkneife mir Gebete. Ich bin auch ohne schon durcheinander genug.

Everard traf Novak in der Garage und bestieg den Rücksitz des Zeitmobils. Der Tscheche hatte schon die geographischen Anzeigen der Kontrolltafel studiert und mußte jetzt nur noch die Koordinaten eingeben und starten.

1137_{α} n. Chr.

Sofort war das Fahrzeug, von Antischwerkraft gehalten, hoch oben. Die Sterne schimmerten. Eine solche Pracht sah man Ende des zwanzigsten Jahrhunderts nicht mehr. Der Erdkreis unten war geteilt zwischen glänzendem Wasser und der dunklen, gezackten Landmasse. Die Luft war kalt und still, auf der gesamten Erde gab es noch keinen Motor.

Novak stellte bei den optischen Geräten Vergrößerung und Helligkeit ein. Dann schaute er hinab. »Sehr verlassen Sir«, sagte er. Diesen Landeplatz hatte er schon vorher ausgekundschaftet.

Everard riskierte ebenfalls einen Blick. Es war eine Schlucht in den Bergen, die einen Halbkreis um die schmale Ebene bildete, auf der Palermo stand. Das Gelände ringsum war sehr steil und schroff. Nur wenige Büsche wuchsen hier. Jäger und Schäfer verirrten sich wohl kaum dorthin. »Sie warten hier?« fragte Everard überflüssigerweise.

»Selbstverständlich, Sir, bis ich neue Befehle empfange.« Natürlich würde Novak irgendwoanders hingehen, um zu essen und zu schlafen. Sobald er sehen würde, daß sich jemand trotz dieser unwirtlichen Gegend näherte, würde er sofort zurückkehren.

»Sie sind ein guter Soldat.« *Der tut, was man ihm sagt, und behält alle unbequemen Fragen hinter den Zähnen.* »Bringen Sie mich zuerst zur Straße hinunter. Fliegen Sie niedrig. Ich will wissen, wie ich Sie finde, falls das nötig ist.«

Dieser Fall würde eintreten, falls er seinen Kommunikator nicht benutzen könnte. Dieser steckte in einem religiösen Medaillon, das er an einer Kette unter der

Kleidung versteckt trug. Die Reichweite müßte genügen; doch man wußte nie. (Man wagte nicht vorauszuwissen.) Novak war gut bewaffnet. Er hatte zusätzlich zur Betäubungspistole, die zur Standardausrüstung jedes Zeitmobils gehörte, noch weitere Waffen. Everard konnte das nicht, weil er sonst Ärger mit den örtlichen Behörden bekommen hätte. Er trug daher wie die meisten Männer ein Messer als Werkzeug zum Essen und alle möglichen Arbeiten. Ferner einen Stab und seine kämpferischen Fähigkeiten. Jeder weitere Gegenstand hätte zu größerer Neugier geführt.

Das Zeitmobil flitzte einige Meter hoch über den Berghang, über Ziegenpfade und Fußsteige bis zum Küstenstrich. Dort war ein Dorf, über das sie höher flogen, um keine Hunde aufzuscheuchen, die durch Bellen die Schläfer weckten. Ohne künstliche Lichter sahen die Menschen in der Dunkelheit erstaunlich gut. Everard prägte sich Geländepunkte ein. Dann ging Novak auf die Küstenstraße hinunter. »Darf ich auf Morgendämmerung vorausschalten, Sir?« schlug er vor. »Zwei Kilometer westlich steht eine Herberge, die ›Hahn und Bulle‹ heißt. Wenn Sie jemand dort sieht, denkt er bestimmt, Sie hätten die Nacht dort verbracht und wären früh aufgebrochen.«

»Gute Idee.«

Novak drückte auf die Knöpfe. Im Osten wurde es fahl. Everard sprang ab. »Waidmannsheil«, wünschte Novak.

»Danke. Auf Wiedersehen.« Maschine und Fahrer waren verschwunden. Everard marschierte in Richtung Sonnenaufgang los.

Die Straße hatte zwar viele Löcher und tiefe Radspuren; aber der Winterregen hatte sie noch nicht in eine Schlammbahn verwandelt. Als es richtig hell wurde, sah Everard, daß schon ein Hauch von Grün über den Äckern und Hängen lag. In der Ferne schimmerte links und voraus das Meer. Nach einiger Zeit sah er auch einige winzige Segel darauf. Normalerweise befuhr man nur tagsüber das Meer und hielt sich eng an der Küste. So spät im Jahr vermied man längere Seefahrten. Aber auf Sizilien war man nie weit von einem sicheren Hafen entfernt. Außerdem hatten die Normannen die Gewässer von Piraten gesäubert.

Auch das Land sah blühend aus. Die Häuser und Nebengebäude standen meist inmitten bebauter, fruchtbarer Felder. Sie waren aus gestampftem Lehm gebaut, mit Strohdächern und strahlend weiß gekalkt. Überall waren Obstgärten. Feigen, Oliven, Orangen, Zitronen, Äpfel, Kastanien. Die Sarazenen hatten sogar einige Dattelpalmen angepflanzt. Everard kam an einigen kleineren Dorfkirchen vorbei. Ein mächtiges Gebäude weiter entfernt war wohl ein Kloster.

Nach und nach wurde es belebter auf der Straße. Hauptsächlich Bauern in ihren Kitteln und engen Hosen. Die Frauen in einfachen Gewändern, die auf Wadenlänge umgenäht waren, und Kinder. Manche trugen die Lasten auf dem Kopf, andere führten kleine Esel. Die Menschen waren nicht sehr groß, dunkel, sehr lebhaft und stammten von phönizischen und griechischen Siedlern ab und von römischen und maurischen Eroberern. In letzter Zeit waren noch Händler und Krieger vom italienischen Festland, aus der Normandie, dem Süden Frankreichs und der Iberischen Halbinsel dazugekommen. Zweifellos waren die meisten Unfreie; aber niemand schien unterdrückt. Sie plauderten, lachten, gestikulierten lebhaft. Wenn einer eine Schimpfkanonade losließ, war er gleich darauf wieder fröhlich. Auch Bettler waren dabei und Mönche, die die Perlen des Rosenkranzes durch die Finger gleiten ließen, und einige Typen, die Everard nicht so leicht identifizieren konnte.

Die Meldung vom Tod des Königs hatte die Gemüter nicht gedämpft. Vielleicht wußten es die meisten noch nicht. Außerdem waren für die einfachen Leute, die sich selten weiter als einen Tagesmarsch vom Geburtsort entfernten, Ereignisse des Königshauses von historischer Tragweite etwas, das ebenso hingenommen werden mußte wie Krieg, Pest, Steuern, Tribut, Piraten oder Zwangsarbeit. Ihre Leben wurden ohne Vorwarnung oder Grund vernichtet.

Der Durchschnittsmensch des zwanzigsten Jahrhunderts wußte zwar mehr — wenn auch oberflächlich — über seine Welt; aber konnte er sein eigenes Geschick mehr bestimmen?

Everard wurde von allen Seiten angestaunt. Zu Hause war er groß; aber hier überragte er alle. Seine Kleidung entsprach der eines Reisenden: Eine Tunika aus einfachem Stoff fiel auf die Oberschenkel über die Beinkleider, seine Kappe endete in einem langen Zipfel, der halb über den Rücken fiel. Am Gürtel Messer und Beutel, kräftiges Schuhwerk, alles in unauffälligen Farben; aber ganz anders als die lokale Tracht. In der rechten Hand hielt er einen Stab, über der linken Schulter trug er einen Beutel mit seiner Habe. Er hatte sich längere Zeit nicht rasiert, da die meisten Männer Bärte trugen. Dieser Haarwuchs war passabel; aber sein steifes, braunes Haar würde noch lange nicht über die Ohren fallen.

Die Leute starrten ihn an und machten Bemerkungen. Einige grüßten ihn. Er erwiderte mit schwerem Akzent, verlangsamte jedoch seine Schritte nicht. Niemand versuchte ihn aufzuhalten. Das wagte keiner. Außerdem schien es ganz in Ordnung zu sein, daß ein Fremder wohl in Marsala oder Trapani gelandet war, nach Osten marschierte, vielleicht auf einer Pilgerreise. Diese waren nicht selten.

Die Sonne stieg höher. Die Bauernhöfe wurden seltener, prächtige Villen traten an ihre Stelle. Er sah Terrassen, Gärten mit Springbrunnen, fast im Baustil Nordafrikas. Viele Diener waren Schwarze, darunter auch Eunuchen in wallenden Gewändern und Turbanen. Der Grundbesitz hatte zwar die Besitzer gewechselt; aber die neuen Eigentümer waren bald wie die Kreuzritter im Osten — den Sitten der Vorgänger verfallen.

Everard trat mit entblößtem Haupt beiseite, als ein normannischer Adliger auf übertrieben aufgeputztem Hengst vorüberritt. Der Mann war nach europäischer Art gekleidet, aber alles prächtig bestickt, mit schwerer Goldkette um den Hals und Ringen an beiden Händen. Seine Dame saß im Herrensattel auf einem Zelter. Ihre Röcke waren hochgeschürzt, aber Beinkleider wahrten den Anstand. Dahinter ritten zwei Diener und vier Wachen. Letztere waren typisch normannische Krieger, untersetzt, zäh, mit Nasenschützern an den konischen Helmen. Die Kettenhemden und Rüstungen waren poliert und geölt, gerade Schwerter an den Hüften, flugdrachenförmige Schilde an den Flanken der Rosse.

Später kam ein vornehmer Sarazene mit großem Gefolge vorbei. Diese Gruppe war nicht bewaffnet, aber auf ihre Art fast noch prächtiger. Im Gegensatz zu Wilhelm dem Eroberer in England hatten die Normannen hier dem besiegten Gegner sehr großzügige Bedingungen gewährt. Zwar wurden die Muslime auf dem Land zu Sklaven, die in der Stadt behielten aber ihren Besitz. Sie mußten dafür Steuern entrichten; aber diese waren nicht unsinnig hoch. Sie lebten unter ihren eigenen Gesetzen weiter, mit eigenen Richtern. Allerdings durften ihre Muezzins nur ein einziges Mal im Jahr öffentlich zu den Gebeten rufen, privat durften sie ihre Religion frei ausüben, ebenso ihre Geschäfte. Da die Araber große Gelehrte waren, hatten einige hohe Ämter bei Hof. Arabische Worte drangen immer mehr in die Alltagssprache ein. So ›Admiral‹, von ›Amir‹ — unser ›Emir‹ — ›Befehlshaber‹, und ›ar-raḥl‹, ›Transport‹. Es wird zum Titel des Führers der Flotte. Unter Quereinfluß des lateinischen ›admirae‹ — ›bewundern‹ — sollte es im sechzehnten Jahrhundert zum französischen ›admiral‹ und bald zu einem international geläufigen militärischen Rang werden.

Die griechische Bevölkerung, orthodoxe Christen, genoß ebensoviel Toleranz, auch die Juden. Sie lebten in der Stadt Seite an Seite, tauschten Waren und Ideen aus, formten Partnerschaften und ließen sich auf gewagte Geschäfte ein, da sie sicher sein konnten, der Gewinn würde ihnen gehören. Das alles führte zu großem Reichtum und kultureller Hochblüte, einer Renaissance im Kleinformat, dem Embryo einer neuen Zivilisation.

Sie würde zwar nur ein halbes Dutzend Generationen überdauern, doch ihr Vermächtnis würde die Zukunft dauerhaft beeinflussen. Das besagte jedenfalls die Datenbank der Patrouille. Dort stand aber auch, daß König Roger II. noch zwanzig Jahre zu leben hatte und Sizilien erst richtig zur Blüte bringen würde. Jetzt aber lag Roger in dem Grab, in das seine Feinde ihn geworfen hatten.

Palermo kam in Sicht. Die prächtigsten Gebäude späterer Zeit waren noch nicht da; aber viele Kuppeln glänzten hinter den Mauern. Sie waren mit Mosaiken oder Blattgold geschmückt und zahlreicher als die Türme katholischer Kirchen. Everard konnte das Stadttor passieren, ohne daß ihm jemand Fragen stellte. Es war bewacht, stand aber offen. Die Straßen glichen einem Kaleidoskop aus Menschen, Stimmen und Geräuschen — waren aber sauberer und rochen viel weniger schlimm als in jeder anderen mittelalterlichen Stadt Europas. Obwohl die Segelsaison vorbei war, lagen viele Boote in der Bucht, die als Hafen diente. Kriegsgaleeren, Handelskoggen mit hohem Aufbau, schlanke Lateinsegler — alle Schiffstypen des Mittelmeeres und des Nordens. Nicht alle waren für den Winter stillgelegt. Bei einigen herrschte rege Tätigkeit. Alle möglichen Waren wurden ein- und ausgeladen und in die Lagerhäuser geschafft. In allen Geschäften der Stadt ging es lebhaft zu.

Everard folgte der Karte, die er auswendig gelernt

hatte. So bahnte er sich seinen Weg durch die Menge. Das war gar nicht so leicht. An körperlicher Stärke fehlte es ihm nicht; aber am Temperament, im Vergleich zu den Einheimischen. Außerdem wollte er keinen Ärger. Aber — verdammt noch mal — er hatte Durst und Hunger! Die Sonne senkte sich schon auf die Berge im Westen, die Schatten in den Gassen wurden länger. Er hatte schon viele Meilen zurückgelegt.

Ein beladenes Kamel zwängte sich durch die Gasse. Sklaven trugen eine Sänfte. Der Mann war sicher ein hohes Tier in seiner Zunft und die Frau daneben eine kostspielige Kurtisane. Mehrere Hausfrauen auf dem Heimweg vom Markt schauten neugierig. Sie trugen Körbe auf dem Kopf, kleine Kinder klammerten sich an die Röcke. Ein jüdischer Teppichhändler saß im Schneidersitz in seiner Bude. Als ein Rabbi vorbeikam, stellte er sein Marktgeschrei kurz ein, um den graubärtigen Mann und seine beide Schüler, die Schriftrollen trugen, ehrerbietig zu grüßen. Aus einer finsteren Taverne erklangen laute griechische Lieder. Ein sarazenischer Töpfer hatte seinen Karren abgestellt und sich auf den Boden geworfen. Wahrscheinlich hielt er eine der fünf Gebetszeiten für gekommen. Ein kräftiger Handwerker schleppte sein Werkzeug. Vor jeder Kirche flehten Bettler die Kirchgänger an. Auf einem Platz spielte ein junger Mann die Harfe und sang dazu. Die Zuhörer warfen ihm Münzen vor die Füße. Everard hielt ihn nicht für einen echten Troubadour, obwohl er in der *langue d'oc* der Provence sang. Wahrscheinlich hatte er im Süden Frankreichs seine Kunst erlernt.

Everard ging weiter.

Sein Ziel war in Al-Qassr, nahe der neuntorigen inneren Mauer, die den Marktdistrikt und die *souks* einschloß. Als er bei der großen Freitagsmoschee vorbei war, sah er das Haus im maurischen Stil, das in ein Geschäftshaus umgewandelt worden war. Wie üblich, wohnten der Besitzer und seine Leute auch dort. Die

Tür zu einem größeren Raum stand offen. Drinnen waren herrliche Seidenballen mit kostbaren Stickereien auf Tischen ausgebreitet. Weiter hinten saßen Gesellen und Lehrlinge und stickten oder rollten Ballen auf. Sie waren nicht in großer Eile. Der Mensch des Mittelalters arbeitete einen langen Tag, aber nicht in Hetze. Er genoß auch mehr freie Zeit als sein Nachkomme im zwanzigsten Jahrhundert, weil es damals noch viel mehr Feiertage gab.

Die Augen richteten sich auf den Fremden. »Ich suche Meister Geoffrey von Jovigny«, erklärte Everard in normannischem Französisch.

Ein kleiner Mann mit sandfarbenem Haar und einem reich geschmückten Gewand trat auf ihn zu. »Das bin ich. Wie kann ich Euch dienen?« — Er stockte — »Guter Herr?«

»Ich muß mit Euch allein sprechen«, antwortete Everard.

Volstrup kapierte sofort. Er hatte eine Nachricht aus der Nachzeit empfangen, die ihm den Besuch eines Agenten ankündigte. »Gewiß doch. Folgt mir, bitte.«

Im oberen Raum, wo der Schrank mit dem Computer und Kommunikator war, gestand Everard, daß er halb verhungert sei. Volstrup ging hinaus und versprach, daß sofort ein Imbiß gebracht würde. Seine Frau kam selbst mit einem Tablett, auf dem Brot, Ziegenkäse, Oliven, eingelegter Fisch, getrocknete Feigen, Datteln, Wein und Wasser waren. Kaum hatte sie den Raum verlassen, griff der Patrouillenmann wie ein Kreuzritter an. Inzwischen hatte er seinem Gastgeber schon berichtet, was passiert war.

»Verstehe«, sagte Volstrup. »Was planen Sie als nächstes?«

»Das hängt davon ab, was ich hier erfahre«, antwortete Everard. »Ich möchte mich erst eine Zeitlang mit dieser Epoche vertraut machen. Sie sind zweifellos schon so eingewöhnt, daß Sie nicht mehr wissen, welche Nachteile es bringt, nicht all die Kleinigkeiten des täglichen Lebens zu kennen, die nicht in die Datenbasen aufgenommen sind — diese nervenzerfetzenden, kleinen Überraschungen ...«

Volstrup lächelte. »Ach, ich erinnere mich noch gut an meine erste Zeit. Ganz gleich, wieviel ich gelernt und geübt hatte, als ich dies Land betrat, war mir alles schrecklich fremd.«

»Offensichtlich haben Sie sich glänzend eingewöhnt.«

»Ich hatte natürlich die Unterstützung der Patrouille. Allein hätte ich mich nie so einrichten können.«

»Wenn ich mich recht erinnere, kamen Sie hier als ein Mann aus der Normandie an, als jüngerer Sohn eines Kaufmanns, der sein eigenes Geschäft gründen wollte und über etwas Kapital aus einer Erbschaft verfügte. Stimmt's?«

Volstrup nickte. »Ja, aber die Schwierigkeiten, die Organisationen, mit denen ich hier zu tun hatte, offizielle, kirchliche und private — und die Landessitten! Ich dachte, daß ich aus meiner Jugend eigentlich viel über das Mittelalter wußte. Aber ich hatte mich geirrt. Ich hatte ja nie in ihm gelebt.«

»Das ist die normale Reaktion.« Everard ließ sich Zeit mit der Bekanntschaft, damit sein Gegenüber sich wohl fühlte. Das würde später die Operation beschleunigen. »Sie stammen doch aus dem Dänemark des neunzehnten Jahrhunderts, oder?«

»Ich wurde 1864 in Kopenhagen geboren.« Everard hatte bereits intuitiv gespürt, daß Volstrup nicht der genußfreudige Däne war, wie man ihn aus dem zwanzigsten Jahrhundert kannte. Seine Manieren waren formell, beinahe steif. Er wirkte sehr bieder und überaus redlich. Dennoch mußte der Psychotest ergeben haben, daß auch ein Abenteurer in ihm steckte, sonst hätte die Patrouille ihn nie aufgenommen. »Während meiner Studentenjahre wurde ich rastlos, nahm mir zwei Jahre frei und stromerte als wandernder Handwerker durch Europa. Das war bei Handwerksburschen akzeptiert. Zurückgekehrt, nahm ich meine Studien wieder auf. Mein Schwerpunkt war die Geschichte der Normannen. Meine höchsten Hoffnungen waren, irgendwo mal als Professor zu enden. Doch kurz nach meinem Magisterabschluß trat die Patrouille an mich heran und akzeptierte mich.« Volstrup schüttelte sich. »Aber ich bin völlig unwichtig. Wichtig ist, was geschehen ist.«

»Wie hat Ihr Interesse für diese Periode angefangen?«

Volstrup lächelte. »Romantische Begeisterung. Ich bin ein Vertreter der spätromantischen Epoche des Nordens. Viele Skandinavier, die sich in der Normandie niederließen, waren keine Norweger, wie die *Heimskringla* behauptet. Aufgrund von Personen- und Ortsnamen weiß man, daß viele aus Dänemark kamen. Danach zogen sie aus und eroberten die Küsten von den Britischen Inseln bis ins Heilige Land.«

»Verstehe.« Everard schwieg kurz und rief sich die wichtigsten Fakten ins Gedächtnis.

Robert Guiscard und sein Bruder Roger erreichten mit anderen Verwandten im vorigen Jahrhundert Süditalien. Einige Landsleute wohnten bereits dort, die gegen Byzanz und die Sarazenen gekämpft hatten. Das Land war in Aufruhr. Ergriff ein Ritter für eine Seite Partei, konnte dies Untergang oder großen Ruhm bedeuten. Robert wurde Fürst von Apulien, Roger Graf von Sizilien, mit der Unterstützung des Papstes, der ihm eine geweihte Petersfahne für den Kampf überließ und ihn durch eine Bulle zum päpstlichen Legaten auf der Insel machte. Damit hatte er auch innerhalb der Kirche beträchtlichen Einfluß.

Roger starb 1101. Seine älteren legitimen Söhne waren schon vor ihm tot. Damit fiel der Titel an ein achtjähriges Kind, Simon, von seiner letzten Frau Adelaide, die nur Halbitalienerin war. Als Regentin gelang es ihr, eine Revolte der Barone niederzuschlagen, so daß sie nach dem Tode Simons ihrem jüngeren Sohn Roger II. die uneingeschränkte Herrschaft übergeben konnte. Er kam 1122 an die Macht und ging daran, die Länder Süditaliens, die nach dem Tod Robert Guiscards abgefallen waren, wieder für das Haus der Hauteville zurückzuerobern. Dabei bekämpfte ihn Papst Honorius II., der unter keinen Umständen einen starken, ehrgeizigen Herrscher in unmittelbarer Nachbarschaft der päpstlichen Ländereien wollte. Weiterhin mußte er gegen seine rivalisierenden Verwandten kämpfen, Robert II. von Capua und Rainulf von Avellino, seinen Schwager. Auch machten sich bei den Bewohnern des Festlands Ideen von städtischer Autonomie und republikanischer Regierung breit.

Papst Honorius rief sogar zu einem Kreuzzug gegen Roger auf. Allerdings mußte er einen Rückzieher machen, als die Streitmacht aus Normannen, Sarazenen und Griechen die Oberhand gewann. Ende 1129 erkannten Neapel, Capua und der Rest Roger als ihren Herzog an.

Um seine Position zu festigen, brauchte er den Königstitel. Honorius starb Anfang 1130. Schon wenige Stunden später wählten die ihm nahestehenden Kardinäle einen Papst, der den Namen Innozenz II. annahm. Doch wie schon mehrmals vorher und auch nachher, kam es zum Schisma. Andere Kardinäle, unterstützt von Mitgliedern des Adels und der Bürgerschaft Roms, wählten den Gegenpapst Anaklet II., der Rom für sich unterwarf. Innozenz floh nach Frankreich. Roger stand auf der Seite Anaklets, wofür ihn der Papst zum König erhob. Damit lautete Rogers Titel ›König von Sizilien, dem Herzogtum Apulien und dem Fürstentum Benevent‹.

Kriege folgten. Der Abt des Zisterzienserklosters Clairvaux, der heilige Bernhard, stellte sich voll auf die Seite Innozenz' und gegen den ›halbheidnischen König‹. Ludwig VI. von Frankreich, Heinrich I. von England und Lothar, der Kaiser des Heiligen Römischen Reiches, unterstützten ebenfalls Innozenz. Unter der Führung Rainulfs brach in Unteritalien wieder Aufruhr aus. Das Kriegsglück war mal der einen, mal der anderen Seite hold.

1134 schien Roger endgültig den Sieg davonzutragen. Die Aussicht auf ein mächtiges Normannenreich alarmierte selbst den Kaiser in Byzanz, der nun seine Hilfe gegen Roger gewährte, ebenso wie die Stadtstaaten Pisa und Genua. Im Februar 1137 hatte sich der König von Sizilien einer furchtbaren deutschen Invasion Kaiser Lothars und Papst Innozenz' zu erwehren, der sich auch Rainulf und seine Aufständischen anschlossen. Im August setzten Kaiser und Papst Rainulf als Herzog von Apulien ein, und der Kaiser machte sich auf den Rückweg.

Doch Roger war unbezwingbar. Er plünderte Capua und zwang Neapel, ihn als Herrn anzuerkennen. Und dann traf er Ende Oktober in Rignano auf Rainulf …

»Sie scheinen sich hier aber recht gut eingelebt zu haben«, bemerkte Everard.

»Inzwischen gefällt es mir hier«, sagte Volstrup ruhig. »Nicht alles, nein. Vieles ist scheußlich. Aber das trifft wohl auf jedes Zeitalter zu, oder? Wenn ich die ganzen Jahre in die Zukunft überblicke, sehe ich viele Schrecken, vor denen wir Viktorianer unsere Augen verschlossen. Die Menschen hier sind auf ihre Art wunderbar. Ich habe eine gute Frau, prächtige Kinder.« Schmerz zuckte über sein Gesicht. Er konnte sich seiner Familie nie anvertrauen. Er mußte zusehen, wie seine Liebsten alt wurden und schließlich starben — wenn sie vorher nicht Schlimmerem anheimfielen. Ein Patrouillenmann blickte nie in seine eigene Zukunft oder die seiner Lieben. »Es ist faszinierend, die Entwicklung zu beobachten. Ich werde das Goldene Zeitalter des normannischen Siziliens erleben.« Er stockte und schluckte. »Wenn wir die Katastrophe korrigieren können.«

»Richtig.« Everard fand, daß es am freundlichsten sein würde, direkt aufs Geschäft zu kommen. »Haben Sie seit der ersten Meldung noch etwas gehört?«

»Ja, aber ich habe es noch nicht weitergegeben, weil es unvollständig ist. Ich wollte erst das komplette Bild haben.« Das war zwar ein Fehler, aber Everard wollte diesen Punkt nicht vertiefen. »Ich hatte nicht erwartet, daß ein ... Unabhängiger Agent ... so schnell ...«

Volstrup richtete sich auf und zwang seine Stimme zu Festigkeit. »Ein Haufen von Rogers Männern konnten vom Schlachtfeld entkommen und sich nach Reggio durchschlagen. Sie nahmen ein Boot und kamen hierher. Ihr Offizier hat im Palast Meldung erstattet. Selbstverständlich habe ich unter den Dienern einige bezahlte Spitzel.

Er berichtete, daß Rainulfs totaler Sieg, der Tod des Königs und des Prinzen einem jungen Ritter aus Anagni zu verdanken sei, einem Lorenzo de Conti. Aber dies ist natürlich nur ein Gerücht, das die Männer auch Stück für Stück auf der Flucht durch ein Land voll Aufruhr aufschnappten. Die Leute haßten Rogers Mannen. Daher kann die Meldung auch wertlos sein.«

Everard rieb sich das bärtige Kinn. »Nun, man muß die Sache näher betrachten«, sagte er. »Ein Körnchen Wahrheit ist wohl dabei. Ich muß den Offizier aushorchen. Können Sie das irgendwie arrangieren, so daß es nicht auffällt? Und dann falls dieser Lorenzo wirklich die Schlüsselgestalt sein sollte ...«

Wieder kribbelte die Jagdlust an seiner Wirbelsäule empor, bis in die Haarspitzen. »Ja, dann werde ich ihn aufs Korn nehmen.«

1138_α n. Chr.

Ein Reiter ritt an einem kühlen Herbsttag den steilen Weg nach Anagni empor, das etwas über vierzig Meilen von Rom entfernt lag. Die Leute starrten ungläubig hinterher, denn Roß und Reiter waren ungewöhnlich groß. Er trug keine Rüstung, hatte aber Schwert und Schild bei sich, was ihn als Ritter auswies. An einem Strick führte er ein Packmuli. Sonst war er allein. Er begrüßte die Wachen am Stadttor in rauher toskanischer Mundart. Respektvoll erwiderten sie seinen Gruß und erklärten ihm bereitwillig den Weg zu einer ordentlichen Herberge. Dort ließ er sein Gepäck abladen und die Tiere versorgen und in den Stall bringen. Er trank einen Krug Ale und plauderte mit dem Wirt. Da er aufgeschlossen war, erfuhr er schnell, was er wissen wollte. Dann gab er einem Jungen eine Münze und schickte ihn mit einer Nachricht los: »Herr Manfred von Einbeck aus Sachsen entbietet seinen Respekt dem Signore Lorenzo de Conti und würde sich glücklich schätzen, wenn dieser ihn empfangen würde.«

Im neunzehnten und zwanzigsten Jahrhundert braute man, wie Manse Everard sich erinnerte, in Einbeck ein vorzügliches Bier. Daher verwendete er diesen Namen, um sich ein wenig aufzuheitern, und nicht nur stumme Klageschreie an seine Geister auszustoßen.

Er benutzte die Anreden ›*Signore*‹ und ›*Herr*‹. Sie waren damals noch nicht die Standesbezeichnungen wie später, als das Rittertum zur vollen Blüte gelangt war. Jetzt bezeichneten sie lediglich einen kriegerischen Mann von edler Geburt. Das reichte.

Der Junge kehrte mit der Einladung, sofort zu kommen, zurück. Fremde waren immer willkommen, da sie

Neuigkeiten mitbrachten. Everard zog ein Gewand an, dem ein Patrouillentechniker ein abgetragenes Aussehen verliehen hatte, und begleitete seinen Führer zu Fuß. Die Straßen waren recht sauber, da ein kräftiger Regen sie gewaschen hatte. Es waren enge, steile Gassen zwischen Häusern, deren oberes Stockwerk in die Straße hineingebaut war, so daß nur ein schmaler Streifen des Himmels sichtbar war. Jetzt leuchtete er goldrot über der Kathedrale, die sich auf dem Gipfel des Berges erhob.

Everards Ziel lag weiter unten, wo der Palazzo Civico mit den Arkaden aus dem Berg hervorragte. Die Conti und die Gaitani waren die ersten Familien in Agnani und hatten seit Jahrhunderten an Einfluß gewonnen. Lorenzos Villa war groß und aus Kalkstein gebaut, der jetzt noch von der Zeit unversehrt war, aber schließlich vergehen würde. Eine zierliche Säulengalerie und Fenster mit Glas lockerten den Bau optisch auf. Diener in blaugelber Livree, alle Italiener, alle Christen, zeigten Everard, wie weit er sich geistig, wenn auch nicht in Meilen, von Sizilien entfernt hatte. Ein Diener führte ihn durch Korridore und Räume, die ziemlich karg eingerichtet waren. Lorenzo war ein jüngerer Sohn, reich nur an Ehren. Er war nicht verheiratet und wohnte hier, weil er sich Rom nicht leisten konnte. Obwohl die Ewige Stadt ziemlich heruntergekommen war, besaßen die reichen adligen Großgrundbesitzer dort festungsähnliche Paläste. Sie besuchten ihre Liegenschaften, auch die päpstlichen Ländereien, nur gelegentlich.

Lorenzo bewohnte zwei ineinandergehende Zimmer nach hinten, weil diese leichter zu heizen waren als die großen Räume. Everards erstes Gefühl beim Eintreten war das von Lebendigkeit. Obwohl er ruhig dasaß, strahlte dieser Mann ungeheure Energie aus. Er stand auf, wie sich vielleicht ein Panther erhoben hätte. Auf seinem Gesicht wechselten die Ausdrücke wie Sonnenglitzern auf Wellen, wenn eine Brise wehte. Er hatte ein scharfes, beinahe klassisches Gesicht mit großen goldbraunen Augen, die ständig ihre Farbe zu ändern schienen. Er wirkte älter als seine vierundzwanzig Jahre und gleichzeitig alterslos. Welliges schwarzes Haar fiel ihm auf die Schultern, Bart und Schnurrbart waren spitz getrimmt. Er war für sein Zeitalter groß, schlank, aber breitschultrig. Seine Kleidung war nicht die für einen Adligen übliche im Haus, sondern er trug Hemd, Tunika, Beinkleider, als wolle er jederzeit aufbruchsbereit sein.

Everard stellte sich vor. »Seid willkommen in diesem Hause im Namen Christi, mein Herr.« Lorenzo hatte eine wunderschöne Baritonstimme. »Ihr erweist uns große Ehre.«

»Die Ehre ist ganz meinerseits, Signore. Ich danke für Eure übergroße Liebenswürdigkeit«, antwortete Everard ebenso höflich.

Ein Lächeln. So gute Zähne waren damals sehr selten. »Laßt uns offen sprechen, ja? Ich habe größte Lust auf Geschichten von Reisen und Kämpfen. Ihr auch? Kommt, macht es Euch bequem.«

Eine vollbusige junge Frau, die ihre Hände in die Nähe des Kohlebeckens gehalten hatte, das die Kälte etwas milderte, nahm Everards Umhang und goß unvermischten Wein aus einem Krug in Gläser. Dazu brachte sie noch Süßigkeiten und geschälte Nüsse. Auf eine Handbewegung Lorenzos hin beugte sie die Knie, neigte den Kopf und zog sich in den anschließenden Raum zurück. Everard bemerkte dort ein Kinderbett. Dann schloß sie die Tür.

»Sie muß bleiben«, erklärte Lorenzo. »Das kleine Kind ist nicht gesund.« Offensichtlich war sie seine derzeitige Geliebte, ein Bauernmädchen aus der Nachbarschaft, und sie hatte Lorenzo vor kurzem ein Kind geschenkt. Everard nickte, ohne der Hoffnung Ausdruck zu verleihen, das Kind möge bald wieder gesund sein. Die Chancen standen schlecht. Die Menschen investierten nicht viel Liebe in ein Kind, bis es das erste oder zweite Jahr überlebt hatte.

Dann setzten sich die Männer gegenüber an den Tisch. Das Tageslicht nahm bereits ab; aber drei Messinglampen spendeten etwas Helligkeit. In ihrem düsteren Schein wurden die Krieger auf dem Wandfresco hinter Lorenzo — eine Szene aus der *Ilias* oder *Aeneis*, vermutete Everard — fast lebendig. »Ihr habt eine Pilgerfahrt unternommen, wie ich sehe«, sagte Lorenzo. Everard trug das Kreuz eines Pilgers, der vom Heiligen Land mit einem Palmzweig zurückkehrt, betont offen.

»Ja, ins Heilige Land, um Vergebung für meine Sünden zu erlangen«, antwortete der Patrouillenmann.

Begeisterung flammte auf. »Und wie steht's ums Königreich dort? Wir hörten schlimme Neuigkeiten.«

»Die Christen halten noch aus.« Das würden sie noch weitere neunundvierzig Jahre tun, bis Saladin Jerusalem zurückeroberte ... wenn nicht auch dieser Teil der Geschichte in die falsche Richtung gelaufen war. Eine Sturzflut von Fragen ergoß sich über Everard. Er hatte sich gut vorbereitet; aber manche waren sehr listig. In mehreren Fällen konnte er schlecht Nichtwissen zugeben. Da erfand er einigermaßen plausible Antworten.

»O Leib Christi! Ich wünschte, ich wäre dort!« rief Lorenzo. »Nun, eines Tages, so Gott will. Zuerst habe ich eine Riesenmenge in der Heimat zu erledigen.«

»Wo immer ich auf meinem Weg durch Italien anhielt, hörte ich, wie tapfer Ihr gekämpft habt«, sagte Everard. »Letztes Jahr ...«

Lorenzo wehrte ab. »Gott und der heilige Georg halfen unserer Sache. Wir haben es beinahe geschafft, die Sizilianer zu verjagen. Ihr neuer König, dieser Alfonso, ist ein kühner Schurke; aber ihm fehlen die List und die Fähigkeiten seines Vaters. Wir werden ihn auch bald zurück auf seine Insel treiben, das schwöre ich, und den Kreuzzug beenden. Doch im Augenblick ist kaum etwas los. Herzog Rainulf möchte seine Herrschaft in Apulien, Campanien und was wir von Calabrien eroberten, sichern, ehe er weitermacht. Daher bin ich hierher zurückgekehrt und gähne, bis mir die Kiefer weh tun. Mann, wie schön, daß Ihr hergekommen seid! Erzählt mir von ...«

Zwangsweise berichtete Everard über Herrn Manfreds Abenteuer. Der wirklich köstliche Wein löste seine Zunge, beruhigte seine Ungeduld und verlieh ihm Erfindungsreichtum beim Ausschmücken von Einzelheiten. Nachdem Manfred pflichtgetreu die heiligen Stätten besucht und im Jordan gebadet hatte und so weiter ... hatte er sich ein paar kleine Kämpfe mit den Sarazenen gegönnt, sich dem Trunk ergeben und auch den losen Weibern. Dann war er an Bord eines Schiffes gegangen, welches ihn in Richtung Heimat brachte und in Brindisi landete. Von dort ging es hoch zu Roß weiter. Ein Diener war krank geworden und gestorben, ein anderer beim Kampf gegen Banditen gefallen. König Rogers rücksichtslose Kriegsführung hatte Jahr für Jahr mehr Menschen in Verzweiflung und Auswegslosigkeit gestürzt, so daß viele zu Räubern wurden.

»Ach, mit denen räumen wir auf«, erklärte Lorenzo. »Ich hatte vor, den Winter im Süden zu verbringen und sie aufzustöbern. Aber in dieser Jahreszeit gibt es nur wenige Reisende. Da ziehen sich diese Gesetzlosen in ihre Schlupfwinkel zurück und ... außerdem bin ich nicht darauf versessen, Henker zu spielen, wie nötig diese Aufgabe auch sein mag. Erzählt aber doch bitte weiter.«

Keiner hatte Manfred belästigt, was bei seiner Größe verständlich war. Er hatte vor, die Reliquien in Rom aufzusuchen und dort neue Diener zu mieten. Anagni war kein großer Umweg, und er wollte unbedingt den berühmten Signore Lorenzo de Conti sehen, dessen Taten letztes Jahr in Rignano ...

»O je, mein Freund. Ich fürchte, Ihr kehrt in eine üble

Situation zurück«, meinte der Italiener. »Überquert die Alpen nicht ohne starke Eskorte.«

»Ich habe derartige Gerüchte gehört. Könnt Ihr mir mehr darüber sagen?« fragte Herr Manfred ganz logisch.

»Ich nehme an, Ihr wißt, daß unser tapferer Verbündeter, Kaiser Lothar, im Dezember auf dem Heimweg starb«, erklärte Lorenzo. »Nun, seine Nachfolge ist umstritten. Jetzt liegen die Parteien in offener Fehde. Ich fürchte, daß es zu schweren Kämpfen kommt und das Reich noch viele Jahre leiden muß.«

Bis Friedrich Barbarossa endlich Ordnung schafft, wußte Everard. *Wenn die Geschichte denselben Kurs weiter in die Zukunft einschlägt.*

Lorenzos Züge hellten sich auf. »Ja, Ihr seht, daß die gerechte Sache ohne fremde Hilfe siegen wird«, fuhr er fort. »Jetzt, nachdem dieser gotteslästerliche Teufel Roger tot ist, zerfällt sein Reich vor uns wie eine Sandburg im Regen. Ich sehe es als ein Zeichen göttlicher Gnade an, daß sein Sohn ebenfalls mit ihm unterging. Er trug nicht nur den gleichen Namen, sondern wäre sicher ein ebenso fähiger Feind geworden. Alfonso, den sie zum Nachfolger gemacht haben — nun, von ihm habe ich schon gesprochen.«

»In der Tat — dies wurde ein berühmter Tag«, lockte Everard. »Und Ihr habt ihn dazu gemacht. Wie habe ich danach gedürstet, die Geschichte von Euren eigenen Lippen zu hören.«

Lorenzo lächelte, ließ sich aber von der Welle der Begeisterung weiterreißen. »Rainulf macht sich die südlichen Herzogtümer untertan — wie ich schon sagte. Dort zählt sonst niemand mehr viel. Und Rainulf ist ein getreuer Sohn der Kirche, dem Heiligen Vater loyal ergeben. In diesem Januar — habt Ihr das gehört? — starb der falsche Papst Anaklet. Nun kann niemand mehr Innozenz' Rechte bestreiten.« *In meiner Geschichte ließ Roger II. einen neuen Gegenpapst wählen, der aber nach wenigen Monaten abdankte. Dennoch hatte Roger die persönliche und politische Kraft, sich Innozenz zu widersetzen. Er nahm ihn sogar gefangen. In dieser Geschichte war Alfonso nicht mal in der Lage, einen schwachen Gegner zu besiegen.* »Der neue König Siziliens behauptet weiterhin, päpstlicher Legat zu sein; aber Innozenz hat diese Bulle als falsch erklärt und ruft zu einem neuen Kreuzzug gegen das Haus Hauteville auf. Wir werden es ins Meer jagen und die Insel zurück zu Christus führen.«

Zur Inquisition, wenn sie gegründet wird. Zur Verfolgung von Juden, Moslems und orthodoxen Christen. Zur Verbrennung von Ketzern.

Trotzdem schien Lorenzo am Standard seiner Epoche gemessen ein anständiger Kerl zu sein. Der Wein hatte ihn in Rage gebracht. Er sprang auf, lief wild gestikulierend auf und ab und sprach laut wie eine Trompete.

»Danach müssen wir unseren Brüdern in Spanien zu Hilfe kommen, den letzten Mauren von ihrer Erde verjagen. Wir müssen das Königreich Jerusalem für die Ewigkeit befestigen. Roger fing an, in Afrika Fuß zu fassen. Diese Eroberungen fallen bereits wieder ab; aber wir werden sie zurückerobern und noch mehr dazu. Auch dies war einst ein christliches Land, wie Ihr wißt. Das soll es wieder werden. Dann muß dieser ketzerische Kaiser in Konstantinopel erniedrigt und seinem Volk die wahre Kirche wiedergegeben werden. Oh, welch grenzenloser Ruhm ist zu erringen! Ich bekenne, daß ich sündiger Mensch mich danach verzehre, einen Namen wie … — Alexander der Große oder Caesar wage ich nicht —, aber wie Roland, Paladin Karls des Großen, zu gewinnen. Aber natürlich müssen wir an die Belohnung im Himmel denken, die höchste Belohnung für treue Dienste. Ich weiß, daß man diese nicht nur auf dem Schlachtfeld erwerben kann. Da gibt es überall die vielen Armen, die Trauernden und Bedrückten. Ihnen soll Trost, Gerechtigkeit und Frieden zuteil werden. Nur gib mir die Macht, ihnen all dies erteilen zu dürfen.«

Er beugte sich vor und packte Everards Schultern. Beinahe flehend fuhr er fort: »Bleibt bei uns, Manfred! Ich kann einen Mann sehr gut beurteilen. Ihr müßt die Stärke von zehn Kriegern haben. Geht nicht zurück in Eure hoffnungslose Heimat. Noch nicht. Ihr seid Sachse. Dann haltet Ihr doch gewiß zu Eurem Herzog, und dieser steht auf der Seite des Papstes. Ihr könnt hier viel mehr ausrichten und helfen. Karl der Große stammte aus Eurem Land, Manfred. Laßt uns bereit sein, Ritter eines neuen Karls des Großen zu sein!«

Eigentlich war Karl der Große ja Franke, erinnerte Everard sich, *der die Sachsen mit stalinistischer Gründlichkeit abschlachtete. Aber die Sage des Karolingers saß tief im Bewußtsein. Das* Rolandslied *würde zwar erst in einigen Jahren geschrieben werden, aber Volkslieder waren bereits im Umlauf. Lorenzo würde sie mit Wonne verschlingen. Ich habe es mit einem Romantiker zu tun, einem Träumer — der auch einer der beeindruckendsten Krieger ist, die ich kenne. Eine gefährliche Kombination. Ich kann beinahe einen Nimbus um diesen Kopf sehen.*

Der Gedanke brachte Everard zurück zu seinem Ziel. »Nun, darüber können wir ja sprechen«, sagte er vorsichtig. Bei seinem Körpergewicht spürte er den Wein weniger. Bei ihm wärmte der Alkohol nur etwas die Blutgefäße; aber sein durchtrainierter Verstand behielt die Kontrolle. »Ich möchte so gern von Euren Taten hören.«

Lorenzo lachte. »Oh, das werdet Ihr, mein Freund. Ich bin so stolz darauf, daß ich durch meine Schilderung jeden Zuhörer halb zum Wahnsinn treibe.« Er blieb mitten im Raum stehen. »Bleibt doch zum Nachtmahl.« Das würde ein leichter Imbiß sein, da man die Hauptmahlzeit mittags einnahm. Bei der schlechten Beleuchtung blieben die Leute abends selten lange auf. »Unmöglich, daß Ihr in dieser elenden Herberge bleibt.

Was müßt Ihr von meiner Gastfreundschaft denken? Ab sofort habt Ihr hier ein Bett, so lange Ihr wollt. Ich lasse Eure Tiere und das Gepäck herbringen.« Da seine Eltern in Rom waren, führte er hier offenbar das Kommando. Er setzte sich wieder und griff nach seinem Glas. »Morgen gehen wir auf die Falkenjagd. Da draußen im Wind können wir uns frei fühlen.«

»Ich freue mich darauf und bin Euch zu größtem Dank verpflichtet.« Ein Prickeln lief Everard durch und durch. *Jetzt ist der Moment gekommen, mein Glück zu versuchen.* »Ich hörte überaus erstaunliche Dinge. Besonders über Rignano. Man sagt, ein Heiliger sei Euch erschienen. Nur mit Hilfe eines Wunders hättet Ihr so durch die Feinde brechen können, wie Ihr es tatet.«

»Ha, die Leute reden, was ihnen gerade einfällt«, meinte Lorenzo verächtlich. »Geschwätz des gemeinen Volkes.« Schnell fügte er hinzu: »Natürlich hat nur Gott allein uns den Sieg verliehen. Ich habe auch keinen Zweifel, daß der heilige Georg und mein Namenspatron über mich wachten. Dafür stiftete ich ihnen viele Kerzen, und wenn ich über die Mittel verfüge, werde ich ihnen eine Abtei errichten.«

»Aber niemand sah ... etwas Übernatürliches ... an jenem Tag?« fragte er gespannt. *So würden mittelalterliche Menschen einen Zeitreisenden und seine Arbeit sehen.*

Lorenzo schüttelte den Kopf. »Nein. Ich habe nichts Derartiges gesehen und auch von keinem anderen Ritter so etwas gehört. Sicher wird man in einem solchen Kampf leicht verwirrt, ja, man ist fast wie im Delirium; aber Ihr wißt doch aufgrund eigener Erfahrungen, daß man Vorbehalte machen muß.«

»Und vorher geschah auch nichts Bemerkenswertes?«

Lorenzo warf Everard einen erstaunten Blick zu. »Nein. Falls Rogers Sarazenen es mit Zauberei versuchten, hat der Wille Gottes diese zunichte gemacht. Warum fragt Ihr so eindringlich?«

»Gerüchte«, antwortete Everard. »Ihr versteht, als Pilger hört man viel. Ich bin besonders an irgendwelchen Zeichen vom Himmel interessiert — oder von der Hölle.« Er nahm einen kräftigen Schluck und lächelte. »Aber hauptsächlich hätte ich gern als Soldat mehr gewußt. Schließlich war das keine gewöhnliche Schlacht.«

»Das nicht. Ehrlich gesagt, spürte ich die Hand Gottes auf mir, als ich zum erstenmal die Lanze senkte und das Pferd auf die Standarte des Prinzen zutrieb.« Lorenzo bekreuzigte sich. »Ansonsten war alles rein weltlich: Tumult, Kampf, kaum ein Moment, um sich umzusehen, ganz zu schweigen nachzudenken. Morgen werde ich Euch gern alles erzählen, was mir noch in Erinnerung geblieben ist.« Er lächelte. »Jetzt nicht. In diesem Haus kann keiner die Geschichte mehr hören. Ich würde auch lieber darüber sprechen, was wir als nächstes tun sollten.«

Ich werde fragen und jedes Detail aus ihm und allen anderen herausholen, ehe Herr Manfred zu seinem größten Bedauern fortreitet, weil die Pflicht ihn schließlich doch nach Sachsen ruft. Vielleicht stoße ich doch auf irgendeinen Hinweis, daß jemand aus der Zeit auftauchte und die Weichen anders stellte. Aber ich bezweifle es. Diese Erkenntnis traf ihn wie ein Eishauch.

1137 n. Chr.

30. Oktober (Julianischer Kalender)

Unter einem fahlen Himmel lagen die wenigen Häuschen, aus denen Rignano bestand. Sie klebten an der Straße, die von den Bergen im Westen nach Siponto an der Adria führte. Morgennebel hingen über den Stoppelfeldern und kahl werdenden Obstgärten, als die Sonne milchig über dem Horizont Nordapuliens aufging. Es war kalt und still. Banner hingen in den gegnerischen Feldlagern schlaff herab, die Zeltwände waren naß.

Nur etwa eine Meile kahler Erde, und die Straße trennte die Gegner. Rauch stieg gerade empor, aber nur aus ein paar Feuern. Langsam durchbrachen Waffengeklirr und Befehle zum Fertigmachen die Stille.

Tags zuvor hatten König Roger und Herzog Rainulf sich zu einem Gespräch getroffen. Kein geringerer als Bernhard, der Abt von Clairvaux, von der ganzen Nation verehrt, hatte sich bemüht, Blutvergießen zu verhindern. Aber Rainulf war aus Rache auf einen Kampf versessen, und Roger waren die Siege zu Kopf gestiegen. Außerdem stand Bernhard auf der Seite des Papstes Innozenz.

Heute würde es zur Schlacht kommen.

Der König trat in dunkler, glänzender Rüstung vor und schlug die Faust in die Handfläche. »Auf und los!« rief er jubelnd. Seine Stimme klang wie Löwengebrüll. Löwenähnlich waren auch die schwarzbärtigen Züge. Nur die Augen waren wikingerblau. Er schaute auf den Mann, der das Zelt mit ihm geteilt und ihm die Stunden, nachdem der Angriffsplan festgelegt war, mit Erzählungen verkürzt hatte, ehe sie eingeschlafen waren.

»Was, an einem Tag wie heute eine finstere Miene?« fragte er jovial. »Ich würde denken, ein Dschinn wie Ihr ... — habt Ihr Angst, der Priester dort drüben steckt Euch zurück in die Flasche?«

Manson Everard zwang sich ein Lächeln ab. »Zumindest wäre es eine christliche Flasche mit etwas Wein darin.« Der Scherz klang hart.

Roger musterte ihn nochmals. Obwohl der König groß war, überragte ihn sein Gefährte. Aber das war nicht das einzig Seltsame an diesem Burschen.

Seine Geschichte klang durchaus glaubwürdig. Als Bastard eines anglo-normannischen Ritters hatte Manson Everard vor einem Jahr England verlassen, um sein Glück zu suchen. Wie viele seiner Landsleute war er in die Warägergarde des Kaisers von Konstantinopel eingetreten, hatte gegen die barbarischen Petschenegen* gekämpft, aber als Katholik gezögert, als die Byzantiner in die Ländereien der Kreuzritter einfielen. Nach seiner Entlassung aus der Garde war er mit einem schönen Batzen Geld und guter Beute nach Westen gezogen, bis er nicht weit von hier in Bari landete. Eine Zeitlang genoß er sein Leben. Tankred, König Rogers dritter Sohn, war Prinz der Stadt. So hörte Manson Everard viel über Roger. Als der König die Rebellen von Campania und Neapel erledigt hatte und den Apennin überquerte, zog Manson ihm und seinem Heer entgegen und bot sein Schwert an.

Das taten viele Abenteurer; aber Manson erregte die Aufmerksamkeit Rogers nicht nur durch seine Größe. Er konnte viel erzählen, vor allem über das Ostreich. Vor einem halben Jahrhundert hätte Rogers Onkel, Robert Guiskard, beinahe Konstantinopel eingenommen.

---

* Petschenegen = türkisches Nomadenvolk, das, um 800 aus seinen Wohnsitzen zwischen Don und Ural vertrieben, seinerseits die Magyaren ins heutige Ungarn drängte und das Gebiet zwischen Siebenbürgen und Don beherrschte. In Kämpfen gegen Byzanz aufgerieben.

Nur knapp konnten die Griechen und ihre venezianischen Verbündeten dies verhindern. Das Haus von Hauteville hegte im stillen immer noch einen gewissen Ehrgeiz — wie auch andere im westlichen Europa.

Doch gab es seltsame Lücken in Mansons Berichten. Ihn umgab auch eine gewisse Düsterkeit, als würde eine verborgene Sünde oder ein geheimer Kummer ständig an ihm nagen.

»Nun denn!« entschied Roger. »Laßt uns die Ernte einbringen. Wollt Ihr an meiner Seite reiten?«

»Mit Eurer gütigen Erlaubnis, Sire, ich glaube, daß ich unter Eurem Sohn, dem Herzog von Apulien, noch besser dienen könnte«, antwortete der fahrende Ritter.

»Wie Ihr wollt. Geht!« Der König wendete seine Aufmerksamkeit anderen Dingen zu.

Everard bahnte sich einen Weg durch den Heerhaufen. Ungeachtet des päpstlichen Bannes hatten alle bei Morgengrauen gebetet. Jetzt hörte man Fluchen, Befehle und Witze in einem halben Dutzend Sprachen. Standartenträger schwenkten ihre Banner, um Standorte zu markieren. Männer in Rüstungen drängten sich mit hocherhobenen Piken und Streitäxten durch. Bogenschützen und Schleuderer machten ihnen Platz. Noch waren Bogenschützen nicht die Elite der Fußtruppen. Pferde wieherten, Rüstungen blitzten, Lanzen wippten wie Rohr im Sturm. Es gab Normannen, einheimische Sizilianer, Lombarden und andere Italiener, Franzosen und rauhe Kerle aus ganz Europa. Mit wehenden, weißen Gewändern über der Rüstung warteten stumm die gefürchteten Sarazenen. Man spürte, wie sie vor Wildheit bebten.

Manson und die beiden Diener, die er in Bari gemietet hatte, waren außerhalb des Lagers gewesen, bis der König ihn nach den Verhandlungen hatte rufen lassen. In der Stadt hatte er auch — das glaubten jedenfalls alle — das Packpferd und seinen Hengst gekauft. Der große Berberhengst warf den Kopf hoch, wieherte und scharrte angriffslustig mit den Hufen. »Schnell, helft mir mit der Rüstung«, befahl er den Dienern.

»Mußt du wirklich hin?« fragte Jack Hall. »Verdammt riskant, wenn du mich fragst. Schlimmer als in den Indianerkriegen.« Er blickte nach oben. Unsichtbar hingen dort die Zeitmobile. Ihre Fahrer beobachteten das Schlachtfeld durch Instrumente, mit denen sie die Schweißperlen auf den Gesichtern zählen konnten. »Kann man nicht diesen *hombre,* hinter dem du her bist, stillschweigend rausholen — so mit einer Betäubungswaffe von oben?«

»Nun, mach schon!« fuhr Everard ihn an. »Das ist doch unmöglich, du Idiot! Wir steuern jetzt schon zu verdammt eng am Wind.«

Hall wurde rot. Everard tat es leid, den Kameraden so unfair angefahren zu haben. Man konnte von einem einfachen Agenten nicht erwarten, daß er die Krisentheorie schlagartig kapierte. Dieser Mann war bis 1875 Cowboy gewesen, ehe die Patrouille ihn geholt hatte. Wie der Großteil des Personals arbeitete er in seiner gewohnten Umgebung, in seiner eigenen Persona unter Menschen, die ihn kannten. Sein geheimes Ich arbeitete als Kontakt für Zeitreisende, als Informant, Führer oder Polizist, je nachdem, was gerade gebraucht wurde. Sollte etwas wirklich Unerwartetes passieren, sollte er qualifizierte Hilfe rufen. Er hatte rein zufällig im Pleistozän Urlaub mit Jagd auf Wild und Mädchen gemacht, als Everard dort war, und er verstand viel von Pferden.

»Tut mir leid«, entschuldigte Everard sich. »Aber ich bin in Eile. Die Kampfhandlungen beginnen in weniger als einer halben Stunde.« Aufgrund der Informationen, die er aus Agnani geliefert hatte, konnte die Patrouille ›schon jetzt‹ den fatal falschen Kurs aufzeichnen, den die Schlacht genommen hatte. Jetzt wollte er versuchen, diesen Kurs zurückzudrehen.

Jean-Louis Broussard machte sich an die Arbeit. Inzwischen erklärte er: »Mein Freund, was wir hier tun, ist gefährlich genug. Würden die Menschen ein offenes Wunder erleben, das in keiner Geschichte aufgezeichnet ist, weder in unserer noch in dieser elenden hier — das wäre ein neuer Faktor, der die Ereignisse noch schlimmer verdrehen würde.« Er war eher ein Gelehrter. Im vierundzwanzigsten Jahrhundert in Frankreich geboren, arbeitete er jedoch im zehnten dort, aber als Beobachter, nicht als Macher. So viele Informationen gingen verloren, wenn niemand sie in dieser Zeit aufzeichnete oder falsch aufzeichnete. Zudem verschimmelten, verbrannten oder verschwanden Bücher am falschen Ort. Wenn die Patrouille den Zeitstrom bewachen sollte, mußte sie auch wissen, was sie bewachte. Daher waren die Feldforscher für sie ebenso wichtig wie die Polizisten.

Wie Wanda. »Beeil dich, verdammt noch mal!« *Schieb sie beiseite. Denk nicht an sie — nicht jetzt!*

Hall beschäftigte sich mit dem Hengst. »Aber ich finde trotzdem, daß du viel zu wertvoll bist, um dich ins Getümmel zu stürzen«, beharrte er. »Das wäre, als würde man Robert E. Lee in die Frontreihe stellen.«

Everard antwortete nicht laut. *Ich habe darauf bestanden, sogar meinen Rang herausgekehrt. Frag mich nicht, warum; aber ich muß diesen Schlag selbst führen.*

»Wir haben unseren Teil, du und ich«, mahnte Broussard Hall. »Wir sind die Reserve hier auf dem Boden, falls etwas schiefläuft.« Er ließ die Tatsache unausgesprochen, daß in diesem Fall der Kausalitätsstrudel unrettbar groß sein würde.

Everard hatte in Hemd und Hosen geschlafen. Darüber trug er eine wattierte Jacke, eine dicke Haube und Stiefel mit Sporen. Die Rüstung glitt leicht über den Kopf. Sie reichte bis zu den Knien, war im Schritt geteilt, damit er reiten konnte. Getragen fühlte sie sich leichter an, als man gedacht hätte. Das Gewicht war gut verteilt. Der Spangenhelm hatte eine Nasenschiene. Schwertgurt und Dolch zur Rechten vervollständigten die Ausrüstung, die eine Patrouillenwerkstatt nach seinen Angaben gefertigt hatte. Er hatte auch nur wenig trainieren müssen, da er schon seit langem alle möglichen Kampftechniken erlernt hatte.

Everard setzte einen Fuß in den Steigbügel und stieg auf. Idealerweise wurde ein Schlachtroß von klein auf für seinen Herrn erzogen. Dieser Hengst war aber ein Patrouillentier und intelligenter als seine Artgenossen. Broussard reichte ihm den Schild. Er schob den linken Arm durch die Gurte, ehe er die Zügel aufnahm. Heraldik war noch nicht entwickelt; aber manchmal benutzten Ritter Symbole. In einem Anfall von Verlorenheit hatte Everard einen Phantasievogel aufmalen lassen — einen Truthahn. Hall reichte ihm die Lanze. Sie ließ sich leichter handhaben, als man bei der Länge vermutet hätte. Er hob den Daumen als Siegeszeichen und ritt davon.

Das Durcheinander im Lager nahm ab, als sich die Abteilungen formierten. Das Banner des jüngeren Roger wehte farbenfroh an der Spitze des Heeres. Getragen wurde es von einem adligen Großgrundbesitzer. Der Prinz sollte den ersten Angriff durchführen.

Everard ritt zu ihm und hob die Lanze als eine Art Salut. »Heil, mein Prinz«, rief er. »Der König befahl mir, mit Euch an der Spitze zu reiten. Ich halte es für das Beste, wenn ich außen links reite.«

Der Prinz nickte ungeduldig. Kampfeslust loderte in ihm. Trotz seiner neunzehn Jahre war er bereits als brillanter und kühner Krieger berühmt. In der Geschichte der Patrouille würde sich sein Tod elf Jahre später auf einem anderen Schlachtfeld für das Königtum verhängnisvoll erweisen, weil er der fähigste Sohn Rogers II. war. Aber in *dieser* Geschichte war heute der Todestag dieses prächtigen jungen Mannes.

»Wie Ihr wollt, Manson«, sagte er. Dann lachte er. »Das sollte dort für Ruhe sorgen!« Kommandeure einer späteren Militärzeit wären über solche Schlamperei entsetzt gewesen; aber bis jetzt sehnte sich im westlichen Europa keiner nach Organisation oder Doktrin. Die normannische Kavallerie war die beste diesseits des Byzantinischen Reiches und beider Kalifate.

Tatsache war, daß Lorenzo die linke Flanke angreifen würde. Everard galoppierte an seinen Platz und musterte die Umgebung.

Hinter der Straße hatte sich der Feind ebenfalls aufgestellt. Rüstungen blitzten zwischen den vielen Farben der Männer und Pferde. Rainulf hatte weniger Ritter — etwa eintausendfünfhundert —, aber ein gewaltiges Fußheer, so daß er zahlenmäßig Roger etwas überlegen war. Bürger und Bauern aus Apulien waren gekommen, um mit Piken und Äxten ihre Heimat gegen diesen Eindringling zu verteidigen, der andere Länder verwüstet hatte.

Ja, die eigenen Zeitgenossen finden, daß Roger zu hart gegen die Rebellen vorgeht; aber er benimmt sich nur wie Wilhelm der Eroberer, der den Norden Englands zähmte, indem er eine Wüste daraus machte. Er unterscheidet sich aber von Wilhelm darin, daß er in Friedenszeiten gerecht, tolerant, fast könnte man sagen — mildtätig regiert ... Was sollen diese Ausreden? Großherzig oder ein Ungeheuer — in meiner Geschichte errichtete er das Königreich der Zwei Sizilien, welches seine Dynastie und die Nation überlebte. In der einen oder anderen Gestalt bestand es bis ins neunzehnte Jahrhundert, wo es das Herz des neuen italienischen Staates wurde und allem, was dieser für die Welt bedeutete. Ich bin an einem Schlüsselpunkt in der Zeit ... Aber ich bin froh, daß ich ihm nicht begegnen mußte, ehe er die Berge überquerte. Ich hätte nicht mehr ruhig schlafen können, hätte ich mitansehen müssen, wie er in Campanien wütete.

Wie immer unmittelbar vor einem Kampf fiel die Furcht von Everard ab. Es war nicht so, daß er keine Furcht kannte. Er war nur zu beschäftigt. Er sah plötzlich messerscharf und hörte das leiseste Geräusch trotz des Lärms, als würde es allein in der Stille der Nacht atmen. Jedes Sinnesorgan war angespannt; aber das Pochen des Herzens und der Geruch des Schweißes wurde von einer Aufmerksamkeit verdrängt, die beinahe mathematisch war.

»In einer Minute geht's los«, sagte er leise. Das Medaillon auf der Brust unter der Rüstung nahm die Meldung in temporal auf und sendete sie nach oben weiter. Die Energiezelle wäre bald leer, wenn er sie ständig eingeschaltet ließ; aber die Ereignisse des heutigen Tages würden nicht lange dauern, ganz gleich, in welche Richtung sie verliefen. »Habt ihr Lorenzo in der Optik?«

»Selbstverständlich, Sir. Weidmannsheil.«

Unausgesprochen: Möge dir in der Tat das Jagdglück hold sein, damit wir den Älteren und Jüngeren Roger retten und alle unsere Lieben wieder in die Realität zurückholen.

Familie. Freunde. Land. Karriere. Sicher — aber nicht Wanda.

Prinz Roger zückte das Schwert. Die Klinge blitzte auf. »Haro!« rief er und gab seinem Roß die Sporen.

Sein Gefolge stieß ebenfalls Rufe aus. Hufe donnerten, als die Pferde vom Trott in den Galopp wechselten. Lanzen schwankten im selben Rhythmus. Die Entfernung verringerte sich. Die Lanzen senkten sich wie die Hörner eines einzigen Drachen.

Wanda ist da oben in der Zukunft, die wir beseitigen wollen. Sie muß dort sein. Zurückgekommen ist sie nicht. Ich könnte nicht nach ihr suchen gehen, keiner von uns könnte das. Unsere Pflicht gilt nicht einem einzigen Menschen, sondern der gesamten Menschheit. Vielleicht ist sie gestorben, vielleicht gefangen — ich werde es nie erfahren. Wenn die Zukunft dort nicht existiert, gibt es Wanda auch nicht mehr. Ihre Tapferkeit und ihr Lachen werden nur im zwanzigsten Jahrhundert sein, als sie aufwuchs, und in der fernen Vergangenheit, als sie arbeitete und … ich darf nicht zurückgehen und sie wiedersehen, niemals wieder. Von jenem letzten Augen-

blick in der Eiszeit an führt ihre Weltlinie vorwärts und endet. Sie wird sich nicht in die Spuren einzelner Atome auflösen. Es ist kein natürlicher Tod mit Zersetzung, sondern das Nichts.

Everard verbannte diese Erkenntnis ganz weit weg. Jetzt konnte er es sich nicht leisten, darüber nachzudenken. Später, viel später, wenn er allein war, konnte er trauern, vielleicht weinen.

Staub drang in die Nasenlöcher und brannte in den Augen, so daß er Rainulfs Heer nur verschwommen sah. Muskeln spannten sich. Er setzte sich fester in den Sattel.

»Lorenzo bricht mit zwanzig Mann rechts aus«, meldete die Stimme in seinem Helm. »Sie schlagen einen Bogen.«

Ja. Der Ritter aus Anagni würde mit seinen Getreuen Rogers Streitmacht links angreifen, durchbrechen, den Prinzen niedermachen und blitzschnell verschwinden. Ihr Angriff war so, als würde jemand mit einem Stein eine Scheibe einwerfen. Die Sizilianer weiter hinten würden bestürzt und verzweifelt sein. Dann würde Lorenzo seine Mannen neu aufstellen und Rogers Gegenangriff abwehren, wobei der König fallen würde.

Und kein Zeitreisender, kein menschliches Versagen, kein Irrsinn oder Überehrgeiz bewirkte das. Diese Fluktuation war in der Raumzeitenergie selbst inhärent, ein Quantensprung, ein sinnloser Zufall. Es gab niemanden, an dem er Wanda rächen konnte.

Sie ist sowieso verloren. Das muß ich glauben, wenn wir alle anderen retten wollen.

»Vorsicht, Agent Everard! Sie fallen durch Ihre Größe auf ... Ein Ritter hat sich von Lorenzos Schar gelöst. Er scheint Sie als Ziel genommen zu haben.«

Verdammt! Nicht mehr an Wanda denken, sondern den Kerl ins Visier nehmen.

Everard hatte ihn im Visier. Hoch zu Roß, mit Lanze. »Okay, Schwarzer, da ist er. Los!« rief er seinem Pferd zu. Der Hengst reagierte sofort auf den festeren Knieschluß und schnellte vorwärts. Everard rief über die Schulter Rogers Reitern etwas zu und hob die Lanze.

Dies war kein Turnierplatz, wo edle Ritter an einer Barriere entlangritten und den Gegner nur aus dem Sattel stoßen wollten. Dieser Sport lag noch in weiter Ferne. Hier war das erklärte Ziel, den Feind zu töten.

Ich habe zwar nicht mein ganzes Leben lang diese Kampfart geübt, aber etwas Ahnung habe ich schon. Außerdem habe ich mein Gewicht und dies herrliche Geschöpf unter mir. Nun denn!

Der Hengst wich kaum eine Handbreit aus. Die Spitze, die auf seine Kehle gezielt hatte, prallte am Schild ab. Auch Everards Todesstreich war mißlungen; aber er hatte das Kettenhemd getroffen und außerdem seine ganze Schulterkraft eingesetzt. Der Italiener wurde aus dem Sattel gerissen, blieb mit einem Fuß im Steigbügel hängen, so daß sein Pferd ihn nachschleifte.

Das Treffen hatte die Aufmerksamkeit der Sizilianer in Everards Nähe auf sich gelenkt. Sie sahen Lorenzos Abteilung vom Hauptheer getrennt. Wie ein Mann setzten sie dem Patrouillenmann hinterher. Hufe zermalmten den gestürzten Mann.

Everard ließ die Lanze sinken und zückte das Schwert. Bei einem Handgemenge auf engem Raum wagte er Dinge, die ihm bei größerem Abstand zu gefährlich schienen. Er preschte durch die Staubwolke auf den Feind zu.

»Ein Uhr«, meldete die Stimme. Er richtete den Schwarzen aus. Da sah er schon Lorenzos Wimpel.

Wie vertraut waren ihm die Farben! Er hatte das Salz dieses Mannes gegessen, war mit ihm auf der Falkenjagd und auf der Pirsch gewesen, hatte mit ihm gesungen und Geschichten erzählt. Sie hatten sich gemeinsam betrunken, waren zur Kirche und auf ein Fest gegangen. Er hatte die Träume dieses jungen Ritters ausgehorcht, indem er so tat, als erzähle er seine eigenen.

Tag für Tag, Nacht für Nacht, waren sie zusammen gewesen — aber das lag ein Jahr in der Zukunft. Lorenzo hatte beim Abschied Tränen vergossen und ihn Bruder genannt.

Die Ritter trafen aufeinander.

Die Männer schlugen und stießen, Pferde wieherten und bäumten sich auf. Männer schrien, Waffen klirrten. Blut spritzte und floß in Strömen. Körper sanken zu Boden und wurden zertrampelt. Der im Getümmel aufgewirbelte Staub war so dick wie Rauch. Everard bahnte sich seinen Weg. Die Beobachter oben warnten ihn vor Gefahren von beiden Seiten, so daß er rechtzeitig den Schild hochreißen oder mit der Klinge parieren konnte.

Da war Lorenzo vor ihm. Der junge Mann hatte ebenfalls die Lanze abgelegt und ließ sein Schwert nach rechts und links tanzten. Blutstropfen wurden von der Klinge geschleudert. »Weiter, weiter!« rief er. »Für den heiligen Georg und Rainulf — für den Heiligen Vater!«

Er sah Everard aus Staubwolken und Chaos auftauchen. Natürlich kannte er den Riesen nicht, war ihm nie begegnet. Jetzt lächelte er grimmig und warf sein Roß herum, um sich dem Herausforderer zu stellen.

Zum Teufel mit fairer Sportlichkeit! Everard richtete seine Waffe auf ihn und drückte ab. Der unsichtbare Betäubungsstrahl traf Lorenzo. Sein Unterkiefer fiel herab. Das Schwert entglitt der Hand. Er sank nach vorn.

Aber er fiel nicht aus dem Sattel, sondern lag auf dem Hals des Pferdes, das wieherte und zur Seite wich. Waren seine Reiterreflexe so gut, daß sie ihn auch bewußtlos oben hielten? In dem Fall würde er bald aufwachen. Um so besser. Er würde vermuten, jemand habe ihm von hinten einen Schlag versetzt, der ihm die Sinne raubte.

Everard hoffte darauf.

Doch keine Zeit für Mitgefühl. »Los, Schwarzer,

bringen wir unseren Arsch in Sicherheit.« Seine Zunge war so trocken wie ein Stück Holz.

Der Kampf war hier zu Ende. Es war nur ein kleineres Scharmützel gewesen, das die meisten von Rogers und Rainulfs Truppen nicht bemerkt hatten. Die Sizilianer stürmten weiter, schlugen erbittert zu und bahnten sich eine Gasse mitten durch die Feinde.

Everard ritt über ein Feld, wo Tote mit offenen Augen lagen, den Mund zum stummen Schrei geöffnet. Verwundete stöhnten, verletzte Pferde wieherten und schlugen um sich. Keiner schenkte ihm besondere Aufmerksamkeit. Er schaute zurück. Prinz Roger verfolgte Hunderte auf der Straße nach Siponto. Rainulf sammelte sein Heer und ordnete es neu, während König Roger reglos wartete.

Diese Bilder waren in Everards Kopf. So kannte er sie von der Geschichte her — so wie die Geschichte sein sollte. Tatsächlich herrschte hier schreckliches Chaos, die größte Absurdidät, die Krieg nun einmal ist.

In einiger Entfernung erhob sich ein baumbestandener Hügel. Wenn er diesen hinter sich hatte, war er außer Sicht. »Alles in Ordnung. Holt mich!« befahl er durchs Medaillon.

Immer noch waren seine Sinne geschärft. Jetzt wollte er von oben alles beobachten und sichergehen, daß die Schlacht ihren ordnungsgemäßen Verlauf nahm.

Das Fahrzeug von oben war groß genug für Roß und Mannschaft. Everard klopfte dem Hengst den Hals und streichelte die Samtschnauze. »Ein Stück Zucker wäre ihm lieber«, sagte eine blonde Frau — sie sah wie eine Finnin aus. Dann gab sie ihm Zucker. Vor Freude bebte sie. Auch sie hatte an diesem Tag mitgeholfen, die Welt, aus der sie kam, wiederherzustellen.

Das Fahrzeug stieg auf. Himmel umgab es. Die Erde unten war braunes Land und Meer wie Quecksilber. Everard setzte sich ans optische Gerät. Mit der Vergrößerung konnte er beobachten, was geschah. Von hier oben gesehen, wurden Tod und Schmerzen, Angst und Wut und Ruhm unwirklich, ein Marionettentheater, ein Absatz in einer Chronik.

Auch wenn König Roger sein normannisches Gewand mit orientalischer Farbenpracht verschönt hatte und auf vielen Gebieten sehr begabt war, fehlte ihm das Zeug zum taktischen Genie. Er verdankte seine Siege hauptsächlich Stoßtrupps, rücksichtsloser Entschlossenheit und häufigem Streit unter seinen Gegnern. In Rignano wartete er zu lange und verlor den Vorteil, den die Attacke seines Sohnes herausgeholt hatte. Als er endlich losschlug, brach seine Angriffswelle wie an einer Felsenklippe entzwei. Daraufhin warf Rainulf seine gesamte Streitmacht gegen die Sizilianer. Auch die Rückkehr des Prinzen half nichts. Panik brach aus, jeder floh kopflos. Rainulfs Leute jagten sie und machten sie erbarmungslos Mann für Mann nieder. Am Ende des Tages lagen dreitausend tot auf dem Schlachtfeld. Die beiden Rogers sammelten die wenigen Überlebenden, kämpften sich den Weg frei und entkamen ins Gebirge zurück nach Salerno.

Aber dies geschah im Einklang mit der Welt der Patrouille. Der Triumph würde nicht lange währen. Roger würde neue Truppen um sich scharen und das zurückgewinnen, was er verloren hatte. Rainulf würde im April 1139 am Fieber sterben. Die Trauer würde groß und sinnlos sein. Im Juli 1139 würden die beiden Rogers ein päpstliches Heer in Galuccio überfallen, dessen edle Anführer flohen, während Tausende beim Versuch, über den Garigliano in Sicherheit zu gelangen, ertranken. Danach wurde Papst Innozenz Kriegsgefangener.

Oh, König Roger war sehr respektvoll. Er kniete vor dem Heiligen Vater und leistete den Treueid. Als Gegengeschenk erhielt er die Absolution und alle von ihm beanspruchten Ländereien als Lehen. Danach blieben nur noch kleine Aufräumungsarbeiten. Selbst Abt

Bernhard pries Roger als rechtmäßigen Herrscher. Die Beziehungen wurden richtig herzlich. Stürmische Zeiten würden aber wiederkommen: Rogers Eroberungszüge in Afrika, der Zweite Kreuzzug, bei dem er sich aber vornehm zurückhielt, sein Versuch, Konstantinopel zu nehmen, und wieder Konflikte mit dem Papst und dem Heiligen Römischen Reich — in der Zwischenzeit zimmerte er aber kräftig am Königreich beider Sizilien und bemühte sich um den Nährboden der hybriden Zivilisation, welche die Renaissance ankündigte.

Everard ließ sich in den Sitz sinken. Müdigkeit drohte ihn zu überwältigen. Der Sieg schmeckte immer noch wie der Staub im Mund. Nur schlafen und eine kleine Weile vergessen, was er verloren hatte.

»Sieht gut aus«, sagte er. »Zurück zum Stützpunkt.«

Jenseits des Mississippi tauchten die ersten Zeichen weißer Besiedlung auf. Es waren einige Außenposten in der Wildnis. Kaum mehr als hölzerne Forts, durch Wege verbunden, die man besser Pfade nannte. Handelsstützpunkte vermutete Wanda. Oder Missionen? Immer war ein Gebäude mit Turm, meist mit einem Kreuz darauf, innerhalb der Palisade. Sie hielt nicht an, um genauer hinzusehen. Das Schweigen im Radio trieb sie weiter.

Östlich des Alleghenygebirges stieß sie auf richtige Kolonien. Städte mit Mauern darum, umgeben von gepflügtem Ackerland und Weiden. Im Hinterland Reihendörfer, deren Häuser fast alle gleich aussahen. Einige hatten eine Art Plaza, wohl der Marktplatz, auf dem ein großes Kruzifix stand oder ein Gebilde, das einem bretonischen Kalvarienberg ähnelte. Alle Dörfer hatten eine Kapelle, die Städte eine große Kirche. Nirgends sah Wanda eine einzelstehende Farm. Die Szenerie erinnerte sie an Bilder oder Beschreibungen über das Mittelalter. Sie schluckte Tränen und Angst hinunter und machte einen Sprung über viele Meilen.

Die Siedlungen wurden mehr, als sie sich der Küste näherte. Ein Kleinstadt auf dem unteren Manhattan! Ihre Kathedrale (?) ließ St. Patricks winzig erscheinen. Der massive Baustil mit vielen Galerien und Kuppeln war ihr unbekannt. Alles wirkte brutal machtvoll. »Davor hätte sogar Billy Graham Angst«, murmelte sie in ihren stummen Kommunikator.

Im Hafen lagen mehrere Schiffe. Durch das vergrößernde optische Gerät konnte sie von oben alles genau sehen. Ein dreimastiger Rahsegler lag dort, der Handelsschiffen um 1600 ähnelte, die sie auf Bildern gesehen hatte. Auch als Landratte fielen ihr viele Einzelheiten auf. Eine blaue Flagge mit weißen Lilien wehte am Flaggenstock. Am Großmast darüber noch eine gelbweiße mit gekreuzten Schlüsseln darin.

Dann umfing sie Dunkelheit. Sie war schon weit draußen über dem Meer, als sie wieder zu sich kam.

Na los! Schrei!

Das half. Der Trick war, nicht immer weiterzuschreien und die Hysterie zu verstärken, sondern den Gefühlen so lange freien Lauf zu lassen, bis man wieder klar denken konnte. Sie löste den schmerzvoll verkrampften Griff an der Lenkstange, bewegte die Schultern, um die Muskeln zu lockern, und überlegte, als ihr auffiel, daß sie immer noch die Zähne zusammenbiß.

Das Zeitmobil flog sich selbst weiter. Die unendlichen blaugrünen Wogen des Ozeans waren unter ihr. Die Luft pfiff. Kälte drang um den Kraftschild herum und fiel sie an.

Es besteht kein Zweifel mehr. Das Schreckliche ist geschehen. Etwas hat die Vergangenheit verändert und die Welt, die ich kannte — meine Welt, die Manses, Onkel Steves, aller Menschen — ist nicht mehr. Die Zeitpatrouille gibt es nicht mehr. Nein, ich denke falsch. Sie hat es nie gegeben. Ich existiere ohne Eltern, ohne Großeltern, Land, Geschichte, ohne Grund. Ich bin lediglich ein Zufallsprodukt, das aus dem Quantenchaos emporgeschleudert wurde.

Wanda konnte es nicht begreifen, obwohl sie es ins Temporal übersetzte, das über die Grammatik verfügte, mit den Paradoxa der Zeitreise fertig zu werden. Die Vorstellung wurde ihr einfach nicht klar, wurde nicht so real, wie etwas so Abstraktes wie evolutionäre Biologie real wurde. Der jetzige Zustand der Welt verneinte Logik und ließ die Realität zu einem Schemen werden.

Sicher! Man hat uns die Theorie auf der Akademie erklärt, aber nur skizzenhaft — so wie man von jemand mit Englischer Literatur im Hauptfach auch Physik- und Chemie-

kenntnisse verlangte. Meine Kadettenklasse wurde nicht für Polizeiaufgaben oder ähnliches geschult. Wir sollten praktische Forschungen in der Vorgeschichte durchführen, als es kaum Menschen gab und es praktisch unmöglich war, Veränderungen zu verursachen, die nicht durch die folgenden Ereignisse schnell repariert würden. Wir marschierten auf unseren Expeditionen ebenso zielsicher, wie Stanley das schwärzeste Afrika erforschte.

Was soll ich machen? Was soll ich jetzt machen?

Zurück ins Pleistozän springen, schätze ich. Weit zurück müßte sicher sein. Wahrscheinlich ist Manse noch dort. (Nein, ›noch‹ ergibt keinen Sinn mehr, oder?) Er dürfte das Kommando übernommen haben. Er machte doch Andeutungen, daß er schon früher (›schon früher‹) etwas Ähnliches erlebt habe. Vielleicht bringe ich ihn jetzt dazu, es mir zu erzählen. (Vielleicht sollte ich ihm sagen, daß ich weiß, wie er mich liebt, dieser liebe, süße Bär. Ich war zu scheu oder hatte zu viel Angst oder war mir meiner Gefühle nicht sicher... Gottverdammt, Weib, konzentriere deine Gedanken!)

Ein Schwarm Wale kam unten vorbei. Einer schnellte empor, ließ eine Wasserfontäne aufsteigen und rollte dann weg. Seine hellen, riesigen Flanken leuchteten in der Sonne.

Wandas Herz schlug schneller. »Ja«, spottete sie laut. »Lauf zum großen, starken Mann und laß ihn das Universum küssen und alles für die kleinen Lieblinge heil machen.« Jetzt war sie hier. Wenigstens konnte sie sich noch mehr in dieser Welt umsehen und einen ordentlichen Bericht abliefern, keine tränenreiche Geschichte. Nur ein paar Stunden noch beobachten, nichts Riskantes. Manse hatte immer wieder gesagt: »In unserer Arbeit kann es überhaupt nicht zu viel Information geben.« Vielleicht würde ihm das, was sie entdeckte, einen Hinweis auf den Ursprung der Katastrophe liefern.

»Kurz gesagt: Wir schlagen zurück!« sagte Wanda laut. Ihr Entschluß stand fest. Einen Augenblick lang stellte sie sich vor, wie die Freiheitsglocke gegossen wurde und sie diese läutete. Dann stellte sie auf einen Raumsprung nach London und drückte auf den Knopf.

Der Ortszeit nach war es schon spät; aber auf diesem Breitengrad war es noch hell. Die Stadt breitete sich an beiden Seiten der Themse aus. Dicker Kohlenrauch lag über ihr. Da war der Tower. Auch Westminster Abbey schien unverändert zu sein. Wanda war aber nicht sicher. Es ragten auch weitere Kirchtürme über die Dächer auf; aber auf dem Hügel von St. Paul's machte sich ein Ungetüm breit. Es fehlten die tristen Industrieanlagen. Gold und grün schimmerte das Land bis dicht an die Stadt. Wanda wünschte, sie wäre in der Verfassung, die Schönheit zu genießen.

Was jetzt? Wohin? Paris, schätze ich. Sie stellte die Koordinaten ein.

Paris war größer als London, vielleicht doppelt so groß. Ein Spinnennetz von gepflasterten Straßen führte hinaus. Auf ihnen und auf dem Fluß herrschte reger Verkehr. Fußgänger, Reiter, Kutschen, Wagen mit Ochsen- oder Maultiergespannen, Barkassen, Lastkähne, Galeeren mit glänzenden Kanonen auf Deck. Mehrere steinerne Festungen mit Türmen und Wallanlagen erhoben sich zwischen niedrigeren Häusern. Einen hübschen Anblick bot das halbe Dutzend Paläste, die Wanda an die in Venedig erinnerten. Auf der Île de la Cité stand einer; aber auch ein Tempel, der das Londoner Gegenstück winzig erscheinen ließ. Wandas Herz klopfte schneller. *Hier ist viel mehr los. Da kreuzen wir doch mal ein Weilchen.*

Sie flog in langsamen Spiralen und spähte nach unten. Wenn jemand hinaufblickte, sah er höchstens einen hellen Punkt am dunkler werdenden Sonnenuntergangshimmel. Komisch, sie konnte weder den Arc de Triomphe entdecken noch die Tuilerien, keinen Bois de Boulogne, keine fröhlichen Straßencafés ...

Versailles. Oder in der Nähe. Ein Dorf neben der Straße, aufgelockerter, nicht so eng wie viele andere.

Offensichtlich diente es der Stadt. Und da drüben war ein großes Gebäude inmitten eines Parks mit Rasen, Bäumen und Gärten. Wanda bewegte sich hinüber.

Der Kern war wohl früher eine Burg gewesen, eine Festung. Im Lauf vieler Jahrhunderte war sie umgebaut worden, Seitenflügel waren dazugekommen, die Fenster vergrößert, alles war wohnlicher geworden. Doch schritten vor und hinter dem Gebäude Wachposten auf und ab. Sie trugen scharlachrote Uniformen mit goldenen Streifen und phantasievolle Helme. Die Gewehre über den Schultern sahen aber sehr echt aus. An einer hohen Stange flatterte eine Fahne im Abendwind. Wanda erkannte die Schlüssel wieder, die sie auf dem Schiff gesehen hatte.

Hier wohnt jemand, der wichtig ist ... Halt. Über den westlichen Horizont fielen die letzten Sonnenstrahlen über die Wiese mit Rehen und Pfauen und auf den Ziergarten mit herrlichen Rosenstöcken. *Und was blinkte da herauf?*

Wanda ging tiefer. Wenn jemand sie bemerkte, konnte er schließlich auch nichts machen. *Vorsicht, die haben Schießeisen.* In fünfzehn Metern Höhe konnte sie seitlich in einen Laubengang einsehen. Optische Vergrößerung — ja, Soldaten. *Warum liegen die dort auf der Lauer und bewachen einen Garten?*

Sie machten einen Raumsprung nach oben, so daß sie direkt über dem Garten war, und richtete die Optik nach unten. Sie zuckte zusammen. »Das gibt's doch nicht!«

Doch, da war es! »Hör auf zu zittern!« befahl sie sich, allerdings ohne großen Erfolg. Ihr Verstand arbeitete auf Hochtouren. Blitzschnell wechselten Vermutungen, Hoffnung, Schrecken und Logik.

Die Gartenanlagen beim Haupthaus waren so ähnlich, wie Wanda sie von Versailles her erinnerte: streng eingeteilt, Kieswege zwischen Hecken, Rabatten, beschnittene Bäume, Springbrunnen, Statuen — etwa so groß wie ein Fußballfeld. Mit bunten Kacheln an den Blumenbeeten war ein Symbol ausgelegt: Eine stilisierte Sanduhr auf einem heraldischen Schild, umgeben von einem Kreis, den eine rote Linie durchkreuzte.

Das Emblem der Zeitpatrouille.

Nein. Nicht ganz. Der Kreis und die Linie — Zufall? Unmöglich! Hier unter meinen Augen ist das Zeichen, von dem ich dauernd gehört habe.

Wanda wollte schon auf Sinkflug gehen. Doch dann zog sie die Hand zurück, als sei der Knopf weißglühend. *Nein! Du landest — und peng! Warum warten die Wachen wohl?*

Ihr lief es kalt über den Rücken. *Was bedeutet ein durchgestrichenes Symbol in einem Kreis? Im zwanzigsten Jahrhundert war das ein Verbotszeichen. Gefahr! Nicht rauchen! Kein Zutritt! Gefahr! Bleib weg!*

Aber das kann ich nicht! Das ist das Patrouillen-*Emblem!*

Schatten legte sich über die Welt. Die goldene Wetterfahne auf dem Schloß blitzte noch einmal auf. Dann war sie dunkel. Auch auf Wandas Höhe versank die Sonne endgültig. Die ersten Sterne waren schon sichtbar. Die Kälte in dieser Höhe wurde stärker. Der Wind hatte sich gelegt. Stille.

O mein Gott, ich fühle mich so allein. Am liebsten würde ich sofort in meine nette Steinzeit zurückflitzen und Meldung machen. Manse kann die Rettungsexpedition organisieren.

Sie richtete sich auf. »*Njet!*« sagte sie zu den Sternen. Nicht, bis sie alle Möglichkeiten ausgenutzt hatte. Wenn die Welt der Patrouille zerstört war, hatten die Überbleibsel der Patrouille mehr zu tun, als einen gestrandeten Kameraden herauszuholen — oder zwei. *Soll ich heulend reinplatzen und sie von ihrer echten Pflicht abhalten? Oder soll ich allein tun, was ich kann?*

Sie schluckte. *Mich können sie … entbehren, schätze ich.*

Und falls sie mit einem Sieg zu Manse kam …

Ihr wurde so warm ums Herz, daß sie die Nachtkälte nicht mehr spürte. Sie dachte angestrengt nach.

Ein Zeitreisender, der vielleicht Agent der Patrouille war, hatte diesen Garten umgepflanzt oder umpflanzen lassen. Das konnte nur ein Signal sein an jemand, der vielleicht vorbeikam. Die Person hätte sich nicht so viel Arbeit gemacht, wenn sie über ein Fahrzeug verfügen würde, denn der eingebaute Kommunikator wäre besser.

Also war die Person — *Nennen wir sie oder ihn X* — hier gestrandet. Wäre X ein freier Mensch, hätte das Emblem allein genügt. Dann hätte er auch einen Pfeil hinzufügen können. Daher bedeutete der Balken wohl: »Gefahr! Nicht landen!« Die Männer mit den Gewehren deuteten ebenfalls darauf hin. X war also in diesem abgelegenen Schloß gefangen. Offenbar aber ein Gefangener mit einiger Freiheit und Einfluß bei den Aufsehern, da X sie überreden konnte, die Blumenrabatten so anzulegen. Trotzdem war X streng bewacht. Neuankömmlinge würden gefangen genommen. Was dann mit ihnen geschah, war Sache des Schloßherrn.

Wirklich? Das wollen wir doch mal sehen.

Wanda überdachte immer wieder ihre Möglichkeiten, während die Sterne herauskamen. Es waren elend wenige. Sie konnte fliegen oder in Sekundenschnelle von einem Ort an den nächsten springen, konnte ins tiefste Verlies und die stärkste Festung vordringen — wenn sie nicht eine Kugel aus dem Sattel holte. Aber sie hatte keine Ahnung, wo X und alles andere sich hier befanden. Sie konnte auf kurze Entfernung einen Mann mit der Betäubungspistole außer Gefecht setzen; aber inzwischen könnten die anderen sich auf sie stürzen. Vielleicht würde ihr Auftauchen sie in abergläubische Panik versetzen; aber das bezweifelte sie. All diese Vorbereitungen und was das hohe Tier hier von X möglicherweise erfahren hatte — das waren schlechtere Chancen als ein Gewinn in der Lotterie. Wie wäre es, wenn sie in der Zeit zurückginge, sich irgendwo eine Verkleidung organisierte und erst mal spionierte? Nein, dazu hätte sie ihr Zeitmobil verlassen müssen. Das Risiko war zu groß. Außerdem hatte sie keine Ahnung von den hiesigen Sitten und Gebräuchen. Spanisch sprach sie fließend; aber ihr Französisch war völlig eingerostet. Außerdem bezweifelte sie, daß hier Spanisch, Englisch oder Französisch so klang, wie sie es gewohnt war.

Kein Wunder, daß X eine Warnung hinterlassen hatte. Vielleicht wollte er jedem Patrouillenangehörigen sagen: »Hau ab! Vergiß mich! Rette dich!«

Wanda preßte die Lippen zusammen. *Ich wiederhole: Das werden wir schon sehen.*

Und als sei die Sonne plötzlich aufgegangen: *Ja, wir werden es sehen!*

Die Sonne war aufgegangen. Es war genau mittags, ein Jahr zuvor. Gärtner arbeiteten eifrig an der Nachricht.

Zehn Jahre zuvor lustwandelten Männer in bunter Kleidung und Frauen in dunklen Gewändern zwischen Rabatten in einfachem geometrischen Muster.

Wanda lachte befreit. »Okay, jetzt haben wir dich eingekreist.«

Das Hüpfen — blink-blink-blink — Sonne, Regen, alle möglichen Menschen — ihr war ganz schwindlig. Sie sollte langsamer machen. Nein, dazu war sie zu aufgedreht. Natürlich brauchte sie nicht jeden Monat in jedem Jahr zu überprüfen. Das Emblem. Kein Emblem. Wieder das Emblem. Im März 1984 hatten sie die alten Blumen herausgerissen. Im Juni wuchsen die neuen hervorragend ...

Gegen Ende ging sie Tag für Tag durch. Sie wußte, daß sie bald Stunde um Stunde und zum Schluß Minute für Minute nehmen mußte. Erschöpfung ließ die Glieder schwer werden. Ihre Augen brannten. Sie zog sich auf eine Waldwiese an der Dordogne zurück, wo niemand war. Dort aß und trank sie, legte sich in die Sonne und schlief ein.

Dann wieder an die Arbeit. Jetzt war sie ruhig, überlegt und wachsam.

25. März 1984, 13 Uhr 37. Graues Wetter, niedrige Wolken, stürmischer Wind in noch kahlen Bäumen, leichter Regen. (War das Wetter an diesem Tag in der zerstörten Welt genauso gewesen? Wahrscheinlich nicht. Dort hatten die Menschen die riesigen amerikanischen Wälder abgeholzt, die Prärie umgepflügt, Himmel und Flüsse mit Chemikalien verseucht. Sie hatten aber auch die Freiheit erfunden, die Pocken ausgerottet und Raumschiffe ins All geschickt.) Zwei Männer schritten durch den aufgerissenen Garten. Einer trug eine scharlachrote und goldene Robe, mit einem Ding, das halb Mitra, halb Krone war, auf dem Kopf. Der andere trug einen langen Mantel und weite Hosen, wie Wanda sie auch woanders gesehen hatte. Er war größer, hager und grauhaarig. Dahinter marschierten sechs Soldaten mit geschulterten Gewehren.

Wanda schaute noch ein paar Minuten zu. Dann kam ihr die Erleuchtung: *Die besprechen den genauen Lageplan für den Garten.*

Jetzt. Alles oder nichts!

Wanda war schon früher in Gefahr gewesen, manchmal absichtlich. Jetzt war es wieder so. Alles verlangsamte sich. Die Welt wurde ein tanzendes Mosaik aus Details; aber sie pflückte die heraus, die sie brauchte. Angst fiel von ihr ab. Sie zielte und ging hinab.

Zeitmobil und Fahrerin tauchten keine zwei Meter vor dem Paar auf. »Zeitpatrouille«, rief Wanda, vielleicht unnötig. Dann schoß sie die Betäubungspistole ab. Der Mann in der Robe sank zu Boden. Dadurch war die Schußlinie auf die Soldaten frei.

Der hagere Mann stand wie erstarrt da. »Schnell!« rief sie. Er sprang vorwärts. Ein Soldat zielte mit dem Gewehr und schoß. Der Knall verlor sich im Wind. Der hagere Mann taumelte.

Wanda sprang vom Fahrzeug. Er fiel ihr in die Arme.

Sie zerrte ihn zurück. Etwas zischte an ihrem Kopf vorbei. Sie legte den Mann vor sich quer über den Sattel und sprang auf den Rücksitz. Dann beugte sie sich über den Mann und drückte auf die Kontrollen. *Jetzt holen wir Hilfe.* Die dritte Kugel prallte vom Metall ab.

18 244 v. Chr.

Everard ließ sein Zeitmobil in der Garage und ging auf sein Zimmer. Es waren noch einige eingetroffen, die auch in Rignano dabeigewesen waren. Die meisten waren woanders hingegangen, da die Unterkunftsmöglichkeiten in einem Stützpunkt begrenzt waren. Alle würden ausharren, bis der Erfolg endgültig feststand. Die Gäste im Pleistozän-Hotel versammelten sich im Aufenthaltsraum. Die Freude war überschäumend. Man wollte feiern. Everard war nicht in dieser Stimmung. Er wollte nur eine heiße Dusche, einen großen Drink und dann schlafen. Eine Nacht voll Vergessen. Der Morgen und die Erinnerungen würden verdammt früh genug kommen.

Lachen und Freudengeschrei folgten ihm den Korridor hinab. Er bog um die Ecke — und da war sie.

Beide blieben wie angewurzelt stehen. »Ich dachte, ich hörte ...«, fing Wanda an. Dann lief sie auf ihn zu. »Manse, o Manse!«

Sie hätte ihn beinahe umgeworfen. Dann hielten sie sich umschlungen. Mund fand Mund. Es dauerte eine Zeitlang, bis sie wieder Luft schöpften.

»Ich dachte, du wärst verloren«, stöhnte er neben ihrer Wange. Ihr Haar duftete nach Sonnenschein. »Ich dachte, du seiest in der falschen Welt gefangen und daß du ... auch erlöschen würdest ... wenn die Lichter ausgehen.«

»Tut mir leid«, sagte sie. »Ich dachte nicht, daß du Angst um mich haben könntest. Ich dachte, du brauchtest Zeit, um alles herauszufinden und zu organisieren und daß wir da nur im Weg sein würden. Da bin ich in einen Monat nach meinem Abschied von hier gesprungen. Schon zwei Tage warte ich und habe mich wegen dir halb tot geängstigt.«

»Wie ich mich um dich.« Dann stutzte er kurz und hielt sie auf Armlänge entfernt. Er blickte tief in die blauen Augen und fragte langsam: »Was meinst mit ›wir‹?«

»Na, Keith Denison und ich. Er sagte mir, daß ihr Freunde seid. Ich habe ihn herausgeholt und hergebracht — Manse, was ist los?«

Er ließ die Hände sinken. »Willst du mir etwa erzählen, daß du, als du plötzlich in einer veränderten Zukunft warst, *geblieben bist?*«

»Was hätte ich sonst tun sollen?«

»Was sie dir auf der Akademie beigebracht haben.« Er erhob die Stimme. »Hast du dir nicht die Mühe gemacht, mal nachzudenken? Du hättest tun sollen, was jeder andere Agent oder zeitreisende Zivilist mit gesundem Menschenverstand tat, wenn es die Umstände erlaubten: Sofort zurück zum Abflugspunkt flitzen, den Mund halten, bis du einem höheren Patrouillenmann Meldung machen kannst und dann die Befehle ausführen, die man dir gegeben hätte, du dummes Ding!« Er war wütend. »Wenn du dort stecken geblieben wärst, hätte dich keiner rausholen können. Diese Welt existiert nicht mehr. Du hättest auch nicht mehr existiert! Ich nahm an, daß du Pech hattest, aber nicht, daß du ein Idiot bist!«

Wanda war blaß geworden. Sie ballte die Fäuste. »Ich wollte eine ordentliche Meldung machen. Informationen. Es hätte dir vielleicht helfen können, oder etwa nicht? Und ich habe Keith gerettet. So, und jetzt kannst du dich zum Teufel scheren!«

Jetzt brach ihr Trotz. Sie zitterte und kämpfte gegen die Tränen. »Nein, es tut mir leid«, stammelte sie. »Ich schätze, ich habe gegen die Disziplin verstoßen; aber mein Training und meine Erfahrung haben so etwas nicht eingeschlossen...« Sie schluckte. »Nein, keine

Entschuldigungen. Ich habe mich falsch verhalten, Sir.«

Seine Wut verschwand. »Mein Gott, Wanda. Du hast ja recht. Ich hätte dich nicht so anfahren dürfen. Es ist nur, ich dachte, ich hätte dich verloren und ...« Es gelang ihm ein Lächeln. »Kein Offizier, der sein Salz wert ist, reitet auf Vorschriften herum, wenn ein Verstoß zum Erfolg geführt hat. Du hast meinen alten Freund davor bewahrt, annulliert zu werden. Ich werde eine Belobigung in Ihre Akte diktieren, Spezialistin Tamberly, und eine Beförderung vorschlagen.«

»Ich ... ich ... Laß uns was tun, Manse, ehe ich losheule. Willst du Keith sehen? Er liegt im Bett. Er wurde verwundet, aber das heilt schon.«

»Ich würde erst gern mal duschen«, sagte er, um wieder festen Boden zu erringen. »Danach erzählst du mir, was du erlebt hast.«

»Und du erzählst mir alles, ja?« Sie legte den Kopf schief. »Übrigens, Manse, brauchst du nicht so lange zu warten. Wir können doch reden, während du ... Manse! Du wirst ja rot.«

Die Erschöpfung war wie weggeblasen. Die Versuchung lockte. *Nein! beschloß er. Nicht alles auf eine Karte setzen. Und Keith wäre verletzt, wenn ich ihn nicht gleich besuche.* »Wenn du willst, nur zu!«

Von einigen Leuten im Hotel hatte Wanda genug gehört, um eine Idee von der Situation zu haben. Während Manse das heiße Wasser genoß, rief er ihr durch die offene Badezimmertür zu, daß die Operation Rignano offensichtlich gut verlaufen sei. »Details später.«

»Darauf nagle ich dich fest«, rief sie zurück. »Mann haben wir eine Menge Klatsch auszutauschen.«

»Angefangen mit deinen Eskapaden, junge Dame.« Während er sich abtrocknete, hörte er ihrem Bericht zu. Die Haut prickelte ihm bei dem Gedanken, was geschehen hätte können.

»Keith wurde angeschossen, ehe ich uns dort rausholen konnte«, beendete Wanda. »Ich bin einfach losgezischt und habe erst dann auf hier und jetzt — das heißt vor zwei Tagen — eingestellt. Der Sanitäter hat sich sofort um Keith gekümmert. Ein Durchschuß durch die linke Lunge. Für Patrouillenchirurgie und die Heilungstechniken kein Problem. Er soll noch eine Woche möglichst im Bett bleiben; aber er ist schon aufmüpfig. Vielleicht kannst du ihn beruhigen.«

»Ich möchte auf alle Fälle mit ihm reden. Du sagtest, daß er vier Jahre in jener Welt war?«

»Ursprünglich eher neun. Er tauchte 1980 auf, ich 89. Aber ich holte ihn 1984 raus. Daher sind die restlichen Jahre nie passiert und er hat auch keinerlei Erinnerung an sie.«

Manse zog die frischen Sachen an, die er mit ins Bad genommen hatte. »Tststs! Eine Zeitenänderung. Verletzung der Hauptvorschrift.«

»Pff! In *dem* Universum ist das doch egal, oder?«

»Gute Frage für die Theoretiker. Aber behalte das bitte für dich: Manchmal macht die Patrouille — ehrlich gesagt — äh ... Adjustierungen. Keith und ich steckten mal in so einem Fall. Eines Tages werde ich so frei sein, um dir die Geschichte zu erzählen.« *Der Schmerz ist jetzt weg. Sie läßt mir keinen Platz für derartiges Bedauern.*

Als Everard aus dem Bad kam, saß Wanda im Schneidersitz in seinem Sessel und hatte sich aus seinem Flachmann einen Scotch eingeschenkt. »Du hättest mein Schamgefühl nicht so respektieren müssen«, sagte sie.

Er grinste. »Schamloses Frauenzimmer. Gieß mir auch einen Schluck von dem Zeug ein, und dann wollen wir Keith begrüßen.«

Keith Denison lag in seinem Zimmer. Er hatte das Kopfteil des Bettes hochgestellt und las. Sein Gesicht war blaß und angespannt. Es leuchtete auf, als die beiden hereinkamen. »Manse!« rief er heiser. »Mein Gott, ist das schön, dich zu sehen! Ich war halb tot vor Angst.«

»Wegen Cynthia, klar«, sagte Everard.

»Natürlich, aber auch ...«

»Weiß schon. Mir ist es genauso ergangen. Na, jetzt können wir die Sorgen in die Prärie schicken. Die Mission klappte wie geschmiert.« *Eigentlich nicht. Da war Elend, Gefahr, der Tod und die Verstümmelung von tapferen Männern. Aber jetzt ist alles prächtig.*

»Ich hörte Lärm und überlegte — danke, Manse, danke.«

Everard und Wanda setzten sich auf Stühle gegenüber vom Bett. »Danke, Wanda«, sagte Everard.

Denison nickte. »Ihr vor allem. Sie hat sogar fünf Jahre meiner Haft abgekürzt, wußtest du das? Fünf Jahre, die ich sehr gut entbehren kann. Die vier waren schon schlimm genug.«

»Hat man dich mißhandelt?«

»Nun, eigentlich nicht.« Denison beschrieb seine Gefangennahme.

»Du hast ein ausgesprochenes Talent, gefangen zu werden, stimmt's?« spöttelte Everard.

Er wünschte, er hätte diese Bemerkung nicht gemacht, als Denisons Gesicht weiß wie die Wand wurde und er flüsterte: »Ja. War das immer nur Zufall? Ich bin kein Physiker, aber ich habe etwas über Quantenwahrscheinlichkeitsfelder, zeitliche Knoten, gelesen und gehört.«

»Ach, mach dir keine Sorgen«, sagte Everard schnell. *Zerbrich dir nicht den Kopf, ob der Zufall dich zu einem geladenen Gewehr gemacht hat, dessen Abzug jederzeit losgehen kann. Ich bin in dieser Theorie auch nicht sehr beschlagen.* »Du bist doch beide Male aus der Sache mit Glanz und Gloria rausgekommen, besser als ich. Frag Wanda. Sie hat mich gesehen, ehe ich geduscht habe. Sprich weiter.«

Ermutigt lächelte Denison und gehorchte. »Der Erzkardinal war in gewisser Weise anständig, obwohl ihm seine Position da nicht viel Spielraum gab. Neben seiner Rolle als Prinz der Kirche war er einer der obersten Adligen Frankreichs, das damals auch die Britischen Inseln einschloß. Er mußte nicht nur die Verbrennung von Ketzern anordnen, sondern auch das Abschlachten von renitenten Bauern. Allerdings machte ihm das nicht viel aus, da er es für seine Pflicht hielt; aber Spaß machte es ihm auch nicht, im Gegensatz zu anderen Typen, denen ich begegnete. Wie dem auch sei — der kirchliche Titel war wichtiger als der weltliche. Könige waren — sind — Marionetten in jenem Europa, oder bestenfalls Juniorpartner oder Laufburschen der geistlichen Herrscher.

Albin, der Erzkardinal, war ein intelligenter und gebildeter Bursche. Es hat mich viel Schweiß und viel Überredungskunst gekostet, bis ich ihn überzeugte, daß meine Besucher-vom-Mars-Geschichte — *vielleicht* — stimmte. Er stellte mir verdammt knifflige Fragen. Aber schließlich war ich aus dem Nichts erschienen. Ich erklärte ihm, meine Kutsche fliege zu schnell, als daß man sie sehen könne — wie eine Pistolenkugel. Das war in Ordnung, weil man keine Ahnung von Überschall und ähnlichem Zeug hatte. Teleskope gab es. Man wußte auch, daß die Planeten Weltenkugeln waren. Geozentrische Astronomie war noch Doktrin, obwohl man ein heliozentrisches Universum als mathematische Fiktion für bestimmte Berechnungen annehmen durfte ... Aber darüber später. Es gibt Unmengen zu erzählen. Ich stieß auf so viele seltsame Dinge, obwohl ich eingesperrt war.

Ihr müßt verstehen: Albin mißtraute mir zwar; aber er hielt mich außer Reichweite der fanatischen Inquisitionstypen, die mich so lange unter Folter ausgequetscht hätten, bis ich entweder dabei gestorben wäre oder Sachen gesagt hätte, daß sie meine kümmerlichen Reste lebendig auf dem Scheiterhaufen verbrannt hätten. Albin erkannte, daß er mit Geduld viel mehr erfahren würde. Er teilte auch nicht die allgemeine Angst vor Zauberei. Zwar war er überzeugt, daß Magie funktionierte, betrachtete sie aber im Grunde wie eine andere Art von Technologie, mit eigenen Grenzen. Er ließ mich auf einen seiner Landsitze außerhalb von Paris bringen. Dort war es nicht so schlimm, bis auf ... aber das könnt ihr euch denken. Ich hatte eine komfortable Unterkunft, gutes Essen und durfte mich im Schloß und im Garten frei bewegen, natürlich immer unter Bewachung. Ja, und ich hatte Zugang zur Bibliothek. Albin besaß viele Bücher. Buchdruck war schon erfunden. Ein Monopol der Kirche und des Staates; Todesstrafe auf ungenehmigtem Besitz einer Druckerpresse. Aber der Oberschicht standen Bücher zur Verfügung. Das rettete mir den Verstand.

Der Erzkardinal besuchte mich, wann immer er Gelegenheit hatte. Wir redeten und redeten. Oft ging die Sonne dabei unter und wieder auf. Er war ein faszinierender Gesprächspartner, und ich gab mir alle Mühe, seine Aufmerksamkeit zu fesseln. Schritt für Schritt überredete ich ihn, draußen in Form einer Gartenanlage ein Zeichen aufzustellen. Ich erklärte, daß ätherische Winde meine Kutsche zerstört und fortgetragen hätten, daß meine Freunde auf dem Mars aber nach mir suchen würden. Wenn einer von ihnen zufällig dies Emblem sähe, würde er landen. Albin plante, diesen Besucher samt Fahrzeug festzunehmen. Das kann ich ihm wirklich nicht übelnehmen. Er wollte dem Besucher auch kein Leid zufügen, wenn dieser kooperierte. Das Wissen eines Marsbewohners oder eine Allianz mit dem Mars könnte viel bedeuten. Westeuropa war in übler Verfassung.«

Denison machte eine Pause. Seine Stimme war rauh geworden. »Überanstrenge dich nicht«, sagte Everard. »Morgen ist auch noch ein Tag.«

Denison lächelte. »Nein, das wäre Tierquälerei. Du

bist doch neugieriger als ein rotarschiges Ferkel — und Wanda auch. Bis heute fiel mir das Sprechen schwer; aber deine Neuigkeiten wirken Wunder, Mann. Würdet ihr mir nur ein Glas Wasser geben?«

Wanda ging, um es zu holen. »Ich nehme an, Wanda interpretierte deine Nachricht richtig«, sagte Everard. »Du hattest die Idee, zu verkünden, daß ein Patrouillenmann anwesend sei; aber daß jeder, der vorbeikam, übervorsichtig sein und wegen dir kein Risiko eingehen sollte.« Denison nickte. »Na ja, wir können froh sein, daß Wanda dieses Risiko einging und dich nicht nur rausholte, sondern dir auch die anderen fünf Jahre ersparte. Ich wage zu behaupten, daß sie dich ziemlich fertig machten oder gemacht hätten.«

Wanda brachte das Wasser. Denison nahm das Glas. Seine Hand blieb kurz auf ihrer liegen. »Sie erholen sich aber verdammt schnell«, sagte sie lachend. Er grinste und trank.

»Wanda erzählte, daß du ihr gesagt hättest, du hättest dich viel mit Geschichte befaßt«, meinte Everard. »Das hätte wohl jeder, nehme ich an. Besonders, um herauszufinden, wo und wann etwas schiefgelaufen ist. Stimmt's?«

Denison schüttelte den Kopf. »Eigentlich nicht. Das Mittelalter ist nicht mein Feld. Ich weiß darüber nur so viel wie jeder einigermaßen gebildete Mensch. Ich konnte nur so viel herausfinden, daß irgendwann im späten Mittelalter die katholische Kirche aus den Machtkämpfen mit Königen und Staaten als Sieger hervorging. Gestern erfuhr ich einiges über Roger von Sizilien und erinnerte mich, daß er in mehreren Büchern als Erzschurke geschildert wird. Vielleicht kannst du mir über die erste Kursabweichung ins ›Wäre-gewesen‹ mehr sagen.«

»Ich will's versuchen. Aber du ruhst dich dabei aus.« Everard spürte vor allem Wandas Blicke. »In dem Kontinuum das wir abbrechen konnten, fielen Roger und sein ältester und fähigster Sohn 1137 in Rignano. Der Prinz, der ihm auf den Thron folgte, war der Aufgabe nicht gewachsen. Rogers Feind Rainulf, Verbündeter von Papst Innozenz, nahm den Sizilianern allen Besitz auf dem Festland weg. Bald danach verloren sie auch die in Afrika eroberten Gebiete. Inzwischen starb der Gegenpapst Anaklet, und Innozenz regierte mit starker Hand allein. Als auch Rainulf starb, wurde der Papst in Süditalien und in seinen eigenen Ländereien Alleinherrscher. Dies führte zur Wahl einer Reihe von aggressiven Päpsten. Nach und nach eroberten sie den Rest Italiens und ganz nebenbei natürlich auch Sizilien.

Ansonsten verlief die Geschichte eine Zeitlang wie zuvor. Friedrich Barbarossa brachte wieder Ordnung ins Heilige Römische Reich, verlor aber in den Streitereien mit der Kurie. Das Fehlen von Gegenpäpsten und die ständig größer werdende Macht des Vatikans in seinen Gebieten, beschnitt die Machtgelüste des Kaisers nach Süden. Daher wandte er sich nach Westen.

Der vierte Kreuzzug hatte — wie in unserer Welt — das eigentliche Ziel fallen gelassen. Man eroberte und plünderte Konstantinopel und setzte dort einen lateinischen König ein. Unter Zwang wurde die orthodoxe Kirche mit der katholischen vereinigt.

Im Fernen Osten zeigten sich kaum Veränderungen. Die Amerikas und der Pazifik waren überhaupt nicht betroffen. Was als nächstes passierte, weiß ich nicht. Wir haben die Vorgänge nur bis etwa 1250 untersucht, und das nur oberflächlich. Es gab zu viel zu tun und zu wenig Leute.«

»Und jetzt würdet ihr beide zu gern den Rest der Geschichte hören, was?« sagte Denison lebhafter als zuvor. »Na schön, ich gebe euch eine Zusammenfassung. Mehr nicht. Vielleicht schreibe ich später mal ein paar Bücher darüber.«

»Das brauchen wir«, erklärte Wanda ernst. »Wir lernen dadurch Dinge über uns selbst, die wir sonst nie erfahren würden.«

Sie hat auch eine ernste Seite und einen verdammt guten Verstand, dachte Everard. *Trotzdem ist sie so jung. Aber bin ich wirklich alt?*

Denison räusperte sich. »Nun denn! Barbarossa eroberte Frankreich nicht; aber er stiftete genug Unruhe, daß der Einigungsprozeß aufgehalten wurde. Im Verlauf der Kriege zwischen den Plantagenets und Kapetingern — sie entsprechen ungefähr unserem Hundertjährigen Krieg — gewannen die Engländer die Oberhand. Es kam zu einem anglo-französischen Staat. Spanien und Portugal blieben in dessen Schatten und gewannen keine große Bedeutung. Schon früh zerfiel das Heilige Römische Reich in einer Vielzahl von Fehden und Kriegen.«

Everard nickte. »Das hatte ich erwartet«, sagte er. »Friedrich II. wurde nie geboren.«

»Hm?«

»Barbarossas Enkel. Ein erstaunlicher und faszinierender Mann. Er schmiedete das gebeutelte Kaiserreich wieder zusammen und leistete dem Papst entschieden Widerstand. Seine Mutter war eine Tochter Rogers II., der in unserer Geschichte 1154 starb.«

»Verstehe, das erklärt einiges ... In jener Welt gewann die propäpstliche Welfenpartei die Oberhand, so daß Deutschland immer mehr zu einer Ansammlung päpstlicher Staaten wurde, wenn auch nicht dem Namen nach. Inzwischen waren die Mongolen weit nach Europa eingedrungen. Ich glaube weiter als in unserer Welt, weil die inneren Kriege es den Deutschen unmöglich machten, Hilfe gegen sie zu entsenden. Als sich die Horden zurückzogen, war Osteuropa verwüstet. Langsam siedelten sich Deutsche dort an. Die Italiener erlangten die Kontrolle auf dem Balkan. Der französische Schwanz beutelte den englischen Hund, bis am Ende nur noch eine komische Aussprache übrig blieb ...«

Denison seufzte. »Details sind unwichtig. Die katholische Kirche war so übermächtig geworden, daß sie jegliche abweichende Meinung unterdrücken konnte. Die Renaissance kam nie, ebensowenig wie die Reformation, die Aufklärung oder die wissenschaftliche Revolution. Je mehr sich die weltlichen Staaten auflösten, desto stärker gerieten sie unter die Fuchtel der Kirche. Das fing damit an, daß italienische Stadtstaaten Kleriker als Häupter ihrer Republiken einsetzten. Es gab noch eine Zeit von Religionskriegen, die mehr schismatisch als doktrinär waren. Rom siegte auf der ganzen Linie. Schließlich war der Papst das Oberhaupt aller Könige in Europa. Eine Art christliches Kalifat.

Nach unserem Standard waren sie technologisch rückständig. Trotzdem erreichten sie im achtzehnten Jahrhundert Amerika. Die Ausbreitung nach dort verlief sehr langsam. Die alten Länder hatten nicht eine Gesellschaft, die Abenteurer und unternehmungslustige Kaufleute genügend unterstützte. Sie hielten ihre Kolonien an kurzer Leine. Im neunzehnten Jahrhundert brach das ganze System langsam auseinander. Kriege, Rebellionen, Wirtschaftskrisen und allgemeine Verelendung. Als ich landete, verteidigten sich Mexikaner und Peruaner gegen die Eroberung, obwohl ihre Anführer halb weiß und halb christlich waren. Muslimische Abenteurer mischten sich ein. Der Islam erlebte eine Wiedergeburt an Energie und Unternehmungsgeist. Rußland ebenfalls. Nachdem der Zar die Mongolen vertrieben hatte, richtete er den Blick mehr nach Westen als nach Osten, weil das schwächer werdende Europa eine verführerische Beute war.

Als Wanda mich rettete, standen die Russen am Rhein, und die türkisch-arabische Allianz drängte in die Ostalpen. Männer, wie Erzkardinal Albin, versuchten, den einen gegen den anderen auszuspielen. Ich nehme an, daß er eine Zeitlang Erfolg hatten, da mein Garten 1989 noch intakt war; aber ich bezweifle, daß es sehr viel länger gut ging. Ich glaube, die Russen und Moslems überrannten Europa und gingen sich danach gegenseitig an die Kehle.«

Denison sank erschöpft zurück.

»Sieht so aus, als hätten wir etwas zurückgebracht, was besser war«, meinte Everard linkisch.

Wanda starrte in eine Ecke. Beim Zuhören war sie immer ernster geworden. »Aber wir haben Milliarden Menschen vernichtet, oder?« murmelte sie. »Und ihre Lieder, Scherze, Lieben und Träume.«

Everard wurde wütend. »Aber auch Sklaverei, Krankheiten, Unwissenheit und Aberglauben«, fuhr er sie an. »Jene Welt hatte nie die Idee einer Wissenschaft, Tatsachen logisch zu überprüfen. Bestimmt nicht. Das ist doch offensichtlich. Sie hat einfach in ihrer Erbärmlichkeit weitergemacht, bis ... — nein, hat sie nicht! Wir haben das verhindert. Ich weigere mich, Schuldgefühle zu haben. Wir machten *unsere* Menschen wieder real.«

»Ja, ja, du hast recht«, sagte Wanda schnell. »Ich wollte nicht ...«

Die Tür ging auf. Eine Frau stand da. Über zwei Meter groß, hager, mit langen Gliedmaßen, goldener Haut und Adlergesicht. »Komozino!« rief Everard. Er sprang auf. »Eine Unabhängige Agentin«, erklärte er den Freunden, wobei er vom heimischen Englisch in Temporal wechselte.

»Wie Sie«, sagte Komozino. »Agent Everard, ich suche nach Ihnen. Wir haben von unseren Spähern aus der Zukunft Meldungen erhalten. Die Mission war ein Fehlschlag.«

Everard stand wie betäubt da.

»Es ist zwar so, daß König Roger weiterlebt«, fuhr Komozino unbarmherzig fort. »Er sichert das Reich, macht Eroberungen in Afrika, zieht die größten Gelehrten der Zeit an seinen Hof und stirbt 1154 in Palermo. Sein Sohn Wilhelm folgt ihm auf den Thron. Ja, es ist alles, wie es sein sollte. Aber wir haben immer noch keinen Kontakt mit der fernen Zukunft. Kein Patrouillenstützpunkt ist später als Mitte des zwölften Jahrhunderts eingerichtet. Eine kurze Aufklärungsfahrt in die Zukunft stieß auf eine Welt, die immer noch völlig anders ist, als alles, was wir wußten. Was hat das Chaos nun angerichtet?«

1989_{β} n. Chr.

Drei Zeitmobile hingen wie Adler hoch über dem Golden Gate. Morgennebel lag weiß über der Küste. Die große Bucht glänzte, das Land war sommerbraun. Neben der Bucht zeigten Steinhaufen an, wo Mauern, Türme und Festungen gewesen waren. Jetzt wuchsen Büsche darauf. Das Grün hatte beinahe völlig die niedrigeren Gebäude und Lehmbauten zurückerobert. Ein Dorf stand auf dem Platz von Sausalito. Ein paar Fischerboote fuhren hinaus.

Wandas Stimme drang über Funk dünn durch die Windgeräusche. »Ich vermute, daß die Stadt sich nie vom Erdbeben 1906 erholte. Vielleicht haben Feinde die zerstörten Verteidigungsanlagen ausgenutzt und alles, was noch übrig war, geplündert und weggeschleppt. Danach hatte niemand die Mittel oder den Mut, die Stadt wiederaufzubauen. Sollen wir zeitlich zurückgehen und nachschauen?«

Everard schüttelte den Kopf. »Das bringt nichts. Außerdem haben wir nicht das Recht, zusätzliche Risiken einzugehen. Was wollen wir uns als nächstes ansehen?«

»Das Central Valley müßte uns Aufschlüsse geben. In unserem zwanzigsten Jahrhundert war es eines der reichsten Agrargebiete der Welt.« Er hörte das leise Zittern in Wandas Stimme, als sei ihr kalt.

»Okay, wähle die Koordinaten«, sagte er.

Sie tat es. Everard und Karel Novak wiederholten sie laut, ehe sie den Sprung machten. Everard sah die Mündung des automatischen Gewehrs aufblitzen, das der Tscheche im Anschlag hielt. *Na ja, in seinem Leben und dem seiner Vorfahren war Wachsamkeit ein Reflex geworden. Wir Amerikaner hatten da in der Welt, wo es die Vereinigten Staaten von Amerika gab, mehr Glück.*

Everard war jetzt schon sicher, daß seinem Aufklärungstrupp bei vernünftiger Vorsicht keine Gefahr drohte. Das hatte er schon vor ihrem Aufbruch vermutet. Sonst hätte er Wandas Vorschlag, als Führer mitzukommen, abgelehnt und wäre bis zu Denisons vollständiger Gesundung vorausgesprungen, ganz gleich wieviel Schwierigkeiten das geschaffen hätte.

Hätte er das wirklich getan? Das einzig Vernünftige war doch, seine Beschützerinstinkte zu unterdrücken und sie mitzunehmen. Es ging darum, diese Zukunft mit der jetzt abgewendeten Zukunft zu vergleichen. Denison hatte letztere zwar genauer kennengelernt, aber nur aus zweiter Hand. Wanda hatte einen Überblick, und den wollte Everard auch nur gewinnen. *Und weiß Gott — das Mädchen hat bewiesen, daß sie sich allein durchschlagen kann.*

Kleine, weit verstreute Farmhäuser standen entlang der Flüsse und Überreste eines primitiven Kanalnetzes. Das mittlere Kalifornien hatte sich weitgehend in eine Wildnis zurückverwandelt. Aus Lehm gebaute Festungen standen in Abständen Wache. In der Ferne erspähte Everard durch sein optisches Gerät einen Trupp wilder Reiter.

Der Mittelwesten wurde von riesigen Farmen beherrscht. Viele waren verlassen und geplündert. Überlebende oder Angreifer fristeten ein kümmerliches Leben in Erdhütten auf kaum bearbeiteten Feldern. Nur wenige hatten ausgehalten und betrieben noch Viehzucht oder den Anbau verschiedener Feldfrüchte. Sie lebten in Gebäuden, die von dicken Palisaden geschützt wurden. Die Städte, die hier nie sehr groß gewesen waren, waren jetzt auf Dörfer und wenige Hütten inmitten von verlassenen Ruinen geschrumpft.

»Gutsbesitzer-Ökonomie«, murmelte Everard. »Beinahe alles, was man braucht, wird zu Hause hergestellt, weil es wenig Handel gibt.«

Im Osten gab es noch Überreste einer höheren Zivilisation; aber auch hier waren die großen Städte geschrumpft und verkommen, manche sogar verlassen. Everard fielen das gitterartige Muster aller Straßen und die kolossalen Steinbauten in jedem Zentrum auf. Was es an Wohlstand noch gab, beruhte offensichtlich auf Sklavenarbeit. Er sah, wie Sklavenkarawanen durch die Straßen geführt und wie Feldarbeiter streng bewacht wurden. Er hatte den Eindruck, daß unter den Sklaven auch Weiße waren; aber Schmutz, Sonnenbräune und Entfernung machten die Identifizierung schwierig. Er hatte auch kein Verlangen, sich alles genauer anzusehen.

Kanonen donnerten im Hudson Valley. Kavallerie griff an. Männer wurden niedergemäht und starben. »Ich glaube, ein Reich ist gestorben, und dies sind seine Geister, die einander bekriegen«, sagte Novak.

Everard war überrascht. Er hatte den Mann für ausgesprochen nüchtern und realistisch gehalten. »Ja«, stimmte er ihm zu. »Ein dunkles Zeitalter. Wir wollen die Küste abfliegen und dann quer über den Ozean nach Europa.«

Es ergab Sinn, Wandas Kurs mehr oder weniger abzufliegen. In Europa mußte der Auslöser dieser Zeitverdrehung zu suchen sein, wie schon beim letzten Mal. Wenn man es von der Peripherie aus ansteuerte, konnte man beim ersten Anzeichen von Gefahr abhauen. Everards Blick verließ niemals ganz die Reihe der Detektoren, die zwischen seinen Händen schimmerten.

Ob es transatlantischen Handel schon gab? Er sah nur vereinzelt Schiffe, aber darunter waren drei, die offensichtlich imstande waren, den Ozean zu überqueren. Sie sahen sogar noch fortschrittlicher aus als die, welche Wanda beschrieben hatte. Sie entsprachen in etwa den Schiffen aus dem achtzehnten Jahrhundert in der

Welt der Patrouille. Trotzdem liefen sie nur unter Segeln, wie die kleineren Schiffe, dicht an der Küste. Sie waren mit Kanonen bestückt.

London war eine große Version der Slums der Neuen Welt. Paris war erstaunlich ähnlich. Überall war ein gleichmachender Einfluß sichtbar, um die gleichen rechtwinkligen Kreuzungen und grimmigen Bauten in den Zentren zu schaffen. Mehrere mittelalterliche Kirchen standen noch; aber sie waren in schlechtem Zustand. Notre Dame de Paris war halb abgerissen. Neuere Kirchen waren klein und bescheiden.

Rauch und Kanonendonner drang von einem Schlachtfeld herauf. Es war das Gelände, auf dem Versailles nie gestanden hatte.

»In der anderen Geschichte waren London und Paris viel größer«, meinte Wanda bedrückt.

»Ich vermute, daß das Machtzentrum dieser Geschichte, das jetzt zusammenbrach, weiter im Süden oder Osten lag«, meinte Everard.

»Sollen wir nachsehen?«

»Nein, dazu besteht kein Grund. Wir haben noch eine Menge zu erledigen. Wir haben meine Vermutungen bestätigt gefunden, und das war das Hauptziel dieses Ausflugs.«

»Wie bitte?« Jetzt klang Wandas Stimme sehr lebendig.

»Wußtest du das nicht? Tut mir leid. Ich vergaß, es dir zu erklären, weil es mir so logisch erschien; aber dein Spezialgebiet ist ja Naturgeschichte.« Everard holte tief Luft. »Ehe wir nochmals versuchen, die Dinge zu korrigieren, müssen wir sicher sein, daß diese nicht auch — zufällig oder mit Absicht — von irgendwelchen Zeitreisenden verursacht wurde. Daran arbeiten natürlich unsere Leute zeitlich rückläufig; aber ich fand, wir könnten schnell ein wichtiges Beweisstück auflesen, wenn wir weit in die Zukunft gingen. Wenn jemand im zwölften Jahrhundert einen Plan hatte, würde die Welt heute in der Tat sehr seltsam aussehen. Statt dessen deutet aber alles, was wir gesehen haben, auf ... äh ... eine Hegemonie über westliche Zivilisationen, ein Reich, das nie eine Renaissance oder eine Aufklärung hatte und schließlich auseinanderfiel. Daher können wir annehmen, daß keine Stelle bewußt agierte. Und ein grober Schnitzer ist extrem unwahrscheinlich. Wieder einmal haben wir es mit einem Quantenchaos zu tun, Zufall, Ereignissen, die aus eigenem Antrieb verrückt spielen.«

Novak fragte bedrückt: »Aber, Sir, wird dadurch unsere Aufgabe nicht noch schwieriger und gefährlicher?«

Everards Lippen wurden schmal. »Allerdings.«

»Was können wir tun?« fragte Wanda leise.

»Nun«, erklärte Everard, »mit ›Zufall‹ meine ich nicht, daß die Dinge ohne Ursache einen solchen Verlauf nahmen. Auf Menschen übertragen heißt das, daß die Leute ihre eigenen Beweggründe hatten, das zu tun, was sie taten. Es ist nur so, daß diese Handlungen sich von denen in unserer Geschichte unterscheiden. Wir müssen den Drehpunkt finden, den Angelpunkt, und sehen, ob wir den Hebel wieder so zurücklegen können, daß alles so verläuft, wie wir es wollen. Okay, zurück zur Basis.«

Wanda unterbrach ihn, ehe er die Zielkoordinaten eingeben konnte. »Und was machen wir dann?«

»Ich werde sehen, was die Untersuchungen ergeben haben und dann auf der Basis noch mehr Detektivarbeit versuchen. Du — na ja — du begibst dich am besten auf deine Naturforscherstation.«

»Was?«

»Na ja, du hast dich prima gehalten, aber ...«

Wut flammte auf. »Aber du findest, jetzt könnte ich Däumchen drehen, wenn ich nicht gerade Nägel kaue oder in der Nase bohre! Manson Everard, vergiß augenblicklich deine Selbstzufriedenheit und hör mir zu!«

Er tat es. Es war egal, ob Novak bestürzt war. Wanda

brachte einige Gründe vor, die durchaus stichhaltig waren. Was ihr an Wissen noch fehlte, konnte schnell eingeimpft werden. Die grundsätzliche Kenntnis, wie man mit Menschen umging und sich in Gefahr verhielt, hatte sie schon bewiesen. Die steckte in ihren Genen. Außerdem brauchten die Patrouillenwaisen jeden fähigen Mitstreiter, den sie finden konnten.

1137 n. Chr.

Der Seidenkaufmann Geoffrey von Jovigny empfing in seinen Privatgemächern zwei Besucher. Der Mann war sehr groß und gut gekleidet. Auch die junge Frau war groß und blond. Obwohl sie sich in der Öffentlichkeit geziemend still verhielt, betrachtete sie ihre Umgebung mit einer Kühnheit, die schon an Schamlosigkeit grenzte. Die Gehilfen waren erstaunt, als sie hörten, die Frau solle bei den Kindern schlafen.

Ansonsten erregten die Besucher weniger Aufsehen, als es sonst der Fall gewesen wäre, da Palermo vor Neuigkeiten brodelte. Jeder Neuankömmling brachte eine neue Version. Ende Oktober war König Roger bei Rignano vernichtend geschlagen worden und hatte nur mit der Hilfe der Heiligen lebend das Schlachtfeld verlassen können. Sogleich sammelte er neue Truppen, belagerte wieder Neapel, gewann Benevento und Monte Cassino zurück und vertrieb seinen Feind, Abt Wibald, aus Italien. Ein ihm befreundeter Abt wurde Vorsteher des mächtigen Klosters. Jetzt leistete nur noch Apulien Widerstand. Es sah so aus, als würde er zum Schiedsrichter zwischen den rivalisierenden Päpsten. Sizilien frohlockte.

In dem getäfelten Raum im Obergeschoß saßen Everard, Wanda und Volstrup. Ihre Gedanken waren so düster wie der Dezembertag draußen. »Wir sind zu Ihnen gekommen«, erklärte der Unabhängige Agent, »weil die Erkenntnise der Datenbasis Sie als den besten Mann für eine bestimmte Mission ausweisen, den es gibt.«

Volstrup blickte ihn über den Becherrand hinweg an. »Ich? Bei allem schuldigen Respekt, Sir, Scherze sind doch wohl fehl am Platz, wenn wir nahtlos von einer Krise in die nächste gerutscht sind, die ebenso verzweifelt ist.« Er war der einzige in der Stadt, der Everards vorigen Besuch mitbekommen hatte. Im Verlauf der Rettungsaktion war er zweimal in der Zeit zurückgebracht worden, weil man unbedingt seinen Rat hören wollte.

Everard lächelte schief. »Ich glaube nicht, daß waghalsige Aktionen nötig sein werden. Mir schwebt da eher etwas in Richtung Reisen unter mittelalterlichen Bedingungen vor. Hauptsächlich brauchen wir aber einen Mann, der über eine schnelle Auffassungsgabe verfügt, taktvoll ist und dieses Milieu genauestens kennt. Doch ehe ich mehr erkläre — vielleicht erweist sich mein Plan als undurchführbar —, möchte ich Ihr Gehirn anzapfen, einen Haufen Fragen stellen und Ihre Vorschläge hören. Sie haben für die Patrouille in all den Jahren gute Arbeit geleistet, indem Sie hier den Grundstein für eine zukünftige Erweiterung des Stützpunkts gelegt haben.« — Als Sizilien sein Goldenes Zeitalter antrat und viele Zeitreisende anzog — aus einer Zukunft, die wieder aufgehört hatte zu existieren. »Während des letzten Krachs waren Sie noch besser.«

»Danke. Äh ... Mademoiselle ... Tamberly?«

»Ich werde hier still sitzen und zuhören«, antwortete Wanda. »Ich bin immer noch dabei, die Enzyklopädie, die man mir eingepflanzt hat, zu sortieren.«

»Wir haben wirklich nur eine Handvoll Leute, die diese Periode gut kennen«, fuhr Everard fort. »Ich meine diesen Teil der Mittelmeerwelt zu genau diesem Zeitpunkt. Agenten in China, Persien oder sogar England helfen uns nicht viel. Außerdem sind sie für eigene Arbeiten eingeteilt und müssen die Stationen halten. Von unserem wissenschaftlichen Personal sind einige nicht qualifiziert, vor Ort Untersuchungen anzustellen, wo alles mögliche passieren kann. Ein Mann kann zum Beispiel ein hervorragender, verläßlicher Verkehrskontrolleur sein, aber ihm fehlt dieser Hauch von Sherlock Holmes, der nötig ist.« Volstrup lächelte ein bißchen, um zu zeigen, daß er die Anspielung kapiert hatte. »Wir müssen jeden nehmen, den wir für geeignet halten, ob er nun bisher für eine solche Aufgabe eingestuft war oder nicht. Aber — wie gesagt — als erstes möchte ich Sie befragen.«

»Ich stehe Ihnen selbstverständlich zur Verfügung«, sagte Volstrup kaum hörbar. In dem fahlen Licht war sein Nußknackergesicht blaß. Draußen toste der Wind, Regen peitschte vom wolfsgrauen Himmel.

»Als sich die Nachricht über unseren Fehlschlag verbreitete, verständigten Sie auf eigene Initiative hin andere Agenten und machten mnemonische Arrangements für sich«, erklärte Everard. »Aus diesem Grund muß ich Sie noch viel mehr fragen. Ich nehme an, daß Sie das Ziel hatten, ein detailliertes Bild der Ereignisse zusammenzustellen, weil Sie hofften, damit den neuen Problempunkt zu lokalisieren.«

Volstrup nickte. »Jawohl, Sir. Ich habe mir natürlich nicht vorgemacht, ich könnte das Problem lösen. Auch waren meine Motive — ehrlich gesagt — nicht ganz selbstlos. Ich hatte das dringende Bedürfnis nach ... Orientierung.« Er erschauerte sichtlich unter seinem Gewand. »Diese Entwurzelung der Realität läßt uns so kalt und allein zurück.«

»Das stimmt«, flüsterte Wanda.

»Nun, Sie waren schließlich Mediävist, ehe die Patrouille Sie rekrutierte«, sagte Everard. Seine Stimme und Gestik blieben schwerfällig. Die Nerven waren bei allen ohnehin zum Zerreißen gespannt. »Sie hatten bestimmt die Originalgeschichte vollständig im Kopf.«

»So ziemlich«, antwortete Volstrup. »Aber, obwohl zahllose winzige Fakten sich vor meinen Augen abgespielt hatten, war mir doch das meiste schon längst aus dem Gedächtnis entschwunden. Welchen Grund gäbe es normalerweise, im Kopf zu haben, daß die Schlacht bei Rignano am dreizehnten Oktober 1137 stattfand oder daß der Taufname Papst Innozenz III. Lothar, Sohn des Grafen von Segni lautete? Doch jetzt könnte sich eine so unwichtige Angabe für uns als lebenswichtig erweisen, wenn die Datenbasen, die uns noch geblieben sind, nicht ausreichen. Ich beantragte, daß ein Psychotechniker zu mir geschickt wird, um mir völlige Erinnerung zurückzugeben.« Er verzog das Gesicht. Weder die Prozedur noch das Resultat waren angenehm. Es dauerte hinterher eine Zeitlang, bis man wieder normal war. »Und ich verglich meine Aufzeichnungen mit denen vieler Kollegen. Wir tauschten Informationen und Ideen aus. Das ist alles. Ich bereitete gerade einen vollständigen Bericht vor, als Sie kamen.«

»Wir hören es lieber von Ihnen persönlich«, sagte Everard. »Wir können keine Lebensspanne damit vertun. Was Sie weitergaben, weist darauf hin, daß Sie einen besseren Hinweis als alle anderen gefunden haben; aber es ist nicht ganz klar, was dieser Hinweis ist. Sagen Sie es uns jetzt, bitte.«

Volstrups Hand zitterte etwas, als er den Becher zum Mund führte. »Es liegt doch für jeden auf der Hand«, sagte er. »Papst Cölestin IV. war der direkte Nachfolger Honorius' III.«

Everard nickte. »Das ist das, was einem sofort ins Auge sticht. Aber ich nehme an, daß Sie auch eine Vermutung haben, warum dies so kam.«

Wanda meldete sich. »Entschuldigung«, sagte sie. »Ich irre immer noch in einem Dschungel von Namen und Daten herum. Wenn ich mir Mühe gebe, kann ich sie ordnen; aber mir ist damit noch nicht klar, was sie bedeuten. Würde es euch etwas ausmachen, mich kurz aufzuklären?«

Everard drückte ihre Hand — vielleicht gab ihm das mehr Mut als ihr — und nahm dann selbst einen wärmenden Schluck. »Darin sind Sie besser als ich«, sagte er zu Volstrup.

Beim Sprechen gewann der kleine Mann an Selbstvertrauen und Kraft. Schließlich war Geschichte seine große Liebe.

»Lassen Sie mich mit dem gegenwärtigen Augenblick beginnen. Die nächsten Jahrzehnte scheinen die Ereignisse weitgehend so abzulaufen, wie sie sollten — vielleicht sogar identisch. Der Kaiser des Heiligen Römischen Reiches, Heinrich VI., erwirbt durch Heirat Sizilien, der Anspruch wird durch sein Heer 1194 bekräftigt. Im selben Jahr wird sein Sohn und Erbe Friedrich II. geboren. 1198 wird Innozenz III. Papst. Er ist einer der stärksten Männer, die je auf dem Stuhl Petri saßen — und in vieler Hinsicht, obwohl das nicht allein seine Schuld ist, auch einer der schlimmsten. Über ihn wird man schreiben, daß er sich dadurch auszeichnete, den Vorsitz bei der Vernichtung dreier Zivilisationen geführt zu haben. Während seiner Herrschaft wird im Vierten Kreuzzug Konstantinopel erobert und ausgeplündert. Obwohl das Ostreich später wieder von einem griechischen Herrscher orthodoxen Glaubens regiert werden wird, ist es fortan nur noch eine leere Hülle. Innozenz verkündet den Kreuzzug gegen die Albigenser, durch den die Hochkultur in der Provence vernichtet wird. Durch den langen Zwist mit dem Hohenstaufer Friedrich II. — Kirche gegen Staat — unterminiert er diese bunte, tolerante, hochgebildete normannisch-sizilianische Gesellschaft, in der wir uns heute befinden.

Er starb 1216. Honorius III. folgt, auch ein energischer und entschlossener Mann. Er führt den Krieg gegen die Albigenser weiter und spielt auch sonst eine bedeutende Rolle in der Politik; aber er scheint mit Friedrich II. eine Einigung zu erreichen. Doch dies Abkommen zerbricht, als Honorius 1227 stirbt.

Gregor IX. hätte sein Nachfolger sein und bis 1241 regieren müssen. Erst dann sollte Cölestin IV. gewählt werden, doch noch im selben Jahr sterben, ehe er konsekriert werden konnte. Danach sollte Innozenz IV. der nächste Papst werden, der den Kampf gegen Friedrich weiterführt.

Statt dessen haben wir keinen Gregor. Cölestin folgt unmittelbar auf Honorius. Er ist schwach, die anti-kaiserliche Partei verliert an Einfluß, so daß Friedrich schließlich triumphiert. Der nächste Papst ist seine Marionette.«

Volstrup befeuchtete wieder seine Kehle. Der Wind heulte.

»Verstehe«, sagte Wanda. »Ja, das rückt das, was ich gelernt habe, etwas in Perspektive. Papst Gregor ist also das fehlende Element?«

»Offenbar«, antwortete Everard. »Er beendete die Fehde mit Friedrich in unserer Geschichte nicht. Statt dessen ging sie noch vierzehn Jahre unerbittlich weiter — das ist der Unterschied. Ein verdammt harter Mistkerl. Er begründete die Inquisition.«

»Gab ihr zumindest feste Regeln«, korrigierte Volstrup in seiner lehrerhaften Art. Die Gewohnheit übermannte ihn. Auch er verfiel in die Vergangenheitsform. »Das dreizehnte Jahrhundert war dasjenige, in dem die mittelalterliche Gesellschaft ihr früheres Maß an Toleranz, Freiheit und persönlicher Mobilität verlor. Ketzer wurden verbrannt. Juden in Ghettos gepfercht, wenn man sie nicht abschlachtete oder des Landes verwies. Bauern, die irgendwelche Rechte haben wollten, erlitten das nämliche Schicksal. Und dennoch ... das ist unsere Geschichte.«

»Die zur Renaissance führte«, warf Everard ein. »Ich bezweifle, daß uns die Welt, die uns jetzt bevorsteht, lieber ist. Aber Sie haben aufgezeigt, was geschehen ist — was wird mit Papst Gregor passieren?«

»Da habe ich nur einige Hinweise und Vermutungen«, wehrte Volstrup bescheiden ab.

»Na und? Spucken Sie sie aus!«

Volstrup blickte Wanda an. *Sie ist sehr viel dekorativer*

als ich, dachte Everard. Dann sprach Volstrup zu ihr und zu Everard:

»Die Chroniken sagen uns über seine Herkunft wenig. Sie beschreiben ihn als bereits alten Mann, als er die Tiara empfing. Er lebte noch viele Jahre und war bis ins hohe Alter hinein aktiv. Aber sie geben kein Geburtsdatum an. Spätere Expertenmeinungen klaffen bis zu fünfundzwanzig Jahre auseinander. Bisher hielt die Patrouille es nicht für nötig, die Fakten zu ermitteln. Wahrscheinlich wäre niemand — ich auch nicht — auf diesen Gedanken gekommen.

Wir wissen lediglich, daß er als Ugolino — auch Hugolin — Graf von Segni getauft wurde, in Anagni lebte und wahrscheinlich ein Verwandter Innozenz' III. ist.«

Graf — Conte — Anagni! traf Everard wie ein Speer.

»Was ist los, Manse?« fragte Wanda.

»Nur eine Idee«, murmelte er. »Sprechen Sie bitte weiter.«

»Na ja«, meinte Volstrup. »Meine Idee war, daß wir damit anfangen sollten, seine Herkunft aufzuspüren. Dazu führte ich Befragungen durch. Niemand konnte eine solche Geburt identifizieren. Daher hat sie in dieser Welt wohl niemals stattgefunden. Ich stieß aber auf eine Tatsache, die einer unserer Agenten ganz nebenbei irgendwo aufgeschnappt hatte und an die er sich wieder erinnerte. Dieser Agent soll während der Herrschaft Gregors aktiv sein. Er machte gerade Urlaub in der Vergangenheit und — wie dem auch sei, entriß er mit Hilfe der Mnemotechnik seinem Gedächtnis das Geburtsjahr und die Herkunft Gregors. Es war das früheste Datum, das die Experten vorgeschlagen hatten. 1147 in Anagni. Also wurde dieser Papst weit über neunzig. Der Name seines Vaters war Bartolommeo und der seiner Mutter Ilaria. Sie stammte aus der Familie Gaetano.« Er machte eine Pause. »Das ist alles, was ich anbieten kann. Ich befürchte, Sie sind jetzt enttäuscht, daß es so wenig ist.«

Everard starrte an ihm vorbei in die Schatten. Regen klatschte gegen die Mauern. Kälte kroch unter die Kleidung. »Nein«, widersprach er. »Sie sind vielleicht genau auf den Punkt gestoßen, den wir brauchen.«

Dann schüttelte er sich. »Wir müssen mehr herausfinden. Wir müssen wissen, was genau passierte. Dazu brauchen wir einen oder zwei Mitarbeiter, die sich in den Schauplatz hineinarbeiten müssen. Das habe ich erwartet und an Sie gedacht, obwohl ich bis jetzt nicht genau wußte, wohin und in welche Zeit wir unsere Späher schicken sollten. Sie sollten ihre Aufgabe lösen, ohne in Gefahr zu geraten. Das denke ich jedenfalls ...« — *ich habe Angst, Wanda* — »Und ihr beide seid das ideale Paar, die logische Wahl.«

»Wie bitte?« Volstrup verschluckte sich fast.

Wanda sprang auf. »Manse, meinst du das ernst, wirklich?« fragte sie begeistert.

Everard stand auch auf. »Meiner Meinung nach habt ihr zu zweit eine bessere Chance, etwas zu erfahren, als einer allein, besonders wenn ihr das Problem von der weiblichen und von der männlichen Seite aus angeht.«

»Aber was ist mit dir?«

»Mit etwas Glück findet ihr die für uns notwendigen Beweise; aber das genügt nicht. Ein völliges Nullergebnis ist ausgeschlossen. Entweder wurde Gregor nie geboren oder er starb jung oder sonstwas. Das sollt ihr herausfinden. Was danach daraus wurde — ob es sich um einen einzigartigen Faktor handelt —, werde ich versuchen, herauszufinden. Dazu arbeite ich zeitlich voraus, wenn Friedrich der Kirche seinen Willen aufzwingt.«

1146 n. Chr.

Anfang September traf ein Kurier aus Rom in Anagni ein. Er brachte einen Brief für Cencio de Conte oder — falls Durchlaucht verstorben oder abwesend sein sollte — für den, der in dieser Gegend das Oberhaupt der edlen Familie sei. Obwohl das Alter schon auf Cencio lastete, ließ er sich von einem Geistlichen die Botschaft laut vorlesen. Er verstand Latein, da es von seinem Heimatdialekt nicht allzu verschieden war. Außerdem hörten die Männer seiner Familie außer bei kirchlichen Anlässen oft kriegerische Epen oder lyrische Gedichte aus der Antike.

Ein flämischer Edelmann und seine Dame befanden sich auf dem Heimweg aus dem Heiligen Land und sandten ihre Ehrerbietung. Es waren Verwandte, wenn auch sehr entfernte. Vor über fünfzig Jahren hatte ein Ritter Rom besucht, dabei den Conte kennengelernt und schließlich um die Hand seiner Tochter angehalten. Nach der Heirat hatte er sie nach Flandern heimgeführt. (Der Profit war klein, aber gegenseitig. Sie war eine jüngere Tochter, die vielleicht in ein Kloster geschickt worden wäre. Daher mußte ihre Mitgift nicht groß sein. Auf der anderen Seite verlieh es Prestige, eine Verbindung über große Entfernung zu haben, die sich als vorteilhaft herausstellen könnte, da Politik und Handel sich langsam, aber sicher über ganz Europa ausweiteten. Außerdem erzählte man sich daß es eine Liebesheirat gewesen war.) Nach der Hochzeit war kaum noch eine Botschaft über die Alpen gedrungen, weder von der einen noch von der anderen Seite. Als sich nun diese Gelegenheit bot, fühlten die Reisenden sich verpflichtet, die Verwandten zu besuchen und ihnen die Neuigkeiten zu erzählen, die sie kannten. Sie baten schon im voraus um Nachsicht für ihre Unscheinbarkeit, falls sie eingeladen würden. Ihre Diener hatten sie auf der langen Reise durch Krankheit und Schlägereien verloren. Der letzte war davongelaufen. Wahrscheinlich hatten den Schurken Schilderungen des ungebundenen Lebens auf Sizilien fortgelockt. Vielleicht würde es dem Conte möglich sein, ihnen zu helfen, verläßliche Diener für den Rest der Reise zu mieten.

Cencio diktierte sofort die Antwort — in seiner Mundart, die der Priester ins Lateinische übertrug. In der Tat seien die Fremden herzlich willkommen. Sie müßten allerdings eine gewisse Unruhe verzeihen, da sein Sohn Lorenzo in Kürze Ilaria di Gaetani heiraten werde und die Hochzeitsvorbereitungen in diesen schwierigen Zeiten besonders chaotisch seien. Dennoch wolle er sie unbedingt sehen, und sie sollten bis nach der Hochzeit bleiben. Cincio schickte den Brief mit mehreren Dienern und zwei Bewaffneten los, damit seine Gäste in dem Stil reisen könnten, der weder sie noch ihn beschämte.

Für Cincio war das alles ganz normal. Seine flämischen Verwandten interessierten ihn nur am Rande; aber sie waren auf dem Rückweg aus dem Heiligen Land. Da müßten sie viel über die Probleme dort erzählen können. Besonders Lorenzo wollte alles hören, da er auf einen Kreuzzug gehen würde.

Und so erschienen die Fremden ein paar Tage später vor der großen Villa.

Als Wanda Tamberly in den hellen Saal mit den herrlichen Fresken geleitet wurde, vergaß sie die Umgebung, deren Fremdheit sie erstaunt und fasziniert hatte. Plötzlich konzentrierte sich alles in einem Gesicht. Es gehörte nicht dem älteren Mann, der sie willkommen hieß, sondern zu dem jüngeren an seiner Seite. *Der würde mir in jeder Zeit im ganzen Universum auffallen,* dachte sie — *Züge wie von Apoll, Augen wie dunkler Bernstein — und dieser Gott ist Lorenzo. Er muß Lorenzo sein, der die Geschichte vor neun Jahren bei Rignano verändert hätte, wenn Manse nicht gewesen wäre — und einen Körper hat der Junge ...*

Ganz benommen hörte sie die Ankündigung des Majordomo: »Signor Cencio darf ich Euch Signor Emilius« — kurzes Stolpern beim fremden Namen — »van Waterloo vorstellen?«

Volstrup verbeugte sich. Der Hausherr höflich ebenfalls. *Eigentlich war er nicht so alt,* dachte Wanda, *vielleicht sechzig.* Der Verlust der Zähne ließ ihn älter wirken als das weiße Haar und der weiße Bart. Der jüngere Mann hatte alle seine Beißerchen noch, und seine gepflegten Locken und der Bart waren rabenschwarz. Er müßte so Mitte dreißig sein. »Willkommen, Signore«, sagte Cencio. »Darf ich Euch meinen Sohn Lorenzo vorstellen, den ich in meinem Brief schon erwähnt habe. Er brennt darauf, Euch kennenzulernen.«

»Als ich Euch kommen sah, eilte ich sofort zu meinem Vater«, erklärte Lorenzo. »Aber verzeiht unsere Nachlässigkeit. *In latine ...*«

»Sehr liebenswürdig, Signore, aber das ist nicht nötig«, unterbrach ihn Volstrup. »Meine Frau und ich verstehen Eure Sprache. Ich muß nur um Nachsicht für unsere Aussprache bitten.« Er benutzte die lombardische Mundart, die von der umbrischen nicht sehr verschieden war.

Beide Conti waren erleichtert. Zweifellos sprachen sie Lateinisch weniger gut, als sie es verstanden. Dann verbeugte sich Lorenzo vor Wanda. »Eine so schöne Dame ist doppelt willkommen«, schmeichelte er. Seine Blicke verrieten deutlich, daß er dies ehrlich meinte. Anscheinend hatten die Italiener schon immer eine besondere Schwäche für blonde Frauen.

»Meine Frau Walburga«, sagte Volstrup. Everard hatte die Namen beschafft. Wanda hatte schon bemerkt, daß er in besonders heiklen Situationen einen besonderen Humor entwickelte.

Lorenzo ergriff Wandas Hand. Sie hatte das Gefühl, einen elektrischen Schlag zu bekommen. *Reiß dich zusammen! Ja, es ist mehr als seltsam, daß die Geschichte sich noch einmal um denselben Mann dreht; aber er ist sterblich. Jedenfalls hoffe ich das.*

Wanda sagte sich, daß ihre Gefühle nur ein Echo auf die Explosion in ihrem Kopf sei, die sie fühlte, als sie Cencios Brief las. Manse hatte sie und Volstrup so vollständig wie möglich eingewiesen; aber er hatte keine Ahnung gehabt, daß Lorenzo beteiligt war. Seines Wissens nach hatte der junge Held das Schlachtfeld nie verlassen. Die Patrouille hatte nur die magere Information, daß Ilaria di Gaetani den Lehensmann und Verwandten Papst Innozenz III. heiraten sollte, Bartolommeo Conte de Segni. Dann sollte sie 1147 den Knaben Ugolino gebären, der später Gregor IX. wurde. Volstrup und Wanda sollten herausfinden, was schiefgelaufen war.

Laut Everards Plan sollten sie erst Verbindung mit dem Conte aufnehmen. Sie brauchen irgendwie Zugang zur adligen Gesellschaft. Everard wußte über diese Familie viel von seinem Besuch bei Lorenzo 1138 — ein Besuch, der nun nie erfolgt war; aber trotzdem in die Erinnerung des Patrouillenmannes eingegraben war. Er und Lorenzo waren Freunde geworden und hatten sich über Gott und die Welt unterhalten. Daher hatte Everard von der verwandtschaftlichen Verbindung mit Flandern erfahren, die ihm eine hervorragende Chance für den Zugang schien. Außerdem hatte seine Behauptung, gerade aus Jerusalem zu kommen, beim ersten Mal so prima funktioniert, daß er sie wiederholen wollte.

Könnte es in der Stadt noch eine Ilaria di Gaetano geben? Emil und ich haben über diese Möglichkeit gesprochen. Nein, zu unwahrscheinlich. Wir müssen uns noch vergewissern; aber ich weiß, daß es sie nicht gibt. Doch ich kann auch nicht glauben, daß Lorenzo wieder der Mann ist, um den sich alles dreht — und das rein zufällig? Deine Hände wurden soeben vom Schicksal berührt, Mädchen.

Lorenzo ließ ihre Hand los, ganz langsam. Wanda war das Gefühl keineswegs unangenehm. »Welch freudiger Anlaß«, sagte er. »Ich kann es kaum erwarten, mich Eurer Gegenwart zu erfreuen.«

Werden meine Wangen rot und heiß? Das ist doch schwachsinnig! Wanda besann sich auf das, was sie an zeitgenössischen Manieren gelernt hatte. Viel war es nicht; aber einer Flämin verzieh man gesellschaftliche Fehler. »Aber, aber, Signore«, antwortete sie. Ihn anzulächeln, fiel ihr überraschend leicht. »Euch erwartet doch eine viel größere Freude, da Eure Hochzeit bald stattfinden wird.«

»Selbstverständlich sehne ich mich nach meiner Braut«, antwortete Lorenzo. Es klang, wie eine Pflicht, die er zu erfüllen hatte. »Doch dennoch ...« Er hob die Schultern, rollte die Augen nach oben und hielt die Hände mit gespreizten Fingern hoch.

»Ja, jeder arme Bräutigam hat Angst, unter den Pantoffel zu geraten.« Cencio lachte. »Und ich als Witwer muß die Arbeit für zwei erledigen, damit die Hochzeitsfeierlichkeiten uns keine Schande machen.« Er machte eine Pause. »Heutzutage ist das eine Arbeit für Herkules. Verzeiht, aber ich muß mich jetzt in der Tat wieder meinen Pflichten widmen. Wir haben Schwierigkeiten, eine ausreichende Menge guten Fleisches zu bekommen. Ich lasse Euch in den Händen meines Sohnes und hoffe, daß ich am Abend einen Becher bei einem guten Gespräch mit Euch leeren kann.« Nach gegenseitigen Höflichkeitsfloskeln ging er hinaus.

Lorenzo hob eine Braue. »Da wir von Becher sprechen«, sagte er. »Ist es noch zu früh, oder seid Ihr zu müde? Die Diener werden gleich Euer Gepäck in Eurer Schlafgemach bringen. Dann könnt Ihr etwas ruhen, wenn Ihr wollt.«

Die Gelegenheit ist zu günstig, um sie auszulassen. »O nein, Signore, danke«, antwortete Wanda. »Wir übernachteten in der Herberge und schliefen gut. Eine Erfrischung und Unterhaltung wäre reizend.«

War er über ihre Dreistigkeit entsetzt? Taktvoll schaute er Volstrup fragend an. Der antwortete: »So ist es; aber wir wollen Eure Geduld nicht über Gebühr strapazieren.«

»Ganz im Gegenteil«, erwiderte Lorenzo. »Kommt, ich zeige Euch alles. Ihr werdet natürlich keine Wunder sehen. Dies ist nur unser Landhaus. In Rom ...« Er lächelte. »Aber Ihr habt Rom ja selbst gesehen.«

Volstrup fing den Ball auf. »Haben wir. Grauenvoll! Man verlangt doch tatsächlich von Pilgern Steuern!«

Letztes Jahr hatte sich die Stadt unter dem puritanischen Mönch Arnold von Brescia zur Republik erklärt, frei von jeder Autorität, sei es Kirche oder Kaiser. Der frisch gewählte Papst Eugenius III. war geflohen. Er kehrte ganz kurz zurück, um zu einem neuen Kreuzzug aufzurufen, dann mußte er die Stadt wieder verlassen. Die meisten Aristokraten waren ebenfalls fortgegangen. Die Republik würde erst 1155 stürzen und Arnold auf dem Scheiterhaufen verbrennen. (Wenn nicht in der veränderten Geschichte ...)

»Dann seid Ihr in Ostia gelandet?«

»Ja, und von dort nach Rom gezogen, wo wir die Reliquienschreine besuchten.« Und andere Sehenswürdigkeiten. Es war unheimlich, zwischen den Überbleibseln einstiger Größe Bettler, Elendshütten, Küchengärten und Viehweiden zu sehen. Sie hatten dort Touristen gespielt, nachdem das Patrouillenfahrzeug sie an der Hafenstadt abgesetzt hatte, um ihre Identität aufzubauen.

Wanda spürte an ihrem Busen das Medaillon, das auch als Radio diente. Es war ein tröstliches Gefühl zu wissen, daß ein wachsamer Agent insgeheim wartete. Natürlich war das Gerät nicht dauernd eingeschaltet.

Ständiger Betrieb hätte schnell die Energie erschöpft. Wenn sie um Hilfe schrien, würde er auch nicht plötzlich auftauchen. Unter keinen Umständen konnte er riskieren, Ereignisse zu beeinflussen, die vielleicht — vielleicht aber auch noch nicht — eine schlimme Wendung einleiteten. Aber er konnte sich einen Trick ausdenken, mit dessen Hilfe er sie rausholte.

Wir müßten hier sicher sein. Sind doch lauter nette Leute. Faszinierend. Ja, wir haben eine lebenswichtige Mission durchzuführen; aber warum sollten wir uns dabei nicht auch ein bißchen erholen und Spaß haben?

Lorenzo erklärte die Wandgemälde. Olympische Götter waren sehr lebendig dargestellt. Er zeigte sehr viel Verständnis, unterließ es aber nicht, darauf hinzuweisen, daß solche Bilder auch Christen gestattet seien. *Zu schade, daß er nicht in der Renaissance geboren war. Dort hätte er wirklich hingehört.* Wandfresken waren eine ziemlich neue Mode. »Im Norden hängen wir Gobelins auf«, bemerkte Volstrup. »Aber dort brauchen wir sie im Winter als Schutz gegen die Kälte.«

»Davon hörte ich. Vielleicht kann ich eines Tages dorthin reisen und mir alles selbst ansehen — die ganze, wunderbare Welt sehen, alles, was Gott geschaffen hat.« Lorenzo seufzte. »Wie seid Ihr und Eure Signora dazu gekommen, die italienische Sprache zu lernen?«

Also, das war so: Die Zeitpatrouille hat da einen Apparat ...

»Ich betreibe mit der Lombardei schon jahrelang Handel«, erklärte Volstrup. »Obwohl ich aus adligem Geschlecht stamme und alles andere als ein Krämer bin. Ich bin ein jüngerer Sohn und muß für meinen Lebensunterhalt so gut es eben geht sorgen. Für eine militärische Karriere bin ich ungeeignet und für die Kirche zu ruhelos. Daher beaufsichtige ich die Besitztümer der Familie, darunter auch Domänen im Rhaetischen Hochland.« Diese Ortsangabe war so dunkel, daß sie ungefährlich war. »Was meine Frau betrifft — auf dieser Pilgerfahrt zogen wir bis Bari auf dem Landwege.« Das waren zwar schlechte Straßen; aber eine Schiffsreise war in dieser Zeit noch gefährlicher. »Da sie nicht stumm unter dem gemeinen Volk sein wollte, mit dem wir zwangsläufig zu tun haben, mietete ich einen lombardischen Privatlehrer, der uns begleitete. Da wir wußten, daß unser Rückweg wieder durch Italien führen würde, übten wir gemeinsam.«

»Wie selten findet man solch bewundernswerten Verstand bei einer Frau. Es ist auch ungewöhnlich, daß sie eine so lange und beschwerliche Reise auf sich nimmt. Vor allem, da doch die Kleinen sich zweifellos vor Liebe verzehren und alle Dichter ihre Schönheit preisen.«

»Wir haben keine Kinder, die mich an mein Heim fesseln, außerdem bin ich eine schreckliche Sünderin«, platzte Wanda heraus.

Blitzt da ein Hoffnungsfunken in diesen schönen Augen auf?

»Das kann ich unmöglich glauben, Signora«, widersprach Lorenzo. »Demut ist eine Eurer Tugenden, neben vielen anderen.« Offenbar merkte er, daß er zu weit gegangen war; denn nun wandte er sich wieder an Volstrup. Das Lächeln verschwand von seinen Lippen. »Ein jüngerer Sohn seid Ihr. Oh, wie verstehe ich Euch, Signore. Auch ich bin einer. Obwohl ich das Schwert wählte, habe ich damit kein Vermögen erworben.«

»Auf dem Weg hierher hörte ich die Männer Eures Vaters oft davon sprechen, wie überaus tapfer Ihr gekämpft habt«, antwortete Volstrup. Das stimmte auch. »Wir würden zu gern mehr hören.«

»Ach, am Ende war es sinnlos. Vor zwei Jahren erreichte Roger von Sizilien alles, was er gewollt hatte, mit einem siebenjährigen Friedensvertrag, der meiner Meinung nach aber noch länger halten wird — so lange, wie dieser Teufel die Erde besudelt —, und jetzt sitzt er in Frieden und Reichtum da.« Lorenzo spuckte beinahe körperlich seine Verbitterung aus. »Aber jetzt ruft ein höheres Ziel, ein heiliger Ruf. Warum wollt Ihr langweilige Geschichten aus den Kriegen gegen Roger hören? Berichtet mir lieber, wie es in diesen Tagen in Jerusalem zugeht.«

Sie waren bei der Unterhaltung weitergegangen und zu einem kleinen Raum gekommen, wo Fässer auf den Regalen lagerten und Humpen auf dem Tisch standen. Lorenzo strahlte. »Da wären wir! Bitte, nehmt Platz, meine Freunde!« Mit übertriebener Höflichkeit geleitete er Wanda zu einer Bank, ehe er den Kopf durch die Hintertür steckte und nach einem Diener rief. Als der Junge erschien, befahl er ihm, Brot, Käse, Obst und Oliven zu bringen. Den Wein schenkte er selbst in die Becher.

»Ihr seid zu freundlich, lieber Signore«, sagte Wanda. *Zu freundlich ist glatt untertrieben. Ich weiß, was du vorhast, und das, wo du bald heiraten sollst!*

»O nein, Ihr erweist mir eine große Gnade«, widersprach er. »Zwei Jahre habe ich hier untätig herumgesessen. Ihr und die Neuigkeiten, die Ihr bringt, sind wie eine frische Brise vom Meer.«

»Ja, das kann ich nach dem abenteuerlichen Leben, das Ihr geführt habt, nachfühlen«, sagte Volstrup. »Ja, wir hörten von Eurer Tapferkeit in Rignano, als Herzog Rainulf die Sizilianer in die Flucht schlug. Rettete an jenem Tag nicht ein Wunder Euer Leben?«

Lorenzo verzog das Gesicht. »Der Sieg erwies sich als bedeutungslos, da es uns nicht gelang, Roger zu erledigen. Warum diese Erinnerungen heraufbeschwören?«

»Ach, ich würde aber so gern hören, wie sich die Sache wirklich ereignete, nicht nur Gerüchte — und dann vom Helden selbst«, säuselte Wanda.

Lorenzos Züge erhellten sich. »Wirklich? Nun, um die Wahrheit zu sagen, Signora, mein Anteil war keineswegs ruhmreich. Als der Feind zum erstenmal angriff, führte ich einen Flankenangriff gegen seine Nachhut. Doch jemand versetzte mir von hinten einen Schlag auf den Kopf, so daß ich das Bewußtsein verlor. Als ich wieder zu mir kam, lag ich über meinem Pferd, und unsere Attacke war fehlgeschlagen. Am seltsamsten war, daß ich nicht vom Pferd gefallen war. Aber da ich mein ganzes Leben reite, reagierte der Körper wohl von sich aus. Der Schlag kann auch nicht sehr hart gewesen sein, denn ich erwachte mit völlig klarem Verstand ohne Kopfschmerzen und konnte mich sofort wieder ins Getümmel stürzen. Doch nun belohnt mich mit einer Beschreibung Eurer Reisen.«

»Ich nehme an, daß Ihr vor allem an der militärischen Situation interessiert seid«, sagte Volstrup. »Aber ich warnte ich Euch bereits, daß ich kein kriegerischer Mann bin. O je, was ich sah und hörte, war schlimm.«

Lorenzo lauschte aufmerksam. Seine häufigen Zwischenfragen zeigten, daß er recht gut informiert war. Inzwischen wiederholte Wanda geistig, was sie gelernt hatte.

Der Erste Kreuzzug hatte 1099 sein Ziel erreicht — allerdings mit einem Massaker unter der Zivilbevölkerung, das Dschingis Khan stolz gemacht hätte. Sie öffneten zahllosen Bewohnern den Leib mit dem Schwert auf der Suche nach Münzen, die sie möglicherweise verschluckt hatten. Die Eroberer faßten Fuß und gründeten eine Kette von Einzelreichen, die von Palästina in die jetzige südliche Türkei reichten: Das Königreich von Jerusalem, die Grafschaft von Tripoli, das Fürstentum von Antiochia, die Grafschaft von Edessa. Im Lauf der Zeit gerieten die Kreuzritter immer mehr unter den kulturellen Einfluß ihrer Untertanen. Es war aber nicht so wie bei den Normannen auf Sizilien, die von den zivilisierteren und gebildeteren lernten. Es war, als suchten sich die christlichen Ritter und ihre Nachkommen nur die ungesundesten Aspekte muselmanischer Gesellschaft heraus. Schwächung war die Folge, so daß 1144 der Amir von Mosul Edessa eroberte und sein Sohn Nur-ed-Din gegen Jerusalem zog. Der christliche König dort rief um Hilfe. Bernhard von Clairvaux — der spätere Heilige rief in seinen Predigten zu einem neuen Kreuzzug auf, den Papst Eugenius verkündete. Am Osterfest 1146 nahm König Ludwig VII. von Frankreich ›das Kreuz‹ und schwur, den Kreuzzug zu führen.

»Ich wollte sofort mitgehen«, erklärte Lorenzo. »Aber wir Italiener waren bei derartigen Unternehmungen immer träge. Das sind wir auch zu unserer ewigen Schande geblieben. Was würde schon ein einziges Schwert unter Franzosen nützen, die uns auch noch mißtrauen? Was hätte ich allein ausrichten können? Außerdem arrangierte mein Vater mein Verlöbnis mit Signorina Ilaria. Es ist eine gute Verbindung, besser, als ein beinahe vermögensloser Soldat sich erhoffen durfte. Ich kann ihn nicht ohne diesen zusätzlichen Landbesitz und noch einen Enkel — einen legitimen — verlassen, der sein Alter verschönt.«

Aber ich sehe das Verlangen in diesen Habichtaugen, dachte Wanda. *Er ist auf seine Art ein liebenswürdiger Mann, auch pflichtbewußt. Und offenbar auch ein tapferer Soldat, ein begabter Taktiker. Wahrscheinlich bewog sein Kriegsruhm Ilarias Vater der Ehe zuzustimmen. Da besteht doch Hoffnung, daß er aus Palästina eine anständige Beute mit nach Hause bringt. Und wenn Lorenzo sich vorher noch etwas die Hörner abstoßen will — na ja, es ist eine Ehe aus praktischen Erwägungen, und ich vermute, daß Ilaria keine sinnenbetörende Schönheit ist. Außerdem habe ich bei der Vorbereitung in der Patrouille gelernt, daß die Leute hier absolut fromm sein können und trotzdem ihre sexuellen Bedürfnisse recht frei ausleben. Auch die Frauen, wenn sie damit nicht öffentlich angeben. Es gibt sogar Schwule, auch wenn das Gesetz sagt, daß sie gehängt oder verbrannt werden müssen. Klingt doch fast wie Kalifornien, was?*

»Doch nun predigt der Abt bei den Deutschen«, fuhr Lorenzo fort. »Ich hörte, daß König Konrad große Stükke auf ihn hält. Das war ein tapferer Krieger, als er mit Kaiser Lothar vor zehn Jahren herkam, um uns gegen Roger zu helfen. Ich bin ganz sicher, daß er das Kreuz nehmen wird.«

Er würde — aber erst Ende dieses Jahres. Das Kaiserreich hatte außer seinen Besitztümern noch viele andere enge Bindungen in ganz Italien. (Mit all dem Ärger, den ihm seine aufsässigen Adligen machten, hätte Konrad es nie geschafft, zum Kaiser gekrönt zu werden; aber das war eine Einzelheit am Rande.) Lorenzo konnte jede Menge Kameraden hinter seinem Banner scharen und wahrscheinlich den Befehl über eine Abteilung bekommen. Konrad würde im Herbst 1147 durch Ungarn nach Süden marschieren. Das ließ Lorenzo genug Zeit, zuerst mit Ilaria ein Kind zu zeugen, das nicht Papst Gregor IX. werden würde ...

»Daher harre ich hier so geduldig wie möglich aus«, schloß Lorenzo. »Ich werde aber unter allen Umständen gehen. Ich habe für das Recht und für die Heilige Kirche zu lange gekämpft, um jetzt meine Klinge verrosten zu lassen. Aber am besten wäre es, wenn ich mit Konrad ziehe.«

Nein, nicht am besten. Grauenvoll. Der Zweite Kreuzzug würde sich als grauenvoller Fehlschlag erweisen. Seuchen würden unter den Europäern mehr Opfer dahinraffen als die Kämpfe, ehe die wenigen geschlagenen, frustrierten Überlebenden heimwärts wankten. 1187 würde Saladin triumphierend in Jerusalem einziehen.

Aber diese Kreuzzüge — der Erste, Zweite, Dritte bis hin zum Siebten, waren ebenso wie die gegen Ketzer und Heiden ein Kunstprodukt späterer Historiker. Manchmal rief der Papst oder sonst jemand zu besonderer Anstrengung auf, und manchmal — nicht immer — führte dies zu einer ernsthaften Reaktion. Doch hauptsächlich war es eine Frage, ob man — als Idealist, Kriegsherr oder Freibeuter, meist eine Kombination aus allen dreien — sich für einen Kreuzfahrer ausgeben konnte. Damit waren Sonderrechte und Privilegien in dieser Welt verknüpft und Vergebung aller Sünden in der nächsten. So lautete die offizielle Version. Die Realität sah anders aus: Männer marschierten, ritten, segelten, hungerten, dursteten, prahlten, prügelten, vergewaltigten, verbrannten, plünderten, schlachteten, folterten, erkrankten, wurden verwundet und starben gräßliche Tode — viele kehrten nicht zurück. Ein paar wurden durch glückliche Beute oder zielstrebiges Morden reich. Andere gerieten in Gefangenschaft, wurden Sklaven oder fristeten ihr Leben in einem fremden Land. So ging es jahrhundertelang. In der Zwischenzeit erwarben die gerissenen Sizilianer, Venezianer, Genuesen und Pisaner durch Truppentransporte Riesenvermögen. Ratten aus Vorderasien schlichen sich auf die Schiffe nach Europa und schleppten mit ihren Flöhen den Schwarzen Tod, die Pest, ein.

Volstrup und Wanda war ausreichend Wissen eingepflanzt worden, um Lorenzos Fragen über das Königreich Jerusalem beantworten zu können. Sie hatten dort auch Kurzbesichtigung gemacht. *Ja, es hat schon Vorteile, wenn man zur Patrouille gehört. Aber es ist doch verdammt schwer, bei den Fällen gefühlsmäßig neutral zu bleiben!*

»Aber ich habe Euch wirklich über Gebühr beansprucht«, rief Lorenzo. »Verzeiht mir! Ihr vergaß völlig die Zeit. Ihr seid heute stundenlang geritten. Die Signora ist sicher müde. Darf ich Euch in Eure Räume geleiten, damit Ihr ruhen und Euch frischmachen könnt. Vielleicht möchtet Ihr Euch zum Abendessen umkleiden? Es werden noch eine ganze Reihe anderer Gäste da sein. Es scheint, daß Verwandte aus halb Italien anreisen.«

Als er sich mit einer Verbeugung aus dem Gästezimmer entfernte, sah er Wanda tief in die Augen. Sie hielt seinem feurigem Blick mehrere Herzschläge lang stand. *Manse hatte recht: Eine Frau kann eine große Hilfe sein. Sie kann viel über die Situation und mögliche Lösungen in Er-*

fahrung bringen. Aber ... ob ich *dafür qualifiziert bin? Ich als Vamp?*

Ehrerbietig zeigte ein Diener ihnen, wo sich alles befand, erkundigte sich nach weiteren Wünschen und kündigte an, daß heißes Wasser für die kleine Kupferbadewanne jederzeit gebracht würde, falls die Herrschaften es wünschten. Die Menschen in dieser Epoche waren recht reinlich. Häufig wurden Bäder von Männlein und Weiblein gleichzeitig benutzt. Erst in späteren Jahrhunderten würden sie stinken, da es dann durch rücksichtslose Abholzung an Heizmaterial mangelte, das immer teurer wurde.

Hier stand ein großes Doppelbett. In der Herberge in Rom und auch auf dem Weg hierher gab es immer für Männer und Frauen getrennte Schlafunterkünfte, wo man nackt neben Fremden schlief.

Volstrup blickte beiseite. Er befeuchtete die Lippen und sagte nach einigen Ansätzen: »Mademoiselle Tamberly, ich hatte nicht erwartet ... selbstverständlich schlafe ich auf dem Boden, und wenn einer von uns badet ...«

Wanda konnte das Lachen nicht zurückhalten. »Tut mir leid, lieber Emil«, sagte sie zu seiner Überraschung. »Sie brauchen keine Angst um Ihre Ehre haben. Ich drehe mich jederzeit um, wenn Sie es wollen. Die Matratze ist wirklich breit genug für zwei. Wir können ruhig zusammen drauf schlafen.« Innerlich zuckte sie zusammen. *Kann ich wirklich ruhig schlafen bei dem Gedanken, daß Manse in einer unerforschten Welt hundert Jahre in der Zukunft arbeitet?* Aber dann: *Außerdem muß ich mir ernsthaft über Lorenzo den Kopf zerbrechen.*

1245_β n. Chr.

Im Westen lagen die Hügel, die zum Apennin hinaufführten. Ansonsten erstreckte sich ringsum das flache Land Apuliens. Weiß gekalkte Bauernhäuser leuchteten zwischen dunkelgrünen Obstgärten und goldenen Getreidefeldern. Dazwischen lagen aber auch breite Streifen mit vom Sommer verbranntem Gras und Bäumen. Dieses Land war Gemeingut. Kinder hüteten dort die Kühe und Gänse. Der Hauptzweck bestand aber darin, dem Kaiser Raum und Wild für seine Falkenjagd zu bieten.

Der Hohenstaufer Friedrich II. ritt mit seiner Schar durch eine solche Schonung auf Foggia zu, seiner Lieblingsstadt. Im Rücken warf die Sonne lange Strahlen. Die Schatten färbten sich blau. Die Luft war noch warm und voll Erdduft. Vor ihnen blitzten die Mauern, Türme und Spitzen der Stadt. Glas und Gold blendete die Augen. Die Glocken der Stadt läuteten laut, die der im Land verstreuten Kapellen leise. Sie riefen zur Vesper.

Diese Friedfertigkeit machte tiefen Eindruck auf Everard, da er sich an eine andere Szene erinnerte, nicht weit von hier. Aber die Toten von Rignano hatte es vor hundert Jahren gegeben. Nur er und Karel Novak lebten noch, um sich an das Grauen zu erinnern, da sie die dazwischenliegenden Generationen übersprungen hatten.

Er konzentrierte sich wieder auf die unmittelbar bevorstehenden Aufgaben. Weder Friedrich (Frederick, Fridericus, Federigo ... je nachdem, wo er sich in seinem gewaltigen Reich befand) noch seine Gefährten folgten dem Ruf zum Gebet.

Die adligen Herren plauderten fröhlich weiter. Weder

sie noch ihre Pferde waren durch den Ritt ermüdet. Ihre Kleidung war so bunt wie ein Regenbogen. Beinahe spöttisch klingelten die winzigen Glöckchen an den Leder- oder Seidenriemen der Jagdfalken, die mit übergestülpten Hauben auf den Handgelenken saßen. Auch die Damen trugen Masken, um ihre helle Haut zu bewahren, aber auch, weil man damit besonders gut kokettieren konnte. Das Gefolge ritt hinterher. Wild hing an den Sätteln: Rebhühner, Waldschnepfen, Reiher und Hasen. Geflochtene Körbe enthielten die kostbaren Glasflaschen, in denen die Getränke gewesen waren.

»Na, Munan«, fragte der Kaiser. »Was haltet Ihr von der Jagd in Sizilien?« Aus Höflichkeit, aber auch aus Freundlichkeit, hatte er in der mittelhochdeutschen Hofsprache gefragt, die sich an den Fürstenhöfen seit dem zwölften Jahrhundert herausgebildet hatte und die auch sein Gast verstand. Natürlich stand auch beiden Latein als gemeinsame Sprache zur Verfügung, neben einigen Brocken Italienisch, die der Isländer auf dem Weg aufgeschnappt hatte.

Everard mußte sich ins Gedächtnis zurückrufen, daß ›Sizilien‹ nicht nur die Insel bezeichnete, sondern für das Reich stand, also auch den südlichen Teil des Stiefels, den Roger II. im vorigen Jahrhundert mit dem Schwert erobert hatte. »Ich bin überaus beeindruckt, Hoheit«, antwortete er vorsichtig. Dies war die geläufige Anrede für den mächtigsten Mann dieses Teils der Erde. »Obwohl alle zu höflich waren, um zu lachen, konnten sie sehen, daß ich in meinem unglücklichen Vaterland kaum Gelegenheit zur Falkenjagd hatte. Auf dem Kontinent war ich auch kaum auf der Jagd und dann nach Rotwild.«

»Ach, überlaßt denen die Pirsch, denen eine solche Jagd genügt«, spottete Friedrich. »Sollen sie doch den Viechern mit Hörnern nachrennen.« Ernst fuhr er fort: »Die Falkenbeize ist mehr als ein Amüsement. Das ist eine hohe Kunst und eine Wissenschaft für sich.«

»Ich hörte von Eurer Hoheit Buch über dies Thema und hoffe, es eines Tagen lesen zu können.«

»Ich werde Euch eine Abschrift überbringen lassen.« Friedrich betrachtete seinen Grönländischen Jagdfalken zärtlich. »Wenn Ihr ein solches Tier sicher und in gutem Zustand übers Meer bringen könntet, habt Ihr ein Talent, das Ihr aber nie müßig lassen dürft. Ihr braucht nur etwas Übung.«

»Eure Hoheit ehren mich über meinen Wert. Ich fürchte, mein Vogel war nicht so gut wie einige der anderen.«

»Auch er braucht mehr Übung, ja. Ich werde dies gern selbst übernehmen, soweit es meine Zeit erlaubt.« Everard fiel auf, daß Friedrich ›Zeit‹ sagte, nicht ›Gott‹, wie sonst im Mittelalter üblich.

Eigentlich stammte Friedrichs Vogel von der Patrouillenranch aus dem vorindianischen Nordamerika. Falken waren ein hervorragendes Geschenk, um das Eis zu brechen, vorausgesetzt, man schenkte ihn nicht jemand, dessen Rang ihn nicht zu einem solchen Besitz berechtigte. Everard hatte ihn nur vom Landeplatz in den Hügeln, wo das Zeitmobil ihn und Novak abgesetzt hatte, hegen und pflegen müssen.

Unwillkürlich schaute er nach Westen. Dort wartete Jack Hall in einem bewaldeten Tal, in das sich selten Menschen verirrten. Ein Wort über Funk, und er würde ihn auf der Stelle holen. Es spielte keine Rolle mehr, wenn die Öffentlichkeit sein Auftauchen bemerkte. Dies war nicht mehr die Geschichte, die die Patrouille bewachen wollte, sondern eine, die beseitigt werden sollte.

Wenn das zu schaffen war ... Ja, mit Sicherheit war es zu schaffen — mit Hilfe einiger Enthüllungen und Taten sogar leicht. Aber es war völlig unvorhersehbar, zu welchen Auswirkungen dies führen würde. Besser so vorsichtig wie möglich bleiben! Ein Spatz in der Hand ist besser als eine Taube auf dem Dach! Bleib bei dem Teufel, den du schon etwas kennst, bis du weißt, woher er stammt!

Das Datum für Everards Erkundung, 1245, war nicht willkürlich gewählt worden. Es war fünf Jahre vor Friedrichs Tod — in der verlorenen Welt. In dieser würde der Kaiser weniger Belastungen ausgesetzt sein und daher auch nicht an einem Magen-Darm-Leiden sterben, wodurch alle Hoffnungen der Hohenstaufen zunichte wurden. Eine kurze Vorausschau hatte enthüllt, daß er in diesem Jahr den größten Teil des Sommers in Foggia war und daß alles in seinem Sinn verlief, so daß seine großen Pläne beinahe ohne Widerstand gediehen.

Man konnte erwarten, daß er Munan Eyvindsson willkommen heißen würde. Friedrichs Wißbegier war universal. Sie hatte ihn zu Experimenten mit Tieren und sogar — einem Gerücht zufolge — zur Vivisektion von Menschen geführt. Isländer kamen zwar von weit her, aus einem unbedeutenden und elenden kleinen Land; aber sie besaßen ein einzigartiges Erbe. (Everard hatte sich auf seiner Mission in die Wikingerzeit mit dieser Kultur vertraut gemacht. Jetzt war Skandinavien längst christianisiert, nur auf Island wurde noch altes Götter- und Sagengut bewahrt.) Munan war allerdings ein Gesetzloser und vogelfrei. Doch das hieß nur, daß seine Feinde das Althing dazu gebracht hatten, ihn zu verurteilen. Fünf Jahre lang konnte ihn jeder, der wollte, töten, ohne dafür bestraft zu werden. Die blutigen Fehden zwischen den Familien führten zu einem bürgerkriegsähnlichen Zustand. Erst in knapp zwanzig Jahren würde der König von Norwegen als Staatsoberhaupt anerkannt werden.

Wie andere, die es sich leisten konnten, ging auch Munan für die Zeit seiner Gesetzlosigkeit ins Ausland. Nach seiner Landung in Dänemark kaufte er Pferde und mietete einen Diener und Leibwächter — Karel, einen böhmischen Söldner, den er am Strand aufgegabelt hatte. Gemächlich und sicher zogen sie nach Süden.

Friedrichs Frieden wurde im Reich überall gewahrt. Munans erstes Ziel in Italien war Rom. Doch galt sein Hauptinteresse nicht einer frommen Pilgerreise, sondern seinem Traum, den Mann kennenzulernen, den man *stupor mundi*, das ›Staunen der Welt‹ nannte, diesen genialen und universalen Veränderer, wie Matthäus von Paris anläßlich seines Todes schrieb.

Nicht nur das Geschenk Munans erwarb ihm die Gunst des Kaisers, sondern, daß er die alten Sagas, die Snorra-Edda und die Lieder-Edda, sowie die Skaldendichtung vortragen konnte. »Ihr öffnet mir ein ganz neues Universum!« hatte Friedrich begeistert gerufen. Das war kein kleines Kompliment von einem Herrscher, an dessen Hof die vorzüglichsten Gelehrten Spaniens weilten, das neben Sizilien das wichtigste Bindeglied zwischen der islamischen und christlichen Welt war. Unter der Schirmherrschaft Friedrichs übersetzte Michael Scotus die biologischen Werke von Aristoteles und einen großen Teil der islamischen Alchemie. Hier führte Leonardo Fibonacci von Pisa, der erste Fachmathematiker des Abendlandes, die neuen indisch-arabischen Zahlen ein. »Ihr müßt eine Weile bei uns bleiben«, hatte Friedrich gesagt. Das war vor zehn Tagen gewesen.

Doch auch Bosheit war ihm widerfahren. »Fürchtet der kühne Signor Munan so weit von der Heimat entfernt noch Verfolgung? Dann muß er jemand ein schweres Unrecht zugefügt haben.«

Das hatte Piero della Vigna gesagt, der zur Rechten Friedrichs ritt. Er war mittleren Alters und graubärtig. Von Mode schien er nicht viel zu halten, denn er trug ein einfaches Gewand. Aber in seinen Augen blitzte die gleiche Intelligenz wie in denen seines Herrschers. Als Humanist, lateinischer Stilist, Jurist, Berater und späterer Kanzler war er nicht nur der Diener Freitag des Kaisers, sondern auch sein engster Freund an diesem Hof, wo es auch an Speichelleckern nicht mangelte.

Überrascht log Everard. »Ich dachte, ich hätte ein Geräusch gehört.« Im Innern: *Warum betrachtet der Kerl mich immer mit so finsteren Blicken? Er hat doch wohl keine Angst, daß ich ihn aus der kaiserlichen Gunst verdränge?*

»Ha, Ihr versteht mich erstaunlich gut«, stieß Piero hervor.

Everard verfluchte sich. *Dieser Bastard hat Italienisch benutzt, und ich habe vergessen, daß ich gerade erst als Fremder hergekommen bin!* Er zwang sich zu lächeln. »Aber selbstverständlich habe ich mir eine gewisse Kenntnis der Sprachen angeeignet, die ich bisher hörte. Doch möchte ich Hoheits Ohren nicht damit beleidigen, daß ich sie in Seiner Gegenwart spreche.« Boshaft: »Ich bitte um Verzeihung, Signore. Ich werde es für Euch ins Lateinische übersetzen.«

Piero winkte ab. »Ich konnte folgen.« Natürlich hatte ein so wacher Verstand auch etwas Deutsch gelernt, das er zweifellos für eine Grunzsprache hielt. Aber die Volkssprachen gewannen überall an politischer und kultureller Bedeutung. »Ich hatte wohl einen falschen Eindruck von Euch.«

»Es tut mir leid, wenn man mich mißverstand.«

Piero blickte woanders hin und verfiel in stummes Brüten. *Hält er mich für einen Spion? Für wen? Soweit wir feststellen konnten, hat Friedrich keine Feinde mehr, um die er sich Sorgen machen müßte. Na schön, der französische König macht sich so seine Gedanken ...*

Der Kaiser lachte. »Glaubst du vielleicht, unser Besucher will uns entwaffnen, Piero?« spottete er. Friedrich konnte auch gegen Nahestehende grausam sein. »Sei ganz beruhigt. Der gute Munan steht in niemandes Sold. Dieser Niemand heißt auch nicht Giacomo de Mora.«

Jetzt wurde Everard alles klar. *Das ist's! Piero macht sich wegen Signor Giacomo so große Sorgen. Ja, der hat tatsächlich mehr Interesse an mir gezeigt, als man erwartet hätte. Jetzt hat Piero Angst, daß Giacomo — wenn er mich nicht hier eingeschleust hat — mich als Werkzeug gegen seinen Rivalen einsetzen möchte. In einer Position, wie Piero sie hat, sieht jeder Schatten in allen Ecken.*

Mitleid folgte. Was war das Schicksal Pieros in dieser Geschichte? Würde er in ein paar Jahren von jetzt ›wiederum‹ fallen, weil man ihn der Verschwörung gegen seinen Herrscher anklagte, ihn blendete und seinen Kopf so lange gegen eine Mauer schlagen würde, bis das Gehirn herausspritzte? Oder würde die Zukunft ihn vergessen und sich statt dessen an Giacomo de Mora erinnern, dessen Name man in keiner Chronik, die der Patrouille bekannt war, verzeichnet fand?

Ja, diese Intrigen sind wie ein Tanz auf Nitroglyzerin. Vielleicht sollte ich mich von Giacomo auch fernhalten. Aber ... wo könnte ich besser einen Hinweis auf das, was schiefgelaufen ist, aufschnappen als bei Friedrichs brillantem obersten Militär und Diplomaten? Wer kennt diese Welt besser und ist scharfsinniger? Wenn er bereit ist, mich zu fördern, wenn der Kaiser keine Zeit hat, sollte ich die Ehre mit gebührender Vorsicht annehmen.

Komisch, daß er heute irgendwelche Entschuldigungen vorbrachte und nicht mitkam ...

Hufe klapperten. Die Schar hatte eine Hauptstraße erreicht. Friedrich gab seinem Roß die Sporen und preschte allen voran. Sein rötlichbraunes Haar wehte unter der Kappe mit der Feder. Die Abendsonne verwandelte es in einen Heiligenschein. Ja, er bekam schon eine Glatze, und seine schlanke Gestalt setzte etwas Fett an. Die Linien im glattrasierten Gesicht waren tief. (Es war ein germanisches Gesicht, das mehr seinem Großvater Friedrich Barbarossa als seinem anderen Großvater Roger II. ähnelte.) Doch in diesem Augenblick ähnelte er eher einem Gott.

Die Bauern, die auf den Feldern in der Nähe arbeiteten, verbeugten sich tief vor ihm, auch der Mönch, der auf dem Weg in die Stadt war. Es war mehr als die Ehrfurcht vor der Macht. Diesen Herrscher hatte immer —

auch in Everards Geschichte — eine übernatürliche Aura umgeben. Trotz seines Kampfes gegen die Kirche, sahen viele — besonders viele Franziskaner — ihn als eine mystische Gestalt, einen Erlöser und Reformator der irdischen Welt, vom Himmel gesandt. Manche hielten ihn freilich für den Anti-Christ. Doch dies schien vorbei zu sein. In dieser Welt war der Krieg zwischen ihm und dem Papst beendet, und Friedrich hatte gesiegt.

Im gestreckten Galopp näherten sich die Falkner der Stadt. Das Haupttor stand noch offen. Es wurde erst eine Stunde nach Sonnenuntergang geschlossen. Eigentlich war dies nicht nötig. Es bestand keine Gefahr; aber der Kaiser hatte es für hier und für das ganze Land angeordnet. Für Verkehr und Handel mußte es gewisse Zeiten und Vorschriften geben. Das Tor hatte nichts von der Anmut und Pracht Palermos, wo Friedrich seine Kindheit verbracht hatte. Wie andere Gebäude, die auf seinen Befehl erbaut wurden — Festungen und Verwaltungszentren —, war es massiv, nüchtern und quadratisch. Darüber wehte ein Banner im Abendwind: Ein Adler auf goldenem Feld, das Emblem der Hohenstaufer.

Everard wunderte sich nicht zum erstenmal seit seiner Ankunft, wie viel von alledem seine Geschichte gewußt hatte. Viel blieb nicht übrig, das im zwanzigsten Jahrhundert — seinem zwanzigsten Jahrhundert — nicht von den Überlebenden der Patrouille mit riesigem Arbeitsaufwand erforscht worden war. Um die Entwicklung der Architektur hatte man sich allerdings kaum kümmern können. Vielleicht war diese nicht sehr verschieden vom ›Original‹ des mittelalterlichen Foggia. Vielleicht aber doch? Sehr viel würde davon abhängen, wie bald die Ereignisse auf die falsche Bahn gerieten.

Genau gesagt, passierte es vor ungefähr hundert Jahren, als Papst Gregor IX. nicht geboren wurde — oder etwas später, als er vielleicht jung starb oder nicht Priester wurde oder was sonst schiefgelaufen ist. Aber Veränderungen in der Zeit breiten sich nicht wie eine einzige Welle aus. Sie sind ein unendlich kompliziertes Wechselspiel von Quantenfunktionen, die mein armer Kopf nie begreifen wird.

Es war denkbar, daß die winzigste Veränderung eine gesamte Zukunft annullieren konnte, wenn das Ereignis entscheidend war. Und davon müßte es theoretisch zahllose geben. Aber man spürte sie fast nie. Es war, als schütze der Zeitstrom sich selbst, floß um sie herum, ohne die eigentliche Richtung und Gestalt zu ändern. Manchmal stieß man auf komische Strudel und Wirbel — und hier war einer zu einem alles verschlingenden Ungeheuer geworden ...

Dennoch mußte jede Veränderung sich durch Ketten von Ursache und Wirkung ausbreiten. Wer — außerhalb der unmittelbaren Nachbarschaft — würde jemals hören, was sich bei zwei Familien in Anagni ereignete, beziehungsweise nicht ereignete? Es würde lange dauern, bis die Konsequenzen daraus weite Kreise zogen. Inzwischen nahm alles in der Welt unberührt seinen gewohnten Lauf.

So wurde Konstanze, die Tochter König Rogers II., nach seinem Tod geboren. Sie war über dreißig, als sie Barbarossas jüngeren Sohn heiratete. Neun weitere Jahre gingen ins Land, ehe sie ihm 1194 Friedrich gebar. Es war keine Liebesheirat. Das vor keiner Gewaltsamkeit zurückschreckende Naturell Heinrichs VI. paßte kaum zu der gebildeten Sizilianerin. Durch diese Ehe wurde Heinrich zum König Siziliens. Obwohl er elf Jahre jünger als seine Frau war, starb der König drei Jahre nach der Geburt seines Sohnes. Friedrich war nun der Erbe dieses hybriden Königreichs. Er wuchs in Aufruhr und Intrigen als Mündel Papst Innozenz' III. auf, der auch seine erste Heirat arrangierte und mit den deutschen Reichsfürsten aushandelte, dem jungen Friedrich 1212 zum deutschen König zu krönen, da Otto IV. sich der Kirche gegenüber so feindlich verhalten hatte, daß der Papst ihn exkommunizierte. Im Jahr 1220 wird Friedrich vom neuen Papst Honorius III. in Rom zum Kaiser gekrönt.

Aber danach kam es zu erheblichen Spannungen zwischen dem Staufer und der Kurie. Friedrich schob immer wieder Versprechen hinaus, brach Zugeständnisse. Lediglich bei der Verfolgung der Ketzer blieb er auf der Linie der Mutter Kirche. Hier endete seine oft gerühmte Toleranz. Das bereits 1215 am Grab Karls des Großen in Aachen abgelegte Kreuzzugsgelübde schob Friedrich dreizehn Jahre geschickt taktierend hinaus. Für ihn war die Festigung der politischen und wirtschaftlichen Ordnung im eigenen Land die vordringlichere Aufgabe. Honorius starb 1227 ...

Ja — soweit wir feststellen können, nahm alles bis dahin denselben Verlauf. 1225 heiratete Friedrich, inzwischen verwitwet, Isabella, die Tochter des Königs von Jerusalem — hm — genau wie er sollte. Ein kluger Schachzug, um dieses Gebiet den Ungläubigen wieder zu entreißen, doch zuvor wollte er noch die Verhältnisse in der Lombardei ordnen. Dies ging nicht ohne Gewalt. Und dann starb Honorius 1227.

Und der nächste Papst war nicht Gregor IX., sondern Cölestin IV. — und danach wurde die Welt immer weniger so, wie sie hätte sein sollen.

»Heil!« riefen die Wachen. Sie schwenkten die Piken. Dann brachte die Jagdpartie Farbe in den tunnelähnlichen Torweg. Hufe hallten auf dem breiten, glatt gepflasterten Streifen wider, der unter der Stadtmauer lag. Dahinter kamen die Bauten der Stadt. Über den Dächern sah Everard die Türme der Kathedrale. Gegen den Abendhimmel wirkten sie düster, als habe sich die Nacht schon über sie gesenkt.

Ein gut gekleideter Mann mit Diener wartete hinter dem Tor. Dem unruhigen Scharren der Pferde nach wartete er schon eine ganze Weile. Als er näher ritt, um Friedrich zu begrüßen, erkannte Everard den Höfling wieder.

»Euer Hoheit, vergebt mir die Störung«, sagte er. »Jedoch glaube ich, daß Ihr dies augenblicklich zu wissen begehrt. Am heutigen Tag kam die Nachricht. Der Botschafter aus Bagdad landete gestern in Bari. Er und sein Gefolge wollten im Morgengrauen hierher aufbrechen.«

»Höllenfeuer!« rief Friedrich. »Dann sind sie morgen hier. Ich weiß, wie Araber reiten.« Er blickte umher. »Tut mir leid, aber die Festlichkeit, die wir für heute abend planten, fällt aus«, erklärte er. »Ich bin mit den Vorbereitungen zu beschäftigt.«

Piero della Vigan zog die Augenbrauen in die Höhe. »In der Tat, Hoheit? Müssen wir ihnen eine so große Ehre zuteil werden lassen? Dieses Kalifat ist doch nur noch eine armselige Hülle einstiger Größe.«

»Um so mehr Grund für mich, es wieder zu Kräften zu bringen. Ein Verbündeter auf dieser Flanke«, erwiderte der Kaiser. »Kommt!« Er, sein Kanzler und der Höfling ritten davon.

Die enttäuschten Gefährten entfernten sich in kleinen Gruppen, jede in eine andere Richtung. Aufgeregt diskutierte man, was dies wohl bedeuten könne. Einige wohnten im Palast und folgten ihrem Monarchen langsam. Everard gehörte auch dazu. Allerdings ließ er sich sehr viel Zeit und ritt einen Umweg, da er allein sein wollte, um nachzudenken.

Die Bedeutung — hm. Vielleicht gelingt es Fred oder seinem Nachfolger tatsächlich, den Nahen Osten dichtzumachen und die Mongolen aufzuhalten, wenn sie dort einfallen. Wäre das nicht ein Hammer!

Die Vergangenheit lief vor seinem geistigen Auge ab; aber diesmal nicht die seiner Welt, sondern der Verlauf dieser Welt, die es nicht geben durfte. Seine Informationen waren auch unzureichend. Er hatte nur das, was er und seine paar Helfer aufzeichnen konnten.

Der milde, kränkelnde Papst Cölestin war kein Gregor, der den Kaiser exkommunizierte, als er den Kreuzzug wieder hinausschob. In Everards Welt war Friedrich schließlich mit vierzig gut gerüsteten Galeeren aus dem Hafen von Brindisi ausgelaufen, um als Exkommunizierter für die Sache der Christenheit gegen die Ungläubigen zu kämpfen und Jerusalem zurückzuerobern. Dies gelang ihm, doch nicht durch Kämpfe, sondern kluges Verhandeln. In dieser Geschichte mußte er sich nicht selbst zum König krönen, da die Kirche ihn gesalbt hatte. Diesen Vorteil nutzte er geschickt aus. Er unterdrückte und vernichtete Feinde wie Johann Ibelin von Zypern, Herr von Beirut und mächtigster der syrischen Barone, und festigte die Verträge mit dem Sultan von Ägypten und den Emiren von Damaskus und Ikonion. Mit diesem Netz auf eigenem Gebiet hatten die Byzantiner keine Aussicht, die verhaßte lateinische Herrschaft abzuschütteln — sie mußten sich immer mehr den Wünschen des Kaisers des Heiligen Römischen Reiches beugen.

Inzwischen hatte Friedrichs Erbe, sein erstgeborener Sohn Heinrich VII., in Deutschland Aufruhr gestiftet. Auch in dieser Welt beendete Friedrich die Rebellion und verurteilte seinen Sohn wegen Anstiftung zu offener Rebellion, wiederholter Eidbrüche und schweren Hochverrats mit lebenslanger Gefangenschaft — die allerdings nicht lange währte, da Heinrich schon 1242 starb. In dieser Welt starb auch die zweite Gemahlin Friedrichs sehr jung — vielleicht an Vernachlässigung und gebrochenem Herzen. Doch dann heiratete Friedrich hier nicht Isabella, die Schwester des englischen Königs Heinrich III., sondern eine Tochter aus dem königlichen Hause Aragon.

Sein Bruch mit Cölestin kam, als er mit seinem Heer in der Lombardei einmarschierte und sie grausam unterwarf. Danach bemächtigte er sich — entgegen aller Eide — Sardiniens und verheiratete seinen unehelichen Sohn Enzio mit der Königin. Als er den Kirchenstaat so in der Zange sah, blieb Cölestin keine andere Wahl, als den Kaiser zu exkommunizieren. Friedrich und seine

Anhänger ignorierten den Bann und überrannten in den nächsten Jahren Mittelitalien.

Daher war er in der Lage, ein mächtiges Heer gegen die Mongolen zu entsenden, als diese in Europa einfielen. 1241 konnte er sie völlig besiegen. Als Cölestin im selben Jahr starb, setzte der ›Retter der Christenheit‹ seine Marionette als Papst Lucius IV. auf den Stuhl Petri.

Der Kaiser hatte auch die Gebiete Polens dem Reich einverleibt, wo seine Armeen gegen die Mongolen gekämpft hatten. Die Deutschordensritter waren als willige Werkzeuge des Kaisers dabei, Litauen zu erobern. Verhandlungen über eine dynastische Heirat waren mit Ungarn im Gange — *Was als nächstes? Wer ist der nächste?*

»Oh, Verzeihung!« Everard zügelte das Pferd. Er war so in Gedanken verloren durch eine dunkle, enge Gasse gekommen, daß er fast einen Mann niedergeritten hätte. »Ich hab dich nicht gesehen. Alles in Ordnung?« Hier wagte er fließend italienisch zu sprechen.

»Nichts passiert, Signore. Nichts.« Der Mann zog sein lehmbespritztes Gewand fester um den Leib und huschte davon. Everard sah trotz der Dunkelheit den Bart, den breitrandigen Hut und das gelbe Abzeichen. Ja, ein Jude. Friedrich hatte ein Gesetz erlassen, daß Juden mit gelbem Flicken gekennzeichnete Kleidung tragen mußten, sich nicht rasieren durften und ihnen eine Reihe weiterer Beschränkungen auferlegt.

Da der Mann unverletzt war, konnte Everard ruhigen Gewissens weiterreiten. Die Gasse mündete auf einen Marktplatz. Da es schon dunkel wurde, war er leer. Die Menschen im Mittelalter blieben nach Einbruch der Dunkelheit meist in ihren Häusern. Hier brauchte er keine Angst vor einem Verbrechen zu haben — die kaiserlichen Stadtwachen und der Henker sorgten für Ordnung; aber es war nicht besonders lustig, durch unbeleuchtete Straßen und Gassen voll Abfall und Kot zu stapfen. In der Mitte des Platzes erhob sich ein angekohlter Baumstamm. Die Asche und Überreste an seinem Fuß waren nur oberflächlich beseitigt. Everard hatte gehört, daß einer Frau wegen Zugehörigkeit zur ketzerischen Sekte der Katharer, die ihren Ursprung im persischen Manichäismus hatte, verurteilt worden war. Offenbar war sie heute hier verbrannt worden.

Er biß die Zähne zusammen und ritt weiter. *Friedrich ist keineswegs so abscheulich wie Hitler. Er ist auch kein verstiegener Idealist oder Politiker, der sich bei der Kirche lieb Kind machen will. Er verbrennt Ketzer, weil dies seiner eigenen Vorstellung von einer einheitlichen Staatsordnung entspricht: Die vom rechten Glauben abweichenden Ketzer stellten eine Bedrohung der staatlichen wie der kirchlichen Ordnung dar. Sie werden daher ebenso wie aufrührerische Städte vernichtet. Aus diesem Sinn für Ordnung gab Friedrich auch die Verordnungen über Beschränkungen für Juden und Moslems heraus — und für fahrende Sänger, Huren und sonstige unabhängige Gewerbetreibende. Sein Hauptanliegen ist das Wohlergehen ordentlicher Untertanen.*

Bei den Vorbereitungen zu dieser Mission las ich öfter, daß die Historiker ihn für den Begründer des ersten modernen Staates hielten (in Westeuropa, zumindest nach dem Fall Roms). Ein straff organisierter, zentralisierter Verwaltungsapparat. Es tat mir verdammt leid, daß alles nach seinem Tod in Stücke fiel — in meiner Welt!

Auf dieser Linie aber offenbar nicht. Everard hatte gesehen, was sieben Jahrhunderte später kam. *(He, Wanda, wie geht's dir denn, Mädchen, so vor hundert Jahren?)* Das Imperium würde sich mit jeder Generation weiter ausdehnen, bis es ganz Europa einschloß und veränderte, was mit Sicherheit auch eine starke Wirkung auf den Orient hatte. Wie? Das spielte keine Rolle. Everard vermutete eine Anglo-Kaiserliche-Allianz, die Frankreich aufteilte. Danach würde das Reich die Britischen Inseln, die Iberische Halbinsel, vielleicht alles bis Rußland oder davon auch noch ein Stück verschlingen. Seine Seeleute würden Amerika erreichen, allerdings viel später als 1492. In dieser Geschichte fehlte die Renaissance und die Aufklärung und der damit verbundene Aufstieg der Wissenschaften. Seine Kolonien würden sich nach Westen ausbreiten. Aber die ganze Zeit würde der Verfall, der in jedem Imperium entsteht, das Reich von innen aushöhlen und auffressen.

Was die Kirche betraf — sie würde nicht untergehen, nicht einmal durch eine Reformation gespalten werden; aber sie würde zu einem Staatsgebilde und auch in den Todeskampf hineingezogen werden.

Wenn nicht eine verstümmelte Patrouille dieses Geschick abwenden konnte, ohne dabei etwas Schlimmeres zu säen.

An den Palastställen stieg Everard ab und übergab sein Pferd einem Stallburschen. In der Nähe waren die großen Tiergehege, wo sich auch die Mauserkäfige für die Falken befanden. Da Everard sich (fälschlicherweise) als Laie im Umgang mit Falken ausgegeben hatte, mußte er sich nicht um seinen Vogel kümmern. Im Vorhof herrschte lebhaftes Treiben. Um es zu vermeiden, ging er zum hinteren Tor. Die Wachen erkannten ihn und ließen ihn mit freundlichem Gruß passieren. Es waren nette Burschen, ganz gleich, was sie in der Vergangenheit getan hatten. Krieg war Krieg, zu allen Zeiten. Auch Everard war Soldat gewesen.

Der Kiesweg knirschte leise unter seinen Stiefeln. Aus den kunstvoll angelegten Gärten rechts und links strömte herrlicher Duft. Er hörte einen Springbrunnen plätschern. Dann erklang eine Laute, gleich darauf die Stimme eines Mannes. Everard konnte ihn nicht sehen, da Büsche ihn verbargen. Bestimmt lauschte eine junge Dame dieser Liebesserenade. Die Sprache war aus dem Süden Deutschlands. Viele Minnesänger überquerten die Alpen und suchten den Hof Friedrichs auf.

Vor Everards Augen erstreckte sich Friedrichs Residenzschloß. Es war ein ungewöhnlich prächtiges Bauwerk, mit Wasserspielen und erlesenem Marmorschmuck. Zeitgenössische Chronisten berichten von sagenhaften Hoffesten und orientalischem Glanz. Viele Fenster waren erleuchtet. (Natürlich nicht so hell wie bei elektrischem Licht — die Welt wird diese Errungenschaft vielleicht nie kennenlernen.) Als Everard eintrat, war der lange Korridor von Lampen erhellt, die in eisernen Haltern steckten.

Niemand war zu sehen. Die Dienerschaft nahm das Abendmahl in ihren Quartieren ein, ehe sie alles für die Nacht herrichteten. (Friedrich — und daher auch sein Hofstaat — bevorzugte leichte, bekömmliche Kost und nahm nur einmal täglich eine volle Mahlzeit ein, meist am frühen Nachmittag.) Everard ging die Treppe empor. Der Kaiser hatte ihn geehrt, indem er ihm einen Raum hier oben gegeben hatte; aber dieser lag natürlich etwas abseits, und er mußte ihn mit seinem Diener teilen.

Er öffnete die Tür und trat ein. Der Raum war klein. Die Möbel bestanden aus einem großen Doppelbett, mehreren Hockern, einer Kleidertruhe und einem Nachttopf. Novak sprang auf und nahm Haltung an. »Steh bequem«, sagte Everard in amerikanischem Englisch. »Also wie oft soll ich noch sagen, daß diese mitteleuropäische *Ordnungsliebe* bei mir nicht nötig ist?«

Der Tscheche blickte ihn völlig verständnislos an. »Aber ...«

»Moment mal.« Beide riefen Jack Hall innerhalb vierundzwanzig Stunden einmal an, damit der Mann am Zeitmobil wußte, daß alles in Ordnung war. Dies war für Everard heute die erste Gelegenheit, ein Privatgespräch zu führen. Novak hatte ihm berichtet, daß er ein paarmal komische Blicke eingefangen hatte, als er dachte, er spräche allein. Aber niemand hatte ihn zur Rede gestellt. Es sollte wie ein religiöses Ritual aussehen, von denen es hier zahllose gab. Everard holte das Medaillon unter der Tunika hervor, hielt es an den

Mund und drückte auf den Schalter. »Melde mich«, sagte er, »zurück im Palast. Keine neuen Entwicklungen. Einfach kein Glück. Bleib dran, alter Junge.« Es mußte langweilig sein, einfach zu warten; aber das Cowboyleben hatte Hall Geduld gelehrt.

Wie ein so winziges Ding eine Radiowelle erzeugen konnte, die so weit reichte, wußte Everard auch nicht. Irgendein Quanteneffekt vermutete er. Dann schaltete er aus, um Energie zu sparen, und versteckte es wieder. »Also schön«, sagte er. »Wenn du mir einen Gefallen tun willst, dann mach mir ein Sandwich und gib mir was zu trinken. Ich weiß, daß du was gebunkert hast.«

»Sofort.« Novak holte aus der Truhe einen Laib Brot Käse, Wurst und eine Tonflasche. Everard griff gierig nach der Flasche, zog den Stöpsel raus und trank.

»*Vino rosso!*« beschwerte er sich. »Hast du kein Bier?«

»Aber Sie haben doch selbst festgestellt, daß die Italiener dieser Epoche kein ordentliches Bier brauen können. Außerdem könnte man es hier nicht kühlen.« Er holte sein Messer heraus, um ein Sandwich zu machen. »Wie war Ihr Tag?«

»Ach, eigentlich hatte ich viel Spaß und habe auch viel gelernt«, antwortete Everard. »Aber, verdammt noch mal, ich bin auf keinen einzigen nützlichen Hinweis gestoßen. Viele alte Geschichten; aber nicht eine alt genug, um eine Idee zu bekommen, wann oder wo der kritische Zeitpunkt gewesen sein könnte! Ich gebe uns noch eine Woche. Danach zum Teufel mit hier, und wir begeben uns zurück zum Stützpunkt.« Er setzte sich. »Ich hoffe, du hast dich nicht zu Tode gelangweilt.«

»Ganz im Gegenteil.« Novak schaute auf. Das breite Gesicht war angespannt, die Stimme heiser. »Ich glaube, daß ich eine wichtige Information habe.«

»Was? Sag schon!«

»Heute morgen habe ich mich über eine Stunde mit Signor Giacomo de Mora unterhalten.«

Everard stieß einen Pfiff aus. »Du — ein angeheuerter Diener?«

»Ich war selbst überrascht. Schließlich ist er einer der Hauptberater des Kaisers, sein General gegen die Mongolen, sein persönlicher Botschafter beim König von England und ... Na ja, er ließ mich holen. Dann empfing er mich allein und war sehr freundlich, wenn man den Standesunterschied zwischen uns bedenkt. Er sagte, daß er alles über fremde Länder lernen wolle, was er nur könne. Es sei ja auch hochinteressant gewesen, was Sie ihm alles erzählt hätten; aber ein Mann von niederem Stand sehe und höre auch viel — und oft Dinge, die sein Herr gar nicht bemerke. Und da er heute nichts zu tun habe ...«

Everard kaute auf der Unterlippe. Sein Puls ging schneller. »Ich bin nicht sicher, ob mir das gefällt.«

»Ich auch nicht.« Novak schnitt entschlossen die zweite Scheibe Brot ab und klappte das Sandwich zusammen. »Aber was konnte ich machen? Ich habe, so gut ich konnte, den Einfaltspinsel gespielt. Ich befürchte aber, daß ich kein Talent zum Schauspieler habe.« Er richtete sich auf und sagte langsam: »Es gelang mir, ein paar eigene Fragen einzuschieben. Ich tat so, als würde ich einfach neugierig sein. Giacomo fiel darauf rein und erzählte mir etwas über sich und ... seine Vorfahren.«

Er gab Everard das Sandwich. »Red weiter!« sagte er. Eiseskälte lief ihm über den Rücken.

»Ich hatte, was man so eine Ahnung nennt. Deshalb erkundigte ich mich nach seiner Familie. Sie wissen doch, wie stolz diese Aristokraten auf ihre erlauchte Herkunft sind. Also sein Vater stammt aus — ist mir jetzt entfallen —, aber seine Mutter gehört zu den Conti aus Anagni. Als ich das hörte, fiel es mir nicht mehr schwer, ein dummes Gesicht zu machen, obwohl es mir nicht leicht fiel, Fassung zu bewahren. Ich sagte, daß ich von einem berühmten Ritter gehört hätte, einem Lorenzo de Conti, der vor hundert Jahren gelebt habe, und ob das vielleicht ein Verwandter von ihm sei. Und so ist es, Sir!« Novak platzte förmlich damit heraus. »Giacomo ist der Urenkel dieses Ritters! Lorenzo hatte ein eheliches Kind. Kurz nach der Geburt ging er auf einen Kreuzzug, wurde krank und starb.«

Everard starrte vor sich hin. »Wieder Lorenzo«, flüsterte er.

»Ich kapiere es auch nicht. Ist wie ein Zauber, nicht wahr?« Er schüttelte sich. »Das gefällt mir überhaupt nicht.«

»Nein«, sagte Everard tonlos. »Das ist es nicht. Aber auch kein Zusammentreffen, glaube ich. Blinder Zufall, immer unter der Haut, die wir Realität nennen ...« Er schluckte. »Die Patrouille hat sich mit Knoten befaßt, Punkten in der Raumzeit, wo es allzu leicht ist, den Lauf der Welt zu verändern. Aber muß ein solcher Nexus immer ein Ereignis sein, das geschieht oder auch nicht? Kann es nicht auch eine Person sein? Lorenzo war — ist — eine Art Blitzableiter. Und der Blitzstrahl geht durch ihn hindurch und weiter über seinen Tod hinaus — und beeinflußt jetzt durch Giacomo Friedrichs Karriere ...«

Er sprang auf. »Das ist unser Hinweis, Karel! Du hast ihn gefunden! Lorenzo kann in Rignano nicht gestorben sein. Er muß noch in demselben Krisenjahr aktiv sein, in das wir Wanda geschickt haben.«

»Dann müssen wir zu ihr«, sagte Novak mit leicht zittriger Stimme. Erst jetzt schien ihm die volle Bedeutung der Tatsache klar geworden zu sein, die er ausgegraben hatte.

»Natürlich ...«

Die Tür flog auf. Everard stockte der Atem. Luft zischte durch Novaks Zähne.

Der Mann vor ihnen war Mitte vierzig, mit schmalem Gesicht und dunklem Haar, das an den Schläfen schon grau wurde. Sein athletischer Körper steckte in Kampfkleidung. Über dem Hemd trug er ein Lederwams, dazu enge Beinkleider. Er hielt das blanke Schwert in der Hand. Hinter ihm standen vier Bewaffnete mit Hellebarden und breiten Krummschwertern.

Verdammt! Das Spiel ist aus, dachte Everard. »Aber, Signor Giacomo«, sagte er. Im letzten Augenblick erinnerte er sich, deutsch zu sprechen. »Welchem Umstand verdanken wir die Ehre Eures Besuches?«

»Halt!« befahl der Ritter. Er hielt das Schwert ausgestreckt, bereit, jeden Moment zuzustoßen. »Keine Bewegung, sonst seid ihr beide tot.«

Wir haben natürlich unsere Waffen beim Waffenmeister des Palasts gelassen! Jetzt haben wir nur unsere Tischmesser und — Verstand? »Was soll das heißen, Signore?« empörte sich Everard. »Wir sind Gäste Seiner Hoheit. Habt Ihr das vergessen?«

»Ruhe! Haltet die Hände ausgestreckt vor euch und kommt heraus auf den Korridor!«

Dort war Platz, um die Hellebarden einzusetzen. Eine Spitze war bedrohlich nahe an Everards Kehle. Ein Stich würde ihn so wirkungsvoll wie ein Pistolenschuß töten, nur leiser. Giacomo trat einige Schritte zurück. »Sinibaldo, Herrmann.« Seine Stimme war leise, aber deutlich zu verstehen. »Ihr geht dahinter. Jeder hinter einem Mann. Entfernt die Medaillons, die sie um den Hals unter dem Gewand tragen.« Zu den Gefangenen: »Wenn ihr Widerstand leistet, seid ihr tot.«

»Unsere Kommunikatoren«, flüsterte Novak auf temporal. »Hall weiß nicht mehr, wo wir sind oder was mit uns geschieht.«

»Keine Geheimsprachen!« fuhr Giacomo ihn an. Dann mit einem Lächeln, das doch eine gewisse Angst nicht ganz verbergen konnte, sagte er: »Wir werden von euch in Bälde jede Menge Geheimnisse hören.«

»Dies sind Reliquiare«, erklärte Everard verzweifelt. »Wollt Ihr uns unsere heiligen Gegenstände rauben? Hütet Euch vor dem Zorn Gottes!«

»Heilig für Ketzer oder Zauberer?« höhnte Giacomo. »Ich ließ euch genauer beobachten, als ihr wißt. Ihr wurdet gesehen, wie ihr dort hineinmurmeltet, wie kein Mensch zu Gott oder einem Heiligen beten würde. Was wolltet ihr da heraufbeschwören?«

»Das ist ein alter isländischer Brauch.« Everard spürte eine Hand im Nacken. Dann glitt das Medaillon über seine Brust, die Kette wurde ihm über den Kopf gestreift. Der Mann nahm ihm auch das Messer ab und zog sich schnell zurück.

»Das werden wir herausfinden. Kommt jetzt mit, aber seid still!«

»Mit welchen Recht verletzt Ihr die Gastfreundschaft des Kaisers gegen uns?« fragte Everard.

»Ihr seid Spione, wahrscheinlich Zauberer. Ihr habt uns belogen über das Land, aus dem ihr zu uns kamt.« Giacomo hob abwehrend die Hand. »Nein, schweigt jetzt!« Aber offenbar wollte er jeden Widerstand sofort brechen, indem er seine Macht ausspielte. »Ich hegte von Anfang an Verdacht. Eure Geschichte klang unglaubwürdig. Ich kenne einiges über die Teile der Welt, aus denen Ihr zu kommen behauptetet. Ihr, der Ihr Euch Munan nennt. Ihr seid listig und verschlagen genug, Piero della Vigna hinters Licht zu führen — wenn Ihr nicht überhaupt in seinem Sold steht. Ich rief Euren Gefährten zu mir und entlockte ihm alles, was er weiß.«

Ein tiefes, triumphierendes Lachen folgte. »Was er zu wissen *behauptet!* Ihr seid in Dänemark gelandet, sagtet Ihr, Munan, und dort habt Ihr ihn gefunden, wo er sich schon einige Zeit aufgehalten hatte. Doch er sprach von dem Zwist zwischen dem König und seinem Bruder, dem König und den Bischöfen.«

»O mein Gott!« stöhnte Novak in temporal. »Ich habe mich so bemüht, den Idioten zu spielen, aber ...« Ehe Giacomo ihm Schweigen gebieten konnte, richtete er sich auf und sagte auf deutsch: »Signore, ich bin ein einfacher Soldat. Was weiß ich schon von solchen Dingen?«

»Du würdest wissen, ob dort Krieg in der Luft lag oder nicht.«

Wir sind so wenige in der Patrouille, dachte Everard. *An alles konnten wir auch nicht denken. Karel bekam einen Schnellkurs in der dänischen Geschichte dieser Epoche; aber es war in* unserer *Geschichte, daß die Söhne Waldemars II. sich bekriegten und der König die Bischöfe gegen sich aufbrachte, weil er von der Kirche Steuern für diesen Krieg verlangen wollte. In* dieser *Welt hat Friedrich Deutschland zu einer Koalition zusammengeschweißt, daß die Dänen aus lauter Angst zusammenhalten.*

In Novaks Augen standen Tränen. »Es tut mir ja so leid«, murmelte er.

»Ist nicht deine Schuld«, beruhigte ihn Everard. *Du konntest nichts dafür, daß dieser gescheite und weitgereiste Mann dich reinlegte. Du wurdest nie für Geheimdienstarbeit rekrutiert oder ausgebildet.*

»Ich werde euch sofort in den Kerker bringen lassen, ehe ihr noch euer böses Werk ausführen könnt«, erklärte Giacomo. »Seine Hoheit ist beschäftigt, wie ich höre; aber bei der ersten Gelegenheit werde ich Hoheit informieren. Mit Sicherheit wird Hoheit selbst wissen wollen, wem ihr dient und warum ... und ob es ein Fremder ist.«

Piero della Vigna! Everard war jetzt alles klar. *Der Erzrivale dieses Kerls. Klar, Giacomo würde nur zu gern etwas in die Hände bekommen, das Piero belastete. Vielleicht sind seine Ideen nicht nur Verfolgungswahn. In meiner Welt fand Friedrich schließlich, daß Piero ihn verraten hatte.*

Eine weitere Erkenntnis, die noch viel schrecklicher war, kam ihm: *Giacomo ist Lorenzos Nachkomme! Es ist, als würde dieses verbogene Kontinuum seine Existenz verteidigen und durch seinen Urheber Lorenzo hindurch, über sein Grab hinaus, nach uns greifen.* Er blickte Giacomo in die Augen und sah den Tod.

»Ihr zögert über Gebühr«, sagte der Adlige. »Bewegt euch!«

Everard ließ die Schultern sinken. »Wir sind unschuldig, Signore. Laßt mich mit dem Kaiser sprechen.« *Das wird uns auch nichts nützen, höchstens eine zweite Runde Folter einbringen. Wo wird man uns danach hinbringen? An den Galgen, zum Henkersblock oder auf den Scheiterhaufen?*

Giacomo drehte sich um und schritt auf die Treppe zu. Everard folgte ihm langsam. Novaks Schritte waren entschlossener. Die beiden Männer mit den Krummschwertern blieben an ihrer Seite, die mit den Hellebarden hinter ihnen.

Da riß Everard den Arm hoch. Mit einem Handkantenschlag traf er den Nacken des Soldaten rechts von ihm.

Blitzschnell wirbelte er herum. Der Hellebardenträger hinter ihm stieß einen Schrei aus und senkte die Waffe. Everard parierte mit dem Arm den Schaft. Das brachte ihm zwar eine Beule ein; aber er hatte den Burschen jetzt unmittelbar vor sich. Mit aller Kraft stieß er dem Mann den Handballen unter die Nase. Knochen splitterten.

Überraschung und eine Kampfkunst, die selbst in Asien erst viel später bekannt werden würde. Doch allein reichte das nicht. Zwei Bewaffnete lagen flach auf dem Boden — tot, sterbend, ohnmächtig — das war Everard egal. Giacomo und die beiden anderen waren noch da. Novak packte das herabgefallene Krummschwert, Everard griff nach der Hellebarde. Da schlug der andere Hellebardenträger zu. Um ein Haar hätte er Everard die Hand abgetrennt. Funken stoben auf, als der Stahl die Steinplatten traf.

»Hilfe!« schrie Giacomo. »Mörder! Verrat! Hilfe!« Keine Geheimniskrämerei mehr. Das waren Ausländer von niederem Stand. Sie hatten Männer des Kaisers angegriffen. Seine beiden Schergen stimmten in die Schreie ein.

Everard und Novak liefen zum Treppenabsatz. Giacomo sprang beiseite. Auf dem Korridor kamen in beiden Richtungen Leute aus den Zimmern gestürzt. »So schaffen wir es nie«, stieß Everard hervor.

»Laufen Sie weiter«, keuchte Novak. »Ich halte sie auf.«

Jetzt hatten sie die Treppe erreicht. Novak blieb stehen und schwang das Schwert. »Die bringen dich um«, protestierte Everard.

»Wir gehen beide drauf, wenn du nicht sofort losrennst, du Idiot! Du weißt, wie man diese verdammte Welt beendet, ich nicht.« Schweiß lief über Novaks Gesicht, aber er grinste.

»Dann wird es sie nie gegeben haben, und du existierst auch nicht mehr.«

»Na und? Ist das so anders als normaler Tod? Los, renn endlich!«

Novak ging in die Hocke. Sein Schwert blitzte hin und her. Giacomo feuerte die Männer an, die aufgetaucht waren. Unten mußte man den Lärm auch hören. Eine oder zwei Minuten würden sie noch zögern, länger nicht.

»Gott schütze dich«, würgte Everard hervor, dann sprang er die Stufen hinab. *Ich lasse ihn nicht im Stich.* In seinem Innern tobte ein Kampf. *Er hat recht. Wir haben beide unsere besonderen Aufgaben. Ich muß unsere Erkenntnisse zur Patrouille bringen und auswerten.*

Doch dann der Gedanke: *Nein! Daran hätten wir gleich denken müssen; aber die Eile — Sobald ich bei Jack bin, müßten wir Karel retten können.* Wenn *er die nächsten fünf Minuten überlebt. Ich kann nicht früher zurückkommen, sonst würde ich riskieren, meine eigene Flucht zu vereiteln. Oh, verdammt! Aber ich muß diese Aufgabe durchziehen.*

Halt aus, Karel!

Aus der Hintertür in den Garten. Das Geschrei hinter ihm wurde lauter. Er kam an einem jungen Mann und einer Frau vorbei. Vielleicht der Minnesänger und seine

Angebetete. »Ruft die Wachen!« schrie er ihnen auf italienisch zu und rannte weiter. »Aufruhr im Palast. Ich hole Hilfe.« Die Verwirrung noch größer machen.

Kurz vor dem Tor hielt er inne. Die Wachen hatten noch nichts gehört. Er hoffte inständig, sie würden nicht bemerken, wie er roch. »Guten Abend«, sagte er ruhig und schlenderte weiter, als sei er auf dem Weg zu einem Fest oder Stelldichein.

Kaum war er außer Sicht, schlug er sich in die Seitengassen. Es war schon recht dunkel geworden. Aber er konnte ein Stadttor noch vor dem Schließen erreichen. Wenn man ihm Fragen stellte, würde er schon mit irgendeiner Ausrede durchkommen. Er war von Natur aus nicht schlagfertig, hatte aber im Laufe der Zeit so einige Tricks gelernt. Das war Karel nie gelungen. Gegen Morgen würde sich die Jagd nach ihm auch aufs Land ausweiten. Dann brauchte er all sein Wissen, wie man in den Wäldern überlebte. Wenn er zwei oder drei Tage Freiheit schaffte, müßte er das Tal erreichen, wo Jack Hall wartete — der bis dahin vor Angst und Sorge schon halb den Verstand verloren haben würde.

Und danach wird die Sache erst richtig haarig.

1146 n. Chr.

I

»Hier spricht Tamberly. Volstrup ist im Augenblick nicht da. Er ist bei den männlichen Gästen. Ich bin allein im Zimmer und benutze die Gelegenheit, mich zu melden. Uns geht es gut.«

»Hallo, Wanda.«

»Manse! Bist du das? Wie geht's dir? Was hast du gemacht? Ach, ist es schön, deine Stimme zu hören.«

»Deine auch, Liebling. Ich bin hier mit Agop Mikeljan, deinem Kontakt. Hast du ein paar Minuten ohne Unterbrechung?«

»Im Prinzip ja. Warte, ich lege den Riegel vor die Tür, nur um sicherzugehen ... Manse, hör zu! Wir haben herausgefunden, daß Lorenzo de Conti lebt und bald heiratet ...«

»Ich weiß. Ich habe mir in der Zukunft die Bestätigung geholt, daß er es ist, um den sich alles dreht, gedreht hat und drehen wird, es sei denn, wir machen dem ein Ende. Diese Informationen haben Karel Novak beinahe das Leben gekostet.«

»O nein!«

»Doch! Er hat meinen Rückzug gedeckt. Sobald ich den Hopper erreicht hatte, sind Jack und ich in der Zeit zurückgegangen und haben ihn aus dem Schlamassel rausgezogen. Das ist keine Geschichte, die wir gern erhalten wollen. Das kann ich dir sagen.«

»Dein Tonfall — das war doch für dich auch mehr als knapp, oder Manse?«

»Ach was! Ich bin unverletzt, falls du dir deswegen Sorgen machst. Ich erzähle dir alles später. Hast du etwas Neues zu melden?«

»Eigentlich nichts Besonderes. Gestern traf Bartolommeo Conte de Segni ein. Er war auch eingeladen.«

»Was?«

»Du erinnerst dich doch, oder? Du hast mir doch von ihm erzählt. Er ist ein Vetter oder so ähnlich. Junggeselle, nicht alt. Scheint ziemlich sauer zu sein. Mein Eindruck ist, daß er sich Hoffnungen gemacht hatte, Ilaria zu heiraten. Das wäre eine nützliche Verbindung für seine Familie.«

»Logisch! Er muß der Mann sein, der sie in unserer Geschichte heiratete und Papst Gregors Vater wurde. Jetzt müssen wir Lorenzo aus dem Weg schaffen. Und zwar schnell. Wie ich höre, soll die Hochzeit nächste Woche sein. — Wanda? Wanda?«

»Ja. Ich ... Manse, du meinst doch nicht ... das kannst du nicht — Lorenzo zu beseitigen?«

»Ich hasse diesen Gedanken auch; aber wir haben doch keine andere Wahl. Es kann blitzschnell sein, schmerzlos, keine Wunde am Körper. Ein Neuralprojektor läßt sein Herz stillstehen. So wie man ein Licht ausknipst. Alle werden es für einen natürlichen Tod halten. Sie trauern, aber das Leben geht weiter. Das Leben unserer Leute, Wanda.«

»*Nein!* Seine Heirat verhindern — ja. Das müßten wir irgendwie hindrehen können. Aber ihn ermorden? Ich ... ich kann nicht glauben, daß du so etwas sagst.«

»Ich wünschte, bei Gott, ich wäre es nicht.«

»Dann schlag etwas anderes vor, verdammt noch mal!«

»Wanda, hör mir zu! Er ist zu gefährlich. Es ist nicht seine Schuld; aber ich habe an Friedrichs Hof herausgefunden, daß er der Fokus des Chaos ist. So viele Weltlinien laufen mit seiner zusammen — sogar sein Enkel ruinierte um ein Haar noch unsere Mission. Er hätte es auch geschafft, wenn Karel nicht gewesen wäre. Lorenzo muß weg!«

»Jetzt hör du mir mal zu, Manson Everard! Entführe ihn oder tu sonst was, okay ...«

»Und welchen Ärger könnte sein plötzliches Verschwinden machen? Ich sage dir, die gesamte Zukunft steht in diesem Monat in Anagni auf der Kippe. Alles hängt an ihm. Damals in Rignano hatte ich keine Ahnung. Deshalb habe ich mich auch nicht vergewissert, was draus wurde. Aber jetzt haben wir kein Recht, noch mehr unnötige Risiken einzugehen. Vergiß nicht, ich mag ihn — sogar sehr. Das tut wie die Hölle weh.«

»Halt's Maul! Laß mich ausreden. Ich bin in der Lage, dir zu helfen, die Operation glatt durchzuziehen. Ich glaube nicht, daß du es ohne mich schaffen kannst. Und glaube ja nicht, daß *du* mich dazu bringen kannst, bei einem Mord mitzumachen. Er... wir können nicht...«

»Wanda, wein doch nicht!«

»Tu ich nicht! Ich... ich — okay, Ev-ev-everard. Mach, was du willst! Bring mich wegen Insubordination vors Gericht, wenn du willst. Ganz gleich, was sie mit mir machen werden — ich werde viele Jahre haben, um dich abgrundtief zu verachten.«

»...« —

»Manse? Bist ... du noch da?«

»Ja, ich habe nachgedacht. Sieh mal, ich bin nicht so schwach oder egoistisch, daß ich nicht Schuld auf mich nehmen kann, wenn es nötig ist. Aber glaubst du mir, daß es mir lieber gewesen wäre, dort mit Karel zu sterben, als ihn zurückzulassen? Wenn wir wirklich eine andere Möglichkeit finden, ohne daß ein drittes Ungeheuer ausgebrütet wird — Wanda, dann stehe ich grenzenlos und bis ans Ende der Ewigkeit in deiner Schuld.«

»Manse, Manse! Ich wußte, du würdest einverstanden sein!«

»Langsam, Mädchen! Keine Versprechen außer dem, daß ich mir die verdammt größte Mühe geben werde. Wir werden sehen, was uns einfällt. Irgendwelche Vorschläge?«

»Ich muß nachdenken. Es geht doch darum, was bei Lorenzo zieht, stimmt's? Seine Psychologie. Intuitives Zeug. Inzwischen habe ich ihn ziemlich gut kennengelernt.«

»Wirklich?«

»Ja, er bemüht sich ungemein um mich. Noch nie wurde meine Tugend so hinreißend bedroht.«

»Ach ja?«

»Verstehst du nicht? Deshalb kann ich nicht mitmachen. Ja, wenn er nur ein charmanter Gauner wäre — dann vielleicht. Aber er ist echt. Ehrlich, tapfer, loyal — ganz gleich, wie falsch seine Sache auch ist. Nach unserem Standard ist er nicht sehr gebildet; aber mit so viel Leben zwischen den Ohren, wie ich noch selten einen Mann getroffen habe.«

»Na schön! Dann sollten wir beide mal nachdenken, wie wir seine phantastischen Qualitäten nutzen können und sprechen morgen wieder.«

»Aber, Manse! Höre ich da einen Hauch von Eifersucht?«

II

Herr Emilius van Waterloo erklärte, daß er indisponiert sei und sich am besten ins Bett lege. Er wollte sichergehen, an der Trauungsmesse und der Hochzeitsfeier in drei Tagen teilnehmen zu können. Signor Lorenzo traf das getreue Eheweib Walburga auf der Sonnenterrasse. »Warum so traurig, Signora?« fragte er. »Gewiß ist es nur eine kleine Magenverstimmung, die Euren Gemahl ans Bett fesselt.«

»Das walte Gott.« Sie seufzte. »Aber — vergebt mir meine weltlichen Gedanken — ich hatte mich mehr als Ihr wißt auf den Ausflug gefreut, von dem Ihr spracht.«

»Ich verstehe.« Sein Blick schweifte über sie. Das weite, fließende Gewand verbarg nicht ihre schlanke Figur mit den üppigen Kurven. Unter der Haube hatten sich zwei goldene Locken hervorgestohlen. »Ihr, die Ihr so weit gereist und noch so jung seid, müßt Euch in diesen Mauern zwischen den gluckenden Hennen eingeengt fühlen. Glaubt mir, Walburga, mir geht es ebenfalls oft so.«

Sie betrachtete ihn nachdenklich. »Ihr seht tiefer und mitfühlender in mich hinein, als ich es je von einem großen Krieger erwartet hätte.«

Er lächelte. »Nun denn! Ich werde Euch später hinausbringen. Das schwöre ich.«

»O nein! Versprecht nichts, was Ihr nicht halten könnt. Ihr werdet bald heiraten. Da habt Ihr wichtigere Aufgaben, und wir ... wir dürfen Eurem Vater nicht länger zur Last fallen. Gleich nach den Freudentag werden wir uns auf die Heimreise machen.« Wanda senkte den Blick. »Ich werde immer daran denken.«

Er räusperte sich. »Signora, wenn es sich nicht geziemt, so sagt es; aber ... vielleicht würdet Ihr mir die Freude gewähren, Euch zumindest auf einen Ausflug zu begleiten sagen wir — morgen?«

»O Ihr ... Ihr überwältigt mich, Signore.« *Trage ich zu dick auf? Wie soll ich das wissen? Ihm scheint es nichts auszumachen.* »Gewiß ist Eure Zeit kostbarer als ... Nein, ich ... ich habe Euch ein wenig kennengelernt. Ihr sagt, was Ihr meint. Ja, ich werde meinen Gemahl fragen. Gewiß ist er über Euren Vorschlag erfreut und geehrt — doch ... ah ... nicht so sehr wie ich.«

Lorenzo verneigte sich tief. »Dreifach ist mein Vergnügen und meine Ehre.«

Dann plauderten sie fröhlich bis zum Abend weiter. Wanda fielen Gespräche mit ihm leicht, obwohl er so viele Fragen über die Länder stellte, aus denen sie angeblich kam und die sie bereist hatte. Wie fast jeder Mann ließ er sich leicht dazu steuern, über sich zu sprechen. Im Gegensatz zu den meisten Männern war es interessant, was er erzählte.

Als sie schließlich in ihr Zimmer zurückkam, starrte

Volstrup beim Schein einer einzigen Kerze gegen die Decke. »Wie geht's?« fragte sie auf temporal.

»Unglaublich langweilig«, antwortete er. »Bis jetzt habe ich nie zu schätzen gewußt, was für ein Segen der Druck und viele Bücher sind.« Ergeben fuhr er fort. »Aber, was sein muß, muß eben sein. Ich vertreibe mir mit Gedanken die Zeit.« Er setzte sich auf und fragte aufgeregt: »Was haben Sie Neues zu berichten?«

Wanda lachte. »Genau, was wir gehofft hatten. Er nimmt mich morgen mit in die Wälder. Falls Ihr die Erlaubnis erteilt, mein Gemahl.«

»Ich bezweifle, daß er von mir Einspruch erwartet. Es sieht doch ein Blinder, daß ich im Ruf stehe ... hm ... gefällig zu sein.« Der kleine Mann runzelte die Stirn. »Aber haben Sie denn keine Angst? Seien Sie vorsichtig. Die Sache kann zu schnell außer Kontrolle geraten.«

»Nein, davor habe ich keine Angst. Eher, daß sie es nicht tut.«

Wurde Volstrup rot? Das Licht reichte nicht, um es genau zu sehen. *Schamloses Luder, mußte er denken. Der arme Kerl. Plötzlich mache ich mir Gedanken, wie leicht ihm dies Nackt-Schlafen Seite an Seite gefallen ist? Na ja, wie dem auch sei. Morgen müßte alles zu Ende sein.* Wandas Haut prickelte. Sie griff nach dem Kommunikator und rief Everard. Sie sprachen schnell und präzise.

Seltsam, wie schnell sie einschlief. Es war ein leichter Schlaf, voller Träume; aber am Morgen wachte sie erholt auf. »Frisch gewagt ist halb gewonnen!« rief sie.

»Pardon?« fragte Volstrup.

»Nichts. Wünschen Sie mir Glück!« Sie war schon fast an der Tür. Da drehte sie sich um und küßte ihn ganz zart. »Passen Sie gut auf sich auf, Lieber.«

Lorenzo wartete unten am Frühstückstisch. (Selbstverständlich ohne Kaffee.) »Wir essen dann mittags richtig«, versprach er. Übermütige Freude klang aus seiner Stimme. Jede seiner Gesten waren von typisch italienischer Übertreibung und Anmut. »Welche Schande, daß keine Augen außer meinen die Schönheit genießen können, die Ihr vor mir ausbreitet. Doch bin ich egoistisch froh darüber.«

»Aber, Signore, Ihr werdet kühn.« *Sprach eine echte flämische Frau im Mittelalter wie aus einem viktorianischen Roman? Na, ihm scheint's nichts auszumachen.*

»Kühn, aber ich sage die Wahrheit, Signora.«

Wanda hatte sich tatsächlich große Mühe mit ihrer Reitkleidung gegeben. Das Mieder war enger als sonst geschnürt. Blau stand ihr am besten. Die weiten Ärmel und der Rock fielen genau richtig. Sie sah aber nicht so prächtig wie Lorenzo aus. Ein ellbogenlanges rotes Cape über der reich bestickten, grün-goldenen Tunika, das Schwert im gepunzten Ledergürtel mit Bronzeschließen, die dunkelgelbe Hose (entsprach seiner Augenfarbe) war eng geschnitten, so daß sie die wohlgeformten Beine zur Geltung brachte, rote Schnabelschuhe. Aber Wanda war keine farblose Henne neben diesem Hahn.

Ein Stich von Mitleid. *Arme Ilaria. Still, scheu, nicht besonders hübsch, bestimmt, als Pfand einer Allianz zu dienen, eine Mutter und Haushälterin. Und da komme ich daher und beanspruche den größten Teil der Aufmerksamkeit ihres Bräutigams ... Aber in dieser Zeit ist das nicht außergewöhnlich. Vielleicht mache ich mir etwas vor; aber ich habe den deutlichen Eindruck aufgrund der Körpersprache, daß Bartolommeo sehr viel an Ilaria liegt — und, was auch geschieht, ich leiste keinem Meuchelmord Vorschub.*

Die Pferde warteten auf der Straße. Lorenzo hatte nicht ganz die Wahrheit gesagt, als er andeutete, das Mittagessen würde *tete-à-tete* sein. Das würde auch hier zu einem Skandal führen. Zwei Diener, Mann und Frau, sorgten für den Proviant und die Aufwartung. Irgendwann mußte Wanda mit Lorenzo allein sein. Wenn er die Initiative nicht ergriff, mußte sie es eben tun — aber wie? Da sie immer für klare Verhältnisse in ihren Beziehungen gewesen war, hatte sie Verführungskünste bisher abgelehnt. Aber wahrscheinlich brauchte sie bei Lorenzo keine Tricks anzuwenden.

Doch als sie in den Sattel stieg — Damensattel natürlich — fand sie, es könne nicht schaden, ein bißchen Bein zu zeigen.

Hufe klapperten auf den Pflastersteinen. Als sie das Tor und die Gerüche der Stadt hinter sich gelassen hatten, holte Wanda tief Atem. Dann bewunderte sie den herrlichen Blick. Aus dem Osten ergoß die Sonne ihr Licht über die Hügel und Täler. Ein wunderbares Spiel von Licht und Schatten. Silbrige Bäche durchzogen den Fleckenteppich aus Äckern, Weinbergen und Obstgärten. Dazwischen lagen schneeweiße Dörfer. In der Ferne sah sie zwei Kastelle. Auf den Bäumen lag schon der erste Hauch des Herbstes. Scharen von Vögeln flogen über ihren Köpfen dahin. Die Luft erwärmte sich sehr schnell. Sie war überwältigend rein.

»Wie schön«, sagte Wanda. »In Flandern haben wir nichts Vergleichbares.« *In meinem Kalifornien schon.*

»Ich werde Euch eine Schlucht zeigen, wo ein Wasserfall singt und die Fische wie Sternschnuppen dahinflitzen«, erklärte Lorenzo. »Die Bäume sind Säulen und Arkaden. Dort werdet Ihr glauben, Ihr seht Nymphen umherschweben. Wer weiß? Vielleicht halten sie sich an jenem Ort noch auf.«

Wanda fiel ein, daß Everard gesagt hatte, die Menschen im Mittelalter hätten wenig übrig für Natur. Erst später, als sie gezähmt war, genossen sie sie. Vielleicht war Lorenzo seiner Zeit voraus ... Manse Everard — sie schob die Schuldgefühle weit weg, auch die Anspannung. *Sei Zen. Genieße all das Schöne um dich herum, solange es währt. Laß dich durch die bevorstehende Aufgabe nur soweit beeinflussen, daß du alles noch bewußter aufnimmst. Welch eine Herausforderung!*

Lorenzo stieß einen Freudenschrei aus. Dann preßte er dem Pferd die Fersen in die Seiten und galoppierte los. Wanda hielt mit. Sie war eine ziemlich gute Reiterin. Aber bald mußten sie auf die Diener Rücksicht nehmen und langsamer werden. Sie schauten sich an und lachten.

Die Zeit verging auf langen, gewundenen Pfaden, im Rhythmus von Muskelbewegungen und tiefen Atemzügen, mit dem Geruch von Leder und Schweiß und Waldluft. Ab und zu ein kurzes Wort, dann wieder ein längeres Lied von ihm. »In Grün und Freude wir lagen, Tirili! Die Nachtigall ...«

Nach etwa zwei Stunden hielten sie an. Der Waldpfad, dem sie gefolgt waren, führte über eine Wiese mit Bach. »Hier werden wir unser Mittagsmahl einnehmen«, sagte er.

Wandas Herz schlug schneller. »Aber es ist noch früh«, entgegnete sie.

»Ich möchte nicht, daß Ihr Euch sattelwund reitet. Ihr sollt nur schöne Erinnerungen an unser Land mit heimnehmen.«

Ganz bewußt klimperte Wanda mit den Wimpern. »Wie mein Führer gebietet. Ihr habt noch nie eine schlechte Wahl getroffen, Signore.«

»Eure Gesellschaft inspiriert mich.« Er schwang sich aus dem Sattel und reichte ihr die Hand, um ihr zu helfen. Danach ließ er ihre Hand nicht los. »Marco, Bianca«, befahl er. »Bereitet alles vor, aber ihr könnt euch Zeit lassen. Zuerst möchte ich der Signora Apollos Lieblingsplatz zeigen. Vielleicht wünscht sie, ein Weilchen dort zu bleiben.«

»Sehr wohl«, sagte der Mann unbewegt. Die Frau knickste und konnte ein Kichern nicht unterdrücken. Ja, sie wußte, was Signor Lorenzo plante und daß sie hinterher besser den Mund hielten.

Lorenzo bot Wanda den Arm. Sie spazierten los. Zögernd fragte sie: »Apollos Lieblingsplatz? Ist das nicht ... heidnisch?«

»Ja, in alter Zeit war dieser Ort irgendeinem Gott geweiht. Wenn es nicht Apollo war, dann hätte es so sein sollen. Heutzutage nennen ihn die jungen Leute so, da Sonne und Leben, Schönheit und Glück dort wohnen. Doch heute haben wir ihn sicher für uns allein. Danach wird der nächste dort neuen Zauber entdecken.«

Er führte diesen Gedanken aus, als sie weitergingen. Wanda hatte Schlimmeres gehört. Lorenzo war so klug, ab und zu eine Pause zu machen, damit sie die Schönheit ringsum genießen konnte. Der Pfad war so eng, daß sie eng nebeneinander gehen mußten. Er führte flußaufwärts. Die Baumstämme erhoben sich und bildeten mit ihren Kronen einen goldgelben Baldachin. Um diese Jahreszeit sangen nur noch wenige Vögel. Eichhörnchen huschten umher. Einmal kreuzte ein Reh den Waldweg. Der Pfad wurde steiler und die Luft wärmer. Er nahm ihr den Umhang ab und legte ihn über seinen linken Arm.

Wanda hörte Rauschen, das immer lauter wurde. Sie kamen zu einer Lichtung. Wanda klatschte in die Hände und stieß einen Freudenschrei aus. Auf der anderen Seite stürzte das Wasser über eine Klippe. Bäume überdachten zum Teil das Ufer, auf dem dunkelgrüne, weiche Moospolster waren. »Nun«, fragte Lorenzo. »habe ich mein Versprechen eingelöst?«

»Tausendfach.«

»Dies von Euren Lippen zu hören, bereitet mir mehr Freude als ein Sieg auf dem Schlachtfeld. Kommt, trinkt, wenn Ihr durstig seid, setzt Euch.« Lorenzo breitete den Umhang auf dem Moos aus. »Dann wollen wir Gott für Seine Gabe danken, indem wir uns an ihr erfreuen.«

Das meint er, glaube ich, ehrlich, fuhr es ihr durch den Kopf. *Er hat auch ernste Seiten. Ja, richtigen Tiefgang. Es wäre interessant, mehr auf den Grund zu gehen.* Dann lachte sie innerlich. *Aber der Gottesdienst, der ihm heute vorschwebt, hat mit Religion nichts zu tun! Der Umhang ist nicht zum Sitzen ausgebreitet.*

Sie war aufgeregt. *Jetzt ist der richtige Zeitpunkt!*

Lorenzo blickte ihr tief in die Augen. »Signora, fühlt Ihr Euch nicht wohl? Ihr seid plötzlich so blaß geworden?« Er nahm ihre Hand. »Ruht Euch aus. Wir brauchen erst in einigen Stunden zurückzukehren.«

Wanda schüttelte den Kopf. »Nein, ich danke Euch. Ich fühle mich durchaus wohl.« Sie merkte, daß sie ganz leise gesprochen hatte, und hob die Stimme. »Habt einen Augenblick Geduld mit mir. Ich gelobte, meiner Namenspatronin jeden Tag ein Gebet, solang ich auf dieser Reise bin.« Dann schaute sie ihn lange an. »Wenn ich es nicht sofort tue, habe ich Angst, daß ich es vergessen könnte.«

»Aber, gewiß doch.« Er trat beiseite und nahm die Kappe mit den Federn ab.

Wanda hatte für diese Gelegenheit ihren Kommunikator offen getragen. Jetzt hob sie das Medaillon an die Lippen und drückte auf den Schalter. »Wanda hier«, sagte sie auf englisch. Temporal hätte zu fremd geklungen. Sie hörte ihren Herzschlag lauter als die Worte. »Die Situation ist günstig, genau, wie wir gehofft haben. Er und ich sind allein in den Bergen. Bis jetzt hat er mir noch nicht die Kleider vom Leib gerissen. Seine Taktik ist eleganter. Stellt meine Position fest und gebt mir — hm — sagen wir, fünfzehn Minuten, die Sache in Schwung zu bringen. Okay? Ende.« Sie schaltete ab, damit Everard nicht den Plan durchkreuzte, indem er etwas sagte. Dann neigte sie den Kopf, bekreuzigte sich und sagte laut: »Amen.«

Lorenzo schlug ebenfalls das Kreuz. »War das Eure Muttersprache, in der Ihr betetet?«

Wanda nickte. »Der Dialekt meiner Kindheit. Damit fühle ich mich am wohlsten. Meine Patronin ist eine mütterliche Heilige.« Sie lachte. »Jetzt fühle ich mich so geläutert, daß ich jeden Unsinn machen könnte.«

Er runzelte die Stirn. »Vorsicht! Das grenzt an die Ketzerei der Katharer.«

»Ich scherzte doch nur, Signore.«

Er lächelte wie der Sonnenschein auf dem Wasser. »Euer Medaillon ist ungewöhnlich. Enthält es eine Reliquie? Darf ich es sehen?«

Ihr Einverständnis voraussetzend, griff er nach der Kette. Dabei streiften seine Finger über ihren Busen. Dann zog er ihr die Kette über den Kopf. Das Medaillon zeigte auf der einen Seite das Relief eines Kreuzes und auf der anderen einen Bischofskrummstab und eine Flasche. »Erlesene Arbeit« sagte er. »Beinahe der Trägerin würdig.« Dann hängte er die Kette an einen Ast.

Wanda wurde unruhig. »Aber, Signore, bitte.« Sie wollte das Medaillon zurückholen.

Er verstellte ihr den Weg. »Ihr wollt es doch nicht sofort zurück, oder?« Seine Stimme war wie Samt. »Nein, Ihr seid zu warm gekleidet. Ich sehe Schweißtropfen auf dieser weißen Haut. Laßt mich Euch zu etwas Erquickung verhelfen.«

Seine Handflächen umfingen ihre Wangen, glitten nach oben und entfernten das Tuch, das ihr Haar bedeckte. »Welch ein Goldschatz.« Dann zog er sie an sich.

»Signore!« protestierte Wanda, wie es einer anständigen Ehefrau geziemte. »Was soll das? Bedenkt ...« Sie wehrte sich nur leicht gegen seine Stärke, ohne ihre Kampfsportkenntnisse einzusetzen. Sein Körper war hart. Sein Atem, das Kitzeln des Schnurrbarts und Barts. Alles drehte sich um sie. Verdammt, konnte dieser Mann küssen!

»Nein«, sagte sie schwach, als seine Lippen auf ihren Hals glitten. »Das ist eine Todsünde. Laßt mich, ich flehe Euch an.«

»Es ist keine Sünde. Die Natur verlangt es. Euer und mein Geschick haben es so gefügt«, widersprach er. »Walburga, Walburga, Eure Schönheit hat mich an die Pforten des Himmels getragen, stoßt mich nicht in die Hölle hinab.«

»Aber ich ... ich muß bald abreisen ...«

»Uns bleibt auf ewig die gemeinsame Erinnerung, welche mich auf dem Kreuzzug und für den Rest meiner irdischen Tage begleiten wird. Versagt Euch nicht Cupido, hier an seinem eigenen Wohnsitz.«

Wie oft er das wohl schon hier gesagt hat? Also, Übung hat er! Meint er es ernst? Na ja, ein bißchen schon, nehme ich an. Und ich muß ihn am Haken halten, bis Manse kommt, ganz gleich, was es kostet. Ich dachte fünfzehn Minuten seien sicher; aber das ist wie eine Wildwasserfahrt.

Wanda bat Lorenzo nicht mehr, aufzuhören. Sie versuchte, seine Hände abzuhalten, überallhin vorzudringen. Aber dann gab sie auch diesen Widerstand auf. Plötzlich lag sie auf dem Umhang, und er hatte ihre Röcke schon bis über die Knie hochgeschoben. *Also, wenn es schon sein muß, könnte ich mir schlimmere Opfer für die gute Sache vorstellen.*

Luft rauschte. »Halte ein, Sünder!« rief Everard lautstark. »Der Hölle Rachen erwartet Dich!«

Lorenzo rollte von Wanda herab und sprang auf die Beine. Sie dachte verwirrt. *O verdammt!* Dann setzte sie sich auf. Sie zitterte und ihr Herz schlug wie wahnsinnig.

Everard landete das Zeitmobil, stieg ab und baute sich auf. Er trug ein weißes Gewand. Auf dem Rücken erhoben sich große, schillernde Flügel. Ein Heiligenschein umgab seinen Kopf. Für einen Engel sah er ziemlich hausbacken aus, fand Wanda. Aber vielleicht verlieh dies Aussehen der Illusion, die ein Photonendrall der Patrouille hervorbrachte, besondere Überzeugungskraft.

Das Kruzifix in seiner rechten Hand war solide. Darin war eine Betäubungspistole eingearbeitet, wie sie wußte. Er hatte ihr gesagt, daß er wahrscheinlich keine Waffe brauche, sondern der erpresserische Auftritt reichen müßte. Im alten Iran hatten er und Keith Denison eine ähnliche Show abgezogen und damit eine historisch nicht ganz so bedeutende Panne ausgebügelt.

»Lorenzo de Conti, du verworfenster aller Menschen«, fuhr er auf umbrisch fort. »Wagst du es die Ehre deiner Gäste am Vorabend deiner Hochzeit mit einer reinen Jungfrau, die dir vertraut, zu beschmutzen? Dann wisse, daß du damit viel mehr als nur dich ins Unglück stürzst.«

Entsetzt wich der Ritter zurück. »Ich hatte nichts Böses im Sinn«, rief er. »Das Weib führte mich in Versuchung.«

Wanda hielt Enttäuschung für eine zu milde Beschreibung ihrer Gefühle.

Lorenzo zwang sich, Everard anzublicken. Er hatte den Patrouillenmann nie gesehen. Everard dagegen kannte ihn aus einer Zeit, die annulliert war. Lorenzo ballte die Fäuste, straffte die Schultern und holte tief Luft. »Nein«, erklärte er fast schluchzend. »Ich habe die Unwahrheit gesagt. Bei ihr liegt keine Schuld. Ich lockte sie hierher, um sie zur Sünde zu verführen. Nur ich allein verdiene Strafe.«

Tränen brannten in Wandas Augen. *Jetzt bin ich doppelt froh, daß wir ihn leben lassen.*

»Gut gesprochen«, erklärte Everard mit Pokergesicht. »Wenn das Urteil gesprochen wird, wird man sich daran erinnern.«

»Aber, aber warum — ich?« krächzte er. »So etwas muß doch jeden Tag tausendmal auf der Welt geschehen. Warum sorgt sich der Himmel so um sie? Ist sie — eine Heilige?«

»Das ist eine Frage für Gott allein«, antwortete Everard. »Du Lorenzo hast dich versündigt, weil Seine Absichten mit dir bedeutend waren. Das Heilige Land fällt an die Ungläubigen, vielleicht wird es auf immer verloren sein, da die Christen, die es hielten, vom Pfad der Tugend abkamen und ihre Gegenwart die heiligen Stätten entweiht. Wie kann ein Sünder sie erlösen?«

Der Ritter taumelte. »Wollt Ihr damit sagen, daß ich ...«

»Du bist aufgerufen zum Kreuzzug. Du hättest warten können, deine Seele im Frieden des Ehestandes vorbereiten müssen, bis der deutsche König aufbricht. Jetzt sei deine Buße, daß du dieser Ehe abschwörst und dich auf der Stelle zu ihm begibst.«

»O nein …«

Das gibt ein grauenvolles Durcheinander und einen Skandal, vor allem, wenn Lorenzo nur seinem Beichtvater anvertraut, warum er nicht heiraten kann. Arme, sitzengelassene Ilaria. Armer alter Cencio. Ich wünschte, wir hätten das Problem anders lösen können. Wanda hatte vorgeschlagen, Lorenzo in der Zeit zurückzuschaffen, so daß er die Heirat gleich beim ersten Vorschlag hätte ablehnen können. Everard hatte geantwortet: »Kapierst du nicht, wie empfindlich das Gleichgewicht der Ereignisse ist? Du hast mich zum größten Risiko überredet, das ich mit meinem Gewissen vereinbaren kann.«

Zu Lorenzo: »Du hast deine Befehle, Soldat. Gehorche und danke Gott für Seine Gnade und Barmherzigkeit!«

Lorenzo stand reglos da. Wanda lief es kalt über den Rücken. Dieser Mann war ein Kind seiner Zeit; aber kühn und keineswegs naiv in menschlichen Angelegenheiten. »Auf die Knie!« rief sie ihm zu. Sie selbst kniete ebenfalls mit gefalteten Händen da.

»Ja, ja.« Er fiel vor der Engelsgestalt auf die Knie. »Gott, zeige mir den rechten Weg! Christus, stärke meinen Willen und meinen Schwertarm!«

Dann umfing er Everards Beine und preßte den Kopf gegen das schimmernde Gewand.

»Genug!« wehrte der Patrouillenmann ab. »Gehe hin und sündige hinfort nicht mehr!«

Lorenzo ließ ihn los und hob die Arme, als wolle er ihn anflehen. Dann schlug er blitzschnell mit der linken Hand auf Everards rechte Hand, direkt auf die Knöchel. Der Schlag hatte gesessen! Everard ließ das Kruzifix fallen. Lorenzo hatte sich sofort mit einem Sprung nach hinten in Sicherheit gebracht. Seine Klinge zischte aus der Scheide. Die Sonne ließ den Stahl aufblitzen.

»Engel oder Dämon?« schrie er.

»Was, zum Teufel ...« Everard wollte seine Betäubungswaffe aufheben.

Lorenzo sprang vor und blockierte den Weg. »Bleib stehen, wo du bist, sonst schlage ich zu«, rief er. »Gestehe sofort deine wahre Natur ... und hebe dich hinweg!«

Everard hatte die Überraschung verdaut. »Wagst du es, dich einem Sendboten des Himmels zu widersetzen?«

»Nein, nicht, wenn du ein solcher bist. Gott steh mir bei. Aber ich muß es wissen.«

In Wandas Kopf schwirrten die Gedanken. *Er hat Verdacht geschöpft. Aber wie und warum? Ja, jetzt fällt es mir ein. Manse erklärte mir, daß Teufel sich tarnen, um die Menschen in eine Falle zu locken. Sie nehmen sogar die Gestalt Jesus an. Wenn Lorenzo einen Verdacht hat ...*

»Sieh mich nur an«, sagte Everard.

»Ich habe dich gefühlt«, entgegnete Lorenzo.

Logisch, dachte Wanda. *Engel haben keine Genitalien, oder? Hier haben wir es mit nicht nur mit einem furchtlosen, sondern auch brillanten Mann zu tun. Kein Wunder, daß sich die ganze Zukunft um ihn dreht.*

Sie ging auf alle viere. Die Betäubungspistole lag etwa drei Meter von ihr entfernt. Wenn Everard Lorenzos Aufmerksamkeit halten könnte, bis sie hingekrochen war, könnte sie ihren Plan noch retten.

»Warum sollte Satan wollen, daß du an einem Kreuzzug teilnimmst?« fragte Everard.

»Vielleicht könnte ich hier einen größeren Dienst leisten, falls Roger, dieser Wolf, uns mehr als nur Sizilien rauben will.« Lorenzo blickte gen Himmel. »O Herr!« bat er. »Irre ich? Gewähre mir ein Zeichen.«

Manse kann nicht mal mit diesen Flügeln schlagen.

Everard lief auf sein Zeitmobil zu. Wenn er einmal im Sattel saß, hatte er alles wieder unter Kontrolle. Lorenzo stürzte ihm mit einem Schrei hinterher und schlug zu. Everard wich aus, aber nicht weit genug. Blut schoß über das Gewand. Eine tiefe Schnittwunde ging von der Schulter über die Brust.

»Das ist mein Zeichen!« schrie Lorenzo. »Du bist weder Dämon noch Engel. Stirb, Zauberer!«

Everard gelang es nicht mehr, das Zeitmobil zu erreichen oder den Kommunikator herauszunehmen, um Hilfe zu rufen. Wanda kroch zur Betäubungspistole. Kaum hatte sie die Waffe in der Hand, sprang sie auf. Aber sie wußte nicht, wie sie durch die Kreuztarnung schießen konnte.

»Du auch, du Hexe!« schrie Lorenzo.

Mit gezücktem Schwert lief er auf sie zu. Sein Gesicht war von Wut unmenschlich verzerrt.

Everard griff ihn an. Da sein rechter Arm gelähmt war, blieb ihm nur der linke. Er mußte mit der Faust zuschlagen, ehe die Klinge fiel. Er legte seine geballte Kraft hinein und traf Lorenzo am Jochbogen. Es machte laut *knacks*.

Das Schwert flog, glitzernd wie der Wasserfall, durch die Luft. Lorenzo fiel kraftlos nach hinten.

»Bist du in Ordnung, Wanda?«

»Ja, ich bin unverletzt; aber — er?«

Sie gingen zu Lorenzo. Er lag reglos da, die Augen starrten in den Himmel. Sein Mund stand grauenvoll offen, die Zunge hing über das schiefe Kinn. Sein Kopf lag in einem häßlichen Winkel zur Seite.

Everard beugte sich herab und untersuchte ihn. Dann stand er auf. »Tot«, sagte er langsam. »Gebrochenes Genick. Das wollte ich nicht; aber er hätte dich getötet.«

»Und du? O Manse.« Sie legte den Kopf gegen die blutüberströmte Brust. Er hielt sie mit dem linken Arm fest. Nach einer Weile sagte er: »Ich muß zur Basis zurück und mich zusammenflicken lassen, ehe ich ohnmächtig werde.«

»Kannst du ... ihn mitnehmen?«

»Und ihn wiederbeleben und reparieren lassen? Nein in jeder Hinsicht wäre das zu gefährlich. Die Überraschung, die wir hatten — das hätte nie passieren dürfen. Eigentlich alles sinnlos, oder? Aber ... die Woge riß ihn mit ... ein Versuch, die verdrehte Zukunft zu erhalten — Hoffen wir, daß wir den Bann endgültig gebrochen haben.«

Schwankend ging er aufs Zeitmobil zu. Seine Worte kamen rauh und schwach, seine Lippen färbten sich grau. »Wenn es dir irgendwie hilft, Wanda — das habe ich dir bis jetzt nicht erzählt, aber in ... Friedrichs Welt ... ist er auf dem Kreuzzug ... an einer Krankheit gestorben. Ich nehme an ... das wäre wieder so gekommen. Fieber, Durchfall, Übelkeit, Hilflosigkeit. Er verdiente, so wie heute zu sterben, oder?«

Everard ließ sich von Wanda auf den Sattel helfen. Etwas Stärke kam in seine Stimme zurück. »Du mußt das Spiel zu Ende spielen. Lauf zurück und schrei wie am Spieß. Erzähl, daß ihr von Räubern überfallen wurdet. Das Blut — er hätte einen oder zwei verwunden können. Da du entkamst, hielten die Schurken es für besser abzuhauen. Die Menschen werden die Erinnerung an ihn in Anagni ehren. Er starb wie ein Ritter bei der Verteidigung einer edlen Frau.«

»Ja.« *Und Bartolommeo wird die Situation ausnutzen und in absehbarer Zeit die trauernde Braut des Helden heiraten.* »Nur noch eine Minute.« Sie holte das Schwert und rieb es über sein rot getränktes Gewand. »Banditenblut.«

Er lächelte mühsam. »Kluges Mädchen«, flüsterte er.

»Jetzt aber nichts wie los, Mann! Schnell!« Sie gab ihm schnell noch einen Kuß und trat zurück. Fahrzeug und Mann verschwanden.

Wanda stand allein neben der Leiche, das Schwert in der Hand. *Ich muß auch etwas blutbefleckt sein,* dachte sie. Dann ritzte sie mit der Klinge die Haut über den linken

Rippen, allerdings nicht sehr tief. Niemand würde sie genau untersuchen oder verhören. Detektivmethoden waren noch in weiter Zukunft, ihrer Zukunft, wenn sie existierte. Im Haus Cincios würde die Trauer und der Schmerz jeden anderen Gedanken auslöschen, bis Stolz herben Trost spendete.

Sie kniete nieder und legte Lorenzos Finger um den Schwertgriff. Erst wollte sie ihm die Augen schließen, ließ es aber. »Leb wohl«, sagte sie leise. »Wenn es einen Gott gibt, was ich hoffe, dann wird er es dir vergelten.«

Langsam stand sie auf und ging zurück über die Wiese, der Aufgabe entgegen, die sie erwartete.

1990 n. Chr.

Er rief bei ihren Eltern an, wo sie ihren Urlaub verbrachte. Sie wollte nicht, daß er sie dort abholte. Die vielen notwendigen Lügen taten ihr schon weh genug. Sie trafen sich am nächsten Morgen in der anachronistischen Pracht der St. Francis Hotel-Lobby im Zentrum. Einen Augenblick standen sie da, hielten sich an den Händen und schauten sich an.

»Ich glaube, du willst weg«, sagte er schließlich.

»Ja«, gab sie zu. »Könnten wir irgendwohin ins Freie gehen?«

»Gute Idee.« Er lächelte. »Wie ich sehe, hast du dich warm angezogen und eine dicke Jacke mitgenommen. Ich auch.«

Er hatte in der Union Square-Garage ein Auto. Sie sprachen wenig, während er sich durch den Verkehr schlängelte und die Golden Gate Bridge überquerte. »Hast du dich wieder ganz erholt?« fragte sie einmal.

»Ja, klar«, versicherte er ihr. »Schon längst. Ich brauchte nur mehrere Wochen Lebensspanne, bis alles wieder so zurückorganisiert war, daß ich Urlaub nehmen konnte.«

»Dann ist die Geschichte wieder so, wie sie sein sollte? Überall und zu jeder Zeit?«

»Das hat man mir gesagt. Und was, soweit ich selbst sehen konnte, stimmt.« Everard blickte vom Lenkrad zu ihr. »Ist dir irgendein Unterschied aufgefallen?«

»Nein, keiner. Dabei kam ich her und ... habe scharf aufgepaßt. Ich hatte ... Angst.«

»Daß dein Vater plötzlich Alkoholiker sein könnte oder deine Schwester nie geboren? Du hättest dir keine

Sorgen zu machen brauchen. Das Kontinuum braucht nicht viel Zeit, um seine Form wiederzugewinnen, bis ins kleinste Detail.« Auf englisch ergab das nicht viel Sinn; aber in stillschweigender Übereinkunft vermieden sie Temporal. »Und die Crux des Geschehens — was wir verhinderten, daß es geschah — liegt achthundert Jahre hinter uns.«

»Ja.«

»Du klingst nicht überschäumend glücklich.«

»Doch ich bin ... ich bin froh und dankbar, daß du so früh auf meiner eigenen Lebenslinie zu mir gekommen bist.«

»Aber du hast mir doch das Datum deiner Ankunft mitgeteilt. Ich wollte dir ein paar Tage bei deiner Familie geben, damit sich dein strapaziertes Nervensystem etwas erholen kann. Das scheint aber nicht der Fall zu sein.«

»Könnten wir später reden?« Wanda schaltete das Radio ein und wählte Station KDFC. Mozarts heitere Musik ertönte.

Heute war ein Mittwoch Anfang Januar. Der Himmel war bewölkt, und es war kalt. Als sie den Highway Nummer Eins erreichten, waren sie beinahe das einzige Auto, das nach Norden fuhr. In Olena hatten sie ein paar Sandwiches und Bier gekauft. An der Point Reyes Station bog er zur Küste ab. Hinter Inverness hatten sie den Strand praktisch für sich. Er parkte. Dann gingen sie zum Strand hinunter und am Meer entlang. Ihre Hand fand seine.

»Was läßt dir keine Ruhe?« fragte er nach einiger Zeit.

»Das weißt du doch, Manse«, antwortete sie. »Du bemerkst viel mehr, als du zugibst.«

Der Wind riß ihr fast die Worte von den Lippen, so leise hatte sie gesprochen. Die Brandung tobte, die Böen jaulten und ließen ihre Gesichter vor Kälte fast erstarren. Salz legte sich auf die Lippen. Möwen flogen kreischend auf und nieder. Die Flut war noch nicht weit hereingedrungen. Sie gingen auf dem dunklen, feuchten Sand. Gelegentlich knackte eine Muschel unter den Füßen oder eine Seetangblase platzte. Rechts von ihnen, hinten ihnen und unendlich weit voraus erstreckten sich die Dünen und Klippen. Links wälzten sich die Wogen mit weißen Mähnen heran. Das einzige Schiff weit draußen sah ziemlich verloren aus. Es war eine Welt ganz aus Silbergrau und Weiß.

»Nein, ich bin nur ein alter Haudegen«, wehrte Everard ab. »Aber du bist sensitiv.« Er machte eine Pause. »Lorenzo? Liegt da das Problem? Der erste gewaltsame Tod, vielleicht das erste Mal überhaupt, daß du einen Menschen sterben sahst?«

Sie nickte. Ihr Hals war steif und verkrampft.

»Das dachte ich mir«, sagte er. »Es ist immer grauenvoll. Weißt du, das ist auch das Obszöne an diesen Gewaltszenen im Fernsehen heutzutage. Die Zuschauer weiden sich an Blutbädern, wie die Römer bei Gladiatorenkämpfen; aber sie ignorieren dabei — vielleicht sind die Regisseure auch zu dämlich oder haben zu viel Schiß, es sich vorzustellen — die tatsächliche Bedeutung des Todes. Ein Leben, ein Verstand; eine ganze Welt von Bewußtsein ist ausgelöscht — für immer.«

Wanda lief es kalt über den Rücken.

»Und trotzdem habe ich getötet«, fuhr Everard fort. »Und werde es wahrscheinlich wieder tun müssen. Bei Gott, ich wünschte, die Dinge wären anders; aber sie sind es nun mal nicht. Trotzdem kann ich mir nicht leisten, darüber nachzubrüten. Und du auch nicht! Sicher, Lorenzo war dir ans Herz gewachsen. Ich mochte ihn auch. Wir wollten sein Leben schonen. Wir glaubten, daß uns dies gelingen würde. Aber die Sache glitt uns aus den Händen. Unsere erste Pflicht galt all denen und all dem, was wir wirklich lieben. Stimmt's? Ja, Wanda, du mußtest eine grauenvolle Erfahrung machen, aber du hast dich tapfer gehalten, wie ein alter Kämpfer, und du bist zu gesund, nicht darüber hinwegzukommen.«

Wanda starrte auf die leeren Meilen vor ihr. »Ich weiß«, sagte sie. »Ich gebe mir auch Mühe.«

»Aber?«

»Aber wir haben nicht nur einen Menschen getötet — seinen Tod verursacht — wurden in seinen Tod mit hineingezogen. Wir haben unzählige Milliarden vernichtet.«

»Und wie viele haben wir gerettet? Wanda, diese Welten, die wir sahen, existierten nie! Wir und ein paar andere in der Patrouille tragen die Erinnerungen, einige auch Narben, einige verloren ihr Leben. Wie dem auch sei — was wir erinnern, hat nie stattgefunden. Wir haben die verschiedenen Zukünfte nicht abgetrieben. Das ist das falsche Wort. Wir haben dafür gesorgt, daß sie nie gezeugt werden.«

Sie preßte seine Hand. »Aber dieser grauenvolle Gedanke läßt mich nicht los«, sagte sie leise. »Anfangs war es nur Theorie, die man uns auf der Akademie zusammen mit vielem, das vielleicht verständlich war, beibrachte. Jetzt habe ich es am eigenen Leib gespürt. Wenn alles zufällig und grundlos ist — wenn da draußen nichts ist, keine feste Realität, nur ein mathematisches Schattentheater, das — soweit wir es verstehen — sich ständig ändert und ändert und ändert, in dem wir nicht einmal Träume sind ...«

Ihre Stimme war stärker geworden, um den Wind zu übertönen. Jetzt brach sie ab, holte Luft und stapfte wild entschlossen weiter.

Everard biß sich auf die Lippe. »Es ist nicht leicht«, gab er zu. »Du mußt lernen zu akzeptieren, daß wir nur wenig wissen und daß wir uns in noch weniger Dingen sicher sind.«

Sie blieben abrupt stehen. Wo kam der Fremde her? Sie hätten ihn von weitem sehen müssen. Er ging auch am Strand langsam mit gefalteten Händen entlang, schaute aufs Meer hinaus und auf die kleinen Überbleibsel von Leben, die auf dem Sand verstreut waren.

»Guten Tag«, sagte er.

Der Gruß klang weich, melodisch. Er sprach Englisch mit einem Akzent, den sie nicht identifizieren konnten. Auf den zweiten Blick waren sie auch nicht sicher, daß er ein Mann war. Das Gewand mit Kapuze glich dem eines christlichen Mönchs, war aber gelb wie bei Buddhisten. Er war mittelgroß. Das Gesicht mit den starken Knochen und den vollen Lippen war nicht mehr jung; aber es hätte ebenso männlich wie weiblich sein können, ebenso wie die Stimme. Seine Rasse war auch nicht eindeutig. Bei ihm — wenn es ein Mann war — vermengte sich Weiß, Schwarz, Asiate und mehr zu wunderbarer Harmonie.

Everard holte tief Luft. Er ließ Wandas Hand los. Einen Augenblick lang ballte er die Fäuste. Dann öffnete er sie wieder und nahm beinahe stramme Haltung an. »Guten Tag«, sagte er tonlos.

Sprach der Fremde mehr zu Wanda als zu ihm? »Verzeihung.« Wie milde dies Lächeln war. »Ich hörte Ihr Gespräch. Dürfte ich einige Gedanken dazu beitragen?«

»Sie gehören zur Patrouille«, flüsterte Wanda. »Sie müssen, sonst hätten sie uns nicht gehört oder verstanden, worüber wir sprachen.«

Ein kaum sichtbares Achselzucken. »In diesen Zeiten — und in vielen anderen — ist moralischer Relativismus die Sünde, die Menschen guten Willens befällt. Sie sollten erkennen, daß der Tod, die Zerstörung und Vernichtung im Zweiten Weltkrieg — um ein bekanntes Beispiel zu nehmen — zwar etwas Böses waren; aber die neuen Diktaturen, die danach entstanden ebenfalls. Dennoch war es nötig, Hitler und seine Verbündeten zu beseitigen. Da Menschen nun einmal Menschen sind, wird es immer mehr Böses als Gutes geben, mehr Trauer als Freude. Aber deshalb ist es um so notwendiger, das zu schützen und zu fördern, was unserem Leben Wert gibt.

Manche Evolutionen sind nun einmal besser als andere. Das ist einfach eine Tatsache. So wie manche Sterne heller leuchten als andere. Ihr habt eine westliche Zivilisation gesehen, in der die Kirche den Staat verschlang und eine, in der der Staat die Kirche verschlang. Ihr habt die fruchtbare Spannung zwischen Kirche und Staat gerettet, aus welcher trotz aller kleinlichen Denkweise, Pannen, Korruption, Posse und Tragödie — die erste wahre Kenntnis des Universums erwuchs und das erste starke Ideal der Freiheit. Seid wegen Eurer Taten nicht arrogant. Habt aber auch kein schlechtes Gewissen, sondern seid einfach froh.«

Der Wind heulte stärker. Das Rauschen des Meeres kam näher.

Wanda hatte Everard noch nie so erschüttert gesehen. Irgendwie waren seine Worte die richtigen, als er sagte: »Rabbi, war dies, dies Ding, das wir erlebten, wirklich ein Unfall, ein verrückter Zufall im Flux, den wir berichtigen mußten?«

»Ja, das war es. Komozino erklärte dir alles korrekt, soweit sie und du es verstehen konntet.« Dann wandte er sich mehr an Wanda. »Stell es dir vielleicht wie eine Diffraktion vor, Wellen verstärken sich hier gegenseitig, löschen sich dort gegenseitig aus, bringen Regenbogenringe hervor. Diese physikalische Beugung gibt es ständig; aber auf menschlicher Ebene ist sie normalerweise nicht wahrnehmbar. Als sie sich zufällig bei Lorenzo de Conti sammelte, ja, da wurde sie zu einer Art Schicksal. Ihr braucht aber nicht vor Ehrfurcht sterben, weil ihr durch Ausübung eures freien Willens das Schicksal besiegt habt.«

Obwohl Wanda nicht wußte, wer vor ihr stand, fragte sie aufgrund ihrer Studien: »Sensei, sag mir. Ist das die Bedeutung?«

Ein mildes Lächeln, unter dem Stahl und Gewitter

lag. »Ja. In einer Realität, die jederzeit dem Chaos ausgesetzt ist, ist die Patrouille das stabilisierende Element, indem sie die Zeit auf einem einzigen Kurs hält. Vielleicht ist es nicht der beste Kurs; aber wir sind keine Götter und zwingen keinen anderen auf, wenn wir wissen, daß dieser uns zumindest über das hinausbringt, was unsere tierischen Ichs sich hätten vorstellen können. Würde man sich um die Ereignisse nicht kümmern, würden sie unausweichlich zum Schlimmeren verlaufen. Ein Kosmos aus Zufallsveränderungen muß sinnlos sein und letztlich selbstzerstörerisch. In ihm kann es keine Freiheit geben.«

»Hat das Universum ein Empfindungsvermögen hervorgebracht, um seine eigene Existenz zu schützen und ihr einen Zweck zu verleihen?« Diese Frage kann man nicht beantworten.

»Aber seid guten Mutes. Realität *gibt* es. Ihr seid unter denen, die sie schützen.«

Er hob die Hand. »Seid gesegnet.«

Everard und Wanda standen allein da.

Sie wußten nicht, ob sie sich in seine oder er sich in ihre Arme schmiegte. Lange standen sie engumschlungen und genossen die Wärme des anderen im salzigen Wind. Schließlich wagte Wanda die Frage: »War das?« Er antwortete: »Ja bestimmt. Ein Danellier. Ich bin bis jetzt nur ein einziges Mal einem begegnet, und das nur für eine Minute. Du bist sehr geehrt worden, Wanda. Vergiß das nie!«

»Das werde ich nicht. Ich habe jetzt das zurück, was ich brauche, um davon zu leben und wofür ich lebe.«

Sie trennten sich, standen aber noch eine Zeitlang stumm und schauten aufs Meer hinaus. Dann warf Wanda den Kopf zurück, lachte und rief: »He, Manse, laß uns vom hohen Roß heruntersteigen. Schließlich sind wir nur Menschen, stimmt's? Was hältst du davon, wenn wir das genießen?«

Er war noch ein bißchen abwehrend, doch dann gab

er sich einen Ruck. »Du hast recht! Ich habe einen Bärenhunger.« Dann fragte er plötzlich wieder scheu: »Was möchtest du nach dem Picknick machen?«

Sie schaute ihm in die Augen und sagte laut und deutlich: »Meine Eltern anrufen und ihnen sagen, daß ich für ein paar Tage wegfahre. Dann Zahnbürste und so'n Zeug kaufen. Winter oder nicht — Manse, die Küste hier ist wunderschön. Ich möchte sie dir zeigen.«